DETECTIVE MALASUERTE

HILARIO PEÑA

DETECTIVE MALASUERTE

OCEANO

DETECTIVE MALASUERTE

© 2019, Hilario Peña

Ilustraciones de portada e interiores: Patricio Betteo
Fotografía del autor: Karla Quezada

D. R. © 2019, Editorial Océano de México, S.A. de C.V.
Homero 1500 - 402, Col. Polanco
Miguel Hidalgo, 11560, Ciudad de México
info@oceano.com.mx

Primera edición en Océano: 2019

ISBN: 978-607-527-947-3

Impreso en México / Printed in Mexico

Nota del autor

En el principio fue el personaje: un detective pelirrojo que presumía, con voz aguardentosa, ser "feo pero de buen cuerpo".

—Ha ayudado a la procuraduría a resolver crímenes famosos —me contó un escritor—. Se llama Tomás Peralta pero todos lo conocen como el Malasuerte.

Le pedí que me llevara con él.

—Habla como si tuviera grava atorada en la garganta, pero tienes que ponerle mucha atención porque no le gusta repetir las cosas —me advirtió mi colega.

—No te preocupes —dije, y le mostré mi grabadora marca Sony—. ¿De qué más me debo cuidar?

—Mientras no derrames un salero frente a él o rompas un espejo, estarás bien.

El local era el número trece. Como creía que la salación era contagiosa, mi amigo se negó a acompañarme hasta el interior de la oficina. Entré a una recepción desprovista de secretaria y equipada con muebles viejos y dispares. El lugar olía a polvo y tabaco. Las paredes estaban decoradas por los perros jugando póquer de Cassius Marcellus Coolidge y por un retrato del payaso triste Weary Willie. La puerta que daba a la oficina tenía un panel de vidrio esmerilado y sobre éste se encontraba rotulado:

DETECTIVE MALASUERTE

Me anuncié tocando y llamando su nombre. Un rugido grave y cavernoso me invitó a pasar. Tardé en acostumbrarme a la oscuridad de la oficina. El rayo de luz oblicuo, filtrado a través de las persianas ubicadas al fondo, delataba una atmósfera plagada de polvo. La silla crujía y rechinaba, pero aguantaba, heroica, la humanidad de Tomás Peralta. No vi nada en los ojos pequeños y desconfiados del Malasuerte que lo delatara como un sagaz solucionador de acertijos criminales. Su rostro te hacía pensar en un neandertal atestiguando por primera vez el fuego. Me presenté. Su mano callosa raspó la mía de doncella como piedra pómez sobre mantequilla. Le dije que era novelista en busca de una buena historia.

—¿Qué quieres? —gruñó.

—Hacerte famoso —respondí.

Mi oferta le atrajo. Me propuso continuar nuestra charla en el bar La Ballena. Acepté y hasta pagué la primera ronda. Me volví su confidente. Así comencé esta saga. Cambié algunos nombres y situaciones, por respeto a los involucrados. Por ejemplo, en la Tijuana de *Detective Malasuerte* la alcaldesa es una mujer apodada la Morena, pero el que manda es el siniestro Sandkühlcaán, quien se alimenta del vicio fronterizo.

Detective Malasuerte me gusta más como una novela del tamaño correcto que como tres cortas. Sobre todo porque hay un arco que abarca todas las historias. También porque aproveché la oportunidad para quitar paja y detallar algunas situaciones que quedaron difusas en la primera edición. Es por ello que si leíste y te gustó alguna de las novelas incluidas aquí, conviene conocer su versión corregida y aumentada. Reconozco que la abundancia de personajes puede resultar abrumadora, es por ello que al final del libro coloqué descripciones de los héroes, antihéroes, *femmes fatales* y primigenios que conforman el elenco. Para ser consultadas cuando la ocasión lo amerite.

Por último, quiero agradecer los generosos consejos brindados por admirados colegas como Isabel González, Julio César Pérez Cruz, Karla Quezada, Iván Farías, Liliana Blum y Francisco Haghenbeck. Que sus hogares sean los últimos en ser destruidos por Cthulhu.

HILARIO PEÑA

A la memoria de Sebastián Quezada (2004-2018)

Buenas noches, dulce príncipe

Libro uno

MALASUERTE EN TIJUANA

Génesis de un detective

Nací un martes trece en un pueblo minero de la sierra sonoloense. Trabajaba de llantero y velador en la carretera. En mi cuarto de lámina tenía un collar de ajos, una herradura oxidada, un ojo de venado, una pata de conejo, un póster de Lina Santos y una herramienta Craftsman que me regaló mi tío, el Gitano. Él decía que no me la obsequió porque estaba borracho cuando lo hizo y no se acordaba.

Días antes de la Semana Santa fui al Hollywood, un salón rústico que contaba con una bola de espejos sobre la pista de baile. Ésta era una mezcla de Studio 54 y taberna vaquera, con aserrín en la duela y fardos de heno en la orilla, junto a los barandales de madera. La cantina era para los viejos, el Salón Hollywood para la juventud. Su propietario tenía años queriendo cambiar la fachada vaquera, o al menos modernizarla, pero argumentaba que no tenía dinero para hacerlo y tan sólo se limitó a colgar la bola de espejos arriba de la pista. En el Salón Hollywood estuve bromeando con gente que no me quería para nada. Los empujaba, les palmeaba la espalda y les propinaba el clásico zape a la cabeza. Esos ojetes me tenían por apestado. Le pedí un tabaco a un patizambo. Lo acompañaba una novia bizca.

—Escupe el cascajo, Malasuerte. No se te entiende —dijo.

La gente decía que hablaba como si trajera grava atorada en la garganta. Repetí lo dicho. Modulé mi voz lo más que pude. El patizambo me informó que no le quedaba ningún tabaco. Comenté que le acababa de ver la cajetilla llena.

—Lárgate —exclamó.

Me apodan Malasuerte porque nací el día de la salación y porque mi pelo es rojo. Esta característica es considerada en mi pueblo como cosa de mal augurio y del demonio. Las parteras estrellan a los bebés recién nacidos contra peñascos cuando detectan una sola peca en sus cachetes o un mechón rojo en sus cabecitas. La comadrona del pueblo iba a reventar mi mollera contra el peñasco más grande y filoso del Espinazo, pero como era el primer hijo que logró concebir mi madre después de un par de intentos abortivos, ésta se levantó como pudo de su catre y le impidió a la infanticida llevar a cabo su cometido.

Antes de irme del Salón Hollywood le arrebaté su cerveza al patizambo. Me tomó del brazo, a lo que respondí con una cachetada entre ceja y oreja. Una cachetada propinada por mi mano equivale a tres puñetazos de cualquier otro porque soy hombre de fuerza; sé mecánica y le sé a la construcción. Esto pensaba mientras sacaba todo mi coraje. Varios montoneros me rodearon.

—Uno por uno —propuse.

Mi propuesta no les entusiasmó. Dos saltaron encima de mí. Intentaban derribarme. No lo lograron. Me movía a voluntad con ellos encima. Otros dos me tomaron de mis piernas y me hicieron caer. En el suelo fui víctima de aquello que se conoce como una zapatiza. Sentí la punta filosa de una docena de botas vaqueras mallugar mis costillas, piernas y brazos mientras cubría mi cara lo mejor que podía.

Sólo quería conocer una muchacha en el Hollywood pero no me lo permitían. Doña Juana, la propietaria de los abarrotes, siempre hablaba pestes de mí. Me tenía por sucio, siendo que me bañaba a diario y con agua helada de la presa, y decía que era de mal augurio, sólo por ser pelirrojo. Encima de todo doña Socorro me acusaba de fornicar con gallinas y de matar ganado a puñetazos. Decía que una vez me vieron matando una vaca, en el monte, de un solo gancho de derecha.

Quería ser igual que mi tío, el Gitano. No sabía nada de estrellas del rocanrol ni de futbolistas. Mi modelo de persona era mi tío. Lo presumía:

—Soy sobrino del Gitano. Un asesino a las órdenes de don Agustín Zamora. Mi tío levantó a don Germán porque éste se negó a vender sus terrenos.

La gente iba con el chisme de que andaba de lengua larga. Don Agustín ajeraba a mi tío y éste venía conmigo:

—¿Qué te he dicho? ¿No te he pedido que no me menciones más? ¿Quién te dijo que levantamos gente?

—No he dicho nada, tío. Dígame quién dijo que ando diciendo eso. Que me lo diga en mi cara, a ver si es cierto.

—No te hagas pendejo, cabrón. Te conozco. Sé lo hablador que eres. Y regrésame mi herramienta.

Terminó el último zapateado sobre mi cuerpo. Me levanté con la mayor naturalidad. Salí del Salón Hollywood, ya acostumbrado. A eso me exponía cada fin de semana. Me perseguía esa suerte por todos lados. Las cosas empeoraban para mí en el pueblo. Esa misma noche, al salir de la discoteca y doblar en la esquina, me encontré con el hijo de don Agustín y sus primos: Hipólito, Eladio y Rogelio. Le tendí la mano al Júnior, mostrándole respeto, a pesar de tener su misma edad. Él respondió jalándome del brazo con fuerza, para luego arrojarme al lodo. Me agarró desprevenido. Luego sacó su cuete. Me apuntó con él. Glock 19 Austria 9 × 19, leí grabado en su cañón. Agustín me pidió que dejara de andar de hocicón.

El Júnior quería quedar bien con sus primos. Le había propinado una paliza a cada uno por separado, a Hipólito, a Eladio y a Rogelio. En distintas ocasiones. El único que salió impune de sus groserías fue el hijo de don Agustín. Esto por el respeto que les tenía a su padre y a su hermana, quien siempre ha sido para mí como un angelito expulsado del cielo por exceso de hermosura. Su nombre era Sandy y se parecía mucho a la actriz Lina Santos, sólo que no tan voluptuosa. Tenía pensado preguntarle si no le había dolido cuando se cayó del cielo y entonces Sandy se sonrojaría y yo la invitaría a ir al río conmigo. En mi caballo. Llegando al río los dos nos quitaríamos la ropa y nos meteríamos al agua, tomados de la mano. Ahí mismo le haría su primer chamaco, porque tengo buena puntería. Mientras esperaba a que ocurriera todo esto, le pedía permiso a su padre para tirar caspita del diablo. Mi futuro suegro me ahuyentaba como a un perro roñoso al que nadie quiere cerca:

—Vete de aquí, muchacho. Órale.

Luego iba con mi tío, el Gitano:

—Tío, ¿no tiene un cuete que me preste? Tan siquiera una veintidós. Sí me animo a levantar contras. ¿Por qué no me pone a prueba?

El Gitano me pedía que dejara de estar chingando.

La reputación de Sandy, la hija de don Agustín, estaba impoluta, a pesar de las habladurías que comúnmente corrían por las lenguas de los carcamanes en el pueblo. No se le conocía pareja. No participaba en juegos rudos y toscos como las otras muchachas que jugaban voleibol y a los encantados en la plazuela. Tampoco se le veía en la calle a altas horas de la noche ni bailando con nadie.

Si no era reclutado por don Agustín tenía mi plan B: ir a la frontera, amasar una fortuna y regresar al pueblo a desposar a mi linda pollita. No dejaría que don Agustín diese un solo centavo para la boda. Llegaría y me ganaría el respeto de todos, construyéndoles un caserón a mis papás primero que nada. A ellos los quiero mucho.

Me decían Malasuerte por pelirrojo, lo cual se considera de mal augurio en mi pueblo. Doña Juana, la de la tiendita, me gritaba *¡Tomás, qué feo estás!* porque, además, soy muy velludo. Mi barba es de color rojo rojo y me crece hasta en los pómulos desde muy niño. Abajito de los ojos. Como esos hombres lobo. Pero rojo. El rastrillo me irritaba la piel. La mayor parte del tiempo me la dejaba. Existía otra razón para lo de Malasuerte. Mi papá sembraba chile en el pequeño valle que se abre entre el cerro del Espinazo y el del Espolón. Todos saben que sembrar chile es un albur: o te va mal o te va muy mal. También fabricaba guaraches de correa con suela de llanta. Yo salía a venderlos. Me levantaba del catre a las cinco de la mañana, con el pie izquierdo. Siempre con el pie izquierdo, no podía evitarlo. De ahí me instalaba en la plazuela a las cinco y media. Todos los días. Ni los turistas ni la gente normal solían comprar guaraches en una plazuela ubicada en lo más remoto de la sierra sonoloense, a las cinco y media de la mañana. Mucho menos los turistas. Las cosas empeoraron cuando los mitoteros esparcieron el rumor de que el hijo tonto de don Tomás andaba matando reses a puñetazos y fornicando con burras y gallinas. No se puede fornicar con gallinas. Con burras sí.

Luego de todo un verano de partirnos el lomo arando, arrancando raíces y recolectando piedras que recogía en carretilla, una helada acabó con la mitad de nuestra cosecha. Nos las vimos duras. Comíamos frijoles día, tarde y noche. Por mí no había problema. Me gustan. Mi madre tampoco se llegó a quejar. Mi papá intentaba convencer a la gente de que las acusaciones en mi contra eran falsas. Mi hijo no fornica con gallinas, dijo. Luego llegó el circo.

Vivíamos retirados de los demás terrenitos. En la salida del pueblo, rodeado por una parcela de amapolas. Antes de subir a lo más más profundo, oscuro y siniestro de la sierra sonoloense. A un costado de nuestro terreno estaba un baldío ejidal que yo mismo desmontaba cada año a machetazos. Me cansé de tanto exprimirme ampollas pero nunca nadie me lo agradeció. Ahí se asentaba algunas veces un hipnotizador y otras un cine húngaro con películas de los Almada. Nunca llegó ningún circo. El camino que lleva a mi pueblo es tan angosto que les es imposible llegar a vehículos grandes. Para acceder a él se tomaba una desviación ubicada a la izquierda de un vado de agua clarita del río, filtrada por las piedras de La Gran Sierra del Oeste. Sobre la antigua carretera a Durango que ya nadie usa, excepto los gomeros. Adentrándose en esa desviación se subía hasta abrirse paso por un camino angosto de terracería que bordeaba una serie de cerros de lo más escarpados. Había que tener cuidado al ir manejando. El trayecto era de un solo carril. Muchas fatalidades ocurrieron ahí, sobre todo durante las fiestas del santo patrono, que es cuando la gente está más borracha. Al ir rodeando el sexto cerro escarpado se comienza a distinguir mi pueblo, el cual es atravesado a la mitad por un arroyo que desciende de la sierra, justo a sus espaldas.

Mi humilde y abandonado pueblo estaba arrinconado contra La Gran Sierra del Oeste, como un boxeador que ya no tolera más castigo por parte de su rival. Allá arriba no llegaba el gobierno, ni los turistas, ni los comercios. Llegaron los cirqueros en su caravana cochambrosa. Tenían mucho ánimo. Se instalaron en el baldío que yo mismo les desmonté con todo y mis ampollas llenas de pus. La gente cuando me saluda de mano me dice que es como saludar a una piedra pómez, de tan seco y rugoso, pero, bueno, me estoy saliendo del tema. Mi madre entró en confianza con todos. La trataban bien. Le pagaban para que les guisara, y Leonora, la del trapecio, le ayudaba a mi mamá. De noche, durante el espectáculo, Leonora era una amazona morena, alta, de melena ondulada, y tan fuerte y sana que parecía inmortal. Su leotardo azul de lentejuelas brillaba como un diamante. Sin embargo, de día, la luz del sol delataba una tez pálida y enfermiza, y unos ojos subrayados por bolsas moradas. Su vestido aparecía sucio y plagado de remiendos. A Leonora le dio por ir mucho a nuestro humilde jacal de adobes y techo de varas, algunas veces para que mi madre le remendara su leotardo, otras para ayudarle en las labores del hogar.

Su esposo era Francisco. El otro trapecista. Un pachuco de bigotito delineado como el de Tin-Tan. Muy pulcro y limpio, eso que ni qué. Todas las mañanas iba a la presa y se bañaba con agua helada. Yo creo que era el único que se bañaba. Leonora no. Leonora escupía fuego, bailaba sobre el trapecio y hacía el salto mortal. Francisco no hacía nada de eso. Él nomás se quedaba colgado de los pies en el trapecio, esperando a que su mujer lo tomara de sus brazos. Vi el espectáculo y Pancho no hacía más que eso. La agarraba cuando terminaba de hacer las piruetas en el aire.

Todos hablaban con acento caribeño porque eran de Puerto Rico, donde hay mucho brujo, según mi madre. El único mexicano era Pancho. También era el que más bebía de todos. Una noche, durante una de sus borracheras, golpeó a Leonora, dejándola con un feo ojo de cotorra. Al otro día Pancho se fue a beber y a jugar al cubilete con el payaso Togo; Indalecio, el torso humano; Josefina, la niña-anciana; Bartolo, el imbécil; María José, la mujer barbada; Sansón, el hombre más fuerte del mundo; Fernando y Servando, los hermanos siameses, y Elena, el enano. Ya nunca más se le volvió a ver a Pancho.

18

Togo, Josefina, Bartolo, María José, Fernando, Servando y Elena dijeron que Pancho perdió todo su dinero en el cubilete, salió de la cantina muy triste y se regresó antes que ellos al campamento. Lo que yo sé es que al caer la madrugada, Sansón, haciendo honor a su nombre, lo golpeó en la nuca con una quijada de burro y lo cargó hasta la presa, donde lo echó amarrado a un gran peñasco. Ahí sigue todavía. Quedó claro que los fenómenos lo tenían todo planeado. Incluso tenían una panga lista para la ocasión. Luego Leonora le dio té de calzón a mi padre. Básicamente hizo una infusión con sus pantaletas y se la dio a beber al autor de mis días. El pobre se empinó la taza como si fuese la sangre de Cristo pero al rato ya caminaba con los ojos desorbitados y babeando, como Bartolo el imbécil.

Desapareció el mugroso circo y con él mi papá. Se fue con los fenómenos para el sur. En el camino Leonora lo quiso hacer trapecista. Lo hizo trapecista, sólo que no duró. Cerca de San Blas mi jefe salió volando, se dio con la cabeza en las gradas y se partió el cráneo en dos. Los cirqueros lograron pegarle la cabeza y lo dejaron ahí mismo. Luego él solito llegó a nuestro jacal. Sucio, con una rajadota en la testa y pidiéndole perdón a mi mamá con lágrimas en sus ojos. Ya no quedó bien. No pudo trabajar más. Aquel hombre fuerte e inteligente, se acabó. Ya sólo le importaba fumar sus Delincuentes. Robaba dinero y vendía nuestras cosas para conseguir cigarros.

Lo bueno fue que se largaron. Era una lata tener a los fenómenos todo el día dentro del jacal. Bartolo se reía como una hiena de los chistes de Togo, quien me inspiraba mucho miedo ya que jamás se quitaba el maquillaje debido a que era buscado por pedofilia en Colombia y Venezuela; Sansón lo destruía todo con sus manotas gigantes y torpes; Fernando y Servando nunca querían comer lo mismo, siempre peleaban y no cabían en la mesa.

—Te tragas ese plato de frijoles y yo soy el que los pedorrea —le decía Servando a Fernando.

Elena se la pasaba robándole las pantaletas a mi madre para olerlas y masturbarse en la presa, y yo cada rato pisaba a Indalecio, quien se arrastraba por el piso como gusano ya que no tenía manos ni piernas. El jacal se convirtió en un maldito zoológico durante esos días.

Después que mi papá enfermó comencé a trabajar en la vulcanizadora. Ésta quedaba sobre la carretera a Durango, cerca del vado de aguas cristalinas del que ya les hablé. Visitaba a mis papás cada fin de semana. Aquel domingo, al salir del Salón Hollywood, llegué de madrugada a la vulcanizadora con el labio reventado y con moretones en todo mi cuerpo. No quise ir a nuestro jacal por no mortificar a la jefita. Sabía lo que iba a decir: que siempre me meto en problemas; que pareciera que le quiero hacer honor a mi apodo; que le regresara la herramienta a mi tío el Gitano y que me fuera preparando para la llegada del Viernes Santo, el día del vía crucis.

La semana siguiente me tocaba participar en la Pasión. Nadie más podía con la cruz de madera, sólo yo. Aún no construían una más liviana. Además, yo era el único con barba. Mi madre me comprometía cada año. Era un Jesús pelirrojo.

Quien encarnaba al Salvador tenía que aguantar primero los latigazos. Después venía la corona de espinas en la cabeza. Luego debía cargar con una cruz de noventa kilos, desde la primera casa del pueblo hasta la punta del cerro que se encuentra al otro extremo, a espaldas de la iglesia. Una vez ahí, era mi deber fincarla sobre un agujero, para luego treparme en ella como por tres horas. Se recitaban las Siete Palabras de la Cruz, se procedía a la Procesión del Silencio y, por último, el Rosario del Pésame. No había un Simón que me ayudara con la carga, tampoco quien interpretara a los bandidos. Un servidor era el único crucificado. Eso sí, había muchos soldados romanos con látigo. Se alquilaban solos.

Don Peraza, mi patrón y propietario de la vulcanizadora El Loco Peraza, me dejó irme desde el miércoles al pueblo. El Jueves Santo también me alquilaba para participar en el Lavatorio de Pies. Ese año tampoco alcanzamos pan bendito. Al día siguiente cargaría con la cruz. Al llegar por la noche a nuestro jacal mi madre y yo comenzamos a discutir. Le dije que el padre nomás nos hablaba cuando se le ofrecía algo de nosotros. Me cambió de tema:

—Creo que tu papá vendió mi olla de bronce. No la encuentro. Dice que él no se la llevó. Que la plancha sí la vendió pero que la olla no. La vez pasada que le pregunté por la plancha me dijo que mi cadena de oro sí pero que la plancha no.

El llamado a la aventura

Se volvió a repetir lo de cada año, pero con ciertos detalles diferentes. Me estuvieron azotando como a una mula. Antes no era así. Ahora parecía que lo hacían con saña. Además, hacía un calor de los mil demonios. Nadie me fue a ayudar. Ningún Simón llegó.

—¡Tomás, qué feo estás! —me gritaba doña Socorro—. ¡Malasuerte!

Estaba a punto de desmayarme del calor y del sufrimiento. Creen que no me fijé quién se burlaba. Grabé sus caras en mi memoria. Con todo y nombres. Les quería pedir que se burlaran de mí más tarde. Bola de ignorantes. Esa gente no respeta ni lo más sagrado.

Llegué al cerro, finqué la cruz y me trepé. Otras tres horas en el solazo y al final ni las gracias. Ninguna María Magdalena me esperaba abajo. Sólo mi madre con mi pantalón y mi camisa. Regresamos a nuestro jacal para alistarnos para la procesión. No alcancé a bañarme. Nomás me puse mi camisa amarilla con motivos de palmeras.

Las señoras caminaban con sus velos, dándose golpes en el pecho. Unos metros adelante alcancé a ver a la hija de don Agustín. Sola. Como siempre. Fui tras ella. Me puse a su lado:

—Hola, Pollita.

Dijo que yo apestaba y se alejó. Era verdad que algo olía mal ahí. Me llegó el olor. Me dio vergüenza. De todos modos, si yo olía así era por haber cargado esa cruz todo el santo día. Me entraba sentimiento que me dijeran apestoso. Siempre he sido limpio.

Me separé de la procesión y fui a la cantina por una cerveza. Le invité una a un forastero. El forastero estaba sentado solo y con cara de pocos amigos. Sabía lo que se sentía eso. Nunca lo había visto en el pueblo, esperaba que me hablara sin ningún problema. Le dije que era sobrino del famoso Gitano, que lo podía recomendar porque solicitaba asesinos. Le dije que don Agustín Zamora tenía a don Germán secuestrado porque no le quería vender sus terrenos. Le dije que eso todo mundo lo sabía. Le dije también que me encontraba vendiendo mi caja de herramienta marca Craftsman que estaba como nueva y que incluía rotomartillo, llave perica, llave inglesa, llave Stillson, pinzas de electricista, matraca, extensión mediana, gigante y dados de media, siete-dieciséis, nueve-dieciséis, cinco octavos, once-dieciséis, tres cuartos y trece-dieciséis. Él seguía callado y con cara de pocos amigos. Esto me puso muy nervioso. Le ofrecí un cigarro pero no quiso. Saqué uno para mí. Estuvimos un rato callados. El forastero se terminó la cerveza y se fue. Ni las gracias me dio. Fue derecho para con el hijo de don Agustín, que estaba en la calle. Luego me enteré: el forastero era el propietario de la casa donde tenían a don Germán. Salí corriendo de la cantina.

Nada, ni el nuevo lío en el que me hallaba metido me preocupaba tanto como el recuerdo de mi linda pollita llamándome apestoso. Llegué a nuestro jacal. Mi papá se encontraba atascándose de tamales en la mesa de la cocina. Mi madre estaba triste. El padrecito no le permitió vender sus tamales. La abracé.

—No agradecen, mamá.

—Dios sí agradece, hijo.

Había tenido suficiente. Suficiente de insultos. Ahora sí van a tener su mala suerte, pensé. Me empiné mi café de talega, agarré mi navaja y salí a la calle. La calle del mercado se encontraba mojadita por la brisa de la noche. Clarito brillaba debajo de una lunota grande, como de plato de porcelana, al mero encima del quiosco. Esa lunota que siempre se pone los Viernes Santos. Caminaba volteando para todos lados. Sabía que el hijo de don Agustín y sus primos me buscaban.

Actuaba por instinto, ni siquiera tenía claro lo que pretendía hacer al llegar a la casa de mi linda pollita. Según yo, con aquella inocencia que me caracterizaba en aquel entonces, entraría a su cuarto y le daría un besote. Ya habían sido demasiadas humillaciones. Nos vamos a casar, pensé.

Las doce. Me detuve una cuadra antes. Había gente platicando junto al zaguán de don Agustín. Me asomé desde la barbería de don Simón, cerrada a esas horas de la noche. El caserón de don Agustín estaba en la esquina contraria y contaba con una barda de dos metros de alto, cubierta de trepadora. Crucé la calle bajo el cobijo de las sombras y me brinqué la barda sin problemas. Aterricé en el patio y rápido me escondí en el rincón más oscuro. Caminé por un costado del caserón hasta poder ver a los tipejos parados cerca del zaguán. Los reconocí. Uno era el forastero. El otro era mi tío, el Gitano. Estaba seguro de que el forastero le contó que le quise vender la caja de herramienta. Don Agustín salió de su hogar. Se unió a los otros dos.

—Le daremos piso a ese hijo de la chingada —anunció.

El hijo de la chingada era yo. No cabía duda. Me entró miedo. Pronto le iba a poner remedio a esa persecución. Era hora de hacerse parte de la familia Zamora. Dios sabía que lo intenté por las buenas. Además, todo se estaba dando. Dios se encontraba de mi lado esa noche. Don Agustín dejó la puerta entreabierta. Corrí hacia dentro del caserón. La sala se encontraba desierta. Sabía que el hijo de don Agustín andaba en la calle buscando problemas conmigo. Las mujeres ya debían estar dormidas. El equipo de sonido seguía escupiendo "La ley del monte" a todo volumen. ¿Para qué andar silencioso? Subí las escaleras sin tanto sigilo. En la planta alta no podía buscar a mi linda pollita de cuarto en cuarto. No quería abrir una puerta y encontrarme con mi futura suegra en pelotas. Intenté guiarme por el tamaño de cada habitación. La pieza más grande debía de ser la de don Agustín. Escuché el rechinido de los resortes en un colchón, el rechinido de unas bisagras oxidadas y luego pasos que se acercaban a mí. Bajé corriendo y me metí debajo de la escalera. A los pocos segundos bajó también la señora de la casa. Iba al baño.

En el pueblo las letrinas las tenemos afuera. Mi mamá tenía una bacinica debajo de su cama y orinaba ahí pero hay gente que prefiere salir.

Me armé de valor. Lo mejor sería volver a subir y abrir cada cuarto. Según mis cálculos no quedaba nadie más que Sandy en el segundo piso. Subí corriendo de nuevo. La primera pieza se encontraba con la puerta abierta. Supuse que era la de los señores. Abrí la puerta de la siguiente habitación. Vi un bonito rifle Remington contra la pared, una repisa con una colección de tejanas y varios pares de botas vaqueras en el piso. El cuarto del Júnior, pensé. La habitación que quedaba debía ser la de mi linda pollita. Saqué mi navaja, limpié el sudor de mi mano en el pantalón, giré la perilla y abrí la puerta.

—¿Qué pasa? —dijo Sandy, aún sin percatarse de quien era el hombre que entraba a su cuarto.

La música seguía sonando fuerte en la sala. Sin decir agua va cerré la puerta con el pie y pegué un salto desde la entrada hasta la cama, cayendo encima de mi linda pollita, con una mano sobre su boca y la otra apoyando mi navaja contra su vientre. Me pareció raro lo que usaba para dormir: un vestido muy grueso, como hábito de monja, a pesar del calorón que hacía. Le pregunté qué tal olía. Intentó gritar y la callé con mis labios. Le sabían a ciruela. Estuve a punto de despegarme de ella cuando su boca se abrió para mí. Sentí sus brazos recorriéndome la espalda. En su cara: una mirada esperanzadora. Como si le estuviese haciendo un favor. ¡Yo! Me encontraba en las nubes. Aquello se parecía mucho a mis sueños húmedos. Su disposición era absoluta. Con la navaja le corté el ridículo hábito de monja que usaba como piyama. Un olor agrio se filtró por no sé dónde. No le di importancia. Le besé el cuello. Bajó el volumen de la música en la planta baja. Se escucharon voces. Provenían de la sala. Distinguí la voz de don Agustín. Entró al caserón junto con mi tío el Gitano y el forastero. Me estuve quieto un rato. Sentía la respiración agitada de Sandy bajo mi pecho. Escuché cerrarse una puerta en la planta alta. Supuse que se trataba de la señora. Don Agustín seguía platicando abajo. Decidí tomarme mi tiempo. Irme con más calma. Con mucho cuidado le hice una abertura vertical al vestido por la parte del pecho. La besé en esa parte. Me emocioné, sacudí a Sandy y ésta soltó un gemido. Agarré su nuca y la hice como quise. Me percaté de algo más que ocurría en aquel cuarto. Algo espantoso que surgió de la nada, justo en el momento en que me distraje. Era monstruoso… ¡El hedor!

Cómo me quejaría de algo así si soy hombre. He estado en los lugares más putrefactos sin quejarme. En nada me afectó el estar en

24

pantanos llenos de animales muertos; trabajé de matancero en un rastro; era bueno para cazar tejones; en la vulcanizadora dormía lleno de cucarachas. No me dan asco. Aquello era diferente. Aquello era una marmota descompuesta sobre un charco de drenaje, aderezada con una mezcla de vómito, orines y excremento. Peor que eso.

Volteé para todos lados, tratando de identificar la procedencia de esa peste. Entonces la ubiqué. Era ella. Me aparté. Pregunté qué era esa fetidez nauseabunda.

—No te vayas —dijo, desesperada y jalándome hacia ella con sus manos todavía en mi espalda— Estoy enferma, padezco insuficiencia renal.

Sentí mareos y náuseas.

—Eso no es insuficiencia renal —exclamé—, ése es el olor del infierno.

Mi linda pollita rompió en llanto. Dijo que nunca nadie la iba a querer. Me liberé de sus brazos.

—Mejor me voy —dije.

—Si te vas, grito.

No había consumado el acto. Todo había quedado en intento. Si me llegaban a sorprender, habiendo descubierto el peor secreto de la familia, seguro me cortarían en pedazos con una motosierra. Recapacité. Volví a apreciar la chulada de mujer que tenía enfrente, a pesar de su pestilencia. Me sentí querido y afortunado. Me envalentoné, tomé aire lejos de ella y regresé abrazándola, como quien se sumerge en un pantano. Su hábito de monja venía reforzado con un cinturón de tela a la altura de su cintura. Lo corté y me introduje en ella. Bajo mi cintura concentré mi pasión. El movimiento de mi pelvis extraía un manantial de fetidez inacabable. Algo en mí me hizo asimilarlo. Ahora todo era goce. Comencé a respirar con regularidad. Me restablecí. Agarré mi ritmo. Ella se acopló a mí. Nos amamos.

Mientras tanto, la peste, desatada, conquistaba nuevos territorios. El hedor cruzó a través del bastidor de la puerta hacia el pasillo de la planta alta. Ahí se esparció. Bajó las escaleras y llegó a la sala. La pestilencia estaba en todas partes, asesinando plantas de sombra y de sol, marchitando flores, haciendo a los perros ladrar y a las ratas chillar.

—¿Qué es eso que huele, vieja? —dijo don Agustín.

Se escuchó un portazo. Venía de abajo, de la puerta de la entrada. Al parecer, don Agustín había despedido a sus amigos, quienes hicieron arcadas y vaciaron el contenido de sus estómagos al salir. Escuché pasos en la escalera. Brinqué hacia la puerta. Le puse seguro.

—¿Eres tú, hija? —expresó don Agustín, como quien habla a través de un paño usado como filtro de respiración.

Tomé mi pantalón y mi camisa y me metí bajo la cama. Sandy se agachó. Su hermosa cara se le puso roja porque colgaba de la cama. Me pidió que la besara. La besé. Su papá golpeó con el puño la puerta. Mi linda pollita quiso saber qué íbamos a hacer si nos descubrían. Dije que me iría del pueblo por un tiempo. Me pidió que regresara a pedir su mano. Lo pensé un instante. Le prometí que regresaría por ella.

—Tomás, tienes que regresar. Me entregué a ti, no creas que me voy a casar con alguien con este maldito olor.

Los golpes de don Agustín a la puerta se volvieron más fuertes. Quiso saber por qué estaba encerrada.

—Ahí voy —dijo Sandy, mientras sacaba otro hábito del clóset y deslizaba bajo la cama el que rompí.

Don Agustín sufrió un ataque de tos.

—Hija, ¿qué está pasando? Está peor que nunca. Las flores se marchitaron. Los perros no paran de ladrar.

Sandy abrió la puerta. La patada que tenía aquella pestilencia hizo retroceder a don Agustín. Mi linda pollita dijo que una pesadilla la hizo transpirar.

—¿Quieres que te lleve al doctor?

Sandy aseguró que se sentía bien. Su padre le pidió que abriera la ventana, para que se ventilara la estancia. Algo captó la atención de don Agustín. Señaló los pies debajo de la cama de Sandy.

—¡Qué hiciste! —exclamó.

El padre de Sandy desapareció. Fue por su cuete. Yo sabía que las cosas se pondrían peor luego de que don Agustín descubriese que era ni más ni menos que el mismísimo Malasuerte quien estaba debajo de la cama de su hija. Me apresuré a salir de ahí. Camino a las escaleras, justo a mi lado, él iba saliendo de su cuarto. Ya me apuntaba con su cuete. Forcejamos, logré alzar su brazo, disparó hacia el techo. Las mujeres gritaron. Con una mano inmovilicé su brazo derecho, con la otra lo comencé a ahorcar. Mientras tanto, él me lanzaba puñetazos inofensivos. Don Agustín estaba viejo. Me tiró un rodillazo en la ingle, atentando contra mis testículos. Falló. Lo estrangulé con más fuerza aún y cedió soltando su cuete. Se lo quité de las manos, lo empujé al suelo y salí corriendo. A mis espaldas lo escuché gritar sus amenazas.

En la puerta de la entrada ya estaban el Gitano y el forastero intentando entrar a la casa después de oír el disparo. Por fin entré en razón: mi tío no me quería. Quizás hasta me odiaba. No podía atenerme a nuestro parentesco. Seguro él se encontraba del otro lado de la puerta con su arma desenfundada. Quité el pasador, abrí la puerta y de inmediato puse el cañón sobre la frente de mi tío. El forastero me quiso empujar abalanzándose sobre mí. No pudo. Soy fuerte como un tronco. Ni me movió. Le solté un plomazo tan a quemarropa que le quemé la ropa. El infeliz cayó de rodillas con sus tripas ardiendo.

—Ya estuvo bueno, cabrón —dijo mi tío.

—Arriba las manos —ordené, y mi tío levantó sus manos.

Desarmé a mi tío el Gitano y salí corriendo, no sin antes dispararle a una llanta de la camioneta de don Agustín. (Además de fuerte y valiente, soy inteligente.) El corazón se me salía del pecho. Sé que en la literatura seria es de mal gusto usar dicharachos pero ésta no es literatura seria y la verdad es que corrí *como alma que se la lleva el diablo*. Directo al jacal de mis padres.

Tres cuadras antes me esperaban el hijo de don Agustín y sus primos. Bajaron de su camioneta, uno por uno. Me fui sobre de ellos sin pensarlo. Puse a la vista mis dos cuetes.

—Qué —les dije—. ¿Quieren un poco de esto? —y les apunté a los cuatro alternadamente.

El hijo de don Agustín me pidió que me calmara.

—¿Quieren que los rocíe de plomo? ¿Eso quieren?

Sonó el *walkie-talkie* de don Agustín (no había celulares en aquel entonces):

—Adelante, hijo. ¿Cuál es tu veinte? Necesito que busquen al Malasuerte. Tráemelo vivo o muerto. Se metió con tu hermana. Repito, se metió con tu hermana. Anda armado. Repito, anda armado. Cambio. ¿Me copiaste?

Agustín intentó ir por su cuete. Reaccioné haciéndole un boquete en la nuca con el Smith & Wesson de su padre. Después repartí plomo a diestra y siniestra. Dicen que ese revólver —el modelo 500, con cañón de seis pulgadas y proyectiles Magnum— tiene buena patada. No lo sé. Ni lo sentí. Para mí fue como estar disparando una pistolita de triques. Los muchachos gritaban y se revolcaban en el suelo. Vacié la escuadrita Glock y el revólver Smith & Wesson. Luego corrí hacia mi jacal. Llegué agitado. No podía hablar. Mi madre estaba asustada. Escuchó los disparos. Mi papá seguía comiendo de la cacerola de tamales.

—¿Qué le pasó, hijo? ¿En qué se metió ahora?

—Los maté, mamá. Los maté a todos. Al hijo de don Agustín y a sus primos.

Mi madre me pidió que me fuera lejos.

—¿Pero a dónde?

—Pues para el norte. Agarra monte, busca la vía del ferrocarril, espera a que pase uno y te vas. Pero ya, hijo. Vete.

—Perdóname mamá.

—Ellos se lo buscaron. Ni modo. Lo hecho, hecho está. Nomás déjeme darle tamales y un bule con agua, hijo. Espérese.

Entró a la cocina y salió con el bule y una docena de tamales envueltos en una toalla.

—Ahora váyase y no vuelva. Nomás acuérdese que aquí lo quieren mucho su madre y su padre. Déjeme darle la bendición.

Me madre me dio la bendición larga. La que marca crucecitas en la frente, en los hombros y en el pecho.

—Usté está muy guapo, no importa lo que diga la gente de aquí. Por favor, tenga cuidado. No quiero que le pase lo que a su padre. Tenga cuidado con lo que tome. No acepte tragos de extraños ni de extrañas. Hay muchas brujas en el mundo.

—Hay muchas brujas —repitió mi padre, desde el fondo del jacal, con la mirada puesta aún en su plato de tamales.

Mi madre continuó con su discurso críptico:

—No vaya al Valle de las Sombras ni salga la noche de la Luna

28

Ensangrentada. Tenga mucho cuidado con los duendes que salen del arcoíris y vaya con un brujo para que le haga una buena limpia y le quite toda su salación. Pero primero agarre monte.

Les dije que los quería mucho y que cuidaran de mi gallo. Salí del jacal con lágrimas en los ojos e hice como mi mamá me dijo: agarré monte.

Primer mentor

Esa noche corrí por bosques tan densos que no daban paso a la luz de la luna. Mi tío me perseguía para matarme. Lo escuchaba llamarme. Me invitaba a que me rindiera. Luego lanzaba un proyectil en mi dirección. El intenso olor a pino era embriagante. De noche me daba por recordar la historia del Niño Gallo. Se dice que don Jonás optó por inyectarle hormonas de gallo a su hijo para impedir que éste se hiciera maricón. Pronto el muchacho empezó a cacarear. Luego de esto llegaron las plumas. Durante su adolescencia la boca del muchacho se convirtió en un espeluznante y filoso pico con el que mató sin piedad al autor de sus días. La familia lo abandonó en lo más profundo de la sierra. Nunca creí ni tantito en ese cuento, al menos no hasta esas noches en las que me encontraba solo y con hambre, creyendo ver en la oscuridad a un ser emplumado de más de dos metros, con cresta y pico, moviendo sus alas y cacareando.

Distinguí los viejísimos postes del telégrafo y en la ruta de ellos un camino continuo. Quedaba como a cuatro kilómetros de distancia. Hacia allá me dirigí. Llegué por la noche y encontré mi salvación. Efectivamente, era la vía del ferrocarril. Sólo me quedaba esperar. Al caer la madrugada el metal de las vías vibró. Me preparé. Calculé su velocidad y supe que sería un abordaje complicado. Me preparé para correr. Era un tren de carga. Había reducido su velocidad debido a que se acercaba a la estación de Bahía de Venados. Llegó el locomotor: lo dejé pasar. Los vagones me rebasaban, uno tras otro. No hallaba cómo sujetarme. Intenté trepar a un vagón cisterna pero perdí el agarre. Los que seguían me parecían aún más inaccesibles. Vi venir un vagón abierto con personas dentro. Uno de ellos se aproximaba con el brazo extendido. Lo esperé. Nunca olvidaré aquel brazo tatuado con la imagen monocromática de Jesucristo. Me sujeté del tatuaje mal hecho y éste me arrastró dentro, con ayuda de sus acompañantes. Eran tres polizones. Les di las gracias. Me preguntaron hacia dónde me dirigía, con la mirada en mi cuete. Les dije que a Chicali. Me pidieron prestada mi pistola.

Cargaba mi barba larga, mi ropa estaba sucia y mi cuerpo lleno de raspones. Parecía un vagabundo, aunque bastante grande de tamaño y bien alimentado. Fácilmente hubiese podido con esos malvivientes si hubiesen intentado algo en mi contra.

—Te quieren madrugar —se escuchó una voz desde la oscuridad del vagón.

Los pandilleros formaron un muro, intentando ocultar de mi vista al hombre que me puso sobre aviso. Además de ser fuerte, soy bastante alto, así que pude ver por encima de sus hombros y alcancé a notar a un viejo en lo profundo del vagón. El veterano fue hasta donde estaba un servidor, dio media vuelta y montó guardia inglesa.

—¿Cuidas que no se metan? Voy a agarrarme uno por uno.

—Ándele pues —dije, haciéndome a un lado.

—¿Quién le va a brincar primero?

El que me ayudó a subir dio un paso al frente y se quitó su playera nomás para mostrar que tenía todo tatuado el cuerpo con vírgenes de Guadalupe, sirenas, sagrados corazones, anclas, san martines, una lágrima, tres puntos y varios cristos. Rápido empezó a dar de brincos alrededor del veterano, como un canguro. El veterano lo seguía rotando sobre su eje.

Un servidor sacó su cuete, para lo que se ofreciera. Manteniendo a los demás a raya, como me lo pidió el veterano. Sabía lo que era ser atacado en bola y no era algo con lo que yo simpatizara.

Por fin, después de tanto brinco, el malviviente se decidió a atacar pegando un salto con su rodilla por delante, a lo que el veterano respondió esquivándolo y conectándolo con un uppercut en pleno vuelo. Todo en un solo movimiento. Éste no fue un sabanazo, como los que son comunes en los pleitos callejeros. Éste fue un autentico, fino y bien delineado uppercut a la mandíbula. El veterano tenía brazos largos, de gorila, y una agilidad felina. El maleante aterrizó de espaldas e inmediatamente después tenía toda la humanidad del veterano encima de su cuello. Me limitaba a ver cómo expiraba la vida del malandrín. No intervine y no dejé intervenir a sus amigos.

—Que lo deje levantarse —propuso uno.

—En el suelo no se vale —dijo otro.

Por lo maltratado que lucía el veterano, era evidente que no observaron las reglas del Marqués de Queensberry antes, así que no había por qué considerarlos autoridades en lo que a legalidad pugilística se refería. El pandillero se intentaba liberar de la llave pero le era imposible, sólo se sacudía en su mismo lugar, lo cual era lo único que el veterano le permitía, al superarlo en peso, salud y fuerza. Incluso hizo esfuerzos por quitárselo de encima impulsándose con pies y manos, pero el veterano seguía en lo suyo con una determinación implacable, concentrando todo su peso y fuerza en la pierna colocada justo sobre la garganta de su víctima, en cuya cara se posó un semblante desesperanzado de tintes morados. El polizón cedió, dejó caer sus extremidades, le sobrevino una serie de espasmos y se quedó quieto.

No deseaba cargar con otro muerto en mi consciencia.

—Ya estuvo bueno —dije.

El veterano se levantó. Los malandrines ayudaron a que su amigo recuperara el conocimiento echándole aire a la cara con un cartón. Los obligué a descender del vagón, cosa que los montoneros aceptaron sin ningún problema. El único que aterrizó mal fue el peleonero tatuado, quien seguía un poco apendejado luego de su encuentro cercano con la muerte. El belicoso rodó por la hierba silvestre como un espantapájaros siendo arrastrado por un huracán.

Después de días de brutal soledad sentí la necesidad de un acompañante, por lo que dejé al veterano quedarse. Llegamos a Bahía de Venados. Ahí tuvimos que transbordar. Fue durante nuestra estancia en el puerto que entramos en confianza. Me dijo que se llamaba don Leonardo. Le platiqué al veterano la razón de mi viaje, contándole los hechos ocurridos aquella Semana Santa en mi pueblo, omitiendo la parte de la pestilencia en el cuarto de Sandy. Esto por caballerosidad.

El miedo se volvió a apoderar de mí.

—¿Qué te preocupa? —dijo don Leonardo.

—Quizá debería regresar y enfrentar las consecuencias de mis actos.

—Viajas al norte siguiendo una corazonada, ¿qué hay de malo en ello?

A pesar de que el veterano me contestó con una pregunta, había mucha sustancia en su respuesta. Tanto así que quedé satisfecho y meditando. Aun así, durante las noches no podía evitar las pesadillas. No les cuento cómo eran éstas porque me choca que me lo hagan a mí. No me gusta que la gente me cuente sus sueños. La mayor parte del tiempo las pesadillas no tienen sentido y me parece una pérdida de tiempo el escucharlas. Lo que sí puedo decir es que sentía que había caído de la gracia de Dios.

Tan pronto don Leo conseguía unas monedas, las cambiaba por mezcal y hablaba incoherencias:

—¿Te conté de Gamaliel? Trabajaba en las fiestas del santo patrono de mi pueblo. Voló en pedazos mientras cargaba un barril de pólvora.

En eso se detuvo, empinó el pomo y dio un enorme trago. Bajó el codo y quedó inmóvil por unos segundos. Parecía atolondrado. Sacudió su cabeza e intentó proseguir.

—¿En qué estaba?

Poco a poco los ojos de don Leonardo se fueron cerrando hasta quedar dormido. Al día siguiente reanudamos nuestro viaje en un tren que nos llevó hasta Mexicali.

Era amor del bueno lo que sentía por mi linda pollita, sin embargo, su recuerdo aún me traía sentimientos encontrados. Su familia, su hedor, mi crimen, sus labios, sus caricias, mi promesa de regresar por ella. Llegando a Mexicali me comunicaría con Sandy, aclarándole mis sentimientos por medio de una carta, la cual sería difícil que llegase a sus manos. Pensaba mandarla sin remitente, con la dirección de mis padres como destinatario, pero dirigida a mi linda pollita. Mi madre me tendría que ayudar.

Durante el viaje me hacía las mismas preguntas: ¿me permitiría algún día don Agustín casarme con su hija? ¿Comprenderían mis acciones? Pero es que cuando estás enamorado nada te parece imposible. También me preguntaba qué habría sido de mis padres. Me preocupé por ellos, por su integridad. La reacción de don Agustín ante el asesinato de su hijo me era imposible de calcular.

Sandy me vio con ojos de amor. Eso era innegable. La observé aferrándose a mí como si fuese su salvación. Entonces pensé que quizá lo era en la medida en que calculaba que sólo una persona tan rechazada como yo la hubiese aceptado a pesar de su secreto. Quizás era que me veía tan solo y desesperado como ella. ¿Acaso no veía lo hermosa que era?

Mientras cruzábamos el Desierto de Sonora me hice la promesa de serle fiel a mi linda pollita en el norte, donde trabajaría duro y guardaría dinero para mi regreso al pueblo. Primero que nada confesaría mis crímenes en la iglesia, para limpiar esos pecados míos que arrastraba y que pesaban ya más que el mismo arado en tierra seca.

—La capital de Marruecos es Rabat y la capital de Turquía es Ankara —dijo el veterano—. La de Rumania es Bucarest. De Hungría es Budapest y la de Bélgica Bruselas. Bulgaria, Sofía; Nueva Zelanda, Wellington; Noruega, Oslo; Dinamarca, Copenhague; Suecia, Estocolmo; Portugal, Lisboa; Túnez, Túnez; Libia, Trípoli; Paraguay, Asunción; Uruguay, Montevideo; Grecia, Atenas. Me sé las capitales desde la primaria y cuando sale un nuevo país siempre me entero gracias a las Olimpiadas o al Mundial de Futbol.

Le pregunté a don Leo a qué iba al norte.

—Hace años fui a Mexicali para trabajar en el corte del algodón. Un viejo de la cuadrilla no le hablaba a nadie. Trabajador como caballo percherón pero terco como una mula. Andaba con Raquel, una jarocha que mesereaba en la cantina. Aquilino era el que se iba con ella pero siempre muy silencioso. Hacía como que iba al baño y desaparecía. De ese tipo de salida silenciosa que uno hace cuando se quiere dar a notar más. Haciéndose el discreto nos restregaba en la cara que, a pesar de viejo, todavía se le paraba. Regresaba sin un quinto pero nunca lo vi pedir prestado. No comía en días si era necesario. También tenía familia pero en Michoacán. Nietos, hijas, esposa. Todos dependían de él. Raquel siempre andaba toda puteada. Pensábamos que se desquitaba con ella. Siempre llegaba con un nuevo detalle. La retina sanguinolenta, la nariz chueca, chimuela, el labio roto, el ojo morado, pero no andaba llorando. La vieja como si nada. Al contrario, siempre bien alegre. Hasta que lo dejó. Se vino a vivir conmigo. Yo la trataba bien. Le daba su dinero. Se encariñó. Me atendía de maravilla. Luego me volvió a llegar puteada. Como que el viejo todavía la buscaba. En la chamba Aquilino no me podía ni ver. Me detestaba pero nunca me dijo nada. Una noche llega la vieja a mi cuarto y me dice que lo picó con un cebollero y que fue en defensa propia. Al día siguiente nuestro capataz encontró a Aquilino todo fileteado en su traila. La placa me interrogó. Les dije que Raquel estuvo conmigo toda la noche. Ese mismo día fui a parar al bote. Me cansé de echarle la culpa a Raquel pero resultó que ésta salió con otra coartada: que estuvo con una amiga y a mí me terminó dejando como un pendejo. Todos los del jale dijeron que fui yo cuando les fueron a preguntar. En el bote me enteré que la vieja tenía un hijo tecato y que la agarraba a putazos si no le daba dinero para picarse las venas. Sé que ese cabrón le dio piso a Aquilino. Cuando los mate como perros voy a quedar a gusto. Nomás fui al sur a ver a mi mamá, antes de regresar al bote.

En Mexicali el calor era peor que en Sonora. El horizonte terroso temblaba a través del vapor de aquellas calles vacías, sin árboles donde resguardarse del sol, ni transeúntes, ni perros, ni niños, ni vida. Un paisaje dominado por restaurantes de comida china, maquiladoras, lotes de autos usados, bancos, oficinas móviles y supermercados. Nadie parecía estarse divirtiendo ahí. Señores obesos salían corriendo del aire acondicionado de los bancos, esperando ser refrescados de nuevo por el viento caliente de su coche en movimiento. La calle era un comal donde podías poner a freír huevos o lo que quisieras.

Don Leonardo y un servidor quedamos de acuerdo en buscar primero trabajo y después conseguir un lugar donde rentar.

—¿Te conté que mi abuelo me enseñó a tocar la gaita escocesa?

Dejé de escuchar a don Leonardo. En realidad ya no escuchaba nada más que una voz interna que me exigía un ToniCol bien frío cuanto antes. El ToniCol es un refresco sabor vainilla que hacen cerca de mi pueblo. Tiene a un vaquerito en el logo. La mejor soda del mundo. Especialmente si se toma en botella de vidrio. Las tripas me gruñían del hambre, pero lo más apremiante era la sed. El sol parecía enfocar toda su furia sobre mi lomo. Siendo el sol de las doce de la tarde, éste se encontraba justo sobre mi cabeza. Sentía que me aplastaba. Caminaba con la vista puesta en el suelo, con la esperanza de encontrarme un billete o unas monedas que canjear por un ToniCol. Don Leonardo lucía contento con su pomo de mezcal.

Le pedí unas monedas a la primera persona que nos topamos en la calle, sin esperanza de nada. Era un joven con unos audífonos puestos y una revista de videojuegos en su mano. Los pocos transeúntes con los que nos habíamos cruzado hasta ese momento nos habían sacado la vuelta o de plano se cruzaban la calle al vernos. Éste era el primero que pasaba a nuestro lado. El muchacho levantó la mirada de su revista, nos vio a don Leonardo y a mí y rápido metió la mano en su bolsillo. Me dio unas monedas y huyó corriendo. No quise sonar tosco, fue mi estómago quien habló, habiendo tomado las riendas de mi cuerpo ante mi pasividad y desatención. A dos cuadras estaba un Seven Eleven. Le pregunté a don Leonardo si se le ofrecía algo. El viejo señaló su pomo.

—Con éste tengo —dijo.

La tienda se encontraba vacía excepto por el cajero con cuerpo de michelín. Un servidor traía sus diez pesos en la mano y en su mente hacía cálculos estimando lo que se podría comprar con esa cantidad, mientras caminaba por los pasillos de la tienda con la boca abierta y un hilo de saliva colgando. Pasé las sopas de camarón instantáneas, los cacahuates, las fritangas, las paletas, los helados, los chocolates y llegué hasta los refrigeradores. No vendían ToniCol. Estuve a punto de sacar una cerveza cuando me percaté de una lata sudorosa que rezaba Chocomilk. Pensaba matar dos pájaros de un tiro con ella. Aquel producto se me presentaba como un desayuno proteínico, refrescante y acorde a mi presupuesto. La cogí y fui directo a la caja.

—Nueve pesos con cincuenta centavos —dijo el cajero.

Pagué y salí a la calle para acallar al calor en su propia cara. Abrí la lata y sorbí. Tan pronto llegó el líquido a mi paladar supe que cometí un error. Era la porquería más desagradable que jamás haya probado. Regresé a la tienda con la lata en mi mano.

—¿Qué es esto?

—Chocomilk gasificado, señor.

—¿Chocomilk gasificado?

Saqué mi cuete y le pedí el dinero de la caja. No sabía lo que hacía. No lo planeé. Ni siquiera recuerdo haberlo decidido. Estaba poseído por el Diablo. El Chico Michelín parecía que se iba a desmayar del susto.

—Puto calor —exclamé—. Puto chocomilk gasificado.

Don Leonardo entró luego de que escuchó los gritos desde afuera. Le pedí que cogiera el dinero de la caja y todas las cajetillas de cigarros que pudiera. Don Leonardo dio la vuelta al mostrador, hizo al Chico Michelín a un lado de un empujón y sacó los billetes de la caja.

—Prepare dos sopas de camarón —dije.

Estuvimos ahí, aprovechando la ausencia de vida en las calles de Villa Infierno durante las horas de calor más aplastante. Nadie entraba al Seven Eleven. Nos creíamos de acero, que podíamos con cualquiera que hubiese entrado. Don Leonardo estaba muy tranquilo, observando el reloj en el horno de microondas. Le pedí al Chico Michelín las llaves de su coche. Le pregunté cuál era. El cajero señaló con su dedo un Honda. Sonó la campanilla del horno de microondas. Le pedí a don Leonardo que preparara mi sopa con chile y limón.

—Traiga cucharas y un doce —agregué.

Don Leonardo fue por Tecates al congelador. Salimos del clima controlado hacia ese comal encendido que es Chicali. Don Leo iba cargado de bolsas que colgaban de sus codos. En sus manos sostenía las sopas de camarón artificial.

—Usted maneje —le dije a don Leonardo, al tiempo que lo libraba de su carga y le entregaba la llave.

Abordamos el hondita. El hule de los asientos estaba a punto de derretirse del calor y nos quemó el culo. Don Leonardo echó el coche a andar y lo enfiló por la avenida. Me encontraba en el asiento del copiloto con mi atención puesta en mi sopa de camarón y en mi Tecate. Pregunté qué pasaría si nos topábamos con una patrulla.

—La central ya les informó que andamos armados —dijo don Leonardo—. Esos cobardes no arriesgan el pellejo.

Quise saber cómo es que sabía tanto.

—Todo lo que sé me lo enseñaron autores como Raymond Chandler y Dashiell Hammett. Son escritores de novela policial. Los descubrí gracias a un amigo que hice cuando estaba guardado. Tengo dos cajas llenas de libros. Cuando lleguemos a Mexicali esas cajas serán tuyas.

Abandonamos el Honda a un par de cuadras del cuarto donde nos instalamos. Contaba con dos camas y un baño. Cincuenta dólares al mes era el alquiler. Pagamos el depósito y el primer mes.

—Don Leo, ¿no cree que me debería ir de la ciudad? ¿Qué tal si me buscan?

—No va a pasar nada. Tú preocúpate cuando no la debas. Pero rasúrate esa barba, no seas tan descarado. Digo, pon de tu parte.

—Es que no puedo. Me salen ronchas.

—Para eso está la crema de afeitar. Cómprate una, un buen rastrillo y tu loción. Sirve que te curas ese olor. No te va a pasar nada.

Aprendía mucho de don Leonardo. Para empezar, en el pueblo ni sabía de la existencia de alguna crema para afeitar. Tan pronto me quité todos esos pelos de la cara me vi guapo, la verdad. Porque tengo mucha personalidad, lo que sea de cada quien. Mi madre siempre me decía que me parezco a MacGyver pero con los ojos del programa de televisión *El astuto*.

Primeras pruebas, primeros desafíos

Las ratas, del tamaño de castores, pasaban con toda confianza sobre mis pies, mordiendo las suelas de mis botas. Cucarachas escalaban sobre mis piernas el camino hacia mis trusas, forzando espasmos en mi cuerpo mientras le quitaba la cochambre a los trastes. Los malditos taka-takas, ya acostumbrados a la convivencia con aquellas alimañas, se divertían de lo lindo al verme intentando sacudírmelas de encima.

Era ayudante de lavaplatos. Un lavaplatos era mi jefe inmediato. Me encargaba del reciclaje. Era mi deber clasificar las sobras en su respectivo contenedor. Luego de esto pasaba los vasos y cubiertos a mi jefe, el lavaplatos, quien me los dejaba enjuagados por el otro lado, listos para ser ordenados por mí.

El mismo aceite era usado sobre los sartenes a lo largo del día y, al final, el restante era vaciado de nuevo en el envase. Nada se tiraba. La comida era levantada del suelo, debido a alguna torpeza casual, y llevada de regreso a su platillo. Las moscas, gordas como abejorros, caían sobre mis hombros y cabeza, fatigadas después de tanto comer. El bote de basura se encontraba rebosando de gusanos.

Los chinos me gritaban a todas horas con su taka-taka. Al cabo de un mes comprendí que mis movimientos jamás serían lo suficientemente rápidos para sus exigencias. El lugar siempre estaba atestado de clientes, lo cual aceleraba mi trabajo y provocaba mi torpeza. Platos rotos, té derramado, comida mal clasificada. Todas las noches llegaba a mi cuarto aporreado y estresado.

El piso de madera tenía una gruesa capa de cochambre que a nadie parecía molestarle, por lo que no me sentí con la necesidad de limpiarlo la vez que, accidentalmente, hice caer uno de los salseros en el suelo, derramando por completo su contenido. Los platos sucios se apilaban, la torre crecía por segundo, por lo que decidí seguir con mi tarea de reciclaje y clasificación, cuando sentí una fuerte palmada en mi nuca. Volteé y ahí estaba el jefe de cocineros gritándome, enfurecido, mientras señalaba al suelo.

Supuse que me pedía limpiar la salsa derramada, por lo que tomé un trapo y me arrodillé para limpiar el suelo. De pronto sentí su pie en mi hombro arrojándome hacia atrás con fuerza. Caí de culo. Me tendió una cuchara y el salsero. Entendí que me pedía recoger la salsa a cucharadas para luego reciclarla.

Tomé por la cola la rata más gorda a mi alcance y agarré al jefe de cocineros a ratazos por toda la cocina, en dirección a la puerta y fuera de ésta hacia el comedor. Lo perseguía con el roedor agarrado de la cola. Un mesero se me colgó del cuello pero mi cólera me hacía indomable. Apenas sentí su peso. Me encontraba hecho un toro salvaje. El cuerpo gelatinoso de la rata terminó por reventarle al jefe de cocineros en su hombro, dejándome la pura cola en mi mano. Se escuchaban gritos de pavor. La cajera estaba vuelta loca. Los clientes boquiabiertos. Una vez más me daba cuenta de mi potencial en una ciudad como ésa, donde la gente no sabía tu nombre ni conocía tu fama ni tu familia. Podía atacar de la nada, aprovechándome del factor sorpresa. Me hice a la idea de que en una ciudad la gente no está en tu cara todo el tiempo como en el pueblo, donde todos ya esperaban de antemano un arranque de mi parte. Comenzaba a aprovecharme de esta ventaja nunca antes experimentada. Me sentía invencible.

—Soy el Malasuerte —le anuncié al mundo entero—. Feo pero de buen cuerpo porque soy hombre de fuerza; sé mecánica y sé vudú; sé karate y le sé a la construcción. Soy cabrón.

Llegué a la pensión, abrí una Tecate, encendí un tabaco y me puse a escuchar a Los Invasores de Nuevo León. En el cuarto ya teníamos una radio. Don Leo la compró antes de partir a cobrar venganza, con mi cuete.

Luego de que el clima nocturno refrescó un poco el concreto ardiente de Chicali, salí a caminar por la avenida Justo Sierra hasta llegar al cine. La película tenía por protagonista a un periodista que se la pasaba triste todo el tiempo. Como con cara de estreñido. Como si tuviese problemas para ir al baño y necesitara una buena dosis de Metamucil. Como si llevara toda la miseria del mundo sobre sus sufridos y virtuosos hombros. Su editor no paraba de recordarle que estaban por cerrar la edición del diario, pero en lugar de entregarle a éste la nota que exhibirá toda la corrupción del gobierno, el reportero se metió en un bar donde permaneció horas fumando y chiquiteando su trago de whisky. Me salí durante el intermedio. Quizá no entendí lo que el director me quiso decir con sus escenas aburridas porque en aquel entonces nomás veía películas de Sergio Goyri, Valentín Trujillo y los Almada.

Al regresar al cuarto la puerta no se dejaba abrir. Algo detrás la estorbaba. Empujé con fuerza y la puerta se abrió arrastrando algo pesado. Me asomé y descubrí dos cajas de cartón, una sobre la otra. Había una botella de brandy medio vacía junto al radio. Del baño salían voces. Una era la de don Leonardo. Al parecer, tenía compañía. Su cama se encontraba deshecha. Distinguí una voz de mujer. Don Leo salió del baño con nada puesto excepto una toalla enredada en su cintura. Su mirada era evasiva. Su comportamiento me resultó familiar. Demasiado familiar.

—Hola, Tomás. Te traje estas dos cajas llenas de novelas policiacas. Ahí está todo lo que sé de la vida. Eran mías.

Señalé hacia el baño. Pregunté quién estaba ahí.

—Nos metimos a bañar —musitó don Leonardo—. En un momento sale Raquel.

—¿La señora que iba a matar?

Don Leonardo abrió mucho los ojos y puso un dedo en su boca. Me pidió que bajara la voz. Quise saber qué hacía esa mujer ahí. Don Leonardo me cogió del brazo y me llevó para afuera. Apenas nos dirigíamos a la puerta cuando salió la bruja.

—Amor, déjame presentarte a un verdadero cabrón —dijo don Leonardo, regresándome al cuarto con su mano en mi espalda—. Éste es el famoso Tomás Peralta, alias el Malasuerte.

—Mucho gusto —repuso la hechicera—. Soy Raquel.

Don Leo se disculpó con la bruja y me volvió a llevar para afuera. Salimos al pasillo y ahí continuamos hablando en secreto, con don Leonardo asomándose de manera nerviosa dentro del cuarto para cerciorarse de que Raquel no escuchara nuestra conversación.

—¿No se pudo enredar con otra mujer?

—Tú no entiendes, Tomás. No conoces ese aroma. Un aroma que te atrapa. Tú no sabes porque no lo conoces.

Don Leonardo me recordaba a mi padre durante los días previos a su fuga con Leonora. Sus pupilas parecían balancearse como dos péndulos. Sujeté a don Leonardo de los hombros.

—Mi padre conoció ese aroma —dejé en claro—. Él se curó partiéndose el cráneo y quedando imbécil para toda su vida. Sé de lo que le hablo.

—Vengan, chicos —dijo la sexy jarocha, desde el interior del cuarto.

—Me voy mañana a Tijuana —aclaré—. Debo comprar una maleta.

—Llévate los libros que te traje, Tomás. Te van a servir. La radio también.

Al día siguiente partí a la central camionera, con rumbo a la ciudad de Tijuana.

Nuevos maestros, nuevos desafíos

La Revolución era una avenida plagada de trampas para turistas con forma de burdeles, boticas, cantinas, centros nocturnos y tiendas de artesanías. En su extremo norte, la calle se sujetaba fuertemente a la frontera con los Estados Unidos, de donde provenía su sustento: gringos pervertidos que cruzaban diariamente la garita de San Isidro. En aquellos días su banda sonora era una mezcla de hiphop de la Costa Oeste y corridos norteños. Estaba maravillado. Iba y venía por la *Revu*, de sur a norte y de vuelta, intentando memorizar cada grieta en su mítico asfalto, las estrías presentes en cada *paradita* vestida de colegiala, las rayas pintadas en cada burrito cebra.

Tijuana te abría los brazos cuando llegabas. Como dijo el poeta, era una ciudad ancha de espaldas. Sus aceras brindaban la sensación de que cabíamos todos. En *TJ* la gente estaba demasiado ocupada en lo suyo, que las más de las veces era mantenerse a flote, así que no había viejas chismosas metiendo sus narices donde no las llamaban. Las personas no eran tan supersticiosas para juzgarme por mi pelo rojo.

Lo único que no me gustaba de Tijuana era la torre ubicada al lado del Club Campestre y frente al restaurante con forma de sombrero. El edificio emitía malas vibras que me causaban escalofríos y hasta mareos. El clima se encontraba eternamente nublado en esa parte de la ciudad. Le sacaba la vuelta a toda costa pero, al mismo tiempo, creo que fue la Torre lo que me hizo ir a Tijuana, antes que cualquier otra cosa. Me llamó de una forma que no puedo explicar.

Tenía bastante claro que no debía trabajar en las fábricas ubicadas al este de la ciudad. Esto por mi propia salud. En Chicali tuve oportunidad de echarle un ojo a esa gente. Gente sin vida, es lo que digo. Como cuerpos sin alma. Salían del turno nocturno arrastrando los pies. Como zombis. Con sus ojeras, su mirada perdida y su tez color gris. Los de complexión delgada lucían desnutridos y los gordos lucían mórbidos e insanos.

Con el dinero que tenía ahorrado me instalé en una pensión de la calle Coahuila, a un par de cuadras de establecimientos como el Tropical y el Chicago. También me quedaban cerca bares para estudiantes de la universidad pero a esos jamás entré.

El alquiler era de cien dólares mensuales. La pensión contaba con un baño compartido y agua caliente. El cuarto a la derecha del mío se mantenía todo el tiempo cerrado, emanando vapor del quicio de la puerta. Siempre estaba lleno de cocineros de metanfetamina que salían sudorosos. En vez de voces, sólo escuchaba murmullos ahí dentro. Era permanente el sonido de utensilios metálicos y muebles siendo desplazados de un lugar a otro.

A mi izquierda tenía al boticario nazi jarocho que siempre andaba con su gripa colombiana que él decía que era sinusitis. A pesar de su tez morena, su lectura predilecta era *Mi lucha*, de Adolfo Hitler, el cual consideraba un libro de autoayuda con ideas muy interesantes.

—De vivir en tiempos del Tercer Reich reencarnarías como jabón —opiné.

—Todo eso es mentira —indicó el boticario nazi—. Como el viaje a la Luna y el mito de la Tierra redonda. Por ejemplo, ¿has visto la torre que está cerca del Club Campestre? Ahí se encuentra Sandkühlcaán. Un ave carroñera de dos metros de alto y con sotana roja. Controla el vicio y el juego en Tijuana. Es propietario de la compañía de gas y de todos los *books*.

Manifesté mi incredulidad. El boticario nazi jarocho puso su mano en mi hombro.

—Tienes que despertar, amigo. ¿Estás familiarizado con esos misteriosos locales decorados con cortinas color verde que hay por toda la ciudad?

—Sí —dije—, son clubes de nutrición. Venden polvitos para adelgazar, licuados proteínicos y esas cosas.

44

—¿Acaso has visto a un sujeto en forma saliendo de uno de esos congales?

Jamás había visto a un sujeto en forma saliendo de uno de esos congales.

—Son templos donde se celebra El Culto a Bugalú. La verdad está allá afuera, amigo.

La principal afición del boticario nazi jarocho, además de la salsa, las teorías de la conspiración y la literatura nazi, eran las mujerzuelas. Todos los viernes salía de su trabajo en una de las boticas ubicadas sobre la avenida Revolución, *conquistaba* a un par de furcias y se las traía a la vecindad. Algunas cadavéricas, otras sin dientes y una que otra tuerta o coja. Una vez toqué a su puerta, la cual se abrió jalada hacia adentro por un sudoroso boticario desnudo, excepto por sus trusas marca Zaga. Héctor Lavoe cantaba a todo pulmón "El día de mi suerte" desde el equipo de sonido.

—¿En qué le puedo ayudar, vecino?

—Bajándole a su música —respondí.

—Pásele, tengo unas chicas —dijo, refiriéndose a dos ancianas paradas detrás de él.

—Tengo novia —aclaré, refiriéndome a mi linda pollita.

—Con confianza —insistió.

—Está bien.

Pasé. De aquella noche conservo recuerdos vagos. Mis manos acariciando piernas huesudas y de aspecto enfermizo; dentaduras con colmillos afilados; gritos y carcajadas estridentes, música de salsa, nachos y ron con coca.

Enseguida del boticario nazi jarocho, en el cuarto veintiuno, estaba la profesora de manualidades que daba clases en una escuela para alumnos con habilidades especiales. Un día esta mujer tocó a mi puerta. Era tan velluda que le crecía un incipiente bigote que no se rasuraba.

—Soy su vecina —se presentó—. Gladys Muñoz.

La profesora de manualidades que daba clases en la escuela para alumnos con habilidades especiales hablaba con un tono tan agudo que me taladraba la cabeza. Me presenté. Gladys Muñoz gritó de emoción. Su chillido me hizo brincar del susto.

—¿De verdad te llamas Tomás?

—Tomás es mi nombre —dije.

Gladys Muñoz volvió a gritar de emoción.

—Te llamas igual que un pretendiente que dejé en San Quintín. Cuando te vi llegar me recordaste mucho a él. Qué bárbaro, qué casualidad. Es un chico lindo.

Y ciego, pensé.

A la semana de nuestro primer encuentro, Gladys Muñoz terminó por sacarme de mis casillas. Todos los días me traía sus chismes e intrigas: que si las orgías del boticario nazi jarocho, que su salsa ruidosa, que sus mujerzuelas, que sus drogas. Ataques muy viles en contra de mi vecino. Descargué toda mi frustración en contra de Gladys Muñoz cuando alcancé a escuchar esa música conocida como trova. El cubano cantando acerca de un mundo mejor hizo que me deprimiera en serio. Decidí que no toleraría más atropellos. Fui hasta el cuarto de Gladys Muñoz y toqué a su puerta. Me abrió.

—Eres motivosa y delicada —exclamé—. Por eso estamos como estamos en México, por la falta de consideración al prójimo, por la indiferencia, por la impunidad y por la corrupción. Qué falta de educación y de cultura demuestras. Le subes a tu música y no tienes la más mínima consideración para con los demás que no comparten tu mismo horario ni tus gustos por esa música de trova.

Gladys Muñoz procedió a llorar:

—Para empezar, no tienes por qué insultarme. Siempre te he tratado bien. No sé por qué estás enojado conmigo. No sé qué te hice.

Recapacité. Me disculpé. Dije que estaba muy frustrado porque no había encontrado trabajo. Di media vuelta y regresé a mi cuarto. ¿Por qué esa propensión de los seres humanos a desquitarse siempre con el más débil? Qué mal estaba yo. Pero uno no puede pasarse la vida lamentándose por los errores cometidos en el pasado. Lo hecho, hecho está. El muerto al pozo y el vivo al gozo. No hay mal que por bien no venga y todo eso.

Pronto aprendí a hablar el *spanglish*, ese lenguaje propio de la frontera con los Estados Unidos. Y es que en Tijuana no es trapeador, es mopa; no es novia, es jaina; no es refresco, es soda; no es autobaño, es cárguach; no es limpiaparabrisas, es guáiper; no es casillero, es láquer; no es deshuesadero, es yonque; no es policía, es placa; no es gasolinera, es gotera; no son veinticinco centavos de dólar, es cora; no son ofertas, son especiales; no es casino, es buc; no es calle Coahuila, es Cagüilón; no es avenida Revolución, es la Revu. Es más, en Tijuana ni siquiera soy sonoloense, soy chinola. Así nos dicen.

Con documentos más falsos que la sonrisa de un político hice el examen de admisión para la Secretaría de Seguridad Pública, donde pasé sin problemas el físico pero reprobé el escolar y el psicométrico. Un licenciado que hizo el examen físico conmigo salió con cara de pocos amigos de la oficina del comandante Matías Escalante, alias el Catrín. Le pregunté cómo le fue.

—Dice que no reúno el perfil —me respondió, cabizbajo.

La secretaria me informó que era mi turno de pasar a la oficina del Catrín. Qué hombre tan más elegante, dios mío. Con su bigotito bien delineado, su loción *aftershave*, su pelo bien peinado, su uniforme planchadito y sus zapatos recién boleados. Me dio pena llegar todo sudado y mugroso por culpa del examen físico. El comandante Matías Escalante, quien se encontraba más fresco que una lechuga, me invitó a sentarme frente a él. La silla era de las buenas porque no crujió ante mi peso, que está constituido de puro músculo. El Catrín fue al grano:

—Tigre, ¿por qué mintió en su aplicación?

Tigre, así les llamaba a todos. Fingí demencia. El comandante leyó mi aplicación:

—Aquí puso que tenía la preparatoria terminada y más de cinco años viviendo en la entidad. Por otro lado, omitió que lo buscan por asesinato en Sonoloa.

Puse cara de palo. Le pregunté quién andaba diciendo eso. El Catrín amplió su sonrisa y señaló la pantalla de su computadora:

—La computadora lo dice, tigre.

Lo primero que pensé fue *putas computadoras*. Era la primera vez que veía una tan cerca, pero en cuanto la vi supe que un aparato de esos no iba a traerme nada bueno. Había llegado la hora de huir. El Catrín era atlético pero no podría conmigo. Afuera había agentes, secretarias, abogados y periodistas, pero tampoco podrían conmigo. Lo primero que tenía que hacer era quitarle su reglamentaria al Catrín y llevármelo de rehén. Gritaría:

—Un paso en falso y le vuelo los sesos a este malnacido. Tú —le diría al municipal más panzón que viera cerca—, dame las llaves de tu patrulla. Te juro que si me juegas chueco, te quedas sin comandante.

El policía sumiría la panza para sacar las llaves de su cinturón. Enseguida me llevaría a rastras al Catrín hasta el estacionamiento, donde me desharía de él antes de arrancar. Lo vi cientos de veces en las películas. Siempre funcionaba.

—Creo que esto ha sido un error —dije.

Me paré lentamente. El comandante me pidió quedarme.

—Usted reúne todo el perfil del buen policía —aseguró.

No entendí nada:

—¿Y los asesinatos?

—¿Qué espera? ¿Que reclutemos monaguillos? No, tigre.

La cosa tenía lógica. El comandante Escalante necesitaba hijos de puta que no se espantaran con nada, como yo.

—¿Qué dice? ¿Acepta ser parte de la Honorable Secretaría de Seguridad Pública de Tijuana?

Acepté. Fue el comandante Matías Escalante el que hizo que me despabilara de una vez por todas. Al principio yo iba con zapato negro y calcetas blancas, como Michael Jackson, y él me regresaba. Decía que debía respetar mi uniforme. Que debía lucir como un verdadero representante de la ley. Luego me asignó a Nicolás Reyna como mi compañero de patrulla. A Nicolás Reyna le apodaban el Sheriff porque vestía como vaquero. Estaba casado con una morena hermosa llamada Lorena Guerra, quien cada vez adquiría más influencia y poder en la ciudad de Tijuana. Más adelante les hablaré un poco más de los dos.

Como le caíamos bien, el comandante nomás nos pidió mil pesos a la semana, al Sheriff y a mí. Nuestro deber era garantizar la seguridad de los gabachos en la Zona Norte. Ninguna ejecución, ningún tiroteo y ningún asalto debían ser llevados a cabo de la calle tercera a la Coahuila. Gracias a oficiales valientes y comprometidos como Nicolás Reyna y un servidor, la cuadra con más vicios en el mundo era también la más segura. Debo aclarar que nosotros no padroteábamos. Al menos no de manera directa. Otro de nuestros deberes era impedir a toda costa la trata infantil.

Una noche, en el taller El Chatarras, me tocó meterle un palo por el culo a un bolero del parque Teniente Guerrero que padroteaba niños. Nicolás Reyna lo sujetó.

Me sentía muy a gusto con mi nueva apariencia. Me rasuraba la cara con crema de afeitar y andaba con mi pelo bien cortadito. Tenía buen cuerpo y buen trasero. Velludo pero carnoso. Es decir, no tenía nalgas de mariachi ni tampoco de mujer. Las paraditas no paraban de pellizcarme el trasero cada que podían. Los travestis también querían darse ese gusto, pero a éstos los mantenía a raya debido a que no soy tan moderno. (Lo intento pero todavía no me sale.) Entre los travestis, los más cotizados eran los que seguían con palanca al piso. Los que se hacían la jarocha eran del todo ignorados por sus antiguos clientes y regresaban a sus respectivos terruños, sin dinero.

Perdidos en la Zona Norte

La razón por la que fui cesado de mi cargo en la policía fue la siguiente: hice mi trabajo.

Cada tres meses desaparecían paraditas de la calle Primera, travestis de la Segunda y chacales de la Tercera. Puse sobre aviso a mis amigos en la judicial acerca de que un fenómeno con una nariz de plástico se llevaba colegialas, chacales y travestis en su Cadillac blanco y luego no los traía de vuelta. Se decía que el Desnarigado era una especie de encantador que hablaba un lenguaje gutural con el que convencía a sus víctimas de subir a su Coupe de Ville. Un idioma más antiguo que la Tierra misma y que, por alguna extraña y mística razón, todos los seres humanos somos capaces de entender.

Tan pronto escucharon acerca del encantador sin nariz y su Cadillac blanco, los judiciales dejaron de hacerme caso. Esos desaparecidos, esos desheredados de la tierra, esos perdedores natos valían menos que nada para ellos. Eran subhumanos para las autoridades. Ciudadanos de cuarta. Lo mismo valían para el comandante Matías Escalante. El Catrín hacía como si no le importaran los desaparecidos de la Zona Norte. Me volvió a decir que no anduviese metiendo mi narizota en la Torre. Mi colega de patrulla, Nicolás Reyna, me dijo que dejara en paz el tema.

Lo más extraño de todo fue que los padrotes jamás llegaron a quejarse conmigo, como lo hacían cuando alguien más les maltrataba su mercancía. Lo veían como su cuota al Sindicato. El Sindicato era la organización criminal que usaba Sandkühlcaán para controlar el juego y el vicio en todo el mundo.

Como policía siempre me incliné por el lado humano. Sobre todo porque me dolía atestiguar el terror posado en la cara de las paraditas, de los chacales y de los travestis cada equinoccio y solsticio. Cuatro veces por año un Cadillac cargado de chacales, travestis y colegialas entraba al estacionamiento de la Torre. Si es que volvías a ver a alguno de sus tripulantes, drogándose en la canalización del río Tijuana, no podías extraer nada de ellos. Idos de la mente, como estaban. Quedaban irreconocibles. Como sin alma. Secos por dentro. Como zombis. Los coches circulando a toda velocidad por la Vía Rápida terminaban atropellándolos. Ése solía ser su fin. O la sobredosis.

Me asombraba la indiferencia de la población y la existencia de una ciudad dominada por un ente maligno cuyo nombre nadie se atrevía a mencionar. Ni las autoridades ni los medios de comunicación. Bola de cobardes. El boticario nazi fue el único que se atrevió a mencionar su nombre y, cuando lo hizo, palideció.

A pesar de estos importantes pensamientos, decidí que la desaparición de sexoservidores no era mi problema. Que ellos se lo buscaron por elegir esa profesión y que no debía meterme donde no me llamaban. Luego pensé: *Malasuerte, ¿qué te está pasando? De niño fantaseabas con la oportunidad de enfrentar un mal sobrenatural, como Drácula, el Hombre Lobo y las momias de Guanajuato, y ahora que esta amenaza es real y se cierne sobre tu ciudad, ¿te acobardas?*

La mañana del solsticio de invierno seguí al Cadillac hasta la Torre. Iba vestido de civil, con mi saco de piel color café, mi camisa amarilla con motivos de palmeras y tapones de goma metidos dentro de mis oídos. El interior del edificio estaba tapizado de mármol negro y decorado con esculturas posmodernas que parecían salidas de *Beetlejuice*. La recepcionista pelirroja se me quedó viendo pero no me dijo nada. Tampoco lo hizo el guardia de seguridad. Subí al elevador y bajé al sótano, donde se encontraba el oscuro estacionamiento y donde confronté al Desnarigado. El fenómeno me heló la sangre, nomás de verlo. Su nariz de plástico y su apariencia en general daban la impresión de pertenecer a un extraterrestre esforzándose mucho por pasar por humano y fracasando en el intento. Controlé mi terror y le exigí al Desnarigado, a punta de pistola, que liberara a sus víctimas, las cuales permanecían dentro del Coupe de Ville. El fenómeno me sonrió y habló en su lenguaje alienígeno. Gracias a los tapones en mis oídos, no lo oía. Al mismo tiempo, repetía mentalmente un trabalenguas para bloquearlo también de manera telepática: tres tristes tigres tragaban trigo en un trigal en tres tristes trastos. El fenómeno caminó hacia mí, sin miedo a mi reglamentaria. Le metí cuatro plomazos. Líquido verdoso manó de los orificios en su cuerpo. El Desnarigado se acercó aún más. Por lo mucho que abría la boca, supuse que elevó el volumen de su voz, pero seguía sin oírlo. Ante su impotencia, producto de su incapacidad para hechizarme, el fenómeno recurrió a un abrazo de oso que sacó todo el aire de mis pulmones. El Desnarigado era fuerte. Demasiado fuerte. En mi desesperación, intenté estrangularlo para que me liberara. El fenómeno tenía una especie de collar metálico, justo debajo de su cuello de tortuga. Sin quererlo, rompí uno de los eslabones pero… ¡el collar no se abrió ni se cayó! Esto debido a que no había ningún collar y a que los eslabones no eran eslabones sino broches pegados a la piel de su cuello. Cuatro en total. Uno de ellos se abrió. El Desnarigado puso cara de terror, por lo que me dediqué a abrir el resto de los broches y, así de fácil, la cabeza del fenómeno quedó suelta del torso. El cuerpo decapitado seguía moviéndose, como gallina sin cabeza, pero por fin me liberó. Sabía que dentro de la Torre ocurrían cosas muy extrañas, pero aquello fue demasiado para mí. Siguiendo mi instinto, corrí hacia el elevador con la cabeza del fenómeno en mi regazo, como jugador de futbol americano. La cosa insólita me lanzaba mordidas y me ordenaba que lo regresara a su cuerpo, a lo que respondí cogiéndolo de los pelos con mi mano derecha y encañonándolo con la izquierda. Llegamos al primer piso, se abrió la puerta del elevador y le dije al guardia que se quitara de mi camino y que si intentaba detenerme le volaría los sesos al fenómeno. Dos mujeres que estaban en ese momento en el lobby cayeron desmayadas al ver la cabeza pendiendo de mi mano como un reloj de bolsillo. Otras dos señoras gritaron y echaron a correr.

La cabeza y un servidor cruzamos la avenida Agua Caliente.

—Regrésame a mi cuerpo —me pidió.

Lo ignoré. Subimos a mi patrulla y arranqué rumbo a la comandancia, donde el jefe Matías Escalante me arrebató la cosa insólita de las manos, me mentó la madre, me pendejeó mil veces y me echó de la Secretaría de Seguridad Pública a patadas. Desde su lugar en el escritorio —sobre una pila de expedientes—, la cabeza vio con complacencia la regañada que me propinó mi superior.

A raíz de lo que hice dentro de la Torre, el Sindicato emitió un contrato con mi nombre en él. Nicolás Reyna intercedió por mí. Su esposa Lorena tenía buenos contactos dentro.

Nos citamos en el bar La Ballena. Mi excompañero pidió una cerveza, se sentó en el banquillo a mi lado, puso sus botas sobre el estribo y su tejana sobre la barra.

—Lorena habló con El Sindicato, Tomás. Le costó mucho trabajo convencerlos de que te dejaran en paz. Les dijo que estabas pendejo y que no sabías lo que hacías. No vuelvas a entrar a la Torre, por favor.

Me sentía frustrado y lleno de impotencia. Al borde del llanto. Propiné un puñetazo a la barra.

—No puedo creer que aceptes como si nada el dominio de Sandkühlcaán —dije—. No puedo creer que nadie haga algo al respecto.

—¿Y qué si el jefe es un extraterrestre? Al menos ha mantenido las calles libres de crimen. Nadie se atreve a cometer un delito sin su permiso.

—A qué costo. ¡Se alimenta del vicio de las personas! ¿No has visto cómo las deja? Quedan en los puros huesos. ¿Acaso no te importa?

El Sheriff se encogió de hombros:

—Me importa pero no puedo hacer nada al respecto. Como dijo un hombre más sabio que yo: Señor, dame la fuerza para cambiar lo que puedo cambiar y templanza para tolerar lo que no pueda.

—¿Qué pasará cuando infecte a todo el mundo?

El Sheriff sonrió.

—Has visto demasiadas películas. Eso no sucederá. Sandkühlcaán es único en su especie. No tiene el poder de infectar a otros. No es zombi ni un vampiro.

—¿Qué me dices del fenómeno al que le quité la cabeza?

El Sheriff bebió un trago de cerveza.

—Fue quien preparó la llegada de Sandkühlcaán. Su regreso, mejor dicho, porque Sandkühlcaán estuvo en la Tierra antes, en la época de los sumerios y del Antiguo Egipto, y luego en la de los mayas. Fue quien trajo el maíz a nuestro planeta. Supongo que los nachos vienen del planeta Nagor o de Tau Ceti. Sandkühlcaán seguido regresa a su terruño estelar a visitar a sus paisas extraterrestres o a resolver pendientes, qué sé yo.

El teporocho sentado a nuestro lado se cambió de lugar, luego de escuchar nuestra disparatada charla.

—No puedo creer que estés tan tranquilo diciendo todas esas locuras —dije.

El Sheriff suspiró, dejó caer sus hombros y me miró condescendiente:

—Eres un idealista, Malasuerte. Quieres proteger esta ciudad como si fuese una quinceañera virginal. Por eso te expulsaron de la fuerza. De haber sido tan terco como tú, yo habría corrido con la misma suerte y entonces Tijuana hubiese quedado totalmente desamparada. Por ello preferí ser realista, para proteger esta ciudad hasta donde mis posibilidades me lo permitan.

—¿Cómo es que tu esposa conoce a Sandkühlcaán?

El Sheriff consultó la hora en su reloj de pulsera.

—Lo siento, Malasuerte. Esa es una historia muy larga que no tengo tiempo de contarte. Debo ir al juzgado a testificar en un caso.

Nos despedimos. Salí de la cantina más apesadumbrado que nunca. Sabía que el Sheriff tenía razón, pero no perdía la esperanza de enfrentar a Sandkühlcaán en igualdad de circunstancias. Perdí la batalla, mas no la guerra. No soy un hombre dispuesto a capitular sus convicciones tan fácilmente. A partir de ese día, las pesadillas con Sandy como protagonista se intercalaron con las de Sandkühlcaán, quien me llamaba desde la Torre.

Algún día serás mío, Malasuerte.

Malasuerte y el arcoíris

Mi humillante derrota ante Sandkühlcaán y mi salida de la Secretaría de Seguridad Pública fueron dos sucesos que me deprimieron bastante. Te terminas acostumbrando al estrés de salir de tu casa y no saber si regresarás. Luego te vuelves adicto a ese estrés. No ves la vida de otro modo. ¿Qué sentido tiene una existencia sin preocupaciones? Sin fricción. En el vacío, como júnior o burócrata.

Busqué trabajo en la sección de anuncios clasificados. Uno llamó mi atención:

> Se solicitan jóvenes con excelente presentación
> para espectáculo en centro nocturno.
> Interesados presentarse martes 14 en el Rainbow.

No me consideraba un mariquita por aplicar para un trabajo en un antro gay. Aún faltaban tres días para mi entrevista laboral y la urgencia de conseguir empleo era apremiante. Mis escasos ahorros goteaban fuera de mi cartera en la forma de trifectas en el Caliente. A pesar de mi apodo, no podía dejar de apostar. Les metía principalmente a los perros. Llegaba temprano a las carreras de la mañana, compraba el librito y me ponía a analizar la edad y las estadísticas de cada galgo, mientras me tomaba una cerveza bajo el sol californiano. Notaba una cosa: si un perro tenía una temporada ganadora, quedando en primero o segundo lugar en sus últimas tres carreras, faltaba que le metiera dinero para que quedara en el último. Otra cosa:

por el intenso color de mi pelo, ningún ludópata se atrevía a sentarse en mi banca.

Sería un paria hasta la muerte.

Acudí a la cita quince minutos antes de la hora prevista. Había una docena de maricones disfrazados de motociclistas. Un señor nos abrió la puerta del antro y nos guio hasta la pista de baile. Con dos palmadas le ordenó al DJ ubicado en la cabina que reprodujera su música.

—¿Qué esperan, chicas? —nos dijo—. ¡Muévanse!

Era una especie de techno-merengue-rap-puertorriqueño con un ritmo muy acelerado. Me costaba trabajo acoplarme. Sabía que el secreto de todo baile está en los hombros y en las caderas. Batí el bote de manera salvaje.

—Fuera ropa —ordenó el señor.

Unos se arrancaron sus camisas y otros se la fueron desabotonando lentamente. Así lo hice yo.

—Tú —exclamó el viejo, con la mirada fija en mí—. ¿Qué haces aquí? Pedí metrosexuales, no al abominable hombre de las nieves. Quítate esos pelos rojos y aprende a bailar. Luego vienes.

—Tengo buen cuerpo —dije—. ¿Quiere a un hombre? Aquí estoy. ¿Quiere maricones? Quédese con éstos.

Me disponía a salir de la pista de baile cuando un metrosexual disfrazado del Cuervo me tomó del brazo. Señaló una hembra alfa con cara de asesino.

—Ésa de allá es mi esposa —me aclaró—. Es instructora de gimnasio. Ahora sí, ¿a quién le dijiste maricón?

Le dije que a él, y que su esposa era demasiado musculosa y tenía cara de matón. El metrosexual me sujetó con una llave de lucha libre que ni siquiera me movió. Le pregunté qué estaba haciendo.

—Es jiujitsu con un poco de capoeira —jadeó.

—Eso suena a ensalada —expresé.

No voy a dar detalles acerca de la madriza que le propiné al metrosexual, sólo aclararé que su cuerpo aterrizó a los pies del viejo, cuyo nombre era Antonio.

—Tengo algo para ti —dijo don Antonio.

Fue así como me convertí en cadenero del Rainbow.

Pensaba mucho en Sandkühlcaán, en el fenómeno y en mi linda pollita. El recuerdo de nuestro momento juntos y mis ansias por cumplir la promesa que le hice me daban ánimos en mis ratos de soledad. Me entretenía escribiéndole cartas, las cuales enviaba sin remitente:

No me quisieron por feo a pesar de que tengo buen cuerpo, Pollita, aunque ahora gano mejor y estoy ahorrando para estar juntos. Ayer caminé por la calle de las putas y no les hice caso porque te quiero mucho.

A falta de televisor, mi tiempo libre lo dedicaba a cultivar mi mente leyendo los libros obsequiados por don Leonardo. Empecé con *El halcón maltés* y *Cosecha roja* y de ahí me seguí con *El gran sueño*, *La ventana alta*, *La dama del lago*, *La hermana pequeña* y *El largo adiós*. Nada les faltaba a esas novelas pero tampoco les sobraba algo. Sus autores iban siempre al grano pero, lo más más importante, lo hacían con estilo. Por medio de oraciones cortas que hasta un cabezón como yo podía entender. Otra cosa que me gustaba era que sus héroes jamás andaban de chillones, ni tampoco hablaban de más ni perdían la calma. No se ponían nerviosos ni titubeaban por cualquier estupidez, sino que parecían tener todo bajo control en todo momento, así estuvieran fumando sobre un barril de pólvora o siendo torturados por su némesis. Incluso me veía a mí mismo combatiendo a Sandkühlcaán y resolviendo casos criminales en la Zona Norte de Tijuana, al estilo Philip Marlowe o Sam Spade.

Pero lo mejor de esas novelas eran sus mujeres: letales y seductoras como una cobra. Con sus peinados glamurosos, sus ajorcas en el tobillo y sus cigarreras de plata. Mi favorita era Velma Valento, de *Adiós, muñeca*. Todo lo que hizo esa dama por salir del hoyo en el que se encontraba y ni así lo consiguió… Carajo, donde empiezas es donde terminas. La suerte está echada.

Me seguía asombrando el hecho de que nadie hablara de Sandkühlcaán. En la televisión no había ningún reportaje acerca de él.

Los ricachones veían su reinado como algo normal y continuaban con sus respectivas vidas, como si nada. Porque así son de indolentes las personas acomodadas: mientras a ellos no les pase nada malo, no les importa que el prójimo sufra.

No descartaba la posibilidad de enfrentar algún día a Sandkühlcaán, por lo que también investigué acerca de la presencia de extraterrestres en la Tierra. Necesitaba entenderlos mejor, saber qué planes tenían para nuestro planeta. Veía el programa de Jaime Maussan todos los fines de semana y leí *Carrozas de los dioses*, de Erich von Däniken.

Según estos investigadores, fueron extraterrestres quienes ayudaron a los egipcios a construir sus pirámides. La cosa cobra lógica cuando uno se pone a pensar en cómo le hicieron esos seres de la era de bronce, que ni siquiera conocían la rueda, para transportar —ya no digamos instalar— los monolitos de varias toneladas de peso, desde su respectiva cantera hasta Guiza, pasando por el río Nilo. ¿Cómo empalmaron de manera tan exacta algo que no podría ser construido en esta época llena de aviones, grúas, GPS y teléfonos inteligentes? A las personas que no han visto a los alienígenas, mucho menos luchado contra ellos, les resulta descabellada la idea de vida en otro planeta, ya no digamos de vida con la capacidad para construir naves espaciales que los transporten hasta nuestro mundo, pero si se considera que al ser humano le tomó apenas 2,500 siglos llegar a la luna y que nuestro universo tiene 13,700 millones de años de edad, esto deja un amplio margen de tiempo para que otra civilización, en uno de los billones de planetas en la galaxia, haya desarrollado esa tecnología. Un planeta con marabús bípedos y fenómenos con cabezas quitapón. Mi teoría es que Sandkühlcaán y el Desnarigado son seres exiliados de ese mundo bizarro. Seres capaces, no sólo de viajar por el espacio exterior, a la velocidad de la luz, sino en el tiempo, también.

Después de todo, el boticario nazi jarocho tenía la razón: estuve dormido durante mucho tiempo. Lo bueno era que por fin desperté a la realidad.

Sintiéndose miserable en el hospital más triste de Tijuana

Además de don Leonardo, Maussan, el boticario nazi, Chandler y Hammett, otro maestro decisivo en mi formación fue Sergio *el Yucateco* Álvarez. Sergio *el Yucateco* Álvarez fue el encargado de pararme los tacos cuando me sentía de acero. Invencible e insoportable. El Yucateco, contrario a lo que algunos pudieron haber pensado, nació en Tijuana, no en Yucatán. En realidad le llaman Yucateco por su enorme testa. Quizá porque ésta se asemeja en tamaño a las cabezas olmecas allá en Tabasco. Quién sabe, el caso es que así le llaman al sujeto que me hizo recuperar un poco de mi humildad perdida.

La carrera del Yucateco Álvarez como promesa del boxeo mundial duró hasta perder por tercera ocasión en contra del Terrible, futuro campeón mundial de los pesos pluma. Se dice que durante cada uno de los asaltos el Terrible jamás tuvo problemas para localizar la cabeza del Yucateco, a quien, a su vez, le costaba trabajo resguardarla tras de sus guantes. Por supuesto, esto era tan sólo un chiste manejado entre la gente que conocía al Yucateco.

Después de este enfrentamiento con el destino, el Yucateco se apresuró a buscar fortuna en otros campos de trabajo. Fue así como, junto con su esposa, abrió el negocio Tortas y Jugos El Yucateco, del cual me convertí en cliente asiduo. Parecía que nunca me podría llegar a hartar de su extenso menú. Tortas de milanesa, de pierna, de jamón con queso y de carne asada. Rusas, cubanas, hawaianas e incluso ahogadas. El Yucateco era un pan de dios, un buenazo, rasgo muchas veces reprochado por Zulema, su esposa, quien se empeñaba en hacerle entender lo mucho que se aprovechaba la gente de él por ello mismo.

El Yucateco siempre estaba de buen humor, a pesar de las desafortunadas incidencias. Una de esas desafortunadas incidencias era yo. El cliente más problemático de su negocio. Digamos que me gustaba fastidiar a esa leyenda del boxeo local.

—Yuca, estoy más cabezón que tú, ¿verdad? —le decía.

—No —decía el Yuca, concentrándose en la comanda que debía surtir.

—¿Cómo sabes? ¿Ya me la viste?

Zulema me enchuecaba la cara. Le repugnaba mi falta de modales. Yo continuaba:

—Cuando te mueras, déjame enterrarte la cabeza. Nomás la cabeza te voy a enterrar.

Sé que los míos eran chistes más viejos que cagar en cuclillas.

—Voy al baño, ¿no me la quieres sacudir? —decía.

—No —decía el Yuca, sin perder la paciencia.

—Cuando vayas tú al baño, yo te la sacudo… ¡Pero en el lomo! ¡Te la voy a sacudir en el lomo!

Más carcajadas de mi parte. Así pasaron meses y el Yuca sin dar muestras de que pudiera llegar a impacientarse con mis pésimos modales, a pesar de lo mucho que molestaba a los clientes con mis groserías. Estaba afectando el negocio del Yucateco. Los comensales daban media vuelta cuando me veían sentado en uno de los banquillos. Aun así, el Yucateco se mantenía en sus cabales, sólo pidiéndome de vez en cuando que le bajara de tono, cosa que un servidor obedecía sólo temporalmente, para luego reaparecer con mi tosquedad. Nunca imaginé que después de tantos insultos todo cambiaría el día que me metí con su madre:

—Yuca, con razón tu mamá ya no aprieta. Después de parir ese cabezón tuyo, la dejaste tan guanga que ni la mía sintió…

Error.

Desperté en la Cruz Roja con dos costillas fracturadas, la nariz rota, treinta y dos puntadas en la cabeza, raspones en todo el cuerpo y dos dientes menos. Excompañeros de la policía, como mi amigo Nicolás Reyna, me preguntaron si le deseaba una calentadita al Yuca. Dije que no.

Los puños del Yuca eran de concreto; sus codos eran varillas de acero; sus huesos eran armas punzocortantes, afiladas. Cada roce con su cuerpo era doloroso y entumecía al contacto. No tenía ninguna esperanza de ganar esa pelea. Estaba perdido. Era demasiado rápido. Pateaba como mula y se movía como un colibrí. Se encontraba por todos lados ocupándose de mí. Me conectó con puñetazos, patadas, codazos y rodillazos. Me arrastró hasta la calle y allá me pateó un poco más todavía. Pensé que me iba a matar. Pensé, este cabrón me va a matar. Me cogió del pelo rojo y estrelló mi cabeza contra el pavimento. Después de ello no recuerdo nada. Como dije, desperté en el hospital. Cada milímetro de mi cuerpo lo tenía lastimado. Todo reavivaba mi dolor: mi respiración, cada latido del corazón, el movimiento de mi boca, de mi lengua, pasar saliva, la actividad de mis riñones, cada corriente de aire. Fui arrollado por una locomotora. Pero una cosa me dolía más que mi cuerpo y esa cosa no era el orgullo, que ni tengo; ni la vergüenza, a esa señora ni la conozco. Lo que me dolía más era mi incapacidad para aprender de mis errores. Es decir, repetía las mismas estupideces que motivaron mi huida de Sonoloa. Me invadió una soledad brutal. Pensé: estoy solo como perro en una ciudad dominada por un extraterrestre que me trae ojeriza, sin nadie que responda por mí, y cuando por fin conozco a una persona que es amable conmigo, como mi amigo el Yuca, ¿qué hago? Lo agobio con mis groserías e insultos. ¿Es que nunca aprenderé?

Lloré por primera vez en mi vida. Repito, no por el dolor en mi cuerpo sino por el dolor en mi alma. Ése duele más y siempre te hace chillar a moco tendido. Mis gimoteos silenciosos en aquella solitaria cama de hospital reactivaban el dolor en mis costillas, pero nada de eso me importaba. De hecho golpeé mi pecho con el puño para que me doliera más.

—¿Qué te pasa, princesa? —me dijo el teporocho de enseguida—. ¿Te dejó el mayate?

Mi tiempo en la Cruz Roja fue un retiro espiritual. Eso que dicen, los golpes educan, nunca fue tan cierto. Aquélla fue la putiza más educativa de toda mi vida. Me convirtió en otro. Se podría decir que gracias a ella me convertí en otra persona. Bueno, no tanto, pero al menos me hizo arribar a serias reflexiones.

A los días regresé a Tortas y Jugos El Yucateco ondeando una bandera blanca. Sergio me vio y empuñó sus manos. Listo para el siguiente asalto. Me pregunto qué se me ofrecía.

—Vengo a pedirles disculpas por haberlos ofendido. A ti, a tu esposa y a tu mamá, que en paz descanse. Discúlpenme, se los pido de corazón. De verdad.

El Yuca se relajó. Dejó escapar un suspiro.

—Discúlpame tú, Malasuerte. Tengo un problema con la tarjeta de crédito. Me están cobrando cosas que no son. Me desquité contigo.

Dejé escapar una risita de nervios:

—Al menos te desquitaste con alguien. ¿Puedo sentarme o soy persona non grata en este lugar?

El Yuca volteó a ver a Zulema. Ésta asintió.

—Gracias —dije—. Prometo portarme bien y hasta dejar propina, por primera vez en la vida.

—Eso no me lo creo —dijo Zulema.

El Yuca me preguntó de qué iba a ser mi torta.

—De milanesa y un ToniCol.

No me cobró. En los días que siguieron me apresuré a ofrecerle, con acciones, mi amistad al Yucateco y a su esposa. Terminé haciéndoles los mandados. Literalmente. Cada que se les ofrecía algo del mercado como tomates o cebolla, me acomedía. Nuestra confianza pronto llegó a tal grado que incluso les pedía su Monte Carlo prestado cada que invitaba a una jaina al cine. Los Yuca se convirtieron en mis únicos amigos.

El Chevrolet Monte Carlo de los Yuca estaba tan bonito que los domingos lo llevaban a lucirlo en los *carshows* de la avenida Revolución. Zulema se vestía como en sus tiempos de chola-pandillera-del-Este-de-Los-Ángeles. Con gafas oscuras, Adidas *old school*, jersey de los Raiders y Dickies holgados. Los dos sacaban sillas plegables y una hielera llena de cervezas, y se sentaban junto a su Monte Carlo a tomar el sol y escuchar canciones de Los Moonlights y Los Tijuana Five, sin preocuparse por los extraterrestres que gobernaban la ciudad.

—¿Vas a estar mañana en el Cheto's? —dije, refiriéndome al gimnasio de boxeo que está en la plaza Santa Cecilia.

El Yuca dijo que ahí estaría.

—Voy a darme una vuelta, para que me enseñes una de tus combinaciones y yo te enseño una de las mías.

El Yuca esbozó una sonrisa.

—¿Cuáles combinaciones tuyas? No te vi ninguna la otra vez.

Me puse muy serio:

—Me agarraste con la guardia baja —dije.

—¿Cuál guardia? Si me viste saltar la barra y ya estabas gritando, ¡ay, suéltame, suéltame! ¡Quítenmelo, quítenmelo que me desmayo!

Para ese entonces todos los comensales se burlaban de un humilde servidor.

—Ahí voy a estar —dijo el Yuca—. Para que le pegues al costal, a ver si a ése sí le das.

Ignoré el *bullying*.

—Es lo que quiero, tirar la polilla. Estoy engordando.

—Sí —dijo el Yuca—, te vi más gorda.

Enseguida se dirigió a su esposa a voz en cuello, para que todos lo oyeran:

—¿O no está más gorda, Zulema?

Cada uno de los comensales puso la vista en mis lonjas.

—Baja la voz —dije, apenado.

—Bien gorda —dijo Zulema, también, a voz en cuello—. Tienes que evitar los carbohidratos y comer verduras.

—No me gustan las verduras.

—Si quieres te doy de lo que le hago a Sergio. ¿Crees que lo dejo comer tortas?

—A mí me gustan las tortas —dije.

—Un poco de comida saludable te va a caer bien. Sopa, verduras, pescado.

Pensé: ¿de qué sirve cuidar tu alimentación cuando un extraterrestre se alimenta con los desposeídos de tu ciudad?

Más o menos un primer caso

El trabajo de cadenero en el Rainbow no era nada fácil. Por ejemplo, llegaba un niño güerito a quien le acababa de decir su mamá que se veía guapísimo, con su loción apestosa, su cutis de bebé y su camisa a medio abotonar enseñando un pecho lampiño, y luego se paraba cerca de mí, esperando que lo dejara entrar. Nomás por bonito. Pues no. Para guapos, yo. Todavía me encontraba dolido por el desprecio que sufrí el día que me contrataron. Me estaba desquitando. Me sentía como el rey de la noche, con toda esa gente suplicándome y humillándose, y yo bien pedante, esperando que alguien tumbara la cadena para darle uno bien dado.

¿Recuerdan al metrosexual con la esposa operada de las chichis? Su nombre era Braulio. Él sí consiguió el puesto de *stripper* y me hablaba de tú, el muy igualado. Me vino a ver a la entrada del Rainbow.

—Tomás —me dijo, con su voz de maricón—, don Antonio me mandó a hablar contigo.

Pinche fortachón que estaba hecho. Con aquellos músculos inútiles que tenía, parecía que podía destrozar el mundo de un chingazo. Me pedía favores a cada rato, como si estuviera a su disposición: *¿Me acompañas a la salida porque me quieren pegar? / ¿Vas por mi moto y me la pones en la entrada? / Protégeme de ése que dice que le bailé a su esposa. / Ése me vio feo.*

Ahora me venía con otra solicitud:

—¿Te acuerdas de la fiesta en casa de don Antonio? Estábamos en la sala cuando partió el pastel. Tú estabas afuera, fumando. El caso es que don Antonio sopló las velas y de la emoción me dio un beso. Clarito sentí el flash de una cámara fotográfica y seguro le llevarán las fotografías a enseñar a mi señora.

—¿Tu hembra alfa sabe que te gusta el arroz con popote? Que le vas al América; que se te llena de agua la canoa; que te truena la reversa.

Braulio dejó escapar una risita de nervios.

—Ay, cómo eres. A mí me gustan las mujeres.

—¿Qué quieres que haga?

—No, yo no quiero. Son órdenes de don Antonio.

—Bueno, ¿qué quiere don Antonio que haga?

—Que vayas con este señor y lo amenaces si no te da las fotografías.

—¿Por qué no le quitaste la cámara?

—Acuérdate que andaba bien borracho y me valió. No le di importancia. Hasta hoy.

Subí a la oficina de don Antonio. Éste me esperaba en su escritorio.

—Es para que se calme —dijo—. Es que no deja de chingar. Está histérico. La vieja sospecha pero ella cree que la engaña con mujeres. El fotógrafo es amigo mío. Le he estado marcando y dejándole recados en el buzón pero no me contesta. Nomás quiero que vayas a su casa y le pidas las fotografías. Primero de buena manera y luego, si se te pone difícil, a chingazos. Si te lo da todo de buena manera le dices que luego me pongo bien con él, que venga para acá y le voy a dar lo que le corresponde. Tú no harás tratos, yo haré eso. Si no te da las fotografías, entonces te lo chingas hasta que las saque. ¿Entendido?

—Lo que me pide es un trabajo para un detective privado.

—Fuiste policía, ¿no? Todos los detectives privados empezaron siendo policías.

Me sentí halagado por el comentario de don Antonio.

—¿Tiene la dirección? —dije.

Don Antonio me extendió un papel con un domicilio escrito con letra afeminada.

—Es en el edificio Comala. El sujeto se llama Alfredo Medina.

Fue así como recibí mi primer caso.

Aliados, enemigos y más pruebas

Me levanté a las tres de la tarde, como siempre, con el pie izquierdo. Por más que quiera, nunca he podido evitarlo. Me acosté a las siete de la mañana de ese mismo día un poco pasado de copas. Luego de cerrar, los empleados del Rainbow jugamos unas partiditas de póquer en la bodega. Como todos estaban al tanto de mi mala suerte, no dejaban pasar la oportunidad de despelucarme cada quincena. Me salió una mala baza tras otra.

—Ese putito que te cogiste te está saliendo caro, Malasuerte —me dijo un mesero que creía eso de que son siete años de salación por sacar barro.

—No saco barro porque me embarro —cité a Shakespeare.

Decidí ir por la noche a la casa del jotógrafo, para darme tiempo de aliviar mi cruda. Tenía a mi boticario de cabecera. Fui y toqué a su puerta. El equipo de sonido reproducía el disco *La gran fuga*, de Willie Colón.

—Hola, vecino —saludó, sacudiendo el bote—. La música, ¿verdad? Le bajo, no se preocupe.

Le pregunté si no tenía algo para el dolor de cabeza. El boticario nazi fue a su cama, debajo de la cual sacó un maletín de piel color negro. El boticario nazi jarocho extrajo dos timbres postales con la cara de Cantinflas y me los entregó.

—No dije que quería enviar una carta sino que desaparezca mi dolor de cabeza.

—Chupe uno de esos timbres por un rato, no se lo trague, y Cantinflas se encargará del resto.

—¿Qué es?

—Se llama ácido lisérgico. Lo estoy moviendo en la farmacia —bajó mucho la voz, como si hubiese agentes de la DEA cerca—: por mi cuenta. La dosis que le acabo de dar es de cortesía.

—¿Es buen remedio contra la resaca?

El boticario nazi dijo que sus timbres eran un estupendo remedio contra la resaca.

—¿Chupo los dos timbres?

—Nomás uno. El otro es por si se le vuelve a ofrecer. Uno nunca sabe.

Le agradecí el detalle y regresé a mi cuarto. Me eché un timbre de Cantinflas a la boca. Lo chupé y lo chupé por varios minutos. La jaqueca no desaparecía. Me eché el otro timbre a la boca y salí a la calle con todo y mi dolor de cabeza invencible. Compré un ToniCol y unos cigarros en la tienda. Eran las siete de la tarde cuando iba camino a casa del jotógrafo. La luna se puso roja y el cielo morado. El taxista usaba gafas oscuras y tenía cara de cerdo, lo cual me espantó un poco. No es cosa de todos los días ver a un cerdo de corbata negra, camisa blanca y gafas oscuras conduciendo un taxi. Incluso hacía *oing-oing*, en lugar de hablar. Lo bueno es que entendió mis indicaciones. Además, la resaca desapareció. Le prometí a don Cochi cien pesos extra si me esperaba afuera.

—Oing-oing —dijo, lo cual interpreté como un *nomás no te tardes mucho, Malasuerte*.

El jotógrafo vivía en el segundo piso del edificio Comala. Sobre las baldosas de terracota había macetas de barro con helechos y galateas. Las macetas se encontraban resguardadas por un gnomo, una lamia, un tecolote, una arpía, un mono y una gárgola de piedra. La reja de la entrada contaba con un buzón color verde. Al lado se encontraba el timbre. El cielo seguía morado y la luna ensangrentada.

—¿Qué se le ofrece? —dijo una hechicera de ojos amarillos y piel de caimán, parada del otro lado de la reja negra de hierro forjado.

—Vengo con Alfredo Medina —dije, controlando mi pánico.

—¿Es del periódico?

—No. Alfredo tomó unas fotografías en la fiesta de mi patrón. Vengo a recogerlas.

Aún no terminaba de decir esto cuando supe que cometí una imprudencia. ¿Acaso Sam Spade vomitaba toda la información a las primeras de cambio? ¿Acaso Philip Marlowe no sabía el inmenso valor de mantener el pico cerrado de vez en cuando? ¿Acaso jamás aprendería? Esa necesidad de hablar por hablar es lo que nos tiene tan amolados a los mexicanos… pero ya me estoy saliendo del tema.

—Un amigo suyo le dejó una carta en el buzón —dijo la bruja con piel de víbora—. ¿Se la podría entregar? Ya no puedo subir escaleras. Lo dejo pasar porque se ve buena persona. Nunca dejo entrar a nadie.

Le agradecí a la abominación su confianza. La hechicera me entregó la carta dirigida a Alfredo Medina y entró a su departamento que estaba en el primer piso. Un temblor sacudió a la ciudad mientras subía las escaleras. Un terremoto, mejor dicho. Los escalones se expandían y contraían como si estuviesen hechos de chicle. Intenté gritar con todas mis fuerzas pero descubrí que mi lengua no se encontraba conectada con mi cerebro. Subí arrastrándome. Al llegar al segundo piso el temblor terminó. Toqué a la puerta. Nadie respondió. Lo intenté otra vez y nada. Decidí esperar en el primer escalón del segundo piso. La planta baja me parecía un precipicio inconmensurable desde donde subía una niebla que lo envolvió todo. El gnomo, la ninfa, el tecolote, el mono y la gárgola abandonaron sus posiciones al lado de las macetas y se acercaron a mí. La trepadora creció de tamaño y me atacó con plantas carnívoras. Dentro del departamento de Alfredo Medina, un equipo de sonido reprodujo la versión de "Monkberry Moon Delight" interpretada por Screamin' Jay Hawkins. Supuse que Alfredo Medina esperó a que me fuera para poner su música. En tal caso, al asomarse por la mirilla no hubiese visto a nadie, en tanto que me encontraba sentado en el rellano de la escalera. Insistí con más fuerza. Nadie me abrió. Para ese entonces la demoniaca planta trepadora y las criaturas infernales habían llegado hasta mí. El gnomo, la arpía, el mono, la lamia, el tecolote y la gárgola. Mantenía a raya a estas apariciones diabólicas a punta de patadas. El gnomo se hizo pedazos al estrellarse contra la puerta

68

del departamento 203, sin embargo, para mi horror, sus muchas piececitas y astillas se unieron por voluntad propia y sin Kola-Loka de por medio. Fue tal mi desesperación que tumbé la puerta de madera, como si ésta fuese de cartón. Me abalancé hacia el interior del departamento 201, donde ya me esperaba un duende sonriente, de metro veinte, vestido de verde y con un cuchillo en su mano. La hoja de metal penetró mi vientre como si éste estuviese hecho de mantequilla. Rumpelstiltskin mantuvo su sonrisa y su cuchillo ensartado en mi panza, mientras me decía:

—Te esperaba, Malasuerte. Mucho gusto, soy tu némesis. El duende de la buena fortuna; el trébol de cuatro hojas; la pata de conejo; la herradura de esta ciudad. Sandkühlcaán me envió para deshacerme de ti.

"Monkberry Moon Delight" dio paso a "Willie the Pimp", de Frank Zappa, a un volumen ensordecedor. Cada palabra del Capitán Beefheart taladraba mi cabeza. Se hizo una explosión y el Leprechaun desapareció como ninja, dejando su fierro en mi panza y una nube de hedor azufroso. Dentro del departamento había un Ojo de Sandkühlcaán pintado con sangre y un fiambre: el fotógrafo Alfredo Medina.

—Estás maldito de por vida, Malasuerte —dijo la hechicera—. ¡Tienes el color del diablo en tu pelo! Tu madre debió dejar que te estrellaran contra las piedras.

No quise escuchar más. Salí del edificio de departamentos con el cuchillo ensartado en mi panza y le pedí al cerdo que me llevase al Sanatorio San Francisco.

—Oing-oing —dijo el taxista.

Los judiciales encontraron las fotografías comprometedoras en casa de Alfredo Medina y la hechicera me identificó como empleado de don Antonio. Éste y Braulio fueron acusados de asesinato. Tanto el Sindicato como la policía me buscaban. Mi cara estaba en todos los periódicos y noticieros locales. El médico en jefe informó al propietario del Rainbow que me encontraba en su hospital. La bilis abrió mi herida. El abogado Zepeda me pidió que no hiciera más corajes.

—Cómo quiere que no me enoje —dije—, si por salvar a un par de maricones terminé con un puñete en la panza y señalado como sospechoso de asesinato. Qué necesidad tenía de meterme en este enredo.

—Don Antonio te va a compensar por todo. Por lo pronto, necesito que le hagas otro favor.

Dije que no y que sólo me interesaba mi compensación.

—Don Antonio te tiene ley. Si le haces este favor vas a tener capital para abrir tu despacho de investigación privada.

—¿Qué quiere que haga?

—Que encuentres al sujeto que te hirió.

—¿Rumpelstiltskin?

El abogado Zepeda puso cara de no entender de lo que le hablaba y dejó caer sobre mi cama un sobre color manila.

—Éstas son copias del paquete de fotografías encontrado en el hogar de Alfredo Medina. Ahí está la fotografía de don Antonio besándose con Braulio. Tomás, ¿estás seguro que tú no mataste a Alfredo Medina?

—Ya te dije que fue un gnomo. Parecido al duende del Lucky Charms.

El abogado Zepeda volvió a ignorar mi referencia al duende, abrió su maletín y sacó un fajo de billetes, el cual me entregó.

—Ahí hay diez mil pesos que te pueden servir para iniciar tu investigación. Necesito que me tengas al tanto.

El abogado Zepeda cerró su maletín y salió de la habitación. Tomé el paquete de copias y las inspeccioné. La primera era la fotografía de Braulio besándose con don Antonio. De ahí encontré más fotografías del cumpleaños de don Antonio. Después seguía un bautizo, una fiesta de quince años y un festival en una escuela para personas especiales. En este último conjunto de fotografías los alumnos posaban junto a sus familias mostrando lo que parecían ser los frutos de todo un año en el taller de manualidades: canastas de mimbre; manteles bordados; acuarelas; figuras de escayola; ollas de barro. Primera casualidad digna de notar: ¡la profesora era mi vecina! Siete fotografías fueron dedicadas a una joven de semblante triste que aparecía acompañada por lo que parecían ser sus padres y un hermano con dientes de castor y cuerpo de oso panda. Su mesa exhibía una carpeta de estambre. La madre era obesa, con cara de polvorón, de tan maquillada, y un semblante de madre abnegada que se iba a ir al cielo. Estuve un rato observando este grupo de fotografías. Intentando capturar cada detalle, como buen detective que soy. Retrocedí varias fotografías hasta llegar a la que fue tomada cerca del escudo escolar. Las siglas del instituto eran C.E.C.A.T.E.: Centro Especial de Capacitación Técnica. Al parecer, tendría que pedirle perdón a Gladys Muñoz.

En la tienda de discos La Ciruela Eléctrica pregunté por un cantante de voz chillona que se hacía acompañar por una guitarrita aún más chillona y que cantaba acerca de la posibilidad de un mundo mejor, más justo, sin explotares ni explotados. Compré todos los discos disponibles, los metí en una caja de cartón, envolví ésta en papel para regalo color rosa y agregué al paquete un bouquet floral y una tarjeta con un osito pidiendo disculpas. Le llevé todo esto a la profesora, quien al principio me miró con desconfianza pero cuando vio lo que había dentro de la caja me abrazó y me llenó de besos.

—Estaba muy estresado —dije—. Por eso le grité.

—No te preocupes —me tranquilizó Gladys Muñoz—. Pero pásate —agregó, haciéndose a un lado para permitirme el paso.

Me invitó a sentarme en una silla de plástico. Mi compromiso con el caso que tenía entre manos y con mi oficio de detective era tal que soporté media hora de esa maldita música del demonio, el empalagoso hedor de una varita de incienso y una taza de té para adelgazar que sabía a orines —la maestra no bebía café porque era hipertensa ni cerveza porque era malo para su yoga—. El trovador ahora berreaba acerca de un unicornio azul que se le perdió y no encontraba. Su voz chillona taladraba mis oídos. Los arreglos musicales eran cursis pero la letra lo era aún más. Lo bueno que no llevaba mi cuete conmigo o me hubiera volado la tapa de los sesos de un plomazo para terminar mi sufrimiento. Gladys comía un plato rebosado de pura alfalfa porque estaba a dieta. Eran como dos kilos de pura alfalfa. Gladys decía que estaba muy buena y me ofreció un poco. Iba a decirle *ni que fuera conejo para comer ramitas*, pero dije que no cortésmente. Había un tapete de yoga en el piso.

—¿Qué te parece la música?

—Al sujeto se le perdió su unicornio azul. Sólo quiere encontrarlo. No veo nada de malo en ello.

—Sus canciones son muy profundas. Tienen significado, no como esa música hueca y ruidosa que oyen los de Sonoloa.

—Soy de Sonoloa —dije.

Gladys dejó escapar una risita de nervios.

—No lo decía por ti. ¿Qué tal está el té? —me cambió de tema—. Es de una planta llamada yiaogulan. Un amigo gay de mi clase de yoga fue a Vietnam de mochilazo, para meditar, y me trajo estos sobrecitos. Es muy bueno para el colesterol y la presión arterial.

—Está delicioso —expresé, con mi gran bocaza.

—Déjame te sirvo un poco más.

Quise levantarme para impedir que Gladys Muñoz me sirviese más de su bebida repugnante pero fue demasiado tarde. La profesora de manualidades en la escuela para alumnos con habilidades especiales era rápida. Quizá porque hacía yoga y eso la hacía muy elástica. Me rellenó la taza. Me la debía beber para obtener lo que buscaba. Había frente a mí una imagen en 3D del dios Brahma, cuyas cuatro cabezas me veían directamente a los ojos, mareándome aún más que el té con sabor a orines. Sobre el televisor un Buda de porcelana me sonreía de manera burlesca. No había ningún crucifijo en toda la estancia. Maldita hereje, pensé. Un pequeño librero se encontraba colmado de títulos de Paulo Coelho, Osho, Deepak Chopra y Brian Weiss. Quería largarme de ese lugar cuanto antes. El suelo se movió bajo mis pies. Veía dos Gladys. Actué torpemente. De mi cazadora de piel café extraje las fotografías tomadas en la escuela para alumnos con habilidades especiales. Fui al grano:

—Gladys, ¿conoces a esta jovencita? —dije, señalando a la chica frente al mantel.

La desconfianza invadió la cara de Gladys Muñoz. Quiso saber de dónde saqué la fotografía. La profesora de manualidades se sentó de manera erguida, tensa. No sé si fue el maldito unicornio azul, el té de Vietnam, la varita de incienso o la imagen en 3D del dios Brahma, pero no pude más. Lo solté todo sobre el tapete de yoga: el té vietnamita y el caldo de pollo que me dieron en el hospital, además de unas papas fritas que compré en la tienda de la esquina.

—¡Tomás! —exclamó Gladys Muñoz, sosteniéndome para que no cayera desmayado sobre mi propio vómito.

La profesora de manualidades era fuerte. Tenía espalda de luchador. Incluso más ancha que la mía. Me llevó cargando a su cama y, por alguna razón, procedió a quitarme la ropa. Temí que me fuese a violar. Pensé: la voy a preñar, me obligará a casarme con ella y me llenará de té asqueroso y de unicornios azules por el resto de mis días. ¡Despierta, Malasuerte!

—Estoy bien —aseguré, subiéndome los pantalones y abrochándome el cinturón—. Voy a limpiar el cochinero que hice.

—No te preocupes. Yo lo haré.

—Entonces me voy.

—Creo que necesitas un médico.

—Necesito ir a la escuela para indagar el domicilio y el nombre de la jovencita.

—¿Por qué?

—Trabajo para el hombre que tomó esas fotografías y ahora las debo entregar a su familia.

—¿Por qué no me dijiste eso antes?

—Te lo iba a decir antes de guacarear sobre tu tapete.

Gladys fue al clóset por un bolso de cuero lleno de expedientes.

—El nombre de la muchacha es Julieta Bustamante —dijo—. Se le diagnosticó asperger. Su familia tiene una carnicería en el mercado Hidalgo.

La profesora de manualidades extrajo el expediente de Julieta Bustamante y me lo entregó. Ahí venía la fotografía de la jovencita, su nombre, sus calificaciones en el taller de manualidades, su domicilio y su número telefónico. Le pregunté a Gladys si me podía quedar con el expediente. Dijo por supuesto. Como pude, me paré con el expediente bajo el brazo. El suelo seguía moviéndose. Me tambaleé. Me preguntó cómo me sentía. Dije que me sentía bien.

—No luces muy bien. ¿Quieres más té?

—¡No! —grité.

Mi grito hizo que Gladys Muñoz brincara del susto.

—Me siento bien. De hecho, me tengo que ir.

Al salir del departamento de Gladys Muñoz noté que había más cocineros que de costumbre fumando afuera de mi habitación. Permanecían callados, recargados sobre el barandal del segundo piso de mi vecindad. Supuse que tenían un pedido importante que entregar. Al verme, uno de los cocineros entró al laboratorio. Ingresé a mi cuarto y me acosté en mi cama, esperando que el suelo dejara de moverse. El olor de mi pieza me dio una buena acogida. Olía a persona civilizada. Es decir, a sobaco, a flatulencia y a humo de tabaco. Nada de incienso ni tés vietnamitas. Por fin descansé. A los pocos minutos alguien tocó a mi puerta. Era el boticario nazi. Me dijo que la policía judicial estuvo en mi cuarto.

—Venían por usted —dijo, con su eterna chiripiorca salsera—. Entraron a su cuarto. Si sigue metiéndose en problemas con la ley voy a tener que pedirle que se vaya de la vecindad. Ahora tengo que tener gente afuera para que nos eche aguas cada que venga una patrulla. Ya tuvimos dos falsas alarmas en las que tiramos todo el producto y...

Cerré la puerta en la nariz del boticario nazi jarocho. Fui al clóset en busca de la cámara fotográfica que todavía no terminaba de pagar. Para mi fortuna, la Canon seguía ahí.

Dormí el resto de la tarde y toda la noche. Llegué de madrugada a Tortas y Jugos El Yuca. El exboxeador barría la entrada de su negocio. Una patrulla de la municipal pasó por la calle, a vuelta de rueda. Sus tripulantes no me reconocieron ya que tenía mi famoso pelo rojo cubierto por medio de un fedora café. Mi camisa tampoco se veía ya que se encontraba bajo una gabardina color caqui. Salí de las sombras. Le pedí su Monte Carlo. El Yuca brincó debido a que lo agarré desprevenido.

—Malasuerte, me vas a matar del susto. ¿Ya te dieron de alta?

—Ya y tengo un caso muy importante que resolver —dije.

El Yuca fue con su esposa, que estaba dentro del local, y al cabo de un rato regresó con las llaves de su Monte Carlo. Prometí regresárselo en un par de días.

La casa padecía ese mal gusto que sólo el clasemediero de provincia es capaz de ejecutar. Toda la fachada estaba saturada de elementos discordantes. Contaba con jardineras enmarcadas con piedra caliza y balcones desproporcionados. Había piso de mármol en la cochera y sensores para impedir que los ladrones entraran y se llevaran la computadora y el televisor. Toqué a la reja con mi moneda de diez pesos. Abrió la puerta la mujer con cara de abnegación. Tenía ojos de borrego a medio morir y manos regordetas que parecían estar rezando. Su vestido parecía mantel de cenaduría psicodélica. Tenía el pelo húmedo y una capa de maquillaje se esforzaba por contener un deslave de sudor que correría por su cara redonda. A pesar de que no hacía demasiado calor, la señora sudaba como un marrano. Todo su aspecto era estresante. Lucía como un mimo psicodélico con sobrepeso. Le di los buenos días. Pregunté por la señorita Julieta Bustamante. La mujer quiso saber qué se me ofrecía. La abnegación desapareció de su cara de polvorón. Se puso rígida. Entré en personaje. Me convertí en funcionario de la Secretaría de Educación Pública.

—Vengo del Centro Especial de Estudios Técnicos. Me enviaron para buscar la manera de resolver el problema de ausentismo que impidió que su hija completara el curso de manera satisfactoria.

La abnegación regresó a la cara de polvorón. Sus manitas regordetas se pusieron a rezar en silencio una vez más. Me invitó a pasar. Entré a una pequeña sala tan saturada de adornos como la fachada de la casa. Una mezcla de maximalismo barroco y acumulador compulsivo. El lugar despedía un perfume cítrico procedente del suelo de porcelana. Una vitrina exhibía figuras de resina en los dos travesaños inferiores, el que le seguía sostenía una colección de platos artesanales. En el último travesaño se encontraban una serie de portarretratos cuyo común denominador era el hermano de Julieta Bustamante. El jovencito era apapachado por una gran cantidad de muchachos de su edad, presumiendo todos una felicidad desbordante y un futuro más que prometedor. El resto eran fotografías de familia en las que Julieta brillaba por su ausencia. Me senté en uno de los sillones.

—Hemos visto el grave caso de ausentismo de su hija y quiero ver si el turno vespertino no sería una posible solución. ¿Podría hablar con su hija?

—Ella no está —aseguró la cara de luna, tajante y nerviosa a la vez.

—Pues necesitamos hablar con ella también —dije, siguiendo una corazonada.

—Creí que venían a platicar conmigo.

Borbotones de sudor provenientes de su frente surcaron la torta de maquillaje en sus cachetes. Pregunté dónde estaba Julieta. Me dijo que con su padre. Quise saber dónde se encontraba él.

—Tenemos una carnicería en el Mercado Hidalgo.

—¿A qué hora llegan?

La cara de polvorón estaba hecha un manojo de nervios. Me confesó que Julieta no vivía con ellos.

—Julieta vive sola. Le llevamos comida todos los días. Así es como vive a gusto. ¿No se lo dijo? ¿No es por eso que estás aquí? Sé que ella se quejó con ustedes. Sabemos que se hace la víctima.

Pedí el domicilio de su hija.

—No sé por qué dios me castigó con esa víbora —se lamentó— pero una cosa sí le digo: malos padres no somos. Si no me cree, hable con su hermano. Él se acaba de graduar de la School of Business en la University of San Diego. Héctor nos quiere mucho, tiene amigos, es inteligente, tiene novia, no se droga. No se imagina lo mucho que me ha hecho sufrir Julieta, las vergüenzas que me he llevado por su culpa. Es grosera, mala, viciosa y sucia. Nunca la perdonaré. No importa lo que ustedes me vengan a decir.

La señora chilló.

—No me mandaron para denunciarla ante las autoridades —dije—. Al contrario, queremos resolver las cosas. Necesito hablar con su marido. ¿A qué hora llega él?

—No tarda. Viene a comer y se vuelve a ir.

—¿Dónde está su hijo?

—Haciendo el papeleo de su graduación en la University of San Diego.

Sonó el teléfono a mi lado. La señora Bustamante cogió la bocina. Volvió a poner cara de abnegación.

—¿Qué estás haciendo en la comandancia? ¿Qué? ¿Por qué me haces esto, Wilfrido? —exclamó la cara de polvorón, otra vez con ese tono de madre abnegada, melodramática y deseosa de atención—.

Pero no sé cómo llegar. ¡No me vengas con eso, Wilfrido! Voy para allá.

Quise saber qué pasaba.

—Metieron a mi marido a la comandancia. Cuántos problemas. ¿Dios mío, qué voy a hacer? Dame fuerzas.

Siempre he pensado que hay diferentes maneras de lidiar con los problemas. Aparentemente una de esas maneras es gritar como loca. Le ofrecí llevarla.

—¿No sería mucha molestia?

Subí al Monte Carlo y encendí el motor. En lo que esperaba a la señora Bustamante salir de su hogar, le llamé al abogado Zepeda. Le pedí a éste que nos esperara en la comandancia. La señora de Bustamante apareció a mi lado con un bolso de piel sintética y una nueva capa de polvo blanco en la cara.

—Al parecer se defendió de un asaltante. ¡Ay, dios mío!

Al pasar por la puerta de la comandancia aminoré la marcha, en busca de un lugar donde estacionarme. La señora Bustamante descendió del vehículo sin darme las gracias.

—Voy por ti, Wilfrido —gritó la señora, corriendo como un elefante asustado.

Me encontraba en la boca del lobo, de eso no cabía duda. Una vez dentro de la comandancia, me esmeré en actuar de forma natural, sin temor de ver a las personas a los ojos. Divisé a la señora Bustamante chillándole al abogado Zepeda, quien llegó antes que nosotros.

—No se dejen llevar por nuestra apariencia de gente fina y elegante porque en realidad somos pobres. ¿De dónde vamos a sacar tanto dinero para la fianza? No porque me vean bien vestida crean que me sobra el dinero.

Pregunté de qué se le acusaba.

—Le clavó un cuchillo en el pecho a un sujeto de nombre Benito Esparza —dijo el abogado Zepeda.

—Pero fue en defensa propia —alegó la mujer.

—Los testigos afirman que su esposo arrolló con su camioneta a Benito Esparza y que de ahí se bajó, sacó su cuchillo y lo hirió de gravedad.

—¿Dónde ocurrió esto?

—En la colonia Soler —respondió el abogado.

La señora volvió a gritar sus calamidades. Le pregunté si deseaba que la llevara a algún otro lado. La señora Bustamante no me contestó, lo cual aproveché para liberarme de ella. Volví al Monte Carlo y lo enfilé hacia la colonia Soler. Lo estacioné y me apeé en busca de alguien que me diera información acerca de Benito Esparza. Entré a una tienda en busca de cigarros e información. Detrás del mostrador se encontraba una mujer.

—Una cajetilla de Suertudos —pedí, deslizándole un billete de cincuenta pesos por el mostrador—. Quédese con el cambio. ¿Sabrá dónde vive un tal Benito Esparza?

—¿El Duende?

Sentí un paro en el corazón. Me quedé sin habla por un momento.

—Sí —balbuceé—. El Duende.

—Ese no tiene casa. Vive en un picadero. Con otros tecatos como él. El que tiene casa es el Blanca Nieves.

—¿El Blanca Nieves?

—Ramón Higuera, su ex. ¿Para qué lo necesita?

—Me debe un dinero —dije.

—Cóbrele al Blanca Nieves. El Duende está en la Cruz Roja de la Mesa. Precisamente hoy se le andaba acabando el corrido. El papá de uno de sus amantes lo fileteó.

Tan pronto salí a la calle marqué al Motorola del abogado Zepeda. Le pedí que buscara en la Cruz Roja de La Mesa a Benito Esparza alias el Duende.

¡Toma eso, Marlowe!

El amante del Duende se llamaba Ramón Higuera pero todos lo conocían como el Blanca Nieves, por canoso. No usaba Just For Men para no maltratarse el pelo, a pesar de que este se encontraba más muerto y seco que una momia enterrada en el desierto de Sonora. Su peinado era una mezcla de Don King con Albert Einstein y la novia de Frankenstein. Lo que el Blanca Nieves sí se teñía era el bigote y su uniceja. Esto lo hacía lucir aún más extraño.

El Blanca Nieves vivía en un castillo barroco de tres metros de ancho. Por sus pilares de mármol, sus molduras de yeso y su cúpula en el techo, la casa parecía más tumba de narcotraficante que casa. Afuera, en la banqueta, se encontraba un modesto anuncio de lámina soldado a un tubo de metal con un rin en el suelo como base. En el anuncio se leía Salón de Belleza Óscar. Saqué mi moneda y toqué con ella la reja de la entrada. No tardó en asomarse el Blanca Nieves embutido en una bata de dormir color rosa.

—¿El señor Ramón?

—Ramón Higuera —se presentó—, a sus órdenes.

—Soy el detective Tomás Peralta. Quiero hacerle unas preguntas acerca de Benito Esparza. ¿Lo conoce?

El Blanca Nieves dijo que no lo conocía.

—No me deja más remedio que hablar con la policía acerca del asesinato de Alfredo Medina —dije.

Ramón Higuera perdió color. Una mueca macabra se posó en su cara.

—¿Mataron a mi Burbujitas?

—Benito Esparza asesinó al señor Medina el pasado lunes tres de julio en su departamento.

El Blanca Nieves rompió en llanto:

—¡Voy a matar a ese desgraciado infeliz!

—¿Dónde está?

Ramón dijo que ignoraba el paradero del Duende y que tenía semanas que no lo veía. Enseguida me invitó a pasar.

—¿Quieres algo de tomar? Tengo Caribe Cooler.

—¿Qué es eso? —dije.

—Sidra de diferentes sabores. Tengo de durazno, manzana, kiwi y mandarina.

—¿No tienes cerveza?

—Light —respondió.

—No, gracias.

En el salón de belleza había espejos, estaciones de peluquería, posters con peinados ochenteros y el retrato enmarcado de un jovencito moreno, delgado y con ojos dormilones. El lugar olía a pie de atleta y pintura para el pelo. Ramón me ofreció una de sus tres estaciones para sentarme. Lo hice. Le dije que quería información acerca de la familia Bustamante.

—Si sus padres se enteran que Héctor es maricón, no le darán dinero. Esa familia es rica, sólo que, como son de Monterrey, son tacaños, marros, duros como la quijada de arriba, y casi no gastan.

—¿Qué sabes de su hermana?

—Sé que le dan ataques de sinceridad en los que acusa a su hermano de maricón, a su mamá de hipócrita mojigata y a su padre de abusar de ella. Por eso no la quieren. Compraron una casa para ella sola en la colonia Colina Frondosa y ahí la tienen encerrada.

Colina Frondosa es una colonia ubicada en la periferia de la ciudad. Al este de las fábricas. Tierra de nadie, básicamente. Los ojos redondos, grandes y tristes de Julieta llegaron a mí en forma de reminiscencia. No podía creer que tuviesen encerrada a esa pobre jovencita en medio de la nada. Le pregunté a Ramón el domicilio exacto de la casa de Julieta.

—Lo único que sé es que está en Colina Frondosa. La familia cuida mucho a la chica. Le tienen que enviar fotografías a la abuela que vive en Monterrey porque ésta la tiene contemplada en su herencia. Es su nieta favorita. Esta abuela es la que le dio el dinero al papá de Héctor para que pusiera su carnicería en el mercado Hidalgo.

—¿Por qué atacó el papá de Héctor al Duende? —dije.

—Benito cobra por cada cogida (los martes está al dos por uno) y Héctor tenía varias acumuladas. El otro día fue al mercado Hidalgo y le cobró a Héctor frente a su padre. A Héctor no le quedó más remedio que darle su Harley al Duende, como pago. Cuando el señor vio a Benito en la motocicleta de su hijo perdió los estribos y lo atropelló.

Le dije a Ramón que iría tras Rumpelstiltskin, y el Blanca Nieves se espantó tanto que brincó. Enseguida cogió mis manos y abrió mucho los ojos.

—¡No lo hagas! —me rogó—. Benito siempre ha sido violento, pero ahora es más peligroso que nunca.

—¿Por qué?

—Practica una religión muy rara.

Me puse en pie y cogí al Blanca Nieves de las solapas de su bata.

—¿Cuál religión? ¿Cómo se llama?

—El Ritual a Babalú…

—¿El Culto a Bugalú?

Ramón dijo que sí con la cabeza. Lo liberé y me dejé caer en la silla.

—La situación es más grave de lo que pensé —concluí.

—¿Por qué?

—Sandkühlcaán se alimenta de la lujuria del pecador y del sufrimiento del inocente. Es como obtiene su poder.

—¿Qué vas a hacer?

—Iré a la escuela de Héctor. Necesito la dirección donde tienen a esa jovencita.

Ramón entró en la trastienda de su salón de belleza, para cambiarse, porque quería acompañarme en mi investigación. El Blanca Nieves salió de la trastienda disfrazado de hombre (traje gris y corbata azul). Subimos al Monte Carlo.

—¿Conoces a don Antonio, propietario del Rainbow? —dije—. Él es mi cliente. Lo culparon por el asesinato de Alfredo Medina y ahora debo conseguir las pruebas necesarias para su liberación.

Afortunadamente, la línea de coches esperando cruzar al otro lado medía tan sólo dos kilómetros de largo. Esto es una gran fortuna si se considera que la línea de San Isidro es la garita internacional más transitada del mundo. Mientras avanzábamos a razón de tres metros por hora, bebimos un Clamato con camarón y pulpo. Los vendedores ambulantes caminaban entre los coches cargando crucifijos gigantes, alcancías de la Virgen de Guadalupe y zarapes con el logotipo de los Dodgers. El migra que pidió nuestras visas en la garita era idéntico a Manny Pacquiao. Quiso saber a qué parte de la Unión Americana nos dirigíamos. No le podía decir al filipino que estaba en medio de una investigación criminal porque eso significaría que estaría trabajando en los Estados Unidos y para eso necesitaba un permiso especial.

—A Seaworld —respondí.

—¿Qué harán ahí?

—Veremos a la ballena Keiko y el espectáculo de los lobos marinos.

—No parecen dos entusiastas de la vida marina. Parece más bien que van a trabajar.

—Jamás les quitaríamos sus preciados empleos a los buenos ciudadanos norteamericanos, oficial —dije.

El filipino vio con desconfianza mi sonrisa y la cara de Ramón y pidió que nos dirigiéramos al cobertizo ubicado a pocos metros de la garita, donde los migras llevaban a cabo su mentada *second inspection*. Otro tagalo revisó el Monte Carlo buscando droga. Esperamos por más de una hora hasta que nos dejaron ir. Durante el trayecto intenté pedir direcciones para llegar a la Universidad de San Diego, pero todos los gringos hablaban por celular mientras conducían y ni siquiera voltearon a verme. Como pude me las ingenié para llegar a la Escuela de Negocios. Todo el campus tenía fachada de misión española con edificios muy bonitos que parecían catedrales. La gran mayoría del alumnado estaba conformado por rubias piernudas y nalgonas. Los varones vestían playera y short. En la cafetería de la facultad sólo vendían comida sana.

—No te preocupes —le dije a Ramón—, yo disparo los tacos cuando regresemos a Tijuana.

Un cartel en el pasillo del edificio administrativo felicitaba a la generación egresada. Ahí se encontraba el nombre de Héctor Bustamante. Unos metros más adelante había una serie de fotografías de una obra teatral. Representaban el musical *Vaselina*. Ahí estaba Héctor Bustamante interpretando a Danny Zucco. En estas fotografías aparecía radiante, con sus ojos llenos de vida y su cazadora de piel.

—Se nos va Héctor, no puede ser —se lamentó un mexicano que vestía la casaca de los Padres de San Diego.

Le pregunté si lo conocía.

—Soy éste —respondió, señalando con su dedo a otro menso bailoteando, a unos cuantos centímetros de Héctor—. No sé qué va a ser de esta escuela sin él.

—¿Por qué? ¿Qué hacía?

—¿En qué planeta vives? Héctor ha sido el mexicano más buena onda que ha habido en esta universidad. Nos disparaba el desayuno a todos, no le importaba el dinero. Estaba bien loco, nada le daba vergüenza.

Quise saber si conocía a su hermana.

—No tiene —respondió.

¡Toma eso, Marlowe! Descubrí el móvil del crimen: la fotografía de Alfredo Medina jamás debió existir. Héctor le pagó al Duende para que fuera por ellas al departamento de Alfredo Medina y ahí fue donde lo encontré. ¿Pero con qué le pagó si todavía le debía varias cogidas? El develamiento del misterio cayó como una bomba que expandía los límites de mi ego. Fue así de fácil y lo logré por mi cuenta.

Un hombre se libera de sus cadenas cuando encuentra su verdadera vocación y yo encontré la mía: nací para convertirme en detective privado. Me sentí alegre y más ligero que nunca. Ahora sólo sería cuestión de relacionar a Héctor con Rumpelstiltskin. Mientras conducía de regreso por el Freeway 5 sonó mi Motorola. Era el abogado Zepeda. Contesté. Dijo que localizó el hospital donde estuvo Benito Esparza pero ya no estaba cuando él llegó. Salió antes que lo dieran de alta.

—¡Le dije que dejara de hacer lo que estaba haciendo! —le reproché.

Colgué. Como dicen, si quieres que las cosas salgan bien, tienes que hacerlas tú mismo.

—Tendremos que ir a casa de Héctor a sacarle la dirección de Julieta —dije.

—No te la van a dar. No se la dan a nadie. Tienen miedo de que los denuncien ante el DIF.

De los Estados Unidos a México no se hace nada de línea. Nuestras autoridades te permiten el paso sin documentos a nuestro amado país. Para cuando regresamos a Tijuana, el calor disminuyó.

Me estacioné frente a la casa de la familia Bustamante. Puse el freno de mano porque la residencia se encontraba en una loma. Lo hago para no dañar la transmisión al pasar de *parking* a primera. Volví a tocar la reja con mi moneda. Nadie contestó.

Marqué al Motorola del abogado Zepeda y lo puse al tanto de todo, haciendo hincapié en el beneficio que significaría para el caso de nuestro cliente el conseguir el paradero de Julieta Bustamante. El abogado Zepeda pareció comprender mis instrucciones y nos despedimos. Tres cuartos de hora más tarde un taxi se estacionó frente a nosotros. ¡Vi en persona a Héctor! Éste iba acompañado de su madre, a quien ayudó a descender de la unidad. La señora tenía sus ojos hinchados de tanto llorar. Al menos ya no transpiraba tanto. Su mirada de madre abnegada se borró de su cara tan pronto me vio:

—¿Otra vez usted? ¿Qué se le ofrece?

—La dirección de su hija.

Mientras decía esto último pude notar la palidez en la cara de Héctor, quien para ese entonces había notado la presencia de su amigo Ramón pero no lo saludó. Hizo como que no lo conocía. La señora Bustamante quiso saber quién era la persona que me acompañaba.

—Amigo de su hijo —respondí, con una sonrisa cargada de malicia.

Los ojos de la señora se llenaron de cólera, dando paso a una mirada fulminante. La señora pescó la indirecta. ¿Cuál indirecta? Que a su hijo se le llenaba de agua la canoa; corría para tercera base; le gustaba el arroz con popote; mordía la almohada; le iba al Club América; le tronaba la reversa.

—No tienen idea de lo que pasa en esta casa. Sólo se guían por chismes y calumnias. No conocen a mi hija. No saben de lo que es capaz. ¡Lárguense! No voy a soportar calumnias ni chantajes —exclamó, antes de tomar a su hijo por el cuello de su camisa y arrastrarlo dentro de la casa, como si hubiese visto venir un tornado aproximarse.

El Blanca Nieves y un servidor nos quedamos solos frente a la casa de los Bustamante.

—Cómo me gustaría que esa vieja sangrona viera las fotografías que tengo de su hijo haciéndola de Shakira —dijo Ramón, con resentimiento.

Mi olfato de detective me puso en Modo Sam Spade.

—¿Que tienes qué?

—Fotografías de Héctor haciendo su show. Héctor es imitador. En las fiestas que hacíamos en mi casa imitaba a Shakira, a Thalía, a Paulina Rubio y a Madonna. Yo le prestaba los vestidos.

Resulta que, entre semana, Héctor era un estudiante popular en un colegio privado de San Diego, pero sábados y domingos travestía, entre asesinos y drogadictos, en los fondos más bajos de Tijuana.

—Vamos por esas fotografías.

Al sacar mi flamante Motorola noté que se encontraba apagado. Era posible que el abogado Zepeda hubiese llamado. Éste contestó cuando le marqué.

—Tomás, te he estado llamando.

—Abogado, el caso está resuelto. Tengo las pruebas, los testigos y el móvil del crimen. Necesito que pague la fianza del señor Bustamante. Estoy con usted en dos horas.

El tráfico de unas horas antes se diluyó y ahora transitábamos con holgura, a pesar de lo cual casi chocamos, y esto por mi culpa, ya que me distraje al pasar por una frutería cuyo nombre, Sandy, se encontraba rotulado en la fachada. El nombre de mi linda pollita me transportó a otro mundo, provocando que casi me estrellara con el coche circulando en el carril de enseguida. El leer el nombre de mi linda pollita al pie de una fotografía o incluso al escucharlo a lo lejos, revuelto entre conversaciones ajenas, hacía que mi corazón dejara de bombear sangre por un instante.

—Apúrate —le dije a Ramón, al llegar a su casa.

Al cabo de un rato el Blanca Nieves regresó con un sobre color manila. Dentro había un fajo de fotografías, las cuales me dispuse a examinar una por una. Ahí estaba Héctor disfrazado de Shakira, Thalía, Paulina Rubio y Madonna. En todas Héctor aparecía bailando, cantando y con un micrófono en su mano. Luego de estacionar el Monte Carlo vi al señor Bustamante salir de la comandancia. Me preguntó qué se me ofrecía. Lo cogí de las solapas de su abrigo.

—La dirección de su hija —dije.

—¿Quién crees que eres para venir a preguntarme acerca de mi familia?

Blandí el paquete de fotografías entregado por Ramón:

—¿Sabe usted qué es esto que tengo aquí?

—Lo único que me interesa saber es cuánto les debo por sacarme de la cárcel.

—Esto que tengo aquí son pruebas del talento de su hijo. Lo tengo convertido en Shakira, Thalía, Paulina Rubio y Madonna. ¿Cuál quiere ver primero?

Wilfrido Bustamante no mostró interés por las fotografías.

—Quizá les interese este material a los amigos de Héctor. Seguro que no le conocen esta clase de talentos.

La cara de Wilfrido se encendió y, esperando tomarme por sorpresa, se me fue encima con un sabanazo tan anunciado y lento que me fue imposible dejarlo entrar. Pude haber encendido un cigarro antes de evadir el golpe. Wilfrido Bustamante trastabilló en dirección a una patrulla estacionada cerca. Parecía tener dos encarnaciones enteras sin hacer ejercicio.

—¿Quiere las fotografías de su hijo en el internet? Si no, sólo dígame dónde está Julieta.

Sobrevino una pausa, la cual dio tiempo a Wilfrido para meditar. Ramón y el abogado Zepeda se encontraban absortos y sin perder detalle de la conversación, como un par de ancianas frente a su telenovela favorita.

—Necesito hablar con mi hijo a solas. Quiero que él me diga de frente si es verdad que *es*. Ya es mucha la gente que me lo ha estado diciendo. Debo escuchar lo que él me tiene que decir al respecto. En caso de que sí sea *del otro bando* entonces no me importa lo que le pueda usted hacer con sus fotografías. No tengo hijo. Me hago otro con mi señora, al cabo que para eso estamos —dijo el semental—. Es más, le doy el dinero que le corresponde para que se largue de la casa. Pero eso lo quiero resolver yo, nomás deme tiempo.

—No tengo tiempo.

—¿Tú qué tanto interés en mi hija? ¿Crees que es una santa?

—Creo que usted y su esposa son un par de cerdos.

—¡Con mi mujer no te metas!

Lo levanté en vilo sujetándolo del cuello de su camisa. Los que me conocen saben que soy capaz de hacer ese tipo de cosas. Le pedí la dirección.

—¿Piensas ir con la policía si te la doy?

Le aseguré a Wilfrido Bustamante que no iría a la policía.

—¿Para qué quieres saber entonces?

—Dame la dirección y no me debes nada, ni por las fotografías ni por tu fianza.

—Es en la colonia Colina Frondosa. Calle Geranios número 8506.

—Usted nos va a acompañar.

El abogado Zepeda, Wilfrido Bustamante y el Blanca Nieves subieron al Monte Carlo. El abogado Zepeda viajó en el asiento del copiloto. Volteé a ver a mis pasajeros por el espejo retrovisor:

—El señor sentado a su lado es amigo de su hijo —dije—. Estoy seguro de que no lo conocía.

Wilfrido se separó lo más que pudo de Ramón pero como no había mucho espacio en el asiento trasero ambos hombres siguieron apareciendo en mi retrovisor.

Descenso al Inframundo

Conduje por un bulevar desolado que conectaba a Tijuana con los parques industriales ubicados al este de la ciudad. Salí por un sendero de tierra y enfilé el coche hacia el sureste. Colina Frondosa debió llamarse Valle de Sombras, ya que se encontraba en una cuenca donde no había un árbol o flor en pie. Sólo cadáveres, mala hierba y obra negra. Por la niebla y por la grisura de ésta, lucía como un paisaje salido de alguna pintura de Remedios Varo. El lugar me daba mala espina. Me hizo recordar las palabras de mi madre, "no vayas al Valle de las Sombras". Una macabra premonición se apoderó de mí. Imágenes de muerte y descomposición pasaron por mi mente, llenándome de terror. Continuamos nuestra marcha por terreno hostil hasta una construcción fincada en una hondonada. Descendimos del coche. Mi corazón dio un vuelco cuando noté el Ojo de Sandkühlcaán pintado con sangre fresca en la puerta de la entrada, el mismo ojo pintado en la sala de Alfredo Medina. Wilfrido Bustamante quiso saber qué significaba el dibujo.

—El símbolo de una secta pagana —musité.

¿En qué te estás metiendo, Malasuerte?, me dije. Sal de ahí, agregué en mi mente. Pero no me hice caso. Mi olfato de sabueso tomó nota del rastro de motocicleta sobre la tierra. Le pedí a Wilfrido que sacara su llave.

—Le traigo comida todos los días —aclaró.

Reinaba un silencio digno de la superficie lunar. El sonido de la llave del señor Bustamante abriendo el candado destacó como un juego de ollas cayendo sobre un piso de mármol.

—Hija —llamó Wilfrido—, soy tu papá.

No hubo respuesta. La casa alojaba una oscuridad a la cual intenté poner remedio con mi encendedor. Sólo el señor Bustamante y un servidor nos adentramos en la casa. Escuchamos un gemido y un palo hacer un ligero redoble contra el piso. Una mano procedente del inframundo sujetó la mía.

—¡Mamá! —dije, con la virilidad de Juan Gabriel.

El engendro se encontraba fuera del radio de luminosidad emitido por la llama de mi Zippo.

—¡Suéltame! —le rogué.

En lugar de liberarme, la mano del monstruo me sujetó más fuerte. Alumbré hacia abajo y vi una masa sanguinolenta donde debió estar una cara.

—¡Julieta! —berreó Wilfrido.

Lo que hacía elegante el rostro de Julieta era su cara alargada y prominencias tales como su nariz recta y sus pómulos bien definidos. Estas prominencias fueron achatadas por los puños del Duende y la cara, antaño alargada, lucía ahora redonda. Sus ojos grandes quedaron reducidos a dos puntos blancos, cargados de terror, detrás de una carne cruda y escarlata. La jovencita echaba de menos todos sus dientes frontales. Su cara evocaba la de todos mis muertos. Mi valentía me traicionó y me vi forzado a cerrar los ojos para dejar de ser testigo de aquella visión blasfema. Quería correr pero mis piernas se encontraban paralizadas por el miedo. Creí que moriría de terror. Los vientos de Santa Ana silbaban a través de las ventanas, como brujas en aquelarre. Escuché un cuerpo desplomarse. El palo de madera volvió a sonar con un ligero redoble. Julieta se desplazaba a rastras, agonizante, negándose a admitir la infame despedida que este mundo le hacía, al morir alojando un palo de escoba dentro de una de sus cavidades. Aquél era sin duda el sello definitorio del vulgar sadismo de su victimario. Sobra decir que en una zona tan alejada de la civilización como Colina Frondosa, la ambulancia llegó demasiado tarde, tanto para Julieta como para su padre, fallecido de un paro cardiaco a su lado, lo cual me pareció un raro despliegue de justicia divina. Sucedió precisamente lo que temí todo ese tiempo. Las huellas de la Harley en la tierra aledaña a la casa de Julieta prácticamente me lo habían anunciado.

—Rumpelstiltskin hizo otra vez de las suyas —opiné.

—¿Cómo sabes que fue él? —dijo el abogado Zepeda.

Señalé la tierra.

—Por las huellas de la Harley. Además: el candado de la entrada no fue forzado. Héctor le pagó al Duende por el asesinato de Alfredo Medina con la llave y la dirección de la casa de su hermana, para que hiciera con ella lo que él quisiera.

El sonido de las sirenas anunció la cercanía de los judiciales. Las torretas pintaron de azul y rojo el horizonte. Las patrullas levantaron una gran tolvanera. Los agentes pronto llegarían a bombardearnos con sus preguntas.

—¿Cómo esperas que demuestre que Héctor ordenó la muerte de Alfredo Medina?

—Por medio de las fotografías de Héctor disfrazado de Shakira, Madonna y Thalía. Héctor le prometió al Leprechaun que le terminaría de pagar por las cogidas a cambio de que éste fuera en busca de las fotografías al departamento de Alfredo Medina, cuando, en realidad, quien las tenía es este señor de aquí —indiqué, señalando a Ramón—. Encima de eso están las fotografías de Julieta, quien nadie conocía. Alfredo Medina era un chantajista. Jugaba con fuego... hasta que se quemó.

—¿Qué piensas hacer ahora, Malasuerte? —dijo el abogado Zepeda.

—Necesito ir a Sonoloa —respondí—. Tengo asuntos pendientes qué resolver allá.

Regreso al terruño con el elixir
del conocimiento

Con lo que me pagó don Antonio por sacarlo del tambo tuve para regresar a Sonoloa en mi Crown Victoria. Aunque no gasta mucha gota, me gusta el Crown por elegante y amplio. Ahora uno de los siete coches en el pueblo era mío.

Al entrar por la calle principal mi corazón se convirtió en un potro indomable. Las señoras asomaron sus narices por las ventanas de sus casas, intentando captar mi identidad. Los chismosos en las aceras y comercios detuvieron su conversación con tal de no perder detalle del vehículo que transitaba frente a sus ojos. Me dirigí a casa de mis padres, situada al otro extremo del pueblo.

No quería acarrear sospechas. Más de alguno me habría seguido hasta allí, por lo que al pasar por el jacal de mis padres no bajé del Crown. Ni siquiera detuve la marcha. Simplemente di vuelta en U, de regreso al pueblo. El jacal, o lo que quedaba de él, se confundía con el baldío de al lado. Sólo se hallaban sus cenizas y los cimientos. Me estacioné frente a la plazuela. Un niño muy guapo se acercó en su bicicleta. Limpié mis lágrimas, abrí la ventana y saqué mi brazo, blandiendo un billete de cincuenta. El niño se detuvo. Su cara estaba cubierta de pecas y me era familiar.

—¿Y la gente que vivía en el jacal donde se ponía el hipnotizador? —dije.

—¿Los Malasuerte? Se quemaron con todo y casa. ¿Me va a regalar ese billete?

Se lo extendí y el muchacho fue por él. Entré a Abarrotes Sin Nombre por un ToniCol. Doña Juana quiso saber de quién era hijo y de dónde provenía. No me reconoció, a pesar de que era de las personas que más ojeriza me tenían en el pueblo, siempre llamándome salado y tonto.

—Soy de Tijuana —respondí.

Preguntó mi nombre.

—Samuel Espada —mentí.

—¿Y a qué se dedica, Samuel Espada?

—Todos los días paso perico, mota y cristal al gabacho.

Doña Juana casi se desmaya de la favorable impresión que le causaron mis palabras.

—Espéreme tantito, no se me mueva. Ahora vuelvo.

Doña Juana pasó a mi lado y abandonó su negocio. Esperé con el ToniCol en mi mano.

—Aquí está —dijo doña Socorro al volver, arrastrando a doña Vicky y a su hermosa hija—. Éste es Samuel Espada. Además de guapo, pasa perico, mota y cristal todos los días al gabacho. ¿Qué tal? —se dirigió a mí—. ¿No le gusta la muchacha? Es trabajadora, limpia y buena para guisar.

—Es muy bonita. Pero…

—¿Es casado? No importa. No es celosa. Usted con que la tenga bien atendida. Sólo se quiere ir de este pueblo de miserias. ¿Verdad, hija?

La adolescente asintió.

—No es eso.

—¿Está muy vieja para usted? ¡Hay otras! Ni modo —aquí doña Socorro se dirigió a su comadre Vicky y luego otra vez a mí—, déjeme ir por la hija de la comadre Sofía. Ésa acaba de cumplir los quince y está bien chula.

—Busco a una muchacha que es de aquí —dije—: Sandy Zamora.

—Esa hedionda —expresó doña Socorro, con asco.

—Está enferma de sus riñones —aclaré.

—Será el sereno pero la muchacha apesta.

—¿No sabe dónde puedo encontrarla?

—Se la llevaron a Houston a operarla de los riñones.

Un abrupto frenón anunció la llegada de un Jeep. Dentro se encontraban dos buchones, uno al volante y otro, literalmente, *riding shotgun*, mientras que en el asiento trasero iba el niño con mi billete de cincuenta pesos.

—¿Éste es? —quiso saber el conductor, señalándome.

El niño respondió de manera afirmativa.

—Usted va a venir con nosotros, amigo.

—Me acaba de preguntar por Sandy —les informó doña Socorro.

Los dos buchones no eran competencia; sin embargo, seguía demasiado aturdido como para acatar a hacer algo en ese momento.

—¿Anda armado? —quiso saber el de la escopeta, mientras su compañero me registraba.

—Está limpio —dijo el que me manoseó.

—Súbase al Jeep.

Me hicieron sentarme en el asiento del copiloto y tomamos el camino a la extinta casa de mis padres, pasamos al lado de sus ruinas y nos seguimos de largo en dirección a la presa. Seguimos subiendo la pendiente de la sierra por un kilómetro más. Fincada en medio de las primeras hileras de pinos, se encontraba un caserón con muros de ladrillo visto, tejas esmaltadas, piso cerámico y toda una flota de Jeeps y camionetas frente a ella. Un establo y un corral con tres cuacos pura sangre estaban al lado de un pozo de agua con su respectivo brocal. Nos estacionamos frente al establo e ingresamos al caserón.

Más que a los pinos de la montaña, olía mucho a jabón y a cloro. Luego supe por qué: proveniente del patio trasero, se podía escuchar el vaivén de fuertes brazos femeninos tallando con vigor prendas enjabonadas sobre el lavadero. Esta gente de la sierra sigue sin creer en las lavadoras, pensé. Un disco de Miguel y Miguel amenizaba las tareas domésticas de las criadas que laboraban en el caserón.

A mi izquierda se encontraba una puerta de nogal que daba a un despacho decorado con la cabeza disecada de un venado y una silla de montar. El lugar olía a madera, pino y piel curtida. También olía a la machaca del desayuno. Había un escritorio de roble al fondo y, tras éste, otra puerta, de donde salió un vaquero joven, atlético y bien parecido.

—Germán Arroyo, para servirle —dijo, extendiéndome su mano. Nos saludamos.

—Samuel Espada, mucho gusto.

—¿Te cambiaste el nombre, Malasuerte?

—¿Cómo me conoces?

—Toma asiento, por favor.

Me senté. El tal Germán se colocó detrás del escritorio. El de la escopeta se sentó a mi lado.

—Gracias a ti liberaron a mi padre, aunque tú perdiste a los tuyos, y lo siento. Agustín Zamora mandó a quemar el jacal con ellos dentro.

—Eres hijo de don Germán. ¿Don Agustín liberó a tu padre?

El vaquero dejó escapar una risita de nervios:

—Durante la carnicería que llevaste a cabo le diste piso al que tenía a mi papá secuestrado en su casa. Por eso te hice venir a punta de escopeta, porque te tenemos miedo. Esa misma noche le vino una embolia a don Agustín que lo dejó paralizado de medio cuerpo. Aprovechamos la decaída de don Agustín y le quitamos el negocio de una buena vez.

El niño con mi billete de cincuenta entró por la puerta a mis espaldas. Preguntó por su padre.

—No está —dijo Germán, de manera tosca.

El niño hizo el intento de cruzar el estudio hacia la puerta frente a mí. German quiso saber a dónde se dirigía.

—A buscar a mi papá —respondió el niño.

—Regrésate.

El niño obedeció a Germán, quien lucía muy nervioso a partir de la interrupción del chico.

—¿Qué pasó con Sandy? —dije.

Germán intentó recobrar la compostura.

—Sandy heredó las propiedades de don Agustín, por lo que tuvimos que casar a mi hermano con ella, como lo hacían los reyes en Europa, que casaban a sus hijos por conveniencia y de manera estratégica. Al principio Sandy no quiso pero luego le dijimos que si se casaba con mi hermano él se la llevaría a Houston a que la operaran de sus riñones.

—¿Tu lacayo no va a dejar de apuntarme con su escopeta?

—Eliseo, baja el arma —ordenó Germán.

Eliseo acató las ordenes de su patrón, segundos antes de recibir una patada en el pecho de mi parte, la cual lo mandó de espaldas al suelo, con todo y silla, dándome tiempo de ir por su arma, cortar cartucho y apuntarle en la cara a su patrón.

—Si no quieres que decore la pared con tus sesos, dile a mi tío que salga de esa puerta —dije, señalando con mi cabeza hacia la puerta ubicada en el fondo.

—¿De qué hablas, Tomás?

—No mencionaste al Gitano. El niño es su hijo. Están idénticos. Cuando le pregunté acerca de mis padres vino corriendo a avisarle al Gitano, quién ahora trabaja para ustedes. Haz que salga ahora mismo.

Abrió la puerta el Gitano, quien apareció delante de mí.

—Papá —exclamó el niño y pasó a mi lado para encontrarse con el Gitano.

—Hazte para allá —le ordenó mi tío al Gitanito, empujándolo a un lado.

Enseguida se dirigió a mí:

—No pude hacer nada por mi hermano. Te buscaba cuando los mataron. Dejé que subieras al tren. Después de eso me alié con los Arroyo. Les ayudé a liberar a don Germán. Te lo digo por si quieres creerme. Si no, puedes jalar del gatillo. Nomás no lo hagas frente al niño.

Bajé la escopeta.

—Díganle a mi pollita que cumplí mi promesa de volver… Ah, y por cierto, le traje su cochina caja de herramienta —dije, antes de partir.

Malasuerte conoce al Chico Malaestrella

El enterarte de la muerte de tus padres te hace olvidar a una traicionera apestosa. Me hice de una novia en Tijuana. Su nombre era Marcela y trabajaba en una Disneylandia del Amor llamada Adelitas. No dejaría que Sandkühlcaán se llevara a mi chica. La esperaba todas las madrugadas afuera de su trabajo para llevarla a su hogar. Buscaba el Coupe de Ville con la mirada. Esa noche leía el periódico en lo que Marcela terminaba de verse con un gringo.

Una mujer grandota y fea tenía rato espiándome. No gorda, sino alta y de estructura pesada. Su pelo era rojo y maltratado por los tintes que usaba. No trabajaba en el Adelita. Jamás la había visto antes. Se acercó a mí con su mano extendida.

—Mi nombre es Rosa Henderson. Usted es el detective que salió en los periódicos. ¿Tiene una tarjeta de presentación? Quizá lo necesite para un caso.

Rosa Henderson lucía más sospechosa que un cincuentón con cola de caballo. A pesar de ello, le entregué mi tarjeta de presentación. La mujer prometió contactarme al día siguiente y desapareció. Tocó mi turno de entrar al hotel con la bella Marcela. El gringo que iba de salida sonrió al ver el bote de helado que tenía en mi mano.

¿Para qué el bote de helado? Verán, las nalguitas de Marcela eran como un poema de Eliot; como dos perritos labradores jugando; como el día inaugural de la temporada de beisbol. Las usaba como almohada, como plato de comida y, sí, también, como cono de helado.

Le pedí a la mucama que cambiara las sábanas en lo que mi novia se aseaba en la regadera.

Al otro día por la tarde regresé al Adelitas. Me aseguré que el Coupe de Ville no estuviese cerca. Como era temprano y ombligo de la semana, había pocos clientes y los tragos estaban al dos por uno. El vendedor de metanfetaminas salió de los camerinos con la caperuza de su suéter de felpa echada sobre su cabeza. Me le quedé viendo. Detestaba a ese sujeto. Lo bueno que mi chica no consumía drogas. Se oyó la campana del horno de microondas, cuya cuenta regresiva llegó a cero. El cantinero sacó el plato con los burritos. Las ficheras se acercaron a la barra.

—Éstos son de huevo con carne, aquellos de frijoles puercos, estos otros de carne adobada —dijo el cantinero, separando cada burrito por categoría.

Los burritos los preparaba su esposa. El cantinero los vendía a dólar, para ganarse un dinero extra. Las ficheras se dirigieron, con sus respectivos burritos, rumbo al área de camerinos, porque el gerente del Adelita no las dejaba comer en el área de piso. Decía que se perdía el glamur. Disiento: no hay nada más sexy que una furcia comiendo burritos en tanga y tacones altos.

Marcela no encargó burros porque comió en casa, antes de que la trajera al trabajo en mi Crown Victoria. Lo nuestro era ya una relación formal. Estábamos a punto de vivir juntos. Como dicen, la iba sacar de jalar. Me veía con mi novia en su trabajo porque en su casa estaba su mamá y su hijo y mi casa estaba muy chiquita.

Durante el post-coito fumamos un churro de crónica californiana que yo mismo forjé con Zig-Zag. Marcela no me devolvía el gallo.

—Rolling Stone —le pedí.

Marcela dijo que estaba muy estresada y que por eso no lo soltaba.

—Me la consigue un boticario nazi que la trae de California —dije.

Marcela tosió cuando ya no pudo aguantar por más tiempo el humo en sus pulmones:

—No tiene semillas, ni ramitas. Pura hierba, Tomás. Me cayó de perlas.

Supuse que su estrés se debía al miedo a ser raptada por Sandkühlcaán. Marcela dijo que no tenía miedo a ser subida al Coupe de Ville porque sabía que yo la protegería y que, en realidad, su estrés era debido a que todos los días, mientras fichaba bebidas, tenía que lidiar con una rotación de cinco monólogos que se repetían eternamente. Estaba el que afirmaba ser la víctima de una esposa que no lo dejaba en paz; el que se hacía pasar por narcotraficante poderoso, capaz de desaparecer a cualquiera con el tronar de sus dedos; el escritor que le obsequiaba su libro; el ingeniero que sabía más de su puesto que todos sus superiores en la fábrica, y el redentor: *¿qué hace una chica como tú en un lugar como éste?*

Le pregunté por el alacrán tatuado en su omoplato.

—Es que soy de Durango —dijo.

—¿Tu familia sigue allá?

—Todos menos mi hermano, mi mamá y mi hijo.

—¿A qué se dedica él?

Marcela esbozó una sonrisa maliciosa.

—Toca el bongo y el cuerno de chivo con Los Vaqueros del Caribe.

—¿Qué son Los Vaqueros del Caribe? ¿Un comando armado?

—Eso y un conjunto musical que mezcla la salsa de Nueva York con el country de Nashville. Van empezando pero tocan muy bien. Asesinan aún mejor. Puro trabajo limpio. No dejan testigos ni huellas digitales. Están bien preparados. Estudiaron tácticas de combate en Israel y en Arizona.

—¿No tienes un contacto? —dije—. Un vecino está buscando grupo.

—¿Para tocar o para matar?

—Para tocar música en su cumpleaños.

Marcela fue por su bolso, de donde extrajo una tarjeta de presentación, la cual me entregó.

—Ahí está el teléfono de su representante.

Alguien tocó a la puerta. Se me acabó el tiempo.

—Me tengo que ir —expresé.

—Nadie nos molestará si compras otra botella de champagne.

—Se me acabó el dinero, Marcela. Además, estoy agotado. Iré a descansar un rato a mi casa. En la madrugada paso por ti.

Nos despedimos de besito.

Al llegar a la vecindad el boticario nazi jarocho tenía su música a todo volumen. Me preguntó si quería que le bajara a la salsa. Le dije que no sería necesario, ya que tenía el sueño pesado, y le entregué la tarjeta de presentación de Los Vaqueros del Caribe. Muy entusiasmado me dijo que les llamaría para pedirles un presupuesto. Por la mañana alguien tocó a mi puerta. Me vestí y abrí.

—Hola, mi nombre es Rubén Cervantes. ¿Usted es detective privado? —dijo un muchacho, señalando el letrero sobre mi puerta, el cual rezaba:

MALASUERTE, DETECTIVE PRIVADO
SUS PROBLEMAS SON MI NEGOCIO
DISCRECIÓN ABSOLUTA

Aún no reunía el capital necesario para poner mi propio despacho, así que atendía desde mi casa que es su casa. Llovía a cántaros. Rubén Cervantes estaba ensopado de la cabeza a los pies. En apariencia, Rubén Cervantes era el muchacho más común que uno pudiese imaginar: estatura media tirando a baja; complexión media tirando a delgada; piel blanca tirando a morena. Tenía una mirada rencorosa. Su apariencia no era descuidada pero no contaba con el presupuesto necesario para ser definido como dandy. Por ejemplo, sus tenis blancos estaban viejos pero limpios. Lo mismo se podía decir de su pantalón, desteñido por las lavadas.

Le pregunté qué se le ofrecía.

—Mi amiga es la representante de Los Vaqueros del Caribe, quienes van a tocar en el cumpleaños de su amigo. Vine a acompañarla para afinar los detalles de la contratación cuando vi este letrero. ¿Usted encuentra personas desaparecidas?

—¿Puedes cubrir mis honorarios? —dije.

Rubén Cervantes gritó. Me hizo saltar del susto. No estaba acostumbrado a los arranques melodramáticos del muchacho al que apodé el Chico Malaestrella.

—¡Lo sabía! En esta ciudad nadie da paso sin guarache. Eso me pasa por esperar algo de la gente. Las demás personas no son como uno, que trata de ayudar, de preocuparse. Hay que jalar parejo. Uno le echa ganas, pero no doy una.

Rubén Cervantes fue por su cartera, de la cual extrajo la imagen de un santo.

—Aquí traigo este San Juditas pero no me ha servido de nada. ¿Qué estoy haciendo mal? No ha llovido en todo el año pero tenía que llover hoy que me puse mis tenis blancos. No doy una.

—Vamos a La Ballena —dije—. Ahí me sigues contando.

Su cara se le iluminó y recuperó la compostura:

—Déjame avisarle a mi amiga.

Bajamos las escaleras. En el patio de la vecindad se encontraba la representante de Los Vaqueros del Caribe hablando con el boticario nazi jarocho. Era una jovencita no muy agraciada pero simpática. Veía a Rubén con ojos llenos de amor no correspondido. Me extendió su mano.

—Amparo, para servirle —se presentó—. Rubén vio el letrero en su condominio y fue a tocarle para ver si le podía ayudar. ¿Lo va a ayudar?

Dije que tal vez.

—Me quedaré con el detective —expresó Rubén.

Amparo me dio las gracias por ayudar a su amigo y desapareció en su coche con el logotipo de Los Vaqueros del Caribe. En el camino a la cantina La Ballena, Rubén aplastó dos cerotes. Pisó la primera mierda, nos cruzamos al otro lado de la calle y pisó la segunda. Creí que ese tipo de cosas nomás me pasaban a mí. Había encontrado mi alma gemela.

—Mis tenis Nike, velos cómo quedaron. Llenos de mierda.

El Chico Malaestrella apuntó al cielo:

—El hijo de su puta de arriba me odia.

—No blasfemes o vamos a salir mal —le advertí.

Terminamos la primera ronda de cervezas y Rubén Cervantes fue por su billetera.

—Yo invité —dije.

Esto pareció ofenderlo.

—Tengo dinero.

—¿Tú también trabajas para Los Vaqueros del Caribe? —cambié de tema.

Rubén Cervantes volvió a entrar en modo Shakespeare:

—Trabajo de cajero en el banco pero falté. Tengo problemas con mi supervisor. Es como si me detestara, ¿me entiendes? Como cuando ves a un cabrón que te cae como patada en los güevos. No me da permiso ni de cagar.

Siete rondas de cerveza fueron suficientes para que Rubén purgara todas sus frustraciones. La vida de Rubén era una línea interminable de descalabros con periodos intercalados de respiro, diseñados para mantenerlo con vida para luego hacerlo sufrir un poco más. El mundo inicialmente le dio una buena acogida, recibiéndolo en buena cuna, con el propósito de acostumbrarlo a lo bueno para, así, verlo resentir con más ahínco las carencias por venir.

Rubén nació en el seno de una familia de clase media. Tenía ocho años cuando sus tías convencieron a su padre, capitán de barco, de que había cometido el error de casarse con una mujerzuela que lo engañaba durante sus ausencias. El padre de Rubén le creyó a sus tías y abandonó a su mamá. Rubén se despidió de sus estudios en un colegio privado y se metió a trabajar de paquetero en un supermercado. Años más tarde la madre se unió en concubinato con el ministro de un iglesia cristiana. Rubén le agarró buena estima a su padrastro. Esto aumentaría la tristeza el día en que sorprendió a un extraño cabalgando a su mami, quien optó por acusar a Rubén de drogadicción y de robo. Pruebas destinadas a reforzar el argumento de la señora fueron sembradas en el cuarto de Rubén. Alhajas del pastor aparecieron en la habitación de Rubén, al igual que distintos tipos de sustancias ilegales. Más deprimido que nunca, Rubén se vino a Tijuana a buscar una nueva vida y a empezar de cero.

—Trabajé desde niño pero a mí me gusta usar el cerebro. No soy de los que se enorgullecen de trabajar para un patrón que te explota.

Creen que se van a hacer ricos así. Y todo por la culpa de mi jefa, que se casó con un pescador en vez de contactar a mi verdadero papá, que es un francés. Eso es lo que decían mis tías: que a mi mamá se la cogió un turista parisino. Quiere decir que soy de Primer Mundo y aquí estoy batallando con esta bola de perros muertos de hambre. El caso es que me ha ido mal en la vida y en el amor… hasta que conocí a Lupita. La vi por primera vez cuando ella iba saliendo del templo de los testigos de Jehová. Fue amor a primera vista. Sus papás le pusieron así, Guadalupe, cuando eran católicos. Su nombre provocaba muecas en la congregación… Y entonces pasó esto por lo que vengo contigo: quiero matar al Duende. Se llevó a Lupita en un Coupe de Ville.

Se me paró el corazón.

—Ese duende, ¿tenía la sonrisa del Lucky Charms?

—¡El mismo!

—¿Cómo desapareció?

—No sé qué paso. Me estoy arrancando los pelos de la desesperación. Fue en la Zona Norte. Me acompañaba un anciano de la congregación. Siempre íbamos detrás de Lupita y la señora Elena. Para cuidarlas; sin embargo, me distraje y Guadalupe desapareció cerca de donde estábamos. El anciano se esmeraba en hacerle ver los evidentes signos del Apocalipsis a un travesti. En eso escuché a doña Elena gritando que se habían llevado a Lupita en un Cadillac.

—¿Un Coupe de Ville blanco? —dije.

—¡El mismo!

Me levanté de la mesa:

—Vamos a encontrar a ese hijo de puta —vociferé.

Sentí el mareo producto del hambre, el sueño y el alcohol ingerido. Rubén y un servidor convenimos en que lo mejor sería dormir y comer algo antes de buscar duendes. Además, debía recoger a Marcela en su trabajo. Eran las cuatro y media de la madrugada. Despertadores sonaban como navajas destazando sueños. Un burro pintado de cebra pasó a mi lado. Media cuadra más adelante tres bomberos intentaban bajar de un balcón a un jipi que amenazaba con arrojarse al vacío. Por ningún lado vi el Coupe de Ville blanco. Marcela estaba en el hotel Lerma con un gringo que la compró por toda la noche.

El asfalto en el callejón Coahuila se encontraba húmedo por el chu-
basco de una hora antes. No olía tanto a drenaje gracias a la lluvia,
pero sí a carnitas, a pecado y a perfume barato. Me comí unos tacos
de suaperro en lo que Marcela salía de su trabajo.

—Nos regresamos a México porque en el gabacho no les puedes
pegar a tus chamacos —contó el que pidió un taco de ojo y otro de
sesos—. Tus propios hijos les marcan el 911 y la placa te lleva preso
por darles un cintarazo, ¿puedes creerlo?

Marcela tapó mis ojos con sus manos callosas.

—¿Marcela? —adiviné, luego de reconocer su perfume.

—¿Cómo adivinaste?

—Por tus manos suaves y tersas —mentí.

Pagué la cuenta y paré un taxi. Antes de subirnos al vehículo vi
a la señora grandota con el pelo seco y maltratado del otro lado de
la calle. Estaba parada entre las paraditas chiapanecas del callejón
Coahuila. Mirándonos. Llevaba puesta una gabardina color caqui
y unas gafas muy oscuras, a pesar de la hora. No le di importancia.

—¿Quién es? —dijo Marcela, cuando me sorprendió viendo a
Rosa Henderson.

—Nadie —aseguré.

Llevé a Marcela a su casa. Se duchó y nos acostamos, abrazaditos.
Un par de horas después me despertó mi celular. Era Rosa Henderson. Salí del cuarto de Marcela, rumbo a la sala, para tomar la llamada. La señora me dijo que debíamos vernos de inmediato. Que
era urgente, agregó. Nos quedamos de ver en el estacionamiento que
está junto a la línea fronteriza, a las ocho de la mañana. Salí de casa
de Marcela sin despertarla.

Rosa Henderson me esperaba en el estacionamiento. Vestía pants
para hacer ejercicio, sudadera y tenis Nike. Todo color rosa y todo
haciendo juego. Su pelo estaba más reseco que nunca. Se encontraba recargada sobre su Mercedes. Le pregunté qué se le ofrecía de mí.
Me extendió una página del clasificado. Señaló un anuncio ubicado
en la sección sentimental:

—Lea éste de aquí —me pidió.

Leí:

Me llamo Alejandra. Busco a un chico que se hace llamar *Psycho Rabbit*. Lo conocí el viernes 16 de octubre en el bar Harley's. Mi correo: gothic_chick@redwire.com

—¿Y esto qué? —dije.

—Esta jovencita buscaba a mi hijo. Psycho Rabbit es el alias que Humbertito usa en el internet.

—¿Y eso qué?

—Ya lo queremos rifar. ¡Nos urge que salga! ¡Está arruinando nuestra vida sexual! Verás, John, mi esposo, es su padrastro. El papá de Humbertito murió en el temblor del 85. ¡John es mi segunda oportunidad en el amor! Le llevé este periódico a Tito y le vi la emoción en la cara. Los chicos se pusieron en contacto y a los días Tito me pidió el coche. ¡Adelante, matador!, le dije. En la noche nos llegó con la cara golpeada, el ojo morado y con el vidrio del coche estrellado. ¡Qué te pasó!, le dije. No nos quiso contar. Por eso se me ocurrió contactarlo a usted, para averiguar qué le pasó. Espéreme aquí.

Rosa Henderson fue hacia la cajuela de su coche, de donde sacó una fotografía, una peluca, ropa negra, delineador, pintura de uñas y unas botas Dr. Martens.

—Las botas son del trece americano. Espero que le queden. Si se pone todo eso se va a ganar la confianza de mi hijo. Hoy se celebra un concierto de rock en el estacionamiento del hipódromo. Usted va ir disfrazado con esto y le sacará plática a Humbertito.

Rosa Henderson me extendió una fotografía de su hijo. Humberto era un chico de hombros caídos y vientre voluminoso.

—¿Qué pasa si no quiere hablar conmigo? —dije.

—Todos sus amigos que tocaban la guitarra con él ya están casados. Algunos trabajan en la industria maquiladora, otros atienden sus propios negocios. Se convencieron de que jamás serán estrellas del rocanrol. Todos maduraron, menos Tito. Por eso se siente muy solo, traicionado y necesitado de alguien con quien hablar. Usted sólo tiene que aprenderse unos datos importantes. ¿Tiene con qué apuntar?

Extraje la libreta y la pluma que siempre cargo en mi cazadora de piel café.

—¿Listo? Aquí va: el mejor disco de Iron Maiden es *El número de la bestia*; de Slayer es *Reinar en la sangre*; de Pantera es *Vulgar despliegue de poder*. Ah, y le dice que los de Metallica se volvieron putos cuando se cortaron el pelo. ¿Entendido? No se le olvide. Le daré tres mil pesos por contactar a mi hijo y otros siete mil más por ayudarme a casarlo con esa jovencita. ¿Qué dice?

Apoyado sobre la cajuela del Mercedes-Benz, le hice un recibo de honorarios a la señora Henderson por tres mil pesos.

Había una fotografía de un servidor en la entrada del hipódromo, junto al guardia de seguridad. No se me debía permitir la entrada debido a que mi pelo rojo ponía nerviosos a los apostadores pero logré burlar el filtro de seguridad gracias a que iba disfrazado de metalero: con peluca, delineador, ropa y pintura de uñas color negro.

Ese miércoles se llevaría a cabo el cuarto juego por el campeonato de la Liga Americana entre los Yankees y los Indios. Como detesto a los bombarderos, aposté veinte dólares a que ganaban, para arruinarles la fiesta. De la ventanilla del hipódromo me fui caminando hasta el estacionamiento, donde se celebraba el recital de rock.

Me metí en personaje. Había memorizado mis líneas, usaba delineador en los ojos, peluca, vestía ropa negra y calzaba botas Dr. Martens. Me sentía un poco ridículo, pero el compromiso que tenía con mi oficio era lo más importante. Me recordaba la vez que Philip Marlowe se hizo pasar por ratón de biblioteca afeminado para entrar a la librería de Geiger.

El programa de la noche incluía a conjuntos musicales como Vómito Intestinal y Aborto Nazi. En esos momentos Los Pederastas Satánicos interpretaban su éxito "Comezón anal". La tierra del estacionamiento se alzaba por los aires mientras los chicos bailaban una danza que consistía en chocar unos contra otros. Había sudor y mugre por todos lados. Asqueroso, pensé. Encontré a Tito en un puesto de cerveza. Era gordo y barbón pero vestía una playera negra con la imagen estampada de un rockero bien rasurado y atlético. Me paré a un lado de él:

—Los de Metallica se volvieron putos cuando se cortaron el pelo

—recité mi parlamento de memoria. Esto hizo que Tito se concentrara en un servidor.

—Verdad que sí —exclamó, emocionadísimo.

Continué con el libreto:

—El mejor disco de Pantera es *Vulgar despliegue de poder*.

—Estoy de acuerdo... aunque *Vaqueros del infierno* también es muy bueno.

—Mi nombre es Tomás Peralta.

Me dio su nombre. Nos dimos la mano.

—Te invito unas chelas en el bar del hipódromo —propuse.

Volví a entrar al *book*. El campeonato de la Liga Americana era transmitido en el bar del hipódromo. Los bombarderos del Bronx tenían una racha de once partidos sin perder. Hizo falta que les metiera dinero para que Dave *Justicia* le conectara un cuadrangular al gran David Cone, poniendo así a Cleveland a la delantera. Tito quiso saber cuál era el disco que más me gustaba de Slayer. Me tuve que esforzar bastante en recordar este dato, el cual tenía perdido en algún rincón de mi memoria. Tal vez eran las tres jarras de cerveza o el partido de los Yankees lo que metía ruido en mi cabeza. Hice como que la competencia estaba dura entre los diferentes títulos publicados por el conjunto musical en cuestión.

—Reinar en la sangre —exclamé, triunfal, cuando por fin pude recordar mi línea.

—Sin duda.

Le eché el humo de mi cigarro en la cara:

—Suficiente de buena música, ¿cómo te va con las mujeres?

El muchacho introdujo un dedo en su oído, lo sacó lleno de cerumen y lo olió.

—Tengo algunos problemas de paternidad con damiselas que me quieren amarrar, pero yo nací para ser libre.

—Sin duda. Por pura curiosidad, ¿no andabas con una llamada Alejandra?

Tito me miró con desconfianza.

—¿Cómo lo sabes?

Actué con naturalidad. Le di un trago a mi cerveza.

—Te vi con ella en el Harley's.

Este comentario lo relajó un poco. Incluso le extrajo una sonrisa nostálgica.

—Qué buen bar, el Harley's. Lástima que lo cerraron.

Le pregunté qué fue de Alejandra.

—¿Por qué quieres saber?

Le di una palmada en la espalda, para relajarlo.

—Porque hacían bonita pareja.

—Alejandra y yo terminamos mal.

Puse cara de preocupación. Le pregunté qué pasó.

—En realidad solo salimos en dos ocasiones. Esa vez que nos viste en el Harley's y otra en el concierto de Los Mongoles Violadores. Tocaban "Hemorroides con pus".

Tito procedió a tocar con furia una guitarra imaginaria:

—Esa que dice, *¡tengo hemorroides con pus en el ano / y van a explotar en tu baño!* Qué buena canción. Luego la llevé a su casa, en la colonia Ermita, ¡y que se me cuartea el vidrio de enfrente! Me bajo del coche, veo una piedrota sobre el cofre y entonces me salen cuatro cholos, de la nada. Me dice uno: *¿qué te traes con mi hermana?* Alejandra dice: *ponte en paz, José*. A mí me dice: *vámonos, Humberto*. Voy al coche, abro la puerta y se borra todo. Recibí un batazo en la cara.

Licuado de asesinos

Salimos del bar y llegamos al estacionamiento. Le aseguré a Tito que le arreglaría las cosas con Alejandra si me indicaba dónde vivía la muchacha. Al echar el Crown a andar se reprodujo, de manera automática, la cinta de Antonio Aguilar que venía escuchando antes de llegar al hipódromo. Esto hizo brincar del susto a Tito, quien me veía cada vez con mayor desconfianza. Apagué el estéreo.

—¿Quién eres? —dijo Tito, aterrado.

Perdí la paciencia. Decidí que ya había sido suficiente de comedias. Me quité la peluca, cogí a Tito del cuello de su playera negra y lo atraje hacia mí:

—Tienes que despertar, Chico Gelatinoso. Ya estás viejo. Tu madre me contrató para conseguirte una mujer porque ya no te aguanta. No la dejas llevar a cabo sus juegos sexuales. Le urge vestirse de dominatrix y agarrar a latigazos a tu padrastro, pero no puede. Si todo esto no lo entendiste por las buenas ya es hora de que lo entiendas por las malas. Por lo pronto necesito que me lleves con la ciega que se fijó en ti. Sólo esperemos que no haya ido con el oculista.

Nomás por joder, en el camino a casa de Alejandra subí el volumen de Antonio Aguilar. Hasta me puse a cantar a todo pulmón: *Yo sé que al verme me muestras disgusto / y mi presencia te produce enfado…* El Chico Gelatinoso puso cara de asco y llevó ambas manos a sus oídos.

—¿En serio te gusta la música ranchera? —dijo.

Circulábamos por el bulevar Díaz Ordaz. Bajé el volumen de Antonio Aguilar sólo para hacerme oír:

—Ponte a pensar, ¿qué tipo de gente escucha al Charro de México? Gente de origen humilde, trabajadora, que se supera, ¿cierto? Señores que empezaron sin nada y ahora tienen camionetas del año, dinero en el banco y al menos dos amantes. Ahora bien, ¿qué tipo de gente escucha a bandas como Los Mongoles Violadores, Vómito Intestinal o Aborto Nazi? Treintañeros gelatinosos que todavía viven en casa de sus padres. Deja de comprar ese tipo de música y supérate de una vez por todas. No se trata de cambiar por dentro —prediqué, como gurú de autoayuda—. Necesitas cambiar tu apariencia, tus hábitos alimenticios. Es un todo, Humberto.

El Chico Gelatinoso se cruzó de brazos e hizo pucheros. Creí que no me hablaría por el resto del viaje. Finalmente abrió la boca:

—Tengo un amigo que escucha a Los Mongoles Violadores y dirige una cadena de restaurantes.

—Esa cadena de restaurantes se la heredó su papi. Los júniors no cuentan, amigo. No cuentan para nada.

Tito me mostró la casa de Alejandra, ubicada en la colonia Ermita, y después lo llevé directo a su hogar en Colinas de Chapultepec. El caserón de Rosa Henderson tenía fachada de misión española. Contaba con palmeras californianas, un bonito jardín y cochera con espacio para dos vehículos. Por el número de ventanas, calculé que tendría unas siete habitaciones. Nomás me faltó cargar a Humberto hasta su cama, darle su lechita, taparlo, leerle un cuento y apagarle la luz.

Al día siguiente bebía un americano con Alejandra, una joven rolliza y de pestañas largas. Lucía bonita con su flequillo, dos dedos arriba de las cejas y sus gafas de ojo de gato. Usaba un vestido que le permitía lucir unas piernas torneadas y de tobillo angosto. Supongo que hacía ballet de niña o era futbolista. La musa de Botero cruzó sus piernas, de manera coqueta, y le dio un sorbo a su cappuccino.

Le pedí que le diera una oportunidad a Tito.

—¿Me quieres padrotear? —exclamó Alejandra—. Maldito machismo, maldito heteropatriarcado.

Estaba a punto de decir algo cuando recibí una llamada. Era Rubén. Le dije que se retrasaría un poco más la búsqueda del Duende por culpa de un ñoñazo que seguía viviendo en casa de sus padres.

Rubén quiso saber cómo se llamaba mi cliente y dónde vivía. Esto me pareció muy extraño. Le pregunté por qué deseaba ese dato.

—Porque sí —respondió, en tono serio—. Es por tu bien.

Le creí. Le di el nombre de Rosa Henderson y su domicilio. Rubén me dio las gracias y colgó.

—¿En qué estábamos? —dije.

—No voy a andar con Tito —aclaró Alejandra.

—No entiendo. Te tomaste la molestia de escribir en el periódico un anuncio clasificado, buscándolo.

Alejandra volvió a tomar mi mano.

—Sé que escribí ese anuncio, Tomás, pero, te repito, me encontraba con mi autoestima por los suelos. Me estaba haciendo daño a mí misma buscando a otro fracasado como Morrison.

—¿Así se llamaba tu ex?

—Idolatraba al cantante Jim Morrison, de los Doors. Incluso se vestía como él, con pantalones negros de cuero. Por eso todo mundo le llamaba Morrison. Incluso yo.

Vaya patán, pensé.

—Cuando Morrison rompió conmigo entré en una depresión tal que me busqué a otro igual de fracasado que él. Pobre Humberto, no se merecía que mi hermano le pegara, pero es que lo confundió con Morrison, de tanto que se parecen físicamente. Morrison me hizo mucho daño. Me golpeaba, me obligó a abortar dos veces, me engañaba de la manera más descarada, y el pobre Humberto pagó los platos rotos. La verdad, están casi idénticos.

Alejandra se negó a darle una segunda oportunidad a Humberto así que, horas más tarde, nos revolcamos en su cama individual. Las gordibuenas son mi debilidad, aunque las flaquitas también —Marcela era delgada—, y hasta las de complexión media. La belleza no obedece medidas ni parámetros específicos.

Gracias a su pasado *dark*, Alejandra tenía buen gusto literario. Su librero alojaba títulos como *Alicia en el país de las maravillas*, *El gran dios Pan*, *El extraño caso del doctor Jekyll y míster Hyde*, *Salem's Lot*, *Fausto*, *La maldición de Hill House* y los cuentos completos de Lovecraft.

Alejandra sufría de espasmos mientras mi nariz rozaba su piel que estaba chinita de la excitación. Ni siquiera me molesté en quitarle su pantaleta de mamá. No, todavía no. Un revolcón para mí es como una copa de vino o un buen platillo, primero hay que olerlo bien antes de degustarlo. Todo esto fue agradecido por Alejandra, quien estaba acostumbrada a jovencitos ansiosos y demasiado urgidos por venirse dentro de sus carnes suaves y generosas, como si fuese una carrera contra el tiempo.

Estaba a punto de propinarle la estocada cuando pensé que me estaba aprovechando de la situación. Que me alimentaba con los despojos dejados por el jipi que la maltrató y la humilló. Me separé de Alejandra.

—¿Qué pasa? —dijo, confundida.

—No es justo. Me estoy aprovechando.

—No es verdad. Yo también quiero.

—Entonces está bien —expresé, porque tampoco me gusta hacerme mucho del rogar.

Digo, ¿a quién le dan pan que llore?

La parte del post-coito y el cigarro me sirvió para pedirle que le diera una esperanza a Humberto. Accedió. La llevé al hogar de la familia Henderson. Doña Rosa nos abrió la puerta. Alejandra llevaba puesto el mismo vestido de la tarde anterior.

—Necesito que pongas de tu parte o te mandará a volar —le dije a Tito por teléfono, antes de ir a su casa.

No me hizo caso.

—Qué hermosa —exclamó Rosa Henderson al ver a Alejandra.

No exageraba.

—Gracias —dijo Alejandra, luego de sonrojarse.

Un quinto personaje apareció en la sala, procedente del segundo piso de la casa. Se trataba de un gringo que había visto antes, pero no recordaba de dónde.

—*What are you doing here, John?* —Rosa Henderson reprendió a su esposo—. *I told you I didn't want you around. Go upstairs!*

El gringo regresó al segundo piso de la casa, como perro regañado.

—Qué bonita está tu novia, hijo —insistió Rosa.

—Gracias, mamá —dijo Tito, con voz de retrasado mental.

Alejandra estaba detrás de mí. No se animaba a entrar a la casa. Me miraba aterrada, con cara de *por favor, no me dejes sola con este trío*

de locos. La señora Henderson me pagó, le hice mi recibo de honorarios y salí volando antes de que se me cayera el teatrito. Me sentí de
lo peor. Como un sujeto sin honor ni dignidad. Como un padrote.
Se me caía la cara de la vergüenza. En qué te has convertido ahora,
me dije. ¿En tratante de blancas? Qué bajo has caído, Malasuerte. Y
todo por unas monedas. ¿Serás capaz de mirarte al espejo de ahora
en adelante? ¿Cómo te rasurarás?

Pensaba estos pensamientos cuando fui levantado a punta de pistola por dos buchones. Un tercero me propinó un culatazo en la
nuca. Un abismo de oscuridad se abrió a mis pies. Fui envuelto por
una nube negra y fría que ascendió del pavimento. Las negras fauces
de la inconsciencia me atenazaron.

Desperté en el piso de una camioneta Suburban. Primera pista:
había un disco de Los Vaqueros del Caribe en el suelo. Noté otra
cosa: dos de mis captores se parecían a los músicos.

—Terminarás con tus güevos de corbata —expresó un buchón
con cuerno de chivo e ínfulas de poeta.

Pregunté qué había hecho para merecer aquel trato. Un segundo
bardo me mostró su puñal:

—Este cebollero está como lengua de suegra, te cortará como
mantequilla el pito antes de que te lo comas.

—¿Por qué tanto amor? —dije.

Lágrimas de ira brotaron del vate. Me acusó de asesinar a su hermana.

—¿Quién es tu hermana?

—Sabes muy bien quién es mi hermana: Marcela.

—¡Sandkühlcaán! —grité, horrorizado.

El cebollero vino hacía mí. Luché por apartar el objeto punzo-
cortante de mi panza. La Suburban hizo un movimiento brusco. La
camioneta se sacudió de manera violenta. Casi se estampa con un
vehículo transitando en sentido contrario. Noté que piloto y copiloto peleaban por el control del volante. ¿Qué haces?, dijo uno. Al
parecer, tenía a alguien de mi lado en el interior del vehículo. Seguí
luchando con el poeta mientras le trataba de hacer entender que no
había matado a su hermana, que la amaba y que no podía estar muerta. Otro viraje drástico envió a la Suburban al vacío. La camioneta

112

rodó por la pendiente de un cerro como los muchos que hay en Tijuana. Nos estrellábamos entre nosotros, contra el techo y volvíamos a caer al piso, con todo el poder de la fuerza centrífuga. Una y otra vez. En su rodar por la cuesta, la Suburban preparaba licuado de asesinos. Eran tan duros los impactos que por un momento creí que terminaría con la cabeza de un buchón pegada a mi cuerpo y él con mi brazo. Uno de los tripulantes fue expulsado hacia el exterior justo antes de que la camioneta le cayera encima. Puré de buchón.

Tres de mis cuatro captores yacían muertos en diferentes puntos de la cuesta, unos con la cabeza como sandía aplastada, otros con el cuerpo en posturas imposibles. A pocos metros descubrí a un sobreviviente. Se trataba del hombre que viajaba en el asiento del copiloto y que envió a la Suburban al despeñadero. Descubrí que no podía ponerme en pie. Una de mis piernas no me respondió. Su fractura emanó un dolor que cimbró todo mi cuerpo. Me arrastré hasta el lugar donde se encontraba mi salvador. Era el Chico Malaestrella, quien lucía como un muñeco abandonado por su titiritero. Materia gris emanaba de su cráneo roto; una cosa blancuzca, llena de sangre, emergía de su pantorrilla. Eran la tibia y el peroné.

—Amparo me dijo que Los Vaqueros del Caribe te buscaban para matarte —musitó—. Te culpaban de la muerte de la hermana de uno de ellos. Les dije que les ayudaría a encontrarte. Que sabía dónde estabas y que conocía tu coche. Por eso te llamé por teléfono.

—Buscaré ayuda —dije.

—Encuentra a Lupita —fueron las últimas palabras de Rubén.

Lloré a moco tendido por ese hombre que sólo vi un par de veces. Por él y por Marcela. Cuando recobré la compostura me comuniqué con Nicolás Reyna, quien para ese entonces había sido ascendido a comandante. Le dije que me encontraba en un accidente en la subida de la Central Camionera —rumbo a Otay—, que había cuatro muertos y que no me podía mover. Nicolás Reyna fue por mí en su patrulla.

—Tu amigo Sandkühlcaán es responsable de la muerte de mi novia, de Alfredo Medina y de una adolescente llamada Julieta Bustamante —le reproché.

—No puede ser, Malasuerte —me replicó el Sheriff, confundido y consternado a la vez—. Tenemos un acuerdo —agregó, sin despegar

113

la vista de la calle—. No es su temporada de caza. Debe haber un error.

Nicolás Reyna me informó que un comando armado irrumpió esa misma noche en mi hogar, preguntó por mí a los vecinos y procedió a dejar como recado varias cabezas cercenadas, sin sus respectivos cuerpos, en el patio de la vecindad. Como si fuesen balones de futbol que estuviesen donando a los niños huérfanos. El Sheriff me preguntó si conocía la identidad de los antiguos dueños de las cabezas.

—Negativo. ¿Crees que haya investigación de parte de los judas?

—Estamos en México —me recordó el Sheriff—. Los que están abajo, en el barranco, ¿esos quiénes son?

—Uno era un amigo muy querido, Rubén Cervantes. Los otros tres eran integrantes del conjunto musical Los Vaqueros del Caribe.

Nicolás Reyna se puso muy serio:

—Sandkühlcaán no mandó a asesinar a ninguna de las personas que mencionas.

—¿Cómo lo sabes?

—El Desnarigado ataca un día antes de los equinoccios y solsticios. Ni antes ni después. Además, vigilamos todos sus movimientos. No creas que no.

Este comentario me llenó de indignación.

—¿Saben cuándo va a atacar y aun así no hacen nada para impedirlo? —exclamé.

El Sheriff dejó escapar un suspiro:

—Malasuerte, esta charla ya la tuvimos antes.

Para ese entonces habíamos llegado a la clínica de mala muerte donde curarían mis heridas. Me bajé de la patrulla.

—Déjame acompañarte —dijo Nicolás Reyna.

La princesa y el dragón

Alejandra despertó de su sueño de opio sudorosa por la fiebre, con dolor en los huesos, además de desnuda y atada a la cama de Tito. Su antebrazo lucía piquetes de agujas hipodérmicas. Tenía semen en una de sus mejillas. Quiso devolver el estómago pero temía que al hacerlo moriría ahogada por su vómito. Logró contener el asco. Vagina y ano le dolían por las violaciones sufridas. Tito, desnudo excepto por su máscara de Psycho Rabbit, jugaba *Castlevania*, en lo que esperaba su siguiente erección. Alejandra intentó gritar pero su mordaza se lo impedía. Una de las patas tubulares estaba suelta de la cabecera por un pequeño margen. Desgraciadamente, la brecha era tan diminuta que el paño que sujetaba su mano no podría pasar por ahí. En ese mismo lado de la cama había un buró con ampolletas, un reloj despertador y jeringas usadas.

Hacía ese calor húmedo que deja los cuerpos pegajosos. El Chico Gelatinoso no encendió el aire acondicionado porque le gustaba sudar. Había kleenex hechos bola en el suelo. Alguien tocó a la puerta. Era Rosa Henderson, quien deseaba saber qué tal se la pasaban los tortolitos. Tito le aseguró que en nueve meses tendría su primer nieto.

—Los dejo, para que sigan en lo suyo —dijo la mujer—. Me gritas si necesitan algo. Estaré trabajando con tu papi en la cochera.

Rosa Henderson cerró la puerta tras de sí. El Chico Gelatinoso se untó más vaselina en el pene y se acercó a Alejandra, quien lo veía con pánico. Tito cayó encima de la joven como una babosa gigante.

A Alejandra se le dificultaba la respiración por culpa de los 120 kilos que cargaba encima. El Chico Gelatinoso procedió a besarle el cuello y a penetrarla con furia, como si la odiara. Tito olía a mugre de uñas y a leche descompuesta. El dolor en el ano de Alejandra era insoportable, pero el asco era peor. La cama crujía, los resortes del colchón chillaban y la cabecera se estrellaba contra la pared una y otra vez. La brecha se hacía más amplia por el movimiento del Chico Gelatinoso. Alejandra deslizó su mano hasta pasar el paño por la abertura, liberó su brazo derecho y fue por el reloj despertador, el cual estrelló sobre la cabeza de Tito. El Chico Gelatinoso gritó. La distracción fue aprovechada por Alejandra, quien cogió una jeringa del buró y la ensartó en el ojo izquierdo de Tito. Éste aulló de dolor y de miedo. La aguja prensó el párpado contra su ojo, el cual ya no podía abrir. Debido a que el Chico Gelatinoso no tenía corazón ni para hacer el mal, prefirió concentrarse en su dolor y en su miedo, en lugar de someter a su prisionera. Ésta liberó su mano derecha y ambos pies mientras Tito le llamaba a su mami. Rosa no escuchó a su hijo debido a que se encontraba en la cochera, cercenándole la cabeza al cadáver de Marcela con una motosierra, mientras su marido la miraba en estado catatónico.

Alejandra puso seguro a la puerta, cogió la silla del escritorio, la estrelló contra la ventana y procedió a pedir auxilio a través del vidrio roto. Dos niños que caminaban por la calle voltearon en dirección a Alejandra.

Desperté de la pesadilla, pero ésta no se sentía como una pesadilla sino como una epifanía tan real como la sórdida clínica en la que me encontraba. La visión onírica me permitió descubrir al asesino de Marcela, pero no sólo eso, sino la situación en la que se encontraba la pobre Alejandra. ¿Por qué fui tan ruin como para meterla en una situación tan denigrante? ¿Acaso no fui testigo de la miradita triste que me lanzaba la chica mientras cobraba mis honorarios y la dejaba en manos de la familia Henderson? Como diciéndome, no me dejes con estos locos, Tomás, por piedad. Y todo a cambio de unas monedas tan mugrosas como las recibidas por Judas Iscariote. Pobres mujeres, desde los siglos de los siglos han sido victimizadas, subyugadas y humilladas por nuestro machismo impune. ¿Hasta cuándo irá a acabar esto? El abuso del fuerte sobre el débil, del grande sobre el pequeño. Lloré y lloré al tomar en cuenta esto. Me di de alta. Ni siquiera esperé a que secara el yeso que envolvía mi pierna derecha. Era hora de que este caballero de armadura brillante rescatara a la princesa de las garras del dragón. Compré un bastón de madera en la clínica y tomé un taxi que me llevó hasta el hogar de la familia Henderson, el cual lucía vacío. Usé mis ganzúas para entrar. Inspeccioné la residencia. Por ningún lado encontré a Alejandra. En la cochera no estaba la motosierra ni había rastro de sangre. Esperé a la familia Henderson detrás de uno de los setos plantados en la entrada. Una patrulla de la policía municipal pasó a vuelta de rueda. Me escondí lo mejor que pude detrás del seto. Ninguno de los agentes me vio.

A las nueve de la noche unos faros alumbraron la entrada de la casa. Humbertito iba al volante. Alejandra viajaba a su lado y no lucía inconforme sino todo lo contrario. Charlaba con la familia del Chico Gelatinoso. El Mercedes entró a la cochera. Se abrieron las puertas traseras y salieron John y Rosa Henderson. Detrás de éstos venían Alejandra y Humbertito, quien llevaba puesta una gabardina negra. Salí de mi escondite. Rosa gritó y le propiné un cachazo en la frente.

—Mutiladora —grité.

—*What's going on?* —exclamó John.

—Tu mujer decapitó a mi Marcela. O debiera decir: a *nuestra* Marcela.

La señora Henderson me encaró:

—¡De qué chingados hablas, pendejo!

Encendí un tabaco, como lo hubiese hecho Sam Spade.

—Su marido pasaba las noches con mi Marcela —dije—, gastándose el dinero de su pensión. Por eso no quería que lo viera la primera vez que vine a esta casa. Porque sabía que lo reconocería como mi hermano de leche. Mi *milk brother*. La noche que nos conocimos, en el Adelitas, usted lo espiaba. Me reconoció de los periódicos y más tarde descubrió que yo era el novio de la teibolera más buena de Tijuana. Usted no me contrató para conseguirle una novia a su hijo. Eso fue una excusa para alejarme de Marcela y así poder asesinarla...

117

Pensaba continuar con mi monólogo de detective cerrando su caso con broche de oro, muy al estilo Philip Marlowe, cuando Rosa Henderson me arrebató mi bastón y me golpeó con él.

—Grandísimo pendejo, ¿no crees que has visto demasiadas películas? ¿Siempre actúas así? Golpeando antes de preguntar. ¡Levántate! Ni creas que le tengo miedo a tu pistola.

—Señora, es que…

—Ni madres, este güevón no recibe ninguna pensión de ningún puto lado. De hecho, yo lo mantengo, ¡como a un padrote! Lo que este inútil se gasta en el Adelitas es *mi* dinero, ¡y todavía vienes a darme un chingazo nomás por tus güevos!

—Lo siento, la verdad es que…

Rosa Henderson me dio oportunidad de levantarme.

—Está bien, muchacho —dijo Rosa—. ¿Dices que alguien asesinó a tu novia?

Respondí de manera afirmativa. John, mientras tanto, estaba expectante y boquiabierto, al igual que Alejandra y Humberto. Rosa se relajó un poco más:

—Imagino cómo te sentirás en estos momentos. Me dolió el chingazo pero comprendo. Estás desesperado. Como detective eres un pendejo, pero tienes huevos. Espero que tengas suerte encontrando al asesino de tu chica.

—Señora, me tengo que ir —expresé.

Me despedí de Alejandra, quien lucía más apenada que yo. Le pregunté si se sentía segura en casa de la familia Henderson o si se quería ir conmigo. Me confesó que se quería quedar ya que la familia Henderson la estaba tratando muy bien, comprándole ropa de marca y llevándola a cenar a lugares caros.

Bonita epifanía. A ver qué día se te ocurre soñar otra babosada, Malasuerte.

Me disculpé con John por haberlo delatado y salí de ahí acompañado de su esposa.

—Agradezco lo que hiciste por mi hijo.

—Creí que la muchacha no…

—¿Creíste que no le iba a hacer caso a Tito? Por eso quería que la trajeras, para que viera nuestra casa. Ayer le compramos ropa en

Fashion Valley y cenamos en Little Italy. ¿A quién no le gusta la buena vida?

—Al menos hice algo bien. ¿Sería tan amable de hacerme un último favor? ¿Podría prestarme la gabardina de su hijo?

Contrato de sangre

Luego del fiasco en casa de Rosa Henderson, me quedé de ver con Amparo. Ésta me esperaba en el Parque Teniente Guerrero. Se encontraba sola, con su cara demacrada por la tristeza. El cuerpo de Amparito tenía forma de pirámide puesta de cabeza, con un trasero tan pequeño que me cabía en una mano y unos hombros más anchos que los míos. A diferencia de Alejandra, sus tobillos no eran angostos sino gruesos, del mismo tamaño que sus muslos. Prácticamente, no tenía cuello. Daban ganas de abrazarla y decirle que todo estaría bien, a pesar de que fuese mentira, a pesar de que todo iría de mal en peor.

Me senté junto a Amparito.

—Amaba a Rubén —dijo, al tiempo que se reclinaba sobre mi pecho, llorando.

—¿Ustedes nunca…?

—Nunca he tenido suerte en el amor, Tomás. La última vez que me invitó alguien al cine tuve que pagar las entradas y las palomitas. El chico no me volvió a hablar. Solo me quería para que le pagara la entrada.

—Amparo, ¿me puedes decir dónde vive la familia de Lupita?

—No me sé la dirección exacta, pero si quiere le dibujo un croquis.

Dije que un croquis me parecía bien. Amparo sacó una pluma y una hoja de su bolso y procedió a dibujar el mapa.

—Hoy tocan Los Vaqueros del Caribe en su vecindad.

Le pregunté si estaba segura de este dato. Dijo que ellos mismos se lo confirmaron esa mañana.

—¿Sin los cuatro músicos que murieron en el accidente?

—Solo uno era músico. Jacobo, el que tocaba el tololoche y hermano de Marcela. Otro estaba a cargo del sonido y el otro era *roadie*.

—Entonces sí tocarán —dije, frotando mi quijada—. Pero ¿por qué?

—Porque su siguiente contrato no es musical. Es un contrato de sangre. Toda la mañana han estado aceitando sus armas en las oficinas. Escuché que planean eliminar a unos cocineros de metanfetamina que cuentan con un laboratorio en su vecindad. El que los contrató, los contrató para eso.

El boticario nazi traicionó a sus socios, pensé.

Escuchaba la música ejecutada por Los Vaqueros del Caribe en mi vecindad. Me acerqué con cautela. Los Vaqueros del Caribe interpretaban "Pistoleros famosos" en el patio. Uno de los cocineros se paró de su silla, tambaleándose por su estado de ebriedad, y procedió a gritarle al vocalista de Los Vaqueros del Caribe:

—¡Canta "Ojo de vidrio"! —exigió el cocinero.

El cocinero fue por un palo con el cual golpeó al cantante. El micrófono desapareció de la mano del vocalista, y ocupó su lugar un cañón cromado de revólver Smith & Wesson calibre .44. La detonación hizo un boquete en la cara del cocinero. Uno a uno los instrumentos fueron cayendo al suelo —el bongo, los timbales y el güiro— y en su lugar aparecieron una Uzi, una AR-15 y una Kalashnikov, las cuales interpretaron una música menos melódica y más rítmica (traca-traca). Los cocineros de cristal fueron masacrados por Los Vaqueros del Caribe.

Hasta nunca, Pollita

Corrí a esconderme detrás del cilindro de gas. Un segundo grupo armado, éste vestido todo de negro, entró a la vecindad, liándose a balazos con Los Vaqueros del Caribe. Los proyectiles pasaban zumbando cerca de mi cabeza. Debía moverme de ahí. Era cuestión de tiempo el que un proyectil penetrara la estructura del tanque de gas estacionario. Me dirigí a mi cuarto. Encendí la luz de mi habitación y apareció frente a mí una mujer obesa. Quise saber qué se le ofrecía.

—Hasta que te encontré —gruñó la gorda, apuntándome con su .38—. ¿No me reconoces? Ya me curé de mi problemita, por si te lo preguntas. ¿Aún no? Soy Sandy Zamora.

Aquella mujer parecía la abuela de mi linda pollita. Le llamó por *walkie-talkie* a sus secuaces. Ninguno respondió. Las detonaciones y los gritos seguían escuchándose, provenientes del patio de la vecindad. Supuse que los hombres de negro que entraron a la vecindad venían con Sandy.

—¿A quiénes pertenecían las cabezas que me dejaste ayer? —dije.

—¿No te lo dijeron? Una era de tu tío, el Gitano; la otra era de la teibolera. Las otras dos pertenecían a los hermanos Arroyo. Tu noviecita lamentó haber dado su vida por culpa de un pendejo. Entiendo que haya sido una prostituta. Un feo como tú sólo podría conseguir amor pagando… o violando.

Esto último me dolió.

—No te violé —le aclaré.

Sandy no pareció escucharme.

—Pero lo más asombroso fue la carta de amor que me enviaste.

Sandy dejó escapar una carcajada.

—Me violaste, me dejaste sin familia y ahora querías casarte conmigo. No lo puedo creer, Malasuerte. A menos que hayas regresado por nuestro hijo... Aunque no lo creo, porque ni te diste cuenta que era tuyo. Te tragaste el cuento de que era hijo de tu tío. Luego me tuve que casar con el otro pendejo... Pero bueno, al final me chingué a todos.

—Traicionaste a la familia Arroyo —dije.

Sandy volvió a llamar a sus secuaces por *walkie-talkie*. No recibió respuesta.

—Tu comando está liquidado —le anuncié—. ¿No oyes la balacera?

La cara de Sandy perdió color y se descompuso.

—¿Se están matando? Creí que era una fiesta.

—Elegiste un mal día para visitarme, Sandy.

—¿Quiénes son?

—Asesinos profesionales disfrazados de músicos. Vinieron a ejecutar un contrato de sangre y tu gente se les atravesó. Se han encargado de ellos también.

—¿Crees que esos asesinos suban?

—No creo. A menos que dispares...

Me acerqué al interruptor de la luz.

—...O a menos que no apague la luz —lo cual hice, dejando el cuarto a oscuras.

Sandy gritó del susto causado por la oscuridad y luego disparó tres veces al vacío. La sorprendí por la espalda, sujeté la mano con la que sostenía su revólver y la llevé directo a su quijada, donde hice que su dedo accionara el gatillo.

—Hasta nunca, Pollita —dije.

El Duende y el arcoíris

Cuando terminó el tiroteo salí de mi guarida y crucé el patio. Caía un aguacero torrencial. Los cocineros de cristal y los hombres de Sandy yacían en el suelo de la vecindad. Como eran asesinos profesionales, Los Vaqueros del Caribe no sufrieron bajas. Para ese entonces se habían ido. Llegué rengueando y todo mojado a la casa del Yuca, a quien le pedí asilo. Dormí en el sillón de la sala. Al caer la madrugada me puse en pie, cogí el salero de la mesa de la cocina y salí de la casa. Era una mañana fría, gris y nublada. Había parado de llover. Un arcoíris cruzaba Tijuana, de sur a norte. El arcoíris se cerraba en el callejón Coahuila, donde me esperaba el Duende, entre putas, taqueros, taxistas, sátiros y padrotes. Estuve a punto de agarrarlo del pescuezo cuando su cara se transformó en la Sandy adolescente que tanto amé. Me paralicé. El Duende aprovechó mi confusión para lanzarme cuchillazos, pero era tan bajito que éstos apenas llegaron hasta mis muslos. Las heridas infligidas por Rumpelstiltskin me hicieron caer de rodillas y quedar a su altura. El Leprechaun estuvo a punto de ensartar su puñete en mi cuello cuando extraje un salero de mi saco y lo sazoné con sodio de manera generosa, como si estuviese preparando ceviche. La sal quemó la cara de Rumpelstiltskin, quien se revolcó en el asfalto y comenzó a proferir chillidos agudos que se escucharon por toda la Zona Norte. Me arrastré hasta él y cuando murió le quité el trébol de cuatro hojas que tenía en el bolsillo de su chaleco.

INT. CASINO

Entra Malasuerte acompañado de dos mujeres de piernas largas y vestidos cortos. Una es rubia y la otra
morena. Cargan maletines de piel. El pelirrojo parece protagonizar una película de James Bond. Tiene un rasurado perfecto, calza bostoniano y viste
un traje sastre de tres piezas. Luce como un millón
de dólares y vale más que eso. Arrasa en el black-
jack, anticipa los marcadores finales de los partidos
de beisbol y adivina las trifectas de los caballos.
Tomás jala un par de palancas, dos tragaperras ali-
nean cerezas y vomitan monedas. La rubia y la morena
se quedan a recogerlas con sus maletines. Malasuerte es el terror de los croupiers. Los tahúres se re-
tiran de las mesas de póquer cuando lo ven cerca y
los ludópatas copian sus apuestas de manera exacta.

INT. OFICINA

Vemos un salón oscuro con monitores en las paredes.
Un marabú antropomorfo envuelto en una túnica escarlata se encuentra sentado sobre un trono hecho
de cráneos humanos. Lo acompaña un hombre sin nariz y un doble de Rasputín. Sandkühlcaán sigue con
preocupación los movimientos de Malasuerte en los
monitores.

INT. CASINO

El pelirrojo es el centro de la atención e invita tragos a todos los presentes. Una mujer voluptuosa y embutida en un flamante vestido rojo emerge

de la barra y se acerca a Malasuerte con su mano
extendida.

                    LINA SANTOS
          Mi nombre es Lina Santos.

Malasuerte estrecha la mano de la mujer.

                    MALASUERTE
          Tomás Peralta, pero todos me dicen
          Malasuerte.

                    LINA SANTOS
                 (sonrisa coqueta)
          No se me ocurre un peor apodo para un
          hombre con tan buena estrella.

                    MALASUERTE
          Me lo pusieron antes de que mi for-
          tuna cambiase.

Malasuerte palpa un bolsillo en su chaleco.

                    LINA SANTOS
          Me encanta tu estilo. ¿Gustas invi-
          tarme una copa?

                    MALASUERTE
          Por supuesto.

Lina Santos y Malasuerte se dirigen al restaurante
cuando son interceptados por cuatro guardias de seguridad.

                    GUARDIA
          Necesito que nos acompañe.

MALASUERTE
No hice trampa, señores.

Como si estuvieran coordinados de manera telepática,
cada uno de los guardias hace a un lado la solapa de
sus sacos para mostrarle a Malasuerte la automática
en sus sobaqueras.

GUARDIA
El patrón quiere hablar con usted.
Sólo será un momento.

MALASUERTE
(a Lina Santos)
No tardo.

Malasuerte acompaña a los guardias de seguridad hacia una puerta blanca que reza "Sólo personal autorizado".

CORTE A:

INT. PASILLO
Vemos un pasillo blanco. Tres guardias sujetan a Malasuerte.

MALASUERTE
¡Suéltenme!

Un tercer guardia registra los bolsillos en el chaleco de Tomás hasta encontrar el trébol de cuatro
hojas.

GUARDIA
Hemos encontrado el problema.

El guardia admira la planta en su mano. Malasuerte
hace todo lo posible por liberarse pero no lo logra.

                    MALASUERTE
                  ¡Eso es mío!

                              DISOLVENCIA A:

Desperté en el sillón del Yuca gritando:

—¡Se lo quité al Duende!

Había amanecido. El Yuca me observaba parado frente a mí en bata de dormir y con una taza de café en su mano.

—¿Qué le quitaste al Duende? —dijo, sin borrar la sonrisa de su cara.

Caí en la cuenta de que había estado soñando.

—Un trébol de cuatro hojas —respondí.

—Son de buena suerte, ¿lo tienes contigo?

—Estaba soñando.

Pasamos al desayunador donde nos esperaban tazones de cereal porque Zulema nos tenía a dieta. El Yuca quiso saber qué tenía pensado hacer. Observé al duende y al arcoíris en la caja del *Lucky Charms* frente a mí.

—Le prometí a Rubén que encontraría a Lupita. Para hacer eso debo hallar primero al Duende.

—¿Dónde vas a encontrar a un duende en esta ciudad?

No despegué mi vista de la caja de cereal.

—En el arcoíris —respondí.

—¿En el arcoíris?

Sabía que había un arcoíris muy importante en mi vida pero no sabía dónde lo había visto. Me dolió la cabeza de tanto pensar así que decidí mejor actuar. Soy mejor actuando que pensando. Volví a visitar el Salón de Belleza de Ramón Higuera, quien fumaba un Salem, tomaba café sabor avellana, vestía una bata de mujer y calzaba pantuflas rosas.

—No sé nada del Duende ni quiero saber —dijo.

Le creí. Enseguida acudí a la comandancia para hablar con Nicolás

128

Reyna, quien me dijo que jamás había visto a ningún duende sonriente de metro y medio.

—Según mis agentes, Benito Esparza, el hombre que fue atropellado por Wilfrido Bustamante, era bajito de estatura pero no un enano. Mucho menos un duende.

—¿Cómo lo encontraré si no sé cómo es?

—¿Qué te estás metiendo, Malasuerte?

La pregunta del comisario me proporcionó la clave para resolver el enigma.

—Eres un genio —exclamé—. ¿Dónde está el boticario nazi?

—¿Quién? —dijo el Sheriff.

—El jarocho que les dio piso a los cocineros de mi vecindad.

—Se acaba de mudar a la Torre.

—Llévame con él.

Nicolás Reyna palideció.

—No puedo, Malasuerte. Ya viste lo que pasó la última vez que entraste a ese lugar.

—No haré nada, Nico. Solo quiero hablar con él —lo tranquilicé.

El Sheriff me llevó a la Torre. La recepción, tapizada toda de mármol negro, estaba colmada de ricachones acudiendo a sus citas con médicos, terapeutas, dentistas y abogados cuyos despachos se encontraban en distintos pisos del edificio. A esos burgueses les tenía sin cuidado la cercanía de la mayor fuerza corruptora en la ciudad. Algunos se sacaban fotografías, como si fuese un triunfo estar en el Palacio del Mal. Era asombroso que fuesen tan cínicos y superficiales. Mientras no les tocaran sus privilegios, veían con aprobación el reinado negro de Sandkühlcaán. Me dio asco ver a esos billetudos yendo con sus psicólogos y psiquiatras para que estos los libraran de sus culpas y demonios cuando la raíz de sus angustias y ansiedades se encontraba en el último piso, como un cáncer. Luché contra mis ganas de subir hasta ahí para vérmelas con Sandkühlcaán. El comandante saludó a los dos policías que custodiaban la entrada y subimos al piso donde el boticario nazi jarocho tenía ahora su condominio posmoderno. Nos recibió una mujer con las chichis operadas. El boticario me dijo hola. Me fui sobre él. Lo cogí de las solapas y lo acusé de traicionar a los cocineros. Nicolás Reyna intentó detenerme:

—¡Malasuerte, dijiste que no ibas a hacer nada!

—Tus amigos músicos me lo propusieron y me pareció una buena idea —dijo el boticario nazi—. Al principio sólo quería celebrar mi cumpleaños, pero cuando Los Vaqueros del Caribe me informaron que eran pistoleros, pagué por el paquete completo. ¿Me entiendes?

Tenía al boticario justo donde lo quería. Con sentimiento de culpa y temeroso. Lo liberé:

—Te creo. Sólo aprovechaste la oportunidad que se te presentó. En realidad vengo por más timbres postales de Cantinflas. ¿Todavía tienes?

—Claro —exclamó el boticario nazi—. Está bueno el viaje, ¿no?

El jarocho fue por su maletín y me entregó tres timbres postales.

Ese martes 13 tocó el turno de pedirle posada a Amparo. No quería regresar a mi cuarto en la vecindad, que seguía infestada de judiciales, pero tampoco deseaba pasar mucho tiempo en un solo sitio. Ya ven lo que dicen, eso de que el muerto y el arrimado a los tres días apestan. Debía moverme. El estancamiento es la muerte. Amparo vivía sola en un departamento pequeño y triste. Un pequeño librero, tan polvoso como todo lo demás, alojaba el curso *Inglés sin barreras*, además de títulos de autoayuda como *Viaje al optimismo*, de Eduardo Punset; *El arte de no amargarse la vida*, de Rafael Santandreu; *Cómo suprimir las preocupaciones y disfrutar de la vida*, de Dale Carnegie, y *El camino de la felicidad*, de Jorge Bucay. Amparo veía los timbres de Cantinflas sobre su mesa. Me preguntó qué pensaba hacer. Me senté frente a ella. Le expliqué que el ácido lisérgico me diría dónde encontrar el arcoíris.

—¿Cómo lo sabes?

—Esta misma sustancia me permitió ver por primera vez al duende. Creo que si la vuelvo a consumir me llevará otra vez a él.

—¿No es peligroso?

—Me gusta vivir de manera peligrosa —expresé y le cerré un ojo.

Me metí los tres timbres postales a la boca. Esperé a que me hicieran efecto. El arcoíris apareció en mi memoria. ¡Era el letrero del bar Rainbow, donde trabajaba!

—Amparito, ¿qué significa *rainbow*?

—Es arcoíris —dijo la jovencita—. En inglés. ¿Qué harás ahora?

—Iré al lugar donde solía trabajar de cadenero. Ahí se encuentra el Duende.

Tenía sentido regresar a donde empezó todo. Imaginé al Duende trabajando de DJ en el Rainbow, tocando himnos gays como "I Will Survive", "I Want to Break Free", "I'm Too Sexy", "Go West", "Dancing Queen", "Y.M.C.A." o "Relax!". Sonaba como algo posible. O tal vez era el nuevo gerente, el cantinero o uno de los garroteros. En cualquiera de esos casos, don Antonio tendría trabajando para él al hombre que lo metió en prisión por un crimen que no cometió. Me paré de mi silla. El departamento se volvió como de caricatura. Amparo se transformó en una elefanta morada. Me tambaleé, me quise apoyar en una pared y tumbé un espejo que se hizo pedazos en el suelo. Otros siete años de mala suerte, pensé. De ahí fui a dar a la mesa, donde hice caer el salero. La elefanta morada me sujetó. Cerré los ojos para no marearme aún más.

—Debo ir al arcoíris —dije.

—¿En ese estado? ¡De ninguna manera!

—Es el único modo de encontrarlo.

—Entonces te llevo.

La elefanta morada abrió su paraguas ¡en el interior de su departamento! Le quise pedir que no lo hiciera pero dejé de tener control sobre mi lengua. La elefanta morada me cargó desde su hogar hasta su Geo Metro. Pasamos por debajo de la escalera de un electricista. Un gato negro se atravesó en nuestro camino. La elefanta morada atropelló a un no muerto que cruzaba la Vía Rápida. El despojo de Sandkühlcaán quedó hecho puré sobre la carrocería del Geo Metro. Elefantina limpió la sangre del parabrisas con su *wiper*. Cerca de la Torre, el autobús de una fábrica se nos emparejó en el carril contiguo. Sus tripulantes eran zombis con piel gris y podrida. Algunos echaban de menos ojos, otros su dentadura. Elefantina estacionó el Geo Metro frente a los tacos de gato. Un perro no paraba de ladrar mientras era rostizado en una taquería. Las gárgolas de la calle

Coahuila me llamaban "guapo" y me preguntaban si no quería pasar un buen rato. El padrote era el lobo feroz, sólo que con *zoot suit*. Caminamos hasta el Rainbow, situado enseguida del Adelitas. El lugar se había convertido en otro club nutricional con un templo sanduhquista en su interior. Hice a un lado la cortina verde y crucé su umbral. Un Ojo de Sandkühlcaán se encontraba pintado al fondo del templo. Donde habían estado las mesas y las sillas del Rainbow estaban ahora las bancas de la congregación. En esos momentos se llevaba a cabo la misa negra. Los feligreses hombres iban de traje y corbata. Las mujeres de éstos usaban vestidos largos. En lugar de biblias, cada parroquiano sujetaba un ejemplar, encuadernado en piel humana, de un libro titulado *Necronomicon*. El ministro era el Duende. Fui por él. Lo cogí de su traje y lo alcé en vilo, para espanto de toda la congregación. Por la presión ejercida sobre las puntadas, la herida fresca en mi vientre se comenzó a abrir, pero ignoré el dolor. Don Antonio salió de entre los feligreses. Quiso saber qué hacía en su templo.

—Este infeliz me apuñaló y asesinó a Julieta y al fotógrafo Alfredo Medina.

Toda la congregación se me echó encima, incluido don Antonio. Me arrebataron al Duende. Para ese entonces había patrullas de la policía afuera del templo. Pronto me vi rodeado por un enjambre de agentes comandados por el Sheriff de Tijuana.

—Sólo quiero que me diga dónde está Lupita —expresé.

—No sé de lo que hablas —dijo el Duende, con una sonrisa.

Escupí su cara. Mi gargajo escurrió por la piel verde de Rumpelstiltskin.

—Ya lo interrogamos —aclaró Nicolás Reyna—. Benito no tuvo que ver en la desaparición de Guadalupe Grial.

—Todo este tiempo supiste dónde estaba el Duende y no me lo dijiste —le reproché.

El Sheriff se encogió de hombros. Sabía que estábamos a mano. Lo traicioné y ahora él hacía lo mismo conmigo.

Fue mi segundo caso como detective privado. Un narcotraficante conocido como el Brujo me pidió que siguiera a la esposa de mi amigo Nicolás Reyna para donde fuera. El Brujo me convenció de que teníamos a un enemigo en común y que, al llevar a cabo su encargo, estaría perjudicando a Sandkühlcaán, quien tanto mal causó en mi persona, ya que por culpa del extraterrestre fui expulsado de la Secretaría de Seguridad Pública.

—Pero Nicolás Reyna es mi amigo —alegué.

—Es que no le estarás haciendo ningún mal a Nicolás —me explicó el Brujo—. Al contrario: le harás ver que su compadre le está dando mantenimiento a su mujer y el comandante es un aliado más de Sandkühlcaán. Queremos que Nicolás entre en razón. Es todo.

El Brujo me convenció. Seguí a la mujer por toda la ciudad. Confirmé que sostenía un romance con el Catrín y le llevé la evidencia al Brujo, quien la mostró a Nicolás. El Sheriff asesinó al comandante ese mismo día. Me arrepiento de haber aceptado ese caso.

Conté el número de oficiales que me rodeaban en el templo sanduhquista. Eran demasiados. Me despedí de Amparo y dejé que me llevaran esposado a la comandancia, donde Nicolás Reyna me informó que el Duende era intocable y que su deber era protegerlo. Volvió a insistir en que Benito Esparza no tuvo que ver en la desaparición de Lupita.

—¿Qué se siente ser la puta de Sandkühlcaán? —dije, en el cuarto de interrogatorios.

El vaquero me respondió con un cruzado de derecha que aterrizó en mi oreja. Un dolor punzante taladró mi oído. Vi a tres Nicolás Reyna frente a mí.

—Eso no fue por ofenderme —mascullaron los tres Nicolás, al unísono—. Eso fue por espiar a mi esposa y luego darte baños de pureza. Como si no te conociera, como si no supiera que eres peor que una lavandera de vecindad. Que vives del chisme y de olfatear braguetas y calzones ajenos. Sé que el hambre es fea, pero lo tuyo de plano es no tener dignidad.

¿Qué podía responder a todo esto? La vida me enseñó que hay que saber perder y quedarse callado si no se tiene nada bueno que decir. Cuando me levanté de la silla descubrí que sufría de vértigo por culpa del puñetazo. El piso de linóleo se transformó en un abismo inconmensurable. Sentía mareos, tenía problemas de equilibro y me costaba mucho trabajo mantenerme en pie, así que mi amigo me agarró del brazo y me llevó a la enfermería, donde la doctora me dio una tableta de Antivert que me pasé con agua.

—Pegas duro, cabrón —dije.

—Lo siento, Malasuerte.

—No te preocupes. Lo tenía bien merecido.

Guadalupe Grial

Lupita se transformó en mi vellocino de oro, en mi bella durmiente, en mi trébol de cuatro hojas, en la cura de mi mala suerte. El premio que le daría sentido a mi absurda existencia. Su búsqueda se convirtió en mi obsesión. Debía encontrarla, no por Rubén sino por mí.

El mapa hecho por Amparo era bastante preciso. Llegué sin problemas a casa de Lupita, toqué a su puerta y quien me abrió fue una joven hermosa. Le pregunté si estaban sus padres en casa. La jovencita dijo que sí y los llamó. Tiré mi cigarro al suelo, lo aplasté con mi bota vaquera y me presenté con mucho estilo:

—Soy Tomás Peralta. Detective profesional.

Le extendí mi tarjeta de presentación al señor.

—Felipe Grial —dijo el papá de Lupita—. Plomero profesional. No tengo tarjeta.

Aclaré mi voz:

—Traigo malas noticias —anuncié—: Lupita se encuentra en el último piso de la Torre. Esclavizada por el extraterrestre Sandkühlcaán. Pero la rescataré, tal y como se lo prometí a Rubén.

Felipe Grial y su esposa pusieron cara de extrañeza. Quisieron saber de qué hablaba. Como dijo Shakespeare: algo olía mal en Dinamarca. O como digo yo: se me fueron los güevos a la garganta.

El señor abrazó a la joven hermosa.

—Lupita te acaba de abrir la puerta. ¿Quién dices que te envió?

La expresión en cada miembro de la familia Grial pasó de la confusión a la pena ajena. Un servidor, experto en ridículos, era el culpable.

—No me envió nadie, señor. Le prometí a su yerno que encontraría a su novia y…

Don Felipe parecía estar viendo una película de Jodorowsky, una pintura de Dalí o leyendo a Joyce. No entendía nada.

—¿De qué yerno hablas?

—De Rubén.

La familia dejó escapar un suspiro de alivio. Hay una explicación para tanto absurdo, pensaron. Me invitaron a pasar. Nos sentamos a la mesa. La señora me ofreció café. Acepté.

—Ay, este muchacho —suspiró don Felipe—. Jamás lo quisimos engañar. Él se inventó ese mundo en el que mi hija era su novia, sólo porque venía al estudio bíblico. No lo podíamos sacar de aquí. Al principio le ofrecimos nuestra amistad y la palabra de Jehová, pero se obsesionó tanto con Lupita que le reclamaba cosas de manera violenta. Le hablaba a su trabajo, iba por ella a la escuela, se peleaba con todo aquel que platicara con mi hija. Estábamos tan asustados por esta situación que enviamos a Lupita a los Estados Unidos, pero sin avisarle a Rubén, porque temíamos que fuese a buscarla hasta allá también. Se nos ocurrió la idea de esconderla de él, que fue cuando la recogimos en la calle Coahuila, para llevarla a la línea de San Isidro, con todo y maletas. Admito que fue una cobardía de mi parte.

—¿Entonces el Duende no se la llevó? —expresé.

—¿Duende? —dijo Felipe Grial.

Lupita permanecía callada. Intervino la madre:

—Rubén mencionó a un duende la última vez que vino. Dijo que estaba por encontrar a Lupita y que la tenía un duende. Rubén necesitaba de mucho cariño.

—Creyó haber dado su vida por Guadalupe —les informé—. Murió en la búsqueda del duende, ¿lo sabían?

—Supimos que falleció y hemos orado por él, mas no sabíamos cómo ocurrió. Era un muchacho de buenos sentimientos pero estaba muy loco.

Lupita, quien para ese entonces tenía lágrimas en sus ojos, se disculpó cortésmente y se adentró en la casa, afligida, mas no de una manera cursi o dramática. Quizá sólo impactada por su papel en la muerte de Rubén.

Los Grial eran una buena familia. Hacían bien en cuidar de su hija. Nada tengo nada que reprocharles ni a ellos ni a Rubén, quien me hizo ver que la vida está al ras de las calles. El verdadero héroe se encuentra peleando solo y sin miedo a las fuerzas oscuras que gobiernan la ciudad.

En algún momento tendría que enfrentarme al Duende y a Sandkühlcaán, en una batalla final y épica. Debía prepararme para la llegada de ese momento.

Libro dos

LA MUJER
DE LOS HERMANOS REYNA

Comisario Nicolás Reyna

Atravesamos el desierto de Sonora en autobús. En Mexicali le pedimos a un taxista que nos llevara a la traila donde vivía mi papá con una embarazada.

—Velo bien —gritó mi madre—. Para que no te hagas igual de sinvergüenza que él.

El viejo nos dijo que iría al corte del algodón. Nunca regresó. Por eso mi madre fue a buscarlo y yo, que en su momento me indigné y dije que jamás sería un infiel, tenía a Elizabeth sentada en mis piernas, a pesar de estar casado. Rigo señaló la hilera de cuartos ubicados en el segundo piso y me preguntó si no quería llevar a Elizabeth a un privado. Que él pagaba. Elizabeth acercó su cara a la mía y puso una de esas miradas que me derretían por dentro. Respondí afirmativamente. La mujer bajó sus ardientes y carnosas piernas de las mías, que eran más bien flacas y zambas por andar tanto a caballo, cogió la cajetilla de cigarros y el encendedor, de ahí ajustó mi tejana, la ladeó nomás tantito y me dijo, vente, extendiéndome su mano, la cual tomé, con miedo a quebrarla, a pesar de encontrarse más dura y callosa que la mía, y eso es mucho decir. El que fuese sheriff de Monte Río no significa que haya sido un holgazán. Hubo un tiempo en que sí trabajé. Eso me enorgullecía. El trabajo pesado le forja a uno el carácter, de eso no cabe duda. Veía mi trabajo de sheriff como unas vacaciones. Un merecido descanso. Por eso acepté ir con Elizabeth al segundo piso.

—¡Les enviaré una cubeta! —gritó Rigo, desde su mesa, mientras subíamos las escaleras.

Terminamos nuestro negocio carnal. Elizabeth me preguntó si estaba casado con la Morena. Respondí afirmativamente. Elizabeth dio una chupada a su cigarro.

—Como en este pueblo todos se masturban pensando en tu esposa —dijo—, el jefe pidió que le trajeran a una prieta, flaca y piernuda. Hasta le puso igual que tu mujer. Tenía tanto cliente que huyó con el culo adolorido.

Siempre me pareció mucha coincidencia el que la muchacha que trajeron de Puerto Vallarta se llamara igual que mi morena.

—Lorena no tenía ni una semana cuando la sacaste de trabajar —recordó Elizabeth—. Ni tiempo tuvo don Mateo de sacarle jugo.

—Fue el día que me eligieron sheriff de Monte Río —recordé—. Vine con don Rigo a festejar cuando la conocí.

Me preguntó si la amaba mucho. Respondí afirmativamente. Quiso saber si no me daba pena que la gente supiera dónde la conocí.

—¿Por qué habría de darme pena? —dije.

—La Morena tiene mucha suerte de haberte encontrado —aseguró.

Las piernas me temblaban mientras bajaba las escaleras del burdel. Tenía mis músculos agotados de tanto perrito y de tanto chivito en el precipicio. Me fijaba en cada escalón antes de colocar mi bota sobre él. Abajo, junto a las escaleras, el trío de los hermanos Corona cantaba "Baraja de Oro". Se me puso la carne de gallina. Pasé junto a los jilguerillos, me quité la tejana, en señal de respeto, y llegué a la mesa de don Rigo. Le dije que estaba enamorado de Elizabeth.

—No es para tanto. Debiste venir hace una semana, para que conocieras a Lorena. A la segunda Lorena.

Dije que estaba harto de Lorenas.

—¿Qué dices? —exclamó—. Saliste el ganón del pueblo. Tan pendejo que te creíamos. Te quedaste con la chaparrita. Con esas piernotas y esas nalgas duras que tiene... No te ofendas.

Sospeché que Rigo estaba enamorado de la Morena. Se le hacía agua la boca cuando hablaba de ella. Encendí un Alas.

—Debes admitir que es una mujer muy hermosa.

Le eché el humo en la cara a don Rigo:

—Tan hermosa que me va a provocar una úlcera —gruñí.

Rigo abrió mucho los ojos. Le interesaba saber por qué la Morena no valía todas esas maravillosas puñetas que le dedicaba todos los días.

—¿A qué te refieres? —dijo.

Fui al grano:

—No cocina. Que cocinen las feas, es lo que siempre dice, y mientras tanto desayuno café con galletas de animalitos, como tamales todos los días y ceno cacahuates con cerveza. Me siento seco por dentro. Me urge un caldito de pollo, algo jugoso. Tampoco limpia. Por las noches me cuesta trabajo dormir por miedo a ser mordido por una rata. Tenemos un criadero en la casa. Parecen conejos.

—La chaparrita no es tu sirvienta. Es para que esté en un concurso de belleza, ¡y la tienes sólo para ti!

—Tiene razón, don Rigo. Estoy agradecido con Dios porque la Morena me hizo caso. No debo hablar mal de ella.

Le conocí infinidad de mujeres a mi padre. De todos los colores, formas y tamaños. Las tuvo rubias y morenas; flacas y gordas; altas y enanas. De todo. Ninguna tan hermosa como la madre de mi hermano Roberto. El que mi papá abandonara a ese monumento a la belleza es la prueba fehaciente de que el viejo era demasiado inquieto. La mamá de Roberto sufría ataques epilépticos. Padeció uno cuando fue a la casa buscando a mi papá. Mi madre se escondió debajo de la cama. Entre mi hermano y un servidor subimos a la señora a su mula. Roberto no dijo nada. En ese entonces era un niño muy serio y casi no hablaba.

Era el único detalle de Ernestina, lo de sus ataques epilépticos. No creo que el viejo la abandonara por eso. Mi padre era demasiado inquieto. Pero la mamá de Roberto qué iba a saber. Ella simplemente se volvió loca y se voló la tapa de los sesos de un cuetazo. Mi hermano se mudó a Estación Naranjo, con sus abuelitos. Dicen que Ernestina fue el primer amor de mi padre, pero lo dudo. El caso es que era muy hermosa. Por eso Roberto es tan bien parecido y por

143

eso también salió igual de mujeriego que el Viejo. Las maldiciones de los Reyna son la bebida, las mujeres y el juego. Trato de no hacer nada de eso por respeto a mi madre. Porque recuerdo cuánto sufría por las sinvergüenzadas de mi papá y porque Lorena no se lo merece. Ella qué culpa tiene.

Los húngaros dieron la última llamada. Apagaron los faroles de la calle. Se encontraban instalados en la plazoleta junto a la cancha de basquetbol. La "Marcha de Zacatecas" sonaba por las bocinas. La película de esa noche sería *La camioneta gris*, protagonizada por los hermanos Almada. Las mejores localidades se encontraban ocupadas.

Tenía pensado verla parado, por eso no traje silla, a diferencia de la Morena, quien estaba sentada en su equipal con un tamal de rajas y un ToniCol. Era uno de esos invernillos comunes en la semana santa. La mayoría íbamos enchamarrados pero había uno que otro friolento que llevó hasta su cobertor San Marcos. Los húngaros nos vendieron los cobertores. Elegí el del tigre de bengala, el cual me gustó tanto que le pedí permiso a la Morena de colgarlo en la pared de la sala. Como adorno. Me dieron dos almohadas de regalo.

La "Marcha de Zacatecas" sonaba por los altavoces y la tercera llamada seguía siendo la última llamada, sin miras a que fuese a comenzar la película de los Almada, y llegó un Cadillac negro que se estacionó a escasos metros, y Esteban García, hijo del chimuelo Carmelo, gritó ¡están dando tortas de jamón!, señalando al Coupe de Ville, y los demás niños abandonaron la tercera llamada y los húngaros corrieron a encender el proyector, pero ya era demasiado tarde porque para ese entonces todos habían abandonado sus localidades para ir por su respectiva torta, menos yo, que me quedé paralizado observando la desbandada, convencido de que su significado iba más allá de sus consecuencias inmediatas, y apareció un fenómeno con una prótesis nasal. Lucía como un ser de otro planeta intentando pasar por humano y fallando miserablemente.

El de la nariz falsa nos habló —con voz gangosa— de Sandkühlcaán, un semidiós extraterrestre. Luego de que se acabaron las tortas, mis paisanos se alejaron, dejando solo al loco.

144

Me alistaba para asistir al novenario de Candelario, donde habría menudo, tamales y cerveza, cuando entraron a la comisaría el Desnarigado y Esteban García, a quien vi por primera vez con calzado, ropa nueva y chapetes. Como si acabara de engullirse tres bistecs.

—Dile al sheriff lo que me dijiste, Esteban —dijo el de la prótesis nasal—. No tengas miedo. No te pasará nada.

—El padre Cristóbal tocó mis partes, las besó y me dijo que no se lo dijera a nadie —Esteban García habló como robot.

Me dirigí al Desnarigado:

—¿A dónde quiere llegar con esto?

El fenómeno puso cara de extrañeza:

—¿No harás nada al respecto? ¿No eres el sheriff?

—Puedo hablarle al agente del ministerio público para que se levante la denuncia de manera formal.

—No hay necesidad de eso —expresó el Desnarigado, con su voz gangosa—. Sería exponer al chico. Ya sabemos la impunidad que gozan estos curas católicos en México. No le harán nada. Lo mejor es hablar con esta persona, para hacerle ver el mal que ha hecho.

—El padre Cristóbal debe estar en el novenario de Candelario, ¿qué le parece si mejor vemos esto mañana?

El fenómeno golpeó mi escritorio con su mano abierta.

—¡De ninguna manera! Vayamos ahora mismo.

Cuando llegamos a casa del difunto Cande las mujeres habían terminado de rezar y todos se atrancaban de menudo, incluso mi compadre Rolando estaba ahí, sentado en uno de los equipales. Se hacía el disimulado, con su mirada en el plato repleto de pancita, cebolla y chile, porque le debía dinero a medio mundo y no quería llamar la atención.

Nos metimos hasta la cocina, donde intuíamos que se encontraba el padre Cristóbal. Apenas se podía pasar, de tanto gorrón que había. El Desnarigado le echó en cara su perversión al padre Cristóbal. Dos señoras se desmayaron por las palabras fuertes del fenómeno.

—¿De qué hablas? —dijo el presbítero.

—Sabes de lo que hablo. Díselo a todos, Esteban.

—El padre Cristóbal tocó mis partes y las besó y me dijo que no se lo dijera a nadie —repitió el niño, con su dedo señalando al cura.

El clérigo perdió la compostura:

—¿Qué dices, pequeño demonio? ¡Con razón tienes esa marca del diablo en la frente!

Olvidé mencionarlo, Esteban García tenía un lunar rojo sobre su frente, lo cual le imprimía un toque satánico a sus travesuras.

—Rufián —exclamó doña Porfi, dirigiéndose al hombre vestido de sotana.

—Puerco asqueroso, no te quiero volver a ver —dijo Armida, la viuda del difunto Cande.

Mi compadre Rolando se empinó su caldo y se dio a la fuga con una botella de tequila bajo el brazo.

A diez kilómetros al suroeste de Monte Río, detrás de un otero conocido como el Castillo y sobre un páramo agreste, dominado por la maleza y alimañas de todo tipo, se encontraba la propiedad del Chimuelo Carmelo, padre del niño de ocho años y treinta kilos que era Esteban García.

Junto a la choza de muros de adobe y techo de palma corría, tres meses de cada año, un arroyo encargado de sanar las tierras del chimuelo. Esto, junto a un par de cochis, cuatro gallinas, un gallo y una mula, constituía la totalidad de su rancho.

Llegué a la casa de Esteban García como a eso de las diez de la mañana. Bajé de mi cuaco y toqué a su puerta. Nadie respondió. Esperé alrededor de quince minutos ahí. Escuché un disparo. Provenía del yermo a espaldas de la choza. Supuse que Carmelo se encontraba cerca. Lo confirmé con el sonido de las ramas secas y de las pisadas aproximándose. El padre de Esteban García apareció con una víbora muerta en una mano y una damajuana en la otra. El Chimuelo bebió, se limpió la boca con el antebrazo y me preguntó qué hacía ahí.

Como no tenía dientes, Carmelo rociaba con su apestosa saliva a todo aquel que charlara con él. Es por esto que mantuve una prudente distancia durante toda nuestra conversación.

—¿Qué se trae tu hijo con el fenómeno?

—Le compró tenis nuevos y ropa —farfulló el Chimuelo.

—¿Sabes a cambio de qué? Obligó al muchacho a que acusara al padre de haberlo manoseado.

—Sí, es verdad. Algo supe de eso, pero hasta ahí.

—Carmelo, conoces a tu hijo. Sabes que eso es imposible. Es demasiado avispado.

—¿Estás llamándole mentiroso a Esteban?

—Deberías pasar más tiempo con él. No es bueno que se meta en líos de adultos. El Desnarigado lo está usando para echar del pueblo al padre Cristóbal.

El chimuelo dejó caer la serpiente y la damajuana, empuñó sus manos y flexionó sus músculos.

—¿Ahora me estás diciendo cómo educar a mi hijo? Nico, he tolerado suficientes insultos de tu parte el día de hoy, será mejor que te vayas de mi propiedad.

Pasé por alto el desafío y mantuve la calma:

—¿Qué fue de la madre de Esteban?

—Esa lagartija —farfulló—. No he sabido nada de ella. La saqué del basurero llena de piojos y liendres. Amarilla amarilla. La curé de su anemia a base de puro caldo de iguana. Cuando estaba repuesta me dejó al muchacho y se fue otra vez con los traileros, vendiendo su cuerpo para satisfacer su vicio. Siempre he tenido muy mala suerte con las mujeres. Me decía que se deprimía de estar aquí conmigo, pero deprimida de qué, si lo tenía todo.

Me despedí de Carmelo. Éste recogió la serpiente.

—Voy a preparar esta víbora, ¿no gustas?

—Será otro día.

—Me saludas a la Morena.

Esto último me tomó por sorpresa. Le pregunté si la conocía. Dijo que más o menos, con una sonrisa. El Chimuelo es un sujeto muy raro, pensé.

Salida de Monte Río

Una maldad primigenia se apoderó de Monte Río. El cielo y la luna se tiñeron de rojo y el aire olía a azufre. La comida resultaba insípida y no hacía provecho. La gente dormía poco y pasaba la mayor parte del tiempo malhumorada. Discusiones sobre temas tan banales como el clima o el precio del tomate suscitaban trifulcas donde se perdían ojos, riñones y caballos. A la par de la violencia en las calles, y contribuyendo a ella, se malograron cosechas de algodón, papa y naranja. Esto no era lo más extraño. Lo más extraño eran los centroamericanos que construían un megalito en las afueras del pueblo. Guatemaltecos, salvadoreños y hondureños que no parecían tener voluntad propia y que trabajaban de noche. El megalito era parecido a Stonehenge pero más uniforme. Un hombre gangoso y sin nariz fungía de arquitecto. Era quien controlaba a los autómatas. Todo en él lucía falso. Como un extraterrestre intentando pasar por humano y fracasando en el intento. Su llegada a Monte Río coincidió con el cambio en el clima y en el comportamiento de sus habitantes. La abominación predicaba una extraña religión conocida como el Culto a Bugalú. Los inmunes al embrujo del Desnarigado migraron a los Estados Unidos, aterrados. Era una cuestión de genética. De los inmunes, los únicos que se quedaron fueron aquellos con cargos públicos, propiedades valiosas o lazos sentimentales que los unían a los enajenados.

Era un domingo cualquiera en el mercado. Los marchantes caminaban de las verdulerías a las cremerías a las carnicerías, buscando los mejores precios para los ingredientes de sus menudos, de sus pozoles, de sus gallinitas pintas y de otros platillos típicos de Monte Río.

—Paga lo que debes, perro —se oyó entre el bullicio y la hoja de un machete descendió sobre la humanidad del deudor.

Los clientes de la frutería fueron rociados de sangre caliente disparada a presión por la yugular del moroso. Las mujeres gritaron y la vendimia se convirtió en una sucursal del manicomio. El asesino salió del mercado y caminó de lo más campante hasta la cantina, donde pidió una botella de licor. No se opuso al arresto del comisario Nicolás Reyna, quien llegó quince minutos después. El asesino era su amigo así que no fue necesario ponerle las esposas. Los dos hombres caminaron hacia la comisaría con el entusiasmo de dos muertos paseando por las calles de un pueblo fantasma.

Debido a que no tenía ayudante, el sheriff no se daba abasto.

—Que me parta un rayo si sé qué les está pasando —dijo, luego de poner a su amigo tras las rejas—. Desde que llegó el Desnarigado, todo el pueblo se ha vuelto loco.

El asesino no repuso nada. Simplemente permaneció callado hasta que los judiciales fueron por él. Como ya era una costumbre, los agentes de la procuraduría cerraron el mercado, llevaron a cabo el peritaje del asesinato, recogieron testimonios de los testigos, al acusado y se llevaron todo esto a la capital, sin hacer caso a las declaraciones del comisario.

—Huelan el azufre en el aire y vean el cielo rojo —exclamó el sheriff, parado en la puerta de la comisaria—. Algo muy raro está pasando en Monte Río. Si no me creen, sólo tienen que agarrar el camino al Sabinal y verán el monumento, los zombis y al hombre que no tiene nariz. Si quieren, yo los puedo llevar. Pero tiene que ser de noche porque es cuando trabajan.

Al llegar a la acera uno de los investigadores se detuvo y barrió a Nicolás Reyna con una mirada de desprecio. Consideraba al sheriff un pueblerino ignorante, supersticioso y holgazán. El agente sostenía el arma homicida —el machete ensangrentado— en una bolsa de plástico etiquetada como evidencia. Su colega salió de la comisaría y metió al asesino, ahora sí, esposado, en la patrulla.

—Todas esas locuras que dices, ¿qué tienen que ver con el macheteado en el mercado? —gruñó el investigador.

—Pues nada —balbuceó Nicolás Reyna.

—Exacto.

Por la tarde, peritos, judiciales y los empleados del Servicio Médico Forense se fueron del pueblo, dejando una vez más al comisario lidiando a solas con la violencia en Monte Río. El sheriff sabía que la violencia en Monte Río estaba directamente relacionada con el Desnarigado y el templo a Bugalú, lo que no sabía era que el fenómeno sobornaba semanalmente al vicefiscal para que no metiera su nariz en el templo a Sandkühlcaán.

Muchos monterrienses profesaban el Culto a Bugalú, entre éstos, Rigo Zamudio, un campesino que quería casar a su hija con el Desnarigado para obtener un favor muy especial del Gran Bugalú: hacer suya a Lorena Guerra. La hija de Rigo Zamudio se llamaba Evelina, pero le decían la Güera porque era rubia natural. La Güera se encontraba aterrada. A la locura que contrajo su pueblo debía sumarle la perspectiva de ser desposada por un fenómeno. El Desnarigado necesitaba casarse con una virgen durante el solsticio de verano. Así lo expresaba durante sus misas negras —donde hacía de ministro—, mirando a la Güera, quien comprendió que debía huir. Esto no era tan sencillo como parecía. Como era la Elegida, Rigo y la abominación contaban con los recursos y el ímpetu para buscarla, dar con ella y traerla de regreso a Monte Río. La jovencita resolvió quedar encinta para impedir ser desposada. Al dejar de ser virgen, el gangoso ya no se fijaría en ella. El plan no tenía mucha ciencia. El único reto era encontrar alguien lo suficientemente atractivo para que el remedio no resultara peor que la enfermedad. Barajó distintas opciones. Encontró dos: por un lado estaba el sheriff Nicolás Reyna y, por el otro, el hermano de éste, Roberto Reyna. El comisario jamás se fijará en mí, pensó Evelina, y recordó que incluso Rigo Zamudio —cuando era un ser humano con deseos y sentimientos— solía estar enamorado de la esposa del sheriff. Hasta hizo que su mamá —que era rubia— se tiñera el pelo de azabache, como la Morena. Si yo fuera el marido de Lorena no tendría ojos para nadie más, pensó la jovencita. La Güera hasta podía entender las fantasías de Rigo Zamudio y del resto de los hombres en el pueblo, quienes se la comían con la mirada cada que veían a la Morena pasar. Esa vieja está tan buena que hasta yo me la cojo, agregó en su mente, tan sólo porque le divertía pensar este tipo de picardías, no porque fuese lesbiana.

No era que Evelina se sintiera fea. Una vida colmada de adversidades la hizo volverse lista, por tal motivo era consciente tanto de sus atributos físicos como de sus carencias. Se sabía dueña de una cara simpática, con piel bonita, y uno de esos labios superiores que, por estar tan cerca de la nariz, siempre se encuentran ligeramente levantados de una manera que podía considerarse tanto coqueta como petulante, dependiendo de la autoestima del observador. Debido a que su pelo era naturalmente rubio, jamás usaba tinte, por lo cual no se encontraba maltratado sino sano y sedoso. A pesar de no sufrir de sobrepeso ni estar hecha un palo, reconocía que su figura estaba un tanto exenta de curvas. Es decir, su torso era cilíndrico. Sin cintura. Como de calentador de agua. Tampoco era dueña de unos enormes glúteos y de unos pechos exuberantes. Eran chiquitos pero con bonita forma. Ni siquiera precisaba de sostén para salir a la calle. Seguido le tocaba sorprender a los hombres con la mirada fija en sus pezones puntiagudos y debía admitir que esto le gustaba un poco.

Evelina tuvo que conformarse con Roberto Reyna. El compadre de Rigoberto Zamudio. El hombre que como regalo de quince años le obsequió un tosco manoseo debajo de sus pantaletas, mientras su padre se encontraba comprando cerveza para la fiesta.

—Ya estás lista para tu padrino —farfulló, besándole el cuello.

La Güera jamás olvidaría su aliento alcohólico, su sonrisa torcida y la humedad de su bigote, aun goteando tequila. A pesar de este asalto, a Evelina le intrigaba la actitud de su padrino con respecto a la vida. Estaba por ejemplo su deseo de permanecer en la posada de don Anselmo, pese a contar con los suficientes recursos como para conseguirse una casa propia, con una mujer y una familia en ella.

Estaba decidido: Roberto Reyna le ayudaría a conseguir su meta. Era hora de dormir tranquila. Por primera vez en mucho tiempo. Evelina se fue a la cama y cerró los ojos. A la mañana siguiente tenía el corazón embravecido. Latiéndole más fuerte que nunca. La Güera, parada frente al espejo, colocó su mano sobre sus pechos pequeños. Sintió las palpitaciones. Palpó la rigidez de sus pezones. Le extrañó la manera en que el acto que planeaba llevar a cabo se le presentaba cada vez más atrayente. Dieron las diez de la mañana. La jovencita salió de la regadera mojada porque dentro del baño hacía calor y prefería cambiarse y secar su pelo afuera. Colocó un rebozo morado sobre su blusa amarilla y partió rumbo al pueblo, con el pretexto de ir por jabón para la ropa, toallas sanitarias y un ToniCol. El rancho-bús con destino a Monte Río tardó cinco minutos en pasar. Evelina se sentó en el penúltimo asiento, en la fila de la derecha.

La jovencita caminó por una calle solitaria de Monte Río. Las casitas en esa parte del pueblo eran viejas construcciones de adobe pinta-das con colores muy vivos, como verde y naranja. Todas eran de una sola planta, con vigas de madera en el interior sosteniendo techos de dos aguas, cubiertos de tejas esmaltadas. La mayoría de sus habi-tantes habían emigrado a los Estados Unidos. Evelina respiró hon-do antes de entrar a la posada de don Anselmo. Detuvo su paso. Se aseguró de que nadie la venía siguiendo. Se armó de valor. Avanzó. Al doblar la esquina se estrelló contra el Desnarigado. La Güera casi se desmayó del susto. El fenómeno la aterraba. Todo en él daba la impresión de ser falso. Lucía como una bolsa de carne fingiendo ser humano. Por ejemplo, cuando parpadeaba, parecía hacerlo más por protocolo que por necesidad. Su estrabismo parecía más un error de diseño que enfermedad. La ausencia de nariz era tan sólo el primer indicio de que todo lo demás estaba mal. El fenómeno quiso saber hacia dónde se dirigía.

—Al mercado —musitó Evelina.

—Vas en la dirección contraria, hija.

Parada sobre la calle adoquinada, la Güera se sintió vulnerable. A pesar de que era de día. Sin embargo, no había nadie más a la vis-ta. La jovencita temía que el fenómeno tumbara una de las puertas a su derecha, la metiera en una casa abandonada y abusara de ella ahí dentro. Evelina huyó corriendo del fenómeno, convencida de que su vida corría peligro. Esta situación le sirvió para entrar sin titubeos a la posada de don Anselmo, a quien le preguntó por Roberto Reyna.

—Buenos días, señorita Zamudio —dijo don Anselmo, detrás de la recepción de madera ubicada en el zaguán.

La joven hiperventilaba del susto. Le costaba trabajo hablar. Varios jilguerillos, gorriones y ruiseñores cantaban desde el interior de su jaula. El piso de porcelana, las matas de sombra y los adobes hacían fresca la estancia. Evelina le preguntó a don Anselmo por su padrino.

—Dudo que esté despierto a esta hora —expresó el propietario de la posada.

La jovencita preguntó si podía echar un vistazo. Don Anselmo la invitó a pasar. Le informó que era la habitación 103. Evelina le dio las gracias al dueño de la posada y dejó atrás la recepción. Se dirigió a los cuartos ubicados alrededor del patio. La Güera entró en personaje. Dejó escapar sus lágrimas. Tenía esa habilidad. Tocó el 103. Nadie salió. Lo volvió a intentar. Se abrió la puerta. Apareció frente a ella Roberto Reyna, con su tejana y una toalla en su cintura como únicas prendas. El hombre apenas podía abrir los ojos a causa de la resaca. Se lamió el labio superior esperando que el tequila almacenado en su bigote pudiese ayudarle a curarse la resaca. Logró enfocar y reconoció a su ahijada. Esbozó su sonrisa torcida delante de la jovencita, a quien miró de arriba para abajo.

—Padrino —exclamó Evelina—. ¡Ayúdeme!

Roberto le pidió a su ahijada que pasara a su cuarto. La señorita Zamudio así lo hizo. Evelina registró las botellas vacías y los vasos de plástico regados por toda la habitación; el cenicero repleto de colillas; los naipes y la ropa tirada en el suelo; la cama deshecha; el televisor transmitiendo la película *Los tres huastecos*.

—¿Por qué tardaste tanto en venir? —dijo él.

—¿Cómo? —musitó la jovencita.

Roberto Reyna avanzó un par de pasos hacia ella. Hizo esto de manera torpe. Hipó. Repitió lo dicho.

—Me topé con el Desnarigado. Quiso llevarme a la fuerza con él.

Roberto Reyna cogió a Evelina de sus pequeños hombros. Le dio media vuelta a la joven. Apartó su pelo del cuello. Le plantó un beso debajo de la oreja. La Güera dejó escapar un gemido.

—Hágame suya —musitó.

Roberto alejó a la jovencita.

—Qué más quisiera, muñeca.

Evelina lo miró confundida. Siempre supo que su padrino era un patán pero no hasta qué grado.

—Pensé que…

Roberto Reyna sonrió:

—Lo sé: soy el único hombre de verdad que queda en el pueblo. Lo entiendo. Me hubiera gustado que me lo dijeras tú misma pero no lo hiciste. No te preocupes. Aun así, me siento halagado. No creas que no. Eres una muchacha muy hermosa.

—Pero usted, el día de mis quince años…

—He hecho cosas más estúpidas andando en la borrachera.

—Sólo le pido que me haga suya esta vez y no lo vuelvo a molestar.

Roberto atrajo a Evelina hacia él. La sacudió un poco, tomándola de su cuello angosto. La chica volvió a gemir de excitación. El hombre colocó su tenaza sobre los glúteos de la jovencita. Los apretó. La besó en la boca.

—En ese caso está bien —dijo, antes de cerrar la puerta de una patada.

Sostuvieron tres sesiones de sexo salvaje, separadas por descansos de media hora. Evelina montó a su padrino como un jinete con experiencia en los terrenos del amor… ¿Los terrenos del amor?, pensó la joven. ¿Qué tiene que ver esto con el puto amor? La expresión "hacer el amor" le pareció más cursi que nunca y se prometió jamás usarla. La cabellera dorada de Evelina iluminaba la oscura estancia como un sol más natural que el real. Su cuerpo rollizo y húmedo subía y bajaba al ritmo de sus gemidos. El supuesto Don Juan lucía como un matador siendo asistido por el toro a la hora de llevar a cabo su estocada. La joven dirigía los embates de su torpe atacante. El cuerpo de Don Anselmo experimentó una inaudita erección mientras escuchaba los gemidos de Evelina, quien salió de su posada a las cinco de la tarde.

—Hasta luego, señora Zamudio —dijo el anciano, sonriendo y con el tiro de su pantalón convertido en una carpa de circo.

A Evelina no le molestó la manera en que se despidió de ella don Anselmo, llamándole *señora*, en lugar de señorita. Ya no le molestaba nada, de hecho. Reconocía que era una persona distinta. Más ligera que nunca. Librada de cualquier preocupación o estrés. Gozando aún de los pequeños estertores del post-coito. Estaba segura que había sido preñada por Roberto Reyna. Por lo intenso y excitante de cada sesión, no se asombraría si dentro de nueve meses pariese gemelos o incluso trillizos. Ahora que alojaba la descendencia de Roberto Reyna en su vientre, Evelina sabía que Rigo Zamudio no la obligaría a casarse con el fenómeno. La jovencita se dirigió flotando hacia el mercado, donde adquirió los artículos necesarios para justificar su salida de casa.

Evelina, con cuatro meses de embarazo en su vientre y una maleta llena de ropa, tuvo que tomar un autobús que la llevara a Estación Naranjo, con el propósito de conseguir la dirección de Verónica Olmos, la hija de Dulce Olmos.

—Espérame aquí porque le quiero enviar unas cositas —dijo la señora, antes de desaparecer en el interior de la casa.

Regresó con una hielera y una maleta gigantesca.

—Le llevas esta ropa y estos mariscos. Compré la hielera en oferta. Es de buena marca pero me salió barata porque siempre aprovecho las oportunidades. Dicen que soy tacaña pero no me importa.

Evelina notó que sería más que imposible cargar con la hielera y la maleta gigante.

—No sé si la pueda cargar, señora. Llevo cuatro meses de embarazo y...

La madre de Verónica Olmos no pareció escucharla:

—Dentro de la hielera hay callo de hacha, camarón azul, almeja y ostiones.

Evelina señaló la maleta gigante:

—¿La ropa también la necesita su hija?

—Es que en Tijuana refresca pero aquí siempre hace calor. Son suéteres que nunca uso. Me los trajeron desde Washington, una hermana que vive allá.

—Espero que no se me salga el niño —expresó Evelina, apelando a la misericordia de la mujer.

La madre de Verónica Olmos ignoró el comentario. Tenía sus prioridades: enviar la ropa y los mariscos a su hija. No quería oír nada más. Favor con favor se paga, pensó.

—¿Tiene la dirección? —dijo Evelina, un poco más resignada.

La madre de Verónica Olmos le extendió un papel:

—Ésta es. Y aquí está su teléfono también.

El camión se descompuso en San Luis Río Colorado. En pleno desierto. El hielo se derritió. Los mariscos se echaron a perder. Luego de llegar a la central camionera de Tijuana, con una hielera llena de mariscos podridos, Evelina llamó desde una caseta telefónica a Verónica Olmos.

—¿Quién habla?

La Güera dio su nombre a su interlocutora.

—¿Qué Evelina?

—Traje tus mariscos.

—¡Evelina! Oye, estoy en el trabajo. No me dejan hablar por teléfono. Salgo en doce horas. ¿Tienes mi dirección? ¿Qué tal si me esperas afuera de mi casa? En un rato más llego. Ahí están los niños, nomás que los puse bajo llave, ya ves que hay cada loco hoy en día...

La Güera sospechó que lo de ir a Tijuana quizá no fue tan buena idea. Se reprochó el hecho de ser tan impulsiva. Un taxi la llevó hasta un dúplex en la falda de un cerro terroso. El chofer le ayudó a bajar las maletas y la hielera con el marisco echado a perder.

—Eso huele mal —dijo.

Evelina dijo que estaba al tanto de ello. El taxista desapareció de la escena. Aquí hace frío, pensó la mujer. Abrió su maleta. Se colocó un suéter encima. Se asomó dentro de la casa por una de sus ventanas. Observó a un niño y a una niña rotulando una pared con excremento.

—¿Ya mero viene su mami? —les dijo.

Los niños no contestaron debido a que su mamá les prohibió hablar con extraños. La niña se preparó una sopa instantánea con sabor a camarón. Evelina fue al Seven Eleven de la esquina por unos cigarros, un ToniCol y una bolsa de fritangas marca Churritos. Regresó. Esperó ocho horas en la calle a que llegara Verónica. Se quedó dormida ahí, en la banqueta, afuera del dúplex.

Verónica Olmos lloraba inconsolable luego de conocer la triste noticia de sus mariscos. Maldijo, mirando al techo, con su cara bañada en lágrimas y su voz llena de rabia. Parece que se le murió un pariente, pensó Evelina, quien se disculpó. Terminado el llanto que tenía el objetivo de funcionar como reproche, las dos mujeres se pusieron de acuerdo respecto a los gastos de la casa. Así, sin dormir, irían juntas al supermercado esa misma mañana. Cada una pondría la mitad de todo, a pesar de que Evelina no tenía hijos. Al menos no por el momento. Le preguntó a Verónica si no había vacantes en su fábrica. Verónica dijo que sí. Que solicitaban ensambladoras para el turno diurno y que si le daban empleo podría cuidarle a los niños por la noche, mientras Verónica trabajaba. El asunto de los mariscos podridos quedó en el olvido. Las dos mujeres se hicieron amigas. Evelina fue al sanitario. La Güera decidió aguantarse las ganas de aliviar su vejiga por temor a ser atacada por las cucarachas. Le quedó claro que debía adquirir en el supermercado una cantidad considerable de insecticidas, desinfectantes y productos de limpieza en general. Jaló la cadena del inodoro por mero formalismo. Se lavó las manos. La cuenta de las compras fue dividida entre las dos mujeres. A su regreso del supermercado Verónica partió otra vez rumbo a su fábrica. Evelina pasó la noche librando una guerra contra las alimañas del baño. A las seis de la mañana la victoria fue para La Güera.

—¿Cómo dormiste? —dijo Verónica luego de regresar cansada de la fábrica.

—Soñé que peleaba con monstruos.

Verónica caminó arrastrando los pies, rumbo a su habitación.

—Qué mal. Me voy a dormir. Les preparas una sopa instantánea a los niños. Ayer hablé con el gerente de recursos humanos. Te entrevistará el próximo lunes, ¿qué te parece?

La Güera llegó sola y caminando a la clínica del Seguro Social. Los doctores la atendieron ocho horas más tarde. Como el niño no salía por sí solo, le hicieron cesárea. Veintidós horas después, Evelina estaba en la acera pidiendo un taxi, con DiCaprio en sus brazos. Envuelto en su frazada. Verónica se encontraba en el trabajo. Nadie fue por ella. Al llegar a casa lloró. Sintió lástima de sí misma. Luego se le pasó.

Evelina caminó más de cuatrocientos metros para llegar a la parada de autobús. Saludó al exhibicionista que se masturbaba frente a ella todas las mañanas. El exhibicionista trabajaba en una fábrica de televisores. Procuraba salir una hora antes de lo necesario para poder masturbarse frente a Evelina, quien para ese entonces era una mujer dura de Tijuana. De gruesa coraza.

—Adiós —dijo el exhibicionista.

Evelina se despidió de él, subió al transporte público y se sentó en uno de los asientos vacíos. Se maquilló ahí mismo. Luego de llevar a cabo esta actividad, encendió un cigarro. Expulsó el humo fuera de la ventanilla. Evelina lloró porque se sentía más sola que nunca, sin nadie que respondiera por ella. Se secó las lágrimas y paró de llorar. Llegó al trabajo media hora antes de iniciar su turno. Checó tarjeta. Abel, el supervisor con cara de rata e ínfulas de orador, les pidió a todos los ensambladores que dieran lo mejor de sí. A Evelina le causaba más repugnancia el cara de rata que el exhibicionista. Se dirigió al comedor, en su hora de su descanso. El cara de rata la alcanzó y caminó a su lado.

—¿Me dejas llevarte? —dijo.

—El transporte de la empresa me deja en la puerta de mi casa.

La respuesta de la mujer puso de mal humor al cara de rata:

—Que conste que te lo he pedido de buena manera —protestó.

Evelina lo ignoró. Se apartó de él, entró al comedor y se formó en la fila del comedor. Recogió una charola y un plato. La cocinera le sirvió una pequeña porción de carne de puerco en salsa verde, la cual devoró hasta dejar limpio el plato debido a que sería la única comida que tendría en todo el día. Desayunaba y cenaba cigarro. Evelina se sentó al lado de Tamara, la chaparrita por la que sentía una extraña atracción.

—Estoy harta de este trabajo —gruñó Evelina—. Harta de comer mal todos los días, de los horarios, de que no te den permiso ni para llevar a tu hijo al doctor. De no verlo nunca. Esto no es vida.

—¿Por qué no renuncias? —dijo Tamara—. Puedes hacer lo que quieras. Creí que por eso estabas en Tijuana. Para ser libre. Yo me ando yendo.

—¿Qué esperas?

—Unas amigas y yo estamos ahorrando para poner una casa de citas.

Evelina dejó escapar una risita de nervios.

—¿Con todo y foco rojo?

—Todo: el foco rojo en la calle, un hombre fuerte que nos cuide, cortinas de cuentas, aire acondicionado en los cuartos, perfume barato y toneladas de lubricante y preservativos. Todo el paquete.

Tamara tuvo cuidado de no invitarla a participar. Llevaba tiempo esperando este momento. Debía hacer todo con cuidado y tacto.

—¿Por qué no regresas a los masajes? Donde trabajabas antes —dijo Evelina, fascinada por lo sórdido del tema. Se humedeció un poco, como le pasaba cada que hablaba picardías. Tamara detectó su entusiasmo.

—Unas amigas y yo vamos a rentar una casa para clientes viaipí.

Evelina dejó escapar otra risita de nervios. Sus pantaletas estaban ensopadas de flujo vaginal.

—Yo no podría hacer eso. Entregarme a un sujeto asqueroso como Abel, por ejemplo. Ni por todo el oro del mundo.

—Me he revolcado con peores. Pero no te entregas. No cuando hay dinero de por medio. Usas lubricante, obligas al cliente a usar preservativo, jamás lo besas. Le dices que está bien dotado, que tiene un pene muy rico, que lo mueve muy bien y listo. Nunca hay intercambio de fluidos.

—Aun así, me parece mucho sacrificio.

—En esta vida nada se consigue sin sacrificio, pero hay que ver qué tipo de sacrificio —dijo Tamara—. Sacrificándote en una fábrica lo único que conseguirás es una úlcera y un reloj como regalo de cinco años.

A Evelina la tomó por sorpresa la contundencia en las palabras de su compañera. Como si aquella masajista sin la escuela secundaria fuese poseedora de algún tipo de sabiduría milenaria. Por supuesto que entendía lo que decía. La comprendía perfectamente. Y sabía que tenía la razón. Tamara hablaba su mismo idioma, sólo que más claro. Mucho más claro. De hecho, Evelina siempre lo supo: en esta vida nada que valga algo la pena se adquiere sin sacrificio. Siempre estuvo consciente de ello. Le sorprendió que alguien más se lo hubiese dicho.

—A ti a y mí nadie nos dio nada —dijo Tamara—. Luchamos para salir del pozo. No esperes a que un niño rico y guapo venga por ti a una fábrica infernal porque eso nunca pasará. Sí, estamos guapas y bonitas, ¿y eso qué? ¿De qué nos sirve si no lo sabemos utilizar? Yo vine a hacer dinero a Tijuana y no me pienso ir hasta conseguirlo. Ya me chingué mucho.

Evelina no se atrevía a decir *ile entro!* Lo intentaba pero las palabras no salían de su boca. Aún no. Tamara tendría que ayudarle.

—¿Le entras? —dijo la chaparrita.

—¿A qué? —tartamudeó Evelina.

—Sabes muy bien de lo que te hablo. ¿Le entras o no? Vuelve a tomar el control de tu vida, Evelina. Tú puedes.

—Le entro.

—Así se habla. Tú y yo vamos a salir adelante, no te preocupes. Un policía amigo mío nos va a proteger.

—¿Qué?

—Como lo oyes, empezamos la próxima semana. Estábamos esperando una güerita como tú. Somos puras morenas.

—Hay un problema: el doctor del Seguro Social me dejó muy fea la panza.

Tamara dejó escapar una carcajada.

—Los hombres no se fijan en eso. Ellos sólo quieren coger con otra vieja que no sea su esposa. A mí me dejaron igual y trabajé hasta que me lo quité.

—¿Cómo te lo quitaste?

—Ahorrando. Conozco un cirujano que cobra barato.

—¿Crees que me alcance? —dijo Evelina, cada vez más emocionada.

—Por supuesto. Ya verás que en medio día vas a sacar lo que sacabas en la fábrica en una semana.

—¿Tanto?

—Eso no es nada.

Diego se opone a la boda de su hija

D iego Lizárraga se veía en el espejo de su recamara. Usaba cadena y esclava de platino. Cambió el oro por el platino, al igual
que hizo con el tráfico de droga por el Océano Pacífico, lo cual cambió por la pesca de camarón azul, de exportación. Don Diego tenía
cincuenta años de edad. Se alistaba para la boda de su hija. Sonó el
teléfono a su lado. Contestó. Era su yerno:

—Suegro, necesito ese barco.

—Lo hablé con tu padre: me salí de la maña. Se lo dejé bien claro. Estuvo de acuerdo.

—Mi papá está muerto. Además: de esto nadie se sale.

—Te vas a quedar con mi hija, ¿qué más quieres? Platicamos
cuando regresen de su luna de miel. ¿Qué te parece?

Diego seguía parado frente al espejo. Ya no era el narcotraficante impetuoso de hace veinte años pero se sentía fuerte. Podía contra
Raymundo y veinte como él. Le preocupaba su familia. Lo que les
pudiera pasar a su mujer e hija. El matrimonio de ésta con Ray Vega
era algo que no podía impedir, pero podía evitar regresar a la vida
que dejó atrás. El capitán de su barco y sus pescadores eran gente ho-
nesta y trabajadora. No le quedaba ni un pescador de paquetes sella-
dos. Tendría que operar él mismo la embarcación en caso de aceptar.

No, pensó. Imposible. Demasiado riesgoso. Se sirvió una copa de
Remy Martin. Su compadre decía que el coñac era para putos, pero
su compadre era un alcohólico, incapaz de saborear el licor que se
tragaba.

Maldijo la hora en que le dieron piso a su compadre. Jamás creyó que lo resentiría tanto. Al principio lo tomó como buenas noticias. Su ejecución. Estaba contento. Aunque lloró en su funeral. Lágrimas de cocodrilo. Quién iba a pensar que su ahijado saldría tan emprendedor.

¿Por qué no les dieron piso a ambos, si iban juntos? No hubiese sido posible, el muchacho tenía trece años en aquel entonces. La ejecución ocurrió en tiempos en los que todavía había modales.

—Diego, ¿estás listo? —gritó Olivia, su esposa, desde la planta baja.

—Ya casi —dijo Diego Lizárraga.

El Zar del Marisco terminó de alistarse para asistir a la boda de su hija.

Luego de entregarle su hija a Ray, durante la misa católica, Diego se sentó, se hincó, se paró, se volvió a hincar, se sentó, se levantó otra vez, se persignó, se hincó, se sentó, se levantó, se persignó otra vez, saludó de mano a veintitrés personas, se hincó de nuevo, se sentó y se levantó para recibir la hostia. Diego hizo todo esto porque se consideraba católico. No le gustaba complicarse demasiado las cosas. No conviene buscarle tres pies al gato, pensaba Diego.

Y es que Diego Lizárraga desconfiaba de las palabras. Desconfiaba de las personas que hablaban mucho. Sentía que hablaban tanto que no escuchan a sus cerebros. Preferían hablar. Desconfiaba de las personas que lo querían convertir en ateo y en comunista. Como su cuñado Víctor, quien se negó a entrar a la iglesia.

Víctor vive resentido con el mundo, pensaba Diego. Sin dinero en los bolsillos. Siempre blasfemando. Prueba irrefutable de que Dios provee.

Además de su fe ciega en la Santísima Trinidad, concepto que jamás intentó descifrar, Diego también creía en el beisbol. Específicamente el jugado en la Liga Mexicana del Pacífico, a la que pertenecía su equipo, los Camaroneros de Bahía de Venados. Por cuarto año consecutivo compró las entradas para toda la temporada en el estadio. (Palco central.) Ponía poca atención al partido. Lo que más le gustaba era la cerveza, las edecanes, los cacahuates, las salchichas y la frescura del estadio, al que, por estar cerca del Océano Pacífico, le llegaba de lleno la brisa marina.

Ahí mismo, al finalizar un partido contra los Tomateros de Culiacán, don Diego consiguió el teléfono de su amante. La edecán contratada por la cervecería Pacífico. Lorena Guerra era su verdadero nombre, pero ella decía que su apellido paterno era Reyna. Sus compañeras la conocían como la Morena. Diego Lizárraga no dejaba de pensar en ella mientras transcurría la boda de su hija con Raymundo Vega. Lorena le pidió que lo dejara todo por irse con ella. Que no le importaba su dinero —con el que pagaba la renta de su condominio frente a la playa—, ni sus regalos, ni su camioneta del año. Que lo quería a él. Diego Lizárraga no le creía pero, aun así, se sentía tentado a hacerle caso sin importarle más nada. La señorita Guerra ejercía ese tipo de influencia sobre los hombres.

—Déjale los barcos a tu esposa —le propuso Lorena—. Déjale todo y vente conmigo, amor.

—No sabrían administrarse —dijo Diego Lizárraga—. Lo perderían todo.

—Para eso tienen al gordito con el que se casará tu hija. Él las va a mantener usando tus barcos para transportar su droga.

—¿Cómo puedes decir eso?

—Es la verdad. ¿Acaso te hicieron caso cuando les dijiste la clase de persona que es el Mantecas?

—¿Eso qué tiene que ver?

—Que eres un cero a la izquierda en esa familia.

—No tendríamos de qué vivir.

—Te equivocas. Tienes tus camiones y yo a mi hermano Roberto, que sabe manejarlos.

Aquí es donde cualquier persona sensata hubiera percibido las señales de alarma, pero don Diego, acostado en la cama de la señorita Guerra, hipnotizado por ésta, hizo caso omiso a estas señales.

—Tienes todo tu plan bien trazado —observó don Diego.

La Morena esbozó una sonrisa cargada de malicia:

—Si lo sueñas, es posible.

A mi manera

Un día después de la boda de su hija con Raymundo Vega, don Diego le pidió el divorcio a Olivia en la sala de su casa.

—¿Por qué me dejaste de querer? —lloró la mujer.

Diego se preguntó por qué nunca podía platicar serenamente con Olivia. Siempre lloraba. Por esto apreciaba tanto la frialdad de Lorena. Esa sobriedad con la que expresaba sus puntos de vista, sin jamás exaltarse.

—Diego —dijo Olivia—, ¿qué fue de nosotros? ¿Ya no me amas?

Otra vez esa palabra tan empalagosa, pensó Diego. ¿Quién ama hoy en día?

—Claro que te amo, eres la madre de mi hija, pero lo nuestro se acabó. No lo tomes a mal. No te faltará nada.

Olivia cogió una estatuilla de porcelana y amenazó con rompérsela a su marido en la cabeza.

—Adelante —dijo Diego—. Hazlo.

Olivia regresó la figurilla a su lugar en la mesa de centro:

—Ojalá y te mueras.

—Ya me tengo que ir.

—Vete con esa puta. Al poco tiempo estarás de vuelta, rogándome.

—Adiós.

Diego Lizárraga ya se iba.

—¿Es porque dejé que Vanesa se casara con Ray? No fue mi culpa. Fue decisión de ellos.

—Lo sé —reconoció el Zar del Marisco.

—¿Entonces por qué me castigas? ¿Hubieras preferido que tu hija se casara con un muerto de hambre? Al menos el Mantecas tiene con qué mantenerla. No es el mejor partido pero le pudo ir peor. ¿Y si se hubiese casado con un bueno para nada? En lugar de eso se casó con un narco que pesa doscientos kilos, ¿qué tiene eso de malo? Sabemos que en poco tiempo se va a morir de un infarto o lo van a matar, entonces, ¿por qué preocuparse?

Diego Lizárraga le ofreció un Raleigh a Olivia, esta lo aceptó. Se lo encendió.

—No te culpo de la boda de Vanesa con Raymundo. Ella así lo quiso. Ni modo.

El Zar del Marisco encendió su cigarro.

—Además: se ve que se quieren.

Diego Lizárraga se puso muy serio.

—Sospecho que el gordo se casó con nuestra hija para obligarme a que le preste mis barcos.

—¿Qué? —exclamó Olivia, consternada.

—Me tiene amenazado. Me lo dijo el mismo día de la boda. Tiene un cargamento de droga listo para que yo se lo mueva. Llevo una semana dándole largas.

Olivia caminó de un lado al otro de la sala, sin parar de fumar.

—No puede ser. Ya no te dedicas a eso. Tampoco tus trabajadores. Ellos no saben nada de nada.

—Es lo que le dije.

—¿Y sus barcos?

—Uno lo está reparando y el otro lo tiene ocupado. Por eso me pidió el favor.

—Pobre de mi hija. Está siendo usada… ¡Hay que decirle!

—No serviría de nada.

—¿Y qué vas a hacer?

—Tengo pensado transportarlo por tierra.

—¿En uno de tus camiones?

—Así es.

—¿Y quién lo va a manejar?

—No lo sé. Parece que yo mismo.

—Estás enfermo de tu presión. Te puede pasar algo. ¿Por qué no te buscas a otro? ¿Qué tal mi hermano? Págale bien y lo hará.

—A ese inútil de todos modos lo mantengo, para que pueda seguir filosofando a gusto. Cada que lo pongo hacer algo, lo hace mal.

—Víctor se siente humillado por ti.

—Lo disimula muy bien cuando me arranca los billetes de la mano.

—Víctor ya no es el mismo de antes. Ya maduró.

—En la boda lo noté muy sospechoso. No quiso entrar a la iglesia. Antes de que iniciara la misa lo escuché despotricando en contra del catolicismo, por sus crímenes contra la humanidad.

—Víctor estará más que contento de poderte ayudar. Aunque sea para pagarte uno de los tantos favores que le has hecho.

—Está bien, mujer. Lo voy a pensar.

Olivia volvió a perder el control:

—Pobre de nuestra hija. ¡En manos de quién ha caído!

—No te preocupes por Vanesa.

Olivia puso cara de indignación:

—¿Cómo puedes decir eso?

—Desde que está con Ray sale cada semana en las primeras páginas del periódico.

Al decir *periódico* Diego Lizárraga se refería a la sección encargada de cubrir los eventos sociales de la clase alta de Bahía de Venados. Los festejos de pobres —bodas, bautizos, piñatas y quinceañeras— también figuraban, pero jamás en la primera plana. Para figurar en la primera plana de la sección *Sociedad* no sólo había que ser rico sino de abolengo. Raymundo consiguió esto —a pesar de ser nuevo rico— gracias a que estudió en la escuela católica donde se matriculaba la gente más bonita de Bahía de Venados y donde trabó buena amistad con los muchachos de buen apellido, soportando sus humillaciones e incluso comprando su amistad con el dinero de su padre narcotraficante. Olivia cambió de tema:

—Entonces es definitivo. Te vas.

La mujer sintió una enorme rabia emerger de su vientre.

—No te voy a rogar —gruñó—. Es lo mejor para ambos. Esto se acabó hace tiempo. Me dejas por una puta más joven pero me pondré más bonita, me voy a conseguir a alguien y lo voy a mantener con tu dinero.

Tan pronto pronunció esto Olivia supo que ella hablaba en serio. Que no estaba blofeando. Que cumpliría su promesa. No había misterio en ello.

—Está bien —expresó el Zar del Marisco.

—¿Hablarás con mi hermano? —dijo la mujer, más tranquila.

Diego Lizárraga respondió de manera afirmativa.

—Nos vemos.

Olivia no azotó la puerta. La cerró con suavidad y se preparó un trago mientras el Zar del Marisco echaba a andar su vehículo. Le costó trabajo creer lo bien que su esposa se tomó la separación. Fue más fácil de lo que pensó. Antes de arrancar volteó a ver la casa donde creció su hija. Donde vivió los últimos veinte años de su vida. Recordó cuando era de tan sólo una recámara, antes de que comprara los terrenos aledaños y la convirtiera en una de cinco, con espacio para tres coches. Dejaba todo esto por unas piernas que parecían moldeadas por la mismísima mano de dios. Diego Lizárraga determinó que esto que hacía valía la pena, antes de meter el embrague y la primera velocidad. Condujo directo hacia el condominio frente a la playa. La señorita Guerra lo recibió con un beso. Luego de ducharse juntos Diego Lizárraga le propuso a Lorena festejar su primera noche de libertad en el Oyster Warehouse, un exclusivo restaurante frente a la playa ubicado a un par de cuadras. La Morena tenía hambre, el sexo en la ducha le abrió el apetito, por lo que aceptó gustosa la invitación de su amante. El Zar del Marisco la besó dentro del elevador.

—¿Nos echamos otro palo aquí? —dijo.

A la señorita Guerra le cansaba la humanidad de Diego Lizárraga arriba suyo y le cansaba sentir el asco que le inspiraba pero más le cansaba la manera tan burda que tenía de expresarse cuando estaba excitado. Lorena encendió un Salem.

—Eres todo un poeta —apuntó.

El Zar del Marisco sonrió apenado. Regularmente no era tan prosaico. Se encontraba ebrio de excitación. Tan vigoroso como un quinceañero. Estaba seguro de poder hacer cincuenta lagartijas ahí mismo. La señorita Guerra lo rejuvenecía.

—Lo siento.

Lorena calzaba zapatillas de charol y tacón alto y lucía un vestido ligero color negro. Al salir del lobby la pareja atravesó el jardín por un sendero bordeado por palmillos y helechos. La luna se reflejaba en el agua clorada de la alberca. El murmullo de las olas llegaba a ellos desde el otro lado de la Avenida del Mar. En el malecón había turistas tomando fotografías, los lugareños haciendo ejercicio, parejitas acurrucadas y una gran variedad de vendedores ambulantes. No te preocupes, pensó Diego Lizárraga, lo estás haciendo bien. Lo estás haciendo muy bien. Es tiempo de cosechar lo sembrado. No has dejado desamparadas a tu esposa ni a tu hija. Es tiempo de ver por ti. Como la noche era fresca e ideal para un paseo a pie, llegaron caminando al Oyster Warehouse. Diego Lizárraga sabía que no necesitaba hacer reservación ya que, además de ser un cliente frecuente del restaurante, era su principal proveedor de marisco, por lo que recibía trato preferencial. La hostess hermosa —no tan hermosa como la Morena— le pidió a la pareja que esperara un minuto afuera, ya que su compañero se encontraba limpiando la mesa con vista al mar. Desde la terraza aledaña a la acera un trío interpretaba "A mi manera", versión bolero. Diego Lizárraga estimó que era la canción perfecta para la ocasión: Lorena, la luna, el mar, ¡su libertad! Conmovido como estaba, el Zar del Marisco se tuvo que morder la mano para no llorar. La hostess se sintió incomodada por el extraño comportamiento del señor Lizárraga.

—¿Qué te pasa? —exclamó la señorita Guerra, avergonzada.

—*Quizá yo desprecié aquello que no comprendía* —canturreó el Zar del Marisco, a lo bajo y entre dientes, para que nadie se diese cuenta—. *Hoy sé que firme fui y que afronté ser como era, y así logré vivir pero ¡a mi maneeeraaa!*

Diego Lizárraga paró de cantar y besó a Lorena, bajo la luz de la luna:

—Llevo años soñando con este momento, pero nunca creí que fuese posible.

—Si lo sueñas —dijo la mujer, entrando en personaje—, es posible.

—Su mesa está lista —anunció la hostess y la pareja entró al restaurant, donde celebraron el inicio de su nueva vida juntos con ostiones Rockefeller, langosta Thermidor y Dom Pérignon.

Territorio enemigo

Diego Lizárraga conocía el Playa Girón, un bar para periodistas y profesores ubicado en la parte de la ciudad conocida como Puerto Viejo, donde abundaban los sombreros panamá, los cuerpos sin músculo y las barbas de candado estilo Trotsky. La taberna estaba decorada con afiches enmarcados del Che Guevara. Afuera, un cartel rezaba:

TROVA Y CANTO NUEVO EN VIVO

Dentro, El Zar del Marisco destacaba como travesti somalí en reunión del Ku Klux Klan. La mayoría de la clientela iba desaliñada y usaba el pelo largo. Un cantante en el escenario le pedía a dios que lo injusto no le fuese indiferente.

Muchos años después, cuando el propietario del Playa Girón comprendió que un bar para intelectuales decorado con afiches del Che Guevara y amenizado con trova era un horroroso cliché, cambiaría la decoración y metería un conjunto de cumbias. Para ese entonces sería demasiado tarde y su antigua clientela no querría tener nada que ver con el Playa Girón.

Víctor se encontraba en la barra, observando la vida a través de su bebida color ámbar. Se dirigió a la cantinera:

—Disculpe usted mi morfosintaxis, pero lo que está ocurriendo aquí es una prosaica argucia del ínclito dinosaurio antropomorfo que tenemos por dirigente, quien intenta aprovechar la abulia generalizada, la cual me está invitando a la defección definitiva —dijo Víctor—, en una suerte de apostasía irónica para un servidor, quien siempre se ha mofado de las diásporas ideológicas.

La cantinera era una mujer rolliza que escuchaba a Víctor con cara de enfado. No entendió una palabra de lo que éste le dijo. Lo veía con desprecio. Pero lo peor no era la pretensión inherente a la clientela bohemia del Playa Girón, sino que además eran una bola de tacaños que no dejaban propina. Ellos defendían a la clase trabajadora con sus escritos, no con sus monedas. Me urge conseguirme otro empleo, pensó la cantinera. Extrañaba su antiguo jale en la cantina vaquera El Toro Bravo, donde le iba muy bien.

—¿Interrumpo? —dijo Diego Lizárraga.

Víctor abrazó a su cuñado:

—¡Hermano!

El Zar del Marisco se quitó de encima a Víctor Valdez.

—No me abraces, hijo de la chingada.

—Tenía muchas de ganas de verte. No creas que para pedirte dinero. Al contrario, para avisarte que tendré con qué pagarte. Le ando escribiendo los discursos al candidato oficial. Cuenta con una conciencia social muy fuerte, fue lo que me convenció. Me dará hueso en el Instituto de Cultura, si gana.

—Y yo que venía a proponerte un negocio.

—¿De qué se trata?

Diego Lizárraga le preguntó si sabía meter doble embrague.

—Aprendo rápido, por eso no te preocupes. Nomás dime, ¿qué transportaré?

—¿Tú qué crees?

Víctor Valdez abrió mucho los ojos.

—¿Eso?

El Zar del Marisco dijo que sí con la cabeza.

—Pero ya no te dedicas a eso.

—Las circunstancias me obligan.

—¿El esposo de Vanesita? Detesto vivir en un sistema podrido que permite que mi sobrina se case con escorias como Raymundo Vega.

El Zar del Marisco lo interrumpió:

—Párale a tu cantaleta comunista. Sólo quiero saber si le entras o no.

Víctor Valdez puso su mano en el hombro de su cuñado:

—Si le entro, ¿estaré ayudándote a salir de un aprieto?

—No sólo a mí, sino a Vanesa, y a tu hermana también, además del dinero que ganarás como comisión.

—El dinero no me interesa.

—Eso lo sé, pero de todos modos te lo detendré, para cuando lo necesites. ¿Entonces le entras?

—Le entro porque ¿qué es la droga? Una válvula de escape de esta sociedad hipócrita, podrida y nefasta en la que vivimos. Por tanto, transportarla de un punto a otro, no considero que sea un...

Diego Lizárraga volvió a interrumpir a su cuñado:

—Mañana, a las diez. Te espero en mi oficina.

Al salir del Playa Girón, el Zar del Marisco pasó junto a una mesa ocupada por un profesor de literatura y su alumna. Él bebía whisky escocés, ella mezcal. Esa mañana, en su salón de clases, el catedrático le dijo que la estudiante si quería aprobar la asignatura Posmodernismo I, la vería en el bar Playa Girón. La jovencita creía merecer un diez en el examen. Su mejor amiga le pasó las respuestas un día antes y las puso tal cual en los espacios en blanco. No supo qué salió mal pero asistió a la cita porque su maestro era una autoridad en la obra del peruano Benjamín Alvarado y ese tema le interesaba. No tanto como para leer alguna de sus novelas, pero de que le interesaba, le interesaba. Y cómo no, si Benjamín Alvarado, a raíz de su inmolación, era el autor de moda en su universidad. Todos los chicos guapos se paseaban por el campus con un ejemplar de *El pueblo fantástico* (Columpio Editores, 1979) bajo el brazo. Y los no tan guapos también.

La cita con su profesor podría proporcionarle a la alumna claves que le facilitarían la lectura de *El pueblo fantástico*. Novela densa y oscura. Leída por muchos pero entendida por pocos.

El profesor encendió un cigarro marca Delicados. Como ocupaba un prestigioso puesto de investigador en la universidad, el catedrático ganaba bien, pero fumaba cigarros económicos y sin filtro porque sentía que lo hacían lucir más salvaje, a la vez que le daban

172

credibilidad proletaria, y él se consideraba un hombre muy identificado con los obreros de las fábricas (a pesar de jamás haberse acercado a menos de cien metros de una factoría). El que condujera coche del año, viajara en Concord y tuviese a sus hijos en colegios privados jamás borraría su extracción humilde, de la cual estaba más que orgulloso. (En realidad, el profesor nació y creció en el seno de una familia de clase media, pero pasaba tanto tiempo presumiendo sus orígenes proletarios que acabó creyéndoselos.)

Para el investigador su alumna tenía cuerpo de tentación y cara de arrepentimiento. A sus espaldas la apodó la Camarona porque sólo el cuerpo le servía. Esta explicación extrajo carcajadas de un par de sus colegas. El profesor ignoró a la Camarona todo el semestre para concentrarse en metas más altas: rubias bonitas de cuerpo y de cara. Luego de ser rechazado por estos objetivos, se conformó con la Camarona. Los años no pasan en vano, pensó. El catedrático se dejaba el pelo largo, pero era evidente que esto no era suficiente para lucir más joven y atractivo. En realidad, tenía el efecto contrario, ya que hay pocas cosas más deprimentes que un profesor calvo, canoso, panzón, con saco de pana, acosando alumnas.

Bueno, pensó, no me puedo pasar toda la noche echando de menos mis años mozos. El catedrático decidió que era hora de entrar en personaje. Procedió a hablarle a su bebida, como Hamlet hablándole al cráneo de Yorick, e ignorar por completo a la Camarona:

—Benjamín Alvarado tuvo el coraje de escribir su obra maestra sin tomar en cuenta las vulgares normas del mercado editorial, apelando a la inteligencia de un descifrador capaz de digerir una prosa que subvierte el lenguaje. *El pueblo fantástico* exige lectores activos, dispuestos a no perder rastro del avance en espiral de la narración ni de su laberinto de espejos.

—Qué interesante —dijo la jovencita.

Gracias al exceso de mezcal, el profesor llevaría a una semiconsciente Camarona a un motel ubicado a las afueras de Bahía de Venados, donde no logró conseguir una erección, gracias al exceso de whisky.

Diego Lizárraga le llamó a su yerno desde un teléfono público. Ray Vega le preguntó si tenía su barco listo.

—De eso quiero hablarte, ¿te veo en tu casa?

El Mantecas le propuso hablar en su oficina. El Zar del Marisco subió a su Ford Bronco y condujo hasta el parque industrial ubicado frente al muelle, donde se encontraba la congeladora/empacadora de camarón, propiedad de Ray Vega.

Antes de permitirle el paso al interior de la nave industrial, el guardia le entregó cofia, overol, cubrebocas y cubrecalzado a Diego Lizárraga, todo lo cual éste se puso. Empacaba camarón el turno nocturno. La temperatura era baja para conservar el producto. El Mantecas volvió a preguntarle si tenía su barco listo.

—No, pero te puedo ayudar a mover tu pedido por tierra, en uno de mis troques. Mi cuñado y yo lo recogemos en el barco y lo traemos al puerto. No quiero que mis trabajadores tengan que ver con esto.

—¿De ahí qué?

—Lo subimos al tráiler y lo llevamos adonde quieras.

—Necesitamos dos —dijo Raymundo Vega.

El Zar del Marisco puso cara de extrañeza. Se quitó el cubreboca y la cofia.

—Dijiste que era una tonelada nada más.

—No quiero correr riesgos. Conozco al general de la zona militar. Necesita dos troques. Uno lo llenamos con marihuana de monte. Es el que agarran. El que sale en la tele y en los periódicos. Mi kush de Afganistán, ésa la dejan pasar.

—¿Qué va a pasar con mis troques?

—Va a perder uno. Se lo voy a reponer. Independientemente de su paga.

—¿Y cuando el número de serie del motor los lleve a mí? —dijo Diego Lizárraga.

El Mantecas dejó escapar una carcajada.

—¿Habla de una investigación? Ellos sólo quieren ser retratados mientras queman la mota. Lo demás no les importa.

—¿Tienes quién los conduzca?

—¡Por eso acudo a usted! Los troques no me importan. ¡Yo los puedo comprar! Lo que no tengo es gente de confianza. Indalecio,

Melitón y Nicéforo están guardados. A Lauro y Próspero les dieron piso.

Diego Lizárraga volvió a poner cara de extrañeza:

—¿Por qué no te sales de la maña? Tus negocios honestos tienen para hacerte vivir bien.

—Ya se lo dije: de esto nadie se sale. Además, la congeladora no me daría para tener contenta a Vanesa. A ella le gusta lo bueno, salir en el periódico, pasársela de fiesta en fiesta. Por si fuera poco, uno de los amigos de su hija conoció a Hugo Morán.

—¿El colombiano?

El Mantecas respondió de manera afirmativa.

—¿Quién es el amigo de mi hija?

—Tote Heinrich.

—También era tu amigo, ¿no?

Ray Vega dejó escapar un suspiro y puso cara de cansancio.

—Él y todos los niños bonitos de Bahía de Venados. Pero ya no tengo tiempo para ellos. Me quitan más de lo que me dan.

Diego Lizárraga dejó escapar una risita burlona:

—Tanto que gastó tu padre en escuelas caras para que te relacionaras con ellos.

—Con la mayoría me llevo bien, pero este idiota, Tote Heinrich, le dijo a Hugo que él vivía en Bahía de Venados y que acá tiene un yate y que podían trabajar juntos.

—¿Por qué no le das piso?

—Vanesa no me lo perdonaría. Usted sabe cómo se pone… Tiene que ayudarme con esto, don Diego. Hugo va a venir la próxima semana. Le dije que lo de su barco era cosa segura. Si decide hacer sus negocios con Tote Heinrich, ya no me protegerá y estaré acabado.

Diego Lizárraga llegó al condominio que compartía con la señorita Guerra. El hombre se quitó la corbata. Lucía estresado. Lorena apagó el televisor. Le preguntó dónde había estado.

—Necesito otro conductor —respondió el Zar del Marisco.

La Morena puso cara de extrañeza. Diego Lizárraga rehuyó la cara de la mujer. Apenado.

—No te lo dije, pero antes de irme de la casa hablé con Olivia.

—¿Le dijiste lo que te pidió el Mantecas?

—Tuve que hacerlo —dijo el Zar del Marisco—. Olivia me propuso a alguien para que conduzca el tráiler hasta la frontera.

—¿Además de mi hermano?

Diego Lizárraga estaba más confundido que nunca:

—¿Qué tiene que ver tu hermano?

La Morena señaló a Diego Lizárraga con el dedo índice:

—Te dije que nos ayudará con nuestro negocio de transportación. Tú dijiste que sí.

La cara del Zar del Marisco adoptó un semblante pensativo.

—Lo olvidé —reconoció, llevando una mano a su mentón.

A Diego Lizárraga se le ocurrió una idea.

—Necesitamos dos troques —exclamó—. Un señuelo que llenaremos con marihuana de monte, para que parezca que los militares están haciendo su trabajo, y otro troque cargado con kush. El señuelo lo puede conducir tu hermano. El segundo, mi cuñado.

Lorena desabotonó la camisa de su amante.

—Será al revés —dijo, ante de desvestir al Zar del Marisco.

Trampas como nosotros

La fonda El Oasis se encontraba a cien metros del retén militar El Tecolote, en la intersección de la carretera a Estación Naranjo y el camino a Monte Río. Por ser un lugar de descanso para viajeros y transportistas, la actividad en el negocio de la viuda Carmen Chávez no paraba. La señorita Guerra llegó por primera vez al Oasis cuando contaba con catorce años de edad y acompañaba al trailero Óscar Duarte, quien transportaba aguacate Hass. Óscar Duarte era un jovencito moreno, delgado y con ojos dormilones. El Blanca Nieves se molestó cuando vio llegar a Óscar acompañado de Lorena.

—Llevo días esperándote y resulta que me cambiaste por esa lagartija —le reprochó—. Lo nuestro se acabó.

La señorita Guerra se encontraba en el sanitario de mujeres. Ramón Higuera dio media vuelta. Óscar comprendió que estaba enamorado del Blanca Nieves y que no le gustaban las mujeres sino los hombres.

—Siempre te dije que te vinieras conmigo pero nunca quisiste —dijo.

La clientela del Oasis paró de consumir alimentos para poner atención a la escena romántica.

—Sabes que no puedo abandonar mi trabajo —argumentó Ramón Higuera.

—Claro que puedes —exclamó Óscar—. ¡Será una aventura! Viajaremos por todo México.

El Blanca Nieves le explicó a Óscar que si dejaba su trabajo de estilista, no tendría dinero.

—No me importa tu dinero —aclaró el muchacho—. Me importas tú. Déjalo todo y vente conmigo.

Los comensales del Oasis suspiraron, enternecidos por la escena de amor que atestiguaban. Ramón Higuera le preguntó a Óscar si estaría dispuesto a abandonar a su novia. El jovencito afirmó que lo amaba a él y a nadie más. El Blanca Nieves aclaró que debía ir por unas cosas a su casa. Óscar dijo que él lo llevaría. Ambos hombres se fueron a vivir a Tijuana, donde Óscar moriría de sida a los dos años de establecerse en esa ciudad fronteriza.

Lorena se maquilló de manera exagerada y con cosméticos baratos. Salió del sanitario pintada como payaso torpe con mal de Parkinson. Notó que el tráiler de su pareja no estaba donde Óscar lo estacionó. Había caído la noche. La adolescente regresó a la fonda. La rocola reproducía "Te solté la rienda", a cargo de Alicia Juárez. La señorita Guerra le preguntó a la propietaria del Oasis por su novio.

—¿Quién es? —dijo Carmen Chávez.

—Es un muchacho moreno y delgado. Maneja un Kenworth chatito.

La viuda puso la vista en el techo y dejó escapar un suspiro.

—Tu novio se fue con el Blanca Nieves —le informó—. Cómo puede ser que ese muchacho te dejara aquí abandonada...

La adolescente no lucía afligida.

—¿Sabe de alguien que vaya al norte?

—Sé de muchos pero no te recomendaría a ninguno. Caerías en peores manos. ¿De dónde eres?

Lorena dijo que era de Michoacán. Carmen Chávez le preguntó si no deseaba regresar a su casa. La adolescente respondió que no. La propietaria del Oasis respetó su decisión y le ofreció empleo, como una manera de ayudarla porque la señorita Guerra tenía ángel. En otras palabras, le cayó bien. La flaquita despertó el instinto maternal de la viuda. Le recordaba a la hija que nunca tuvo. Lorena aceptó la oferta laboral que se le presentó. La mujer le procuró un mandil a la jovencita, quien, en su primer día, dejó caer un plato sobre un comensal que le pidió su número telefónico. Fue un error de cálculo.

Le aseguró al cocinero que sí podría con la charola llena de comida pero resultó que no. No sabía que el hombre tenía esposa e hijos hasta que Carmen Chávez se lo informó.

—Aléjate de los casados —le indicó, como parte de su entrenamiento. Luego le explicó que el platillo fuerte se sirve con la mano derecha y que no hay que dejar por más de cinco minutos los muertos (trastes sucios) en la mesa.

Las torpezas iniciales de Lorena no impacientaron a la propietaria del Oasis, ya que una jovencita tan bonita como ella atraía clientela. Además, la señorita Guerra era trabajadora. No tardaría en aprender el arte del mesereo.

El trailero Roberto Reyna no había conocido a una mujer tan ligera y elástica como Lorena. Le gustaban más las rollizas pero tenía que reconocer que las delgaditas tenían sus ventajas. Le preguntó con cuántos troqueros había estado. La adolescente dijo que él era el primero.

—No deberías de estar en un lugar como éste. No me refiero a esta cabina. Me refiero al Tecolote. Una muchacha tan bonita como tú. ¿Eres de por aquí? Jamás te había visto.

Lorena le contó a Roberto Reyna que era de Michoacán y que su esposo la dejó por otro hombre. Roberto Reyna pasó sus manos por las piernas flacuchas de la señorita Guerra. Le encantaban. Le encantaba todo de ella. Sus pechos pequeños y su piel de bronce, como de apache. Hacía mucho tiempo que no sentía algo así por una mujer.

—Llevaré esta carga a Juárez —dijo—. Volveré en un mes. Prométeme que me esperarás. Creo que tengo algo para ti en Bahía de Venados. Te puedo conseguir trabajo allá.

A Lorena le atrajo la idea. Escuchó que Bahía de Venados era un lugar muy bonito, donde se comía buen marisco. Varias telenovelas fueron filmadas ahí. Además de esto, la adolescente se sentía atraída por Roberto Reyna, de quien se despidió de beso. Los meses pasaron, llegó la navidad, el año nuevo y el día de los Santos Reyes. La señorita Guerra no volvió a saber de Roberto Reyna. Se sintió burlada y engañada por él. Dejó de trabajar para Carmen Chávez. Conoció a infinidad de hombres. Desde traileros hasta soldados, pasando por federales de caminos. No se volvió a enamorar. El recuerdo de Roberto Reyna seguía presente en su memoria. Decidió quedarse con Carmelo García, un chimuelo que le prometió curarla de su anemia.

—¿Qué ganas con estar vendiendo tu cuerpo? —farfulló Carmelo—. Morirás si continúas este tipo de vida. Estás muy chiquita. Debes comer algo. Necesito una mujer. Vente conmigo. Todos estos hombres con los que te metes están casados, vienen de pasada. Yo soy de aquí. No tengo mujer. Vengo contigo cada que junto dinero. No quiero verte de esta manera. En mi rancho curaré tu anemia con caldo de iguana. Te quitaré las ojeras —el chimuelo apretó los escuálidos muslos de Lorena— y tendrás carne en tus piernas.

La señorita Guerra estuvo de acuerdo con lo que Carmelo farfulló. Farfullaba porque su escasez de dientes hacía apenas comprensible lo que decía. La rociaba de apestosa saliva cada que hablaba.

La señorita Guerra estaba cansada de la vida que llevaba. Se sabía enferma, desnutrida y adicta a unas pastillas llamadas Adderall. Además, el granjero chimuelo era el único hombre que podía hacer algo por ella. El resto era un manojo de inútiles. Decidió que probaría suerte con Carmelo.

—No te arrepentirás —farfulló el chimuelo—. Cuando te deje lista nadie recordará que trabajaste en el Tecolote. Serás otra. Comenzarás una nueva vida a mi lado, en Monte Río, y tendremos muchos hijos que nos ayudarán con el rancho.

La jovencita se limpió con su antebrazo la apestosa saliva que Carmelo le roció en la cara.

A los meses de vivir con Lorena, el chimuelo cumplió con su promesa de embellecerla, por lo cual consideró prudente colocarle un grillete en el tobillo y encadenarla a su pared de adobes. Carmelo temía que un ranchero más adinerado y atractivo que él le arrebatara a la nueva, radiante y hermosa Lorena. La nueva Lorena era su creación y ningún oportunista sacaría provecho de lo que él logró con tanto esmero. Una mañana de abril Lorena despertó encadenada a la pared, con el grillete de metal en su tobillo. No lo podía creer. Al inicio pensó que se trataba de una broma de mal gusto. De pésimo gusto, mejor dicho. Le pidió que la liberara.

—Lo siento —el chimuelo farfulló—, pero siempre fuiste muy coqueta y ahora que estás hermosa gracias a mí no quiero que me traiciones. Voy a traer agua. Espérame aquí sentadita.

Era verdad que Lorena lucía más hermosa que nunca. Más hermosa que cualquier mujer en Monte Río, de hecho. La jovencita sintió lástima de sí misma y lloró. Despreciaba al chimuelo como no había despreciado a nadie en toda su vida.

—Adónde fui a caer —se lamentó—. ¿Cómo fui tan estúpida?

—No digas eso, chiquita. Vamos a ser felices. No te faltará nada —farfulló Carmelo, antes de ir por agua.

Lorena huyó del Chimuelo luego de que el hijo de ambos cumplió un año de nacido. El chimuelo la liberó antes de irse con el niño a comprar víveres, creyendo que Lorena no lo abandonaría ahora que tenían un hijo juntos.

—Libérame —dijo Lorena—. Tienes a mi hijo, ¿adónde me voy a ir?

—Está bien —farfulló el chimuelo—. Pero cocíname algo en lo que vuelvo. Un caldito.

Su relación con Carmelo García fue el primer encuentro de Lorena con los ánimos posesivos de los seres más débiles. Mientras huía de aquella prisión, la mujer se juró a sí misma que jamás se liaría con otra persona de esas características. Ella necesitaba la compañía de alguien fuerte, seguro de sí mismo. Alguien que reconociera el inmenso valor de la libertad. Alguien como Roberto Reyna. Tuvo mucho tiempo para pensar en él y en sus palabras. Concluyó que le dijo la verdad. Que si no regresó por ella fue porque tuvo un percance.

Llegó caminando al Tecolote y le preguntó a uno de los amigos de Roberto por éste. El trailero dijo que lo último que se supo de él fue que Roberto salió de Chiapas con la caja cargada de banano.

—El dueño del troque no lo ha dejado ir. No quiere que regrese con la caja vacía, por eso lo trae de viaje en viaje. Me lo dijo cuando lo topé en Coatzacoalcos.

—¿Para dónde vas?

El troquero dijo que se dirigía a Guadalajara. Lorena le pidió que la dejara en Bahía de Venados. El trailero apreció a la mujer de arriba abajo. Se detuvo unos segundos en sus piernas. Le preguntó cuánto estaba dispuesta a pagar. Lorena dijo que no tenía dinero.

—Págame en la cabina.

Lorena comprendió que cualquiera que la hubiese visto salir del monte en esas fachas —sucia, despeinada y con su vestido roto— la hubiese tomado por furcia. Una muy buena furcia pero una furcia de todos modos. Un regalo de dios. Una oportunidad que no había que desperdiciar, según la lógica masculina.

—Está bien —dijo la mujer—, pero vámonos ya.

Dentro de la cabina el trailero le preguntó si le gustaba cómo se lo hacía.

—Eres el mejor —respondió Lorena.

La Morena jamás se volvería a vender tan barato. De ahora en adelante, quien tuviese la oportunidad de gozar de sus atributos tendría que pagar su precio real.

El *donkey show*

Rigo se encontraba en una bodega de Tijuana, atestiguando el espectáculo orquestado por un fenómeno. No podría llamarle *hombre sin nariz* ya que todas las características humanas del fenómeno parecían estar ahí por cumplir un requisito estético, no por necesidad. Todo en él lucía falso, no sólo su nariz de plástico, sino también su sobrepeso, su tez caucásica, su pelo güero y su piel grasosa. Parecía, más bien, un hombre falso.

Rigo Zamudio le propinó un trago a su Carta Blanca, se quitó su sombrero y se echó aire con él. A Roberto Reyna le pasó por la mente detener el espectáculo de bestialismo pero se acobardó. Ambos hombres se arrepintieron de estar ahí.

—Compadre —dijo Roberto Reyna—, ¿por qué me trae a ver esto? Rigo se encogió de hombros.

—Qué iba a saber —expresó, apenado.

La mujer desnuda apenas toleraba el peso del burro sobre su espalda. Sus brazos y piernas le temblaban. Gemía y se mordía el labio por causa del extremo dolor. Sentía que el pene del animal destrozaba sus interiores. La única cosa que la protegía de los duros cascos del burro era una manta colocada sobre su lomo. La joven gimió más fuerte. Roberto Reyna se avergonzó de ser hombre.

Los gringos se encontraban en la primera fila. El fenómeno era el maestro titiritero que controlaba la voluntad de la mujer. Hacía esto profiriendo palabras exentas de vocales, las cuales la mujer entendía a la perfección.

—*Make her take it from the backdoor* —pidió un güero que luego se casaría con la protagonista del espectáculo.

Roberto y Rigo llegaron ese mismo día a Tijuana en una camioneta repleta de crema de tortuga. La crema de tortuga era otro más de sus planes para hacerse millonarios. Habían leído en la revista Selecciones que la crema de tortuga tenía un efecto milagroso en el tratamiento contra la celulitis. Además del artículo en el *Selecciones*, Roberto Reyna fue testigo de cómo una manada de gringas irrumpía en un minisúper de Bahía de Venados con el objetivo de llevarse todos los frascos de crema de tortuga disponibles en los anaqueles. Más tarde se enteró de que las mujeres habían viajado desde Minnesota nomás para hacerse de este elixir de la eterna juventud.

Roberto Reyna viajó a Monte Río para proponerle a su compadre el entrarle juntos al negocio de la crema de tortuga. Llevaba la revista *Selecciones* en su sobaco. A Rigo Zamudio le interesó la propuesta.

—Hablé con el proveedor —dijo Roberto Reyna—. Es un fraude. La prepara su mamá. Mezcla té árico, esperma de ballena y granolina. Nos deja a cuarenta pesos cada botella. En el minisúper las vendía en cien. Dice que fácil le ganaríamos unos diez mil en el primer viaje. Que no se anima a ir hasta allá que porque está malo del corazón, pero que es negocio seguro.

A la altura del Altar, en el desierto de Sonora, se percataron de que cada frasco había perdido una cuarta parte de su producto, esto por efecto de las altas temperaturas. Ninguno de los dos entró en pánico. Tan sólo sería cuestión de comprar un par de embudos y rellenar los frascos medio llenos. Continuaron su marcha.

Era de día cuando Rigo Zamudio le preguntó al propietario de la Aztlán por un buen burdel. La Aztlán era una tienda de piel, artesanías y *mexican curios* ubicada en la avenida Revolución. Vendía luchadores de plástico, sombreros charros, tableros de ajedrez, playeras, retratos de terciopelo, botas vaqueras, cazadoras de piel, puros, ceniceros de marfil, llaveros y tazas con forma de senos femeninos. El propietario de la Aztlán les compró una docena de botellas.

—Si desean llevarse un bonito recuerdo de Tijuana —dijo—, les recomiendo el *donkey show*.

Rigo Zamudio y Roberto Reyna salieron muy perturbados del *donkey show*. Ninguno de los dos supo qué fue peor: si el acto de bestialismo o la apariencia del fenómeno. La juerga de esa misma noche les ayudó a superar el susto que acababan de sufrir. Roberto Reyna le propinó un trago a su cerveza.

Se encontraba sentado en la barra de la cantina La Ballena.

—¿Qué era esa cosa con la nariz de plástico?

—Lo que haya sido, no era humano —dijo Rigo, igual de asustado que su compadre—. ¿Viste cómo controlaba a la pobre mujer? Con ese lenguaje raro.

—Voy a tener pesadillas.

—Hay que irnos de esta ciudad del demonio. Cuanto antes.

No les fue tan mal a los compadres vendiendo crema de tortuga. Con lo obtenido les alcanzó para pagar la entrada al *donkey show*, la juerga, la cuenta en el hotel, las casetas de cuota y la gasolina. Incluso les sobró. No los millones con los que habían soñado, pero habían hecho buen dinero. Ninguno de los dos regresó arrepentido, aunque tampoco lo harían de nuevo.

Fue en el camino de regreso a Monte Río que Rigo, quizás inspirado por la vastedad del desierto sonorense a ambos lados de la carretera, se puso filosófico, reflexionando seriamente acerca de su edad, las mujeres, el dinero y el futuro que tenía por delante un hombre como él.

—Compadre, ¿puedo hacerle una pregunta? Pero en confianza, sin que se burle de mí.

El equipo de sonido reproducía "Un rinconcito en el cielo", de Ramón Ayala. Se ponía el sol. Era un bello atardecer.

—Por supuesto —dijo Roberto Reyna, quien se encontraba al volante, con la palanca de cambios en la cuarta velocidad.

—¿Usted vería mal que me pintara las canas? ¿O le parece una putería?

—Yo creo que no tiene nada de malo —opinó Roberto Reyna, sin despegar su vista del camino.

—¿Usted se lo haría?

—Pues no sé. Todavía no me salen.

—Creí que haríamos más dinero con la crema de tortuga —se lamentó Rigo, antes de liquidar la muestra de tequila adornada con el pequeño zarape enrollado en el cuello de la botella—. Lo que me preocupa es que me estoy haciendo viejo y es hora que no hago dinero. Hablo de verdadero dinero. Oiga, compadre, ¿se acuerda de la muchachita aquella con la que fuimos a los mariscos en Bahía de Venados? Una morenita muy bonita. ¿Qué fue de ella?

—Es edecán de los Camaroneros de Bahía de Venados. Baila sobre el *dugout* entre entrada y entrada.

—Una muchacha como esa me quisiera comprar. Es lo que le pido a la vida.

—No sabe lo que dice.

—Qué importa que me sangre. No me haría caso por bonito. Estoy consciente de eso. El problema es que no hallo la manera de conseguir el dinero para que una muchacha como esa me haga caso.

—Qué diría mi comadre si lo oyera hablar así —dijo Roberto Reyna.

—A ella la quiero, al igual que a Evelina. Pero ellas son otra historia. Le juro que cada minuto que pasa sin hacerme de dinero siento que se aleja más y más la posibilidad de agarrarme una muchacha como la morenita.

Roberto Reyna pensó que todos los hombres eran unas criaturas muy tristes, patéticas y deprimentes. Él incluido.

—Ya no piense tanto en la chaparrita —dijo—. No le conviene. En el Tecolote le voy a presentar unas muchachas.

—¡Esas güilas! Usted no me está entendiendo. Yo no hablo de eso. Ni siquiera hablo de la morenita. Hablo de todo. Hablo de no conformarse con nada. Tal parece que a eso viene uno a esta vida. A querer siempre lo mejor. Como cuando vamos al palenque y voy con mis pesitos contaditos. Estoy harto de eso también. ¿Estoy mal?

—No que yo sepa.

¿Quién asesinó a Tote Heinrich?

Roberto Reyna seguía disfrutando de la compañía de Lorena. Había algo siempre novedoso en la personalidad de la señorita Guerra que volvía a los hombres adictos a su compañía. Un algo rejuvenecedor y vigorizante. El mismo Roberto Reyna tenía que luchar constantemente contra este deseo de permanecer siempre a su lado. De hecho, Lorena era la única mujer a la que se le había antojado decirle cásate conmigo y llevemos juntos una vida normal, no importa que seamos pobres. Quizá porque sabía que la señorita Guerra le diría que no.

Pero Roberto Reyna no le podía proponer matrimonio a Lorena ni algo remotamente parecido. De hacerlo, la perdería para siempre. Se exhibiría frente a ella como un hombre exento de ambición, necesitado de una mamá. De una mamá que lo cuidara cuando enfermara; de una mamá con la cual se acostaría todos los días porque estaría siempre ahí, disponible, como comida en el refrigerador, no porque realmente la deseara.

Lorena se encontraba en otro nivel de iluminación. La alumna superó al maestro. Era extensa la lista de hombres de los que juntos se aprovecharon con sus triquiñuelas y chantajes, desde que Roberto la metió a trabajar como edecán de Los Camaroneros de Bahía de Venados.

Roberto no podía darse el lujo de abrir su corazón frente a la chaparrita. Mucho menos cuando ambos estaban a punto de llevar a cabo su obra maestra.

Él seguía acostado en la cama, disfrutando los ligeros espasmos del placer postcoital. Ella se puso una playera blanca de él, encendió un cigarro y regresó a la cama. La marca en el tobillo, donde estuvo el grillete puesto por Carmelo, seguía estando ahí, como un recordatorio de hasta dónde podían llegar los seres dependientes y débiles.

—Debes hablar con esa vieja —dijo Lorena—. Le di muchas vueltas al asunto y no se me ocurre otra manera.

Roberto Reyna separó su espalda de la cabecera de la cama, puso cara de extrañeza y la volteó a ver. Quiso saber de qué hablaba la mujer.

—La esposa de Diego ya metió a su hermano en esto —le informó la señorita Guerra—. Un bueno para nada. Quiere que sea él quien lleve la carga.

—Pues recuérdale a Diego que ya tienes quien conduzca el tráiler: yo mero —dijo Roberto.

—El problema es que también necesitan a un pendejo que batee de sacrificio. Un cebo, un señuelo, una carnada. Tú sabes, la cuota que hay pagar con los militares para que salgan en los periódicos y parezca que están haciendo su trabajo.

—¿Y ese pendejo tengo que ser yo?

—Diego dice que no pero no confío en él —le informó la señorita Guerra—. Es muy manejable. Cualquier vieja puede decirle lo que tiene que hacer.

Roberto Reyna abrazó a la Morena de la cintura. Olió el suavizante de su playera.

—¿Qué quieres que haga? —dijo él.

Lorena lo pensó por un momento. Se le ocurrió una idea. La señorita Guerra le dio instrucciones a Roberto Reyna de introducirse furtivamente en el hogar de Diego Lizárraga y contaminar su piscina. Como siempre, el Vaquero Norteño acató al pie de la letra las órdenes de su ama, por más extrañas que le parecieran. La alberca del motel Malibú, donde Roberto Reyna se hospedaba, alojaba todo un ecosistema de reptiles y bichos que parecían extraídos del periodo Carbonífero. El Vaquero Norteño llevó a cabo una limpieza en esta piscina y, en lugar de deshacerse del nauseabundo moho, del caimán y de las alimañas intimidantes, transfirió este ecosistema hacia la piscina de los Lizárraga, junto a una cubeta con excremento de paloma que recolectó del techo y del estacionamiento del motel. Lo más difícil fue atrapar al caimán que llevaba meses aterrorizando a los residentes del Malibú. Lo hizo con un copo, un cepo y un pollo que usó como carnada.

—No te voy a hacer nada, amiguito —le mintió Roberto Reyna, mientras cerraba la boca del caimán con cinta americana.

Los huéspedes le aplaudieron desde sus respectivas habitaciones. Agradecido por la limpieza y la cacería, el gerente le obsequió toda una semana de hospedaje al Vaquero Norteño.

Pacific Clean era una empresa dedicada a la limpieza, instalación y mantenimiento de piscinas, albercas y jacuzzis. También comercializaba equipo como filtros, bombas sumergibles, sacaderas y tabletas de cloro. Su propietario era Tote Heinrich, un surfista rubio, atlético e hijo menor del hombre más rico de Bahía de Venados: don Abraham Heinrich.

Roberto Reyna se encontraba en la oficina del Júnior, la cual estaba decorada con fotografías enmarcadas de Cuba. Tote Heinrich se encontraba obsesionado con ese país. Viajó ese mismo año, en 1991, a La Habana, y deseaba volver. El Júnior pagó por sexo con pantalones de mezclilla, lencería, maquillaje y sandalias de plástico. Esto era lo que más le excitaba. No el sexo en sí sino la humillación a la que se sometían aquellas dueñas de cuerpos esculturales. La pobreza era una especie de fetiche que ejercía una gran atracción en Tote Heinrich. Cuba también ejercía una poderosa fascinación en Karen Núñez, la recepcionista de Pacific Clean, pero por otras razones. Karen se sentía atraída por la historia de Cuba, por su música, por sus edificios antiguos, y, claro está, por sus héroes barbados. La recepcionista no tenía claro quién se le hacía más guapo, si el Che Guevara o Camilo Cienfuegos. Karen no había viajado a la Habana pero soñaba con ir algún día. La recepcionista contaba con 38 años de edad. Su tono de piel era moreno, pero no el moreno acaramelado de Lorena sino el mismo tono grisáceo de Vladimir Camacho. Su espalda era ancha y jorobada; su cadera, angosta; sus piernas, delgadas;

su encía, muy prominente, y carecía de pestañas, como si le hubiese explotado el boiler en la cara. Era alta, medía 1.83 metros de estatura, pero por alguna extraña razón gustaba de usar zapatillas de tacón elevado, a pesar de que no sabía caminar en ellas y de que la hacían lucir aún más enorme. Calzaba del nueve, por cierto.

El propietario de Pacific Clean leyó la solicitud de trabajo llenada por Roberto Reyna.

—Aquí dice que has sido trailero y ganadero —dijo—. ¿Qué hace un vaquero como tú pidiendo trabajo en Pacific Clean?

Roberto Reyna sabía que Tote era un miembro de la realeza local. Sabía también que la hilera de hoteles a lo largo de la costa de Bahía de Venados era propiedad de su familia. Sabía que Pacific Clean era una faramalla montada por sus padres para hacerle ver a la expectante clase media de la región que hasta el miembro más hedonista de la familia Heinrich era lo suficientemente emprendedor como para hacerse cargo de un negocio por su propia cuenta. Es decir, que la buena fortuna de los Heinrich era algo más que derecho divino. Que no se debía solamente a su sangre azul.

—Espero —dijo Roberto Reyna—, mientras limpio la alberca de un hotel, conocer a una gringa.

Tote Heinrich rio. Un sujeto de tez y alma gris entró a la oficina. Había resentimiento en su cara. El vidrio de sus gafas tenía un polarizado color gris. Poseía el carisma de una silla de plástico color gris opaco.

—Qué bueno que llegaste —expresó el Júnior—. Éste es el nuevo miembro de Pacific Clean: Roberto Reyna.

—Vladimir Camacho —se presentó el Hombre Gris y extendió su mano para saludar al vaquero.

Tote Heinrich le pidió a Vladimir que le enseñara a Roberto Reyna cómo se trabajaba en Pacific Clean.

Federica de Heinrich entró al negocio de su marido. Vladimir Camacho se encontraba en la recepción explicándole a Roberto Reyna el funcionamiento del medidor de pH. El Hombre Gris paró de hablar cuando vio a Federica. Se puso nervioso y tartamudeó. La dama hermosa se dirigió a Karen. Le dio los buenos días. Las mujeres se saludaron de beso e intercambiaron halagos. Federica preguntó por su marido. La recepcionista le informó a la esposa de su patrón que el Júnior había salido a surfear.

Los padres del Hombre Gris lo metieron al mismo colegio católico al que asistieron Federica, Tote Heinrich y Ray Vega. En el colegio Vladimir Camacho fue víctima de los desprecios de los sacerdotes, quienes trataban con mayor consideración a los miembros de la clase alta que a clasemedieros como Vladimir Camacho.

—Querida —dijo Federica—, ¿puedes decirle que Frida no irá al ballet? La llevaré al dentista.

Karen dijo que ella se encargaría de darle el recado a su patrón. Tan pronto Federica salió de la recepción, el Hombre Gris despotricó contra la *socialité*.

—¿Viste cómo me ignoró? —gruñó Vladimir—. Le hacía sus tareas cuando estábamos en la misma escuela pero hace como que no me conoce. Es una mujer trivial, frívola, vacua y superficial. Vive en un mundo de apariencias. No tiene cerebro.

Hugo Morán y sus dos guardaespaldas se encontraban en la oficina de Ray Vega. Morán era un colombiano bajito de estatura que usaba sombrero panamá y saco sport color blanco. Hugo contaba con un tic nervioso que lo hacía ladear su cabeza, pestañear, chasquear los labios, impulsarse tres veces con las puntas de sus pies, encogerse de hombros y sonreír. Como si te estuviese contando un chiste. De hecho, cada que hablaba daban ganas de reírse, aunque te amenazara de muerte. Su tic nervioso se repetía cada dos o tres segundos. Hugo Morán siempre estaba muy revolucionado, como si acabara de beberse seis tazas de café, a pesar de que no bebía café y detestaba su sabor. Los colombianos ejercían presión con su presencia. Pasarían una semana en Bahía de Venados. Se encontraban hospedados en el hotel El Campeador.

—La tonelada de *kush* viene en camino —le informó el colombiano, antes de ladear su cabeza, pestañear, chasquear los labios, encogerse de hombros, impulsarse tres veces y acomodar su camisa de lino—. ¿Tienes cómo recogerla?

—Recogerla sí —expresó Raymundo Vega—. En lo que he tenido un poco de problema es en llevarlos hasta Tijuana.

—Iremos de pesca con Tote Heinrich. Si no puedes conseguir ese barco, él puede prestarnos su yate.

—No será necesario.

—No me quedes mal —dijo Hugo Morán, antes de ladear su cabeza, pestañear, chasquear los labios, encogerse de hombros, impulsarse tres veces y acomodar su camisa.

Roberto Reyna se encontraba en la recepción cuando la esposa de Diego Lizárraga marcó al número de teléfono de Pacific Clean. El Vaquero Norteño llevaba días esperando esa llamada. Sólo por ella pidió el empleo en el negocio de Tote Heinrich.

—Estaremos yendo a su casa entre el lunes y el martes de la próxima semana, señora Valdez —le informó Karen, antes de colgar.

Roberto Reyna quiso saber si fue Olivia Valdez quien llamó. Karen le confirmó que había sido ella.

—¿Por qué le dijiste que iremos dentro de una semana? Podríamos ir desde ahora.

—Se enojaría Tote —metió su cuchara Vladimir Camacho—. A los nuevos ricos hay que hacerlos esperar. Según Tote, gente como ésa no merece tener piscina en su casa. No está en sus apellidos. Esa señora se apellida Valdez.

Roberto Reyna cogió el equipo de limpieza y un revólver cromado del .38 y se dirigió al hogar de la familia Lizárraga en la camioneta de Pacific Clean. No permitió que el Hombre Gris lo acompañase.

Olivia Valdez hizo a un lado las persianas verticales de PVC, se asomó al cristal de la puerta corrediza hacia su patio trasero y vio un caimán salir de su piscina. Una libélula gigante intentó emerger del agua enmohecida, pero un sapo aún más grande la devoró. La recepcionista de Pacific Clean le dijo que pasarían por su hogar dentro de una semana. Olivia reprimió sus ganas de llamarle a Diego Lizárraga para pedirle que viniese a limpiar la alberca. Su miedo y asco eran grandes, pero su orgullo era aún mayor. Alguien tocó el timbre. Olivia se arregló frente al espejo y abrió la puerta. Frente a ella se encontraba un sujeto atractivo, bronceado y atlético. Básicamente, el Hombre Marlboro versión mexicana. Vestía el uniforme de Pacific Clean y sujetaba una sacadera, un par de filtros, cubetas, costales de lona y dos flotadores con boyas dosificadoras de cloro.

—¡Qué bueno que vino! —exclamó Olivia—. ¡Hay monstruos gigantes en mi patio trasero!

—¿Está sucia?

—¡Creo que está poseída! Un día estaba bien y, de pronto, al día siguiente, era el Parque Jurásico.

Roberto Reyna quedó impactado por la apariencia de su interlocutora. No escuchaba sus palabras. Había algo en la ex de Diego Lizárraga que remontó al vaquero hacia un origen perfectamente idílico y apacible; ese lugar buscado por todos los seres humanos. La edad de Olivia no le importó al Vaquero Norteño. Para él, la belleza de una mujer no dependía de ningún requisito cuantitativo. No obedecía medidas, pesos, estaturas ni edades. Para Roberto Reyna no existía el "demasiado delgada", ni el "demasiado gorda", ni el "demasiado vieja"… Bueno, el "demasiado joven" sí existía.

Al Vaquero Norteño le costó trabajo hablar y presentarse pero finalmente lo hizo. Tartamudeando, pero lo logró. Enseguida Olivia lo condujo hasta la piscina y Roberto puso manos a la obra. La mujer se preparó un trago para calmar los nervios y escuchó dos plomazos. Se asomó por el cristal de la puerta corrediza y vio el caimán muerto a los pies del Vaquero Norteño, quien empuñaba un revólver humeante. Lo que tenía frente a ella le resultó una postal tan excitante y como atrayente. Roberto Reyna le pareció un sujeto de lo más varonil. Le recordó a Michael Douglas en *Romancing the Stone*. El Vaquero Norteño pasó el resto del día luchando contra iguanas, barracudas, sapos e insectos. Olivia lo observó trabajar. Roberto sabía que la mujer lo observaba. Olivia sabía que él sabía. La señora Valdez procedió a extraer de los portarretratos todas las fotografías donde aparecía su marido y, a continuación, arrojó estas fotografías al cesto de la basura. Qué estás haciendo, se preguntó, humedecida. Has bebido demasiado, agregó. El Vaquero Norteño drenó la piscina, la limpió y la volvió a llenar, colocando los filtros y los flotadores equipados con los dispensadores de cloro. El agua lucía cristalina. El hombre metió en los costales de lona los animales muertos y se dirigió a la casa, donde la mujer le invitó un trago. Roberto Reyna argumentó, apenado, que transpiró demasiado. Olivia quiso decirle que así estaba mejor, para después arrancarle la camisa y pasar su lengua por la espalda sudorosa del Vaquero Norteño... pero se mordió un labio y se contuvo.

—No importa —se contentó con decirle.

Olivia le entregó una cerveza que Roberto Reyna se empinó de un trago

—Le instalé unos filtros y unas boyas dispensadoras de cloro —comentó el Vaquero Norteño.

—¿Cuánto será por eso? —dijo la mujer, mientras sacaba otra cerveza del servibar.

—Eso es de cortesía.

—¡Gracias!

Olivia Valdez le entregó la cerveza a Roberto Reyna, quien la bebió con más calma que la anterior.

—¿Puedo hacerle un pregunta? —dijo el Vaquero Norteño.

—Adelante.

—¿Cómo hace para tener su pelo así de brilloso y bonito?

—Quizás está así porque no me lo tiño —balbuceó la mujer—. Cuando me salgan canas, me las dejaré.

Ambos sabían que la charla era lo menos importante. Lo más importante era lo que no se decían, el mensaje que contenían sus miradas.

—¿Me permite abrazarla? —dijo Roberto Reyna—. No se preocupe, no intento nada malo.

Olivia Valdez se dejó abrazar por el Vaquero Norteño, quien supo con quién tropezó, luego de tantos años de búsqueda.

—Madre —musitó.

La pareja llevó las cosas hasta sus últimas consecuencias. Roberto Reyna le quitó las enormes pantaletas beige a Olivia y emprendió su camino hacia el útero materno, en busca de la paz perdida hace más de veinte años. Por fin pudo borrar de su mente el recuerdo de su madre reprochándole que le arruinó la vida.

Dos horas más tarde una llamada telefónica despertó a Olivia, quien dormía con la cabeza sobre el pecho de Roberto Reyna.

—Es para ti —dijo.

El Vaquero Norteño cogió la bocina. Era Karen Núñez, quien le informó que Vladimir había golpeado a la señora Heinrich. Roberto Reyna quiso saber con qué la golpeó.

—Con su puño cerrado —abundó la recepcionista de Pacific Clean—. Está inconsciente.

El Vaquero Norteño le preguntó a Karen si el Hombre Gris seguía ahí. La recepcionista dijo que Vladimir Camacho huyó. Roberto Reyna quiso saber si Karen llamó a la policía.

—A Tote no le gustan los escándalos —explicó la recepcionista—. Dime qué hago, por favor.

El Vaquero Norteño dijo que iría a Pacific Clean y colgó el teléfono. Enseguida se despidió de Olivia.

Para cuando Roberto Reyna llegó a Pacific Clean la esposa del Júnior había recuperado el conocimiento. Lo que no recuperó era la perfección de su nariz, la cual se encontraba fracturada. El Vaquero Norteño propuso llevarla a un hospital.

—¿Y que se arme un escándalo? —Gangueó Federica—. De ninguna manera. Háblenle a mi doctor. Tengo su número de teléfono en la agenda de piel que está en mi bolso.

—¿Dónde puedo encontrar a Vladimir? —dijo Roberto Reyna.

—Hay un bar al que siempre va cuando está triste —le informó Karen Núñez—. El Playa Girón.

El Vaquero Norteño enfiló la camioneta rumbo a la colonia Puerto Viejo, la cual bordeaba el malecón. El sonido de las olas lo tranquilizó. La brisa salada lo puso de buen humor. Se vio a sí mismo en el caserón de Olivia Valdez, ubicado a unos metros de esta misma playa. Por la mañana saldrían a recoger conchas y, al caer la tarde, comerían coco o un pescado frito, y después harían el amor.

Roberto Reyna observó la hilera de hoteles a lo largo de la Avenida del Mar. Pensó que, después de todo, había que agradecerle al cacicazgo de los Heinrich el que el puerto no hubiese sido invadido por las cadenas hoteleras, muy dadas a privatizar las playas. A diferencia de otros puertos, la playa de Bahía de Venados era totalmente pública, ya que los hoteles de la familia Heinrich se encontraban del otro lado de la Avenida del Mar, dejando en la línea costera un terreno libre para el malecón más largo del mundo.

El rugido de una Kawasaki lo extrajo de sus cavilaciones. La motocicleta era conducida por un sujeto con cazadora de piel, botas mineras y pantalón de mezclilla. Se trataba del judicial Octavio Mayorga… bueno, Octavio no era precisamente policía judicial. No tenía placa ni pistola ni el entrenamiento para ser policía judicial. Sólo hacía sus prácticas profesionales en la Procuraduría, pero como era hijo del agente estrella César Mayorga, futuro vicefiscal, tanto peritos como secretarias e investigadores trataban a Octavio como miembro de la realeza ministerial. El muchacho asistía con morbo a los juzgados y acompañaba a los detectives en sus diligencias. Era la mascota de la Procuraduría.

El motociclista se paró en el umbral del Playa Girón, bloqueando la entrada. Roberto Reyna hizo a un lado a Octavio de un empujón. Éste volteó a ver al Vaquero Norteño de manera desafiante. Los cachetes del motociclista eran demasiado carnosos. Ideales para un comediante, no tanto para un tipo duro.

Roberto Reyna ubicó a Vladimir Camacho sentado en una mesa al fondo del Playa Girón. El Hombre Gris se encontraba acompañado por Víctor Valdez. En el escenario un trovador berreaba, ¡el mundo está pariendo un corazón!

—¿Recuerdas cómo le hacía todas sus tareas a Federica? —dijo Vladimir Camacho.

—Sí —expresó Víctor Valdez—, hasta creí que ustedes terminarían juntos. La acabo de ver en el periódico la semana pasada. Sigue siendo muy guapa.

—Se le pusieron muy flacas las piernas —gruñó Vladimir Camacho.

—¿Por eso la golpeaste? —intervino Roberto Reyna.

El Vaquero Norteño le propinó al Hombre Gris un cruzado de derecha. La comunidad bohemia de Bahía de Venados quedó impactada ante la violencia desplegada por el Vaquero Norteño. El motociclista corrió hasta el origen de la trifulca. Exigió saber qué estaba pasando. El Hombre Gris seguía noqueado en el suelo como un cadáver.

—¿Quién eres tú? —quiso saber Roberto Reyna.

—Soy el *detective* Mayorga —mintió el motociclista.

Víctor Valdez señaló a Roberto Reyna:

—Este reaccionario agredió a Vladimir.

—¿Por qué hizo eso? —dijo Octavio.

—El muy cobarde golpeó a la esposa de mi patrón —aclaró el Vaquero Norteño.

El motociclista exigió saber quién era su patrón. Roberto Reyna se lo informó. La respuesta del Vaquero Norteño no le agradó al practicante, quien intentó sojuzgarlo para llevárselo a la comandancia, pero éste se sacudió la mano del motociclista. Vladimir Camacho se puso en pie.

—Octavio, no te preocupes —dijo, acariciando su mejilla inflamada—. Aquí no ha pasado nada.

—¿Seguro? —expresó el motociclista.

El Hombre Gris dijo que sí con la cabeza. El practicante barrió con la mirada a Roberto Reyna.

—No quiero verte más en este lugar. No perteneces aquí. Vete a una cantina donde pongan corridos o música country.

Roberto Reyna salió del Playa Girón.

Tote regresó de su cita con Vanesa Lizárraga. Lo esperaba Roberto Reyna en su oficina. El vaquero se encontraba indignado por la candidez de su patrón. Le preguntó si estaba enterado de lo ocurrido. El Júnior dijo que estaba enterado. Roberto Reyna exigió saber qué haría su patrón. Tote se repantingó.

—En su época de estudiante Vladimir lanzó un coctel molotov al lobby de uno de los hoteles de mi familia —dijo—… Ese miserable trabajará para mí hasta que muera. En Bahía de Venados dicen que los Heinrich somos malvados. Para que vean que no es verdad, empleamos a nuestros enemigos.

—Pero todos aman a los Heinrich —argumentó Roberto Reyna.

—Todos los días nos ven en las páginas de sociedad, deseando encontrarnos en la nota roja.

—¿Por cuánto tiempo más piensas continuar con esta locura?

Tote Heinrich señaló la puerta de la recepción:

—¿Ves esa puerta? Por ahí podría escapar Vladimir Camacho. No lo hace porque necesita que los Heinrich le demos de comer en la boquita.

—¿Qué culpa tiene tu esposa?

—Ella sabe que no debe venir para acá. Vladimir la estuvo acosando por muchos años.

—No puedo seguir trabajando en Pacific Clean —dijo Roberto Reyna.

—Olvida lo que acaba de pasar hoy. Tengo pensadas grandes cosas para ti. Estoy tramando unos negocios muy importantes con unas personas muy importantes y necesito a alguien como tú conmigo. Haríamos mucho dinero juntos. Piénsalo.

—Te lo agradezco pero mi tiempo aquí terminó.

—Pasa con Karen. Para que te pague los días que te debemos. A su debido tiempo te buscaré para que trabajes conmigo en otros proyectos que tengo en mente.

Tote Heinrich y el Vaquero Norteño se despidieron. Roberto Reyna deseaba estar con su figura materna y jamás separarse de ella. No tenía sentido continuar con los planes de la Morena. Decidió abortar la misión.

Antes de noquear a Federica, Vladimir Camacho se encontraba en su hogar. Compartía una lata de atún con sus dos hijos, Iván y Sandino, y con su esposa, Jimena, quien le preguntó por qué no buscaba otro empleo.

—¿Qué quieres que haga?

La mujer le propuso vender enciclopedias, aspiradoras o biblias. El Hombre Gris se molestó. Sus hijos rebañaban el plato.

—Nunca te he querido —gruñó Vladimir Camacho—. Odio todo de ti.

Qué le vi a este idiota, pensó la mujer.

Las piernas de Jimena contaban con cicatrices producto de una quemadura que sufrió de niña, cuando su tía la dejó caer en la barbacoa hirviendo.

Jimena se sentía tan avergonzada de sus cicatrices que jamás vistió faldas cortas. Menos traje de baño. Usaba jeans. La mezclilla se convirtió en su segunda piel. Durante la Semana Santa, cuando las chicas lucían sus cuerpos en la playa, como parte de un ritual milenario en honor al dios de la fertilidad, Jimena se quedaba en casa a ver tele, a ayudar en las labores del hogar, a maldecir a su tía y a sentir lástima de sí misma.

Jimena conoció a Vladimir mientras hacía su servicio social en la biblioteca municipal. El joven visitaba la biblioteca acompañado de una chica llamada Karen, quien lo seguía para todos lados. A Jimena la sedujo el aura de misterio que rodeaba al muchacho. Se decía que lo expulsaron de un colegio católico por acosar a una niña rica. Jimena aceptó su invitación de ir al cine. Terminada la película, Vladimir despotricó contra el imperialismo cultural de Hollywood. Jimena se sintió identificada con la misantropía de Vladimir. Ella también odiaba al mundo por haber sido relegada a un papel secundario en la comedia humana.

Jimena y Vladimir salieron todo junio, julio, agosto y septiembre. El muchacho jamás le preguntó por qué no usaba falda, vestido o short, a pesar del calor. Vladimir decía que no le interesaba lo superficial. Era lo más bonito que Jimena había escuchado, a pesar de que no había ningún piropo en aquella declaración. Además, el joven no le iba a pedir que se pusiera traje de baño porque detestaba la playa. Vladimir no entendía por qué la gente sentía la necesidad de asolearse como iguanas. Le parecía un divertimento estúpido.

El muchacho dijo que haría la revolución, expropiaría empresas privadas y decapitaría a los empresarios déspotas. Vladimir lucía capaz de eso y más. Hablaba de pelotones guerrilleros que se internarían en la sierra y luego tendrían presencia urbana.

Jimena se preguntó en qué momento su esposo hizo a un lado sus sueños revolucionarios para limpiar albercas. ¿Qué lo hizo tomar un giro profesional tan drástico? Solo había una explicación y esta explicación tenía nombre: Federica.

—Quiero hacerte una pregunta —gruñó Jimena.

—Cállate y déjame hablar —la interrumpió Vladimir.

Jimena golpeó la mesa con su puño. Platos y vasos brincaron ante el fuerte impacto. Esto silenció al Hombre Gris.

—Tú cállate. Necesito que me digas algo. ¿Le pediste trabajo a Tote para estar más cerca de Federica?

El Hombre Gris se puso en pie.

—Me largo —anunció.

Vladimir Camacho se dirigió a Pacific Clean, donde noqueó a Federica de un puñetazo.

Olivia Valdez se preguntó si volvería a saber de Roberto Reyna. Su salida intempestiva la hizo sospechar que el Vaquero Norteño se burló de ella. Por fin algo emocionante ha entrado en tu vida, pensó, y así de pronto se acaba. Tendría lógica, continuó. Después de todo, Roberto Reyna es un hombre joven en cambio tú eres un vejestorio. Además: no es correcto. ¿Qué diría la gente si supiera que estás involucrada con un hombre más joven?

Olivia Valdez permaneció pensativa por un momento. Liquidó su trago. Y a todo esto, recapacitó, ¿qué importa lo que diga la gente? Casada o divorciada, no puedo darme el lujo de envilecer mi vida como el resto de las cacatúas hipocondriacas y melodramáticas de Bahía de Venados. Casi podía escucharse a sí misma en unos años más, hablando con su comadre:

—Me duele la rodilla. ¡Tengo osteoporosis! ¡Imagínate que me caiga! ¿Quién llamará a la ambulancia? ¿Ya viste las ofertas del fin de semana? ¡Estaban al cincuenta por ciento los cereales! ¡Agarré cuatro cajas!

No puedo acabar así, pensó. Debe haber algo más en la vida que eso. No puedo desaprovechar esta oportunidad. La llamada telefónica de Roberto Reyna extrajo a Olivia de sus pensamientos.

—Creí que ya no sabría de ti —dijo la mujer.

El Vaquero Norteño le anunció que renunciaba a su empleo. Olivia dijo que eso no importaba y que lo necesitaba a su lado. Roberto Reyna colgó y salió de la cabina telefónica. A pesar de la noche, el Vaquero Norteño distinguió la silueta de una mujer que caminaba hacia él como una de esas modelos en las pasarelas de Milán. Era alta y de cuerpo espigado. Roberto Reyna se sintió intimidado. La mujer lo cogió del brazo y lo llamó por su nombre. Se trataba de Federica, sí, pero de otra Federica. Ésta era menos altiva y tenía bolitas de algodón en sus fosas nasales. El ángel bajó de su pedestal. Era un ser humano al que podían lastimar. Quizás era esto lo que buscaba Vladimir Camacho al golpearla en la cara. Atentar contra esa perfección. Y ahora Roberto Reyna se sentía atraído por ella. ¿Y por qué no? Era un hombre, después de todo. Además, había algo raro en la manera en que fue abordado por la sofisticada mujer, quien no soltaba su brazo.

—Sólo le quería dar las gracias por lo que hizo hoy por mí —dijo—. Nadie más lo hubiese hecho. Le dio su merecido a ese infeliz.

—Es lo menos que podía hacer —expresó el Vaquero Norteño.

—¿Me acompaña a tomar un café?

Roberto Reyna lo pensó por un momento. Se preguntó si era correcto lo que estaba por hacer. Supuso que a Tote le tendría sin cuidado el hecho de que aceptara la invitación de su esposa. Y en caso de que le importara, ¿qué podría hacer al respecto? Se preguntó en qué otra ocasión y de qué otra manera tendría la oportunidad de conocer a una mujer como Federica.

El Vaquero Norteño aceptó ir con Federica a tomar un café.

Dos horas antes: Roberto Reyna seguía en casa de Olivia Valdez. Vladimir Camacho regresó de su hora de la comida antes de lo esperado. Llegó de mal humor, luego de la discusión con su esposa. Revisó filtros y preparó cubetas de cloro que llevaría más tarde al hotel El Campeador. Federica preguntó a Karen por su marido.

—Está en un motel con Vanesa Lizárraga —le informó el Hombre Gris.

La *socialité* se ruborizó.

—¿Quién se cree para hablarme de esa manera? —exclamó Federica.

Vladimir Camacho se acercó a la mujer hermosa.

—¿Qué fue lo que te pasó? —dijo—. Eras una chica muy especial. Te convertiste en una prostituta.

La recepcionista le pidió al Hombre Gris que se controlara. Ambas mujeres se encontraban horrorizadas. El puñetazo lanzado por el Hombre Gris sobre la cara de Federica Castillo contenía toda la rabia almacenada durante décadas de fracasos y decepciones.

El conjunto de cabañas frente al mar ubicado al norte de Bahía de Venados, junto a las huertas de cocos, también era propiedad de la familia Heinrich. El búngalo en el que se encontraba la pareja se hallaba frente a la cancha de tenis y el bar Tiki y contaba con jacuzzi y HBO. Vanesa se vio invadida por una culpa católica. Interrumpió el acto amoroso. Se quitó a Tote Heinrich de encima.

—No deberíamos de estar haciendo esto. Estás casado con mi mejor amiga.

El Júnior esbozó una sonrisa maliciosa.

—Federica no es tu amiga —le informó—. Te llama *nueva rica*. Se burla de cómo te vistes. Como ella renueva su guardarropa en Nueva York, le molesta ver lo hermosa que te ves con ropa de Almacenes Heinrich.

Esta información molestó a Vanesa.

El mesero que sirvió café a la pareja se preguntó si ésa no era la esposa de Tote Heinrich. Los murmullos y las miradas inquisidoras estaban presentes en todo el restaurante.

—¿Sabes de las cartas que me escribía? —dijo Federica—. Mi papá fue a hablar con el suyo. El papá de Vladimir dijo que esas cochinadas no las escribió su hijo. Se armó un escándalo.

Federica cogió las manos de Roberto Reyna. Las acarició una y otra vez.

—Se siente rico tocar tus manos callosas y tus ojos son como mirar dentro de un calidoscopio —la mujer suspiró—. Podría pasar todo una vida mirándolos sin pestañear.

A la esposa de Tote Heinrich le importaba poco lo que la clase media de Bahía de Venados dijera acerca de la situación en la que se encontraba: tomada de la mano de un forastero.

La maldición de los Reyna, pensó el Vaquero Norteño. A quién quiero engañar, agregó en su mente, soy un hijo de Juan Reyna. Posiblemente el peor. Así nací y así moriré. Más me vale aceptarlo y cumplir con mi cometido en esta vida, que es pintar cuernos y vivir a costa de mis bribonadas. ¿Qué se le va a hacer?

—Vámonos de aquí —propuso el Vaquero Norteño.

—Pide la cuenta —dijo Federica.

Roberto Reyna llevó el Mercedes de Federica hacia el Mirador. Ahí se propinaron los besos y las caricias protocolarias que los llevaron a la habitación del Vaquero Norteño en el motel Malibú.

Roberto Reyna se encontraba afuera del caserón de Olivia Valdez. Se armó de valor y tocó el timbre. Abrió la puerta la sirvienta. A los pocos segundos Olivia apareció detrás de la criada y le pidió a ésta que se encerrara en su recámara y que no saliera hasta que se lo indicara. La patrona invitó al Vaquero Norteño a pasar, éste aceptó la invitación y cerró la puerta detrás de él. La pareja permaneció en silencio por un momento. Roberto Reyna lucía apenado, como un niño que acaba de reprobar un examen final.

—Dejarás de ver a Federica —le ordenó Olivia.

Ahí estás otra vez, pensó Roberto Reyna. Metido en líos de faldas. A ver cómo sales de ésta. No has aprendido nada. Caes una y otra vez en el mismo estiércol, como mosca panteonera. El problema es que ahora tus patas están atascadas. El excremento te llega hasta la garganta y cada segundo que pasa te hundes más. ¡Despierta! ¡Haz algo pronto! Actúa ya, antes de que sea demasiado tarde... ¿Qué está pasando?

Olivia se encontraba de rodillas proporcionándole una jugosa felación. La mujer puso a trabajar manos y lengua de manera sincronizada. Sin dientes. Olivia tenía a Roberto Reyna justo donde lo quería. Era suyo. Lo sabía. Roberto Reyna también lo sabía. La mujer le pidió que se viniera en su cara debido que había leído en una revista que el semen funcionaba como antiarrugas en el cutis.

El ir y venir de la cabellera de Olivia Valdez, sacudiéndose al sur de su cintura, quedó archivado como un recuerdo muy grato en la memoria de Roberto Reyna. Ante la promesa de una experiencia similar, el Vaquero Norteño se encontraba dispuesto a hacer lo que sea. Olivia encendió uno de sus habanos.

—Ayer que me dejaste plantada tuve un presentimiento —dijo—. Soy una persona que confía en su sexto sentido así que indagué acerca de la amante de mi marido. De pronto apareció tu nombre muy ligado al de ella.

La presión sanguínea de Roberto Reyna se fue a los cielos.

—Lorena es mi hermana —balbuceó el Vaquero Norteño.

El rugido de una motocicleta interrumpió su conversación. Octavio bajó de su Kawasaki y tocó el timbre. Acompañaban al practicante dos patrullas de la policía judicial con dos agentes en cada una. Olivia abrió la puerta. El motociclista faroleó su placa y se presentó. Dijo que buscaba a un sujeto de nombre Roberto Reyna. El Vaquero Norteño salió al quite:

—¿Otra vez tú? —exclamó.

La mujer exigió saber qué se les ofrecía a los agentes judiciales. Su rostro se encontraba cubierto de una costra blancuzca. El practicante dijo que necesitaba charlar con Roberto Reyna.

—Hable —dijo el Vaquero Norteño.

—Encontraron a Tote Heinrich desangrado en su oficina —expuso el practicante—. Alguien le ensartó un desarmador plano y afilado en la yugular. A lo largo del día hemos hablado con sus familiares y con las personas que trabajaban con él. Todos ellos tienen coartadas sólidas y validadas, excepto dos personas: Federica, la esposa del señor Heinrich, y usted. A ambos se les vio ingresando en el Mercedes de la señora Heinrich al motel Malibú, tan sólo media hora después de la muerte del señor Heinrich. También fueron vistos cenando juntos, un par de horas antes. Lo único que falta por averiguar es lo que estuvieron haciendo entre la cena y la hora en que se fueron a la cama.

Octavio dio media vuelta y se fue pero prometió que volvería.

—No salgas de la ciudad —remató.

La noticia del homicidio de Tote Heinrich no se encontraba en la nota roja del periódico local sino en la sección *Sociedad*, firmada por el chismólogo y socialité Oliver Falcón.

COBARDE ASESINATO

Es con un inmenso pesar que le informamos a la comunidad de Bahía de Venados el homicidio del empresario y filántropo Tote Heinrich. El hallazgo del cuerpo fue hecho a las ocho con quince de la mañana, en una de las empresas del hoy occiso, por la señorita Karen Núñez, quien laboraba ahí como recepcionista. Las autoridades no han señalado a ningún sospechoso del crimen hasta el momento, sin embargo la comunidad porteña exige la pronta solución de este caso que ha llenado de indignación sus corazones. El velorio de Tote Heinrich será llevado a cabo en el muelle de la marina. La familia Heinrich invita a todos nuestros lectores a dar un último adiós a este dulce y tierno querubín. Sus restos serán esparcidos sobre el Océano Pacífico por sus familiares y amigos más cercanos, desde su yate, que es como seguramente su espíritu libre lo hubiese preferido.

El agente del ministerio público César Rafael Mayorga se encontraba en los pasillos de la procuraduría. Caminaba rápido y de manera enérgica. El MP estaba recién llegado de un congreso en Guadalajara. Se fue del aeropuerto a la fiscalía sin dejar las maletas en su casa. Las pisadas del licenciado Mayorga imponían tanto respeto como sus rasgos oaxaqueños y su pelo peinado raya a un lado, a lo Benito Juárez. Su rostro era una mezcla del Benemérito de las Américas y el mariscal Erwin Rommel, el Lobo del Desierto. Las secretarias tecleaban más de prisa cuando pasaba cerca de su escritorio mientras que los peritos se sentaban más derecho y revisaban que sus zapatos estuviesen boleados. Conocían su carácter y cómo se ponía cuando algo no estaba en su lugar. La presencia del MP inspiraba más amor al orden y a la disciplina que la del fiscal y que la del mismísimo gobernador. El licenciado Mayorga buscaba al detective a cargo del caso Heinrich. En unos minutos el fiscal le llamaría desde la capital para preguntarle cómo iban las indagaciones y más le valía estar bien informado. Lo normal era que la pareja de detectives le entregara la evidencia recabada, pero dado que la víctima era muy famosa, decidió investigar él mismo, algo que no hacía y que no tenía por qué hacer desde que terminó la carrera de derecho y fue ascendido a MP. Esto no era lo que más le preocupaba. Lo que más le preocupaba era el rumor de que su hijo estaba participando en las averiguaciones. No lo podía creer. Cuando el licenciado Mayorga accedió a que Octavio hiciese sus prácticas profesionales en Servicios Periciales le dejó claro que debía mantenerse al margen y no andar estorbando a los adultos. El investigador Acosta por fin se hizo presente. Caminaba con un vaso de café en la mano. El MP exigió saber qué hacía Octavio trabajando en homicidios si no contaba con la preparación necesaria.

—Debería estar orgulloso de su hijo —dijo el investigador Acosta—. Es todo un sabueso. Está en sus genes. Nos ayudó con el enfoque de este caso. Gracias a su ayuda lo resolveremos antes de lo previsto. Ha sido muy afortunada la intervención de Octavio. Fue quien nos sugirió la pista más sólida hasta el momento. De no ser por Octavio lo más seguro es que nuestra línea de investigación se hubiese enfocado en la cocaína que Tote traía consigo al momento de su muerte.

El licenciado Mayorga comprendió que el investigador Acosta ponderaba las habilidades deductivas de Octavio en un esfuerzo por quedar bien.

—¿Estamos seguros de que no fue un asunto de droga? —expresó el MP.

—No lo creo —dijo el investigador Acosta—. Además, imagínese que le salimos con eso al putito del periódico. Ese Oliver Falcón. Se nos echa encima.

El licenciado Mayorga dijo que no se trataba de complacer a nadie sino de llegar a la verdad.

—La droga es un callejón sin salida —aseguró el investigador Acosta—. Todos los elementos apuntan al vaquerito.

—¿Quién es este vaquerito?

—Un empleado de Tote.

—¿Le da mantenimiento a las piscinas?

—Y a Federica y a la esposa de Diego Lizárraga.

El investigador Acosta se carcajeó de su propio chiste. El MP seguía con la expresión que Benito Juárez tiene en los billetes y en cualquier retrato que le hayan hecho.

—¿Diego Lizárraga? —Expresó el licenciado Mayorga—. ¿El narcotraficante? Entonces sí es un asunto de drogas.

El investigador Acosta afirmó que Diego aparecía en el caso de manera tangencial. El MP quiso saber qué motivo tenía Roberto Reyna para matar a Tote.

—Lo hizo para quedarse con Federica —respondió el investigador Acosta, abriendo mucho los ojos—. ¿La ha visto? ¡Es un culazo!

Al MP le desagradó el lenguaje soez empleado por el investigador Acosta.

—Esto es Bahía de Venados. Está lleno de *culazos*, como tú les dices, pero no por eso la gente anda asesinando esposos a diestra y siniestra. Necesito algo más sólido que eso.

El investigador Acosta se arrepintió de haberse dejado llevar por su entusiasmo. Federica le parecía una mujer muy guapa, pero eso no era motivo para que se expresara con un lenguaje altisonante frente al licenciado Mayorga. Éste exigió saber qué más tenían en contra del Vaquero Norteño, además de su falta de coartada. El investigador Acosta dijo que las huellas de Roberto Reyna se encontraban en la escena del crimen —la oficina de Tote Heinrich— y en el arma homicida —un desarmador plano y afilado—. El MP le recordó al investigador Acosta que el Vaquero Norteño trabajaba en Pacific Clean, por lo que resultaba previsible que sus huellas dactilares estuviesen presentes tanto en la oficina como en un desarmador.

—Tiene razón —admitió el investigador Acosta, poniendo su vista en el suelo, como niño regañado.

El licenciado Mayorga preguntó quién fue la última persona que vio con vida al Júnior. El investigador Acosta dijo que esa persona fue la señorita Karen Núñez, recepcionista de Pacific Clean.

—Sin embargo ella no fue la última persona con la que habló —agregó el investigador Acosta—. Karen Núñez ponchó su salida en el checador a las seis de la tarde: una hora antes de que se cometiera el asesinato. La última persona que habló por teléfono con Tote Heinrich fue otro júnior igual que él: Tato Weber, hijo de don Alfonso Weber. Tote colgó minutos antes de ser asesinado.

El MP exigió saber de qué hablaron los dos júniors.

—De Cuba —dijo el investigador Acosta—. Ambos júniors planeaban un viaje a La Habana.

—¿Tote Weber es marica?

El investigador Acosta dejó escapar una carcajada y a continuación le explicó al licenciado Mayorga que, a raíz de la reciente disolución de la Unión Soviética, la isla caribeña se ha visto en la penosa necesidad de aceptar divisas por concepto del turismo sexual.

—Dicen que te puedes llevar a la cama a una de esas jineteras que caminan por el malecón a cambio de un pantalón de mezclilla o de unas sandalias.

El MP preguntó si las huellas en el desarmador era todo lo que tenían en contra de Roberto Reyna. El investigador Acosta dijo que sí. El MP apretó la mandíbula. Su cara de Benito Juárez se volvió de piedra. Lucía molesto.

—¿Cómo la ve?

El licenciado Mayorga se llevó la mano a la barbilla y adoptó un semblante reflexivo.

—¿Cómo la veo? ¿Qué te puedo decir? Todo este sistema está mal. Octavio ya dirige investigaciones de homicidios sólo porque realiza sus prácticas profesionales en la procuraduría y es mi hijo. ¿Qué culpa tienen los contribuyentes? Ninguna.

Como el investigador Acosta era un zalamero irredento, le dio la razón a su superior. El MP expresó que le urgía localizar a su hijo para prevenir que cometiera más pendejadas. El investigador Acosta dijo que le ayudaría a encontrar a Octavio y ambos hombres salieron de la procuraduría.

El licenciado Mayorga estacionó su New Yorker frente a la casa de Olivia Valdez. Lo acompañaba el investigador Acosta. Era una mañana calurosa y de cielo despejado. Unos canarios enjaulados le cantaban al sol. Ambos funcionarios se encontraban en un barrio residencial. A diferencia de los fraccionamientos clasemedieros, las casas en esta parte de la ciudad gozaban de buen gusto: había búngalos con fachadas de misiones españolas, muros de cal y mansiones estilo clásico. Todos los hogares estaban pintados con colores primarios —nada de rosa, durazno ni verde fluorescente. El licenciado Mayorga tocó el timbre en el hogar de Olivia Valdez. Abrió la criada. El investigador Acosta preguntó por Roberto Reyna. Apareció el abogado de éste. Quiso saber qué se les ofrecía al par de funcionarios. Ambos le explicaron que Roberto Reyna había dejado de ser un sospechoso. Pedían que confiara en ellos y que cooperara. El abogado se excusó por un momento. Desapareció dentro de la casa, donde conversó con su cliente en privado. Le explicó que no estaba obligado a hacer ninguna declaración pero que confiaba en las palabras del licenciado Mayorga porque era un sujeto legal. Roberto Reyna accedió a hablar con él. Olivia invitó a pasar a los dos hombres a su sala. Les ofreció algo de tomar. Ambos pidieron café. El MP lo pidió sin azúcar, el investigador Acosta lo quiso muy dulce. Ambos tomaron asiento en los sillones de la sala.

—Yo contestaré sus preguntas —anunció el abogado, quien pidió té de manzanilla.

—Usted no mató a Tote Heinrich —dijo el licenciado Mayorga.

—Mi cliente no lo asesinó.

—¿Tiene idea de quién lo hizo?

—Eso no lo sabemos, pero mi cliente me ha referido unos sucesos interesantes ocurridos horas antes del fallecimiento de Tote. ¿Conocen a Vladimir Camacho?

El MP dijo que sí lo conocía.

—¿Sabían que este sujeto ama a Federica de Heinrich? Estudiaron juntos en el Colegio Católico. Hay registros de acoso llevado a cabo por Vladimir Camacho.

—¿Cómo no se nos ocurrió fijarnos en él desde un principio? —dijo el licenciado Mayorga.

—A eso quiero llegar —apuntó el abogado—. Su hijo eligió a mi cliente como sospechoso a raíz de una riña en un bar.

—¿Cuando este sujeto golpeó a Vladimir Camacho?

—¿Sabe por qué lo hizo?

—Eso no me lo explicaron —confesó el MP.

—Vladimir Camacho le propinó un puñetazo a Federica de Heinrich.

—¿Cómo no me enteré de esto antes? —protestó el licenciado Mayorga.

El investigador Acosta puso la vista en el suelo, evadiendo así la mirada acusadora de su superior.

—Su hijo es amigo de Vladimir Camacho —le informó el abogado—. Esto lo llevó a ocultarle esa información a usted.

El licenciado Mayorga quiso saber dónde se encontraba Roberto Reyna a la hora en que Tote era asesinado. El vaquerito dijo que cenaba con Federica Heinrich en el restaurante El Faro, enseguida fueron al Mirador y de ahí al motel Malibú. Los funcionarios voltearon a ver a Olivia Valdez. Ésta ni se inmutó. Asumieron que no era una mujer celosa.

—Eso sería todo —dijo el MP—. Muchas gracias por su cooperación y perdonen las molestias causadas.

Los funcionarios salieron a la calle, subieron al New Yorker y condujeron al sureste de Bahía de Venados, hacia una colonia más humilde que la anterior. Los caniches abandonados por sus dueños se habían convertido en una plaga en esa parte de la ciudad. El hogar de Vladimir Camacho se encontraba en el cuarto piso de un multifamiliar gris de cuatro niveles que no contaba con elevador. El edificio era partido en dos por una escalera derruida y había cuatro departamentos por piso. Algunos vecinos discutían, otros veían el futbol y otros más escuchaban música a todo volumen. El investigador

Acosta jadeaba mientras subía los escalones porque estaba fuera de forma.

—Con permiso —gruñó el MP cuando pasó entre un grupo de adolescentes parados en la escalera. Uno de ellos lanzó al vacío su cigarro de marihuana cuando se percató de la placa y la Beretta en la sobaquera del investigador Acosta.

El licenciado Mayorga tocó a la puerta barata del 402. Les abrió una mujer demacrada y esquelética. Lucía un mandil deslavado y sujetaba una escoba en una mano y un recogedor en la otra. Jimena intentaba limpiar su diminuto hogar, pero era obvio que no se daba abasto. El departamento era de dos recámaras y se encontraba decorado con ensayos y libros de historia escritos por Howard Zinn, Louis Althusser, Herbert Marcuse, Walter Benjamin, Antonio Gramsci y Noam Chomsky, poemarios de Vladimir Mayakovski y novelas de Antón Makarenko y Máximo Gorki. Lo que más había eran obras baratas publicadas por editoriales estatales, universitarias e independientes. Vladimir Camacho llegaba con docenas de estos libros, obsequiados por sus amigos escritores, cada que bebían en el Playa Girón.

Los libros contaban con exceso de polvo, dobleces, grasa y mordidas de ratas, y estaban regados en el piso, dentro de cajas de cartón, sobre la mesa de centro, en el comedor, en el cuarto de lavado y hasta en la cocina. Algunos echaban de menos páginas y otros portadas. Había tres libreros dispares y grandes, pero no lo suficientemente grandes para albergar tal cantidad de títulos. El MP sintió pena por Jimena, quien lucía infeliz, hambrienta y desesperada. El licenciado Mayorga dijo que estaba muy interesado en hablar con su marido. La mujer le informó que Vladimir Camacho se fue a vivir con su padre. El MP se alegró por Jimena, cuya mirada parecía decir:

—No hallo qué hacer con tantos libros pero no me atrevo a tirarlos.

Le dieron ganas de felicitarla y aconsejarle que se deshiciera de los panfletos, pero no quiso pecar de imprudente. El licenciado Mayorga le dio las gracias a la mujer por su tiempo y se retiró, acompañado del investigador.

Don Camacho no invitó a pasar a los funcionarios. El anciano se encontraba parado en el umbral de su vetusto hogar ubicado en la céntrica colonia Puerto Viejo. Se trataba de una casa construida en el siglo XIX y fincada a escasas tres cuadras de la playa. La vivienda era de una sola planta, de techo alto, con vigas vistas de madera, y se encontraba frente a un bar donde un conjunto musical interpretaba éxitos del rock en español. Era una zona céntrica y bonita que se puso de moda gracias a los artistas y a la fauna bohemia de Bahía de Venados. Un restaurantero y una cadena de farmacias le ofrecieron millones a don Camacho por su casa, pero el anciano se negó a vender. El viejo había enviudado hacía un par de años y era calvo, narigón, de pelo blanco y vestía un pantalón de pinzas sujeto con tirantes y una camiseta interior blanca de resaque. No usaba camisa porque seguía haciendo calor y el viejo estaba jubilado, así que no tenía que quedar bien con nadie.

—Mi hijo no está —gruñó—. La culpa la tiene esa mujer con la que se casó. Yo le decía que se casara con su amiga Karen, que lo quería mucho.

—Necesitamos hablar con Vladimir para eliminarlo de la lista de sospechosos en el homicidio de Tote Heinrich —dijo el MP.

El viejo palideció.

—Mi hijo sería incapaz…

El licenciado Mayorga le entregó su tarjeta de presentación al anciano:

—Dígale que me llame a este número telefónico.

Los funcionarios regresaron al New Yorker donde cada uno encendió su respectivo cigarro.

El MP entró al Playa Girón y vio a su hijo bebiendo con Vladimir Camacho. El licenciado Mayorga exigió saber qué hacía su vástago socializando con un sospechoso de homicidio. Octavio aseguró que Vladimir no asesinó a Tote ya que a la hora en que se cometió el asesinato los dos amigos se encontraban ahí mismo, en el Playa Girón. El MP combatió las enormes ganas que tenía de estrangular a su hijo. Lo que no has de poder ver, pensó, en tu casa lo has de tener.

El licenciado Mayorga no encontraba cómo resolver el asesinato de Tote Heinrich. Sabía que Roberto Reyna decía la verdad. El problema era que también creía en el testimonio de su hijo. Esto lo dejaba con la cocaína como única pista. El MP decidió hablar con su soplón de confianza: don Conde, un doble de Bela Lugosi en su etapa más decadente, sólo que más ojeroso y esquelético. Don Conde trabajaba de cantinero en el Club Deportivo Muralla y presidía el Sindicato de Meseros de Bahía de Venados.

El hogar de don Camacho, el Playa Girón y el Muralla se encontraban en la colonia Puerto Viejo, así que el MP y el investigador Acosta se estuvieron desplazando a pie entre estos lugares. El licenciado Mayorga argumentó que así se ejercitarían un poco, que buena falta les hacía, pero en realidad le estaba diciendo de manera subliminal al investigador Acosta que aquella era la manera de resolver casos, pateando la calle, como en los viejos tiempos, en lugar de planchando nalga en el escritorio. Además, había caído la noche y esto, junto con la brisa proveniente del mar, refrescó el clima.

El Muralla era un club deportivo que cobraba una membresía a sus socios: hombres casados que buscaban liberarse del yugo matrimonial por unas horas. Electricistas, profesores de secundaria, ingenieros y burócratas que fumaban, bebían cerveza y formaban equipos de basquetbol y de beisbol para competir entre sí. La cuota era usada para pagarle a los árbitros y umpires y para el mantenimiento del club. Los parques de beisbol se encontraban en una zona rural al norte de la ciudad. En la colonia Puerto Viejo se ubicaban sus oficinas administrativas, además de una cancha de basquetbol techada, mesas de billar, un *sports bar* con aire acondicionado y un atrio porticado. El atrio contaba con una fuente de piedra en el centro y loseta y macetas de barro. Algunas noches la cancha era rentada para el festejo de eventos sociales, pero ésta no era una de esas noches. En esta noche el equipo de la Comisión Federal de Electricidad jugaba contra los profesores de la Escuela Secundaria Técnica No. 5, en la liga para mayores de cuarenta años de edad. El cuero del balón cacheteaba la duela mientras que las suelas de los tenis chillaban al frenar y arrancar abruptamente. Esto no era lo único que se escuchaba dentro del Club Deportivo Muralla, también se escuchaban los bofes, jadeos y boqueos de los jugadores fuera de forma, alguien reclamando alguna falta y el silbato del réferi. Dentro del bar predominaban las carcajadas y mentadas de madre de los clientes y la narración de una pelea del *Manos de Piedra* Durán que era transmitida por el televisor.

—¿Lo mismo de siempre? —dijo don Conde.

—Sí —respondió el MP—, y quiero platicar contigo un momento.

Don Conde cogió un vaso old fashioned, le puso hielos y dejó que éstos se derritieran un poco por la acción del J&B que vertió encima. Así era como le gustaba al licenciado Mayorga. Esa bebida tan refrescante y ligera le ayudaba a combatir el calor de Bahía de Venados. El investigador Acosta pidió un refresco de toronja. Los tres hombres se dirigieron a la mesa del fondo.

—¿Qué sabes de la muerte de Tote Heinrich? —dijo el MP.

Don Conde quiso saber a cambio de qué le está pidiendo esta información. El licenciado Mayorga le propinó un trago a su bebida.

—A cambio de que sigas vendiendo perico.

Don Conde no vendía droga. Al menos no personalmente. Dos hermanos, tres de sus hijos y varios sobrinos estaban agremiados a su sindicato de meseros y vendían cocaína cortada con detergente en las fiestas en las que trabajaban. Como una manera de ayudarse, no como su principal sustento. Justificaban esta actividad argumentando que no recibían propina y que no obligaban a nadie a comprarles su producto. El chantaje del MP puso a cantar a don Conde:

—Sé que Tote había adquirido un gusto por el perico de verdad (no la porquería que movemos nosotros). Eso lo llevó a hacerse amigo de unos colombianos con los que hizo negocios.

—En Bahía de Venados la única persona que tiene autorización para hacer trato con los colombianos es Ray Vega.

—Así es, y si a eso le sumas que Tote le estaba dando mantenimiento a la esposa de Ray… El gordo se debió enterar…

Esta información cayó como baldazo de agua helada sobre el licenciado Mayorga, quien se puso en pie, dejó un billete sobre la mesa y le entregó una de sus tarjetas a don Conde.

—Háblame si recuerdas algo más —le pidió.

El MP salió del Club Deportivo Muralla. El investigador Acosta lo siguió de cerca.

La llamada dirigida a Roberto Reyna fue contestada por Olivia Valdez, quien le pasó el teléfono al vaquero, visiblemente molesta. Roberto Reyna no quiso preguntar quién era. Lo sospechaba. La situación se tornó incomoda.

—¿Qué estás haciendo en casa de esa anciana? —gritó Federica, del otro lado de la línea—. ¿Por qué no he sabido nada de ti?

Roberto Reyna tapó la bocina con su mano. Se dirigió a Olivia, sentada a un lado de él, en el canapé de la sala. Le pidió privacidad. Con tal de lucir comprensiva, Olivia se levantó del canapé y se dirigió a la cocina, donde se preparó un té. Roberto Reyna reanudó su conversación telefónica.

—¿Me decías? —dijo.

—¡Se me considera sospechosa del homicidio de Tote! Tengo a toda la familia Heinrich en mi contra. Según mis suegros, mandé a asesinar a Tote. Se la pasan diciendo que no me tocará nada de la herencia. Necesito de tu apoyo. Creí que había algo especial entre nosotros. ¡Eres igual que todos los hombres!

Roberto Reyna colgó el teléfono.

El licenciado Mayorga dejó al investigador Acosta en su hogar, para que descansara, y condujo su New Yorker hacia el Paseo Olas Altas. El MP caminó por el malecón de piedra hasta llegar a una explanada circular. Se detuvo entre un puesto de raspados y un vendedor de rehiletes. Decenas de familias, turistas y parejas acudieron a ese sitio para ver al clavadista saltar al vacío desde la balaustrada ubicada sobre el peñasco más alto del acantilado. La mayoría de los adultos comían esquites con crema, chile y limón, mientras que los niños se conformaban con un algodón de azúcar o un raspado. Uno de los hijos del clavadista pasó pidiendo dinero en un sombrero de mimbre. El niño era moreno y delgado y caminaba descalzo y con su torso desnudo. Un diminuto short color rojo era la única prenda que vestía. El niño le extendió su sombrero a un turista canadiense, quien donó una generosa cantidad de dólares a la causa de su padre. El licenciado Mayorga hurgó en sus bolsillos pero no encontró cambio. Su mente estaba en otra parte. Seguía sin saber cómo resolver el caso que tenía entre manos, lo cual no era normal. Su trabajo como investigador nunca fue como esas películas en las que el detective destraba los misterios más intrincados con el uso de su ingenio, su vasta cultura y su capacidad deductiva. En la vida real los delitos eran tan obvios que ofendían a cualquiera capaz de sumar dos más dos. Y sin embargo ahora se sentía en una novela de Agatha Christie. El MP sabía que la permanencia en su puesto dependía de que resolviera el asesinato de Tote, pero su puesto no era lo que le importaba. Lo que le importaba era poder verse al espejo cada mañana, a la hora de afeitarse, sin tener que sentir vergüenza de su reflejo. Lo que le importaba era hacer bien su trabajo.

Hasta ahora, Ray Vega era su sospechoso número uno.

El clavadista se lanzó al vacío. El público aplaudió. Alguien tocó el hombro del licenciado Mayorga y éste dio media vuelta. Se trataba de Hugo Morán, quien cargaba un maletín de cuero y seguía con su sombrero panamá.

—Ray no mató a Tote —le informó el colombiano, como si hubiese adivinado el pensamiento del MP—. El asesino se acostaba con la mujer del muerto. Crimen pasional. Caso cerrado.

Hugo Morán estaba nervioso. Con el Júnior muerto, Ray era el único que podía transportar su *kush* a California.

—Roberto Reyna no lo hizo.

—Es el único cabrón que le permitirán arrestar —dijo el colombiano, antes de ladear su cabeza, pestañear, chasquear los labios, encogerse de hombros, impulsarse tres veces y acomodar su camisa—. Hablé con el gobernador esta mañana. Dijo que usted tiene un gran futuro por delante. Usted y su hijo. Creo que fue él quien dio con la pista del asesino, ¿no? Es un gran sabueso.

El licenciado Mayorga se refirió a la madre de Hugo Morán con palabras ofensivas.

—No estoy acostumbrado a que me hablen así pero lo dejaré pasar —expresó el colombiano, antes de ladear su cabeza, pestañear, chasquear los labios, encogerse de hombros y acomodar su camisa.

Hugo Morán abrió su maletín y extrajo una carpeta color manila:

—Ésta es la orden de aprensión del vaquerito. Firmada por el juez.

216

—¿Has preparado esto para proteger a Ray? —dijo el licenciado Mayorga.

El colombiano ladeó su cabeza, pestañó, chasqueó los labios, se encogió de hombros y acomodó su camisa.

—El Mantecas me dijo que él no asesinó a Tote. Su esposa piensa que sí. Tuvo que amarrarla para impedir que fuese con usted a decirle él que lo mató.

—¿No puedes conseguir otra persona que te ayude a transportar tus porquerías?

Hugo Morán ladeó su cabeza, pestañeó, chasqueó los labios, se encogió de hombros, acomodó su camisa y dijo:

—El Brujo espera la merca y a todos nos puede ir muy mal si no la recibe.

El licenciado Mayorga sintió frustración e impotencia. Jamás lo habían humillado de esa manera. Mangoneado por un sudaca, pensó. El MP se vio a sí mismo como un simple burócrata. Hizo un repaso a su carrera en la fiscalía. La mitad de las averiguaciones que habían pasado por su escritorio eran ajustes de cuentas —qué vulgar—. La otra mitad tenía como sospechosos a sujetos demasiado estúpidos como para evitar implicarse con sus propias declaraciones: compadres borrachos, cónyuges celosos, vecinos irritables y pandilleros drogados. Y cuando se me presenta un caso interesante, pensó, ¿qué pasa? ¡Me lo quitan! El licenciado Mayorga leyó la orden de aprehensión firmada por el juez. Pensó en su familia. En sus hijos. No podía romper ese papel. El MP echó a andar el New Yorker y condujo hacia la casa de Olivia Valdez.

Lorena comía uvas. Apagó el televisor cuando oyó el teléfono. Vestía un short de mezclilla y una blusa ligera de algodón. Dejó el tazón con uvas red glove sobre el buró y levantó la bocina.

—Estoy en la comandancia —dijo Roberto Reyna—. Me acusan de asesinar a Tote Heinrich.

—Te sacaré de ahí —habló Lorena, muy segura de sí misma.

Roberto Reyna sintió un enorme alivio al escuchar estas palabras. Sabía que la Morena era capaz de lograr lo que se propusiera. Lorena tenía tiempo sin saber del Vaquero Norteño. Le preguntó cómo le fue con la esposa de Diego. Roberto Reyna pasó saliva y confesó que amaba a Olivia. A la señorita Guerra no le sorprendió escuchar esto. Cuando caminaban por la calle, Lorena había visto la manera en que Roberto Reyna volteaba a ver a cualquier señora con pinta maternal. Se le iban los ojos por las mujeres maduras, altas, bonitas de cara y de caderas anchas, ideales para parir como conejas. Lorena supuso que tenía que ver con el macabro suicidio de su madre frente a él, cuando era apenas un niño.

—Investiga a un sujeto llamado Vladimir Camacho —le pidió Roberto Reyna—. Trabajaba conmigo en Pacific Clean. El día que mataron a Tote, Vladimir le dio un puñetazo a la esposa de Heinrich. También habla con el MP Mayorga. Él te ayudará. Es quien me arrestó pero no fue su idea. Alguien lo está presionando.

Lorena se despidió del Vaquero Norteño, colgó el teléfono y se puso a trabajar en su liberación. Roberto Reyna permaneció unos segundos con el auricular pegado a su oreja, reflexionando acerca de la conversación telefónica que acababa de sostener con la Morena. Se preguntó si tendría alguna posibilidad de que la señorita Guerra lo tomara en serio, como su pareja, no como un socio para sus triquiñuelas. Luego pensó en Olivia Valdez. A ella también la amaba con igual intensidad. Maldita monogamia, pensó. ¿Por qué no puedo tener a las dos? Si son tan diferentes y, al mismo tiempo, tan necesarias.

Lorena lucía un vestido negro de lycra y calzaba zapatillas de tacón alto que torneaban aún más sus piernas. Su pelo era como el de Farrah Fawcett en *Los Ángeles de Charlie*. El licenciado Mayorga se esforzó en pasar por alto su belleza. Fracasó. El resto de los funcionarios ni siquiera lo intentó. Peritos y agentes hicieron un alto en sus actividades para admirar el trasero y las piernas de la mujer que hablaba con el jefe. Las secretarias lucían molestas. El MP podía ver los labios de Lorena moviéndose. Le costaba trabajo escuchar lo que estos le decían. El problema no era el volumen de la voz dirigida a él. El problema era que los sentidos del licenciado Mayorga se encontraban aturdidos ante la apabullante hermosura de su interlocutora... ¿hermosura? No, hermosura no es la palabra correcta porque ¿qué es la hermosura? ¿Tamaño de ojos y de nariz perfectos? Al diablo con la perfección. Lorena no era perfecta: su mandíbula era un par de centímetros prominente de más; sus pómulos, demasiado altivos; su frente, muy amplia; sus colmillos eran del tamaño de los de un vampiro; su labio superior, cortísimo; sus senos, prácticamente inexistentes, como los de una bailarina. Además, apenas medía 1.53 metros de estatura. Estas ligeras imperfecciones la hacían aún más memorable. A su favor tenía unas pestañas largas y rizadas y unas piernas que parecían haber sido torneadas por Satanás con el objetivo de volver locos a los hombres. El licenciado Mayorga la invitó a pasar a su oficina. Ella le propuso ir por un café. Sonrojado, el funcionario aceptó la invitación. El MP se tropezó con su propio pie. Enseguida intentó abrirle la puerta a la mujer, pero la manija se atoró con la manga de su saco. Los empleados de la fiscalía jamás habían visto a su jefe actuando tan locuaz. Se comportaba como un adolescente en su primera cita. El talante marcial del licenciado Mayorga desapareció. Ahora lucía más parecido a Tribilín que a Benito Juárez o a Erwin Rommel. Cuando la pareja salió a la calle se oyeron chiflidos y piropos provenientes de la obra en construcción enseguida de la procuraduría. Afuera la temperatura era de cuarenta grados centígrados a la sombra. Como reza el cliché, podías freír un huevo en el asfalto.

El MP le abrió la puerta del New Yorker a la señorita Guerra. Lorena resintió lo caliente del asiento de piel. La mujer levantó sus piernas y las mantuvo suspendidas, sosteniéndose con sus manos. El licenciado Mayorga se sintió muy apenado por el sufrir de la mujer. Cómo fui tan estúpido, se reprochó a sí mismo, en silencio. Antes de permitir que abordara el coche, pensó, ¡debí haber encendido el aire acondicionado! El MP contuvo sus ganas de golpearse la cabeza.

—Qué pena —exclamó el licenciado Mayorga, como un crío nervioso—. Están muy calientes los asientos.

El MP bajó las ventanas, encendió el aire acondicionado y le propuso a Lorena esperar afuera del coche en lo que se enfriaba un poco.

Ella aceptó la propuesta del licenciado Mayorga y, parada en el estacionamiento, encendió uno de sus Salem mentolados. El MP no logró sacar su Zippo a tiempo y se tuvo que conformar con usarlo en su Viceroy.

—Y de qué vamos a hablar, señorita…

—Reyna —dijo la señorita Guerra—. Lorena Reyna. De mi hermano, Roberto. Usted autorizó su arresto.

El licenciado se ahogó con el humo de su cigarro y tosió desaforadamente.

—Mejor hablemos en el café —propuso—. Lo más seguro es que ya se enfrío el coche.

El Chics era un restaurant frecuentado por ejecutivos de segunda discutiendo negocios de tercera. En la mesa aledaña a la de la pareja un sujeto con un traje barato adquirido en almacenes Milano le proponía a un pobre incauto ser parte de un negocio de ventas piramidal.

—No le tengas miedo al éxito —le dijo el timador a su víctima.

El licenciado Mayorga pidió dos tazas de café.

—¿Por qué encarceló a Roberto? —Lorena fue al grano.

El MP explicó que las huellas del Vaquero Norteño estaban en el arma homicida y en la oficina del difunto.

—Roberto era su empleado —le recordó Lorena—. El arma homicida fue un desarmador que mi hermano usaba para destapar las cubetas de cloro.

Esta vieja no es ninguna pendeja, pensó el licenciado Mayorga, quien dejó de sentirse atraído por la señorita Guerra. Dejó de verla como una zorrita fácil de impresionar y la vio como la mujer inteligente que era. El hechizo se esfumó. El mesero les sirvió las dos tazas de americano. El licenciado Mayorga se lo empinó negro mientras que Lorena vertió cinco sobres de crema y cuatro cucharadas de azúcar sobre su taza. Batió el líquido. La cuchara tintineaba contra la taza. Los dos se miraron fijamente a la cara. Como dos jugadores de póquer.

—Hablamos con el padre de Vladimir. Nos dijo que su hijo es un muchacho muy bueno e inteligente, que el mundo ha sido muy malo con él, que se debió de haber casado con una tal Karen, porque ella sí lo comprendía…

La mujer golpeó la mesa con su mano abierta, testereando las tazas y el servilletero.

—¡Deténgase ahí! —dijo Lorena, como si de pronto hubiese descubierto una gran verdad—. ¿Quién es esa mujer? La que sí lo comprendía, la que decía que Vladimir era un genio. ¿Hablaron con ella?

—Hablamos con la esposa de Vladimir. Dice que no quiere volver a verlo en toda su vida. Están separados.

Lorena dijo que necesitaba hablar con la primera novia de Vladimir. Afirmó que tenía una corazonada.

Vladimir Camacho estaba dentro de un refrigerador industrial propiedad de Ray Vega. El Hombre Gris se encontraba rodeado de camarón congelado, empacado y estibado en tarimas. Sin camisa y esposado de pies y manos a una silla cuyo helado metal le quemaba la piel. La temperatura era de dieciocho grados bajo cero. Llevaba más de una hora ahí dentro. Vladimir Camacho tenía los labios blancos y la piel azul y titiritaba del frío. El Hombre Gris se vio a sí mismo absorbiendo todo el sol de Bahía de Venados, en pleno verano, en la playa y con una bebida caliente en la mano. No había nada que desease más. Esta alucinación se esfumó tan pronto se abrió la puerta del refrigerador y aparecieron Hugo Morán, Ray Vega, Lorena y los dos guardaespaldas de Hugo Morán. El interrogatorio fue idea de la señorita Guerra. El licenciado Mayorga permaneció afuera del refrigerador. No quería que Vladimir Camacho lo viese. A diferencia del Hombre Gris, los recién llegados vestían abrigos ideales para un paseo por la Antártida. Los guardaespaldas de Hugo Morán cargaban cubetas llenas de agua. Lorena sujetaba un abrigo extra que lucía sumamente cálido y acogedor a los ojos de Vladimir Camacho, quien le imploró a sus captores que lo dejasen ir. Hugo Morán le preguntó quién asesinó a Tote Heinrich.

—¡Yo no fui! —aulló el Hombre Gris.

—Eso lo sabemos —intervino Lorena—. Lo que no sabemos es quién lo hizo.

—¡El vaquerito! —volvió a aullar Vladimir Camacho.

La señorita Guerra hizo una señal a uno de los guardaespaldas de Hugo Morán y una cubetada de agua helada cayó sobre la humanidad del Hombre Gris. Vladimir Camacho sintió que la vida se le escapaba por los poros de su piel. En ese momento estaba dispuesto a traicionar a su propio padre a cambio de un poco de calor. Lorena le ordenó que eligiera entre la cubeta y el abrigo.

—¡Está bien! —Aulló el Hombre Gris—. ¡Karen lo hizo!

La señorita Guerra cubrió el cuerpo de Vladimir Camacho con el abrigo de piel mientras los guaruras de Hugo Morán le quitaban las esposas.

Era de madrugada cuando Karen salió del elevador y caminó en tacones por el pasillo de su edificio, ubicado en la colonia Puerto Viejo. Llevaba años buscando una casa con fachada rústica, algo más ad hoc con su talante bohemio, en lugar de su departamento, que le parecía más propio de yuppies. Ninguna casa en Puerto Viejo se hallaba dentro de su presupuesto, pero no deseaba salirse de esa colonia llena de arte y cultura. Para compensar la frialdad de su departamento decoró éste con litografías de Frida Kahlo y cambió la loseta de porcelana por una de barro.

Un chal tejido caía sobre los hombros de Karen. La mujer venía de un recital de trova. Intentó invitar a Vladimir, pero llamó a la casa de su padre y no lo encontró ahí. Don Camacho no sabía dónde estaba su hijo. Sonó preocupado. Temió que hubiese regresado con Jimena. La recepcionista asesina creyó que encontraría a su amigo en el concierto de trova pero no ocurrió así. La oscuridad y el alcohol ingerido le dificultaron el meter la llave en la cerradura de su departamento. Qué noche, pensó. ¡Qué canciones! Gente sensible y de buen gusto entre el público y en el escenario. Si se nos diera la oportunidad de gobernar el mundo, pensó, lo mejor que serían las cosas.

Asesinó a Tote Heinrich porque estaba harta de ver a los burgueses pisotear al proletariado. El Júnior obtuvo su merecido, pensó. No se arrepentía de su crimen. Para nada. Aquella noche Vladimir bebía en el Playa Girón y Roberto estaba con Federica. La recepcionista era la encargada de cerrar Pacific Clean. Ya había ponchado su salida en el checador a la hora de su salida: las 6:00 p.m. Karen esperaba a que su patrón saliera de su oficina, pero éste seguía hablando por teléfono con otro júnior: Tato Weber. La voz de Tote le llegó hasta la recepción. El Júnior le propuso a Tato Weber irse un fin de semana a Cuba, para pagarles a las jineteras por sexo, usando como moneda corriente pantalones de mezclilla, lencería, sandalias de plástico y otros productos del capitalismo. Karen pensó en las mujeres explotadas que se tenían que prostituir en el malecón de la Habana por culpa del imperialismo yanqui y del bloqueo impuesto por el Tío Sam. Su coraje le nubló el juicio. Se dirigió al almacén, donde cogió el desarmador plano y afilado. Su instinto asesino la hizo coger el desarmador con un pañuelo, para no dejar sus huellas en él. Sabía que el Vaquero Norteño había sido el último en usarlo —para abrir un barril de cloro— y que lo inculparían a él. El Júnior terminó de hablar con su amigo. La recepcionista le llevó unas órdenes de compra, para que las firmase. Ése fue el pretexto para entrar a su oficina. Apareció el desarmador plano. La recepcionista tenía buena puntería. Era matancera certificada. Mató docenas de cerdos en su pueblo. Acertó en la yugular. La punta del desarmador estaba bastante filosa. La cara de Karen se vio rociada por la sangre pero esta no borró su sonrisa. Tote, con una mirada saturada de miedo e incredulidad, tuvo que decidir entre luchar con la recepcionista o detener su hemorragia. Optó por la segunda opción. No le sirvió de mucho. El líquido rojo emanaba de su cuello como surtidor de vampiros. El Júnior intentó agarrar el teléfono, pero Karen se lo alejó con un dedo. Tote gorjeó algo inteligible.

Estuvo bien inculpar al Vaquero Norteño, pensó Karen, mientras introducía la llave en la cerradura de su puerta. Se lo merecía. Por lumpen, por no tener consciencia de clase y por hacerle el juego a la burguesía. El destello de un revólver cromado atrajo su mirada. La silueta de una mujer pequeña emergió de la oscuridad. Hasta ese momento Lorena había permanecido oculta junto al elevador.

—Vas a confesar que mataste a tu patrón —gruñó—. Creíste que nadie sospecharía de ti porque navegas con bandera de tonta, pero eres más mala que yo.

Karen barrió con la mirada a Lorena. ¿Quién es esta enana vulgar, pensó, y por qué me dice esas cosas?

—No lo puedes probar —acató a decir.

—Ahí es donde te equivocas —gruñó Lorena.

Enseguida le explicó que llevaba tres días recabando la evidencia necesaria para probar su culpabilidad. Karen hizo un nuevo paneo de Lorena, de los pies a la cabeza. Vio con desprecio su vestido negro y corto de lycra.

—Eres la novia del Vaquerito —observó Karen—. Los dos son igual de vulgares.

Lorena jaló del gatillo. El percutor no encontró su culote. La pistola hizo clic. Dos veces. Tres. La cara de Karen perdió color. El MP y el investigador Acosta emergieron de la oscuridad.

—¿En verdad creíste que te daría una pistola cargada? —dijo el licenciado Mayorga.

El investigador Acosta esposó a Karen Núñez.

Esa noche hacía un frío considerable en el interior de la nave industrial. Roberto Reyna sostenía la mano de Olivia. También estaban presentes Víctor Valdez, Ray Vega y Hugo Morán.

—A los dos los van a parar en el retén del Descanso —les informó el Mantecas, señalando a Roberto Reyna y a Víctor Valdez—. Ambos van a decirle a los soldados que traen *clave cuarenta*. A uno le tocará la revisión. El otro se va a ir de largo. Hemos decidido no decirles quién. Es un volado que se están jugando, pero no se preocupen, a ninguno de los dos les pasará nada. ¿Entendido?

—Una pregunta —habló Víctor Valdez—. ¿Por qué no podemos saber a quién es al que van a dejar pasar y a quién no?

—Porque no quiero pleitos antes de tiempo. Nosotros decidimos quién llegará hasta Tijuana y quién no. Pero, no se preocupen, ninguno pisará el bote. Saldrán en la tele y en los periódicos. Nada más.

—No te preocupes, cuñado —intentó tranquilizarlo Diego Lizárraga.

—*Ex*cuñado —apuntó Olivia Valdez.

Víctor Valdez comprendió que él no llegaría a Tijuana. Nunca había manejado hasta allá. No sabía cómo llegar a la bodega donde entregaría la carga. Ni siquiera se lo dijeron.

—Es muy importante que no se queden dormidos en la carretera

—indicó Ray Vega—. Por eso se tomarán una de estas pastillas antes de salir de Bahía de Venados.

El gordo le entregó una botella de dexedrina a Roberto y otra a Víctor. Vanesa Lizárraga entró a la nave industrial propiedad de su marido.

—Hija —dijo Olivia—, ¿qué haces aquí?

—Traje a un amigo —respondió Vanesa Lizárraga—. Se encuentra afuera. Quiere hablar con ustedes.

Vanesa conoció al Desnarigado una noche en la playa de Bahía de Venados, mientras el fenómeno controlaba el vuelo de las luciérnagas con una especie de taichí que en realidad era Sandkühlquismo. El Desnarigado parecía un semidiós controlando el movimiento de las estrellas con sus manos. Había una docena de turistas y locales admirando el espectáculo, pero fue Vanessa la primera en unirse a la secta cósmica del fenómeno.

Vanesa le llamó al Desnarigado, quien entró a la nave industrial y saludó con su mano fría y grasosa a todos. Ray Corona, Diego Lizárraga y Hugo Morán quedaron convencidos de que el fenómeno era un extraterrestre haciéndose pasar por humano. Todo en él lucía falso. La prótesis nasal pretendía distraer a las personas de la artificialidad de todo su ser. Roberto Reyna lo recordaba perfectamente del *donkey show*. Olivia Valdez se santiguó.

—¿Qué le pasó a tu nariz? —dijo Ray Corona.

—Quedó ensartada, con todo y cartílago, en la bayoneta de un maldito vietnamita —respondió el fenómeno, con su voz gangosa.

Ray Vega se dirigió a Vanessa:

—Déjanos a solas con tu amigo.

—De ninguna manera —protestó Vanesa.

—No te preocupes —la tranquilizó el fenómeno—, no me pasará nada.

Olivia abrazó con ternura a su hija. La hechizada fue llevada por su madre fuera de la nave industrial.

—¿De qué planeta nos visitas? —dijo Hugo Morán, un poco en tono de broma y un mucho en serio.

—¿Qué hay debajo de tu disfraz? —habló Ray Vega.

Diego Lizárraga le preguntó si era un androide.

225

—Puedo comprarles su mercancía al doble de su precio —anunció el Desnarigado.

—¿Tienes idea de con quién te estás metiendo? —dijo Hugo Morán—. El Brujo es el dueño de esta merca.

El fenómeno esbozó una sonrisa que heló la sangre de todos los presentes.

—Puedo hacerlos inmensamente ricos —dijo.

Víctor Valdez dejó escapar una carcajada burlesca. Acto seguido, procedió a desnudarse completamente y a bailar la lambada, tocando todo su cuerpo. Resultó evidente para todos los ahí presentes que el Desnarigado controlaba los movimientos de Víctor. Hugo Morán quedó más que interesado en escuchar las palabras del fenómeno. Estimó que sus encantamientos podían serle muy útiles en el mundo del crimen.

—Te conozco —dijo Roberto Reyna, con una sonrisa.

En la habitación de Roberto Reyna se llevó a cabo una reunión en la que participaron Lorena Guerra, Rigoberto Zamudio y el Vaquero Norteño. La junta fue convocada por este último, quien tenía pensado hablar del gran plan que se le ocurrió. Los tres bebían cubas preparadas por Roberto Reyna. Lorena se sentía incomoda ante la presencia de Rigo, quien no le quitaba su lujuriosa mirada de encima.

—Compadre —dijo el Vaquero Norteño—, ¿se acuerda cuando fuimos a Tijuana? ¿Se acuerda del espectáculo que fuimos a ver? ¿Se acuerda del maestro de ceremonias? El fenómeno con la prótesis nasal. Está en Bahía de Venados.

Roberto Reyna se dirigió a Lorena:

—Rigo y yo vimos cómo ese cabrón convenció a una mujer de sostener relaciones con un asno pintado de cebra.

Lorena se mostró tan asqueada como sorprendida. El Vaquero Norteño se volvió a dirigir a Rigo Zamudio.

—Ayer estuve hablando con el Desnarigado. El fenómeno dijo que podía hacernos jefes de Tijuana.

—¿Tijuana? —Exclamó, incrédulo, Rigo Zamudio—. Pero esa es plaza del Brujo.

—El Desnarigado dice que en unos años acabará con él y, sabes qué, le creo.

—¿Qué quiere de nosotros? —Rigo Zamudio fue al grano.

—Solo me pidió a cambio un lugar alejado de la civilización. Un sitio donde parquear el platillo volador de un compadre suyo que vendrá de una galaxia muy lejana. Le dije que hay una meseta al noreste de Monte Río, ideal para estacionar su nave extraterrestre.

Lorena no podía creer que Roberto estuviese hablando de extraterrestres, de galaxias muy lejanas, de mujeres fornicando con asnos pintados de cebra y de platillos voladores. Se sintió preocupada por él. Casi podía verlo recluido en un manicomio, con todo y su camisa de fuerza. Palpó su frente, en busca de fiebre.

—Amor, ¿te sientes bien? —dijo, muy consternada—. Creo que te hicieron daño los mariscos de la mañana.

—Estoy bien —la tranquilizó Roberto Reyna.

—Hay un problema —intervino Rigo—: el comisario don Luciano. Irá a la procuraduría en cuanto sospeche que está ocurriendo algo raro en el pueblo.

—Usted es el líder de los ejidatarios, ¿no? Bótelo. Diga que su tiempo se acabó; que las cosas no están funcionando; que es hora de votar por un nuevo comisario. Acúselo de corrupción, de desvío de recursos. Yo qué sé.

Lorena seguía consternada por la charla sobre extraterrestres y platillos voladores.

Luego de ir a misa y confesarse con el padre, Olivia Valdez se repuso del shock que le supuso el haber conocido al extraterrestre amigo de su hija. De regreso en su hogar, la mujer decidió que el fenómeno podía serle útil, después de todo. Sabía que se encontraba ante el umbral de una coyuntura histórica que podía y debía aprovechar. Algo que le daría un giro de 180 grados a su vida. Y un impulso en una dirección positiva también. La clave era no temer a lo desconocido. Olivia Valdez se sirvió una copa de vino blanco, encendió un cigarro y se dejó caer en el sillón de la sala, donde se encontraba el periódico de ese día. Olivia levantó sus caderas y extrajo el diario. Leyó el titular:

PRESENTA SU RENUNCIA EL LICENCIADO
CÉSAR RAFAEL MAYORGA

A continuación, leyó la noticia:

Bahía de Venados, Sonoloa. El agente del ministerio público César Rafael Mayorga presentó el día de hoy la renuncia a su cargo. En entrevista con este diario el exfuncionario manifestó su interés por abrir un despacho de abogados.

Olivia Valdez recordó cuando el licenciado Mayorga fue a su casa a entrevistarse con Roberto Reyna. Lo recordaba como un señor inteligente, parecido a Benito Juárez, pero con pelo *flat top*. Decidió probar suerte con él. El artículo no decía dónde se le podría localizar. Se le ocurrió preguntar en la procuraduría por él. Seguro le darían información acerca de cómo contactarlo.

Roberto Reyna condujo la carga por la helada sierra de la Rumorosa, en Baja California, a una desesperante velocidad de treinta kilómetros por hora. Recién había nevado allá arriba. El clima era deprimente. La escarcha en el asfalto: traicionera. El vaquero le agradeció a Dios el no haber olvidado su chamarra de piel. Tijuana solía ser una ciudad mucho más helada de lo que muchos creían. Especialmente cuando nevaba en la Rumorosa y corría el viento procedente de esta sierra.

El fenómeno viajaba en el asiento del copiloto. Iba en mangas de camisa, pero no había problema porque, como el extraterrestre que era, el Desnarigado no sufría de frío. Si toleró el clima del planeta Nagor, por supuesto que iba a tolerar todo lo que la Tierra tuviese que ofrecerle.

Durante el viaje, el fenómeno le habló a Roberto Reyna de las Pléyades como si fuesen sus primas; del cinturón de Orión como si fuese parte de su indumentaria; de la Vía Láctea como si fuese su bebida favorita; de la constelación de Tauro como si fuese un barrio que abandonó de niño; de la Osa Mayor y Menor como si fuesen sus mascotas; de Rhan-Tegoth, Hastur y Bokrug como si fuesen sus amigos de la infancia, y de años luz como si fuesen kilómetros. Le contó que los keplerianos eran de lo más tacaños y que las nagorianas eran de cascos ligeros. El vaquero llevaba dos días de escuchar estos disparates cósmicos. Sin dormir. La dexedrina le ayudó bastante. Lo bueno era que el fenómeno no precisaba de estas sustancias porque dormía cada tres lunas por una semana entera; lo malo era que no podía conducir transmisión de doble embrague.

Salieron bien librados de todos los retenes. En El Desengaño los militares les pidieron el permiso de Sagarpa para transportar el crustáceo usado como fachada en la caja del tráiler. Roberto Reyna mostró el permiso, pero éste juzgó más útiles los poderes mentales implementados por el Desnarigado. El vaquero estimó que pudo haber llevado los paquetes de droga abiertos, sin camarones de por medio, y no hubiese habido problema.

Roberto Reyna hizo entrega de la mercancía en una bodega de Tijuana. Un lugarteniente del Brujo preguntó quién era el fenómeno con la nariz de plástico y el Vaquero Norteño refirió que era su copiloto. No hicieron falta más explicaciones.

Era poco antes de las once de la mañana de un día soleado pero fresco, gracias a la brisa del mar que roseaba la colonia clasemediera donde vivía el licenciado Mayorga. Aquella no era cualquier primavera sino el epítome de la primavera. La mejor época del año en Bahía de Venados, cuando no hace demasiado calor pero todavía resulta agradable bañarse en la playa, donde los *college tours* gringos llevan a cabo sus orgías de Spring break. Ese sábado el vecino del licenciado Mayorga les pidió a sus hijos que se subieran rápido a su van. El hombre cargaba bats y manillas. Se les hacía tarde para el campeonato de beisbol de la liga pingüica, en los campos del Club Deportivo Muralla. El tejuinero moreno conducía su triciclo a vuelta de rueda y saludó a su amigo, el cevichero aún más moreno, quien conducía un vehículo similar pero en dirección opuesta. Un ama de casa en sandalias y tubos para el pelo detuvo a ambos vendedores ambulantes por medio de un potente chiflido, porque ¿a quién no se le antoja un tejuino con hielos y una tostada de ceviche en una mañana perfecta de abril? Un merolico en la nómina del periódico local transitaba a vuelta de rueda en su vocho, anunciando la última victoria de los Camaroneros de Bahía de Venados sobre los Tomateros de Culiacán —en *extra innings*—, el reporte de dos macheteados en una cantina, y, por último, la confesión de la asesina de Tote Heinrich. El merolico era en realidad una grabación que repetía estas noticias por medio de un megáfono instalado en el techo del Volkswagen. El merolico empezaba cada nota gritando *¡y ándale!*, con una voz aguda. Tres aspersores instalados de manera estratégica regaban los altramuces, las buganvilias, los cornejos, los lirios, los setos y el césped en el jardín del licenciado Mayorga. En la cocina del abogado se encontraba su hijo, muy de brazos cruzados y recargado contra el lavaplatos. El licenciado preparaba café junto a él. Octavio fue a pedirle dinero para comprar la consola de videojuegos Nintendo Entertainment System. Se escuchó el timbre. Era la señora Valdez. El abogado se sorprendió de recibir la visita de Olivia pero la hizo pasar. Le ofreció un café que la señora Valdez aceptó. A Olivia le pareció que, para ser la casa de un hombre divorciado, el hogar del licenciado Mayorga se encontraba muy limpio. Se sentaron en la barra del desayunador. Octavio permaneció parado y expectante. Olivia fue al grano:

—¿Con quién se está acostando Lorena Reyna?

—¿Por quién me toma? —protestó el licenciado Mayorga.

—Puedo pagarle.

—No se trata de eso.

La señora Valdez salió de la casa del abogado sin despedirse y murmurando improperios. Los aspersores le mojaron las piernas. Un tacón se le rompió al atorársele en el caminito de piedra que partía en dos el jardín. Esto la molestó aún más. Cuando llegó a su hogar recibió la llamada de Octavio. El gordo que estaba de metiche en la casa del licenciado Mayorga y que vino a arrestar a Roberto, recordó Olivia. Octavio aseguró que él podía ayudarla.

—Soy detective —aseguró Octavio—. Puedo conseguirle evidencia de que esa ramera se acuesta con la mitad de Bahía de Venados.

—Me interesa saber si se está acostando con una persona en particular —acotó Olivia—: con tu amigo, el vaquerito Roberto Reyna.

—¿Se acuesta con su hermano? —exclamó Octavio, tan confundido como asqueado.

Una sonrisa macabra se posó en la cara de la mujer:

—Tengo la sospecha de que no son hermanos.

Octavio siguió a Lorena y, con su Nikon FA, tomó fotografías de ella entrando al motel Malibú acompañada de Roberto Reyna. Se sintió como todo un detective privado. Incluso se puso una gabardina y un sombrero Stetson para hacer su trabajo. Con el dinero que le pagó Olivia, Octavio acudió a una tienda de electrónicos, donde adquirió la consola para videojuegos Nintendo Entertainment System.

Esa misma tarde, en otra parte de la ciudad, la señora Valdez tenía sus labios pintados de rojo, sombra oscura en los ojos, contorno bajo los pómulos y el pelo corto y relamido hacia atrás. Lucía como una de esas chicas en el video musical "Addicted to Love", de Robert Palmer, sólo que más rolliza y con una bata plateada, en lugar de un vestido negro. (No había nada excepto lencería debajo de la bata.)

Olivia se sentó en el canapé de la sala y cruzó sus piernas. Diego Lizárraga, quien estaba sentado junto a ella, no podía quitar la vista de los muslos de su ex. Se le antojó hundir su cara en la pelvis de Olivia. La señora Valdez agitó el sobre color manila.

—¿Qué es eso? —balbuceó el Zar del Marisco.

—Contraté a un detective privado —le informó Olivia, extrayendo las fotografías del sobre color manila.

Diego Lizárraga perdió color mientras veía la evidencia que se le mostraba.

—Éstos no son hermanos —señaló Olivia, con una sonrisa.

El Zar del Marisco tenía los hombros caídos y semblante de hombre derrotado. Lucía solo y triste, como un perro abandonado por sus dueños en una ciudad intimidante y desconocida.

—A lo mejor son muy unidos —musitó.

—El apellido de esa mujer ni siquiera es Reyna. No puedes regresar el tiempo, Diego. Una jovencita de esa edad sólo te puede querer por tu dinero.

La desesperación que sentía Diego Lizárraga hizo que se pusiera en pie de un brinco y caminara hasta una repisa de madera que sostenía cuatro portarretratos. Estos habían sido despojados de las fotografías donde Diego aparecía. De los cuatro, sólo uno conservaba su respectiva imagen: Olivia, sola, parada bajo la Torre Eiffel. Un recuerdo del viaje que hicieron juntos a Europa en el verano del 87. Su ex lucía una sonrisa radiante y sincera, pantalones de mezclilla desteñidos —de mamá—, blusa bombacha, como de bucanero gay, y melena castaña ondulada y saturada de rizos. Lucía tan… tan… ¡aburrida! La mujer de la fotografía jamás se hubiese visto involucrada con vaqueros limpiadores de piscinas y mucho menos con detectives privados. A pesar de que la fotografía fue tomada hacía más de tres años, la mujer en ella lucía más vieja que la que tenía por un lado.

El Zar del Marisco hizo un intento por coger la mano de Olivia, a quien veía más apetitosa que nunca… La señora Valdez le propinó un manotazo. Alzó una ceja, muy similar a como lo hacía Maléfica en *La bella durmiente*.

—No seré tu premio de consolación —aclaró la mujer—. Amo a otro.

—Cállate —exclamó Diego, antes de correr rumbo a la puerta.

Mataré a esa vieja, pensó.

Lorena se encontraba sentada en un sillón blanco de piel. Desnuda excepto por una toalla en su cuerpo. Leía un libro sobre los antiguos astronautas. En la página en la que se encontraba había una ilustración de un maya que, según el autor, se encontraba sentado en su nave, a punto de despegar y moviendo controles, palancas y pedales. La señorita Guerra esperaba descubrir qué querían los alienígenas. Estaba tan absorta en su lectura que no volteó a ver a Diego Lizárraga cuando éste llegó.

—Amor —dijo, de manera cándida—, aquí dice que fueron extraterrestres quienes construyeron las pirámides.

El Zar del Marisco fue hasta donde estaba la señorita Guerra. Ésta le preguntó si le ocurría algo. Las tenazas de Diego Lizárraga aprisionaron el cuello de la mujer. La llamó puta y le reprochó mil cosas.

Lorena no podía respirar. Menos hablar. La toalla cayó de su cuerpo y ahora se encontraba desnuda y más vulnerable que nunca. El Zar del Marisco sacudió a la mujer en el aire, como si fuese un trapo. Lorena fue perdiendo la visión. Por primera vez en mucho tiempo la señorita Guerra sintió miedo. No quería morir así. Me he pasado de lista, pensó. Debo detener al extraterrestre que planea acabar con la raza humana, agregó en su mente. Debo proteger a mi hijo. Lorena no pudo pensar más. Todo se apagó.

Lorena despertó con un intenso dolor de cabeza. No llevaba la toalla enrollada a su cuerpo. La cubría una sábana. Reconoció su condominio. Diego Lizárraga se encontraba tirado boca abajo sobre un charco escarlata creado por la sangre que escurría de su nuca. Tenía las manos esposadas sobre su espalda. El licenciado Mayorga se encontraba parado en el balcón del condominio. Viendo hacia el Océano Pacífico, donde un chilango volaba en un parachute y tres gringas montaban una banana remolcada por el motor de una lancha. Las jovencitas voluptuosas gritaban y brincaban sobre la embarcación inflable cada que pasaban por encima de una ola. A diferencia de Lorena, ellas sí se la estaban pasando bien en esos momentos. La señorita Guerra caminó hacia el balcón con la sábana enrollada en su cintura. Le agradeció al licenciado Mayorga lo que hizo por ella. El abogado aseguró que la culpa era suya.

—¿Cómo? —al decir esto Lorena sintió una punzada en su cerebro—. ¡Ay! —agregó, llevando una mano a su sien.

—Al señor Lizárraga le llegaron unas fotografías de usted entrando al motel Malibú de la mano de Roberto Reyna.

Cada sílaba taladraba la cabeza de Lorena. Aun así habló:

—¿Usted tomó esas fotografías?

El licenciado Mayorga bajó la mirada al suelo, apenado.

—Fue mi hijo... pero él no tuvo la culpa. La tuve yo. No lo eduqué bien. Fui demasiado duro con él. Debí tenerle más paciencia.

—Olivia le encargó tomar esas fotografías, ¿verdad?

El licenciado Mayorga volvió a bajar la mirada. Dijo que sí, con culpabilidad.

—¿Cómo supo que Diego venía a matarme?

—Se ha conseguido una enemiga de mucho cuidado: la señora Valdez. Me encargó fotografías de usted con Roberto Reyna. Por supuesto que me negué. Lo malo fue que mi hijo estaba escuchándolo todo.

Lorena señaló al hombre tirado en el suelo. Preguntó si estaba muerto.

—Lo dejé inconsciente. Le di con la cacha en la nuca. No creo que tarde en despertar. He llamado a la policía.

La señorita Guerra pidió permiso para vestirse. El detective dijo que adelante. En eso sonó el teléfono. Lorena contestó. Era Roberto Reyna desde Tijuana. Se escuchaba consternado. La mujer quiso saber cómo le fue con la carga. El Vaquero Norteño dijo que le fue bien pero que hubo un problema con Víctor, quien delató a todos.

—Debes salir de ahí cuanto antes —remató—. Vete al motel Malibú. Mi compadre pasará por ti.

La segunda llamada que Roberto Reyna hizo ese domingo por la tarde fue a la caseta telefónica de doña Francisca, en Monte Río.

—Hola, mijo. Hace tanto que no te veo. ¿Ese milagro que hablas? ¿Sigues de camionero? Pensé que estabas viviendo otra vez en Estación Naranjo.

—Paquita, ¿podría avisarle a mi compadre que en cinco minutos le llamaré a este número? Para que se venga rápido a la caseta.

—Sí, cómo no. Ahora mismo le aviso.

Francisca fue corriendo hasta la casa del señor Zamudio. Roberto Reyna le informó a Rigo que Víctor cantó, por lo que debían poner su plan en marcha lo más pronto posible. Primero que nada había que ir por Lorena, quien se encontraba alojada en el motel Malibú.

—Consíguele trabajo en el pueblo —dijo Roberto Reyna.

—Pero en Monte Río no hay trabajo.

—Consíguele algo. Lo que sea.

Los beisbolistas de la liga llanera

Hacía un calor infernal en Monte Río. Teníamos los uniformes empapados de sudor y llenos de tierra. Exprimí la gorra sobre el montículo y me la volví a poner. Quedó un poco menos mojada. En lugar de agua había cerveza en el *dugout* y camarón seco en lugar de pepitas de girasol. Los Naranjeros de Estación Naranjo y los Vaqueros de Monte Río nos disputábamos el campeonato de la Liga Llanera. El visor de los Dodgers, Mike Brito, viajó desde Los Ángeles hasta Monte Río nomás para ver si mi recta cortada era lo que todos en el norte de México decían que era. Estamos hablando del hombre que descubrió a talentazos como Fernando Valenzuela y Bobby Castillo. ¡Una leyenda! Brito sostenía su radar detrás del home, iba de gafas oscuras, sombrero panamá, fumaba un habano y vestía una bonita camisa hawaiana. No paraba de sonreír. Le disgustaba el trabajo de escritorio en el *club house*, pero en los pequeños estadios de las ligas llaneras era feliz. Especialmente por el ambiente que ahí se vivía. Esa vez el equipo de sonido reproducía "La culebra" a todo volumen. Las mujeres de Monte Río bailaban mientras comían cacahuates y salchichas y bebían cerveza.

Aquel que logra dominar el complejo arte de la recta cortada es un ave rara. Años más tarde ese lanzamiento convirtió en millonario a un pescador panameño llamado Mariano Rivera. Sólo ese lanzamiento. Sin grandes curvas ni *sliders*. Se trata de toda una hazaña debido a que hay que darle efecto y velocidad. Al principio, la pichada parece una recta, por la rapidez con la que se acerca al plato, pero en el último milisegundo se aleja de los bateadores derechos, nomás tantito y con mucha rotación, evadiendo la parte más peligrosa del madero. Comúnmente deriva en una rolita dentro del cuadro.

Ganábamos dos carreras a una en la baja de la novena. Tenía las bases llenas y, frente a mí, al cuarto bate de los Naranjeros, líder de cuadrangulares en la liga. Tres bolas y un strike. Dos outs. Llevaba más de 150 lanzamientos, me dolía el hombro, no sentía el brazo y mi recta se cortaba cada vez menos, pero en la liga llanera decimos que los relevos son para putos. El próximo lanzamiento podría romperme un tendón en mi codo. No exagero.

Los Naranjeros tenían fama de pendejos. Estaba por ejemplo el que giraba con todo y foco a la hora de instalarlo en el techo; el que no escribía el número veintidós porque no sabía cuál dos iba primero; el que, molesto por los chistes de un ventrílocuo, protestó y el comediante le pidió disculpas, a lo cual el Naranjero respondió que la bronca no era con él sino con el cabrón muñeco que no paraba de burlarse de la gente de su rancho.

El trofeo era un becerro, una camioneta llena de botes y un concierto del Vaquero del Caribe, pero eso no era lo importante. Lo importante era el honor. Lo importante era la dignidad. Lo importante era dejar claro que los Naranjeros eran los pendejos y nosotros no.

El problema era que el cuarto bate de los Naranjeros era nacido y criado en Estación Naranjo y parecía cargar a cuestas el rencor de años y años de burlas, el cual pensaba curar con un grand slam en la cara de los presumidos monterrienses. Él sabía que mi recta no se estaba cortando y que no tenía nada más en mi repertorio. Además, era un buen observador. Podía identificar qué tipo de pichada le iba a lanzar a partir del ángulo de salida de mi brazo derecho. No había manera de engañarlo. Sinceramente no sé qué hacía en la liga llanera, pudiendo estar en las mayores. Seguro era adicto a los frijolitos con requesón que le hacía su madre y no podía dejarlos. Se embasó con un doblete en la segunda entrada, lo ponché en la cuarta y conectó un fly al central en la séptima. Este elevado no se convirtió en jonrón sólo porque el viento sopló a mi favor.

Le lancé mi remedo de curva. No se la tragó. Ni siquiera llegó al plato. La pelota rebotó en el suelo y el receptor la paró magistralmente con el peto para impedir un fatídico wild pitch. El cuarto bate me dirigió una sonrisa cargada de malicia. Tercera bola, marcó el umpire. Volteé a ver a Brito, el hombre que me llevaría a Hollywood para conocer a la Mujer Maravilla, a los Ángeles de Charlie, a la Mujer Biónica y a todas esas putas. El visor se quitó sus gafas para ver mejor cómo actuaba bajo presión. Para ese entonces mi brazo tenía la fuerza de una franela polvosa y el dolor en mi hombro era tan grande que me daban ganas de gritarle al manejador ¡sácame a la chingada!

Para mi siguiente pichada me la jugué —este mundo es de los audaces—, le recé a mi madre en los cielos, extraje fuerza de la flaqueza y lancé una piedra. Algo tronó en el interior de mi codo. Noventa y ocho millas por hora marcó el radar. El cuarto bate hizo un swing humillante, nauseabundo. El imbécil jamás vio la pelota. Esperaba la recta cortada a ochenta y ocho millas por hora. Erró como por dos metros, nada más. Abanicó después.

—¡Quítenle el bat y denle un tololoche! —se burló una mujer.

El escuchar los gritos de las mujeres fue mejor que el sexo y eso lo sabe cualquier deportista. Me las cogeré a todas, pensé. Una por una o todas revueltas.

Teníamos cuenta llena de tres bolas y dos strikes. Si entregaba la base entraría carrera de caballito y se empataría el marcador. No me preocupaba por revirar. Sabía que, con la casa llena, los corredores no se irían a ningún lado. Además, aunque quisiera revirar, descubrí que no podía elevar mi brazo derecho por encima de mi hombro. No era que me doliera al hacerlo, era que simplemente no podía y eso era todo. Me quedó claro que el crujido en el interior de mi codo durante mi último lanzamiento significó la rotura de algún ligamento. Al final, ¿de qué sirve un lanzador que no puede lanzar? No me quedaba de otra más que pedirle al manager que me sacara. Adiós Mike Brito, adiós Dodgers, adiós Mujer Maravilla, adiós Mujer Biónica y adiós Ángeles de Charlie. Estaba acabado y liquidado. Desahuciado como pelotero... Aunque si no podía lanzar por encima de mi hombro, siempre podía hacerlo por debajo. El famoso lanzamiento conocido como culito de gallina que usábamos en la liga pingüica para hacer enojar al gordito que no le pegaba ni al mundo. Pero ¿funcionaría con el cuarto bate de los Naranjeros de Estación Naranjo? Jodería con su ego, para empezar. Le picaría la cresta. Primero había que ponerlo sobre alerta para que funcionara. Para que el enojo nublara su razón.

—Te la voy a tirar de culito de gallina —dije, con una sonrisa.

Enseguida le demostré cómo lo haría, para que me entendiera. No fue necesario. Él y todos los presentes en el estadio sabían perfectamente a lo que me refería. Esto hizo que el cuarto bate de los Naranjeros de Estación Naranjo se enojara aún más. Parecía toro de lidia. Lancé la pichada como si fuera softball. La pelota voló por los aires, empezó a descender y entonces ocurrió algo curioso...

Yo siempre digo que las ligas llaneras gozan de muy buen nivel. Todos los pitchers tiran piedra como ligamayoristas, lo cual hace que los bateadores se acostumbren a la bola rápida. Llega un momento en el que ya no le pueden pegar a pelotas viajando por debajo de las sesenta millas por hora. Les gana la ansiedad y abanican antes de tiempo. Esto fue exactamente lo que le ocurrió al cuarto bate de los Naranjeros de Estación Naranjo antes de que el estadio se volviera loco, todo el equipo me bañara de cerveza y mis compañeros me alzaran sobre sus hombros. ¡Abanicó antes!

—¿Cómo está tu brazo, hijo? —dijo Mike Brito, con suspicacia pero sin borrar la sonrisa de su cara.

Dije que mi brazo se encontraba estupendamente. No sé si detectó la mentira.

—Actuaste bien bajo presión, muchacho —dijo el visor—. No te preocupes por el ligamento en tu codo. Tenemos un doctor que te lo dejará como nuevo.

—¿Jugaré para los Dodgers?

—Negativo. Estarías unos meses en los Duques de Albuquerque, nuestro equipo de triple A. Claro —dijo Brito, señalando mi brazo—, luego de que te arreglemos ese ligamento.

—¿No conoceré a la Mujer Biónica? —dije.

—Lo más seguro es que sí, pero ese no es el problema. El problema es que la vida de los ligamenoristas es muy dura. Ganarás poco, viajarás en autobús todos los días. Recuerda que allá no hay cerveza ni camarón seco en los *dugouts*.

—¿No hay camarón seco en los *dugouts*? —exclamé, indignado—. ¿Qué comen durante el partido?

Mike Brito se encogió de hombros:

—La mayoría mastica tabaco, pepitas de girasol… chicle. Tampoco hallarás buenos tacos de asada, ni de pastor, ni pozole, ni birria, mucho menos un buen aguachile. La comida no sabe a nada. Lo más parecido a una salsa picante que encontrarás es esa porquería embotellada, Tabasco. Te digo todo esto porque el club está cansado de la cantidad de jugadores que se regresan a México, afectados por el síndrome del Jamaicón. El presidente me pidió que hablara claro con ustedes antes de llevármelos. Escucha, debo ir a Bahía de Venados para ver a un zurdito shortstop que dicen que es la octava maravilla, pero regresaré en una semana. Esta noche es tuya, muchacho. Disfrútala, festeja tu triunfo, consúltalo con la almohada y en una semana hablaremos, luego de que hayas tomado una decisión. ¿Qué te parece?

Le extendí mi mano zurda porque la otra no me servía de nada. Le dije que estaba encantado de conocerlo, que me parecía tentadora su oferta y ya no tuve tiempo de decirle nada más porque justo en ese momento me interrumpió doña Francisca para avisarme que Roberto llamaría dentro de diez minutos a su caseta. Supuse que mi hermano estaba al tanto de mi triunfo sobre los Naranjeros pendejos y quería felicitarme. Dejé a mis compañeros festejando y corrí a la caseta telefónica de doña Francisca para contestar la llamada de Roberto. Levanté el teléfono con la zurda. Mi hermano quiso saber qué estaba haciendo en Monte Río. Por su tono de voz, me quedó claro que no estaba al tanto de mi más reciente hazaña.

—¡Acabo de lanzar un juego completo, carnal! Nomás me anotaron una carrera. ¡Le ganamos a los Naranjeros pendejos en la final de la liga llanera!

Rematé con una carcajada. Roberto no pareció emocionarse mucho con la noticia.

—Me refiero: a qué te dedicas —dijo, fríamente.

Le dije que recién había regresado del corte de la uva, allá en Caborca, pero que estaba a punto de firmar con ¡los hijos de puta Dodgers!... Bueno, con una sucursal, que para el caso era lo mismo. Roberto dijo que sería una pésima idea firmar con los Dodgers de Los Ángeles ya que todos los gabachos era unos racistas, que me echarían a la migra tan pronto me lesionara, que me estreñiría de tanto andar en autobús y que allá no había buenos tacos de asada, ni de pastor, ni pozole, ni birria, mucho menos un buen aguachile. Afirmó tener una mejor idea: que me postulara para comisario de Monte Río. Que, considerando mi condición de héroe local, era seguro que conseguiría el puesto.

—Don Luciano está acabado —dijo—. Nadie votará por él. Rigo hablará contigo. Te explicará mejor las cosas. Irás con él a la junta ejidal donde te postularás como comisario... Carnal, me tengo que ir. Pones mucha atención a lo que diga mi compadre. No te preocupes, te va a ir muy bien.

La llamada me puso triste pero sólo me interesaba firmar con los Dodgers para impresionar a Roberto, quien era mejor beisbolista que yo. Además, los comisarios gozaban de buenas prestaciones, era muy probable que mi brazo no fuese a servir de nuevo, la Mujer Biónica ni siquiera era mi tipo y, en cualquier caso, tenía todavía una semana para pensarlo mejor. O tal vez lo único que me interesaba en la vida era complacer a mi hermano... no lo sé.

Regresé al estadio, donde había un lechón y un becerro asados, harto perico, una camioneta retacada de botes y la música del Vaquero del Caribe. Desperté en la posada de don Anselmo, crudo y al lado de una malinche naranjera que odiaba a su pueblo.

Los toquidos de Rigo taladraron mi cabeza. Fue por mí a las nueve de la madrugada (!) para llevarme a la asamblea ejidal. Llevaba consigo un maletín y una carta firmada por el diputado. Me quité mi mugroso uniforme de los Vaqueros, me puse un pantalón de mezclilla, cogí la texana y me calcé mis botas de mula. Me sentí como el conde Drácula al salir a la calle y recibir la intensa luz del sol. Rigo me prestó sus gafas de aviador. Le pregunté si no había tiempo de ir por una birria de chivo y me dijo que no.

A pesar de no saber nada de comisariar, de contar con un brazo inútil y de que jamás había disparado un arma que no fuese mi rifle .22, a los ejidatarios les tomó menos de dos horas elegirme sheriff de Monte Río. Todos estaban muy contentos y me felicitaron por mi nuevo cargo y por mi heroico triunfo sobre los Naranjeros pendejos en la final de la liga llanera de beisbol. Les aclaré que mi brazo derecho no me servía de nada, pero eso no les importó. Don Luciano, muy serio, me hizo entrega de su estrella de latón, de su revólver .38, de su carabina 30-30 y de las llaves de la comisaría. Me informó que yo era un sujeto muy inocente y manejable y que por eso me gané el puesto, pero esperaba que me fuera bien y me deseaba mucha suerte. Le agradecí sus palabras y ese mismo día se fue de Monte Río como tantos otros en esa época, cuando el pueblo se estaba quedando solo por culpa de la sequía y de la crisis.

Rigo me pidió que no le hiciera caso al envidioso de don Luciano. Que lo que había que hacer era festejar mi nombramiento en el Cuatro de Copas. Se le veía bien emocionado, todo chapeteado y con sus orejas rojas rojas de la excitación. Tan pronto entramos a la cantina dijo que subiría al segundo piso con una morenita que recién había llegado de Bahía de Venados. Ni siquiera esperó a tomarse una cerveza para agarrar valor. Él la iba a estrenar, dijo. Imagínense el chasco que se llevó cuando la chaparrita no quiso nada con él. El gerente la regañó por caprichosa y ella aseguró que yo la pedí primero, lo cual hizo que Rigo se levantara de la mesa y saliera echando sapos y culebras.

Así conocí a Lorena, quien me hizo decirle a don Brito que gracias pero no estaba interesado para nada en su propuesta de irme a jugar beisbol con los gringos racistas. Que mi futuro estaba en Monte Río, al lado de mi morenita.

El brazo sanó por sí solo aunque ya no volví a lanzar. Cuando jugaba me ponían en posición —en primera y de jardinero, principalmente— y aun así tiraba chueco.

241

Carroza de Sandkühlcaán

Cientos de centroamericanos, procedentes de países como Guatemala, Honduras y El Salvador, abandonaban sus pueblos para perseguir el Sueño Americano y no se volvía a saber nada de ellos. Como eran morenos y pobres, a nadie le importaba su ausencia. A nadie importante, claro está. Fue por esas fechas que vi mucho forastero en el pueblo. Eran morenitos y chaparritos y trabajaban en la construcción del megalito. Laboraban de noche para sacarle la vuelta al calor, lo cual al principio me sonó lógico. ¿Cuál era mi teoría? Que el Desnarigado manipulaba a los migrantes por medio de una especie de magia negra y que, de alguna extraña manera, la construcción del megalito en el desierto atentaba contra toda la raza humana. Me di varias vueltas por la obra, vestido con pantalón y chamarra negra y armado con mi revólver, mi tejana negra, mis binoculares y una grabadora. Confirmaría una de mis teorías al escuchar los acentos de los centroamericanos, pero esto no fue posible ya que jamás hablaban entre sí. La única voz remotamente humana que se escuchaba eran las palabras sin vocales saliendo de las bocinas instaladas por todo el perímetro de la obra. En un principio creí que las palabras exentas de vocales eran sonidos aleatorios inspirados por el amor a dios, pero poco a poco empecé a sospechar que se trataba de una serie de encantamientos. ¿Cuándo descubrí esto? Cuando caí en la cuenta de que algunas oraciones se repetían de manera exacta. Aquí hay un patrón, pensé. Seguí yendo al área de la construcción. Oculto entre la maleza, vi a una cuadrilla compuesta por doce cen-

troamericanos ser aplastada por un monolito de veinticinco toneladas, luego de que ya no pudieron más con su peso. Una fresca docena
de muertos vivientes recogió el megalito, sin inmutarse, y continuó
la tarea dejada inconclusa por sus compañeros, quienes quedaron
como cucarachas aplastadas en la tierra. Estoy seguro de que no fue
la primera vez que esto ocurrió. Por ello la necesidad de traer a más
y más trabajadores cada semana. Los monolitos llegaban transpor-
tados por tráileres, desde la cantera de piedra caliza ubicada en Estación Naranjo, y luego eran bajados por grúas. La peligrosísima
instalación corría a cargo de los migrantes. Ningún medio de comunicación local, nacional o internacional se tomó la molestia de poner al tanto a su público de la construcción de un monumento
megalítico en Monte Río. A los mismos habitantes del pueblo les parecía la cosa más normal del mundo. ¡Cuatro circunferencias con-
céntricas, la más amplia de cien metros de diámetro, hechas de pares
de monolitos de 25 toneladas, unidos por un dintel de piedra en la
parte superior! Le pregunté a mi compadre Rolando si no le parecía
extraña la construcción de un monumento megalítico en nuestro
pueblo, y me dijo que se encontraba más interesado en encontrar al
bribón que se llevó su bicicleta. Lorena era otra que actuaba como si
nada y me cambiaba de tema cada que le mencionaba el monumento megalítico. De hecho, todos en el pueblo me miraban raro, como
con desconfianza. Por ejemplo, si me encontraba a Rigo en la carnicería me hablaba sólo lo necesario y luego buscaba una excusa para
retirarse. Me quedó claro que no podía confiar en ninguno. Defini-
tivamente, había algo podrido en Dinamarca. Pero, aunque el pueblo se hubiese vuelto loco, yo tenía claro lo que debía hacer: detener
la construcción de tan horrorosa obra. Una mañana subí a mi pick-
up y me dirigí a la estación del ferrocarril, de donde estaba seguro
que venían los muertos vivientes. Fue ahí que vi la manera en que el
Desnarigado reclutaba a sus trabajadores. Llegó en su camioneta, es-
coltado por Esteban García, y se acercó a los vagones del tren, donde predicó la palabra de dios, sin dirigirse a nadie en particular. Poco
a poco, cabezas surgieron de los distintos vagones de La Bestia. El
Desnarigado les dijo a las caras desconfiadas que en su templo cristiano, ubicado a pocos kilómetros de ahí, había canastas con bolillos

recién horneados, ollas con menudo calientito y recipientes llenos de cebolla picada y yerbabuena:

—Les ofrezco comida y posada porque, como dice Job, el forastero no pasará la noche afuera, porque al viajero he abierto mis puertas. O, como dijo Mateo, porque tuve hambre, y me disteis de comer; tuve sed, y me disteis de beber; también fui forastero, y me recibisteis.

La mayoría lucía caras suspicaces, pero en esa etapa del viaje el hambre era más poderosa que el miedo. Un total de once migrantes subieron a la caja de la camioneta sonriendo y gastándose bromas.

—Cuidado con este de aquí porque es bien *come cuando hay* —dijo uno de los centroamericanos, refiriéndose a su acompañante—. No tiene llenadera.

Estallaron las carcajadas. Incluso el Desnarigado sonrió y bromeó un poco con ellos, sin asustarse por los chistes verdes que surgían de vez en cuando. Para ese entonces todos habían bajado la guardia y lucían más que contentos ante la perspectiva de su primera comida completa en semanas. Manteniendo siempre una prudente distancia, seguí a la pick-up hasta el templo del Desnarigado, ubicado en el centro del pueblo, donde los centroamericanos permanecieron hasta que cayó la noche. Mientras bebía un Toni-Col en la tiendita de la esquina, volví a escuchar los sonidos proferidos por el fenómeno. Palabras que sonaban más como pisadas sobre cristales rotos que como palabras. El tendero ni se inmutó, ya estaba más que acostumbrado. Cuando, por fin, los centroamericanos salieron del templo, eran otros. Ya no sonreían ni se gastaban bromas. Ni siquiera hablaban. Lucían tristes y demacrados, como si hubiesen envejecido años en cuestión de horas. Los seguí hasta el área de la construcción, donde fui sorprendido por Esteban García, quien me llevó, a punta de escopeta, hasta el taller de cantería. La mirada de loco me convenció de que el hijo de Carmelo García era capaz de dispararme.

—¿Qué lo trae por aquí, sheriff? —gangueó el Desnarigado—. Supe que en estos momentos hay un operativo para capturar al malhechor que robó la bicicleta de su compadre.

Lo cierto era que ante la ausencia de crímenes de mayor envergadura, ése era el tipo de casos que investigaba la comisaría a mi cargo.

—Una pregunta —dije—, la forma de este templo suyo, ¿no le parece muy poco cristiana que digamos?

—Le recuerdo, sheriff, ésta es propiedad privada. ¿Tiene alguna orden de cateo?

—Volveré cuando la tenga. Puede estar seguro de ello.

Di media vuelta y un dolor frío y punzante se anidó en mi nuca. Una nube negra ascendió del suelo y me devoró. Desperté con una jaqueca de campeonato. Desnudo, con frío y sobre una plancha metálica y helada, como de morgue. Mi ropa se encontraba hecha bola a mis pies. Una compuerta se abrió a mi derecha y apareció frente a mí un antropoide con cabeza de marabú. Un terror inconmensurable se apoderó de mí luego de atestiguar aquella visión blasfémica, cuya figura desafiaba toda biología terrenal. Intenté correr, pero el híbrido monstruoso alzó uno de sus largos dedos, todo mi cuerpo se engarrotó y fui enviado, por medio de una fuerza invisible, de vuelta a la plancha metálica. El marabú antropoide acercó su pico a mi cara. Le pregunté qué era él.

—Soy Sandkühlcaán —respondió, de manera telepática.

El híbrido monstruoso cayó sobre mí y me abrió de piernas. Con pavor descubrí que estaba a punto de ser sodomizado por un alienígena. Su falo enorme y plumífero ya me rozaba el asterisco.

—Al menos invíteme una copa primero —aullé, porque cuando tengo miedo me da por bromear.

Ni modo, pensé, ha llegado la hora de conocer las extrañas costumbres del espacio exterior y aguantar vara como los meros machos. Cerré los ojos y me encomendé a Pancho Villa, a Pedro Infante y a Steve McQueen. ¡Funcionó! Mis plegarias fueron atendidas. El híbrido monstruoso se detuvo y hasta retrocedió. El alienígena me perdonó la honra, pero ¿por qué razón? No me importó. Sandkühlcaán se alejó unos pasos y la nave sufrió una fuerte sacudida. Como si hubiese aterrizado en algún lugar sólido. Mi amigo me escoltó hacia unas escaleras que me llevaron directo al Desnarigado y a Lorena. Ésta le apuntaba al fenómeno con la misma escopeta que estuvo en manos de Esteban García. Al bajar del platillo volador había mucho humo y todo olía a quemado. Me encontré rodeado por los monolitos instalados por los muertos vivientes. Descubrí que el monumento megalítico fue construido por el Desnarigado para servir de base a la nave espacial. Todo el suelo alrededor de los monolitos se encontraba quemado por la combustión del platillo volador, el cual necesitaba de esa base tanto para despegar como para aterrizar, ya que su fuselaje es de un material muy sensible al fuego. Otra cosa que descubrí fue que el Desnarigado y Sandkühlcaán se comunicaban telepáticamente. Al parecer, el primero era el siervo del segundo. Mientras tanto, yo seguía desnudo.

—Nico —dijo mi mujer—, es hora de irnos a casa.

Otra persona pudo haber quedado tonta o loca ante las experiencias y las visiones infernales de esa noche. Estrés postraumático, le llaman. Eso no es para mí. Esa noche dormí como bebé y por la mañana del día siguiente me encontraba desayunando mis chilaquiles verdes bien picosos con tres huevos estrellados encima cuando entró la Morena a la cocina para increparme por meterme donde no me llaman. Se refería a mi investigación sobre el monumento megalítico. Le pregunté quién le dijo que estaba atrapado en el platillo volador. Me cambió el tema:

—¿Qué vas a hacer hoy?

—Le pregunté a mi informante por la bicicleta de mi compadre Rolando. Tengo una pista que debo seguir. Creo que está en Estación Naranjo, con el marco pintado de otro color.

—No puedo creer que sigan ocurriendo ese tipo de cosas en el pueblo —dijo la Morena.

¿Por qué no le pregunté cuál era la naturaleza de su relación con Esteban García, con el Desnarigado y con Sandkühlcaán? Porque, queridos amigos, esa mujer me hacía como quería. Tenía ese poder sobre mí. Sabía que era adicto a toda ella.

La no muerte del Desnarigado

Yo era el que cocinaba, limpiaba la casa y lavaba los platos, pero la única vez que Lorena hizo el aseo —no sé qué mosca le picó— estuvo murmurando insultos, gruñendo improperios, hablando entre dientes y, en general, lanzando tan mala vibra en mi dirección que me calé mi tejana y salí rumbo a la comisaría. Había caído la noche cuando me dispuse a hacerme un café y recibí la llamada más extraña de mi vida. Se trataba de mi compadre, quien me aseguró que un decapitado caminó por la avenida principal de dos carriles, dejando un rastro de mujeres desmayadas a su paso. El fenómeno se desplomó antes de llegar al parque Benito Juárez. La evidencia que encontré concordaba con lo relatado por Rolando, mas no con las leyes de la naturaleza. Lo más raro de todo es que la cabeza no parecía haber sido cercenada del cuerpo sino… ¿desabrochada? Claramente se podían ver una serie de broches metálicos alrededor del cuello.

En casa del Desnarigado un costarricense afirmó haberle abierto la puerta a Esteban García, quien entró a la oficina del gangoso. Ambos discutieron con sonidos que sonaban como latigazos. Veinte minutos más tarde, Esteban García salió de la casa sosteniendo un costal con algo del tamaño de un balón de futbol en su interior. El fenómeno lo persiguió sin su cabeza.

—¿Qué clase de changarro regentean aquí? —dije.

—No lo sé —expresó el tico—. Le juro que he olvidado todo lo que ha pasado en los últimos seis meses. Es como si acabase de despertar de una pesadilla…

—Sí, sí, sí —lo interrumpí—. Agentes de la judicial vienen para acá. No muevas nada.

El costarricense se rascó la cabeza.

—Como si la escena del crimen tuviese mucha lógica.

—Ese no es mi problema.

En menos de una hora llegaron judiciales y peritos. Tomaron fotografías, huellas, hablaron con Carmelo García y luego intentaron localizar al hijo de éste y la cabeza que se robó, pero no dieron con ninguna de las dos cosas. Lucían más confundidos que un camello en el polo norte.

Me encontraba sentado en mi escritorio porque me gusta estar sentado y me gusta mi escritorio. El investigador Acosta, quien parecía león enjaulado, me arrojó una serie de fotografías. En todas aparecía el cuerpo sin cabeza de un humano en el Semefo, sólo que este cuerpo no era humano, ya que donde debían estar sus costillas había branquias como de pez.

—¿Alguna vez notó algo raro en el cuerpo del fenómeno? —gruñó.

Me encogí de hombros.

—No tenía nariz —dije.

El agente judicial pateó mi escritorio.

—Maldita sea, comisario. ¡Esa cosa tenía tres corazones y dos estómagos! Pero ¿quiere oír algo que verdaderamente lo va a sorprender?

Le pedí que lo intentara.

—Esta mañana el cuerpo sin cabeza del fenómeno salió caminando del Servicio Médico Forense. Burló todos nuestros filtros de seguridad. No lo hemos vuelto a ver. Ahora sí, ¿puede hacerme el favor de decirme qué chingados está ocurriendo aquí?

Esto último me molestó bastante. Me refiero a las groserías y al lenguaje altisonante que usaba el investigador Acosta. Me puse en pie y lo cogí de su corbata.

—Todos los días le pedí a tu Procuraduría que viniera a investigar la desaparición de los migrantes pero, como llevaban mochada del fenómeno, no les importó —dije—. No se hagan los inocentes conmigo.

Le bajó de güevos:

—Te juro que no sabía nada —balbuceó.

— No te hagas pendejo. Sé cómo funciona esto. Te llegaba parte de la mochada. Sabías que había alguien en Monte Río reportándose. Eso era lo importante. Lo demás era lo de menos.

El investigador Acosta recuperó la humildad perdida. Se volvió más respetuoso. Aclaró su voz.

—Comisario —dijo—, ¿qué relación se traía el fenómeno con Esteban García?

Lorena abrió la puerta, cruzó la comisaria y se colocó junto a mí. Puso una mano sobre mi hombro. El investigador Acosta quedó como hipnotizado.

—Esteban era su asistente —respondí.

—¿Ha notado algo raro en Monte Río últimamente?

—¿Además del megalito? ¿Además de los zombis?

El investigador Acosta dejó escapar una risita de nervios.

—Claro —dijo—. Además de eso.

¿Qué podía decirle? ¿Que un marabú antropoide intentó violarme?

—No he visto nada raro —dije.

No sospechaba que Lorena me ocultaba algo. *Sabía* que Lorena me ocultaba muchas cosas. Esa misma noche, ¿por qué discutía con Carmelo? Los vi con cara de quererse matar el uno al otro, pero sin levantar demasiado la voz.

—Todo me lo debes a mí —farfulló Carmelo—. ¡Te di caldo de iguana!

—¡Me encadenaste a la pared! —gruñó la Morena, aún más enojada.

Fue todo lo que alcancé a escuchar antes de que volvieran a bajar la voz. Luego Lorena abrió su bolso y le entregó un montón de billetes a Carmelo.

Según la Morena, al papá de Esteban García lo conocía de vista. A otro perro con ese hueso. Además, ¿de dónde sacaba tanto dinero? Decía que vendiendo Avon y Tupperware. ¿Habrá sido cierto eso? Gastaba millonadas en zapatos y ropa y siempre le sobraba dinero, el cual yo no le daba. Me pagaban muy poquito por no hacer nada. Aunque les cueste trabajo creerlo, ¡ella me mantenía a mí!

Luego de la no muerte del fenómeno, los centroamericanos retomaron su camino al norte y los ejidatarios se preguntaron en manos de quién habrían quedado sus tierras. Era como si hubieran despertado de un sueño y entonces los habitantes de Monte Río se comenzaron a matar unos a otros. Primero mi compadre Rolando le dio un machetazo al hombre que robó su bicicleta. Rolando llegó a la comisaría, con su camisa manchada de sangre, a confesarme lo que hizo. Lo puse tras las rejas. Inmediatamente después de esto, se aglomeró una muchedumbre afuera de la comisaría. No sabía qué estaba haciendo toda esa gente en la calle. Ellos tampoco. Ni siquiera me pedían que liberara a Rolando. Poco a poco, la conciencia colectiva de la multitud fue atando cabos y exigieron hablar con Rigo. Hablé a la capital y pedí una patrulla.

Lincharon a Ofelia, esposa de Rigo y madre de Evelina.
Luego de que la mujer se mostró incapaz de adivinar el paradero de su marido, Paquita le propinó un coscorrón. Doña Porfiria y Armida hicieron lo mismo. Los hombres dijeron, ¿nosotros por qué no? y la agarraron a patadas y puñetazos. Su hermano acudió a defenderla, difunteando de un plomazo a uno de los abusivos. Se podía oler la violencia en el aire. Morían de dos a tres monterienses por día. A Lorena le entraron ganas de mudarse. Estuve de acuerdo con ella. Lo cierto es que la hubiese seguido hasta el fin del mundo.

El vicio del sheriff

Una tolvanera cubrió de arena Mexicali. Lorena no se quejaba, a pesar de tener su pelo erizado y sus labios partidos. Los hidraté con un beso. Mi padre estaba viviendo con Daniel, un medio hermano mío que trabajaba en un cabaret. Éste me abrió la puerta luego de que toqué a la desvencijada traila en el desierto.

—Soy Nicolás Reyna —me presenté—, ella es mi esposa Lorena. Vengo a visitar a mi papá.

—Con que eres otro de mis hermanos —dijo, en tono amariconado—. Pásense.

El interior de la traila apestaba a drenaje. La alfombra lucía como el pelaje de una rata muerta. Sobre el comedor de formaica se encontraban restos de comida china, colillas de cigarro, vasos de plástico, un peine, tubos y una plancha para el pelo. En el suelo había revistas de chismes. Un sillón era muy distinto al otro. Lo mismo pasaba con las sillas del comedor. Había un póster de Madonna sobre el televisor. Daniel me informó que mi padre se encontraba en una de las habitaciones. Le pedí a Lorena que me esperara en la sala. Sabía que si entraba con ella a la habitación del viejo éste no me pondría atención, por estarle coqueteando a mi esposa.

—Te buscan, viejo enfadoso —dijo Daniel—. Es uno de tus hijos.

Mi padre se encontraba acostado en su cama. Según mis cálculos, tendría cincuenta y cuatro años de edad, sin embargo la vida de excesos le cobró su factura. Lucía de setenta y cuatro. Había frascos con pastillas sobre el buró.

—Mario, viniste —exclamó mi padre.

—Nicolás —lo corregí.

—Sí, eso, Nicolás. Qué bueno que te veo. ¿Por qué no habías venido a visitar a tu padre?

Me encogí de hombros:

—El trabajo de sheriff.

—Con que tú eres el comisario de Monte Río. Lo siento. Es que son tantos. Y ya estoy muy viejo. Lo bueno que ya voy de salida.

—No diga eso, papá.

A Juan Reyna se le iluminó la cara:

—Me llamaste papá.

—Claro que lo hice.

—Nadie lo hace.

—Pues yo sí lo hago.

—Tu hermano me trajo comida china. Le gusta que le soplen la nuca.

—Son los nuevos tiempos. El mundo está cambiando.

Mi papá se acercó más a mí y bajó un poco la voz:

—Es de buen corazón. Cuando enfermé nadie más me quiso en su casa. Ni siquiera su pinche madre… Los problemas que se ahorra con su gusto por morder almohadas. ¿Quieres que te dé un consejo? Las mujeres —dijo, abanicando su dedo índice a lo largo de una hilera imaginaria de mujeres paradas frente a él— solo quieren llevarse tu verga a la tumba. Especialmente las modernas. Dime, hijo, ¿tu esposa es católica? Eso es muy bueno. Como tu madre. Ella sí que era una buena mujer. Cristina…

—María —lo corregí.

—Ella también. ¿Cómo está?

—Muerta.

—Pobrecita. ¿Y tú hermano? ¿No has sabido nada de él?

—¿Cuál de todos? —fingí no saber.

—Roberto.

El viejo siempre mostró una clara preferencia por su primogénito. Roberto es especial, le dijo a mi madre, quien se molestó, pero él no se dio por enterado y continuó hablando de lo bueno que Roberto era para el beisbol, para los pleitos callejeros y para todo.

—No he sabido nada de él —dije.

—Roberto anda muy mal. Por eso te hice venir.

El viejo no se acordaba ni de mi nombre y ahora resulta que me mandó a llamar.

—¿Cómo lo sabe? —dije.

—Me lo dijo Leonor.

Otro maldito personaje en esta confusa trama, pensé.

—¿Quién es Leonor?

—¿Cómo que quién es Leonor? Tu hermana. La que vive en San Diego. Casada con el filipino agente de migración.

Jamás había escuchado de esa mujer. Ni siquiera sabía que tenía una hermana.

—Ah, sí, claro —dije—. Leonor, la que vive en San Diego, casada con el filipino agente de migración.

—Dice que tu hermano está flaco y demacrado. Que trabaja para El Sindicato y vive en Tijuana con una vieja diez años mayor que él. Lo que me pesa es que Roberto pudo haber logrado cualquier cosa que se hubiese propuesto. ¡Pudo haber lanzado en las mayores!

Ése iba a ser yo, pensé.

—Él no te lanzaba curvitas ni sliders ni nada de esas mariconadas —continuó mi padre con sus palabras lastimosas—. Pura recta. El problema de Roberto son las mujeres. Tienes que hacer algo por él, Carlos.

—Nicolás —lo corregí.

—Sí, Nicolás… Todos mis hijos están bien acomodados. A ninguno le falta nada. Siempre me aseguré de ello —mintió—. Roberto es el único que me tiene preocupado. Acércate y dame tu mano.

Así lo hice.

—Prométeme que irás a Tijuana a buscarlo. Dile que necesito verlo. Es mi última voluntad.

¿Qué podía hacer? ¿Negarme? Jamás albergué ninguna clase de rencor en contra de mi padre. Además, el ir a Tijuana en busca de mi hermano se me antojaba como una aventura digna de dos espíritus libres como Lorena y un servidor.

—No se preocupe —dije—. Lo buscaré en Tijuana.

—¡Ése es mi hijo! —exclamó.

Como era de esperarse, a Lorena le encantó la idea. De la casa de mi padre nos fuimos a la central camionera. Buscamos a mi hermano por varias semanas en Tijuana hasta que se nos acabó el dinero. Preguntamos por él en la Torre, pero tan pronto mencionamos su nombre, los guardias nos sacaron a la fuerza y no nos dejaron entrar jamás. Nos metimos a trabajar en una fábrica. Era una trampa. Un ciclo vicioso del que es muy difícil salirte. Te tienen agarrado de los güevos. Dándote nomás lo necesario para malcomer. A veces ni para eso. La gente se muere de anemia. Les dan ataques. Los ves tirados, convulsionándose. Preguntándote cuándo te tocará a ti. El mundo sigue girando y tú ni te enteras porque estás encerrado todo el día. Me estaba volviendo loco. Pasaron cinco años en un parpadeo. Incluso se nos olvidó a qué fuimos a esa ciudad en primer lugar. Hasta que por fin se me prendió el foco:

—¿Y si me meto de policía? —dije.

Lorena dijo que era una gran idea. Que cualquier cosa era preferible a seguir trabajando en una fábrica. Además, dijo, le encantaría verme de uniformado.

Ingresé a la academia luego de cinco años de radicar en Tijuana. Ahí conocí al comandante Matías Escalante alias el Catrín. Éste me ofreció la patrulla. Me pidió quinientos pesos por ella, pero le empecé dando setecientos pesos y una orden de birria todas las mañanas. Nomás era cuestión de ponerse las pilas. De trabajar más duro que el resto. Me refiero a morder más seguido a los niños bebiendo cerveza en sus Toyotas chocolate con placas gabachas. En Tijuana tenemos la ventaja de que los agentes de seguridad pública también la hacemos de policías de tránsito y podemos expedir multas, o, al menos, amenazar con que lo haremos.

Escondía la patrulla a pocas cuadras de La Cueva del Peludo, del Titanic o de Mi Casita Bar y paraba a los obreros que salían de ahí. Les pedía que soplaran mi bolígrafo, el cual les presentaba como alcoholímetro, les decía que tenían aliento de borracho y desembolsaban cien pesitos, a veces doscientos. Gracias a esta actividad podía pagarle setecientos pesos al comandante por el uso de mi patrulla, en lugar de estar parado, como verga esperando nalga, todo el día, en Palacio Municipal, por ejemplo. Ganando el mínimo. Mi iniciativa le gustó tanto al Catrín que me obsequió una granada de fragmentación.

—La pondré en la sala —dije.

—¿No te parece muy peligroso?

—No tenemos niños. Lorena no ha podido quedar embarazada, por más que lo hemos intentado.

La Morena pasó caminando descalza por la sala, con su ajustado short de mezclilla. El comandante Matías la vio con una mirada cargada de lujuria. Los presenté.

Acudí al Working Name Fish Tacos por una orden para llevar compuesta de dos ToniColes y ocho de camarón enchilado (dos para Lorena y seis para mí). Para comerlos mientras veíamos el National Geographic. La noche anterior vimos un documental que hablaba de lo valientes y honrados que eran los agentes gabachos apostados en la garita fronteriza. A diferencia de los policías de Tijuana, los agentes gabachos eran insobornables y no le temían a ningún criminal. La Morena me confesó que más de uno le pareció guapo, lo cual me puso celoso.

Antes de llegar a casa fui capturado por cinco buchones. Hasta aquí llegué, pensé. Recibí cachazos, puñetazos y patadas. Me llevaron al Punto Cero. Tres camionetas con faros antiniebla nos esperaban con sus tripulantes armados hasta los dientes. El Brujo descendió de una de aquellas camionetas. Era un moreno de frente pequeña, bigote negro erizado, ojos de sapo violado y cuerpo gelatinoso. Me entregó diez mil pesos. Pregunté para qué era el dinero.

—Para que sigas haciendo tu trabajo —respondió.

Lorena se horrorizó al verme llegar a la casa con la cara moreteada. Quiso saber qué me pasó. Le informé que fui secuestrado. Me dio pastillas para el dolor. Lorena se encontraba hecha un manojo de nervios. Se le quitó el susto cuando vio la cantidad de billetes en mi cartera. Le dije que regresaría el dinero y renunciaría a mi cargo.

—Pero si no te pasó nada malo —exclamó.

—No me metí a la policía para convertirme en un corrupto.

Lorena dejó escapar una carcajada.

—Bueno —dije, un poco apenado—, uno tiene que ayudarse un poquito, eso todo mundo lo sabe, pero no participaré en nada que tenga que ver con delincuencia organizada. Ahí pinto mi raya. No me educaron de esa manera.

La Morena corrió a nuestro cuarto y estrelló la puerta. Fui a disculparme y me hizo prometerle que aceptaría el dinero del Brujo. Lorena me dejó entrar a nuestra habitación, donde me permitió beber agua del río. Mi vicio. La Morena tenía buen buqué porque no se había bañado en todo el día. Sabía que era adicto a su jugo, a su aroma, a toda ella. Era mi vicio.

El Brujo pidió vernos a las nueve de la noche en el estacionamiento del restaurante con forma de sombrero ubicado frente a la Torre. Nos dijo que había llegado la hora de que desquitáramos nuestro salario. Señaló al hotel ubicado del otro lado de la avenida, a un costado del Club Campestre. El hotel donde se hospedan los federales cuando hay un operativo en Tijuana.

—De ahí saldrá un Jetta tripulado por tres agentes federales vestidos de civil. Los interceptarán en el hipódromo y los llevarán al Soler.

No había tiempo para pensar. Ni siquiera sabíamos cómo habíamos llegado a ese punto tan bajo de nuestra existencia. Nos habíamos convertido en escoria humana, en traidores, en Judas. Estacionamos la patrulla en el supermercado que está frente al hipódromo. El coche color blanco salió del hotel unos minutos más tarde. Arrancamos a toda velocidad, dejamos atrás el hipódromo e interceptamos el Jetta frente al auditorio. El coche blanco iba tripulado por tres jovencitos vestidos de civil. Los hicimos salir a punta de fusil, acusándolos de pertenecer al Sindicato. Miguel esposó a los muchachos y los subimos a la patrulla. Los metimos a la casa de seguridad ubicada en el Soler. Lloraron cuando vieron el instrumento medieval en manos del Brujo: un collar metálico con un palo de madera en un extremo. El cable era una cuerda de piano y el leño hacía las veces de tornillo. Miguel giró el palo de madera. Observé cómo brincaron los ojos de las cuencas. La cervical del federal tronó y los ojos salieron de sus cuencas. Los jóvenes eran guapos pero se terminaron pareciendo al Brujo.

El embarazo de Lorena me tomó por sorpresa. Siempre creí que mi pistola disparaba salvas. Nunca preñé a nadie y eso que jamás usé gorro. Eran tiempos locos. Vivíamos a mil por hora. No teníamos tiempo de asimilar lo que nos pasaba, sin embargo lo que me sucedía, en medio de tanto caos, era diferente a todo lo demás. Me obligaba a hacer un alto en mi vida y reflexionar. El nacimiento de un hijo, al que educaría para que no cometiera los mismos errores que yo cometí, era una luz de esperanza en el camino. Por fin mi vida adquiría algo de sentido. Tenía frente a mí la oportunidad de comenzar de cero. Le agradecí a la Morena tan inmenso regalo. Ella me aseguró que todo iba a salir bien y nos besamos.

La noticia de las tres cabezas de los federales arrojadas frente a la Procuraduría General de la República resonó por todo el mundo. Un periódico le llamó ¡VERGÜENZA NACIONAL! A cuatro columnas. Para ese entonces el Brujo encabezaba la lista de los hombres más buscados por el FBI. El gobierno de Estados Unidos le exigía a México su captura para ir tramitando, de inmediato, su extradición.

La inseguridad comenzó a afectar al turismo en Tijuana. Los güeros temían tropezarse con cabezas humanas mientras solicitaban el servicio de las paraditas en la Coahuila. A pesar de que éramos unos simples municipales, el comandante nos encomendó capturar al Brujo. El Catrín se había pasado al lado del Sindicato. Jamás había visto tan alterado y nervioso al comandante. Fumaba desaforadamente y sudaba a chorros. Su cara se encontraba grasosa, con grandes ojeras y barba de tres días. Ni rastro de la colonia en su uniforme. Dijo que debíamos capturar al Brujo antes de que los federales dieran con él.

—¿Cuando lo capturemos qué?

—Le dan piso —respondió—, por resistirse al arresto.

Luego de que se anunciara de manera oficial el fracaso en la captura del Brujo, a algún burócrata del gobierno federal se le ocurrió encarcelar al hermano del susodicho, un propietario de seis estéticas unisex y ocho boutiques regadas por todo el Bajío. ¿Los cargos? Lavado de dinero y asociación delictuosa. Era seguro que el putito saldría libre por falta de pruebas. Poco importaba eso. Los gritones al frente de los noticieros nocturnos ya anunciaban extasiados el duro golpe al crimen organizado con la captura del *narcoestilista*.

Con el Brujo lejos, las cosas se calmaron por un tiempo. Gracias a su ausencia, nos resultó más fácil conservar la cabeza pegada a nuestros hombros, lo cual es muy importante para todos. Mi esposa dio a luz a una linda princesita de ojos azules —ni Lorena ni un servidor tenemos los ojos azules— a la que le pusimos Beatriz. El comandante Escalante fue su padrino de bautizo.

—Ya somos compadres —dijo el Catrín, al terminar la ceremonia—, nada de andarme hablando de usted, Sheriff.

Los compadres y nuestras respectivas viejas éramos una bonita familia que se reunía cada navidad, final de futbol, pelea de boxeo, serie mundial y cumpleaños. Todos fuimos capaces de dejar el pasado atrás. Todos excepto mi compadre Miguel, quien era el más sensible de los tres. Esto tuvo efectos desastrosos en su matrimonio. Desilusionada ante el ensimismamiento de su marido, su esposa lo abandonó y se llevó a sus hijas al sur.

Sí había algo un poco raro en el comportamiento de Miguel. Por ejemplo, durante el bautizo de Beatriz, Miguel no hizo otra cosa que estarle pegando duro a la botella de tequila que le pusimos en su mesa, sin hablar con nadie.

—Tú no tienes ojos azules —me dijo Miguel—. Tampoco Lorena.

La Morena se molestó por los comentarios imprudentes de Miguel, pero le pedí que lo entendiera. Que eran las presiones del trabajo, le dije. Que a algunos les afectaba más que a otros.

Era de noche. Me encontraba acostado al lado de Lorena. Con nuestras piernas entrelazadas. El siguiente fin de semana iríamos a Disneylandia con el comandante Matías y su familia. Lo teníamos todo planeado. Yo conduciría la Durango de mi compadre hasta Anaheim porque me gusta manejar. Nuestras hijas se tomarían fotografías con Mickey Mouse, Tribilín, el Pato Donald y las Princesas. Fin del sueño. Mi radio privado volvió a sonar.

—Qué hay, Sheriff —dijo el Brujo, con su voz repugnante—. ¿Cómo has estado?

—Muy bien. Y tú, ¿dónde estás?

—Como dijo Jack el Destripador: vamos por partes. Primero que nada: te dejé un regalito en la puerta de tu casa.

El Brujo apagó su radio. Lorena me preguntó qué estaba pasando. Le pedí que regresara a la cama. Cogí mi reglamentaria y salí de la recámara rumbo a la puerta de la entrada. En el silencio de la medianoche podía escuchar el latido de mi corazón. Me armé de valor y abrí la puerta de la entrada. Sobre el tapete en el suelo que rezaba *Home, sweet home* había un costal cerrado con un nudo. Dudé en abrirlo. Comprendí que no me quedaba de otra. El contenido del costal podía ser algo incriminatorio. Debía saber qué había dentro de esa bolsa antes de reportarla. El corazón no me cabía en el pecho. Un ojo me comenzó a bailar, como siempre me pasa cuando padezco estrés. El miedo me hizo hiperventilar y esto, a su vez, redujo mi rango de visión. Veía el costal a mis pies como a través de un largo túnel. Me agaché y hundí mis uñas en el plástico negro. Abrí el costalito con las yemas de mis dedos. Sujeté la cabeza de los pelos y la saqué de la bolsa. Ahí estaba, frente a mí, la cara gris y sin vida de Miguel. Con sus ojos de sapo, como los del Brujo y los tres federales. Ni siquiera muerto parecía estar descansando. Pegado a su frente, una nota:

Mañana a las nueve en el Punto Cero

Aquello no había acabado. Me quedé de ver con el Catrín en el estacionamiento del restaurante El Potrero. Mi compadre lucía peor que nunca. Le pregunté por qué nos habíamos pasado al bando del Sindicato. Me explicó que todas las fuerzas del orden en México dejaron de apoyar al Brujo tan pronto apareció en la lista de los más buscados por el FBI y nosotros debíamos hacer lo propio antes de que fuese demasiado tarde.

—Es como en la política —abundó—: de nada sirve estar con el partido que sabes que perderá las elecciones.

—Pero eso es ser una rata —argumenté—, un traidor.

—Al contrario: si le das piso al Brujo vengarías a Miguel y le darías un mejor futuro a tu hija. ¡Le estarías haciendo un bien a México!

Matías era un gran orador cuando se lo proponía pero tenía razón. Debía hacerlo por Beatriz, por Miguel. Debía hacerlo por México.

En el este de Tijuana, el manto de concreto que era la colonia Colina Frondosa se acercaba cada vez más a la hondonada conocida como el Punto Cero. Era una noche sin estrellas. El Malasuerte se encontraba al lado del Brujo. Saludé a Tomás y me dirigí al Brujo:

—Supe lo de tu hermano —dije, muy serio—, lo siento mucho.

El Brujo se encogió de hombros:

—Nos salió puto, ¿qué se le va a hacer? Pero es muy trabajador, el cabrón. Eso que ni qué.

—Me refiero a que está guardado.

El Brujo dejó escapar una carcajada.

—¿Por eso lo decías? No te preocupes. Ya casi sale. No tienen nada contra él.

Corté de tajo la charla amistosa y le pregunté qué quería.

—Mañana vas a darle piso a tu compadre.

—Te equivocas —dije y saqué la granada de fragmentación que me obsequió el comandante Matías. Sujetaba la palanca contra el metal con mi mano derecha. El anillo de seguridad pendía de mi izquierda. El Brujo se cagó en los pantalones—. ¡Esto se acaba aquí! No puede haber dos bandos. Todo estaba bien hasta que tu cara de sapo violado llegó a esta ciudad. Tuviste la oportunidad de largarte pero no lo hiciste. Ahora te llevaré conmigo. Tengo una hija, debo preocuparme por ella. No quiero que crezca en un país donde nos lanzamos cabezas humanas, unos a otros, como si fueran balones de voleibol.

El Brujo esbozó su sonrisa repugnante y me preguntó si estaba seguro de que Beatriz era mi hija. El cabrón sabía algo que no me estaba diciendo. (No tengo ojos azules. Tampoco Lorena.) Quise saber de qué hablaba. El Brujo le pidió al Malasuerte que me enseñara las fotografías. Tomás se acercó a mí. Sostenía un sobre color manila en sus manos. Le pregunté qué era lo que contenía el sobre. El Malasuerte lucía apenado. Extrajo una serie de fotografías que me mostró, una tras otra. En todas aparecía la Morena. Algunas fueron tomadas en restaurantes, otras en parques y otras más a la entrada de moteles de paso. En todas aparecía acompañada del comandante Escalante. (El cornudo siempre es el último en enterarse.) Todo cobró lógica. La manera en que Lorena me trataba; su virtuosismo en la cama; su gran y extenso catálogo de posiciones innovadoras. Siempre me había preguntado dónde había aprendido tantas cosas raras. Por otro lado, el libro de cabecera del comandante Matías era el Kama Sutra. Tenía un amplio acervo de revistas y películas pornográficas en su casa. ¡En el librero de la sala! ¡Al alcance de sus hijas!… El pinche sátiro. Mi mente se despejó. Todo lo vi muy claro. Sabía lo que debía hacer. Tomé una decisión. Cogí al Brujo del cuello de su camisa.

—Cambio de planes —anuncié—. Vienes conmigo.

—¿Por qué?

—Porque soy el Sheriff de Tijuana —dije.

Mi plan inicial me pareció demasiado melodramático. Muy de telenovela. Estaba tan indignado que pensaba volar en pedazos junto al Brujo, para que Beatriz supiera que su padre hizo algo por combatir la corrupción que reina en este país. Eso no importaba ya. Yo ni siquiera era su verdadero padre. Además, tampoco había por qué proteger a un traidor como el jefe Escalante, quien sí tiene los ojos azules. Lo había decidido. Nos iríamos juntos al pozo del descrédito y la humillación. Subí el cuerpo gelatinoso del Brujo al hondita de la Morena. El cara de sapo les pidió a sus hombres que no nos siguieran. El Malasuerte se me quedó viendo con su cara de pendejo. No lo hagas, me decía con sus ojos pequeños y su cara de simio pelirrojo. Lo ignoré. Eché a andar el hondita de la Morena con una mano porque con la otra sujetaba la granada de fragmentación. Metí la reversa, quemé llanta y se levantó una polvareda detrás de nosotros.

Circulábamos por la Vía Rápida cuando una patrulla intentó cerrarme el paso. Se echó para atrás cuando sus tripulantes vieron lo que traía en mi mano. Al Brujo se le salían cada vez más sus ojos de sapo violado. Sabía que la cosa iba en serio. A pesar de esto, no perdía las esperanzas de hacerme entrar en razón:

—Todos están en mi nómina: los municipales, los judas, los federales y hasta los guachos.

Sonreí:

—Todos en México *estábamos* en tu nómina. Por eso te llevaré a otro lado.

—¿Adónde?

Volví a sonreír:

—Ya lo verás.

Apareció el jefe Escalante en su Grand Marquis. Apoyé mi cuerpo contra el volante antes de sentir el impacto en la defensa trasera. La sacudida hizo que se le salieran más los ojos al Brujo. Le pedí que se pusiera el cinturón de seguridad, pero el miedo lo tenía paralizado. Hundí el acelerador hasta el suelo y persistí en mi trayectoria. Mi compadre sabía hacia dónde me dirigía. Pretendía sacarme de la carretera. Su coche era más veloz que el hondita de Lorena. Volvimos a sentir el impacto del Grand Marquis. Éste nos comenzó a rebasar. Sentí un golpe por el lado del guardafangos trasero. El comandante Matías se puso a mi lado:

—Sheriff —gritó—, la granada que te regalé no sirve. ¡Suelta al Brujo!

—¿Qué dice? —dijo el cara de sapo.

—Nada —dije, y aceleré, aun sujetando la palanca contra el cuerpo del explosivo, por si las dudas…

Tan pronto apareció frente a nosotros la garita, el Brujo supo adónde lo llevaba: con los güeros. Me rogó que diera marcha atrás a mi plan. El cara de sapo me bajó la luna y las estrellas. Si quieres te la mamo aquí mismo, dijo, pero por favor déjame irme, Sheriff. La frontera con Estados Unidos se encontraba a pocos metros. Casi podía ver a esos honrados, valientes y guapos agentes gabachos, de los que la Morena estaba tan enamorada.

—Te dejaré en manos de los migras —dije—. Para que no me

salgan con que a Chuchita la bolsearon. No te preocupes, Brujito. Ellos estarán muy interesados en conocer los nombres de todos los agentes mexicanos que te protegieron. No te olvides de darles el mío y el del Catrín.

Al girar el volante a la derecha para incorporarme a la fila de coches en la línea internacional recibí el impacto que hizo que me estrellara contra el muro de un *carwash*. Así terminó "El corrido del Brujo". Con sus sesos aplastados contra el parabrisas. El cara de sapo olvidó colocarse el cinturón de seguridad y pagó muy caro las consecuencias. Una puerta se abrió y se cerró en el Gran Marquis. Escuché los pasos del comandante Escalante aproximándose. Me encontraba con ambas piernas prensadas entre el volante y el asiento. Me era imposible moverme. El tiro de gracia se aproximaba. Cerré los ojos.

—¿Dónde está la granada? —dijo el Catrín, apuntándome con el cañón de su reglamentaria.

Matías se encontraba parado a mi lado. Ni me acordaba de la granada. Ya no la tenía en mi mano. Se debió haber caído luego del impacto. No sabía dónde estaba. La busqué pero no la encontré.

—Dijiste que no servía —grité.

—Estaba blofeando —me aclaró el comandante Matías.

El aparato mortal sí funcionaba. Había que encontrarlo. Se me ocurrió un lugar donde podía encontrarse. Asomé mi cabeza fuera de la ventanilla. Ahí estaba la granada obsequiada por mi compadre. Justo debajo de él. Ni siquiera tuvo tiempo de patearla. Me resguardé detrás de la puerta del hondita. Los fragmentos metálicos despedazaron el cuerpo del Catrín.

Desperté en el hospital del Prado. No me dolía nada, pero era obvio que me encontraba sedado. Sentía ese placer mental proporcionado por las drogas de calidad. Una enfermera pintarrajeada y de pelo muerto, de tan teñido, me llevó gelatina y caldo de pollo. Afuera, en el pasillo, dos médicos intercambiaban impresiones acerca de una cirugía reciente. El secretario de Seguridad Pública entró a mi habitación acompañado de su guarura. Me informó que sería ascendido a comandante. El ascenso llegaría con su correspondiente aumento de salario. Eso sí, primero nos tuvimos que poner de acuerdo en cuál sería la versión oficial de la muerte del Brujo y del comandante Escalante:

—Nuestro honorable ayuntamiento y nuestra honorable ciudad no tolerarán más escándalos —dijo el Secretario—. Usaremos la muerte del Brujo y de Matías de manera positiva. El comandante Escalante fue un héroe que falleció en la línea del deber. Será enterrado con honores.

Escuché tacones sobre el piso de linóleo. Todo el barullo en el hospital se detuvo de manera súbita. Lorena entró a mi habitación cargando seis tacos de camarón enchilado. La orden se encontraba sobre un plato de unicel que, a su vez, se encontraba dentro de una bolsa de plástico. Salivé al oler el marisco. La Morena vestía un diminuto short de mezclilla y una blusa escotada. Colocó los tacos junto a la gelatina y el caldo de pollo. El Secretario de Seguridad Pública se esforzó en ignorar el trasero de Lorena, quien se inclinó sobre mí para llenarme de besos. El guarura se sirvió su taco de ojo. Los dos cirujanos interrumpieron su charla para dedicarse de lleno a escrutar las piernas de la Morena. La enfermera pintarrajeada y de pelo muerto lucía molesta.

—El paciente no puede comer tacos —gruñó.

La Morena ignoró a la enfermera y me abrazó:

—¡No me vuelvas a hacer esto! —berreó—. ¡Creí que te había perdido!

—¿Verdad que soy más valiente que los agentes en el National Geographic? —dije.

—Esos gringos no te llegan ni a los talones.

¿Que por qué nunca confronté a la Morena con la información proporcionada por el Malasuerte? Porque esa mujer me hacía como ella quería. Lorena sabía que tenía ese poder sobre un servidor. Era mi vicio.

El trapezoedro resplandeciente

*Oh, great was the sin of my spirit, and great
is the reach of its doom; not the pity of Hea-
ven can cheer it, nor can respite be found in
the tomb: down the infinite aeons come beating
the wings of unmerciful gloom.*

H. P. LOVECRAFT

La propuesta del Vaquero del Caribe consistía en mezclar música salsa y country western. *Outlaw salsa*, se le llamó a la fusión
resultante. El Vaquero del Caribe salía al escenario con tejana, pantalones acampanados, camisas de poliéster y botas vaqueras. El Boticario Jarocho Nazi convenció a Sandkühlcaán de que el outlaw salsa
era el mejor invento musical desde los Beatles. Incluso viajó a Nueva
York para participar como productor ejecutivo del primer disco del
Vaquero del Caribe.

Lo que falló no fue el outlaw salsa sino que el día de su lanzamiento, en el programa de variedades *Siempre en domingo*, el Vaquero del
Caribe se cayó del escenario, mientras el playback seguía sonando
en el fondo. El accidente hizo reír a muchas personas, pero no sirvió
para vender discos. Cuando lo echó de la Torre, el Desnarigado le informó que volvería a congraciarse con Sandkühlcaán el día que recuperara el dinero invertido en el Vaquero del Caribe. Pero al Boticario

Jarocho Nazi no le interesaba congraciarse con Sandkühlcaán sino combatirlo con su información privilegiada y esotérica. El Boticario Jarocho Nazi supo que un pescador de Ensenada encontró una caja metálica y de paredes asimétricas mientras buceaba en el Océano Pacífico, a la altura de Bahía de Venados. La caja contaba con extraños bajorrelieves que representaban criaturas monstruosas y alojaba en su interior un oscuro poliedro de cristal capaz de invocar un avatar de Nyarlathotep. Cuando el Boticario Jarocho Nazi obtuvo esta información, el ensenadense había empeñado la reliquia en un montepío propiedad del Sindicato. El Boticario Jarocho Nazi intentó comprarlo, pero la encargada, una señorita llamada Raquel Torres, le informó que todavía no vencía la fecha de la boleta. El Boticario Jarocho Nazi estimó que no faltaba mucho tiempo para que los empleados de la casa de empeños pusieran a Sandkühlcaán al tanto de la presencia de tan importante reliquia en uno de sus negocios. Debía actuar pronto.

El Boticario Jarocho Nazi vivía en el hotel Lerma, donde hizo amistad con DiCaprio Zamudio, quien lo idolatraba por haber pertenecido al Sindicato. El hijo de Evelina y Roberto Reyna constantemente le preguntaba cómo era la Torre; si conoció a algún famoso dentro; si tuvo oportunidad de hablar con el Desnarigado, y si era verdad que Sandkühlcaán tenía cabeza de marabú.

DiCaprio era tan guapo como su papá alguna vez lo fue, pero no tan varonil. De hecho, el hijo de Evelina Zamudio no parecía hombre sino una hermosa jovencita delgada, rubia, de pelo corto, nariz respingada y labios carnosos. Incluso se alquilaba como chambelán de las quinceañeras de la Zona Norte. En una de estas quinceañeras conoció a la guapa Raquel Torres, pero no se animó a hablarle porque era tan tímido como bonito.

El DiCaprio y el Boticario Jarocho Nazi hacían fila en el supermercado. Un paquetero artrítico embolsaba la mercancía de un cliente que fue a comprar víveres para su familia. Todavía no llegaba el turno del DiCaprio para pagar, pero la cajera coqueta no paraba de lanzarle miradas cargadas de deseo. El Boticario Jarocho Nazi señaló al paquetero:

—Pongamos como ejemplo ese paquetero —dijo—. Fácil tiene más de setenta años. Seguro está jubilado, pero lo que le dan de pensión no le alcanza para vivir, ¿y todo por qué? Porque el señor no se preocupó por armar un plan.

—¿Qué me estás proponiendo? —dijo el adonis.

El Boticario Jarocho Nazi le habló al DiCaprio del trapezoedro capaz de liberar un avatar de Nyarlathotep. El chico bonito no entendió nada.

— Sandkühlcaán vino a la tierra sin la autorización de Nyarlathotep —abundó el Boticario Jarocho Nazi—. Liberándolo, podríamos acabar con todo el Sindicato y ser los lugartenientes del Nuevo Rey del Inframundo.

—¿Cuál es tu plan?

—Todo depende de que México pase a octavos. El atraco lo llevaríamos a cabo media hora antes de que la Selección juegue su pase a cuartos de final, con la camiseta verde puesta. Tú te quedarás afuera, con la van encendida, Gus y yo iremos por el collar.

El chico bonito se interesó en el plan del Boticario Jarocho Nazi.

Además de ser la madre del DiCaprio, Evelina era la gerente del hotel Lerma, ubicado en el callejón Coahuila. El Sindicato confiaba en ella, por eso la puso a cargo de una de sus propiedades más preciadas. El pequeño hotel contaba con loseta de porcelana en el piso, mientras que los muros y las paredes de cemento estaban pintadas de verde aguamarina. El diminuto lobby consistía de tres poltronas con asiento de vaqueta frente a un televisor blanco y negro. Las mecedoras eran tan grandes que las sexoservidoras sentadas en ellas no alcanzaban a poner sus pies en el suelo. A simple vista el Lerma no parecía la gran cosa, pero gracias a su ubicación estratégica, mantenía un flujo constante de gringos que entraban con señoras disfrazadas de colegialas y salían sin sus dólares. El DiCaprio creció en ese mundo. Entre prostitutas, proxenetas, gringos, travestis y puchadores. Evelina lo protegió bien para que no le afectara. De todos modos, no le hubiese afectado. El chico bonito jamás se vio atraído por los bajos fondos. Al contrario, sentía que no pertenecía al inframundo del vicio y del crimen. Un inframundo que siempre le produjo asco. El DiCaprio era demasiado fino, tanto que a veces la Güera se preguntaba si en realidad era su hijo. Evelina compartía una habitación doble con él, pero la mayor parte del tiempo la pasaba en la oficina de la gerencia, asegurándose de que los libros de la contabilidad estuviesen siempre al día, para poder presentarle cuentas claras a los hombres del Sindicato, quienes se presentaban cada quincena a recoger su dinero.

Evelina sospechó que algo raro ocurría cuando vio a su hijo en la recepción, acompañado del Boticario Jarocho Nazi. La Güera no confiaba en el Boticario Jarocho Nazi. El huésped del 204 le parecía un sujeto de lo más siniestro. Sabía que había vivido en la Torre y que fue expulsado por el Desnarigado.

—Veremos el partido de futbol en el *book* —anunció el chico bonito.

Evelina señaló las poltronas.

—¿Por qué no lo ven aquí? Con las muchachas.

El DiCaprio vio con asco a las sexoservidoras. No podía entender cómo alguien podría desear a esas mujeres con cuerpos como de sapo.

—No, gracias —dijo el chico bonito, antes de salir acompañado del Boticario Jarocho Nazi.

A éste no le gusta el futbol, pensó la Güera. ¿Qué estará pasando? agregó en su mente.

Los maleantes se encontraban dentro de la van robada. Se pintaron la cara con los colores de la bandera mexicana. El partido había iniciado. Uno de los comentaristas dijo que México comenzó jugando de manera agresiva.

—Es una cajita herrumbrosa y llena de pátina que cuenta con bajorrelieves con forma de monstruos en cada una de sus paredes asimétricas —dijo el Boticario Jarocho Nazi.

—¿Me lo puedes repetir en español? —balbuceó Gus.

—Es una chingadera dorada y sin forma que luce muy vieja.

—Ya entendí.

Le explicó que la caja metálica se encontraba en una vitrina de cristal empotrada en la pared.

—Pase lo que pase, no abras la puta caja, ¿de acuerdo?

—De acuerdo.

—¿Seguro que no nos atraparán? —dijo el DiCaprio.

—Voltea a tu alrededor. ¿Cuántas patrullas has visto desde que salimos del hotel? Ninguna. Todo México está viendo el futbol. Incluso El Sindicato. Tenemos la ciudad para nosotros.

El chico bonito se vio tranquilizado por esta información.

La señorita Torres no tenía mucho que ofrecerle al fanático de los traseros gigantes, pero incluso este tipo de hombre solía quedar impactado por la belleza de sus ojos, los cuales funcionaban como detectores de maricas. Aquél que fuese indiferente a sus ojos era marica. Su compañero de trabajo en la casa de empeños, Cristian Ortega, no era marica. De hecho, Cristian amaba secretamente a Raquel.

La señorita Torres, parada frente a los asaltantes, pensó, ¿me levanto temprano todos los días y estos holgazanes no? La joven se negó a entregarle la caja metálica al hombre que tenía puesta la camiseta de la Selección y la cara pintada. Su compañero estaba aterrado.

—Raquel —dijo Cristián Ortega—, haz lo que el señor te pide.

Gus rompió el cristal del mostrador que lo separaba de Raquel Torres.

—Ya oíste, perra.

—No le daré nada a este holgazán —gruñó Raquel.

El martillo pasó volando cerca de la joven y se estrelló contra la vitrina empotrada a la pared, dejando expuesta la misteriosa caja metálica. Con tal de impresionar a Raquel, Cristian Ortega saltó por encima del mostrador y cayó sobre Gus, quien no supo cómo reaccionar. Esto no estaba escrito en el guion, pensó. Tampoco lo vio en ninguna película. ¿En estos casos qué se hace?, pensó Gus, mientras recibía los puñetazos de Cristian Ortega.

El Boticario Jarocho Nazi descargó uno de los seis tiros de su 9 mm sobre la costilla de Cristian Ortega, colapsando su pulmón. El joven no podía respirar. Raquel Torres gritó desde su posición, del otro lado del mostrador. El Boticario Jarocho Nazi pidió que le pasaran el collar. Raquel Torres dio media vuelta, metió ambas manos en la vitrina destrozada y cogió la cajita metálica. La acercó al Boticario Jarocho Nazi. La mano de éste fue por la reliquia y Raquel Torres le ensartó un cristal roto en la yugular. La cara de la joven se vio rociada de sangre. Ahora lucía como un apache en el sendero de la guerra. El Boticario Jarocho Nazi llevó una mano a su cuello, intentando detener la hemorragia. Sus piernas se le hicieron de agua, por el miedo, y se desplomó. La escuadra Ruger cayó junto a Gus.

Raquel Torres emitió un grito de guerra, como comanche saliendo de un matorral en la llanura texana. Saltó por encima del mostrador. Gus la derribó de un disparo en el hombro. El DiCaprio, sentado en el interior de la van, escuchó las detonaciones. Pensó que debía hacer algo. Bajó del vehículo y caminó hacia la casa de empeños. Observó los cadáveres del Boticario Jarocho Nazi y de Cristian Ortega. La mirada del DiCaprio se encontró con la de Raquel. La recordó de la quinceañera en la Zona Norte. Le preguntó si estaba bien. La señorita Torres le mentó la madre.

—Tenemos que salir de aquí —dijo Gus.

Raquel siguió al DiCaprio con la mirada. La señorita Torres lo conoció de algún lado, pero no sabía de dónde. ¡Lo recordó! El DiCaprio fue el chambelán de una quinceañera en su barrio. Parece buena persona, pensó. No fue su culpa estar metido en este lío. Alguien lo obligó.

El negocio de la investigación privada estaba muerto. Más porque el detective Tomás Peralta se daba el lujo de rechazar los casos de perros chihuahuas perdidos y de mujeres celosas. Nicolás Reyna lo vio afuera de un *book*, con barba de tres días y oliendo mal.

—Ser investigador privado nomás funciona en las novelas —le dijo el Sheriff—. Déjate de chingaderas y regresa a la Municipal. Entrando te daré una patrulla.

Tomás, quien seguía muy apenado por las fotografías que le tomó a la Morena, aceptó la oferta y regresó a la Secretaría de Seguridad Pública.

Mientras el Malasuerte comía su taco, sucedió un milagro: el televisor transmitió la imagen de un mexicano anotando en la portería argentina. La nación azteca recuperó la confianza en sí misma.

—Sí se puede —murmuró Tomás Peralta, quien por patriotismo (y porque pagaba ocho a uno) le apostó a la escuadra mexicana.

La centralita le pidió atender la alarma de la casa de empeños. El Malasuerte determinó que la persecución en pos de los asaltantes podía esperar. Ocurrían cosas más importantes en el televisor de la taquería. El Malasuerte comenzó a saltar de emoción. Su compañero preguntó si no irían a la casa de empeños.

—Lo más seguro es que la alarma se activó sola —opinó el Malasuerte.

Otros agentes de la Zona Norte reaccionaron igual. Ningún policía atendió la alarma activada por Raquel Torres. Hay prioridades, pensaron. Se creyó que las detonaciones eran parte de los festejos. El plan fraguado por el Boticario Jarocho Nazi no salió tan mal, después de todo.

Los altos mandos del Sindicato se reunieron para ver el partido en la casa de playa de Olivia Valdez y Roberto Reyna ubicada en La Jolla, California. Hasta allá les llegó la noticia de la matanza en la casa de empeños. El partido terminó dos-uno favor Argentina. México despertó de su breve sueño. Volvió a ser el mismo perdedor de siempre. Olivia salió al patio trasero con los canapés preparados por la servidumbre. Vio a los miembros del Sindicato con caras largas. Apenas unos minutos antes habían festejado el gol en el patio trasero, donde Roberto Reyna mandó instalar tres enormes televisores de proyección. La mujer estimó que el cambio de humor no lo ocasionó el partido de futbol. Olivia dejó la charola de canapés junto al asador y le preguntó a Roberto Reyna qué ocurría.

—Pasó algo en Tijuana.

Hugo Morán sostenía un vaso con jugo de almeja, vodka y hielos.

—Estuvieron muy ricos los canapés —dijo el colombiano.

Olivia fue el centro de la atención hasta ese momento. Todos los miembros del Sindicato la querían, especialmente Hugo Morán, quien la veía igual de bella que cuando la conoció en Bahía de Venados, casi veinte años antes. El colombiano se preguntó si era cierto que Olivia era una bruja que no envejecía y que le había hecho un amarre a Roberto Reyna. La mujer le propuso al colombiano ver la final del Mundial ahí mismo.

—En esa ocasión preferiría ser yo el anfitrión —dijo Hugo Morán.

El resto de los miembros del Sindicato se despidieron de Olivia. Entre estos se encontraba Rigo Zamudio. Los guaruras de cada jefe esperaban afuera de la casa de playa, junto a sus respectivos coches. Había ocurrido un crimen muy serio en Tijuana. Olivia alcanzó a escuchar algo acerca de dos muertos en una casa de empeños, una chica herida de gravedad y un trapezoedro resplandeciente con la capacidad de invocar a una entidad maligna. El Sindicato debía ponerse en acción.

Luego de casi veinte años de no verse, Lorena charlaba con Roberto Reyna en el Sanborns de la Ocho. Ella lo citó en ese lugar. La Morena ganó elegancia con la edad, pero aún conservaba esa mirada de niña perversa. Llevaba su pelo azabache hasta el hombro, y su vestido negro se encontraba coronado por un collar de perlas. El mayor de los hermanos Reyna ya no usaba tejana ni bota vaquera. Roberto no era ni la sombra de lo que solía ser. Tenía la espalda estrecha y jorobada, su vientre colgante, sus brazos delgados, y su calva avanzaba sin piedad. Lorena Guerra le pidió al mesero un café americano. Roberto Reyna ordenó un té chai con leche deslactosada y endulzante dietético marca Splenda.

—¿Evelina vive en Tijuana? —dijo Roberto Reyna.

La pasividad de su ex exasperó a la Morena:

—Se podría decir que es empleada tuya. Administra un hotel propiedad del Sindicato. Dios mío, ¿no me digas que no lo sabías?

—¿El hijo de Evelina asaltó la casa de empeños?

—*Tu* hijo —exclamó Lorena.

—¿Por qué me dices todo esto?

—¿Cómo puedes ser tan insensible? ¿No se supone que me diste cortón porque era demasiado fría? Al menos yo no te hubiera obligado a negar tu pasado, como lo hizo esa bruja. Apenas se puede creer que nunca hayas hecho nada por buscar a esa pobre muchacha, madre de tu único hijo. ¿Dónde quedó el Roberto Reyna que conocí? Esa mujer te ha convertido en un guiñapo. Vete nomás, ¡tomando leche deslactosada!

Roberto se puso de pie. Indignado.

—¿Ya terminaste?

—Esa viejita le vendió su alma a Sandkühlcaán.

Roberto Reyna corrió a taparle la boca a la Morena. Los comensales detuvieron su charla y voltearon a ver a los escandalosos. Roberto Reyna se sintió apenado. A la Morena no le importó protagonizar un escándalo.

—De haber seguido juntos —dijo la Morena—, el cielo hubiese sido el límite.

—Te pregunté si querías estar conmigo y dijiste que no.

—No hablo de habernos casado. Bien sabes que eso no me importa. Hablo de seguir juntos, como equipo.

Roberto extrajo la billetera de su pantalón y pagó la cuenta:

—No tengo paciencia para esto.

El mayor de los hermanos Reyna caminó hacia la salida.

—Sí, vete con tu abuelita —gritó Lorena—. Para que te arrope.

Roberto volteó a ver a la Morena por encima de su hombro, como si le causara asco.

—Vieja sucia —gruñó, y continuó su camino.

Esa mañana el policía Malasuerte había entregado su patrulla y terminado su turno cuando se le informó que el Sheriff quería verlo. Tomás estaba seguro de que sería reprendido por no atender la alarma de la casa de empeños. Afortunadamente, ya se había quitado su uniforme para ese entonces. Se sentía menos esclavo en ropa de civil, por lo que la regañada sería menos humillante. Las secretarias y sus compañeros esbozaron una sonrisa burlesca cuando lo vieron caminar hacia la oficina de Nicolás Reyna. Te creías especial, pero eres igual de mediocre que nosotros, decían sus miradas. Sabían que el Malasuerte estaba a sólo dos cuadras de donde se llevó a cabo el atraco. Les complacía verlo humillado, así como les dio gusto cuando fracasó como empresario. Especialmente Esther Osuna, la contadora de nóminas que tenía su cubículo decorado con fotografías de sus viajes por el mundo y suvenires de la Torre Eiffel, de la Estatua de la Libertad y de la Torre de Pisa. Está bien si me dan de baja, pensó Tomás, quien tenía pensado renunciar. El Malasuerte descubrió que ya no le gustaba ser policía. Tocó a la puerta. El Sheriff lo hizo pasar.

—¿Deseaba verme? —dijo Tomás.

Nicolás Reyna sonrió.

—¿Desde cuándo me hablas de usted?

—Lo siento —balbuceó el Malasuerte.

Resultaba evidente que el pelirrojo se encontraba nervioso y apenado. El Sheriff le pidió que cerrara la puerta y tomara asiento.

—Creí que los disparos eran cohetes...

—Qué bueno que no los arrestaste —lo interrumpió Nicolás Reyna.

—¿Qué?

—Esto no tiene que ver con el asalto, pero sí con los asaltantes.

—¿Quiere... quieres que los busque?

—Sé dónde están.

El Malasuerte se rascó la cabeza. Estaba más confundido que nunca. Lucía como un chimpancé intentando resolver un cubo Rubik.

—¿Entonces? —farfulló.

—Quiero que los protejas... a uno de ellos, al menos.

—¿De quién?

—De Sandkühlcaán —susurró el Sheriff—. La casa de empeños es de él. ¿Le entras?

Nicolás Reyna sabía que no debía mencionar el nombre del alienígena en vano, pero también sabía que Tomás tenía cuentas pendientes con él y que aceptaría su encargo nomás por joder al extraterrestre con cabeza de marabú.

—Sí, sí. Por supuesto. ¿Dónde está?

El Sheriff sufrió un breve ataque de pánico durante el cual se preguntó si Tomás, con su cara de idiota, sus torpezas y su salación, era el agente más preparado para cuidar a su sobrino. Nicolás Reyna se respondió a sí mismo que el Malasuerte quizá no era su agente más preparado ni el más brillante, pero sí el más honesto y valiente.

—En la habitación 203 del hotel Lerma —susurró el Sheriff.

—Pero ese es un negocio de Sandkühlcaán —exclamó Tomás—. ¿Por qué no han ido por él los del Sindicato?

—¡Baja la voz! Porque no saben que está ahí.

Nicolás Reyna le indicó al Malasuerte que debía sacar al DiCaprio de la habitación 203 y llevarlo a un lugar seguro.

—¿Qué lugar seguro?

—Eso te lo dejo a ti. Te presentarás con Evelina Zamudio. Ella te estará esperando.

—¿Cuánto tiempo estaré de niñera?

—Un día. Dos, a lo mucho. Los muchachos se llevaron una cajita metálica que contiene una esfera capaz de invocar a un espíritu maligno.

Al Malasuerte le costó trabajo digerir esto último. Puso cara de extrañeza.

—Espera, no tan rápido. ¿Qué clase de caja es esta?

El Sheriff se puso sus gafas, cogió un libro titulado *El morador de las tinieblas* y leyó:

—Se trata de una ventana a otra dimensión fabricada en Yuggoth, antes de que los Primigenios vinieran a la Tierra. Fue atesorada por los seres crinoideos de la Antártida, rescatada de sus ruinas por los hombres serpiente de Valusia y contemplada, eones más tarde, en Lemuria, por los primeros *Homo sapiens*. Nephren-Ka edificó en torno suyo un templo con una cripta sin ventanas, lo que hizo que su nombre fuese borrado de toda crónica. Durmió en las ruinas de ese recinto, destruido por los sacerdotes y el nuevo faraón, hasta que fue desenterrada por la pala de los saqueadores.

Nicolás Reyna metió el libro a un cajón de su escritorio tan pronto terminó de leer.

—¿Qué pasa si el demonio escapa de la caja? —dijo el Malasuerte.

—Mientras no la abras, estarás bien.

—Voy a necesitar tu ayuda para mantener alejados a los pistoleros del Sindicato.

—Sabes que no puedo hacer eso —protestó Nicolás Reyna.

—Puedes fingir demencia y hacer como que no sabías quiénes eran.

—Está bien, pero debes irte ya.

—Sólo una condición —dijo Tomás, poniéndose de pie.

—¿Qué pasa?

—Quiero mi liquidación y tres meses de sueldo.

—¿Ya no quieres ser policía? —exclamó el Sheriff.

Malasuerte no respondió.

—Entiendo —suspiró Nicolás Reyna—. Pasarás con Esther cuando hayas cumplido con tu misión. Te esperará un bono.

Tomás dio media vuelta y se dirigió a la puerta.

—Malasuerte —dijo el Sheriff.

Tomás se detuvo. Nicolás Reyna sonrió.

—Felicidades. Has vuelto a ser libre.

Raquel sufrió pesadillas ambientadas en desolados desiertos escarlatas donde se alzaban monolitos altísimos; en profundidades submarinas segmentadas por muros negros que insinuaban ciudades siniestras. Cuando despertó en la cama de hospital se encontró frente al ¿hombre? sin nariz. La señorita Torres reconoció al Desnarigado como la persona que la entrevistó cuando aplicó para el puesto de vendedora en la casa de empeños. Raquel sabía que el fenómeno era un lugarteniente de Sandkühlcaán.

—¿Cómo te sientes?

—Me duele un poco el hombro pero estoy bien —respondió la señorita Torres.

El fenómeno le preguntó por los asaltantes que escaparon después del atraco.

—Algo que recuerde de ellos —gangueó el Desnarigado—. Un rasgo, lo que sea.

Se parece al del Titanic, pudo haber dicho Raquel. ¡Es tan bonito que se alquila como chambelán de quinceañeras!... Pero su corazón le impidió hacerlo.

—Uno de ellos era gordo y chaparro —mintió Raquel, refiriéndose a Gus, quien medía uno noventa y pesaba setenta kilos—, el otro era horripilante. Tenía la boca de Rafael Inclán, los ojos de César Bono, la nariz de Pedro Weber *Chatanuga*, el pelo como Alfonso Zayas y los dientes como Alberto Rojas *el Caballo*.

El Desnarigado esbozó una sonrisa repugnante y le preguntó a la muchacha si era todo lo que recordaba. Ésta dijo que sí.

—Muchas gracias, señorita Torres. Le informo que el Sindicato asumirá todos los costos de su hospitalización y posterior recuperación. Recibirá además una bonificación equivalente a dos semanas de sueldo y se le seguirá pagando durante su incapacidad.

El fenómeno salió de su habitación y el señor Torres entró corriendo. Raquel tranquilizó a su padre diciéndole que el Desnarigado sólo buscaba información acerca de los asaltantes.

El chofer condujo la limosina de regreso a San Diego. Su patrón viajaba en el asiento trasero, pensativo. El mayor de los hermanos Reyna siempre supo que tenía un hijo en algún lugar, sin embargo había dado por perdida la posibilidad de conocerlo, al igual que lo hizo el abuelo materno del chico, Rigoberto Zamudio, quien incluso se olvidó de su propia hija.

Roberto y su compadre rara vez hablaban de su antigua vida en Monte Río. De hecho, rara vez hablaban de cualquier cosa. Su conversación se limitaba a cuestiones de trabajo. Desconfiaban el uno del otro. Cada uno sabía lo que tuvieron que hacer para llegar hasta donde estaban. Los otros miembros del Sindicato sospechaban que había algo siniestro en la relación de ambos jefes, sin embargo preferían no entrometerse.

—¿Cómo será mi hijo? —pensó el mayor de los hermanos Reyna—. ¿Se parecerá a mí? ¿Querrá verme?

El deseo de encontrarse con él crecía paulatinamente. La idea incubada en su cerebro se fue transformando en una obsesión. De pronto, cayó en la cuenta:

—¡Mi hijo está en peligro!

Roberto se encontraba convencido de que debía hacer algo por él, pero ¿qué? El muchacho estaba sentenciado a muerte por Sandkühlcaán. Sintió un escalofrío tan sólo de pensar en esto. El mayor de los hermanos Reyna le pidió a su chofer que regresara a Tijuana, para hablar con Hugo Morán.

La muralla de piedra que rodeaba el hogar del colombiano se encontraba tapizada de trepadora. Roberto saludó a los tres guaruras apostados en la entrada. Hugo Morán hizo pasar a Roberto a su estudio.

—¿Te ofrezco algo? ¿Brandy, café, cerveza?

—¿Tendrás té chai con leche de almendra, no muy caliente, y azúcar mascabado?

El colombiano se le quedó viendo a Roberto como a un bicho raro.

—Olvídalo —dijo el mayor de los hermanos Reyna—. En realidad vengo a hablar del asalto a la casa de empeños.

Hugo Morán extrajo una cerveza de su servibar, la destapó y le propinó un trago.

—Me estoy haciendo cargo de eso —dijo—. Les daremos piso.

—Es lo que vine a pedirte.

—¿Qué cosa? —dijo el colombiano.

—Que les perdones la vida.

Hugo Morán puso cara de asombro.

—¿Tienes idea de lo que hicieron?

—Uno de ellos es mi hijo —confesó Roberto—. No sabía que vivía en Tijuana. Me lo acaban de informar.

—¿Cuál es su nombre?

—DiCaprio Zamudio.

El colombiano volvió a poner cara de asombro.

—¿Tuviste que ver con Evelina? Trabaja para nosotros.

—Entonces hazle ese favor a ella. Perdona a su hijo.

Hugo Morán comenzó a sudar frío:

—Sandkühlcaán no lo permitiría —balbuceó.

Roberto comprendió que el colombiano sólo estaba protegiendo su pellejo, pero aun así, le costaba un gran esfuerzo controlar su enojo. El mayor de los hermanos Reyna salió de la casa de Hugo Morán y le pidió a su chofer que lo llevara de vuelta a San Diego. Roberto llegó a su hogar en La Jolla temblando de miedo y de coraje. Le platicó lo que había hecho a Olivia. Una expresión de terror se posó en la cara de la mujer.

—¡Caeremos de la gracia de Sandkühlcaán! —gritó Olivia.

Mientras la mujer caía desmayada, Hugo Morán se comunicaba

por teléfono con el Desnarigado, a quien puso al tanto de la identidad de uno de los asaltantes.

—Es el hijo de Evelina Zamudio —cantó el colombiano—, la administradora del hotel Lerma. El jovencito debe de estar ahí.

—¿Es todo lo que sabes? —gangueó el Desnarigado.

—También es hijo de Roberto Reyna. Vino a pedirme un indulto para los asaltantes, pero le dije que eso no podía ser.

—Muchas gracias por tu información —gangueó el Desnarigado antes de colgar.

Hugo Morán lamentaba traicionar de esa manera a Roberto Reyna, pero también sabía que Sandkühlcaán podía leer su mente. El que descubriera la verdad sólo sería cuestión de tiempo.

Dentro de la habitación 203 del hotel Lerma Evelina seguía regañando al DiCaprio por su participación en el asalto a la casa de empeños.

—¡Lo tenías todo y lo arruinaste! —Le recriminó la mujer a su hijo, con lágrimas en sus ojos—. ¡Por qué lo hiciste!

¿Qué le podía decir el chico bonito? ¿Que lo hizo porque estaba harto de vivir entre tanto vicio y lujuria, y porque le urgía independizarse? Prefirió agachar la cabeza y quedarse callado. Gus, quien se encontraba sentado en una silla junto a la pared, caminó lentamente hacia la cajita sobre la mesa del comedor. Se sintió atraído por su contenido. Algo en su interior lo llamaba sólo a él. Estuvo a punto de abrirla, pero la Güera se percató de esto a tiempo y le recordó la orden de Nicolás Reyna de no abrir la caja. Gus, como despertado de un sueño hipnótico, regresó a su silla junto a la pared, se cruzó de brazos y siguió escuchando cómo Evelina regañaba al DiCaprio. Alguien tocó a la puerta. La Güera cogió su pistola.

—¿Quién? —dijo.

—Me envía Nicolás Reyna —se anunció el Malasuerte—. Mi nombre es Tomás Peralta.

Evelina bajó su arma y le abrió la puerta. Las tres personas en el interior de la habitación vieron al pelirrojo con rasgos de neandertal, pantalón de mezclilla, botas vaqueras, camisa hawaiana amarilla con motivos de palmeras y saco de piel color café. No les pareció la gran cosa, pero era lo que tenían. Evelina le preguntó si su hijo estaría seguro bajo su custodia. Tomas le dijo que, por el momento, lo más importante era sacarlo del hotel, ya que los pistoleros del Sindicato no tardarían en llegar.

—Este hombre los llevará a un lugar seguro —dijo Evelina.

Malasuerte quiso saber si el Chico Bonito y Gus tenían parientes en la ciudad. Gus respondió que no, y Evelina dijo que el DiCaprio nomás la tenía a ella, ya que su padre pertenecía a la organización que intentaba matarlo.

—Usted debe venir con nosotros —le informó el Malasuerte a Evelina.

—No puedo —dijo la Güera, cogiendo su bolso—. Yo iré a hablar con el papá de mi hijo.

—No regrese aquí. Quédese en otro hotel durante estos dos días. Uno que no pertenezca al Sindicato. No queremos una situación de rehenes que luego se pueda complicar.

Evelina aceptó las indicaciones del Malasuerte. Sobre todo porque le aterraba la perspectiva de reencontrarse con el Desnarigado. Sabía que él se encargaba personalmente de los asuntos más delicados del Sindicato. A la Güera le parecía inconcebible que hubiera huido del fenómeno, poniendo más mil kilómetros de desierto de por medio, sólo para encontrárselo de nuevo en Tijuana. Cuando aceptó el empleo como administradora del hotel Lerma no sabía que el Desnarigado formaba parte del Sindicato. Evelina le preguntó a Tomás Peralta adónde llevaría a su hijo.

—A una cabaña en Tecate —respondió el Malasuerte—. No debe saber más.

La Güera le dio la bendición a su hijo, le pidió que se cuidara mucho y salió del hotel Lerma. Tomás y los muchachos salieron media hora después. El Malasuerte le confió al DiCaprio la custodia del trapezoedro resplandeciente. A esa hora de la mañana el callejón Coahuila estaba colmado de personas; más que nada sandieguinos que trabajaban de noche y pagaban por sexo en las mañanas, cuando a sus esposas les resultaba menos sospechosa su ausencia. Un sujeto misterioso se acercó al Malasuerte, al DiCaprio y a Gus desde la avenida Constitución. El hombre era alto, atlético, sin expresión en su cara y con gafas, corbata y traje del mismo color: negro. En pocas palabras: no era gringo. A pesar de lo dicho por Hollywood en sus películas, los gringos son la mar de informales: siempre en sandalias, shorts y playeras. Para ellos el más elevado símbolo de etiqueta es usar calcetas blancas con sus crocs.

Tomás reconoció al trajeado como un pistolero del Sindicato, por lo que extrajo la Beretta de su sobaquera y clavó el pie del asesino con un proyectil 9 mm. Proxenetas, travestis, paraditas vestidas de colegialas y gringos corrieron en todas direcciones y gritaron. Tomás aprovechó esta confusión para coger a los dos muchachos del cuello y perderse entre la multitud. Dio media vuelta y corrió hacia la avenida Niños Héroes, donde tenía estacionado su Crown Victoria, pero se encontró con otros dos hombres del Sindicato. Éstos obligaron al Malasuerte a recular hacia la avenida Constitución. Proyectiles pasaron silbando a su lado, por lo que les ordenó a sus acompañantes que corrieran encorvados, manteniendo su cabeza abajo. Planeaba darle toda la vuelta a la manzana para regresar a Niños Héroes e ir por su Crown Victoria, pero al doblar a la derecha una carroza negra de cuatro puertas les cerró el paso. El coche escupió cuatro pistoleros armados con rifles de asalto. Tomás intentó parar un taxi, pero éste no se detuvo. Optó por refugiarse entre los mariachis de la plazuela Santa Cecilia. Solo quedaba un lugar al cual ir: su despacho en el callejón del Travieso. Los pistoleros no se atrevieron a accionar sus armas entre la multitud, pero continuaron persiguiendo al Malasuerte y a los muchachos.

—¡Entren! —les dijo, luego de abrir la puerta de su despacho.

Tomás cerró con llave segundos antes de que la puerta fuese rociada de plomo. Sabía que su guarida no resistiría por mucho tiempo la artillería del Sindicato. Se suponía que debía proteger a los jóvenes por dos días, en lo que Nicolás lograba apaciguar los ánimos vengativos de Sandkühlcaán, pero, por como pintaba la cosa, el Malasuerte dudó que pudiese defender su posición por más de dos minutos. Sólo quedaba esperar un milagro. Gus y el DiCaprio escuchaban aterrados las detonaciones. Tomás les pidió que se tiraran al suelo justo antes de que un proyectil pasara silbando por encima de Gus. El chico bonito se aferró a la cajita metálica como un bebé a su osito de peluche mientras los cristales y las astillas de madera caían encima de él. La puerta estaba a un disparo de ceder. El Malasuerte les pidió a los muchachos que pasaran a su oficina y lo dejaran defendiendo la recepción. Los chicos lo obedecieron arrastrándose pecho tierra. Los pistoleros gritaron que nadie tenía por qué salir lastimado. Que sólo querían el trapezoedro resplandeciente.

—Vengan por él —dijo Malasuerte, dispuesto a vaciar su Beretta sobre el primer sujeto que entrara.

—No nos dejas otra opción —expresó el matón.

Se escucharon las sirenas de la Secretaría de Seguridad Pública. Había llegado la caballería. Por el sonido de las pisadas, era obvio que los municipales habían rodeado a los pistoleros por ambas calles, la Segunda y Tercera.

—¡Dejen caer lentamente sus armas! —Malasuerte reconoció la voz de Nicolás Reyna.

—¡No saben con quién se meten! —alardeó un matón.

—En la comandancia me lo dices.

—Arreste también a los que están ahí dentro.

—¡Tú no me vas a dar órdenes!

Tomás vio al Sheriff por medio de los agujeros hechos en la fachada de su despacho. Policías atemorizados y Nicolás, muy seguro de sí mismo, esposaron a los hombres del Sindicato y se los llevaron. Pinche Sheriff, pensó Tomás, no cabe duda que tiene güevos.

Los rayos del sol bañaban la cocina. El mayor de los hermanos Reyna se encontraba frente al refrigerador. En pijama. Se sirvió un vaso de leche deslactosada. Extrañaba el café, pero Olivia se lo prohibió debido a que le provocaba taquicardia. Sonó su radio de onda corta. Era su guarura quien lo llamaba:

—Jefe, lo busca una muchacha. Dice que lo conoce. Se llama Evelina.

—¡No la dejes pasar! —dijo Roberto—. Tenla en la entrada. Voy para allá.

El mayor de los hermanos Reyna se echó agua en la cara y se secó con una toalla de la cocina. Se vio en el espejo de la sala y se arregló el pelo. Aguzó el oído. Aún se escuchaban los ronquidos de Olivia desde su habitación en el segundo piso. Roberto abrió la puerta de la entrada con cuidado de no hacer ruido. Caminó por la vereda que partía en dos su jardín hasta la caseta de seguridad, donde ya lo esperaba Evelina.

—Buenos días, padrino —dijo.

El mayor de los hermanos Reyna le propinó un beso en la mejilla a su ahijada.

—Estás muy bonita, hija.

—Padrino, sabe a lo que vengo.

Roberto puso cara de preocupación:

—Me enteré apenas. No sabía que estaban en Tijuana.

—Y yo creí que usted se había quedado en Monte Río.

—Los negocios nos trajeron a tu padre y a mí para acá. Con respecto a lo de *tu* hijo, he hecho todo lo que está en mis manos, pero hizo algo muy grave.

—¿*Mi* hijo? *Nuestro* hijo. Padrino, quedamos en que nunca le pediría nada pero esto es diferente. Tiene que ayudarlo antes de que lo maten.

—No puedo.

—¿Cómo que no puede? Padrino, ese muchacho vale mucho. Quiero decir: hay algo especial en él. Ya sé que todas las madres decimos lo mismo pero estoy segura de lo que le digo. Sé que no lo eduqué bien, ahora entiendo que le faltó una figura paterna a su lado, pero por eso mismo creo que se merece otra oportunidad. Padrino, nunca pensé que fuera a pedirle algo, si acudo a usted es porque me encuentro desesperada, pero no lo voy a molestar más. Me voy, se lo dejo a su conciencia.

Evelina dio media vuelta. Su padrino la llamó, pero la mujer siguió su camino, llorando.

El Malasuerte bajó la cortina de metal desde dentro. Sabía que no tardarían en llegar más pistoleros del Sindicato y la cortina de acero podía hacer algo por contenerlos cuando al Sheriff se le ordenara retirar las escoltas que colocó en cada extremo del callejón del

Travieso. Ni a los clientes del escritorio público ni a los pacientes del hospital de aspiradoras se les permitía el paso. Los propietarios de ambos negocios se vieron obligados a cerrar. Tomás volteó a ver su recepción. Quedó hecha un desastre. Milagrosamente, el espejo en la pared salió ileso de la balacera.

—¿Vamos a encerrarnos aquí? —Protestó el DiCaprio—. ¡Somos presa fácil!

El Malasuerte le pidió que se relajara ya que su despacho contaba con armas y parque extra para aguantar al menos dos días. Evelina llamó por teléfono a la oficina para saber cómo se encontraba su hijo. El DiCaprio la tranquilizó diciéndole que estaba bien.

—¿Cómo estará Raquel? —dijo el DiCaprio, con mirada soñadora.

—¿Qué Raquel? —dijo Gus.

—La trabajadora de la casa de empeños.

—¡Yo qué voy a saber!

Por la noche los muchachos se comenzaron a quejar del hambre. Tomás recibió otra llamada, ésta de parte de Nicolás Reyna, quien le indicó al detective que no debían salir ni abrirle la cortina a nadie. Tomás aprovechó la oportunidad para decirle al Sheriff que los chicos tenían hambre.

—¿Qué se les antoja? —dijo Nicolás Reyna.

El detective les preguntó esto mismo a los muchachos.

—Una ensalada César y una botella de agua Fiji —dijo el DiCaprio.

—Tres de asada y una coca —pidió Gus.

—¿Les preguntaste? —dijo el Sheriff.

—Sí, será una docena de tacos de camarón enchilado y un seis de ToniCol —respondió Tomás.

Nicolás Reyna le indicó al detective que quien le llevaría la comida tocaría *Así habló Zaratustra* en la cortina metálica.

—Copiado —dijo Tomás antes de colgar.

El detective recibió una tercera llamada, ésta de parte del Desnarigado.

—Tomás, ¿te atreves a interferir en los planes del gran maestro? —Gangueó el fenómeno.

Gus volvió a acercarse al trapezoedro resplandeciente.

—¿Estás al tanto del inmenso sufrimiento que...?

—Espera —lo interrumpió el detective—. Estoy ocupado cuidando a estos chicos —agregó, antes de colgar y detener a Gus.

Se escuchó una motocicleta y alguien interpretó *Así habló Zaratustra* en la cortina metálica. Tomás les pidió a los muchachos que permanecieran en la oficina y fue a abrirle al repartidor. Éste era bajito de estatura, delgado, usaba casco, cazadora de piel y sujetaba una bolsa de papel de estraza que emanaba un delicioso aroma. No lucía para nada como un asesino profesional. Tomás aún sujetaba la caja metálica cuando el motociclista sacó una Browning de la bolsa de papel de estraza. Tomás no estaba preparado para esta eventualidad, así que tuvo que improvisar. Siguió su instinto. Se colocó entre el asesino y el espejo en la pared, cerró los ojos y empleó todas sus fuerzas para abrir la caja metálica. El detective escuchó un grito más cercano al nirvana que al terror. Sucedió que, antes de morir, el asesino atisbó un patrón de fuerza cósmica cuya reducida entropía ofrecía la clave para descifrar todas las paradojas y arcanos del universo. Un tornado emanó del trapezoedro y el rayo de luz cegadora traspasó las pupilas del detective, quemando ligeramente sus ojos. En teoría, sus manos también debieron sufrir quemaduras, ya que la caja estaba al rojo vivo, pero la gruesa capa de queratina —producto de más de dos décadas de trabajar la tierra de sus padres— impidió que esto ocurriese. Donde sintió calor fue en su espalda. Al parecer, la imagen del demonio en el espejo produjo un reflejo tan incandescente como el trapezoedro. Basura, astillas de madera, cristales rotos y todas las publicaciones del revistero volaron en la trayectoria circular dibujada por el tornado. Tomás escuchó un segundo grito, pero éste ya no era un grito humano sino el lamento gutural de un avatar cósmico. Nyarlathotep fue calcinado por su propio reflejo. No le quedó más remedio que regresar al oscuro Yuggoth, donde siempre es de noche y los negros ríos de brea fluyen bajo puentes ciclópeos. El detective comenzó a sentir lo caliente de la caja, así que la soltó y colocó su saco encima de ella. Abrió los ojos cuando pararon los lamentos guturales, bajó la temperatura de la estancia y el viento se detuvo. A sus pies se encontraba la ropa del asesino sobre un montón de cenizas y huesos a medio calcinar. Los tacos estaban un poco quemados por las brasas del pistolero, pero comibles después de todo. Tomás cerró la cortina de metal, recogió el alimento y la caja metálica y se dirigió a la oficina, donde lo esperaban el DiCaprio y Gus con caras expectantes. Los muchachos escucharon los lamentos guturales del Dios Exterior, pero lo que más les asombró fue ver a Tomás cubierto de cenizas y hollín. Le preguntaron qué ocurrió afuera.

—El repartidor resultó ser un asesino que fue poseído por el demonio del trapezoedro —dijo el detective, como si hubiese sido algo que viera todos los días.

—¿Sigue afuera?

Tomás se encogió de hombros.

—Fue calcinado por su propio reflejo. ¿Listos para comer?

—Se me quitó el hambre —dijo el DiCaprio, con asco, cuando vio el estado en el que se encontraba su comida (quemada y sazonada con las cenizas del muerto).

Tomás le dio una porción de camarón enchilado a Gus, quien quiso comer en el escritorio. Éste se encontraba frente a una ventana que daba a un cubo de luz. El detective le pidió que no se sentara ahí. Gus le dio la espalda a la ventana.

—¿Qué me puede pasar? —Protestó Gus—. Es sólo una silla y un escritorio. Tengo hambre y quiero comer a gusto.

Tomás estuvo a punto de explicarle a Gus los inconvenientes de darle la espalda a la ventana cuando la cara de éste fue sustituida por un boquete negro y escarlata. El DiCaprio dejó escapar un alarido y abrazó al detective, quien se lo quitó de encima con una fuerte sacudida. Un francotirador apostado en la azotea del bar Rainbow había liquidado a Gus con su rifle Steyr SSG 69.

—Ahora sólo somos tú y yo —dijo el detective.

—¿No vas a comer? —repuso el DiCaprio, con una sonrisa.

—Se me quitó el hambre —respondió Tomás.

El detective y el DiCaprio pasaron el resto de la noche bebiendo brandy, intercambiando opiniones acerca de Sandkühlcaán y jugando póquer. Todo esto lejos del trapezoedro y de la ventana.

La Torre

There was an eye in the Dark Tower that did not sleep.

J. R. R. Tolkien

Parecía que un tornado había pasado por el despacho del Malasuerte. La recepción se encontraba hecha un desastre; todo patas pa'rriba. Afortunadamente, mi sobrino estaba bien. (No se podía decir lo mismo de su amigo.) Convencí a Tomás de entregarme el trapezoedro. Le aseguré que arreglaría las cosas con Sandkühlcaán. Luego de salir del callejón del Travieso, mi padre y yo fuimos por Roberto, quien se encontraba debajo del puente ubicado en el bulevar Benítez. Necesitaba a mi hermano para poder entrar a la Torre. Roberto estaba tirado en el suelo, en posición fetal y abrazando su botella de licor. Lloraba como bebé. Como pugnando por retornar al útero materno.

—No te mates —dijo Roberto, con una voz macabra porque era de bebé, no de hombre adulto—. No me dejes solo, mamita. Me haces mucha falta.

—Tu perdición han sido las mujeres —dictaminó don Juan Reyna—. Yo tuve la culpa de ello. Por lo mal que traté a algunas de ellas. Incluyendo a tu madre, que en paz descanse. Creo que la Virgencita me pegó donde sabía que me dolería más. Por eso se ensañó contigo.

Mi hermano volvió a la realidad.

—¿No está enojado conmigo?

—Por supuesto que no.

—Siempre quisiste que pichara para los Dodgers, ¿lo recuerdas?

—Y lo hubieses conseguido, pero no estuvo en ti. Todo fue mi culpa.

Mi padre ayudó a Roberto a levantarse.

—Nos tenemos que ir —intervine.

—Sí —dijo mi hermano, limpiándose los mocos.

Un servidor sujetaba la caja metálica envuelta en el saco del Malasuerte. Mi hermano seguía luciendo como vagabundo porque no hubo tiempo para conseguirle ropa nueva. La vida de su hijo pendía de un hilo. Frente a nosotros se encontraba la Torre.

Los pistoleros apostados a la entrada se asustaron cuando vieron el terrible aspecto de Roberto, pero nos permitieron el paso cuando me reconocieron. El lector de iris y de huella digital en el elevador nos permitió subir hasta el último piso, luego de que mi hermano puso su ojo y su mano derecha en él.

Las puertas del elevador se abrieron y apareció frente a mí un salón rectangular tapizado con terciopelo escarlata. Al fondo se encontraba un trono hecho de cráneos humanos. Una orgía compuesta por más de cincuenta seres disolutos cubría el piso. Los sátiros formaban una cadena que serpenteaba de manera tan compacta que no se podía ver el suelo. Bocas lamiendo vaginas, falos penetrando anos, aquello parecía el intestino enrollado de un demonio gigante. Entre los seres disolutos reconocí a cantantes de rock, a políticos corruptos, a deportistas exitosos y a narcotraficantes famosos.

El calor de los cuerpos febriles emanaba un vapor fétido y repugnante. Al final de la cadena, sentado en el trono hecho de cráneos humanos, se encontraba Sandkühlcaán. Vestía una túnica carmesí que nomás le dejaba ver su cabeza de ave carroñera. A su derecha estaba parado el Desnarigado y, a su izquierda, un sujeto muy parecido a Rasputín.

Avancé con el trapezoedro en mi poder y por encima de las docenas de cuerpos. La excitación de los sátiros era tan grande que apenas se percataron de mi presencia. Una de las mujeres succionaba y mordía tan fuerte que estaba a punto de arrancarle el pene al siguiente eslabón en la cadena. No había clima. Hacía un calor húmedo e insoportable. Hedía a semen, a sobaco y a culo. Todo mezclado. Continué mi camino. Me detuve a escasos tres metros del alienígena. Me encontraba parado con un pie sobre el costillar de un negro en pleno 69 y el otro encima de una mujer con obesidad mórbida. El Desnarigado me liberó del trapezoedro y se lo entregó a Sandkühlcaán, quien me preguntó qué se me ofrecía.

—Perdona la vida del muchacho —le pedí.

—¿Por qué habría de hacerlo?

—Porque le he traído el trapezoedro.

Sandkühlcaán me señaló con un largo dedo.

—Acabaste con el Brujo. Sólo por eso dejaré en paz al muchacho.

Le pregunté por qué tenía a toda esa gente haciendo cochinadas en el piso de su oficina. Sandkühlcaán esbozó una especie de sonrisa y me explicó que la lujuria del ser humano era lo que le daba fuerzas. Se alimentaba de ella. Por eso vino a Tijuana. En ninguna otra ciudad podría hacerse de tal cantidad de putas y sátiros. Di media vuelta y salí de ese círculo dantesco. Me encontraba confundido y asqueado pero satisfecho con la respuesta dada por Sandkühlcaán. Por fin entendí qué es lo que hacía en Tijuana.

La Morena estaba terca con que quería ser alcalde de la ciudad. Todo empezó siete años antes, cuando saqué del corralón una Escalade color marfil. Se la quitamos a unos pochos que vinieron a Tijuana a hacer travesuras en ella. Usé mis influencias, la saqué del corralón, le conseguí placas nacionales, la llevé a que le arreglaran algunos detallitos y se la di a Lorena el día de su cumpleaños. Está por demás decir que le encantó. Le pregunté si no quería que le cambiase sus rines de aluminio de veintidós pulgadas y me dijo que no. Salimos peleados a causa de la maldita camioneta.

La ciudad se hallaba colmada de baches y la Morena cayó en uno de esos boquetes mientras transitaba por la calle novena. El impacto partió en dos uno de los rines de adelante. La agarró contra mí. Como si yo fuera Secretario de Desarrollo Urbano.

—No se puede conducir sin que, de pronto, aparezca un enorme agujero en el suelo —exclamó, indignada—. ¿Es justo que los ciudadanos tengamos que reparar los coches que tanto sacrificio nos cuesta adquirir? Y todo por la ineptitud de los funcionarios públicos que no son capaces de coger al toro por los cuernos y presentar una solución definitiva al problema de los hoyos en la ciudad. Si yo fuese presidente municipal, pusiera concreto, en lugar de asfalto.

Dejé escapar una carcajada. Fue sin querer. La Morena se encabritó. Le pedí perdón. Intenté limpiar la cagada. La cagué aún más:

—La idea es buena, pero no vale la pena mencionarla, porque nunca serás presidente municipal.

Fue como si le hubiese echado gasolina al fuego:

—¿Por qué dices eso? ¿Porque soy tonta?

—Mi vida, te juro que no quise decir eso. Fue un comentario pendejo de mi parte.

—Fue exactamente eso, ¿y sabes por qué? Porque no me conoces y porque no sabes de lo que soy capaz.

Si lo sueñas, es posible

Nos encontrábamos a punto de reinaugurar el bulevar Agua Caliente. Sandkühlcaán nos veía desde la Torre, con aprobación. Eran las diez de la mañana. Había vuelto a nevar en la Rumorosa. El firmamento estaba cubierto por una densa capa de nubes oscuras. Existía un treinta por ciento de probabilidad de lluvia, según la chica del clima —que en cuestión de belleza no le llegaba ni a los talones a mi esposa—. La temperatura mínima para ese día era de cuatro grados centígrados. Lorena se preparaba para dar su discurso. Lucía tan guapa como siempre. El público la esperaba, al igual que lo hacían las cámaras de televisión. El slogan de su campaña fue:

SI LO SUEÑAS, ES POSIBLE

Las encuestas revelaban que un veintisiete por ciento de sus gobernados hombres soñaban con acostarse con ella. Para las mujeres era todo un ejemplo a seguir. Lorena subió al estrado. Tenía su pelo planchado y lucía un elegante traje cruzado, de corte ejecutivo. La acompañaban el diputado Esteban García, el procurador César Mayorga, el arquitecto Zambrano, el ingeniero DiCaprio Zamudio y la esposa de éste, Raquel Torres. Puse mi vista en el cielo. Éste seguía nublado. Sabía que no llovería. ¿Por qué lo sabía? Porque a la Morena nada le sale mal. Habló:

—Cuando llegué a Tijuana me dije: Lorena, tienes que hacer algo respecto a estas horribles calles. Estudié para superarme y porque sabía que llegaría a ser alcalde de esta ciudad. Porque si lo sueñas es posible. Éste siempre ha sido mi lema. Y claro que hubo quienes se rieron de mí cuando se los dije. Espíritus mediocres que no ven más allá de sus narices, que creen que solamente haciendo trampa se puede avanzar en este país. Ninguno de ellos pudo hacerme claudicar. Porque tenía un sueño y los sueños son algo que nadie les puede quitar. Algo muy personal que cada uno lleva dentro y que los hace luchar día a día en contra de todas las adversidades. Por eso, el día de hoy, en que vengo a reinaugurar esta calle que antes era intransitable y que ahora parece de primer mundo, les digo: atrévanse a soñar. No le tengan miedo al éxito. Quién iba a decir que una chica como yo, que salió de un pueblito en Michoacán, en busca de mejores oportunidades, sin un solo peso, llegaría hasta donde estoy, hablándoles de frente y sin pena. Porque lo que conseguí no lo hice gracias a mi cuerpo ni a mi cara. Fue gracias a mi determinación, a mi constancia y a mi cerebro. Y es el mensaje que he venido a traerles: si lo sueñan, es posible.

Lorena dijo algo más, pero los aplausos de la multitud ahogaron las palabras de mi esposa.

Libro tres

JUAN TRES DIECISÉIS

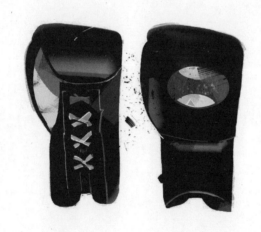

Martes trece

El cochecito económico asomó su nariz a la salida del motel. Ahí estaban los dos. La contadora y su amante. Justo frente a mí. En el espantoso carro de ella. Ajusté el lente con precisión y desde mi Crown Victoria los capturé cuatro veces.

Seguramente se preguntarán qué clase de persona es capaz de dedicarse a un negocio tan ruin como éste, a lo cual yo les contestaría: la peor.

Al terminar, arranqué rumbo a casa. Una vez instalado en mi guarida acabé con un seis de agua quinada acompañada de vodka y hielos, viendo una pelea repetida de Juan Tres Dieciséis. Como a las diez y media de la madrugada me despertó la llamada de Rosa Henderson. Nos quedamos de ver en uno de estos cafés nuevos donde los chicos compran sus batidos de chocolate.

Mi americano llegó frío y quemado. Le dije al mesero que no lo quería. Me preguntó si se me ofrecía algo más. Le dije que se largara de mi vista. Rosa Henderson pidió una malteada de chocolate con crema pastelera. Ella sí parecía muy satisfecha con su enorme batido, el cual desapareció en cuestión de segundos por medio de un popote conectado a la boca de Rosa Henderson.

—¿Cuál es el problema?

Rosa Henderson puso su vista en el cielo.

—Mi hijo… otra vez.

Humberto, pensé.

—¿Qué hay con él?

—Rompió con aquella muchacha, Alejandra, y ahora está enfermo.

—¿Está enfermo de amor? Señora, yo no curo asuntos del corazón.

—No quiere trabajar.

Perdí mi paciencia.

—¿Estoy oyendo bien? —dije.

—Me dijeron que estaba embrujado. Sólo necesito que me averigüe quién se lo hizo —me aclaró Rosa Henderson.

La cosa se puso interesante. Si no ganaba dinero con ello, al menos sacaría alguna buena historia, digna de contarse.

—Señora, por favor, ¿quién le dijo eso?

—Una persona que sabe de esas cosas.

—Y por qué no le pregunta a esa persona quién chingados le embrujó a su angelito.

—Lo que sucede es que ella sólo puede percibir la mala vibra, pero no puede saber exactamente de quién viene. Le llevé una de sus camisas y con sólo sentirla me pudo dar incluso la fecha exacta en que me embrujaron a Humberto.

—¿Ah, sí? Y qué fecha fue ésa que le dieron.

—El día que conoció a esa bruja.

—Tal parece que ya tiene sus sospechas sobre alguien en especial.

—Así es. Sólo necesito que me las confirme.

—¿Y cómo cree usted que yo lograría eso?

—Fácil, simplemente tiene que indagar en el pasado oscuro de su familia. Son del estado de Veracruz. De Catemaco, me parece. Precisamente del lugar donde abundan esas prácticas.

—¿Qué otro síntoma presenta su retoño, además de su aversión al trabajo?

—Habla raro. Desde que conoció a esa vieja no entiendo una sola palabra de lo que dice. A veces dice unas palabrotas, como verga y puto, y luego las combina con otras aún peores, como proditorio, morfosintaxis y contradiscurso. Ya no es capaz de hablar como gente normal. Además de que se la pasa viendo puras películas raras.

—¿Así que le dice que no quiere trabajar, eh?

—Bueno, no exactamente. Él dice que le gusta el rock, el cine moderno, la filosofía y la política. Dice que quiere hacer algo que tenga que ver con eso. Que ése es su fuerte, dice.

—¿En qué carrera se matriculó su querubín?

—Humberto es filósofo.

—Caso resuelto.

La señora brincó de su asiento ante mi carcajada.

—¿Qué pasa, detective? Me asusta.

Me puse de pie.

—Me temo que le tengo malas noticias, señora Henderson: su hijo no tiene lucha. Tenga mejor otro... Ah, y a éste vigílelo más de cerca. Bueno, me tengo que ir.

Caminé hacia la salida. La mujer me cogió de la manga de mi saco de piel color café.

—Espere —me imploró—. Todavía no se vaya.

Busqué la cajetilla de cigarros en mi saco de piel. No la encontré. Me puse nervioso.

—No se preocupe —dije—. No me debe nada. Fue sencillo resolver el misterio.

Saqué un tostón y lo acomodé cuidadosamente sobre la mesa.

—Yo invito —dije.

Al salir a la calle, harto de la maldita bossa nova, recibí la llamada del profesor Camarena.

—¿Tienes las fotografías? —dijo, con voz nerviosa.

—Las traigo en mi carro.

—¿Dónde te encuentras?

—Vengo saliendo de una tienda de malteadas. Aquí, cerca de mi despacho.

—Muy bien. Ahí nos vemos entonces.

—De ninguna manera entro ahí otra vez.

—En tu despacho, entonces —dijo.

—Acaban de fumigar, fui por la mañana a abrirle la puerta al exterminador y de ahí me vine para acá para hablar con un cliente. Te veo en La Cueva del Peludo, ¿qué te parece?

Eran apenas las tres y media de la tarde. A excepción de los meseros, dos cantineros y tres muchachas apáticas, el lugar estaba vacío. El profesor de matemáticas Federico Camarena ocupaba una mesa junto a la pista. Alcé el sobre color manila.

—Aquí están las fotografías —dije.

Mi cliente perdió color. Su quijada comenzó a temblar.

—¿Qué descubriste? —dijo.

—¿Tienes el dinero?

—Una parte.

Me puse en pie.

—Estoy perdiendo mi tiempo.

Me cogió de la manga de mi saco, justo como lo hizo la señora Henderson, pero con mirada de borrego a medio morir.

—Déjame ver tan siquiera una —me rogó.

—¿Cuánto traes?

—Doscientos, nada más.

Lo pensé por un momento. Habíamos quedado en quinientos. Ése fue el trato. ¿Qué podía hacer? El profesor Camarena se notaba desesperado. Accedí.

—Échalos, pues —dije.

Tomé el dinero, saqué mi pluma e hice el recibo por la cantidad abonada. De ahí saqué sólo una fotografía del sobre y se la mostré desde mi lugar. El profesor Camarena intentó arrebatármela.

—Se acabó tu tiempo. Págame el resto y serán todas tuyas.

Regresé la fotografía dentro del sobre:

—Te dejo porque debo de ir a comprar suavizante —dije.

El negocio estaba lento. Pasé una semana sin clientes en la que me dediqué de lleno a la cacería de moscas panteoneras dentro de mi oficina. No supe nada del profesor Camarena ni de Rosa Henderson. Estacioné el Crown Victoria en línea roja. Alguien estaba en mi cajón. Le di las llaves al Guapo para que moviera el Vic cuando quedara un estacionamiento libre cerca del callejón del Travieso, donde pagaba seiscientos dólares mensuales por mi despacho de cuatro por seis.

Llevaba dos meses de retraso en el alquiler. Ese mismo día pensaba cancelar mi contrato. El Guapo me preguntó si quería que me puliera los focos. Otra vez le dije que no. Compré el periódico en el estanquillo de la esquina y subí a mi oficina, donde me quité el saco de piel y me dispuse a buscar algún conocido entre los decapitados de esa semana, cuando en eso sonó el teléfono.

—Sus problemas son mi negocio —dije, de manera automática—, ¿en qué le puedo ayudar?

Tenía mi mirada fija en el calendario clavado junto a la puerta. El almanaque lo conseguí en el Hospital de Aspiradoras, hacía varios años. La razón por la que seguía en mi oficina era porque tenía por cabeza una fotografía del Océano Pacífico visto desde la playa de Bahía de Venados. El lugar que purificaría todos mis pecados. Donde se ubicaría mi casa luego de mi jubilación.

En la esquina inferior izquierda del paisaje aparecía una panga abandonada, a la derecha estaba una palmera rascando la blanca arena, de tan inclinada —lo más seguro que por el peso de sus cocos frescos—, y, al fondo, el apacible manto azul de donde provendría toda mi comida y mi tranquilidad. Cómo iba a lograr esto era una pregunta que estaba a punto de responderse.

—Habla Marlene Zambrano, hija del arquitecto Zambrano. Quiero saber quién asesinó a mi marido.

Bajé las botas de mi escritorio.

El arquitecto Zambrano era conocido por tres cosas: por haber diseñado la Torre, por tener una hija demasiado encamable llamada Marlene y por ser el propietario de la Constructora Neo, la cual se encargó de las obras de repavimentación promovidas por la alcaldesa e hizo todas las casitas de interés social de Colina Frondosa, al este de la ciudad.

—¿Dónde quiere que nos veamos, señora Zambrano? —dije.

—Qué tal en su oficina, a las tres de la tarde.

Accedí a su propuesta y colgué. Para ese entonces, algo más llamó mi atención. Se trataba de una noticia devastadora en la primera plana del periódico local: el campeón mundial de los pesos ligeros, Juan Tres Dieciséis, se hallaba convertido en prófugo de la justicia mexicana. Acusado de asesinar a su pareja, Gabriela Pacheco, con una estatuilla de bronce obsequiada por el Consejo Mundial de Boxeo, para luego mutilarla con un hacha contra incendios. Esto ocurrió la noche del sábado.

Lo que lo convertía en el sospechoso número uno del homicidio era la ropa ensangrentada de Juan abandonada en el hotel, sus huellas sobre la estatuilla y el hacha, y su relación con una ciudadana norteamericana de nombre Celeste Betancourt, además del retiro por parte de la víctima de todo el dinero en su cuenta bancaria. Esto, tres días antes de cometerse el crimen. Al final, el artículo periodístico hacía referencia a otras leyendas del boxeo involucradas en crímenes pasionales. Gigantes como Carlos Monzón, Arturo Gatti, Alexis Argüello y Edwin Valero, sin dejar de hacer referencia a los líos con mujeres de parte de estrellas como Tyson, Mayweather y el Chocolatito González.

Ese mismo sábado vi por televisión el regreso de Juan Tres Dieciséis, luego de su retiro de los cuadriláteros a raíz de la muerte del boxeador panameño la Bestia Cárdenas a manos suyas, en un encuentro polémico que le ocasionó la cancelación de su licencia para pelear en Nevada, California, Texas y el estado de Nueva York.

—Pasarán varios años antes de que volvamos a ver a un boxeador tan especial como ése —pensé—, con quijada, pegada y gracia.

La primera plana también informaba de la represión sufrida por un grupo de manifestantes llamados la Nueva Liga Internacional de los Justos. Protestaban en la glorieta de Cuauhtémoc contra las políticas populistas de la alcaldesa Lorena Guerra cuando fueron agredidos por los miembros de un centro de rehabilitación llamado Morir para vivir.

Pasé a la sección de espectáculos. Noté que el cantante Lalo Mora se presentaría el miércoles en el palenque de Tijuana. La ópera *Don Giovanni* y una presentación del psicomago Alejandro Jodorowsky estaban anunciadas para el jueves en el centro cultural de la ciudad. Una película inglesa llamada *Heroína* se exhibiría ese mismo día en la cineteca. El filme trataba de un grupo de chicos que se autodestruían consumiendo drogas.

Me disponía a leer acerca del triunfo del equipo de futbol los Xoloitzcuintles de Tijuana cuando oí el timbre de la recepción. Una silueta se dibujó en el vidrio esmerilado de mi puerta. La hice pasar.

La luz mortecina y oblicua, filtrada a través de las persianas, no me impidió notar que la mujer era guapa. Su modelo de piernas: mi predilecto: rodilla pequeña, muslo abundante y tobillo angosto. Su cuerpo: espigado, sin ser demasiado alto ni exento de curvas. Con gracia y perfecto balance en su caminar. Como el de una geisha vacacionando en Acapulco.

Se aproximó y noté un rostro arábigo, de rasgos sofisticados y mirada dura. Sus ojos eran pequeños y su nariz prominente. Me gustan ese tipo de rasgos exóticos. Se presentó, extendiéndome su mano delgada, de largos y finos dedos. Tomó asiento frente a mí. Marlene arrojó a mi escritorio una fotografía de un joven con sobrepeso.

—Aquí tiene una fotografía reciente de Gustavo —dijo, sin dulzura en su voz.

Observé la fotografía con detenimiento

—¿Cómo falleció? —dije.

—Alguien le disparó con una .32, primero en el estómago y luego en la cara. Iba saliendo de la casa rumbo al trabajo, por la mañana.

—¿Cuándo lo difuntearon?

—Mañana se cumple una semana.

—¿En qué trabajaba?

—Era contador. Trabajaba en la constructora de mi papá.

—Debe haberlo querido mucho para querer dar con su asesino a toda costa.

—Ayer acabo de arrojar sus cenizas al caño.

—¿Adónde?

—Al caño.

—Bromea.

—No lo hago.

—Entonces, ¿a qué se debe tanto interés?

—Simple curiosidad. El asesino puede ser alguien que yo conozca. Sólo quiero saber quién es. No me gustan los secretos.

—¿Lo odiaba?

—Para mí era otro empleado más de mi papá.

—¿Cómo fue que terminaron casados?

—Yo salía mucho cuando estaba en la universidad, siempre me lo encontraba en las mismas fiestas a las que yo iba. Ésa resultó ser su única gracia. Por lo demás era completamente aburrido, pero de eso me di cuenta hasta después de que el niño nació.

—¿Sospecha de alguien en especial?

—No sé si tenía una amante en su trabajo. No creo, se la pasaba todo el día en la casa. En el internet. Supongo que la principal razón por la que quiero dar con su asesino es para preguntarle qué es lo que pudo haberlo llevado a matar a un sujeto tan poco digno de atención como mi Gustavo.

El aromatizante en la oficina perdía la batalla contra el olor a flatulencia, a café quemado y a sopa instantánea. Pregunté por el escritorio de Gustavo Barragán. Un jovencito con cicatrices de acné despegó la vista de su monitor y me señaló a otro muchacho igualito que el esposo de Marlene.

—Se sentaba ahí. Ése es su compadre —dijo.

El doble de Gustavo Barragán padecía conjuntivitis en un ojo. Su escritorio estaba colmado de latas de bebida energizante.

—Eran de Gustavo —dijo, al verme inspeccionando las latas—. Las coleccionaba. No sé si tirarlas o no.

—¿Sabes quién soy?

—El detective privado. El arquitecto nos dijo que usted iba a venir hoy a hacernos unas preguntas acerca de Gustavo.

—¿Lo conociste?

—Era mi compadre.

Fui al grano:

—¿Sabes quién pudo haberlo asesinado?

—Su esposa. Pinche vieja, es una perra malhumorada, mala, abusiva, grosera.

—Ella me contrató.

—Para despistar. Porque no lo quería. Le hacía muchos desprecios.

—Es lo mismo que me dijo ella a mí.

Una jovencita esquelética y ojerosa me observaba con mirada penetrante. La volteé a ver y ella dirigió inmediatamente su vista al monitor, tecleando a toda velocidad. La muchacha también tenía infección en un ojo.

—¿Lo conocía? —le pregunté a la chica de tez verde.

—Casi no —dijo el compadre entrometido.

—No estoy hablando contigo.

La chica parecía estar a punto de desmayarse o de vomitar.

—Sí lo conocí —dijo.

—Quiero decir, ¿se llevaban bien?

—Más o menos —me respondió, todavía temblando.

Caminé dos pasos hacia su escritorio y pude ver enmarcada la fotografía de un monumento de mujer remotamente parecida a mi interlocutora. La chica de la fotografía abrazaba a un perro labrador.

—¿Y esta preciosura quién es?

—Soy yo —tartamudeó.

—Supongo que le ha afectado mucho la muerte de su compañero.

—Es que he estado muy enferma últimamente. No tiene nada que ver con Gustavo.

La chica comenzó a sacar pastillas de uno de sus cajones sin que yo se lo solicitara. Luego me mostró las recetas.

—Está bien —dije.

—Déjela en paz, amigo —dijo el compadre de Gustavo.

La oficina entera paró sus labores. Todos los oficinistas se dedicaban a observarme.

—¿Ya terminó? —dijo el arquitecto Zambrano—. Mi hija puede hacer lo que le venga en gana con mi dinero pero créame que yo no tengo mucho tiempo para sus cosas.

—¿Cómo era su relación con su yerno?

—Casi no hablábamos.

—¿Cómo era él?

—¿Qué le puedo decir? Venía todos los días a trabajar, nunca faltaba. Se sentaba ahí, ocho horas seguidas a jugar con el internet. Al igual que a mi hija, a mí también me asombró que lo hayan asesinado.

Hice unas anotaciones en mi libreta y me dirigí a la procuraduría. Pasé por la Torre. Sentí un escalofrío y su Ojo de Sandkühlcaán llamándome. *Ven a mí, Malasuerte*, me decía Sandkühlcaán, desde su guarida en el último piso. *Todavía no*, le dije.

—Malasuerte, ¿qué te trae por aquí? —dijo el procurador César Mayorga.

—Vine a rendir mi declaración.

—¿En qué estás metido?

—Tuve algo que ver en la muerte del yerno del arquitecto Zambrano, propietario de la constructora Neo. Vine a decirles todo lo que sé y de paso a dejarles algunas pruebas que les pueden ser útiles.

Luego de presentar mi declaración en la procuraduría me dirigí a casa de Marlene Zambrano. Toqué el timbre. La hija del arquitecto salió a mi encuentro. Me invitó a pasar. La seguí por un serpenteante camino de cantera que partía en dos el jardín. En la sala me pidió que tomara asiento. Le dije que descubrí al asesino de su marido. La señora Zambrano fue hacia el fondo de la planta baja y regresó con un bolso dentro del cual hurgó hasta extraer unos billetes que fueron a dar a mis manos. Se trataba de la cifra acordada. Guardé los billetes en mi cartera.

—¿Gustavo padeció en algún momento de infección en el ojo? Conjuntivitis. El rastro de motel barato que le queda a uno en el ojo luego de cometer la imprudencia de dormir con la cara puesta sobre una almohada contaminada con heces fecales.

—No que yo sepa. ¿Por qué?

—Dos empleados de su papá tenían esa marca. Uno de ellos era un clon de su esposo. Igualito: obeso, barbón y con mucho gel en el pelo. La chica anda por la calle de la amargura. Luce muy demacrada. Fui a hablar con el marido de la muchacha. Resultó ser un cliente mío al que le dejé fiadas unas fotografías de su mujer saliendo de un motel barato de la mano precisamente de un gordo barbón con mucho gel en el pelo y muy parecido a su difunto esposo. Mi cliente, un profesor de matemáticas, no sabía que había dos gordos barbones trabajando donde mismo. Siguió al equivocado. Le di el pitazo a la judicial. Lo confesó todo. En estos momentos está en manos de la procuraduría del estado.

La viuda llegó a mí como un alfiler a un magneto. Mis manos abarcaban perfectamente su breve cintura. Ella pasó las suyas por mi roja cabellera.

—Dicen que el pelo rojo es de mala suerte —dijo.

—Malasuerte es mi segundo nombre.

—Me gusta.

Colocó sus labios sobre los míos. Me tomó de la mano. Me condujo hacia su recámara. Además de mi paga en efectivo recibí una bonificación de parte de la señora Zambrano. Cuerpomático. No había nada de qué preocuparse, me dijo. El niño estaba en la escuela y le dio el día libre a la servidumbre. Caí encima de la señora Zambrano como un tronco. Después de ello le hicimos caso a Hollywood y encendimos un tabaco, con nuestras espaldas recargadas contra la cabecera. Jugueteaba con su cabellera negra sobre mi pecho.

—¿Cómo diste conmigo? —dije.

—Rosa Henderson me habló de ti y te quise conocer.

—¿Cómo están Rosa y su hijo?

—Muy bien. Mi papá les consiguió trabajo a Humberto y a su novia en el gobierno.

—Leí que el arquitecto Zambrano y la alcaldesa habían salido mal —dije.

—Les consiguió trabajo en el gobierno del estado, no en el municipio. Mi papá es muy amigo del gobernador.

—¿Qué hace ahí el hijo de Rosa Henderson?

—Trabaja de *community manager*. Administra las redes sociales del gobierno estatal. Pero háblame de ti, Malasuerte. ¿Qué haces cuando no estás fisgoneando a mujeres promiscuas por encargo de sus maridos celosos?

—No me enorgullece hacerlo, pero lo prefiero a tener que checar tarjeta todas las mañanas.

—¿Por qué tienes que hacer una cosa o la otra?

—Porque tampoco deseo vender droga ni asesinar a sujetos bajo contrato.

—Tienes una visión del mundo bastante pesimista.

—Mi visión del mundo no sería tan pesimista si mi padre fuera el millonario arquitecto Zambrano.

Marlene se hizo la ofendida.

—Eso es injusto —dijo, al borde del llanto.

—Lo es mucho más para el resto del mundo.

Marlene se cruzó de brazos y se alejó de mí.

—No eres gracioso.

Puse mi brazo, de manera delicada, sobre su espalda y la atraje hacia mí.

—Vamos, no estés así conmigo —dije.

Marlene se liberó con una fuerte sacudida.

—Me has dicho algo muy feo.

Sonreí.

—¿Que eres hija del arquitecto Zambrano?

—No. Que como lo soy, por eso no llevo una vida normal, como la de todos los demás. Yo también he sufrido, sabes.

—Estoy seguro de que sí. Lo siento. No quise lastimarte.

Se acercó a mí. Me permitió que la abrazara. Se le pasó un poco el coraje.

—¿Es la primera vez que lo haces? Me refiero a sorprender a alguien con las manos en la masa.

Pensé en la última vez que hice algo parecido al trabajo encargado por el profesor Camarena. Sólo fui capaz de recordar un caso: cuando me pidieron que siguiera a la alcaldesa. Me puse nervioso. Mi tez roja se encendió aún más.

—Es la primera vez que lo hago —mentí.

Sentí mis orejas calientes, como siempre que pasa luego de que digo una mentira. Mi quijada temblaba.

—Mientes —dijo Marlene.

Pensé, ¿qué me puede pasar?

—Espié a la alcaldesa Lorena Guerra mucho antes de que se convirtiera en presidenta municipal —dije.

Los ojos de Marlene se abrieron mucho. Se relamió los labios ante mi sorprendente revelación.

Pasé por la Torre. Su Ojo de Sandkühlcaán me siguió con la mirada. *No te resistas, Malasuerte*, me dijo Sandkühlcaán. *Pronto nos veremos las caras*, le prometí.

Llegué a mi despacho. El Guapo dejó de encerar un coche en el callejón del Travieso y se acercó a mí con su gorra mugrosa, su boca chimuela y la franela sobre su hombro.

—Hay un señor esperándote arriba —dijo—. Se me hizo conocido. Le abrí para que te esperase adentro.

Casi se me para el corazón por la sorpresa que me llevé al descubrir la identidad del señor canoso y de anchos hombros que me esperaba sentado en la recepción de mi despacho. Se trataba de Gregorio Montalvo, el entrenador y mentor del campeón y prófugo de la ley Juan Tres Dieciséis.

—Gregorio Montalvo —dije.

—Sigue el box —dijo, como si nos hubiésemos descubierto miembros de una misma secta.

Quizá lo éramos.

Abrí la puerta de mi oficina. Lo invité a pasar y a tomar asiento. Así lo hizo. Me pidió encontrar al asesino de Gabriela. Lo pensé por un momento.

—¿No lo sabe Juan?

Respondió de manera negativa. Lo pensé un poco más. Quise saber quién me estaba contratando.

—Juan —dijo—. Él me pidió que viniera aquí con usted.

—Necesitaré hablar con Juan.

—Si logra dar con él podrá hacerle las preguntas que quiera.

—¿No me puede dar su paradero?

—Ni yo mismo lo sé. Se comunica conmigo por medio de su celular.

—¿Sospechan de alguien en especial?

—¿Además de Juan?

—Además de Juan.

—Tal parece que para donde uno voltea hay un sospechoso de haber asesinado a Gabriela. Esa noche la alcaldesa organizó una fiesta en el hotel Rosarito. El hotel estaba lleno de personas que lo conocían. ¿Sabe quién estaba ahí? Celeste, la muchacha que Juan conoció en Las Vegas. Juan estaba pensando en casarse con ella.

—¿Podría hacerme un breve recuento de lo que ocurrió esa noche?

—Como le dije, todos estábamos en una fiesta organizada por la alcaldesa. Gabriela se sintió mal y Juan la llevó a su habitación como a las doce. Ahí la dejó dormida y después regresó a la fiesta, donde se encontró con Celeste. Me dice que lo último que recuerda es haber regresado con Gabriela.

—Usted lo ayudó a escapar.

—Llegó a mi habitación con toda su ropa manchada de sangre y llorando. Desesperado. ¿Qué más podía hacer?

—Tengo entendido que Gabriela desfalcó a Juan tan sólo un par de días antes.

—Juan aún no estaba enterado de esto. Él se dio cuenta de ello hasta el lunes, cuando intentó extraer dinero de una de sus tarjetas.

—Necesitaré mil dólares para abrir su caso —dije.

Montalvo abrió su cangurera, de donde extrajo un grueso fajo de billetes verdes, el cual me entregó. Preparé el recibo a nombre de Juan, lo firmé y se lo entregué al entrenador, quien me entregó su tarjeta de presentación.

—Ahí está mi número. Llámeme si necesita algo más.

—¿Tiene algún registro federal de causantes? Siempre pido factura de todos mis gastos.

—No se preocupe. Pida sólo recibos. No serán necesarias las facturas. Me tengo que ir.

Gregorio Montalvo se puso de pie. Miró su reloj marca Casio. Lucía ansioso, como el conejito en *Alicia en el país de las maravillas*.

—¿Quién le dio mi contacto? —dije.

—Una persona muy cercana a usted. Debo irme. Le recuerdo que no disponemos de mucho tiempo.

Al salir de mi oficina, el entrenador casi se estrella con el arquitecto Zambrano, quien se le quedó mirando por encima del hombro, como si fuese un bicho raro.

—Disculpe —dijo Montalvo, antes de franquearlo.

Tan pronto vi al arquitecto Zambrano en mi despacho tuve la certeza de haber hablado de más con su hija el día anterior.

—Usted le hizo un muy buen trabajo a Marlene —dijo.

Me pregunté a cuál de los dos trabajos se refería el arquitecto.

—Hice lo que pude —dije.

—Deseo contratarlo yo también.

—¿Qué hay que hacer?

—Tengo entendido que ya lo hizo. Hace más de quince años usted tomó unas fotografías que podrían salvar a la ciudad del mal gobierno que padece. Usted sorprendió a esa puta con las manos en la masa. Me refiero a la meretriz que tenemos por alcaldesa.

—Voté por ella.

—¿De dónde es usted?

—De Sonoloa.

Mi respuesta le produjo asco. Arrugó la cara como si estuviese chupando limón.

—No me extraña —dijo—. A todos ustedes los compran con sodas y tortas. A los nacidos aquí nos importa demasiado nuestra ciudad como para entregársela a un hato de rufianes.

—No tengo las fotografías de las que me habla —dije.

El arquitecto equivocó su táctica. No debió haberme ofendido.

—No lo presionaré. En lo que se decide, tengo otro trabajo para usted.

—En estos momentos estoy trabajando en un caso muy importante —dije.

—Éste no le llevará mucho tiempo.

—¿De qué se trata?

El arquitecto Zambrano seguía sin tomar asiento. Estaba parado frente a mi escritorio. Lucía incómodo. Fingió pesadumbre.

—Alguien amenaza con asesinarme.

—No lo culpo —murmuré.

—¿Qué dijo?

—Que cómo lo supo.

—Es algo con lo que he tenido que lidiar desde que comencé mi negocio.

—¿Cuál negocio? ¿El de apropiarse de ejidos rurales, por medio de estafas y engaños, con tal de colocar en ellos miles de casitas diminutas, construidas con los peores materiales?

—Usted es otro enemigo del progreso, al igual que la persona que desea matarme.

—Y aun así no se va de mi despacho… ¿Quién lo amenazó de muerte?

El arquitecto extrajo un papel de su saco sport. Lo desdobló y me lo entregó. Leí un pequeño mensaje escrito con recortes de revista:

POR SU CULPA AHORA VIVO EN UNA CAJITA DE LAS QUE USTED HACE. SÓLO MATÁNDOLO COMO AL PERRO QUE ES ME ASEGURARÉ DE QUE NO VUELVA A ESTAFAR A NADIE NUNCA MÁS

—Entiendo el coraje de esta persona.

—¿A qué se refiere?

—Yo vivo en una de esas casitas.

—¿Qué tiene de malo?

—Nada, excepto que debo dormir con mi cabeza en la recámara y mis pies en el baño.

—Lo que pasa es que esas casas están hechas a la medida del mexicano promedio, que no es tan alto como usted.

—Usted está hablando de los liliputienses. Estoy seguro de que sus nietos poseen juguetes más grandes que la casita que rento. ¿Sospecha de alguien?

—Ahora que lo menciona, sí. Hay un viejo alcohólico que me vendió su rancho y ahora que construí toda una colonia en el terreno que era de él, resulta que lo quiere de vuelta. Su nombre es Vicente Aguilar. Vive en Frankfurt número 642. Colonia Colina Frondosa. Sección tres.

—¿Por qué me necesita a mí? Vaya con la policía y denúncielo.

—Tan sólo quiero estar seguro. Es el único enemigo que tengo. Además, necesito pruebas.

—Lo siento, pero es demasiado raro. Además de que, le repito, ya estoy trabajando en otro caso.

—Marlene me aseguró que usted era un profesional. Ahora veo que mi hija sigue teniendo problemas juzgando a los hombres que conoce.

Eché al arquitecto de mi oficina.

—¡Te vas a arrepentir de esto! —gritó, como uno de esos villanos que aparecen en mis libros policiacos y del Salvaje Oeste.

Cerré la puerta de la recepción. Me quité mi saco de piel y lo puse en el perchero. Necesitaba un trago. Me lo serví. Al centro y pa'

310

dentro. El zafarrancho con el padre de Marlene me puso de mal humor. Me serví otro trago. Doble. Lo liquidé. Lo nuestro no iba a poder ser. Lo de Marlene conmigo. Adiós casa junto a la playa de Bahía de Venados. Quizá debí haberme controlado, pensé. Qué chingados, agregué en mi mente, lo hecho, hecho está.

Subí a mi lanchón de ocho cilindros en V y acudí al negocio de tortas y licuados propiedad de mi amigo el Yuca, ubicado en la colonia Libertad. Iba en busca de información acerca de Juan Tres Dieciséis. Empezaría desde ahí. Ambos habían peleado en el circuito local de Tijuana. Cada uno en diferente época, pero se conocían. Jamás compartieron cartelera, sin embargo el Yuca le sirvió de sparring en distintas ocasiones.

—Malasuerte, ¿y ese milagro? —dijo el Yuca, del otro lado de la barra—. ¿Una torta?

Me senté en un banquillo. Coloqué ambos codos sobre los azulejos de la barra.

—De milanesa.

El negocio estaba vacío, proporcionándonos la libertad para hablar a nuestras anchas. Luego de intercambiar un par de apreciaciones genéricas acerca del clima y la economía de Tijuana, el Yuca se puso a trabajar en mi orden, la cual preparó en menos de cinco minutos. Mientras tanto me puse a admirar las fotografías enmarcadas del Yuca al lado de boxeadores como José Luis Castillo, Julio César Chávez, la Chiquita González y Juan Tres Dieciséis. Atiborré el interior de mi torta con chiles jalapeños.

—Debo encontrar al asesino de Gabriela Pacheco—dije.

—¿Todavía no encuentran a Juan?

—No están seguros de que haya sido él.

—¿Quiénes?

—Juan y su equipo.

El Yuca dijo que no con la cabeza.

—Ese muchacho pudo haberse convertido en el mejor libra por libra.

—¿Qué crees que haya pasado esa noche? —dije.

—Yo le pondría cola a su suegro. Siempre me dio mala espina. Tengo una tarjeta de él por aquí.

El Yuca buscó la tarjeta. La encontró. Me la entregó. Rezaba:

Doctor Elías A. Pacheco
Iridología y homeopatía

En la esquina inferior izquierda estaba la dirección de su consultorio, número de celular y correo electrónico. Le pedí prestado su teléfono al Yuca. Me contestó el doctor. El suegro del Dieciséis sintió curiosidad por mí. Le invité una taza de café. Dijo que no bebía café porque alteraba su buena vibra, pero que me aceptaba un té.

—¿Conoces el bar Gila? —dijo.

—Me encuentro a unas cuadras de él.

—En media hora llego.

Colgó. El Yuca estaba intentando sintonizar un partido de futbol en la tele.

—¿Cuántas hijas tiene este señor? —dije.

—Según yo, sólo tenía a Gabriela. ¿Por qué?

—Porque no sonaba como un padre dolido que acaba de perder a su única hija.

—Te lo dije: algo esconde.

—Te dejo —dije, pagando mi cuenta y poniéndome en acción.

El extinto bar Gila se ubicaba en la misma avenida de la Torre pero bastante alejada de ésta hacia el oeste de la ciudad, ya que hacía esquina con el bulevar Fundadores. En la misma esquina donde solía encontrarse el Rodeo, del cual heredó su fachada falsa de madera al más puro estilo del Viejo Oeste. El lugar era frecuentado por los últimos pachucos aun respirando en la era de las reuniones ciberespaciales. Pedí un reposado y el jipi se sentó a mi lado.

—Usted es el detective al que le dicen Malasuerte.

Rasputín, pensé, al verlo. No vestía de luto. Llevaba puesta una especie de bata de doctor color verde, un pantalón del mismo tipo de tela, calzaba Crocs y usaba gafas de aro, como las de John Lennon. Tenía las uñas muy largas, como de vagabundo, pero limpias. Era fácil advertir que debajo de toda aquella increíble cantidad de pelo facial el sujeto era bien parecido, sobre todo considerando el azul de sus ojos. Aun así, su apariencia me ponía nervioso.

El Rasputín del *new age* sostenía una libreta universitaria que enseguida colocó sobre la barra. Pidió un té chai. Me presenté.

—Doctor Elías Pacheco —dijo.

—¿Cuál es su especialidad?

—Iridología. Es la ciencia que me permite saber todo de usted. Lo que ha tenido, lo que tiene y lo que tendrá. Hablo de enfermedades, experiencias traumáticas y demás.

—Suena extremadamente poderoso.

—Lo es. Todo está en el iris de las personas. Voy a decirle lo mismo que le he dicho a todos: Juan interrumpió su tratamiento por culpa de esos cerdos que lo alejaron de mí... Ahí tiene las consecuencias.

—No luce muy apesadumbrado por la muerte de su hija.

—Lo veía venir.

—¿Estaba en sus ojos?

—En el iris de sus ojos.

—De quién.

—De ambos.

—¿Por qué no lo previno?

—Estaba trabajando en ello, con Juan.

—¿Con su hija no?

—Mi hija era una muchacha perfectamente sana. Trabajé con Gabriela desde que tenía seis años.

—¿Qué piensa su esposa?

—Está de acuerdo conmigo.

—¿Tampoco le afectó la muerte de su hija?

—Está destrozada.

—¿Dónde estaba la noche del sábado?

Rasputín sonrió.

—¿Soy sospechoso de asesinar a Gabriela?

—Ya se lo dije, su imagen no representa la de un hombre que acaba de perder a su única hija.

—Si es por el color de mi ropa le informo que éste se debe al año nuevo.

—Ya casi estamos en febrero.

—Este domingo fue el primer día del año nuevo chino, lo que significa que debo vestirme acorde a mi signo… y dejar los errores del pasado atrás.

—Eso incluye la muerte de Gabriela.

—Eso incluye precisamente eso.

—Usted albergaba una especie de rencor en contra de su hija por haber permitido que Juan escapara a su control.

—¿Me lo está preguntando o me lo está diciendo?

—Lo sospecho.

Elías Pacheco deslizó hacía mí su libreta universitaria.

—Deje de perder su tiempo. Aquí está todo lo que desea saber.

Cogí la libreta. La abrí.

—¿Qué es esto?

—La confesión de Juan. Me la entregó antes de cometer su crimen.

—Su consultorio está dentro de la Torre. ¿Cuál es su relación con Sandkühlcaán?

Rasputín esbozó una sonrisa malévola.

—No debería estar profiriendo ese nombre tan a la ligera.

—Responda mi pregunta.

—Aquél Que No Debe Ser Nombrado me enseñó todo lo que sé.

—¿De su oficio?

—De mi oficio, de la vida y del papel del ser humano en el Gran Orden de las Cosas.

Proferí una risita de nervios. Aquel maldito Rasputín me ponía los nervios de punta.

—Y, según usted, ¿cuál es el papel del ser humano en el Gran Orden de las Cosas?

La sonrisa demoniaca se volvió a dibujar en la cara del Rasputín.

—No puedo darle esa información, detective.

—¿Por qué no?

—Porque caería en la cuenta de su aplastante irrelevancia en el Universo y perdería lo poco que le queda de cordura. Pero, si siente tanta curiosidad, debería solicitar una audiencia con él. Podría convertirlo en el mejor detective del mundo, y en lo que usted desee.

—¿A cambio de formar parte de su inmunda cadena humana? —dije.

314

—¿Qué tiene eso de malo?

—Por lo visto, usted ya ha sido parte de ella.

Se puso en pie:

—Me tengo que ir.

—Tengo otra pregunta: ¿vino hasta acá nomás por el té chai?

—Vine a entregarle la libreta.

—Usted pretende usarme.

—Quizá.

—De cualquier modo, no me queda de otra más que leer esta cosa, ¿cierto?

—Exacto —dijo, antes de partir.

El cuaderno de Juan

Querido doctor Pacheco:

He decidido seguir su consejo de poner mis recuerdos en papel, esperando que el hacerlo le ayude a curar el fanatismo religioso que usted y Gabriela dicen que padezco. Todo comenzó cuando le agarré miedo a las revistas pornográficas. Por temor a que me quitaran la fuerza, como me decía Montalvo. Tan pronto veía una acercarse a mí, por ejemplo, enrollada en la mano peluda de algún compañero del gimnasio, le juro que me daba por correr en la dirección contraria. Porque Montalvo ya me tenía traumatizado con lo mismo. Dale que te doy, haciéndome la misma pregunta en cada entrenamiento.

—¿Te la jalaste, cabrón?

Por eso se me metió Sandkühlcaán. Por obsesionarme por algo que no valía la pena. Ahí fue cuando Sandkühlcaán se dio cuenta de que era débil y, por tanto, bien fácil de manipular.

Fue cuando me hacía llamar Juan *el Chupacabras* Ramírez, porque no sabía que mi verdadero nombre me ayudaría tanto en mi camino al campeonato de los pesos ligeros. Mi padre vio lo que sería mi nombre escrito en el techo de un centro de rehabilitación. Rezaba así:

PORQUE DE TAL MANERA AMÓ DIOS AL MUNDO, QUE DIO A SU HIJO UNIGÉNITO, PARA QUE TODO AQUÉL QUE CREE EN ÉL NO SE PIERDA, SINO QUE TENGA VIDA ETERNA.

Es el único versículo de la Biblia que me sé de memoria. Según él, le cambió su vida porque duró buen tiempo sin meterse a robar a los Hondas y a los Toyotas. Fue cuando nací y le pidió a mi mamá que me pusiera de ese modo, en lugar de Kevin, que era como me iba a llamar. Juan Tres Dieciséis Ramírez Gutiérrez es mi nombre completo.

A mi papá siempre le ha hecho falta un tostón para el peso. No le sube el agua al tinaco. Mi abuela lo metió por la fuerza al centro de rehabilitación, luego de que pasara seis meses encerrado en su recámara, de donde nomás salía para robar e ir por su globito de droga, porque estaba construyendo un robot, con todos los aparatos que robó. También le dio por leer muchos libros de electrónica.

Mi padre es muy disciplinado, como yo. Por eso el director de *Morir para vivir* lo hizo padrino. Mi papá me decía que aquel centro de rehabilitación era muy eficiente en su labor de alejar a los hermanos de las garras de la drogadicción, y por eso el narcotraficante del barrio amenazaba con matarlo. Por eso no le sorprendió encontrar a sus compañeros masacrados, con la policía acordonando el área, cierto día que regresaba del supermercado. Por eso se fue de Tijuana.

Regresó al año. Más fuerte que antes porque estuvo trabajando en la construcción. Consiguió empleo de técnico reparador en una fábrica de televisores. Sabía más electrónica que cualquier ingeniero porque se pasó meses haciendo su robot que nunca echó a andar.

Mi mamá se juntó con un señor de su fábrica. Un señor alto y de pelo güero, como le gustaban a ella porque quería tener un hijo de pelo güero. Llegaba todas las noches borracho, llamándole puta y golpeándonos a los dos. Luego le hizo un hijo güero. Siete años menor que yo. A éste mi mamá sí le puso Kevin, que era como me iba a poner a mí. Me hubiera gustado llamarme de esa manera pero no se pudo. Qué bueno que le tocó ese nombre a mi hermanito, a quien cuidé hasta los diez años, cuando murió de los martillazos a la cabeza que le propinó su papá, antes de salir huyendo de la ciudad.

Mi mamá no quedó bien luego de ese incidente. Si antes casi no me hacía caso, ahora menos. Cursaba la preparatoria y, con tal de no estar solo en la casa donde murió mi hermanito, luego de la escuela salía con varios amigos a andar en bicicleta por las colonias nuevas que se hacían en menos de una semana y que se llenaban de sujetos originarios del estado de Chiapas a los que despojábamos de sus pertenencias mientras regresaban de la fábrica. Algunos se defendían y nos tiraban patadas, como Bruce Lee. A estos no les hacíamos nada.

Para tener el abdomen lleno de cuadritos hacía una rutina que venía en una revista de *Hombre Saludable*. Me puse fuerte, pero sentía que mi cuerpo pedía más porque tenía mucha energía contenida que pedía salir a gritos. Por eso cuando mi amigo Rafa me dijo que la rutina del gimnasio al que él iba estaba mucho mejor, decidí acompañarlo.

El único requisito para entrenar en el gimnasio Cheto's era llevar tus vendas, un trapeador y una escoba, porque tanto Demetrio como Montalvo estaban al acecho de nuevos talentos. El primer día que fui al gimnasio me senté a metro y medio de Gabriela. Jamás vi un pelo tan bonito como aquél que caía sobre sus pechos, tan bronceados como sus piernas, que descansaban sobre la banca de madera que me daban ganas de poner en un museo sólo por haber tenido a Gabriela encima.

Veía a Gabriela con el rabillo del ojo, ella me sorprendió y por eso puse mi mirada en Gonzalo, quien le estaba propinando una paliza a Rafa, mi amigo. Gonzalo se movía hacia su lado derecho, girando en sentido contrario a las manecillas del reloj, anulando de esta manera la mano derecha de Rafa, quien en su izquierda no traía nada. Su derecha en forma de volado le hacía gastar energías y quedar expuesto a más combinaciones, ya que era imposible que pudiera conectar a Gonzalo con esa mano.

Sentí mucho coraje porque, aunque sabía poco de boxeo, soy muy listo y por tal razón supe lo que estaba sucediendo: abusaban de mi amigo. Me paré, me acerqué a las cuerdas y le dije a Rafael lo que debía hacer:

—Rafa, ¡no traes nada en tu mano izquierda, por eso te está corriendo en esa dirección! ¡Ciérrale el paso con tu pie y dale un putazo con la derecha!

Rafa hizo el movimiento que le pedí: con su pierna izquierda le cortó el paso a Gonzalo y enseguida lo conectó con un volado de derecha que casi lo clava a la lona. El impacto dejó atolondrado a Gonzalo, quien no esperaba semejante desconocida. Rafa se sirvió con la cuchara grande, midiéndolo con la izquierda y atizándole con el único golpe en su repertorio, una y otra vez, hasta que sonó el contador de asaltos.

Demetrio se acercó a su hijo, Gonzalo. Lo regañó y le explicó una serie de conceptos:

—Si te cortan el paso, te agachas, lanzas un uno-dos y te sales de ahí.

Gonzalo ejecutó la maniobra dictada por su padre a la perfección. Atiborró de golpes a Rafa hasta que éste no pudo más y se hincó en el suelo, convirtiendo a Demetrio en el padre más orgulloso del mundo, mientras acariciaba tiernamente a su futuro campeón.

Miraba con resentimiento a Gonzalo cuando su padre se dirigió a mí.

—¿Y tú qué? Esto no es ningún gimnasio de maricones, para verse bonitos.

Señalé a Rafa:

—Vine a acompañarlo.

—¿Te animas a echarte un round con éste? —le preguntó a su hijo, quien dijo que sí, a pesar de conocer mi reputación de malandrín en la escuela.

—Rafa, quítate los guantes —dije—. Voy a poner en su lugar a este cabrón.

Montalvo intervino:

—No seas abusivo, Demetrio. El muchacho no sabe boxear.

Demetrio señaló a Gregorio:

—Deja que te vende él —dijo.

Montalvo llegó con un par de vendas y me las colocó, protegiéndome la muñeca y los nudillos. Me amarró los guantes y me metió el protector bucal de Rafa, que por supuesto no me quedaba, ya que estoy mucho más dientón.

—Toquen los guantes —dijo Demetrio.

Así lo hicimos y enseguida le propiné un sorpresivo chingazo en la nariz a Gonzalo, quien sangró de inmediato. Para que se eduque, pensé.

—Está bien —dijo Demetrio, calculando que este tipo de experiencias con peleadores gandallas le servirían a su hijo en lo futuro.

Me le fui de frente. Sin cuidar mi escuadra. Gonzalo me conectó con un recto que me envió a la lona. Me agarró mal parado. Me levanté y volví a ir por él, pero esta vez con cautela. Terminó el asalto y fui a mi esquina, donde fui asistido por Montalvo, quien avanzó con su pie izquierdo. El otro nomás lo arrastró.

—Avanza con tu pie izquierdo. El otro nomás arrástralo. Pero no bajes tu guardia. Suelta el jab y regresa inmediatamente el guante a tu cara.

Demetrio reseteó el contador de asaltos. Sonó el campanazo. Milagrosamente, mi cuerpo obedeció sus órdenes. No lo podía creer. Me movía con mayor soltura. Encontré mi distancia. De pronto, sabía cómo tirar el jab. Lo lanzaba sólido y preciso, y después regresaba el puño a la altura de mi mejilla, como un piquete nada más. Como si hubiese recordado algo que siempre supe.

Me abstuve de tirar sabanazos porque sabía que quedaría desprotegido. Mis guantes chocaban contra los de Gonzalo, lo cual extraía gemidos de dolor. El muchacho emprendió la retirada. Fui tras él avanzando con el pie izquierdo y arrastrando el derecho. Lanzando golpes sólidos hasta que Gonzalo se hincó en el suelo, como lo hizo Rafa minutos antes.

El que un boxeador tan bien entrenado como Gonzalo sea derrotado por un neófito como un servidor era muy poco probable, yo diría imposible. Por eso, lo sucedido esa tarde en el gimnasio Cheto's era un evento especial, de esos que se dan muy a la larga. Gonzalo se encontró no sólo con un peleador de una extraordinaria fortaleza, sino además dotado de una enorme inteligencia y sentido de la ubicación. Esto es: un natural del boxeo. Demetrio me pidió regresar al día siguiente.

—Deja ver si consigo un trapeador —dije.

—Tú no traigas nada —dijo.

Volteé en dirección a Gabriela, quien tenía una mirada de asombro puesta en mí.

Llegué como a las ocho de la noche a casa. Mi madre no estaba. Se habría quedado en la fábrica a hacer tiempo extra. Tenía dinero para una sopa instantánea, pero Rafa me dijo que no debía de comer ese tipo de cosas si realmente quería llegar a ser un campeón como Rocky Balboa. La revista *Hombre Saludable* opinaba lo mismo. Decía que debía bajarle a las grasas. Comer carnes blancas, no rojas.

Calenté en la estufa el protector bucal obsequiado por Montalvo y me lo amoldé a los dientes. Enseguida le quité todos los huevos de mosca que tenían encima unos frijoles que mi mamá me dejó en la mesa, sin tapar, y me los terminé cenando acompañados por media docena de tortillas, y me fui a dormir. No había nadie en la casa cuando me levanté por la mañana y me hice un par de huevos cocidos antes de partir rumbo a la preparatoria.

Me presenté a las tres de la tarde en el gimnasio. Ahí me encontré a Gonzalo guantaleteando con su papá, quien tenía puesta la gobernadora.

—¿Estás listo para otro round? —dijo Demetrio.

—El muchacho ni ha calentado —dijo Montalvo—. Déjalo que haga sombra un rato.

Montalvo me puso a hacer flexiones por cinco minutos. Enseguida hice cuerda. Me puso las vendas y se puso las manoplas. Gregorio me pidió series de jabs. Intenté lanzar un gancho. Montalvo me dio con la manopla derecha en la cara. Me explicó que la trayectoria misma del gancho debía cubrirme.

—¿Están listos? —dijo Demetrio.

Chocamos guantes y Gonzalo brincó hacia atrás. Lo perseguí por todo el cuadrilátero. Gonzalo era más rápido que un servidor, sin embargo su rapidez le restaba contundencia. Esa técnica suya de *entra, cachetada y corre* lo hacía tan molesto como una mosca panteonera.

Sonó el campanazo electrónico y me dirigí a la esquina en la que estaba Montalvo, quien veía lejos la oportunidad de enviar el mensaje de que Gonzalo no servía para nada.

—¿Y ahora qué hago? —dije.

Gregorio se cruzó de brazos y me dio la espalda, como mujer amulada:

—Haz lo que quieras. Pensé que querías ser peleador.

—Quiero ser peleador.

—¡Entonces pelea! Lanza golpes como los de ayer. Nomás te está acariciando y con eso te tiene a distancia. Ya caíste en su juego.

Perdía mis fuerzas mientras avanzaba la pelea. Aún no tenía la condición física de un atleta, por lo que, de aguantar un solo asalto más, lo más seguro es que Gonzalo me arrebataría el combate de las manos. Comprendí que me encontraba en un punto crucial de mi existencia. En ese ahora o nunca del que tanto se habla. Me preparé toda mi vida para ese momento. No existen las casualidades, pensé. Siempre supe que estaba destinado a hacer cosas grandes, sin embargo, hasta entonces, no estaba seguro de la disciplina que reclamaba con más intensidad el conjunto de mis talentos. He nacido para ser campeón del mundo, concluí. Mi cerebro se encendió y activó todo mi cuerpo. Sentí el hambre de nuevo. ¿Me ganará este idiota? Pensé un poco más: ¿qué fue lo que me hizo acabármelo tan rápido el día anterior? No tardé en dar con la respuesta: Gabriela.

—¿Si me lo chingo en este round me entrena a diario? —dije a Montalvo.

No recibí respuesta. Pensé en Gabriela. Di varias zancadas en dirección a Gonzalo, quien me miraba con terror. Intentó huir por la izquierda. Le corté el paso. Solté mis combinaciones. Lo atrapaba con mis brazos mientras intentaba darse a la fuga. Cambié mi técnica: en lugar de buscar el golpe perfecto, como lo hacen los peleadores holgazanes, me le acerqué con jabs y cruzados hasta quedar cerca de sus costillas, donde liberé el puñetazo que contenía toda la frustración de una vida destinada al fracaso, cuyas opciones eran terminar vendiendo hielos en los semáforos o decapitado por la mafia. Su caja torácica hizo *crac*. El muchacho se vino abajo como un tronco. Cayó a la lona. No se movía. Estaba en posición fetal. Me acerqué a él. Le pedí disculpas. Su padre me empujó lejos de Gonzalo. Quiso saber si se encontraba bien. Gonzalo lloraba con los ojos cerrados. Montalvo determinó que tenía tres costillas rotas. Pidió no moverlo. Demetrio puso el grito en el cielo.

—Hay que llevarlo al hospital —dijo Gregorio—, para que le saquen una radiografía.

Montalvo pasó a un lado de mí.

—Te espero mañana temprano —dijo.

Pasaron varios días antes de que me volviera a subir al cuadrilátero. Montalvo se convirtió en mi preparador físico y me ponía todos los días a correr, a brincar la cuerda y a hacer sombra. Con todo
y que Gonzalo era un boxeador sin quijada ni pegada, la manera en
que le rompí tres costillas en mi segundo día entrenando fue considerado como una hazaña por Gregorio. A Gonzalo lo volví a ver
como al mes. Más gordo. Ya no se puso los guantes. Ahora ayudaba a su padre, como solía hacerlo Montalvo, quien sólo tenía ojos
para mí. Gabriela llegó un día al gimnasio y se sentó en una de las
bancas para verme entrenar. ¡A mí! Me saludó con una ligera sonrisa que me transportó al cielo. Sentí la cachetada con la manopla de
Gregorio. Me regresó al Planeta Tierra. Dijo que quería enseñarme
algo. Me jaló del brazo y nos fuimos al rincón opuesto del gimnasio. Me pidió penetrar su guardia. Lo intenté mas no lo logré. Montalvo era fuerte y tenía el cuerpo duro. No le hice ningún daño. Su
piel era dura como la mía, sólo que cubierta por vellos color blanco que cubrían todo su cuerpo cuadrado, excepto su cabeza, que
estaba pelona y siempre sudorosa. Me puso el protector, se quitó
las manoplas y se calzó unos guantes de dieciséis onzas. Me pegó
en los hombros, en los brazos, en el cuerpo y en los guantes. No
me hizo nada. Se balanceó. Movió un poco su cintura. Hizo una
finta, un movimiento muy raro, y oí un sonido como de castañue-
la que provenía de mi quijada. Las luces se apagaron en el gimnasio Cheto's. Gregorio me ayudó a ponerme en pie. El gimnasio no
paraba de moverse.

—Ahora sabemos cuál es tu punto débil. Procura siempre pelear
con la barbilla pegada a tu pecho.

—¿Qué fue eso? —dije, tambaleándome.

—Eso fue un uppercut.

Montalvo me enseñó cómo ejecutarlo.

—Practícalo frente al espejo —dijo—. Sólo el espejo te hará ver
tus errores. Un amigo te puede mentir con tal de que no mejores, tú

te puedes mentir con tal de sentirte bien contigo mismo, pero el espejo no miente.

Vi a Gabriela pararse de su banca para irse. No me pude contener las ganas de perseguirla. Quise saber adónde iba. Dijo que a su casa. Le pregunté si podía acompañarla. Accedió. En su casa, Gabriela me ofreció una tajada de pastel de hachís. Le pregunté a qué se debía y me dijo que el día anterior habían festejado el divorcio de sus padres, lo cual se me hizo muy extraño. Le pregunté si era una broma y me dijo que no, porque se habían separado en buenos términos. Fue cuando me dijo que su mamá se iría a vivir al puerto de Ensenada, con su nuevo novio.

No logré clasificar para los Juegos Panamericanos debido a que nunca fui bueno acumulando puntos y en amateur es muy difícil noquear porque está de por medio la careta. Aun así, Montalvo siempre estuvo convencido de que en profesional me iba a ir mejor, por lo que a mis dieciocho, luego de haber ganado mis primeras siete peleas profesionales al hilo y por la vía del nocaut, me hizo aceptar la pelea en Tula, Hidalgo, en contra del excampeón juvenil latinoamericano, Jesús *el Chupacabras* Román. En la misma cartelera y peleando en súper ligero estaría *el Aguachile* Medrano, quien entrenaba en el Cheto's conmigo.

Edmundo Yáñez, representante de la empresa Fernández Boxing, se presentó en el gimnasio luego de que se le confirmó la asistencia del Aguachile a su función en Hidalgo.

—También ando buscando un súper pluma que pelee a diez rounds por cinco mil pesos en contra del Chupacabras —dijo.

Montalvo le habló de mí.

—¿Pega duro? —dijo Edmundo, preocupado.

—Pega como niña —lo tranquilizó Gregorio.

—Sólo tengo tres boletos de avión —dijo, lo cual significaba que uno de los dos entrenadores se tendría que quedar en Tijuana.

Montalvo y Demetrio se voltearon a ver.

—Ve tú —le dijo, un poco resignado, Gregorio a Demetrio.

La pelea se pactó en súper pluma. A diez asaltos. Yo estaba arriba como por dos kilos, por lo que me puse a correr todos los días hasta que bajé lo necesario, sin embargo, a la hora del pesaje, el representante del Chupacabras Román salió con que él tenía entendido que el combate iba a ser en ligero y se acordó pelear en esa división. Demetrio no abogó por mí.

—Lo tomas o lo dejas —dijo.

Al salir del hotel pasamos por un lado del Güero Fernández, quien saludó a Demetrio arqueando una ceja. Éste contestó llamándole ¡campeón! y haciéndole saber el inmenso orgullo que le daba el estar al lado del mejor peleador del universo. El Güero Fernández se mostró de acuerdo con lo dicho por Demetrio y se deshizo de él.

—¡Qué humildad la de ese muchacho! —exclamó Demetrio.

—Pelea contra costales —dije—. Puro bulto.

—Eso no es verdad. Defendió su título en contra del hermano del *Machine Gun* Patton. ¿No viste esa pelea?

—Claro que la vi. Hasta ese momento, no sabía que el Machine Gun tenía un hermano. No sé de qué taxi lo sacaron. Estaba más panzón que Montalvo.

—Eres un envidioso. Pensando de manera negativa no llegarás a ningún lado.

Hubiese preferido que Montalvo me acompañara a Hidalgo, en lugar de aquel remedo de entrenador con dotes de publirrelacionista.

—Tiene razón.

—Claro que la tengo —dijo—. El mundo del boxeo no es tan diferente del resto de los negocios. Aquí también tienes que hacerte de amistades, cultivarlas, para cuando te puedan servir. Si no, estás muerto. No importa lo bueno que seas. De nada sirve el estar bien preparado si no te sabes vender, Juan. Yo sé lo que te digo. Lo más importante en cualquier disciplina es el carisma y los buenos contactos que uno siempre debe de cultivar. Por eso te aconsejo que, para la otra que veas al Güero Fernández, salúdalo. Dile lo bueno que es. No te pasa nada. Al contrario. El muchacho es buena gente y está adquiriendo mucho poder. Te puede ayudar.

Demetrio tenía toda su atención puesta en mí debido a que minutos antes del pesaje ocurrió un hecho muy curioso. Edmundo nos dijo que no podía haber dos Chupacabras en la misma pelea.

—¿Qué propones? —dijo Demetrio, poniéndose a su disposición, en lugar de defenderme.

—¿No será posible que anunciemos a tu peleador de cualquier otro modo?

Demetrio me volteó a ver.

—Es que no tiene otro apodo. ¿No lo ves? Está feo, el cabrón. Por eso le decimos el Chupacabras.

Hablaban de mí como si yo no estuviese presente.

—¿Cómo se llama?

—Juan.

—¿No tiene otro nombre?

Demetrio se dirigió a mí:

—¿No tienes otro nombre?

Me encontraba harto de estar rodeado de esa gente podrida.

—Me llamo Juan Tres Dieciséis —dije.

Edmundo puso cara de asombro.

—¿Cómo? —dijo, por primera vez dirigiéndose a mí.

—Juan Tres Dieciséis.

—¿Como el versículo de la Biblia? ¡Muchacho, por qué no me lo dijiste antes!

—No me lo preguntó.

—¿Tienes manager?

—Pues Montalvo es mi...

—¡Yo soy! —dijo Demetrio, oliendo dinero—. Todo lo que tengas que ver con él, velo primero conmigo.

—Pero dices que no tiene pegada. Que pega como niña.

—Tiene muuucha pegada. Lo habrías de ver esta noche.

Edmundo se puso muy serio. Se acercó a Demetrio. Bajó la voz:

—Dime la verdad, ¿cómo anda el Aguachile?

—Anda muy mal. Casi no entrena. Perdió sus últimas dos peleas por eso. Por andar con los amigos y con la novia.

—Te voy a decir una cosa: este muchacho —dijo Edmundo, señalándome con su dedo— está muy feo, eso que ni qué, pero tiene algo, no sé si es carisma. Lo que sí sé es que su nombre es muy bueno. A la gente le va a gustar. De mí te acuerdas. Y si dices que pelea bien, mejor.

—Claro que pelea bien. ¡Le pegó a mi hijo!

—Te diré lo que haré: lo pondré en la estelar. Por lo pronto, dame su short.

Demetrio le entregó el shortcito que me compré con mis ahorros.

—¿Y eso para qué?

—Quiero bordarle su nombre en letras grandes, para que salga en la televisión. Le voy a decir al Güero Fernández que soy su manager y que tú eres su entrenador, ¿qué te parece?

Mientras aquel par de rufianes negociaban mi futuro profesional sentí el suelo moviéndose a mis pies, como ese mareo que se siente cuando uno se encuentra a una altura en la que no pertenece. Luego de que me recuperé hice la pregunta obligada:

—¿Y Montalvo?

—A ese viejo amargado no lo quiero en esto —dijo Edmundo, justo antes de irse.

Nos pusimos a hablar de Montalvo cuando nos sentamos a comer.

—Ya oíste lo que dijo Edmundo —dijo Demetrio—, él no quiere hacer tratos con mi compadre. Tiene razón. Es muy terco.

—Lo estaría traicionando —dije.

—Montalvo va a seguir en el equipo, es el mejor cutman de todo México, sólo que yo voy a tratar con Edmundo. Eso es todo.

—¿Crees que se enoje?

—Luego se le pasa.

El Aguachile regresó a la mesa. Lucía un poco resentido ya que Demetrio lo abandonó durante el pesaje por estar cultivando sus relaciones públicas.

—Tú vas a ser el telonero.

—¿Qué? —protestó el Aguachile, al borde del llanto—. Le dije a mi familia que iba a salir en la tele.

—Anda —lo consoló Demetrio—, ordena algo de comer. Yo pago.

Salimos del hotel dos horas antes de iniciar la función. Nos fue a recoger el mismo Edmundo, quien ya tenía mi short bordado, como nos lo prometió, y una bata del mismo color negro, con todo y su caperuza. Llegamos al auditorio cinco minutos después y a Demetrio se le ocurrió ponernos las vendas. Luchaba contra mis ganas de ir al baño porque en cualquier momento me podrían llamar, según Demetrio, quien seguía en la esquina del Aguachile. Duré como hora y media en los vestidores y con los guantes puestos. Con comezón por todos lados y sin poderme rascar. Por fin, y para sorpresa de nadie, al Aguachile lo noquearon en el sexto asalto, por lo que tocó mi turno de subir al cuadrilátero. Pasé al lado del Güero Fernández, quien se encontraba en ringside y vestido, como siempre, a la moda. Hice como Demetrio me aconsejó: le llamé campeón.

—Espero no defraudarlos —dije, con una sonrisa de nervios.

Me sentí sucio por dentro. Me arrepentí de haberlo hecho. Debe de haber otra manera de triunfar en este deporte, me dije a mí mismo.

Saldría en la televisión pero de nada hubiese servido avisarles a mis papás, a quienes sus respectivas fábricas se encargaban de consumirles la vida por completo. Estaba solo en el mundo. Mi mamá nunca me hizo caso. Menos cuando falleció mi hermano. Hasta me agarró ojeriza. Casi no me hablaba. Me veía con odio. No sé por qué. Y cuando le platicaba lo de mis ganas de ser campeón ella me decía que el que nace para maceta jamás sale del corredor, con lo cual me quería decir que la gente miserable como nosotros no tiene futuro. No lo decía con malas intenciones, simplemente me preparaba para la desilusión que estaba por llegar, y ya luego se volvía a ir para su fábrica.

La gente me abucheó tan pronto subí al cuadrilátero. Luego el presentador vestido de esmoquin me anunció llamándome por mi nombre y todos se quedaron callados, sabiendo que estaba destinado a hacer cosas grandes.

—El profeta de Tijuana —dijo el anunciador—, ¡Juaaan Treees Dieciiiséis!

Alcé los brazos, brincando sobre las puntas de mis pies, aún sin quitarme la capucha, que cubría mi cara. Lancé mis combinaciones. Me convertí en un espectáculo digno de verse. Las cámaras de televisión no me quitaban su lente de encima. Encontré mi lugar en el mundo. Sentía mi cuerpo expandiéndose más allá de los límites de aquel auditorio para volverse uno con el universo.

—Y en la esquina contraria, con un peso de 134 libras y récord de 27 peleas con once derrotas, dos empates y catorce victorias, siete de ellas por la vía del nocaut, el excampeón juvenil latinoamericano ¡Jesús el Chupacabraaas Rooomán!

El réferi bajito con el bisoñé y el bigote de sátiro nos acercó al centro del cuadrilátero y nos dijo que quería una pelea limpia, sin cabezazos, ni codazos, ni golpes bajos. Que los golpes justo a la altura de nuestros cinturones estaban permitidos, que tuviéramos la guardia arriba en todo momento y que ganara el mejor, luego de lo cual cada quien se fue a su esquina a esperar el campanazo inicial.

Justo antes de comenzar la pelea Demetrio me dijo que no persiguiera al Chupacabras, que lo contragolpeara y que no dejara de tirar el jab. Sus consejos habían mandado a la lona al Aguachile hacía pocos minutos. Demetrio no era muy buen entrenador. Era mejor publirrelacionista. Decidí hacer lo contrario.

Se oyó el campanazo y el Chupacabras comenzó a desplazarse con grandes zancadas laterales, girando en sentido contrario a las manecillas del reloj, muy al estilo de Gonzalo. Tenía los brazos más largos, por lo tanto me mantenía a raya con su jab. El primer asalto transcurrió sin novedades. El viejo juego del gato y el ratón. Se lo dieron a él.

—Vas bien, sigue así —dijo Demetrio, con lo cual supe que iba mal—. Se va a cansar de tanto correr y ahí tú lo vas a agarrar.

Hay que reconocérselo, el Chupacabras sabía moverse muy bien dentro del cuadrilátero. Cada que lo acorralaba contra las cuerdas o contra una esquina hallaba la manera de salir, tirando un uno-dos y corriendo en la dirección opuesta. Como dije, decidí hacer lo contrario a lo que Demetrio me pidió: me olvidé del jab, echando mano, en su lugar, de un volado de derecha que me resultó muy eficiente en el gimnasio, noqueando a varios con él, quizá por lo extraño de su trayectoria, ya que no lo lanzaba de manera lateral, sino de arriba hacia abajo, como un coscorrón. Más bien: como un bombardero.

Acorralé al Chupacabras y lancé el primer bombazo. Aterrizó limpiecito sobre su sien. Se tambaleó. Las piernas se le hicieron de agua. No supo ni qué le pegó. El auditorio hizo: ¡Oh! El Chupacabras alcanzó a huir de manera milagrosa. Fui tras él. Le suministré el mismo golpe tres veces más en el asalto. Pero sin tirar el jab. Esto es: me abría paso con el volado de derecha, lo cual es muy inusual y arriesgado pero efectivo, porque el boxeador regularmente espera comiences tu ataque con el jab, que te abras paso con él.

El Chupacabras se fue bastante desmoralizado a su esquina, donde lo regañaron. Al inicio del tercer asalto se notaba bastante desorientado. Como gallina sin cabeza. No hallaba para dónde correr ni cómo. Lo volví a acorralar. Se llevó sus brazos a la nuca. Le propiné un gancho al hígado y un recto a la boca del estómago. El Chupacabras gimió. Me cacheteó. Me espanté sus golpes como se espanta a un mosquito. De nuevo fui tras él. Como un animal tras su presa.

Me confié. Pretendí servirme con la cuchara gorda. Me creí Rocky Balboa. Me olvidé de la técnica. Tiré todo lo que tenía. Me quería ir a la cama temprano. Luego de conectarlo en la cara con la izquierda, lancé dos veces seguidas el gancho con la derecha, con la intención de acabármelo. Jamás regresé mi guante a la cara. Arrinconado contra su propia esquina, el Chupacabras aprovechó muy bien la oportunidad que se le presentó. Me dejó ir una izquierda desesperada.

Cuando recuperé el conocimiento tenía al referí aplicándome el conteo, parado frente a mí. Dentro del auditorio todo era alarido y vitoreo ensordecedor en favor del peleador local. Mi cerebro recibía mínimo cien mentadas de madre por segundo. Me encontraba de nalgas sobre la lona. Con las piernas abiertas. Podría jurar que el Chupacabras no supo lo que ocurrió. Todavía se le veía con cara de asustado. Me puse en pie, reprochándome el haber sido tan imprudente. Todo fue mi culpa. Me confié. Jamás volvería a actuar de esa manera. De eso estaba seguro. Ahora lo importante era recuperarme. El réferi contó hasta ocho y me preguntó si estaba bien. Dije que sí. El Chupacabras se fue sobre mí con la intención de comerme vivo. Monté mi guardia. No me hizo nada. Estaba esperando que finalizara el asalto. Seguía un poco mareado. En la esquina Demetrio me pidió que no lo persiguiera. Lo ignoré. Fui tras el Chupacabras en el siguiente asalto. Retomé mi primera táctica, aquélla de abrirme paso con el volado descendente. Siguió aterrizando justo donde lo quería. El tuleño seguía sin poder quitárselo. Se comenzó a desesperar. Faltaban pocos segundos para que finalizara el asalto. De pronto se le ocurrió una gran idea: agarrarme a cachetadas. No tuve oportunidad de responderle. Sonó el campanazo.

—Se lo van a dar a él —dijo Demetrio—. Los jueces siempre se impresionan con los últimos segundos de cada round.

En el siguiente asalto me la volvió a hacer. Luego de no sé cuántos bombazos de mi parte: apretó al final. Otro asalto para el Chupacabras, quien recibía verdaderas golpizas por dos minutos y medio y al final apretaba con el poco aire que le quedaba. Acumulaba puntos de esa manera. Me hacía perder la pelea. Sin importar los disparates de mi entrenador, sólo había una cosa por hacer: más de lo mismo. Incrementar el castigo. Más volados de derecha, que era lo que me estaba funcionando.

Tenía que noquear. Era la única manera de conseguir la victoria. Dupliqué la dosis. Eran golpes sólidos, que lo hacían tambalear. Uno tras otro. Faltaba poco. Lo sabía. Dejé que me cacheteara al finalizar el asalto. Simplemente lo esperé bien plantado e incluso volteando a ver a uno de los jueces.

Pasaron dos asaltos más antes de que mi táctica surtiera efecto. El Chupacabras decidió no pararse de su banquillo para hacerme frente en el octavo asalto. Clarito lo vi negar con la cabeza desde la otra esquina. Le dijo que no al réferi y luego agachó la cabeza. Seguramente temía quedar tonto o loco, con mis golpes.

Fue como usted me lo anunció, doctor. En el octavo asalto. No se imagina la felicidad que sentí. Corrí al centro del cuadrilátero y le di gracias a Dios. Enseguida retorné a mi esquina, me persigné y me trepé sobre la segunda cuerda con los brazos en alto. Seguía recibiendo mentadas de madre de parte de la multitud pero no me importaba. Mi victoria fue transmitida por cadena nacional. Estaba feliz. Yo, el hijo sin futuro de una pareja de obreros, venciendo al excampeón juvenil interamericano. Un verdadero cuento de hadas. Sabía que vendrían más peleas. De algún modo, siempre lo supe.

Saludé al Güero Fernández, quien me felicitó, al igual que lo hicieron Edmundo y Demetrio. Todos estaban muy orgullosos de haber invertido en mí. Di una gran pelea y lo que la hizo especial fue la manera en que me recuperé de la caída en el tercer asalto para llevarme la victoria.

Esa misma noche, mientras me encontraba solo en los vestidores, me visitó Sandkühlcaán. Alabándome, diciéndome que no había nadie mejor que yo en el mundo del boxeo. En un principio intenté no hacerle mucho caso. Fingí que la voz no existía. Que aquello era producto de los golpes a la cabeza. Que se me iba a pasar. Conseguía deshacerme de la voz por un momento, pero luego ésta volvía con más enjundia. Me dijo que me le fuera acercando más y más al Güero Fernández. Que le sacara plática. Que lo abordara llamándole ¡campeón! Que le dijera que había visto todas sus peleas y que me habían emocionado mucho, a pesar de que no soportaba ver sus montajes fraudulentos transmitidos por televisión.

Nos fuimos todos al hotel donde se hospedaba el Güero Fernández. En la fiesta hubo mujeres, bebida y comida. Me le acerqué:

—Tu pelea con el *Metralleta* Patton, fue la mejor que he visto en toda mi vida. La tengo grabada. Cada rato la veo.

El Güero Fernández me vio por encima del hombro.

—Pegaba muy duro, ese Patton —dijo.

—Mucho más que su hermano, estoy seguro. Pero, al final, te alzaste con la victoria. Eso demuestra coraje, corazón, garra. Por eso la gente te sigue.

—Tu pelea de esta noche no estuvo nada mal. ¿Ya supiste? El primero de diciembre me toca defender mi título contra Vic Jonze. En Las Vegas.

—¿Quién es ése?

—¿No lo conoces? —dijo, sorprendido—. Es el primo de Rick Jonze. Entrenan juntos.

Por un momento me pasó por la cabeza preguntarle que por qué mejor no se trenzaba con el mismísimo Rick Jonze, pero me contuve. Me mostré sorprendido:

—¡No me digas!

—Dicen que está más duro que su primo, aunque casi nadie lo conoce todavía.

—Me lo imagino. ¿Qué edad tiene?

Mi pregunta lo incomodó un poco.

—Treinta y nueve, pero se ve como de treinta porque casi no ha peleado. Apenas tiene como veinte peleas profesionales. Por eso no está tocado. Está enterito. Lo vas a ver.

—Es el chiste. Tienes que arriesgar tu título, como lo haces, para que la gente te siga.

El Güero Fernández se me quedó viendo de reojo. La desconfianza todavía no desaparecía completamente de su cara.

—Voy a pedirle a Edmundo que te incluya en la cartelera del

primero de diciembre en Las Vegas. Aunque sea en la primera pelea. Nomás para que la gente te vea. ¿Qué dices?

Por supuesto que acepté. Pensándolo bien, el Güero Fernández siempre fue un buen muchacho. Sano. Para nada pedante. Muy afortunado, eso sí, pero él no tenía la culpa de los títulos que se le habían otorgado en charola de plata gracias a su pelo rubio. Por ejemplo, el Güero Fernández tenía dos hermanos boxeadores. Igual de dedicados, disciplinados y mediocres que él —no malos—. Ninguno corrió con su misma suerte. Uno salió con el pelo castaño y el otro lo perdió muy pronto, quedando calvo antes de cumplir los treinta. El Güero Fernández era como esas muchachas hermosas, con pinta de modelos, que no tienen ni la más remota idea de la cantidad de puertas que se les han abierto en la vida gracias a sus lindas caras, ni de lo mucho que tenemos que luchar el resto de los mortales para conseguir una pequeña fracción de sus logros. No era culpa de nadie. Así estaban dadas las cosas en este mundo. Y ahora yo me aprovechaba de ello. Me sentía sucio por dentro. Por las cosas que uno tiene que hacer para triunfar. Porque, como dice Demetrio, no hay de otra. A menos que quieras disputar el campeonato a los cuarenta, todo viejo y lesionado, en contra de un veinteañero bien cuidado. Y eso si bien te iba.

Terminamos de charlar el Güero Fernández y un servidor. Nos despedimos con un fuerte abrazo. El Güero Fernández se fue a dormir y yo me quedé charlando con Edmundo, quien me dijo que debía conocer más gente, por lo que quería inscribirme en un torneo televisado de pesos ligeros que se iba a celebrar en la ciudad de México, por ahí por el mes de septiembre.

—Como una especie de *reality show* patrocinado por la Cerveza Ligera. Si ganas, vas directo a Las Vegas, con el Güero Fernández. ¿Le entras?

Ya se imaginará lo que le contesté. Peleé otra vez en junio, en una función local. Esta vez tenía a Montalvo, a Demetrio y a Gonzalo ahí, en mi esquina. Nos volvimos una gran familia feliz, con Demetrio como mi representante, Montalvo dando las instrucciones y Gonzalo de aguador y masajista. Veía el signo de dólares en los ojos de todos ellos pero no me importaba.

Recuerdo que por aquella época se puso muy de moda el golpeo al cuerpo. Mata abajo y la cabeza cae sola, repetía todo mundo. Pero ¿qué pasa si el que golpea abajo no tiene pegada? O si el que recibe el supuesto castigo posee un torso de acero, como el mío. Lo que resulta de todo eso es una cabezota descubierta, lista para ser expulsada de este planeta con un potente cruzado de derecha como el que le suministré al Cuervo, en el auditorio. Me agencié otra victoria.

A los pocos días de la pelea con el Cuervo, guantaleteaba con Gregorio, quien tenía puesta la gobernadora mientras recibía mis impactos.

—Has llegado a tu límite —dijo.

Fingí demencia. Sabía a lo que Montalvo se refería. No estaba entrenando bien. Como se debía. Me creía un superdotado cuando no lo era. No estaba yendo a correr por las mañanas ni calentaba por las tardes, antes de comenzar mi rutina. Nomás iba al gimnasio a tirar guantes, a pavonearme, a presumir a Gabriela, quien ya era mi novia, y a hablar de mis victorias con los amateurs, quienes ya me veían como un dios.

—Los bravucones —dijo Gregorio—, los pendencieros como tú hasta aquí llegan. Olvídate de tu pegada. Lo más seguro es que llegue otro más fuerte que tú y mejor preparado. Es hora de subir al siguiente nivel. Hay que correr todos los días. Hay que trabajar más esa mano izquierda. Debes ser capaz de noquear con las dos.

Entrené más duro. Perdí amistades por ese motivo. Intentaban convencerme de ir a beber cerveza light con ellos. Light o no light, la cerveza engorda, les explicaba. Me llamaban mamón. Se burlaban de mí cada que salía a correr. No entendían que había encontrado mi vocación. Una manera de no acabar ni como pistolero ni como obrero. Mi salvación. Ellos veían la vida de otra manera. Sólo les importaba el ahora. No veían la necesidad de tanto sacrificio para algo cuyos beneficios no eran inmediatos.

—Llévatela tranquilo —me decían.

Como jaibas impidiendo que me escapase de su cubeta.

Mi relación con su hija era de manita sudada. No debíamos tener relaciones sexuales. Le dije a Gabriela lo que Montalvo me dijo al respecto. Estuvo de acuerdo. Me dijo que, de todos modos, no le interesaba mucho el sexo. Yo también trataba de no pensar mucho en eso. La excitación que me daba el estar junto a Gabriela la canalizaba en otro sentido. La aplicaba en el cuadrilátero, para desgracia de mis sparrings, quienes me veían como una fiera salvaje. Luego de que terminaba con mi rival todo molido a golpes, me iba a pasear con su hija, sin temor a que ocurriese nada malo entre nosotros.

La televisora envió a un equipo de producción a entrevistarme al gimnasio para lo del torneo patrocinado por la Cerveza Ligera. La guapa reportera hizo que se me pusiera la carne de gallina cuando me metió el micrófono debajo de mi camisa. Enseguida me pidió que hablara de lo pobre que era y de la razón por la que mi papá no vivía conmigo y entonces me solté llorando a moco tendido, diciendo que ninguno de mis papás fue a ninguna de mis peleas y que cuando comencé a entrenar no tenía ni para mis calcetines.

Esto último ni yo mismo supe a qué venía pero el caso es que lo dije, lo de los calcetines, y ya de ahí la entrevistadora se despidió de beso y se fue muy contenta. Luego de que vi el reportaje donde salgo haciendo el ridículo, llorando y hablando de los famosos calcetines que no me compraban, no quise salir a la calle, de la vergüenza.

Mi primer contrincante en el torneo de la cerveza Ligera, un chiapaneco conocido como el Iron Man, llevó unos calcetines al pesaje y me dijo, ten, Juan, aquí tienes las calcetas que no te compró tu mamá, y estallaron las carcajadas. Me puse rojo como un tomate. El Iron Man hablaba mal de mí cada que le acercaban un micrófono a la boca, y eso que ni lo conocía. Dijo que él era un verdadero cristiano y que, por tanto, consideraba una burla el que yo me llamase como me llamaba y que me iba a quitar la sonrisa de mi estúpido rostro. Y eso que, según esto, yo era el pendenciero.

—¿Le caigo gordo? —le pregunté a Montalvo, preocupado.

—Para nada. Todo esto es parte del show.

A pesar de las palabras tranquilizadoras de Gregorio, seguía atemorizado y confundido. Luego llegó el día de la pelea y el Iron Man se me quedaba viendo con cara de matarme. Sonó el campanazo inicial y se me fue encima con todo lo que tenía. Qué asalto de estudio ni que nada. No me hizo daño porque iba bien preparado, pero vaya que me traía coraje, el animal. Incluso ahí, en el cuadrilátero, intentaba rememorar si alguna vez le hice algo a ese cabrón, lo cual me sonaba imposible, ya que él era de Chiapas y yo de Baja California, dos estados que no podrían estar más separados el uno del otro.

Luego pensé, ahí mismo en el cuadrilátero, que tal vez el come-changos era pariente de alguno de los chapas a los que me daba por asaltar y despojar de su dinero y pertenencias. Quizás uno de ellos le fue con el chisme.

Era zurdo. Usaba su mano derecha para medirme, la extendía y ¡madres! Lanzaba su izquierda dispuesta a matarme. Anunciaba mucho su golpe, sin embargo éste era tan duro que en ocasiones llegaba a penetrar mi guardia, dejándome todo atolondrado y a punto de visitar la lona, porque pegaba como patada de mula, el desgraciado. Por eso se enojó Montalvo cuando Demetrio me dijo que, tan pronto sintiera la mano derecha midiéndome, me enconchara bien, esperando el golpe.

—¿Estás pendejo o qué? —dijo Gregorio a Demetrio y enseguida se dirigió a mí—. Juan, vas a tener que quitarte los golpes con tus piernas y tu cintura. Encuentra tu distancia.

Llevé a la práctica las semanas de entrenamiento frente al espejo, moviendo mi cintura y desplazándome en semicírculos. Cuando me paraba frente al costal, tan sólo lo tocaba. Apenas lo movía. Esto te sirve para aprender a tomar tu distancia.

A los dos minutos del segundo asalto recibí un zurdazo mortífero que casi me manda a la lona. Luego otro en el tercero y dos más por ahí por el quinto, sin embargo en el sexto por fin pude encontrar mi distancia y el combate fue mío a partir de entonces. Se oyó el campanazo del séptimo asalto y tan pronto sentí el guante del Iron Man en mi codo, moví mi cintura hacia mi izquierda, me desplacé y disparé un volado de derecha desde un ángulo insospechado. Repetí la maniobra cuatro o cinco veces más en el asalto.

Para no volverme tan predecible incorporaba variantes a mi ataque. Por ejemplo, ya que sentía su guante derecho en mi codo, en ocasiones me le acercaba con un upper a la barbilla que le sacudía toda la cabeza. Su diestra era inofensiva en lo cortito.

Aquello se convirtió en un espectáculo sangriento hasta el onceavo asalto, en que el párpado derecho del Iron Man parecía albergar una pelota de softbol, en lugar de un ojo común y corriente. No podía ver nada de lo que le llegaba de ese lado, de tan cerrado que lo tenía, y fue por eso que el referí lo envió con el médico, quien luego de hacerle un par de señas no lo dejó continuar, y de ahí el chiapaneco fue hasta mi esquina y me saludó con un beso en la mejilla y un abrazo, para aumentar aún más mi confusión.

Hasta la fecha seguimos siendo amigos.

Resultó que me topé, en la primera eliminatoria, con el peleador más duro de todo el torneo, del cual me coroné campeón sin ningún problema y el asunto de los calcetines quedó olvidado.

Con todo y lo predecible de su ofensiva, al Iron Man le fue muy bien en su carrera como pugilista. Parecía hipnotizar a sus oponentes con esa mano derecha que los ponía estáticos, muertos de miedo y listos para recibir el golpe que los enviaría a la lona.

Quién sabe por qué no le funcionó con nosotros. No quiero decir que salimos más inteligentes, pero sí estuvimos entrenando muy duro en el gimnasio para ese tipo de combate.

El Iron Man bajó a súper pluma e incluso se agenció el cinturón del CMB en esa división, mientras que yo me quedé en ligero para mi encuentro en Las Vegas, en la cartelera del Güero Fernández, quien me hablaba a cada rato al celular para saber cómo estaba y también porque era mi amigo.

La pelea en Las Vegas se me complicó por los cabezazos que me lanzaba el ucraniano. En el cuarto asalto se me fue encima con la frente por delante, la cual aterrizó justo en mi ceja. Era tal el derramamiento de sangre producto del corte en la ceja izquierda que no me dejaba ver nada de lo que me llegaba por ese lado. Comencé a recibir demasiados golpes. No podía defenderme. Corría el riesgo de que me parasen la pelea.

¡México, México, México!, gritó un grupo de madrugadores que llegaron a ver la pelea del Güero Fernández en contra de su respectivo bulto. Quieras o no, eso te motiva y hasta te hace sentir bien bonito. Me refiero a oír el nombre de tu país. Decidimos apretar. Me le fui con todo. No porque me hubiese desesperado. Al contrario. Estaba muy tranquilo. Simplemente decidí que mi primera derrota no sería en contra del ucraniano. Era bueno. Un león rasurado, como dicen. Con pegada, sucio y con buena quijada. El tipo de peleadores que me tocaba enfrentar porque no tuve la suerte de nacer güero, sin embargo no estaba a mi nivel. Por eso me sentía tan tranquilo, a pesar del enorme tajo en mi ceja. Dirá qué arrogante de mi parte, pero yo no lo veo así, ni tampoco Montalvo, quien me decía:

—Dale una cátedra de boxeo, Juan. Llévalo a la escuela. Enséñale a moverse bonito dentro del ring. Es un pichón.

La hemorragia dificultaba mi visión, sin embargo las piernas las tenía enteras. Brincaba sobre las puntas de mis pies, enseguida daba dos pasos hacia delante, le castigaba las costillas y metía la reversa, viendo nomás como sus guantes me pasaban zumbando por la nariz, gracias a mi buen movimiento de cintura. ¿Que por qué las costillas? El gancho me permitía ver lo que tenía enfrente, a la vez que desgastaba a mi contrincante. Comencé a sonreír. Me estaba divirtiendo con él. Para el séptimo asalto tenía a Sergei resoplando aire como buey.

En el octavo me confié de más. Creí que lo tenía listo. Era momento de aplicarle castigo arriba, sin temor a ser golpeado o a errar mis golpes. El ucraniano era un blanco fijo a esas alturas del combate. Primero me aventuré con volados, enseguida los combiné con rectos y cruzados. Conecté todo. Decidí que el último pincelazo para completar mi obra lo haría con un upper. Di un paso adelante, me le metí a su guardia, con las piernas bien flexionadas, y me impulsé hacia arriba con todas mis fuerzas. Me encontraba pensando muchas cosas en ese momento: en Gabriela, que estaba en ringside; en el grupito de mexicanos; en la sangre que corría por mi cara; en las puntadas que tendrían que aplicarme más tarde. En todo menos en proteger mi pulgar, el cual no empuñé como es debido y quedó expuesto durante el viaje ascendente de mi mano derecha. Su contacto con el codo de mi rival sumió mi dedo gordo varios centímetros hacia atrás. Brinqué y sacudí todo mi cuerpo a causa del dolor que padecía, circunstancia que Sergei aprovechó para castigarme, lo cual imprimió cierto dramatismo al encuentro. Los aficionados hicieron ¡oh! al verme replegando mi ataque, con la cara ensangrentada y siendo blanco de los puñetazos de mi contrincante. Lo que ellos no sabían y yo sí, era que la pegada de Sergei Kashchenko estaba muy disminuida. Otra cosa que no sabían es que meses antes me fracturé la muñeca de esa misma mano por lo que durante todo ese tiempo puse mi derecha en reposo y desarrollé fuerza en la otra, con la que acabé a casi todos mis oponentes en el torneo patrocinado por la Cerveza Ligera. Todo esto hizo que el cambio de guardia de derecha a zurda no afectase gran cosa mi poder de ataque, sino todo lo contrario. Siempre ha sido mi arma secreta. Regularmente uso el cambio de guardia para joder con la mente de mi rival, sin embargo esta vez hice uso de ella para poder sobrevivir. Nadie estaba más sorprendido de mi capacidad de recuperación que el ucraniano, quien vio perdidas sus esperanzas de agenciarse la victoria.

Lo liquidé en los últimos segundos del noveno. Un gancho al hígado puso punto final a mi primera presentación en Las Vegas. Mi pelea contra Sergei Kashchenko se convirtió en contendiente para la pelea del año de la revista *Ring*. No lo fue debido a que en ese entonces casi nadie nos conocía. Durante la entrevista al final de la pelea el ucraniano dijo que ahora sabía lo que era pelear con un auténtico guerrero azteca. Se refería a mí.

¿Hasta dónde estás dispuesto a llegar?, me gustaría preguntarles a todos ellos. Me da curiosidad. Cuando veo que alguien renuncia pienso que a lo mejor tiene otros planes, más allá del boxeo. Algo mejor que hacer en lugar de arriesgar el pellejo. No es que yo sea mejor. Simplemente estoy dispuesto a morir en la raya.

Al poco tiempo comprendí que lo que me hizo brincar como un chiflado arriba del cuadrilátero, con la cara ensangrentada, no fue el dolor causado por la fractura en mi pulgar, sino que estaba montando un show, porque siempre he dicho que Sandkühlcaán es tan inteligente como yo, probablemente más, y siempre prepara ese tipo de situaciones en mi beneficio. Por ejemplo, ¿quién le garantiza que el cabezazo que me dejé pegar en el cuarto asalto no fue para imprimirle más dramatismo a una pelea que de otro modo hubiese pasado sin pena ni gloria, y que cuando volví a tener las cosas bajo control encontré un nuevo modo de complicármelas un poco más, fracturándome el pulgar? Porque, antes que a ganar, a Las Vegas se va a ofrecer un buen espectáculo, a venderse como un producto remunerable, y esto Sandkühlcaán lo sabía muy bien, por eso puso a Juan Tres Dieciséis a la altura de las circunstancias, como siempre lo hace, y por eso creo que le debo mi carrera, tanto como se la debo a usted, doctor.

Debo decirle que Demetrio se molestó un poco cuando le dije lo que tenía pensado hacer con el dinero que gané allá, pero no me importó. A como lo veo, usted se merecía ese Mustang del año (sin importar el hecho de que meses más tarde lo haya chocado). Demetrio me llegó a decir que usted estaba chuleando a su propia hija.

El combate en Las Vegas me hizo famoso. Los vecinos de mi antiguo barrio creían que porque salía en la tele y en el periódico tenía que ser rico, cuando en realidad vivía en una casita de dos recámaras con Gabriela, equipada con muebles económicos de aserrín prensado y vinilo, todo procedente de China. Mi coche era un viejo Ford. Y ahí es cuando tus conocidos se te van al cuello. Porque no los puedes tener nunca a gusto. De todas maneras te quieren hacer claudicar y obligarte a vivir su clase de vida a la fuerza, en lugar de darte ánimos.

—¿Y luego? —decían, con odio y una sonrisa burlesca—. No eres rico, entonces, ¿de qué te han servido todos los chingazos recibidos?

Dolido por esa clase de comentarios, iba con Edmundo, a pedirle cuentas, y él me explicaba que nos habíamos gastado todo el dinero y que lo mejor era concentrarnos para la próxima pelea y ganarla, para continuar recibiendo ingresos de manera constante.

Por eso peleaba cada dos o tres meses y por eso también no me daba por elegir a mis oponentes, como lo hacían tantos otros púgiles. Leí aquella columna en el *ESTO* en la que se ponía en tela de juicio mi salud mental. El artículo basaba su alegato en el testimonio de varias personalidades del mundo del boxeo (entrenadores famosos, locutores e incluso uno que otro miembro del Salón de la Fama) que según esto me conocían personalmente, llamándose a sí mismos mis amigos. Aseguraban haberme visto hablando solo antes y después de mis combates, sin saber que en cada una de esas ocasiones me encontraba charlando con Sandkühlcaán. El autor de la columna incluso le daba un nombre a mi padecimiento. Le llamaba demencia pugilística y se atrevía a citar como causa de ello la extrema violencia de mis últimos enfrentamientos.

Por eso digo, ¿cómo les dan trabajo de analistas de boxeo a personas que jamás se han subido a un cuadrilátero?... No tengo nada en contra de ese escritor, es sólo que me enferma que la gente diga que estoy loco.

Había como trece campeones diferentes en la división de los ligeros. Algunos organismos tenían hasta cuatro. *Quel* emérito, *quel* absoluto, *quel* interino, *quel* plata. Tú elegías qué clase de campeón querías ser. Llegó el momento en que me encontraba clasificado como contendiente al título en los cuatro organismos. El problema era que sólo existía un monarca dispuesto a defender su cinturón conmigo y ése era el panameño asesino conocido como La Bestia Cárdenas, el emérito del CMB, a quien le costaba lo mismo que a mí conseguir peleas importantes, más que nada por lo intimidante de sus diecinueve nocauts al hilo, todos ellos en el primer asalto.

Por raro que le parezca esto, desde un inicio Sandkühlcaán intentó convencerme de que la Bestia no estaba hecho para pelear con nadie, que incluso por eso Sulaimán le otorgó el título emérito. Para que se estuviese tranquilo, ahí, sin andar asesinando gente con su gancho mortal.

—Hazle caso a Gregorio —me dijo El Amo—. Él tampoco quiere esa pelea.

Por primera vez no le hice caso.

Good versus Evil se tituló la función. El Bien contra el Mal. Yo era considerado el bueno, ya que mi nombre fue sacado de un versículo del Nuevo Testamento y jamás maté a nadie, en cambio la Bestia tenía hasta la cara de asesino. Luego de que se pactó la pelea en Las Vegas para mayo, Montalvo se puso a ver videos del panameño todo el día. Me decía que Ariel noqueaba con el codo pero nunca me lo pudo demostrar. Todo lo que veía en cada nocaut eran ganchos limpios y bonitos a la quijada y a la sien. Pocos uppers. Menos jabs y rectos. Uno que otro cruzado. Sus brazos eran cortitos y contenían mucha energía.

Sabía encontrar su distancia, lo cual hacía no despegando su frente de la tuya, con mucho cuidado de no darte un cabezazo. La Bestia no era ningún ventajoso. Tenía seguridad en sí mismo. Se sabía el único hombre en un deporte invadido por maricas. Tal y como yo me sentía. Nuestros caminos tarde o temprano se tendrían que cruzar. Fue por eso que, tan pronto se anunció, el nuestro se convirtió en el combate más esperado por los verdaderos conocedores. Me refiero a los que saben de qué está hecho un Güero Fernández, por poner un ejemplo.

Todos querían ser mis amigos. Incluso muchachos fresitas. Todos parecían traer una botella de cerveza en la mano y se querían tomar una fotografía conmigo. Se me acercaban cuando iba a algún lado acompañado de Gabriela, por ejemplo a Los Ángeles, y a mí me daban muchos celos porque, a pesar de mis logros, yo seguía siendo muy tímido.

Me mortificaba mucho el no tener más patrimonio que mi habilidad para boxear, que para mí no era la gran cosa, ya que no tenía que usar mucho el cerebro. Ni siquiera sabía hablar en público, como para poder agarrar trabajo de locutor luego de que mi carrera de pugilista se hubiera acabado.

Al mismo tiempo sentía que no merecía toda esa atención que estaba recibiendo. O que, cuando mucho, sería algo temporal. Los muchachitos fresitas que ahora se querían tomar fotografías conmigo, ellos sí se merecían la buena vida que tenían, porque sus padres eran gente acomodada: altos funcionarios, médicos especialistas, catedráticos de universidad, grandes empresarios, no como los míos, que eran esclavos, como yo debí serlo también, sólo que de algún modo me le escapé a mi amo. Pero tarde o temprano tendría que volver a él. Volver a la alcantarilla de la que salí. Con la demás gente que es como yo. A las casas chiquitas. Donde pertenezco.

Todo esto no me lo decía Sandkühlcaán. Al contrario. Él siempre me daba palabras de ánimo. Por eso le tenía buena estima. Y por eso también obedecía todo lo que me pedía hacer, como cuando acepté la invitación a ir a la fiesta de año nuevo que organizó el narcotraficante Brandon Zamora, alias el Gitanito, en su rancho ultrasecreto.

No creí que fuera tan joven, aunque la edad promedio de los ahí reunidos no podría sobrepasar los treinta años. Estos narcotraficantes mueren cada vez más jóvenes, pensé. Vi chicos de catorce años cargando metralletas que apenas podían. Amenizaban la velada Los Jilgueros de Estación Naranjo. Entre las celebridades ahí congregadas se hallaban la alcaldesa de Tijuana, Lorena Guerra, su esposo y el Vaquero del Caribe.

El ambiente me provocaba escalofríos. Temía que en cualquier momento la gente se agarrara a tiros en aquella hacienda ubicada en el medio de la nada. ¿Qué estoy haciendo aquí?, pensé. Lo bueno que no llevé a Gabriela, porque hubiera estado el doble de nervioso.

El Gitanito me presentó a su tercera esposa, una modelo guatemalteca con un vestido muy cortito, a pesar del frío. La mujer medía un metro sesenta y sus piernas kilómetro y medio.

—Camila Pritzker —dijo la mujer del vestidito, con una voz grave y ronca—. Brandon no se pierde ninguna de tus peleas.

—Camila, déjanos solos —dijo el Gitanito.

Camila obedeció. Dio media vuelta y se fue.

—Qué bonita está tu esposa —le dije al Gitanito—. Le puede dar catarro, con ese vestido tan cortito —agregué, muy preocupado por la salud de la muchacha.

El Gitanito me cambió de tema:

—¿Crees que le ganes al panameño?

Sorbí mi jugo de piña.

—Puedes apostar que así será —fanfarroneé, muy quitado de la pena.

No siento que haya hablado de más, simplemente no sabía lo que esas palabras implicaban al llegar a oídos de un psicópata como Brandon Zamora.

—Las apuestas están en tu contra. Dicen que tienes buena quijada y pegada, pero que te hace falta defensa, movimiento de cintura y de cabeza.

—Estoy trabajando precisamente en ello.

El Gitanito me señaló con el dedo, de manera amenazante.

—Ya rugiste, león.

Pero en ese momento me encontraba distraído por algo más que estaba sucediendo: el Vaquero del Caribe hablaba, detrás de un seto plantado muy cerca de donde estaba el asador, con Camila. Ambos volteaban intermitentemente en nuestra dirección, no tanto preocupados de que yo los viera sino alertas al Gitanito, quien les daba la espalda. ¡Así de cínicos!

Brandon me tronó los dedos:

—¿Me estás oyendo? —dijo el Gitanito.

Dije que sí lo estaba oyendo y que estaba de acuerdo en todo lo que decía, pero no dejaba de pensar en la desfachatez de esa mujer tan guapa. Aquello me hizo pensar mucho en Gabriela, que era tan bonita como Camila. Incluso más. Caí en la cuenta de que no puedo alejarme de Gabriela porque de inmediato se me comienzan a meter cosas en la cabeza. Usted sabe que no puedo evitar ser tan celoso, por eso mismo me asombraba que Brandon no trajera más cortita a su mujer. Marqué al celular de Gabriela. Contestó. Oí una voz de hombre en el fondo. Quise saber quién era.

—Ya vas a empezar con tus celos —dijo—. Es el televisor.

—¿Dónde te encuentras?

—Feliz año nuevo —dijo.

—Contéstame.

—En la casa.

Gabriela colgó. Admito que fui grosero, que no debo ser así, pero no lo puedo evitar. Pobre Gabriela, lo que tenía que soportar. Dieron las doce y disparos de pistolas y metralletas se oyeron por doquier. El Gitanito vació el cargador de su escuadra apuntando hacia el cielo mientras que yo, ahí, parado al aire libre, no hallaba para donde correr, temeroso de aquella lluvia de plomo. Luego todo mundo se comenzó a abrazar. Hombres y mujeres, pero más que nada hombres con hombres. Brandon incluso me plantó un besote en el cachete.

—Eres mi ídolo, cabrón —me dijo—. Tienes huevos. Siempre pones el nombre de México bien alto. Por eso te quiero un chingo.

La situación me tenía muy nervioso, por lo que opté por irme temprano de esa fiesta.

—Ya me tengo que ir —dije.

El Gitanito puso cara de extrañeza.

—La estamos pasando muy bien —dijo.

—El martes salgo para Los Ángeles. Voy a hacerla de sparring del Güero Fernández. Para su pelea con el australiano.

—Faltan dos días para eso.

—Hoy ya es lunes.

—¿Y eso qué?

—Tengo que descansar.

—Te acompaño al estacionamiento.

—¿A dónde van? —dijo el Vaquero del Caribe, quien tenía pintura de labios en toda la cara.

—El Dieciséis ya se va.

El estacionamiento se hallaba repleto de vehículos de ocho cilindros. Camionetas y automóviles de lujo. Mi humilde Ford estaba al fondo. El Vaquero del Caribe y el Gitanito me acompañaban. Éste último se le quedó mirando a mi carro. Puso una mano sobre el techo:

—Vamos a ver qué podemos hacer con respecto a esta lata pateada.

Abrí la puerta con maña.

—Jala bien —dije.

—No digo que no pero tampoco hay por qué andar causando lástima. ¿En qué round vamos a noquear al panameño?

—En el octavo —dije.

Me volvió a apuntar con su dedo.

—Ya rugiste, león.

Me despedí y subí a mi lata pateada. No tenía sueño, pero aun así conduje despacio y con precaución por toda la carretera escénica. Sandkühlcaán apareció de la nada en el asiento del copiloto.

—¿Qué le vas a hacer a esa puta? Tienes que defender lo que es tuyo, Juan.

—La voy a agarrar a putazos —dije.

—Sólo así va a entender, Juan. ¿O quieres que te sigan viendo la cara de pendejo, como al Gitanito allá atrás?

—Claro que no.

—Entonces actúa.

Como a las dos y media de la madrugada, en la carretera escénica, una van se estrelló contra una camioneta. Estuve a punto de detenerme para ayudar, pero Sandkühlcaán no me lo permitió. Lo que sí hice fue reducir aún más la velocidad debido a la densa brisa. A pesar de ello me las arreglé para llegar a mi casa antes del amanecer. Gabriela seguía durmiendo como un angelito. Le abrí la ventana y le quité el edredón de encima. Despertó. Lucía hermosa en ropa interior. No dijo nada. Simplemente se quedó mirando mi cara de loco. No con terror. Gabriela no era cobarde. Más bien con tristeza. Sabía lo que seguía, la pobrecilla. Le arranqué las pantaletas de un sólo tirón. Me las llevé a la nariz. Las olí.

—Esto huele a semen —dije.

—Estás loco, Juan —dijo, sin perder la calma.

La tomé de un tobillo y la arrojé contra el clóset. Le lastimé la rodilla y se fracturó las costillas al caer sobre los cajones donde metíamos los zapatos. Intentó ir por el teléfono. Se lo quité de las manos y lo estrellé contra la pared. La insulté de mil maneras y la comencé a golpear con el puño cerrado. Fue la vecina quien le salvó la vida a Gabriela. Se paró en nuestro jardín, bajo nuestra ventana, en bata de dormir y con cara de enfado pero muy tranquila.

—Juan, le acabo de llamar a la policía. Están haciendo mucho ruido y debo levantarme temprano para irme a la fábrica. Te aviso para que te vayas rápido, antes de que lleguen.

Me asomé por la ventana y le di las gracias a la vecina. Dejé a Gabriela inconsciente en la recámara, bajé las escaleras corriendo, me subí al Ford y lo eché a andar. Al salir del fraccionamiento me crucé con la patrulla del municipio. Hice ese alto que nunca hago, justo antes de llegar a la avenida. Observé a los oficiales perderse por el retrovisor y di vuelta en la esquina. Me dirigía a la casa de mi mamá. Apenas iban a dar las cuatro de la mañana. Esperaba que no se hubiera ido a su trabajo todavía. Conduje hasta las afueras de la ciudad, más allá de la zona industrial, sorteando cientos de baches. Los camiones cargados de obreros circulaban en dirección contraria a la mía. Por lo visto, la mayoría de las fábricas trabajarían el primero de enero, lo cual no era nada raro.

—Y todo por tu culpa —le dije al Amo.

—¿Y yo por qué?

—Tú me convenciste de ir a la fiesta del Gitanito cuando debí quedarme con Gabriela.

—Hay que cultivar ese tipo de relaciones, Juan.

Llegué a Colina Frondosa. Los hijos de sus habitantes se pasaban la vida metidos en guarderías, por eso los parquecitos estaban siempre tan abandonados, con sus columpios y balancines oxidados. Yo mismo, en un ataque de ira, arranqué una canasta de basquetbol, ¿puede creerlo, doctor? ¿Qué gané con ello? Nada. Pero es por lo que usted dice, doctor. Porque soy producto de esa descomposición social de la que usted tanto me habla, la cual también me hizo llenar de grafiti toda la colonia. Pero lo importante es que ya no soy así. El boxeo me ha cambiado. Me ha hecho un hombre de bien. Por eso no estoy de acuerdo con la gente que dice que es malo. Que porque te puede dejar tonto. ¿Acaso yo estoy tonto? Claro que no. Además, es el único deporte que puede sacarte del pozo e incluso darte para vivir, si tienes disciplina y lo respetas lo suficiente. ¿Dígame usted qué otro deporte hay que haga eso por uno? Yo digo que si algún día decidieran prohibir el boxeo de plano no habría esperanza para gente como yo, que nació sin nada de nada. Sin ninguna seguridad o patrimonio. Sin ni siquiera una mamá que te quiera, como es el caso de la mía, que no se alegró de verme luego de que me abrió la puerta.

—Feliz año nuevo —dije.

No me contestó. Simplemente se quedó parada detrás del mosquitero. Sin expresión alguna en su cara y con los brazos cruzados.

—¿Puedo pasar? —dije.

Encendió un cigarro.

—Voy de salida.

—¿Adónde vas?

—Al trabajo, ¿adónde creías? ¿A Francia?

—Yo te podría pagar un viaje hasta allá después de que me corone campeón.

—No quiero nada de ti —dijo, con desprecio.

Llevó su cigarro a la boca. Le dio una chupada. Le hacían falta dos dedos a su mano derecha.

—¿Qué le pasó a tu mano? —dije.

Me echó el humo a la cara.

—Me los agarró la prensa.

—¿Por qué metiste la mano a la prensa? —dije, horrorizado.

—¿Cómo que por qué? Porque se atasca el producto y luego me piden cantidades. Además, necesito cumplir la meta para poder recibir el bono de desempeño.

—Pero la seguridad es primero —dije.

Me mamá dejó escapar una carcajada.

—¿Cuándo fue eso? —dije.

—El 24 de diciembre.

—¿Trabajaste en Nochebuena? —dije, al borde del llanto.

—Me dieron el veinticinco pero me la pasé internada.

—¿No te dieron incapacidad?

—No fui al Seguro Social.

—¿Por qué?

Una sonrisa se dibujó en su cara.

—La empresa me pagó hospital privado. Para riquillos —dijo, con orgullo y frotando las yemas de sus dedos—. Ahí se opera la alcaldesa y gente así de importante.

—Debiste haber ido al Seguro Social, mamá.

—¿Para qué?

—Para que quede constancia de que perdiste esos dos dedos trabajando.

El buen humor se esfumó de su cara.

—¿Has venido a darme consejos legales? ¿Te crees licenciado o qué chingados?

El vecino de enseguida salió a la calle para oírnos mejor. No soporté más el estar ahí, a la vista de todos. Abrí el mosquitero a la fuerza, hice a un lado a mi mamá y me abrí paso dentro de la casa. Me paré junto al comedor. Respiraba de manera agitada. Me cubrí la cara. Seguramente pensó que estaba haciendo mucho teatro para llamar su atención, pero la verdad es que sí me sentía muy avergonzado y arrepentido de lo que hice.

—Pasó algo horrible —chillé—. Le pegué a Gabriela.

Mi mamá esbozó una sonrisa, como si le diera gusto el que me estuviera yendo mal en el amor.

—Vas a matar a esa muchacha como mataste a Kevin.

[Doctor, olvidé confesarle algo: encontraron a Kevin en un terreno baldío ubicado atrás de la casa. Con el cráneo partido. Todos supieron que el culpable fue el novio de mi mamá. Incluyendo la policía.

Tenían reportes de que el señor nos golpeaba. Por eso salió huyendo. Luego habló con ella por teléfono y no sé cómo la convenció de que no fue él y desde ese entonces ella la trae contra mí, insultándome y amenazándome con denunciarme a la policía por el asesinato de mi hermanito Kevin. No le digo nada porque sé que es normal que se sienta de esa manera, la pérdida de un hijo no es cualquier cosa, pero aun así me duele mucho que siga con lo mismo después de todos estos años.]

—No digas eso —le rogué.
—¿Por qué no? Si por tu culpa estoy sola, engendro del demonio. Me quitaste a mi angelito y todo por tus celos enfermizos.
Ante semejante acusación, y con los ojos llorosos, me atreví a echarle en cara a mi mamá algo que siempre le tuve guardado:
—Tú nunca me quisiste por negro y por feo. Por eso me dejabas esa comida podrida y llena de huevos de moscas, que a Kevin nunca le diste, porque él era güero, como su papá.
—Pues sí —me desafió.
—Cállate.
—Debí permitir que Ricardo te matara, pero fui demasiado sentimental y lo maté a él cuando fui a verlo, y todo por ti...
No pude oír más. Salí corriendo. Subí a mi Ford y casi me hundo en un enorme bache que hay ahí. No deseaba estar solo, al lado de Sandkühlcaán, por lo que conduje hasta la tercera sección de Colina Frondosa, a casa de mi papá, quien sí descansó, sin embargo tampoco me dejó entrar a su casa ya que tenía una nueva familia y estaba totalmente regenerado. Ni siquiera me dejó conocer a sus hijos.
—Quédense adentro —les pidió a una niña y a un niño.
Una chiapaneca de piel muy oscura y bastante guapa tomó a las dos criaturas y los alejó de la puerta, la cual cerró de inmediato.
—¿Quién es ese señor, mami? —alcancé a oír que dijo la niña.
—¿Qué se te ofrece, Juan? —dijo mi papá.
—Nomás venía a saludar.
Me decepcionó la actitud de mi padre.
—¿Cómo te va?

—Ariel Cárdenas va a disputar su título mundial conmigo el 17 de mayo.

—Lo leí en el *ESTO*.

—¿No me va a felicitar?

—Me preocupo por ti, hijo.

—No me va a pasar nada.

—Ese muchacho ha dejado muy mal a los peleadores a los que ha enfrentado. A uno lo dejó en silla de ruedas. Otro ya no puede hablar.

—Es el único que me ha dado la oportunidad de disputar un título.

—A lo mejor todavía no estás listo.

Cambié de tema:

—Vengo de con mi mamá.

—¿Cómo está ella?

—Le faltan dos dedos de la mano derecha. Se los agarró la prensa.

—¿Sigue trabajando donde mismo?

—Ahí se va a morir.

—Júralo.

—Ella tampoco me dejó entrar a su casa.

—No es que no te quiera dejar entrar…

—Es tu mujer.

—Es mi terapeuta.

—¿Él también está en contra mía?

—Es una mujer. Dice que no debo dejar que mi nueva familia cargue con el peso emocional de mi pasado. Ellos no tienen la culpa de nada.

—¿Yo sí?

—Juan, sé que te hice mucho daño, pero…

—Tú también crees que maté a Kevin.

—No sé lo que pasó con tu hermano.

—¿Ellos también tienen versículo por nombre?

—Lo siento, Juan, andaba muy mal cuando te registré en el registro civil. No recuerdo nada de ese día.

—¿Cómo se llaman?

—Samuel y Sara.

—Sin número.

—Sin número… pero veo que tu nombre te funcionó muy bien.

—Me dio gusto haber platicado contigo, papá.

—¿Los quieres conocer?

—En otra ocasión será.

—Te quiero, Juan.

—Sí, claro.

Estuve a punto de insultarlo, sin embargo Sandkühlcaán me convenció de lo contrario. Siempre ha sido impredecible en ese sentido.

—Uno no debe juzgar a sus padres —me explicó mientras conducía a su casa.

Ya de ahí platiqué con usted y me llevó a su consultorio, donde me revisó el ojo y me convenció de que yo no tuve la culpa de lo que ocurrió entre su hija y yo. Debo decirle que me asombró lo bien que se lo tomó todo. No sé por qué no fui con usted desde un principio.

—Doctor, ¿está seguro que Gabriela está bien? —recuerdo que le pregunté.

No me pesó en lo absoluto el haberle pagado su espectacular en la garita de San Isidro, ni la remodelación de su consultorio, más que nada por lo mucho que me ha ayudado en todo y porque sabía que yo sería el primero en beneficiarse con la adquisición de su computadora nueva, además de que acababa de firmar el contrato de exclusividad con la televisora y gracias a ello tenía buen dinero en la cuenta de banco que le abrí a Gabriela.

—Lo importante ahora es concentrarte en tu sesión de sparring con el Güero Fernández —me dijo usted, lo cual me pareció un muy buen consejo.

Lástima que no lo seguí. Traía muchas cosas en la cabeza. No sólo me mortificaba el accidente (como usted le llama) que ocurrió con Gabriela, sino también el desprecio de parte de mis propios papás. Aun así debí usar más el cerebro en lugar de desquitarme con el pobre Güero Fernández, a quien humillé en su gimnasio de Los Ángeles, frente a toda su gente y a un reportero malintencionado que nos filmó con su cámara.

Sucedió de la siguiente manera: Demetrio pasó temprano por mí. Gonzalo conducía. Yo viajaba a su lado, en el asiento del copiloto. Montalvo se quedó en el gimnasio, como siempre. Demetrio no lo quería a él ni a su sarcasmo cerca del Güero Fernández. Hicimos treinta minutos cruzando más las dos horas y media de camino. Demetrio se mordía las uñas.

—¿Estás nervioso? —dijo, nervioso.

—¿Por qué?

—Porque vas a entrenar con el Güero Fernández.

—¿Qué me puede pasar?

Demetrio puso cara de borrego a medio morir.

—Por lo que más quieras, Juan, lanza tu upper sin potencia. Jabéalo nada más. Marcadito. Los ganchos no se los des muy fuertes. Abre un poco tu guardia, para que te pegue. Hazlo sentir bien. Déjate conectar abajo y haz como que te duele, pero recuerda: actúa como que te estás esforzando en todo momento.

—No te entiendo —dije.

—De esto depende nuestro futuro, Juan. Por favor, hazme caso.

—Voy a pelear por el título. Ya no lo necesitamos.

—Te equivocas, Juan.

—¿Por qué?

—Te lo voy a poner así, Juan: estás embarneciendo. Más pronto de lo que crees, vas a tener que subir a súper ligero y quizá te toque enfrentar al Güero Fernández. Si lo asustas ahora jamás te dará esa pelea.

—Me la va a tener que dar si estoy clasificado en su división —dije.

Gonzalo y Demetrio se carcajearon. A continuación me vieron con ternura.

—No seas inocente, muchacho.

Por fin llegamos al gimnasio. Ahí estaba la novia —una conductora de televisión— del Güero Fernández y otras chicas. He dejado de estar a favor de la presencia de mujeres en el gimnasio. Provoca que la gente actúe de manera estúpida. Fue lo que le pasó al Güero Fernández antes de hacerme enojar. Lo perseguía por el cuadrilátero y le permitía que me conectara sus golpes de niña, mientras bailoteaba alrededor del cuadrilátero y las muchachas le aplaudían.

—Chíngatelo —gritó uno de sus sobahuevos.

—Tranquilo, Juan —me rogó Demetrio.

El periodista nos filmaba con su cámara. A pesar de mi mal humor seguí cooperando con el guion propuesto por Demetrio. Intenté conectar a Rodrigo con una izquierda intencionadamente lenta, la cual éste esquivó, y las chicas gritaron ¡ole!

—¡Así, Juan! —dijo Demetrio, extasiado y con las manos en alto, en señal de victoria.

Mi representante festejaba, astutamente, mi derrota humillante. Lancé otra vez el golpe telegrafiado y el Güero Fernández lo esquivó blandiendo un capote imaginario, como si yo fuera un estúpido toro de lidia y él mi matador. ¡Ole!, aullaron de nuevo los porristas. Lo que me sacó de mis casillas fue cuando usó la finta del *bolo punch*, rotando el brazo izquierdo para *sorprenderme* con un recto de derecha. Eso fue demasiado. Siempre me ha molestado esa estupidez. No está bien. Me parece un modo muy fanfarrón de establecer la superioridad. Le tuve que poner su estate quieto. Demetrio pareció adivinar lo que iba a pasar.

—¡No, Juan! —dijo Demetrio, con angustia.

—Ni modo, Juan —dijo Sandkühlcaán, encogiéndose de hombros—. Se lo buscó.

El Güero Fernández se percató del cambio en mi semblante. No le dio mayor importancia. Esperé su jab de mariquita, lo absorbí sin problemas y enseguida me lanzó un cruzado a la cabeza que esquivé haciendo *bending* para luego propinarle un gancho de derecha directo a la sien. Por poco y le vuelo la cabeza. Lo noquee a pesar de que contaba con su careta para protegerlo. Con todo y que pesaba cuatro kilos más que yo y lucía mucho más musculoso porque le gusta hacer pesas para verse mamado, lo cual yo casi no hago porque me resta velocidad y no agrega fuerza. El caso es que fue una verdadera hazaña para los que estaban ahí. El youtuber continuó grabándolo todo. El Güero Fernández cayó de nalgas en la lona. Con las piernas abiertas y los ojos en blanco. Las muchachas dejaron de vitorear y colocaron sus culos operados de regreso en sus asientos.

—Ey, ¿qué te pasa? ¡Esto es sólo un entrenamiento! —me gritó el entrenador del Güero Fernández, quien subió al cuadrilátero y me empujó con enojo.

Sonreí. Al maricón le dolió tanto que le tocaran a su niño que tuvo la osadía de desafiarme. Demetrio tuvo que calmarlo.

—Fue un accidente —dijo.

Me disculpé.

—La cagaste —gruñó Demetrio.

—¡Olvídate de que te volvamos a conseguir peleas! —chilló el entrenador, con su voz de mujer dolida, mientras su ayudante le echaba aire a su gallina de los huevos de oro.

El sobahuevos vertió agua sobre la cabeza del Güero Fernández, para despertarlo. Al día siguiente el video apareció en YouTube. Se titulaba:

John 3:16 knocks el Güero Fernández out during sparring session (with helmet and 16 ounce gloves!)

El video fue una sensación. Como dicen, se viralizó. Incluso fue transmitido por varios noticieros deportivos. Esto le ayudó a mi pelea con el panameño. Se decía que era una batalla de verdaderos campeones. Estoy seguro de que Sandkühlcaán sabía que todo esto iba a pasar. Siempre hace lo mismo. Oye lo mismo que oigo, pone atención a todo lo que me dicen, analiza muy bien la situación y de alguna manera elige la mejor opción que se nos presenta. El problema era que el Güero Fernández seguía siendo mi promotor y lo seguiría siendo por dos años más, según el contrato que firmé con su empresa. Por eso cuando recibimos la llamada de Edmundo Yáñez, informándonos que la comisión de Las Vegas ordenó un sorpresivo examen médico para antes de febrero, comprendí que me encontraba durmiendo con el enemigo. Me refiero a que mi propia empresa promotora intentaba sabotear mi carrera. Estaban seguros de que no pasaría el examen ese y que, por tanto, la comisión en Las Vegas no me daría la licencia para pelear en mayo. El único problema para ellos sería el conseguir a otro suicida que se animara a aventarse contra de la Bestia Cárdenas, lo cual no sería tan difícil, con la cantidad de kamikazes que hay en este país, dispuestos a todo por unos dólares. Si no lo conseguía Edmundo, la promotora del panameño lo podía hacer, o cualquier otra. Esto con tal de cubrir la cartelera del 17 de mayo y no quedar mal con la cadena norteamericana que anunció nuestra pelea en sus canales de cable.

Sandkühlcaán dejó escapar un suspiro de alivio.

—Es lo mejor que nos pudo haber pasado —dijo—. Ese panameño está loco. Es un asesino.

El miércoles nos encontrábamos en la oficina de Demetrio, quien estaba muerto de miedo y diciéndole que sí a todo lo que le ordenaba el representante de El Güero Boxing, hasta que Montalvo le arrebató el teléfono a la fuerza y comenzó a discutir con Edmundo.

—¿De qué chingados estás hablando? En el contrato dice que el examen médico es hasta marzo. Lo que quieren es que la pelea se venga abajo. ¡Parecen niñas!… ¡No te preocupes, ahí vamos a estar!

Y colgó. Luego de eso marcó al consultorio del médico Joe Díaz, en Las Vegas. No lo encontró. Le dijeron que regresaba hasta el lunes de un congreso en Atlantic City. Montalvo le preguntó en inglés a la secretaria si la comisión atlética de Nevada tenía un sustituto que pudiera realizarme el examen médico. La mujer le informó que el doctor Russell estaba cubriéndolo. Gregorio hizo cita para el viernes a las ocho y media de la mañana.

—Debemos ir mañana mismo a Las Vegas —dijo.

—Pero tenemos todo el mes para ir —dijo Demetrio—. ¿Por qué quieres ir mañana?

—Porque no va a estar ese doctor con apellido mexicano. No confío en mis paisanos. Son como jaibas.

—¿Quién lo va a sustituir?

—Parece que un güero.

—¿Prefieres a un güero? ¿Por qué?

—Al menos son menos malos con los mexicanos que los mexicanos.

Demetrio se dirigió a mí.

—¿Tú qué dices?

Me encogí de hombros.

—Hay que hacer lo que dice Montalvo.

Esa misma tarde le llevé aquel ramo de rosas a su hija. Recuerdo que usted me abrió la puerta y me dijo que Gabriela no estaba enojada. Aun así, le pedí perdón de rodillas. Le dije que actué de manera estúpida y que no merecía su amor. Nos abrazamos, nos besamos y le pedí que me acompañara a Las Vegas. Al día siguiente Gabriela y yo nos dirigíamos hacia Nevada en la carcacha destartalada de Montalvo, quien seguía muy contento por lo que hice en el gimnasio del Güero Fernández. Gregorio volteó a ver a Gabriela por el retrovisor.

—¿Qué le pasó? —dijo.

—Se cayó de las escaleras —dije.

—Esas casas que hacen hoy en día… ¿Sabían que los escalones no son todos del mismo tamaño?… Mi hija tiene una casa de esas en Colina Frondosa. Unos escalones miden treinta centímetros y otros quince. ¿Así cómo esperan que no se caiga la gente?

Le mostré a Gabriela y a Montalvo el Ojo de Sandkühlcaán que le pagué a usted en la garita de San Isidro. Justo arriba de la tienda libre de aranceles. Lo acababan de poner. Les gustó mucho a los dos. Me dijeron que le ayudaría mucho a su negocio. Ya ve como tuvimos razón después de todo. A la izquierda de su espectacular estaba el de un cirujano plástico apellidado Palacios. Gabriela apuntó su teléfono.

—Así estás bonita —dije, pero me ignoró.

A la derecha estaba el de la alcaldesa de Tijuana, muy sonriente. Porque te lo mereces, calles de primer mundo en tu ciudad, rezaba el anuncio, donde la señora aparecía con un traje cruzado color guinda y una sonrisa hipnótica que uno era capaz de admirar por horas y horas sin cansarse.

—Por esa vieja sí me vuelvo a amarrar —suspiró Montalvo.

—Qué sufrido —dije.

—Vela nomás, Juan: maciza, fuerte y madurota. Una verdadera mujer.

—Es muy guapa —dijo Gabriela.

—No más que tú —tercié.

Justo al cruzar a los Estados Unidos Montalvo recibió una llamada de Marisela, su esposa. Le recriminó el no haber recibido el depósito correspondiente en su cuenta bancaria. Montalvo le dio excusas. Enseguida se pusieron a discutir. Horas más tarde, al llegar a Las Vegas, nos hospedamos en un hotel barato, muy alejado de los casinos pero cerca del Centro Médico al que debíamos ir al día siguiente.

—¿En verdad no te gusta nadie más? —me dijo Gabriela, en la intimidad.

Me separé de ella.

—¿Por qué me preguntas eso?

—Es que nunca volteas a ver a otra muchacha —dijo, extrañada—. Ni siquiera a las edecanes de la cervecería.

Me sentí muy apenado. La tomé de su mano.

—Y eso te da miedo, verdad. ¿Sientes que soy muy posesivo? Lo siento, pero sólo me gustas tú. ¿Estoy mal?

—¿Nunca te echas, aunque sea, un taco de ojo?

Lo pensé por un momento.

—Bueno, a veces sueño con Lorena Guerra. La alcaldesa. ¿Estoy mal?

—Es una mujer guapa, a pesar de su edad.

—¿No sentirías celos de ella?

—No.

—Yo no soy tan moderno como tú —dije—. Al contrario, pienso que las cosas deberían ser como eran antes, cuando había decencia, fidelidad y la gente se tenía lealtad.

—Lo sé.

—Si me vuelves a engañar te voy a matar. A ti y al que se esté revolcando contigo.

—Eso no va a ocurrir.

—¿Por qué?

—Porque mi papá te curará.

Nos besamos y volví a tener el mismo accidente de siempre. Gabriela me dijo que no pasaba nada. Que me entendía. Que había sido muy larga la espera y por eso me pasaba lo que me pasaba. Que no había problema. Lo volvimos a intentar un poco más tarde y todo salió bien. Después dormí como un bebé.

Por la mañana del viernes llegué en ayunas al consultorio del doctor Russell, quien resultó ser un tipazo. Finísima persona, la verdad, y olía muy bien también. Veterano de guerra. Alto, delgado y correoso. Me apretó la mano y se me quedó mirando a los ojos. Luego me sonrió e hizo lo mismo con Montalvo. Gabriela se quedó en el hotel. Le prometí que la llevaría al MGM Grand después de cumplir con nuestro compromiso.

El doctor miró la hoja que le dejó su colega.

—¿Qué es esto? —dijo en inglés, como extrañado de ver todas las pruebas que tenía que hacerme.

—Búlchet —dijo Montalvo.

—Sí —estuvo de acuerdo el norteamericano.

Lo bueno que llegamos temprano. Nos pasamos todo el día ahí. Una enfermera me extrajo sangre y esperó a que le llenara un frasco con orina. De ahí el doctor me checó la presión y el ritmo cardiaco. Me pidió que me quitara los tenis y midió el arco de mi pie. Volvió a negar con la cabeza. Colocó su estetoscopio sobre mis pulmones y oyó el silbido que hago cada que respiro. Se alarmó aún más. Maldijo, como si le importara más a él que a mí el estado de mi salud. Tocó con las yemas de sus dedos mi frente y el área de mis pómulos.

—¿Te duele? —me tradujo Montalvo.

—Un poco —dije.

Enseguida el doctor me sentó en una silla de dentista, me metió una cámara por la nariz y vimos una porquería de pelos, mocos y cartílagos rotos en el monitor. De ahí me llevaron a otro piso del Centro Médico, donde me sacaron una tomografía.

—Esto no puede ser posible —dijo el doctor en inglés, mientras miraba los resultados contra la luz.

—¿Qué pasa? —dijo Montalvo.

—¿Este muchacho corre por las mañanas?

—Por supuesto —dijo Gregorio.

—¿Qué tanto?

—Diez, doce kilómetros diarios. Dependiendo de la velocidad.

—¿Sin parar?

—Sin parar.

—¿Y de ahí va al gimnasio?

—Claro.

—¿No se cansa?

Montalvo se dirigió a mí:

—¿Te cansas cuando corres?

—¿De eso se trata, no? —dije.

Montalvo tradujo lo que dije.

—Asombroso —dijo el doctor.

—¿Qué pasa? —dijo Gregorio.

El médico bajó las tomografías y dio un repaso a su reporte.

—Juan tiene el pie plano y el tabique destruido, además de padecer un caso de sinusitis crónica. Es imposible que pueda respirar por esa nariz así como la tiene.

—¿Eso qué significa?

—Significa que el cuerpo humano es capaz de acostumbrarse a todo.

—¿Qué está diciendo? —quise saber.

—Dice que tienes güevos —dijo Montalvo—. ¿Quiere decir que no le permitirá pelear?

El médico dejó escapar una risita.

—Quiere decir que el muchacho es puro corazón. Si todo esto no le impidió disputar el título no seré yo quien lo haga.

—Gracias, doctor.

El médico me cerró un ojo.

—No te preocupes, soy un fan —dijo.

Sandkühlcaán no tomó la aprobación del doctor como buenas noticias. Todo lo contrario. Lo notaba apesadumbrado. Como si algo le preocupara más que nunca. Jamás lo había visto de esa manera. Tan triste y abatido. Por la noche Gabriela y un servidor fuimos a ver las famosas fuentes del Bellagio y de ahí nos metimos al circo acuático. Cenamos en el buffet del Paris donde Gregorio me dio permiso de comer lo que quisiera, sin embargo traté de no excederme.

Afortunadamente mi empresa promotora intentó aplicarme esa zancadilla. Nos la pasamos muy bien en Las Vegas gracias a ellos. Teníamos bien merecidas esas vacaciones. De regreso en el gimnasio, Demetrio me puso la entrevista del panameño en la que el periodista Jorge Eduardo Sánchez le preguntó qué clase de arma iba a emplear para vencerme. El panameño contestó esta pregunta alzando su Biblia para que pudiera ser captada por la cámara de televisión.

—Ésta es mi arma —dijo la Bestia.

Debió haber visto la cara que puso Sandkühlcaán luego de ver esto.

—Por favor, no pelees en contra de ese hombre —me rogó.

Lo ignoré.

—¿La Bestia es bróder? —le pregunté a Montalvo.

Éste se encogió de hombros.

Por esas fechas la alcaldesa estaba echando a andar un agresivo programa de repavimentación. Esto luego de que en una encuesta ciudadana los tijuanenses destacaran los pozos en las calles como su principal causa de molestia. El concurso para realizar la obra pública lo ganó la constructora Neo, quien me patrocinó de manera generosa.

Pedí que bordaran en mi short el nombre de la alcaldesa por puro gusto, no por haber recibido dinero de ella directamente. En verdad la admiro y no sólo por lo guapa que es, sino porque siempre me ha parecido una mujer con una gran fortaleza y determinación. Todos aquellos que la atacan lo hacen por envidia, porque no le perdonan el que haya llegado tan lejos viniendo desde abajo. Como un servidor.

Además de que fue la alcaldesa quien me recomendó con la constructora Neo, porque ella y su marido son fanáticos del boxeo y ven todas mis peleas, así que estaba muy agradecido por el billete que me llevé a la bolsa con su ayuda. No me importó que la gente me criticara por ello. Uno tiene derecho a tener sus simpatías. Incluso Montalvo estuvo de acuerdo conmigo. Sobre todo luego de que la conocimos en persona. Tuvimos una cita con ella en el Palacio de Gobierno. No tuvimos mucho tiempo de hablar. Estaba atareada con el asunto de la repavimentación pero nos recibió, muy amable, en su oficina. Nos percatamos de que era aún más guapa en persona. Me habló rápido de una función gratuita en Rosarito. Claro, yo sí iba a cobrar, pero lo que se le ocurría a ella es que la entrada fuera libre. Me refiero a una función que corriera a cuenta de los patrocinadores, uno de los cuales sería el Honorable Ayuntamiento de Tijuana. Todo esto como una manera de apoyar al talento local y poner el nombre de la ciudad en alto. A mí me pareció una estupenda idea.

—Pero primero debes ganar esta pelea que viene en mayo —dijo la alcaldesa.

—No se preocupe por eso. Yo mismo le voy a traer los guantes con los que obtendré el título.

Me levantaba a las cinco de la mañana para correr mis diez kilómetros de rigor. Desayunaba en casa de Montalvo, quien se convirtió en mi preparador físico, entrenador y chef. Demetrio y Gonzalo se mantenían al margen. Llegábamos al gimnasio a las nueve y nos poníamos a trabajar en pasos laterales, contragolpeo y movimiento de cintura. También estuvimos practicando con sparrings zurdos que Gregorio me traía de los gimnasios más recónditos de Tijuana. Ninguno tenía la fuerza del panameño, pero lo que Montalvo esperaba obtener de ellos era el instinto acosador, típico del principiante atrabancado. Demetrio no veía bien esto, decía que podía salir lastimado o que me hacían falta sparrings más experimentados, pero no le hacíamos mucho caso.

—De no ser por mí no te habrían dado la oportunidad de pelear por el título —dijo Demetrio.

Supongo que la razón lo asistía, pero tampoco tenía tiempo de pensar mucho en ello. Me estaba convirtiendo en un verdadero atleta. Gregorio también mejoraba como entrenador. Más que nada porque siempre estaba abierto a nuevas ideas, en lugar de casarse con lo viejo. Conocía entrenadores cubanos, chilangos, norteamericanos y rusos, y platicaba mucho con ellos.

—¿Qué opinas de que las apuestas estén nueve a uno en tu contra? —dijo Jorge Eduardo Sánchez.

—No he pensado mucho en ello —tartamudeé.

—Los expertos reconocen el poder de tu pegada, sin embargo aseguran que te falta mucha defensa, lo cual es una gran desventaja ante un rival como Ariel Cárdenas. ¿Qué opinas de esto?

—Con mi entrenador Gregorio Montalvo estamos trabajando los pasos laterales y el movimiento de cintura, por lo mismo que mencionas, además de que tenemos varias sorpresas preparadas para el día de la pelea —dije, sólo que no así de fluido porque nunca he sido bueno para hablar en público.

A los pocos días el mismo periodista fue con el Güero Fernández, quien aprovechó la oportunidad para burlarse de mi forma de hablar. Dijo que estaba tocado. Dijo además que la Bestia me iba a matar. Gonzalo y Demetrio le dijeron lo mismo. Éste último incluso se atrevió a decir que todo lo que tengo se lo debo a él.

—Yo descubrí a ese malagradecido —dijo.

No nos hablaba ni a mí ni a Montalvo, pero bien que se comunicaba con los periodistas para atacarme. Toda esta mala vibra a mi alrededor me provocaba jaquecas intensas. Sentía una enorme lombriz alimentándose de mi cerebro. Recordé haber ingerido larvas de mosca cuando era niño. Por error. Quizás una de ellas se fue hasta mi cabeza y se estaba comiendo mi memoria y por eso tartamudeo a cada rato.

Fue un viernes cuando recibí la llamada del Gitanito a mi celular. Quería saber cómo iba mi entrenamiento. Dije que muy bien. Me pidió que fuera a su rancho ultrasecreto ese mismo sábado por la tarde. Le dije que me encontraba muy ocupado, pero insistió. Cuando llegué, Brandon estaba comprando él mismo las langostas. Camila me recibió con su ojo de cotorra. Le pregunté qué le pasó. Dijo que se cayó de las escaleras. La intenté consolar.

—Lo mismo le pasó a mi esposa hace unos días —dije.

Me tomó de la mano y me llevó a la sala. Camila se dirigió al bar, desde donde me preguntó si no deseaba algo de beber, por lo que le pedí un jugo de arándano, ya que se trata de un diurético natural con un alto índice de antioxidantes y vitamina C. Lo leí en *Hombre Saludable*. Camila sirvió mi bebida en un vaso jaibolero y me la entregó. Ella abrió un Nuvo, le pegó un trago y me arrojó a un sillón aleopardado antes de sentarse a un lado mío. Volteé en todas direcciones en busca de una cámara de vigilancia. No encontré ninguna. Camila me abrazó.

—Tienes que ayudarme, Juan. Brandon me va a matar. No me deja ir. Soy su prisionera.

Señalé los muebles finos, el surround, la tele de 58 pulgadas y las obras de arte que nos rodeaban.

—¿No ves todo lo que tienes aquí? El Gitanito te quiere mucho.

—Esto es una jaula de oro, Juan.

—Créeme que es mucho mejor que la libertad llena de piojos que viví de niño.

—De eso es de lo que quería hablarte, Juan. El Gitanito y yo vimos la entrevista que te hicieron durante el torneo patrocinado por la Cerveza Ligera. Sentí que me derretí por dentro cuando mencionaste lo de tus calcetines. Estuve a punto de llorar contigo, sólo que no lo hice porque Brandon está enfermo de celos todo el tiempo y no hubiera entendido el que yo me maravillara al ver a un sujeto tan fuerte y valiente como tú, mostrando sin temor su lado más sensible.

—Cógetela, Juan —dijo Sandkühlcaán—. Lo está pidiendo a gritos.

—Es que la entrevistadora me pidió que hablara de mis papás y...

Camila me agarró los huevos y yo hice ¡ay! Esto hizo que el guarura entrara corriendo a la sala. Preguntó si pasaba algo. No pasa nada, dijo Camila, quien enseguida se dirigió a mí:

—Lo ves, no puedo estar ni un segundo a solas. Ni siquiera tengo teléfono. Tienes que ayudarme.

—Está bien —dije, con tal de quitármela de encima.

—Pero no vayas a la policía, por favor. Lo protegen. Tienes que ir al Consulado de Guatemala y decirles. Te voy a hablar por teléfono la semana que entra.

Oímos el sonido del Rolls Royce. Camila se me quitó de encima. El Gitanito entró con una cubeta llena de langostas. Luego de una charla intrascendente pasamos al comedor, donde se nos sirvió langosta estilo Puerto Nuevo con arroz rojo, pico de gallo, guacamole y tortillas tipo oreja de elefante, lástima que yo no podía comer nada de eso porque debía evitar los alimentos con alto índice de colesterol, así que el Gitanito me mandó hacer un pargo frito con arroz blanco y ensalada verde como guarnición. Brandon se empinó su cuarta cerveza. Lucía malhumorado. Nadie hablaba.

—¿Y cómo les ha ido? —dije, con tal de romper el hielo.

—Mal —dijo el Gitanito.

—¿Y eso? —dije.

Brandon volteó a ver a Camila.

—Porque uno trabaja muy duro y arriesga el pescuezo con tal de asegurarse de que no les falte nada a sus seres queridos, ¿y qué es lo único que pide a cambio? Lealtad. Y aun así traicionan tu confianza. Dime, ¿te parece eso justo?

—Por supuesto que no —dije, en parte por seguirle la corriente y en parte porque ése es un tema que siempre me ha apasionado mucho. El de la lealtad. Lo siento, pero así es conmigo y eso lo sabe usted muy bien, doctor.

—¿Acaso hay peor crimen que la traición?

Intenté responder pero justo en ese instante Camila se levantó de la mesa, muy molesta.

—No puedo soportar esta mierda —dijo, y nos dejó solos.

No puede evitar verle el trasero a Camila mientras se alejaba. Lo bueno que el Gitanito no se dio cuenta. Éste también se levantó.

—Vente, te quiero enseñar algo —dijo.

Lo seguí. Pasamos el jardín y la alberca y llegamos al estacionamiento. Intuía lo que tenía preparado para mí. Pasamos el Mercedes, el Porsche y el Ferrari. Llegamos hasta donde estaba un Serie 3 al que le eché el ojo desde el otro día y por eso estaba seguro de que era para mí, ya que ni siquiera era del año, sin embargo este coche también lo pasamos de largo y llegamos hasta donde estaba una Colorado, color entre naranja y marrón, de doble cabina. Muy bonita, tengo que reconocerlo, sólo que lo mío no son las camionetas, a mí me gustan los coches como el Serie 3 que acababa de ver, nomás que no le iba a decir eso a Brandon. ¿Cómo me hubiera visto? Pues muy mal, además de que, como dije, la Colorado sí me gustó y a caballo regalado no se le mira la dentadura. El Gitanito me entregó la llave con todo y alarma.

—¿Qué te parece? —dijo.

—No creo que la pueda aceptar.

—¡No seas pendejo! —dijo Sandkühlcaán.

—¿Para qué están los amigos?

—Pero yo no tengo nada que darte.

—Con tu triunfo sobre la Bestia me basta. O si vas a perder, dime de una vez.

—Lo voy a noquear —dije, más que nada por lo bien que Brandon se estaba portando conmigo.

—¿En el ocho?

Titubeé por un momento.

—Así es —dije.

Permanecimos un rato viendo el atardecer. Pensativos.

—Voy a matar al Vaquero del Caribe —dijo.

—¿Y eso?

—Lo sabes muy bien.

—¿Cuándo te enteraste?

—Apenas ayer.

—Para ser sincero, incluso a mí me ha dado por querer quebrar a uno que otro cabrón que se ha pasado de listo conmigo.

Los ojos del Gitanito se abrieron mucho.

—¿Qué cabrón?

—Olvídalo.

—Dile, Juan —dijo Sandkühlcaán—. A eso vinimos hasta acá. No te hagas pendejo.

—Dime.

—Un cabrón dijo por televisión que estoy tonto de tanto golpe y por eso tartamudeo… Pero no tiene importancia.

—¿Cómo que no tiene importancia? No deberías dejar que ningún cabrón se exprese de ti de esa manera. Al rato vas a dejar que te agarren las nalgas. A ver, ¿me dejas agarrarte las nalgas?

—Claro que no.

—¿Y por qué dejas a otros que te las agarren?

—Yo no dije eso. Además, no puedo hacerle nada a ese cabrón. Es muy famoso.

—¿De quién estamos hablando?

—Del Güero Fernández.

—Con lo mal que me cae ese niño bonito.

—Sí, es un poco engreído. Lástima que es intocable.

—¿Quién lo dice?

—¿No ves que tiene a un montón de gente que lo sigue para todos lados? Además, es el propietario de la empresa que me promociona.

—Tú encárgate de la Bestia y yo me encargaré del Güero Fernández.

—Brandon, no es para tanto.

—¿Quiere decir que siempre sí vas a dejarme que te agarre las nalgas?

—No.

—Entonces no estés chingando.

Era obvio que el Gitanito estaba de muy mal humor, quizás a raíz de que Camila lo engañaba con un cantante panzón, lo cual pondría de malas a cualquiera. Le avisé que me tenía que ir. El Gitanito

365

me abrazó y me plantó un besote, muy parecido a aquel que me propinó el Iron Man.

—Te quiero un chingo, cabrón —dijo, llorando.

No le dije yo también te quiero porque consideré que habría sido demasiada putería y a mí no me gusta llevarme de esa manera con mis amigos.

—Todo empezó con la entrevista que te hicieron durante el torneo patrocinado por la Cerveza Ligera —dijo—. Lloré cuando dijiste que no tenías ni para comprarte tus calcetines. Estaba sentado a un lado de Camila, cuando vi tu entrevista. Ella debió de pensar que era puto por andar lloriqueando por una pendejada como ésa pero me valió madre. Me identifiqué contigo porque he pasado por lo mismo, cabrón. Me la he tenido que rifar solo y nadie me lo reconoce. Por eso te invité a mi fiesta de año nuevo.

—Fue un honor el que me hayas invitado, Gitanito.

—No sabes de lo que hablas. El honor fue mío. Esa noche ni siquiera me percaté de lo que estaba sucediendo entre Camila y el Vaquero del Caribe. El modo en que me dejaban en ridículo y todo por estar viendo que no te faltara nada.

El Gitanito no paraba de llorar.

—Lo siento —dije.

Nunca vi a un hombre llorar por tanto tiempo.

—¡No digas eso! —berreó—. ¿No ves que lo hice con mucho gusto?

El Gitanito puso su mano en mi hombro.

—Nunca me vayas a traicionar, cabrón.

—¿Cómo crees? —dije, con una risita de nervios.

—Ya está oscureciendo. Será mejor que te vayas de una vez, para que no llegues tarde con tu familia.

—¿Puedo venir luego por la Colorado?

—¿Y volver a arriesgar tu vida en tu lata pateada?

—Está bien —dije, antes de subir a mi nueva Colorado.

Me sentía lleno de mortificaciones. Esta vez no era sólo Gabriela quien me preocupaba sino también una persona que estaba adquiriendo cada vez mayor importancia en mi vida: el Gitanito. Un nuevo intruso en mi cerebro enfermo. Me arrepentí de aceptar su invitación, aunque por otro lado ahora conducía una camioneta que jamás me hubiese permitido comprarme, porque soy muy tacaño. Prefiero que usted y Gabriela aprovechen el dinero que consigo. Estoy convencido de que no le voy a dar tan buen uso como ustedes dos, que tienen más criterio y son más prudentes.

Me seguía atormentando mi conversación con el Gitanito. Sobre todo la manera en que quedé en deuda con él. Luego me preguntaba: ¿habrá estado hablando en serio con respecto al Güero Fernández? Porque, en su momento, tomé como una broma eso que dijo de despachárselo.

Estaba tan estresado que me dolía la cabeza. Sentí de nuevo la lombriz que reside ahí. Obedecí a mi intuición y pisé el acelerador hasta el suelo. Mis problemas se esfumaron. Como si hubiesen quedado atrás y fuese imposible que me alcanzaran, por lo rápido que iba. Mi mente se liberó tanto de mis celos como de mis inseguridades, manías y paranoias con las que tanto lo enfado día, tarde y noche por teléfono. Experimenté una sensación orgásmica que me daba a entender que todo iba a estar bien debido a que yo era el más grande boxeador de todos los tiempos. No grande en cuanto al tamaño sino en cuanto al talento. Sentí que ya no necesitaba al Amo Del Miedo Y La Lujuria, quien se abalanzó sobre mí y tuve que frenar abruptamente, lo cual fue muy bueno ya que la densa brisa no me hubiese permitido prever lo pronunciado de la curva que me esperaba adelante. La Colorado se sacudió y sus llantas patinaron por el asfalto hasta llegar a pocos centímetros del acantilado.

Otra más que le debía a mi amigo imaginario.

Ya lo ve, doctor, por eso no me puedo deshacer de él. Sé que usted me entiende.

Como dicen en las películas: me volví adicto a la velocidad. Por eso cuando fui al banco y vi aquel Corvette del 74, color rojo, con su letrero de venta, decidí ir tras él. Lo detuve muy cerca de la Torre.

—¿Por qué lo vendes? —le pregunté a su propietario.

—Te voy a enseñar —dijo el interpelado, abriendo el cofre.

Me vi frente al motor más hijo de puta que he visto en mi vida.

Podías comer sobre él de lo limpio que estaba. Lucía tan bonito, con su tapa del carburador cromada y reluciente, y luego con su motor en V color naranja, como de fábrica.

—Trae el bloque grande —dijo.

—No ha contestado mi pregunta.

Muy triste me informó que era el propietario de la tienda de pieles, artesanías y *mexican curios* Aztlán pero que, con la recesión y la ausencia de turismo gringo, ya no le salía para pagar toda la gasolina que consumían los ocho cilindros del Corvette.

—En cambio yo tengo para pagarle todo lo que me pida esta lindura —dije, con una sonrisa, porque a veces soy muy fanfarrón.

Regresé a casa por la noche. Gabriela veía el video musical "Guajira de la llanura", más reciente éxito del Vaquero del Caribe. Vi a una modelo de piernas largas. Señalé al televisor.

—A ésa la conozco —dije—. Es la esposa del Gitanito.

La trama del video transcurría en cámara lenta, para darle mayor dramatismo. Trataba de lo siguiente: de gira por el país, el Vaquero del Caribe baja de su lujoso autobús y entra a una fonda ubicada en la carretera. Lo acompañan sus músicos, los cuales hacen mucho barullo hasta que llega Camila a tomarles su orden. La mesera luce impactante a pesar de su mandil y de su humilde atuendo. El Vaquero del Caribe y Camila intercambian miradas y unas cuantas palabras. Los músicos se empiezan a meter con el cantante, luego de percatarse de lo que está sucediendo. El Vaquero del Caribe pide que lo dejen solo con Camila, a quien le entrega un pase para su concierto de esa noche. Camila se lo agradece y le dice que irá con mucho gusto (o eso es lo que me imagino que le dice porque lo único que se oye es la canción). Enseguida vemos a Camila arreglándose en su humilde casa de adobes. Esta escena pone en evidencia la mayoría de sus atributos físicos. Camila llega al concierto del Vaquero del Caribe. Corea a todo pulmón los versos de "Guajira de la llanura". Luego de que la ubica entre el público, el Vaquero del Caribe la señala con su dedo, con lo cual hace que su equipo de seguridad la suba al escenario, donde bailan juntos y le propone matrimonio frente a miles de personas. La chica acepta sin pensárselo dos veces. Los músicos del Vaquero del Caribe lo felicitan el día de su boda por el monumento de mujer que se consiguió y como que le dicen que ahora sí tendrá que portarse bien, con lo cual el Vaquero del Caribe está muy de acuerdo. La pareja regresa de su luna de miel y todo marcha estupendamente hasta que los celos se apoderan de Camila, quien se muestra incapaz de estarse tranquila en su lujosa mansión mientras el Vaquero del Caribe se va de gira, donde es acosado constantemente por mujeres guapas que le piden su número de celular.

En la siguiente escena vemos a Camila inspeccionando el moderno teléfono del Vaquero del Caribe mientras éste se está bañando. Encuentra un mensaje comprometedor enviado por una admiradora. Comienzan los reproches. El Vaquero del Caribe pone cara de no puede ser mientras se rasca la cabeza. Camila estrella un jarrón contra el espejo de su recámara y lo corre de la casa. Enseguida vemos al Vaquero del Caribe tocar la puerta de su tubero, quien lo invita a pasar. El Vaquero del Caribe le cuenta a su músico cómo le está yendo en su vida de casado, lo cual hace que el sujeto encargado de la tuba se lleve la mano a la frente, diga que no con la cabeza y coloque su mano rechoncha sobre el hombro del cantante. Al otro día el tubero acompaña a su amigo a su hogar, sin embargo Camila ha cambiado las cerraduras y no deja que entre. Los dos amigos se encojen de hombros y se alejan de ahí.

El Vaquero del Caribe reanuda su gira por la república. Los músicos entran a una fonda muy parecida a aquella en la que trabajaba Camila y quien los atiende es una chica casi tan guapa. La mesera comienza a coquetearle al Vaquero del Caribe, quien por poco cae presa de sus encantos si no es porque sus amigos lo hacen entrar en razón. Gracias a ello el Vaquero del Caribe paga la cuenta y se aleja a toda prisa, dejando a la chica con la palabra en la boca. Así es como acaba el video.

—¿Conoces a esa muchacha? —dijo Gabriela.

—A la segunda mesera no. A la que se vuelve una perra sí. Es la esposa del Gitanito. Su mamá es de Bolivia, su papá de Alemania, por eso tiene los ojos azules, a pesar de ser tan morena.

—¿Cuándo irás por el Corvette?

—Mañana.

—No olvides llevarte tu celular.

Regresé de correr a las nueve y me di un baño rápido. Quedé que pasaría a las diez de la mañana por el Corvette. Montalvo me esperaba afuera de mi casa, para llevarme. El propietario me esperaba en la tienda Aztlán. El dueño del Corvette leía el periódico sentado en un banquito, junto a un terciopelo enmarcado de Tony Montana.

—¿Cómo la ves? —dijo, mostrándome la primera plana, que informaba acerca de la muerte del Vaquero del Caribe.

Encontraron el cuerpo del Vaquero del Caribe la mañana del domingo, a cuarenta kilómetros al norte de Los Mochis. Fue ejecutado cinco horas antes. Un agente federal de caminos siguió su rastro fuera de la carretera hasta dar con el Mercedes del cantante, quien contaba con el tiro de gracia en la sien. De inmediato supe que el Gitanito fue el autor intelectual del crimen. No le di demasiada importancia a la noticia y seguí con mis asuntos. El Vaquero del Caribe se lo buscó, pensé. Pagué en efectivo por el Corvette y fuimos por él. Estaba en un estacionamiento público. Quise llamarle a Gabriela, pero olvidé mi teléfono en el pantalón que usé un día antes. Esperaba que su hija saliera emocionada en cuanto oyera el motor del Corvette, sin embargo no le di demasiada importancia a ello cuando no sucedió así. Gabriela no estaba en la sala ni en la cocina. Subí las escaleras rumbo a nuestro cuarto, abrí sin tocar a la puerta y ahí las encontré a ambas. Trenzadas, a los besos, y con Sandkühlcaán en medio de ellas, como un monje satánico en una misa en honor a Lucifer.

Sé que usted ha participado en muchas orgías, incluso con su esposa y con otros hombres y con otras mujeres, usted mismo me lo ha dicho, pero el caso es que yo no soy así. Por eso cuando su hija me comenzó a quitar la ropa yo le pedí explicaciones.

—Te dije que te llevaras tu celular —fue lo que obtuve por respuesta.

—¿Eso qué tiene que ver? —dije.

—Te estuve marcando —dijo Camila, quien bajó de la cama y le ayudó a Gabriela a desnudarme.

La esposa del Gitanito me mordió un pezón.

—El Gitanito me quiso asesinar. Escapé por la noche, luego de que me enteré de la muerte del Guajiro. Aproveché que el Gitanito no había regresado de Sonoloa y agarré el Porsche. Temía por mi vida. Llegué a Tijuana esta mañana y te marqué.

—Yo le contesté —dijo Gabriela—. Le dije que iría por ella.

Camila desabrochó la hebilla de mi cinturón.

—Ve nomás como la dejó, a la pobrecita —dijo Gabriela, acariciando la cara de Camila.

La misa satánica continuaba.

—¿No ves que estamos en peligro? —dije—. El Gitanito puede atar cabos y matarnos a los tres.

Sandkühlcaán sonreía. Los vapores emanados por la orgía parecían fortalecerlo.

—Tú relájate —dijo Camila.

—Nos vamos a quemar en el infierno —dije, luego de ver a su Gabriela penetrando a Camila.

El martes me puso su computadora nueva en el ojo y se dio cuenta de que la mancha iba desapareciendo. No le quise contar acerca de lo que hice con su hija, Sandkühlcaán y Camila porque me sigue dando pena hablar de ella con usted, por más que insista en que ese tipo de cosas no le asustan ya que usted es de mente muy abierta. Al salir de su consultorio me encontré al Gitanito. Lo noté ojeroso y demacrado. Con cara de no haber dormido en días. Un hilillo de sangre manaba de su nariz.

—Te invito a mi casa, te regalo una camioneta, te quito de en medio a tus enemigos, ¿y así me pagas?

—Camila tiene mucho miedo por lo que le hiciste al Guajiro.

El Gitanito colocó el cañón de su escuadra en mi frente, sin importarle los carros pasando por el bulevar.

—Me alegra que saques ese tema porque es justo lo que pienso hacer contigo.

No rogué por mi vida. Simplemente cerré los ojos y esperé el plomazo que por fin me sacaría de este mundo tan complicado y lleno de mortificaciones.

—Lo único que quería era ser campeón del mundo —dije, con los ojos bien cerrados.

El frío del metal desapareció de mi frente. Abrí los ojos.

—Es lo único que quiero de ti: que te corones campeón. Si me vuelves a traicionar te haré que uses esa lengua mentirosa de corbata.

—Tú no me puedes matar a mí.

El Gitanito sonrió.

—Es lo mismo que me dijo el Vaquero del Caribe antes de morir.

—Al Vaquero del Caribe nomás lo conocían en Texas, Nueva York y Puerto Rico —dije—. Él no era tan famoso como yo.

La sonrisa del Gitanito se amplió un poco más.

—El Güero Fernández sí lo era.

Me cagué en los pantalones.

La noticia del asesinato del Güero Fernández era transmitida de manera maratónica por el mismo canal que organizó el torneo patrocinado por la Cerveza Ligera. El hombre del noticiero culpaba al gobierno del Distrito Federal por el asesinato del Güero Fernández. Incluso pedía la renuncia del Jefe de Gobierno. Esto lo hacía golpeando su mesa con la mano abierta.

—Estamos hartos de vivir con miedo —dijo.

Una mujer a su lado estaba totalmente de acuerdo con su compañero.

—Renuncien si no pueden con el trabajo —dijo ella, con lágrimas en sus ojos.

La camioneta del Güero Fernández fue tiroteada al salir de un restaurante argentino ubicado en la colonia el Pedregal de la ciudad de México. Lo acompañaba su ayudante Edmundo Yáñez, quien, a pesar de haber sufrido heridas de AK-47 en la pierna y el brazo, estaba fuera de peligro. El Güero Fernández falleció en la escena del crimen.

—¿Qué vas a hacer? —dijo Gabriela.

Fui por mi mochila. Empaqué mis vendas, mi toalla, mi short y mis zapatillas.

—Irme a entrenar. Tengo que ganarle a la Bestia.

Montalvo y un servidor estuvimos platicando mucho acerca de la guardia zurda del panameño y de como éste usaba su derecha nomás para medirte, al igual que lo hacía el Iron Man. Con esta clase de peleadores no es tan útil el jab, ya que regularmente golpea el codo o el guante de tu contrincante y le da oportunidad para contragolpear con su derecha.

Me abrí paso con mi diestra, como lo hice con el Chupacabras en Tula, pero, en lugar de volados, con rectos de poder, extendiendo todo mi cuerpo y desapareciendo hacia mi izquierda. Me concentré en el juego de piernas y en no quedar con ambos pies alineados luego de lanzar el largo recto, lo cual era la parte más difícil. Me pasaba dos horas diarias haciendo sombra y practicando este movimiento frente al espejo. Fui incrementando más y más la velocidad en mis piernas. Mis sparrings no se acostumbraban a un recto de derecha saliendo de una guardia ortodoxa. Seguían esperando el jab con la izquierda. En ese sentido, fue un entrenamiento muy raro. Probamos cosas nuevas. Por primera vez Montalvo me enseñó el sucio arte del clinching.

—¿Pero cómo voy a hacer eso? —dije—. Va a parecer que le tengo miedo.

—Esta vez se trata de ganar, Juan. No de verse bien. La Bestia es contragolpeador. Al principio tus combinaciones no deben ser de más de tres golpes. Entras con el recto de derecha y, si se queda quieto, gancho de izquierda abajo. Con eso lo vamos a ir mermando. Va a llegar un momento en que le va a doler. Tú sólo te vas a dar cuenta porque va a bajar mucho su codo para protegerse el hígado, ahí es cuando vas a repetir con gancho de izquierda arriba, ¡nuestra llave al triunfo! Pero tenemos que tener paciencia. Si repites la izquierda durante los primeros rounds te puede clavar. Eso déjalo para el último.

—Pues yo nunca he visto que se canse.

—Eso es porque no le han hallado el modo. Confía en mí, Juan.

Gregorio me enseñó la técnica requerida para lanzar dos golpes y abrazarme. Una y otra vez. Dos golpes y abrazo. Me sentía sucio haciéndolo, pero al mismo tiempo sabía que Montalvo tenía razón al pedírmelo. Le di doscientos dólares y unos guantes Grant al Aguachile, el sparring al que sometí a esa tortura por varios días.

Gregorio puso un video de la Bestia en la computadora.

—Él te va a lanzar el jab de derecha, primero como finta, y luego lo va a repetir. Por eso debes de estar vivo, porque muchos reciben el primer golpecito y luego creen que ya no va a pasar nada y es cuando este cabrón se te deja ir. Acércate, te quiero mostrar algo. ¿Te fijas la manera en que, luego de repetir el jab, se va encima del contrincante con el recto de izquierda y queda con los pies alineados? Ahí es cuando tienes que aprovechar para contragolpear. Con una derecha que le coloques es suficiente. Lo más seguro es que no lo lastimes, pero si lo haces caer, vas a sumar puntos a tu causa.

En una sesión de guanteleteo Montalvo me clavó al suelo colocando su pie sobre el mío, no me pude mover y me golpeó.

—Esto es algo que tú también puedes hacer. Lo puedes pisar para que no se te mueva. El réferi no lo verá.

Gregorio estaba concentrado en mi preparación. Le estaba echando todas las ganas. Nos volvimos incluso más unidos durante ese entrenamiento. Mientras tanto Gabriela seguía muy misteriosa. Por eso la llevé a su consultorio aquel sábado por la mañana, para ver si le podíamos sacar a Sandkühlcaán.

—¿Verdad que con el tratamiento que le recetó le van a dejar de gustar las orgías a Gabriela? —le dije a usted.

Fue ahí cuando usted me explicó que el problema de Gabriela es que tenía demasiado amor que dar y que en lo que ha estado trabajando desde chiquita con ella era en adaptarla a una sociedad suicida que criminalizaba los deseos de almas emancipadas.

Fuimos a la marisquería ubicada cerca de la Torre. Los comensales me señalaban y me volteaban a ver de vez en cuando pero, en general, me dejaron en paz, permitiéndome que me relajara con mi chica, hasta que un barbón me pidió un autógrafo. Le propiné un gancho al cuerpo. De broma. No muy fuerte. Se frotó con ambas manos su inmenso vientre y se alejó. Tal parece que sí le hice daño. Mi raquítica fama se me estaba subiendo a la cabeza. Recordé la manera en que estuve tratando al Aguachile durante mi entrenamiento. Lastimándolo de más y luego obsequiándole billetes de cien dólares para hacerlo sentir aún peor; dándomelas de bondadoso, de lo cual no tengo nada porque en realidad odio a todo mundo menos a

Montalvo, a usted y a su hija. Le cuento esto, doctor, para que se dé cuenta de que no soy tan buena persona como usted dice que soy. Es muy fácil que uno pierda el piso y luego se engañe a sí mismo pensando que se es la persona más humilde sobre el planeta. Parte de la culpa la tenía Sandkühlcaán. Como aquella vez, que me dijo:

—O sea que, además de ganar todas las batallas que ellos jamás se atreverán a pelear, ¿tienes que ser humilde y dócil para tenerlos contentos? Arriesgas el pellejo en cada combate, ¿y encima tienes que aguantar que sujetos te toquen mientras estás tratando de pasar un rato agradable con tu chica? No lo veo justo.

Gabriela me pellizcó el brazo.

—Te debes a la gente —dijo.

Estuve a punto de pedirle disculpas al barbón cuando recibí la llamada del Gitanito en mi celular:

—¿Cómo vas?

Oí sollozos al fondo. Sabía que era Camila. Deseé que el Gitanito la matara de una buena vez. La culpaba por todo lo que me estaba pasando.

—Voy a ganarle a la Bestia —dije.

—¿Qué tal el ceviche? —dijo, haciéndome patente que seguía de cerca todos mis movimientos.

Volteé en todas direcciones. No lo vi por ningún lado. ¿Cómo sabía que estaba comiendo ceviche? Respiré hondo. Intenté mantener la calma.

—Muy bueno —dije.

—¿Por qué no estás entrenando?

—Qué te importa.

—Estoy cuidando mi inversión.

—Me tengo que ir —dije, antes de colgar.

El hablar con el Gitanito me provocaba taquicardia. Había algo en su voz que me ponía nervioso. Pedí la cuenta al mesero. Me sentía inquieto. No estaba a gusto en ese sitio, con toda esa gente vigilándonos. Pagué la cuenta y, al salir de la marisquería, vi la Escalade que nos esperaba del otro lado de la calle.

Llevé a Gabriela a los mariscos con tal de pasar un buen rato, pero no se pudo. Pensaba en mi mamá acusándome de asesinar a mi hermanito; en las muertes del Güero Fernández y del Vaquero del Caribe; en el contrato que firmé con Edmundo; en las amenazas del Gitanito; en la mancha en mi ojo; en el barbón que fue a molestarme mientras comía; en que después del boxeo no habría nada para mí, y todo por culpa de los huevos de mosca y la enorme lombriz en mi cabeza, comiéndose mi cerebro, impidiendo que me convierta en una persona inteligente y segura de sí misma, y haciéndome tartamudear cada que hablo en público.

Nada me satisfacía. Ni siquiera mis triunfos en el boxeo, ya que ni a Gabriela ni a usted les entusiasmaba mi buen juego de piernas, ni mi buena mandíbula, ni mi descomunal pegada. Mucho menos a mis papás. Por mucho tiempo el box me sirvió para expresarme y para disfrazar una personalidad insegura y débil que desaparecía tan pronto me paraba sobre un cuadrilátero. Ya no me importaba eso. Para acabar pronto: lo que más deseaba era morirme de una buena vez. El gusto por la vida se me fue por completo, lo cual facilitaba la perspectiva de tener que pelear en contra de la Bestia Cárdenas el próximo mes.

Entrenaba robóticamente, sin disfrutarlo, sin embargo sentía el compromiso de estar en estupenda condición física y de pelear para vencer, porque así lo estipulaba el contrato que firmé y siempre he sido un profesional. No estaba en mis planes el pararme ahí, como costal, a recibir golpes, ni mucho menos el aventarme un clavado, como lo acostumbran muchos.

Lo único que me interesaba era estar bien preparado para mi cita con la muerte el 17 de mayo en el hotel y casino Mandalay Bay de Las Vegas, Nevada. Ya quería que llegara esa maldita fecha. Montalvo me observaba. Intrigado. Notaba que le estaba echando muchas ganas, como siempre, pero era incapaz de ver lo que me motivaba en esta pelea. Siempre hubo algo. En un principio fueron mis deseos de impresionar a Gabriela; luego fue el idealismo que me hizo creer que para llegar a campeón sólo tenía que ser mejor que todos. ¿Cuándo se iba a imaginar que lo que me inspiraba en esta ocasión eran mis ganas de morir?

Supuse que el gusano que rondaba por mi cerebro y que tantas jaquecas me causaba se comió el entusiasmo que me ayudaba a sobreponerme a los problemas de la vida. Ahora mi cabeza sólo tenía espacio para las preocupaciones que no me dejaban en paz. La más importante de todas ellas era el tener que seguir viviendo, lo cual, estaba seguro, el 17 de mayo dejaría de ser un problema.

Resultaba obvio para Montalvo que algo raro estaba pasando dentro de mí. Sabía muy bien que nada me divertía. Me contaba chistes que no me causaban ninguna gracia, como aquel del cochi que entra a un restaurante pidiéndole al mesero un buen plato de mierda, pero sin cebolla, para que luego no le apeste la boca.

Nada me hacía reír. Ni por compromiso. Más se asustó cuando, en pleno entrenamiento sobre las montañas de Big Bear (donde rentamos la cabaña de *Sugar* Shane Mosley por quince días), vio que me separé del sendero por el que corríamos todas las madrugadas y me zambullí dentro de un copo de nieve. Me preguntó qué pasaba. Señalé una espesa hilera de abetos frente a nosotros.

—Acabo de ver un francotirador ahí. Sobre ese pino.

Sentía que mi corazón se me salía del pecho. Estaba seguro de haber visto al Gitanito trepado sobre uno de esos árboles, apuntándome con su rifle de largo alcance. Gregorio volteó hacia la dirección indicada por mí. No encontró nada.

—Juan —chilló, angustiado—, no me asustes, por favor.

Incluso Sandkühlcaán lucía consternado, observándome con su pico abierto y sin nada que decirme para ayudarme a salir del pozo en el que me encontraba. Ahora era yo el que le daba miedo a él, no al revés.

—Hijo —dijo Gregorio—, si quieres, podemos cancelar la pelea. Siempre he dicho que lo más importante es tu salud.

—Sí —dijo Sandkühlcaán—, Juan. Dile que cancele. Por favor. Ya verás que luego nos llega otra oportunidad de disputar el título.

Volví a mirar hacia la hilera de pinos y, en efecto, no había ningún francotirador sobre ellos. Me terminé de quitar la nieve de encima y reanudé mi marcha, primero trotando y luego corriendo, durante breves springs, ya que estábamos trabajando mucho la explosividad y debía proseguir con mi entrenamiento tal y como lo habíamos programado.

No me cabía ninguna duda de que moriría parado sobre el cuadrilátero. Muchos pugilistas le deben su vida a su quijada de cristal, la cual los hace desplomarse cuando están en aprietos. El problema es que tengo quijada de burro y una constitución física demasiado sólida. Es muy difícil que me tumben. Además, como ya lo dije, no sé lanzarme clavados a la lona. Si era verdad que la Bestia era superior a mí, entonces recibiría golpes asesinos del primero hasta el doceavo asalto. La Bestia no se iría liso y recibiría mis combinaciones, lo cual impediría que el referí pudiera parar el castigo en mi contra.

Una de dos: o moría de pie sobre el cuadrilátero o en el hospital.

Ariel y su entrenador me sonreían durante el pesaje. Los desafié con la mirada pero ellos me seguían sonriendo, como un par de maricones. Ante semejante guerra psicológica busqué el apoyo de Sandkühlcaán, pero éste no se veía por ningún lado. Desapareció tan pronto llegamos al hotel. Así de grande era el miedo que le tenía —por no sé qué razón— al boxeador apodado la Bestia.

No me importó. De todos modos, esta vez no necesitaba sus palabras de ánimo.

Con medio cuerpo paralizado luego de su combate en contra de la Bestia, estaba el exboxeador *la Mojarra* Larios, miembro del séquito de mi rival. Lo habían puesto ahí para asustarme. No funcionó. Otra cosa que debía asustarme era su infancia. Su padre estranguló a su mamá luego de que ésta tomó un par de billetes prestados para ir a comprar comida para sus hijos. El señor falleció en prisión, producto de una hemorragia en el recto, tras ser víctima de una violación colectiva.

Cumplimos sin problemas con la báscula y nos tomamos unas cuantas fotografías juntos. No podría decir que mi cuerpo lucía más impresionante que el de la Bestia, pero sí llamé mucho la atención cuando me quité la playera y le mostré al mundo mi six pack. Me acerqué a la Bestia con los puños en alto, mis músculos tensados y mi mejor cara de psicópata. Para demostrarle que no le tenía miedo.

—Gloria a Dios, hermano —dijo, sin borrar la sonrisa de su cara.

—Estoy loco y no le tengo miedo a la muerte —dije.

Los flashazos de las cámaras iluminaban nuestros cuerpos fibrosos y exentos de grasa.

—Se cumplirá la voluntad de nuestro salvador —dijo la Bestia.

—¿Te estás burlando de mí, hijo de tu puta madre? —dije.

—Dios te bendiga —dijo aquel hombre responsable de al menos dos muertes arriba del cuadrilátero.

Y eso que el loco era yo.

Pasamos a la conferencia de prensa. El periodista Dan Rafael, de la cadena ESPN, fue el primero en hablar.

—Ariel, ¿no te preocupa el haberle concedido la oportunidad de disputar tu título a un hombre con la pegada de Juan, quien lleva una racha de quince nocauts al hilo?

—El único título que me preocupa es el que me ha dado mi Señor como su siervo —dijo la Bestia—. Si estoy aquí es para ejercer su voluntad. Para eso me ha erigido campeón de los ligeros.

—¿Dios te mandó dejar paralizado de medio cuerpo a la Mojarra? —dijo Gerardo Velázquez de León, un periodista que odia el boxeo. No sé qué estaba haciendo ahí.

—Antes de conocer a Jesucristo nuestro señor —dijo la Bestia—, la Mojarra llevaba una vida vacía, plagada de vicios y crímenes. De haber seguido ese rumbo el daño hubiera sido mucho peor. Hay que recordar que el cuerpo es perecedero, sin embargo el alma del ser humano es eterna. En resumen, considero una bendición el haberme puesto en su camino.

—¿Crees que la de mañana sea una guerra entre latinoamericanos al estilo de la sostenida entre Alexis Arguello y Rubén Olivares, por poner un ejemplo? —dijo un enviado del diario angelino *La Opinión*.

—Más bien será una guerra espiritual en contra del anticristo —dijo el panameño.

—Creo que no entiendo —dijo el periodista, con pluma y libreta en mano.

Esperaba una respuesta más coherente a su pregunta.

—Álvaro podrá explicártelo mejor —dijo la Bestia, cediéndole la palabra y el micrófono a su entrenador y manager.

Éste habló así:

—A principios de año tuve una visión. Vi a Ariel enfrentando a un hombre gobernado por un monje con sotana roja y cabeza de ave carroñera. Cuando se anunció que Juan sería nuestro rival entendimos que debíamos liberarlo del monje satánico. Para que de esta manera pueda esparcir el mensaje que lleva en su nombre.

Tanto tiempo que llevamos de conocernos y jamás le he dicho como luce Sandkühlcaán. En efecto: se trata de un monje con sotana roja y cabeza de ave carroñera. ¿Cómo lo supo el entrenador? Decidí no darle importancia a sus disparates.

—Sus respuestas me siguen pareciendo algo confusas —dijo el reportero.

—No lo son una vez que entiendes que nuestra civilización se encuentra al borde del precipicio moral, con el demonio haciendo todo lo que está a su alcance para hacernos caer.

—¿Nos está diciendo que esta Ciudad del Pecado se convertirá en un campo de batalla donde se darán cita las fuerzas del bien y del mal?

—Exacto —dijo el entrenador.

Y eso que el loco era yo.

Logré mantenerme en mis cabales a pesar de las provocaciones perpetradas por el panameño y su entrenador, quienes me acusaban de representar a Lucifer. Incluso dejé de tartamudear. La manera en que logré esto fue contestando de manera sencilla a todo lo que me cuestionaban. Sin extenderme en definiciones complicadas. Esta vez me propuse ir al grano.

—Juan, ¿qué tienes que decirle a aquellos que te señalan como autor intelectual de la muerte del Güero Fernández? —dijo un periodista del DF, uno de esos sujetos que siempre quieren llamar la atención incomodando a la gente, obsesionados con la política y el mundo del narco.

—Considero que el Güero Fernández fue sin duda el mejor boxeador que ha dado México y, muy posiblemente, el mundo, además de haber sido un hombre dotado de una enorme humildad y amor al prójimo. Sin duda le debo mi carrera. La pelea de mañana se la dedicaré a él.

Recibí aplausos de la multitud.

380

—Y sin embargo usted lo humilló al noquearlo en una sesión de sparring que luego apareció en internet —insistió el intrigoso, con aquella cara de que el mundo debería de estar agradecido con él por su agresivo estilo periodístico.

—Fue un golpe de suerte —dejé claro.

—El cual provocó que el Güero Fernández lo insultara en varias entrevistas.

—Suele suceder. Somos humanos —argumenté, sin perder la calma.

—Todo México está al tanto de su estrecha relación con el Gitanito, a quien se le vio en México el mismo día en que asesinaron a su amigo, lo cual me lleva a pensar que quizá...

—Ya fue suficiente —lo interrumpió Edmundo, señalando al corresponsal del diario *Ovaciones*—. Siguiente pregunta.

—No, está bien —tranquilicé a Edmundo y a todo mi equipo de trabajo—. Sé para dónde vas y por eso te pido que no andes creyendo en rumores infundados. Mejor créeme a mí cuando te digo que no hay alguien más interesado en que se resuelva el asesinato de mi amigo que tu servidor. Ahora sí, siguiente pregunta.

Otro periodista alzó su mano.

—Juan, todos sabemos que llevas por nombre un versículo de la Biblia, ¿esto significa que también eres consciente de esta guerra espiritual de la que habla la Bestia? La función lleva por nombre *Good versus Evil*, ¿quién es el bueno y quién es el malo aquí? ¿Podrías explicárnoslo?

—Claro que sí —dije—. Como ya lo he dicho en otras entrevistas, este nombre que tengo me lo puso mi papá cuando se convirtió en fanático religioso, luego de que lo metieran a la cárcel por andar robando estéreos de carro. De no haber sido por eso, lo más seguro es que me hubieran puesto Kevin. Realmente es por pura casualidad que me llamo de esta manera.

—No estoy de acuerdo —aclaró el entrenador de la Bestia, a pesar de que nadie le pidió su opinión.

—Ni yo —agregó el panameño.

A pesar de este tipo de provocaciones me conduje por toda la conferencia sin tartamudear. Me encontraba tan resignado a mi destino que nada me ponía nervioso. Terminó la ceremonia del pesaje y subimos al restaurante del Four Seasons, donde pedí un rib eye sanguinolento que devoré en cuestión de segundos, ya que no desayuné ni comí por temor a no dar el peso. Edmundo no paraba de felicitarme por mi sorprendente facilidad de palabra. Los ostiones gratinados que él ordenó lucían suculentos.

—Qué sujeto tan más imprudente —dijo—. Me dio pena por ti, Juan.

—Me dio más pena por él. Preocupándose por cosas que no valen la pena, como la vida de los narcotraficantes, habiendo cosas mucho más importantes.

—Como tu pelea de mañana.

—Exactamente —dije.

Todos rieron. Noté a Montalvo mucho más relajado. Le daba gusto el verme sonriendo. No se imaginaba que lo que me tenía tan feliz eran mis ánimos suicidas. En eso Edmundo aclaró su voz y se puso muy serio, lo cual no era nada bueno.

—Con respecto al contrato, Juan —tosió—, no sé si leíste esa parte, pero vamos a usar guantes de ocho onzas marca Reyes. Ya los tengo en mi habitación.

Doctor, para que lo sepa: los guantes de ocho onzas fabricados en la empresa fundada por don Cleto Reyes son conocidos como los guantes del noqueador, lo cual daría ventaja a la Bestia. No me importó en lo absoluto.

—No hay problema —dije.

—Yo pedí Everlast de diez onzas pero la cadena de televisión quiere que haya acción.

—Lo que quiero saber es si tienes un reporte preliminar de las entradas y del pago por evento.

—Me acaba de llegar —dijo, consultando un correo electrónico en su teléfono—. Hasta el momento, tenemos poco más de medio millón de pago por evento vendido y un noventa por ciento de las entradas agotadas.

—¿Cuánto es eso en dinero?

Edmundo hizo cuentas:

—Quitando el treinta y tres que nos corresponde, te van a terminar quedando unos dos millones y fracción. Más lo que se siga vendiendo, de aquí a mañana.

—Menos impuestos —gruñó Montalvo, a quien le tocaba un doce por ciento de ese dinero.

—Lo siento, Juan. Reconozco que el contrato es un poco injusto, pero eso es porque apenas vas empezando. Vas a ver que después de esta pelea las condiciones van a cambiar.

—¿Emiliano Villa va a cantar el himno? —quise saber.

—Claro, hoy llega.

Tomé la mano de Gabriela, sentada a mi lado. La besé. Me le quedé mirando a su carita triste. De ahí a su cuello. Recordé que aún no tenía un collar para el vestido que usaría la noche de la pelea.

—¿No hay una joyería en este hotel? —dije.

—Aquí abajo. ¿Necesitas dinero?

—Traigo mi tarjeta de crédito.

Terminamos de comer. Nos despedimos ahí mismo. Bajamos al piso donde estaba la plaza comercial y le compré a Gabriela un collar de platino con un pendiente en forma de corazón. Para mí adquirí el reloj Breguet más enorme y apantallante que pude encontrar.

—Para eso trabajo —le dije a la impactante vendedora que me estuvo sonriendo, muy coqueta, desde que llegué a su tienda.

—Es mi reloj favorito —dijo.

Pagué la cuenta pasando mi tarjeta de crédito por el *scanner*. Mientras tanto, Gabriela estaba distraída observando unos brazaletes de plata situados al fondo.

—¿Te gusta alguno? —le pregunté a Gabriela.

—Sólo estoy mirando —respondió.

La frondosa vendedora me entregó la bolsa, el recibo, las pólizas de seguro y un papel con un número de teléfono a nombre de Celeste Betancourt.

—A mi papá y a mí nos encantó tu pelea en contra de Sergei Kashchenko —dijo, en voz baja.

—¿Te gustan las peleas? —dije.

—Me gustan *tus* peleas —dijo.

Me observé en el espejo ubicado detrás de ella, en busca de una explicación a lo que me estaba ocurriendo. Seguía siendo horrible,

sin embargo, y a pesar de los demonios que habitaban permanente-
mente en mi cerebro, resultaba obvio que me iba muy bien. Vestía
mi pantalón de diseñador. Desteñido, a la cadera y con roturas de fábrica. Además de llevar puesta una de mis tantas camisas polo con el
logotipo grandote (me gusta que se vea). La gorra de los Yankees, de
piel, color blanco, me quedaba un poco grande, pero la elegí de ese
tamaño para poder cubrir con ella mis orejotas de Dumbo que también le saqué a mi papá.

Me dejo sacar la ceja para verme menos feo, pero también dejo
que me la abran a chingazos.

Acompañé a Gabriela a su habitación, en lo que planeaba qué hacer
con el número de teléfono que llevaba en mi bolsa. Cuando llegamos a su puerta, Gabriela me preguntó si no quería pasar. Le contesté que sería estúpido romper con mi mes de abstinencia una noche
antes de la pelea.

—A partir de mañana serás libre para hacer lo que quieras con
quien quieras —dije.

—No digas eso —dijo.

—Pasaré por ti a las nueve para ir a desayunar.

Di media vuelta y me dirigí a mi habitación, donde Rafa y Montalvo veían una película de unos monos azules con alas que vivían
en los árboles y se peleaban contra unas naves espaciales tripuladas
por los malos. Hablé a servicio a habitación para pedir agua caliente.
Cuando llegó me preparé el té que usted me recetó.

—¿Realmente te sirve tomarte esa chingadera tan apestosa? —dijo Rafa.

Me llevé el teléfono al baño y le marqué a la muchacha de la joyería. Me temblaban las manos, de lo nervioso que estaba. Tenía mi
soldado nazi en posición de firmes ya. Mi cabeza me iba a explotar,
producto de una excitación que no experimentaba en años. Fui al
grano. Le pregunté si quería hacer algo esa noche. Me informó que
haría corte de caja, que podía pasar en un rato más y recogerla para
salir a algún lado, por lo que en ese mismo instante me metí al baño,
me lavé los dientes, me puse desodorante, un poco de loción y mi

chamarra de los Lakers. Gregorio quiso saber a dónde me dirigía. Le dije que saldría con Gabriela.

—Pero tienes que acostarte temprano.

No le contesté. Al caminar por el pasillo del hotel me sentí más ligero que nunca. Libre, joven y poderoso. Sin preocupaciones. Entré al elevador y me encontré por segunda ocasión en la noche con Max Kellerman y Jerry Olaya.

—¿No es un poco tarde para salir? —dijo Jerry, traduciendo lo que acababa de decirle su colega.

—Estamos en Las Vegas —respondí.

Ambos sonrieron y enseguida me preguntaron por la selección de guantes. Les dije que yo también estaba de acuerdo con los Reyes de ocho onzas.

—No es una guerra de almohadazos —rematé.

—*He says that this is not a pillow fight* —le tradujo Jerry a Max, lo cual extrajo una sonora carcajada de este último.

—*Ask him if he's worried about the judge's cards.*

—Nada de *judges tomorrow* —dije, adivinando lo que el güero quería saber.

Ambos volvieron a reír.

—*Take it easy, my friends* —me despedí de ambos, con mi precario inglés.

Al salir del elevador pude ver a Sam Watson y a sus dos hijos robacámara charlando con Richard Schaefer y Eric Gómez. Este último me preguntó si estaba nervioso por la pelea y que si no podía dormir. Dije que sólo deseaba divertirme un rato y me alejé de ellos. Quedaban pocas personas en la plaza comercial, por lo que me resultó sencillo detectar a Celeste esperándome afuera de la joyería. Nos saludamos de beso.

—No quiero echarte a perder tu pelea de mañana.

—Sólo saldremos a caminar un rato —dije—, para conocernos.

—No puedo creer que esté haciendo esto —dijo.

Un familión que constaba como de veinte pochos, la mayoría en short y con la playera verde de la selección mexicana, me pidió que me tomara una fotografía con ellos, lo cual hice, debido a que Gabriela tiene razón, uno se debe a sus fanáticos. Me desearon mucha suerte y me aseguraron que estarían en la función, apoyándome. Cuando por fin nos pudimos librar de ellos cruzamos la plaza comercial y llegamos al casino con forma de pirámide donde cambié cien dólares en fichas y salí con más de quinientos, gracias al sistema de Celeste para jugar a los dados. Su técnica era muy sencilla, consistía en apostar en la línea de pase, doblar la apuesta después del primer lanzamiento y colocar otra apuesta en el come, con lo cual se ganaba lento pero seguro.

Tanto yo como un señor güero con sombrero tejano le cedíamos nuestro tiro a Celeste cada que nos tocaba nuestro turno. Había algo en la manera en que la chica soplaba su mano antes de soltar los dados que nos tenía hipnotizados. No me la pasaba así de bien en mucho tiempo. Un momento perfecto para mi última noche en la Tierra.

Nos dirigimos a una mesa ubicada junto a la barra. Celeste pidió una Miller y un servidor su respectivo jugo de arándanos.

—¿Qué quieres hacer con el dinero?

—No sé, es tuyo.

—¿Tienes hambre?

—La verdad, no.

—¿Qué te parece una habitación en este hotel? —dije.

—No puedo hacerlo.

—Tienes razón —capitulé—, ni que estuviera tan bonito.

—No es por eso.

—¿Entonces por qué?

—Primero que nada porque tienes una mujer muy bonita y, segundo, porque no quiero robarte tus energías. Mi papá le dio quinientos dólares a su bookie a que ganabas. Imagínate, me mataría si se entera de que por culpa mía perdió su dinero.

—¿Eso qué tiene que ver?

—Ve lo que le pasó a Tyson con Buster Douglas, por andarse metiendo con las japonesitas que le servían en Tokio. Además, Rocky Marciano permanecía célibe durante su preparación y se retiró invicto. Lo mismo hacían Sugar Ray Robinson, el Ratón Macías, Liston y Frazier.

En efecto, la chica conocía de boxeo. Me tenía flechado. Me tuve que pellizcar el brazo para asegurarme de que no me encontraba dentro de un sueño.

—Te amo —dije.

—Ni así vas a convencerme.

—No te preocupes por mí, de todos modos me van a matar arriba del ring.

—¿Cómo puedes decir eso? ¿Sabes por qué estoy aquí?

—Porque te gustan mis peleas —dije.

—En realidad te quería decir algo.

Le pedí que me lo dijera.

—Si eres capaz de aguantar la izquierda del panameño, la pelea es tuya.

—Bueno, eso es obvio.

—No me entiendes. La lanza muy abierta. Su recto de derecha y su jab son impenetrables, pero cuando te tira la izquierda no se protege ni con su hombro ni con su codo. Hasta ahora no ha tenido problemas porque nadie ha sido capaz de contragolpearlo con la diestra.

Recordé el gancho de zurda del panameño. Tenía razón mi acompañante: lo lanzaba muy abierto. Me reproché a mí mismo el no haberme dado cuenta de ello antes. Otra cosa que no consideré era la posibilidad de aguantar su pegada. Di por hecho que si me llegaba a conectar terminaría igual que el resto de sus oponentes, cuando en realidad todos los peleadores estamos hechos de diferentes materiales.

Le agradecí esta información a Celeste, quien me atrajo hacia ella y me besó en la boca. Dijo que se la pasó muy bien. Posé mi vista por encima del hombro de Celeste. Una chica idéntica a Camila entró en mi rango de visión. La acompañaban un árabe y un moreno como de dos metros de alto. Se dirigían al elevador.

—Espérame aquí —le pedí a Celeste, en lo que iba en pos de Camila.

Llamé su nombre. No me hizo caso. Un interminable regimiento de asiáticos con cámara en mano se interpuso en mi camino. Me abrí paso entre ellos a empujones. Atravesé el río de turistas y enseguida hice que se le cayeran las fichas a un jugador, quien me increpó en inglés. Lo ignoré. Volví a gritar su nombre. La chica volteó, pero se hizo la que no me conocía y apresuró el paso, jaloneando al árabe. El morenazo los seguía de cerca. Los alcancé justo cuando Camila presionó el botón del elevador. La tomé del brazo.

—¿Te liberó el Gitanito? —dije.

—*Do you know him?* —dijo el árabe.

—*I've never seen him in my life* —dijo ella.

—*Beat it, weasel!* —dijo el moreno, empujándome.

El elevador se los tragó. El seguirlos me pareció poco prudente. Regresé con Celeste.

—Me tengo que ir —dije.

—Parece que viste a un muerto —dijo Celeste.

—Eso es exactamente lo que vi. Debo irme.

—No se te olvide lo que te dije.

Mientras Celeste se alejaba me quedé observando su estupenda retaguardia. Celeste volteó y me vio dedicado de lleno en tan prosaica actividad. No pareció molestarse. Al contrario. Me dedicó una sonrisa y me envió un beso sopladito.

Hay mucho billete en Nevada y California. A pesar de la crisis económica, los chicanos siguen poniendo pisos y armando cocinas integrales. Tienen dinero para gastarlo en uno. Lo malo es que les gustan los niños bonitos, como Óscar de la Hoya. Aunque no me parece que el Feroz Vargas y Víctor Ortiz sean tan bien parecidos. El problema es que yo lo soy aún menos. Además de que no hablo bien el inglés. Por eso no le sirvo a Edmundo. Digamos que no me veo en un futuro cantando baladas en Univisión, vestido de mariachi. El que hubiera servido muy bien para eso era el Güero Fernández. Él sí era tipo. Ya no lo es, con todos esos gusanos comiéndose sus privilegiadas facciones.

Por eso están invirtiendo tanto en Irving Estrada, el Black Mamba. Protagonista de la pelea coestelar y nueva promesa surgida de Oxnard, California. Incluso le sirvieron en charola de plata a un inminente miembro del Salón de la Fama de tan sólo treinta y nueve años de edad, el Calambres Castañeda, quien completó su preparación en el George Bailey Detention Facility, donde ingresó por abuso doméstico.

—Tanto tiempo que llevo esperando la oportunidad de pelear por un título, y tú, sólo porque tienes un nombre que llama la atención, ya vas a pelear por uno —me reprochó el Black Mamba.

—No te vi levantando la mano cuando la Bestia se quedó sin contrincantes —dije.

—Sólo estaba bromeando —pretextó el Black Mamba, arrepentido de haber soltado su veneno.

—No te preocupes, muchacho: estás bonito, sabes hablar bien el inglés, tienes muchos amigos en el internet, sabes picarle a la computadora: tienes todo para triunfar. No importa que mi nieta tenga más pegada que tú —remató Gregorio.

—Yo sólo quiero hacerle una casa a mi mamá, para eso peleo —nos confesó el muchacho, de pronto muy serio, justo antes de partir rumbo al cuadrilátero.

Le iba a preguntar al Black Mamba que dónde se sacaba las cejas porque a mí nunca me quedaban así de bonitas, pero me dio pena con Montalvo, porque él dice que eso es una mariconada. No entiende que es la moda. El réferi Tony Weeks entró a hablar con nosotros. Nos recordó que la pelea sería por el título ligero del CMB, por lo que no habría regla de tres caídas, ni conteo de ocho segundos.

—Sólo yo estoy autorizado para detener el combate —agregó—. El peleador puede ser salvado por la campana únicamente en el doceavo asalto. En caso de un cabezazo, nos vamos a las tarjetas, si ocurre después del quinto asalto. Si ocurre antes, declararé un *no contest*. ¿Alguna pregunta?

Quince minutos más tarde el Black Mamba pasó a mi lado en una camilla cargada por un par de paramédicos. El Calambres Castañeda le rompió su quijada de cristal en el tercer asalto. Estaba dicho: Edmundo pasaría un tiempo más buscando un bonito sustituto para el Güero Fernández.

—Yo digo que este muchacho va a hacerle más rápido su casa a su mamá si se mete de albañil —opinó Gregorio.

Montalvo terminó de colocarme los guantes frente al entrenador del panameño y el comisionado. Éste los firmó.

—El fin está cerca, Juan. Arrepiéntete de tus pecados —me susurró el mulato, muy serio, como si se preocupara mucho por mi alma.

Esto colmó la paciencia de Gregorio, quien se le fue encima a golpes.

—No estés asustando al muchacho, hijo de tu chingada madre —le gritó, mientras el comisionado los separaba.

Luego del zafarrancho, Montalvo se dirigió, junto al comisionado y el colombiano, al camerino de la Bestia. Entró la alcaldesa de Tijuana. Me paré para saludarla. Vio su nombre bordado en mi short. Le gustó el detalle. Dijo que venía a desearme suerte. Le presenté a Gabriela y a Rafa. Nos filmaban las cámaras de la cadena HBO. Me volvió a proponer lo de estelarizar una función de boxeo en Rosarito. Nos despedimos de beso y Lorena Guerra se fue del camerino acompañada por su esposo. Le pedí a Rafa que me dejara a solas con Gabriela, quien estaba contestando los mensajes que llegaban a mi cuenta de Twitter y mandando a todos mis seguidores la fotografía que me tomó con Lorena Guerra. Una señorita cantaba el himno de Panamá.

—Necesitamos hablar —dije.

Fui interrumpido por el Iron Man, quien iba de esmoquin y acompañaba a la señora de la tele que me realizó la entrevista para el torneo patrocinado por la Cerveza Ligera.

—¿A quién le dedicarás este triunfo, campeón? —me preguntó mi colega, frente a la cámara.

—Al doctor Elías Pacheco, el mejor iridólogo de todo México —respondí.

Ambos me dieron las gracias y me dejaron a solas con su hija.

—Van a estar bien tú y tu papá —le aseguré, refiriéndome al dinero que le iba a tocar en caso de que me mataran arriba del cuadrilátero.

—No quiero que te mueras, Juan. Quiero que ganes. Hazlo por mí —dijo ella, como si fuera tan fácil.

—Necesito confesarte algo —le anuncié, muy serio.

—No lo hagas —me pidió.

No le hice caso. Le confesé algo a Gabriela que no le he dicho a nadie más. Ni siquiera a usted. El origen de mi maldición. Aquello que le otorgaba todo el derecho al Diablo de reclamar mi alma. Gabriela me miró espantada. No lo podía creer.

—Pero eso fue hace mucho tiempo —argumentó.

—He estado maldito desde entonces.

—Mi papá te está curando.

—Lo mío sólo se cura con la muerte —dije, muy fatalista.

—Tienes que ganar —me intentó de dar ánimos Gabriela, en un tono no muy propio de ella.

Como si no le importaran mis problemas.

—No puedo hacerlo —continué con mi derrotismo.

—¿Por qué no?

—¿No te das cuenta? El panameño está en otro nivel. Yo sólo soy un nombre pegajoso con un buen representante. Por eso estoy aquí —seguí tirándome al drama.

—Siempre me dices lo mismo, Juan. Nunca te tienes fe. Siempre estás hecho un manojo de nervios antes de subir al ring y, a la hora de la ahora, resulta que el otro no tiene pegada, tiene quijada de cristal o algo por el estilo.

—Ahora va en serio. El panameño es muy superior a mí y yo estoy en mi peor momento. No tengo posibilidades.

—¿En qué asalto vas a caer?

—No lo sé.

—Está bien, con eso tenemos —dijo ella, y salió corriendo del camerino.

El charrito Emiliano Villa, el artista elegido por mí para entonar el Himno Nacional Mexicano, comenzó a cantar. Todos nos quedamos muy serios, oyéndolo. Iba en la parte del Masiosare cuando regresó Montalvo al vestidor, acompañado por Miguel Díaz, a quien contratamos de cutman para ese enfrentamiento.

—¿Por qué no estás calentando? —dijo Gregorio.

De inmediato me puse a brincar sobre las puntas de mis pies y a soltar combinaciones.

—Juan, acuérdate de lo que hablamos. No te pongas enfrente de él a probar su derecha —dijo, lo cual era lo opuesto a lo que me recomendó Celeste la noche anterior.

—Pues estaba pensando en contragolpearlo.

—No, Juan. Boxéalo. No te fajes con él. Es más fuerte. Sigue el plan que nos trazamos —gritó para hacerse oír, debido a que el griterío proveniente de las gradas resultaba ensordecedor.

—¡Dieciséis! ¡Dieciséis! ¡Dieciséis! —gritaba el público.

Los altavoces reprodujeron un merengue cristiano. Se trataba del tema elegido por la Bestia para hacer su entrada. *El diablo está enojado, / hay una razón, / Cristo vive en mi corazón.* La Bestia caminaba hacia el cuadrilátero. Mis partidarios lo abucheaban de lo lindo. Sandkühlcaán seguía sin aparecer. El que sí llegó fue Edmundo, quien golpeó mis guantes y me dijo que ésa era mi gran oportunidad de brillar.

—Ya chequé a cada uno de los jueces. La tienes fácil. Lisa Giampa tenía empatado el primer combate entre Salido y López, además de tener cerrado el de Iván Calderón en contra de Giovani Segura. El otro juez, Dennis Nelson, tenía empatado el segundo pleito de Salido contra López, luego de darle el gane a Devon Alexander sobre Lucas Matthysse. John Keane vio a Mayweather ganarle por cuatro puntos a Castillo en su primer enfrentamiento. Los tres jueces se dejan guiar por el público y favorecen las cachetadas. Eso te conviene a ti, Juan, porque eres el local y porque…

—¿No pego tan duro?

—Lo que te pide Edmundo es que no te le pares enfrente. Sólo tienes que cachetearlo y correr —intervino Gregorio.

—¿Están listos? —dijo el encargado de escoltarnos al cuadrilátero.

Montalvo me ayudó a ponerme mi bata de satín color negro. Tan pronto salimos al pasillo se escuchó "El hijo desobediente", el tema que solicité para mi entrada. Las ondas expansivas de la canción me llevaron flotando directo al cuadrilátero. *Lo que le encargo a mi padre, / que no me entierre en sagrado, / que me entierre en tierra bruta, / donde me trille el ganado.* Sentí cómo mi cabeza se comprimía y se expandía al ritmo de la música. Subí al cuadrilátero y recorrí las cuatro esquinas con mi puño en alto. ¿Alguna vez le he dicho lo cómodo que me siento arriba del cuadrilátero? Siempre me sucede de esa manera. Busqué a Celeste con la mirada, pero no la encontré por ningún lugar. Ni siquiera pude ver a la familia de pochos que habían pedido mi autógrafo la noche anterior. Había demasiadas personas. Casi todos mis paisanos con su respectivo vasote de cerveza. Los actores de Hollywood, sentados más adelante, no bebían nada. Esto por temor a dejar de salir en la cámara mientras iban al baño a liberar su vejiga. Estaban ahí Rocky Balboa, Batman, el Hombre Araña, el del Titanic y otros viejitos que son famosos pero no sé en donde salieron.

Saludé a Gabriela, sentada en ringside. Ella me miraba muy seria. Evidentemente nerviosa. Seguí moviéndome dentro del cuadrilátero. Saludé a Michael Buffer. Seguí moviéndome. Saludé al Iron Man y a todos los comentaristas de la televisión. Seguí moviéndome. El charrito Emiliano Villa me dio un besote en el cachete. Me lo limpié con el guante. De saber que andaría con sus mariconadas no lo hubiera recomendado. Seguí moviéndome. Me topé con el entrenador colombiano. Éste me sujetó con ambas manos en mis hombros.

—Debes cumplir con la voluntad de tu creador.

Gregorio se le fue encima a empujones y me separó de él. El colombiano esbozó una sonrisa antes de regresar con su peleador, quien lo esperaba también muy risueño.

—*Ladies and gentlemen, from the Mandalay Bay in Las Vegas, Nevada, USA, I'm proud to present the main event of the evening. Twelve rounds of boxing for the WBC lightweight championship of the world! Sponsored by Cerveza Ligera, Casas Colina Frondosa and Tequila Gallo! This bout is sanctioned by the Nevada State Athletic Commission chairman Raymond Avansino, executive director Keith Kizer and the World Boxing Council president and supervisor for this contest tonight, José Sulaimán. At ringside, the three judges scoring the bout on a ten-point system, Lisa Giampa, Dennis Nelson and Duane Ford, and inside the ring, in charge of the action, referee Tony Weeks. And now, for the thousands in attendance, here in the Mandalay Bay, and the millions watching around the world, ladies and gentlemen, let's get ready to rumble!* —rugió Michael Buffer.

Música para mis oídos. El cielo es un ring de boxeo, pensé. Conmovido. Amo este puto deporte, agregué en mi mente. Hogar, dulce hogar.

—*And now, let's meet the two undefeated knockout artists with starpower on their fists! Fighting out of the blue corner, wearing black, with an official weight of 135 pounds and a perfect record consisting of fifteen victories, all of them coming by way of knockout, el Profeta de Tijuana, Baja California, México: Juan Treees Dieciiiséis! And fighting out of the red corner, wearing white, with an official weight of 134 pounds and holder of an impressive Guinness Record consisting of 19 straights, back to back, knockout victories scored in the first round, the reigning and defending* WBC *lightweight champion of the world, Ariel la Bestiaaa Cárdenas!*

Los abucheos continuaron en contra del panameño. Gregorio me colocó el protector en la boca. Tony Weeks nos mandó llamar al centro del cuadrilátero.

—Caballeros, ustedes recibieron sus instrucciones. Aquí está bien, aquí no —dijo, indicando primero arriba y luego debajo de mi cintura.

Hizo lo mismo con Ariel.

—Les pido una pelea limpia —agregó—. Escúchenme, cuídense, listos, vámonos.

Regresamos a nuestras esquinas a esperar el campanazo inicial.

—Jab, ganchito y te abrazas o corres —dijo Montalvo—. Como lo ensayamos en el gimnasio. No te quedes parado a intercambiar golpes con él. Eso déjalo para los últimos rounds.

—¿Golpeo abajo? —dije, nomás para hacerlo sentir que le estaba haciendo caso.

—Todavía no. No descuides tu guardia. Preocúpate por ganar asaltos y por defenderte. Recuerda que tenemos buena condición física.

Sonó la campana. La Bestia se fue sobre mí como un torpedo. Preparó su izquierda primero con un jab de avanzada. Ambos puños pasaron zumbando cerca de mi cara. Se quedó corto. No tenía bien medida su distancia. Al menos no todavía. Me confié. Di medio pasito hacia adelante, como para probar qué tal estaba el agua. Hice como Montalvo me dijo: antes de moverme hacia su derecha lancé el uno-dos. No acerté ninguno. Es el problema que tengo contra los zurdos: los siento muy lejanos, por lo mismo de la guardia encontrada, que para ellos es de lo más normal.

Me sonrió. Le sonreí también. Embistió de nuevo. Sus dos primeros golpes se estrellaron contra mis guantes y, justo cuando creí que tenía la situación bajo control, un tercero en forma de recto fue a dar a la boca de mi estómago. La parte difícil fue hacer como que no me sacó el aire. Puse mi cara de póquer. Lo logré cachetear y hui.

Luego de probar la fuerza del panameño en mi cuerpo no me quedaron muchas ganas de seguir el consejo de Celeste. ¿Ella qué sabe?, pensé. Ariel me fintó con la derecha. Subí la guardia. No pasó nada. Bajé mis guantes para ver dónde estaba, y justo en ese instante regresó con un recto que zangoloteó mi cabeza como pera loca. Esto le dio la suficiente confianza para establecer una seguidilla de golpes arriba y abajo que me hicieron desear haber protestado en contra de los guantes de ocho onzas.

El panameño me llevó a mi esquina.

—Salte de las cuerdas, Juan —gritó Montalvo, como si fueran enfrijoladas.

Me refiero a que el cabrón era bueno cortándome las salidas.

Contratáqué con velocidad y poder. La Bestia esquivó mis puños con movimiento de cintura y continuó moliéndome con potentes ráfagas que nublaban mi visión. Hasta entonces fui capaz de calcular la magnitud del lío en el que me hallaba metido: enfrenté antes a zurdos con pegada fulminante, pero jamás a uno que encima de ello fuera poseedor de una excelente defensa. Esto era lo que hacía invencible a la Bestia.

Los golpes que recibía en la cabeza ejercían su efecto. Veía todo borroso enfrente de mí. A pesar de ello solté mis propias combinaciones, esto con tal de que no me pararan la pelea. Le di al aire. Luego de eso vino un gancho al costillar. Volví a espantarle las moscas, no-más para poder salir corriendo de ahí. Se me dobló una de mis rodillas mientras realizaba mi huida. Jamás me sucedió algo como eso, que el efecto de los golpes a la cabeza se manifestara en mis piernas. La Bestia olió la sangre como un tiburón y fue por mí.

Usé mi colmillo: coloqué una rodilla en la lona. Weeks envió a Cárdenas a la esquina neutral e inició su conteo. Cerré los ojos. Esperaba que el mundo dejara de moverse para cuando los volviera a abrir. Así sucedió. Me levanté a los ocho segundos.

—¿Está bien? —dijo el réferi.

Respondí de manera afirmativa, convencido de que me encontraba en una verdadera pelea.

Con que éste es el hijo de su puta madre que me va hacer amar a Dios en tierra de indios, pensé, mientras miraba cómo se me iba encima el centroamericano, quien, olvidé mencionarlo, acompañaba cada puñetazo con una especie de ladrido en verdad escalofriante.

Me cubrí del vendaval de golpes lo mejor que pude. Me dieron ganas de gritarle:

—Acepto a Jesús como mi señor y salvador, ¡pero déjame de pegar!

—Suelta putazos, Juan —chilló Montalvo—. Te van a parar la pelea.

Así lo hice. Lancé un uno-dos. Por poco y despeino a mi oponente. Se encendieron las luces rojas en las esquinas. Mi atacante duplicó su dosis de castigo. Sólo había que sobrevivir por diez segundos más. Mi rival me cerraba el paso cada que intentaba escapar a su castigo, por lo que opté por sacudirme como un endiablado, moviendo todo mi cuerpo. No me quedaba de otra. Parecía que me conectaron al alto voltaje del Mandalay Bay. Aun así recibí un par de marrazos. Por la potencia de estos me quedó claro que al salvaje aquel en verdad le interesaba perpetuar su Record Guinness de diecinueve nocauts en el primer asalto. El sonido de la campana detuvo esta racha.

Hice como que me masturbaba con mi guante.

—Te la pelaste —le dije.

Esto me dio ánimos. Me refiero al haberme convertido en el primer oponente que le sobrevivía el primer asalto. Diecinueve cabrones antes que yo no habían logrado ni siquiera eso, lo cual quería decir que, de algún modo, yo era un sujeto especial. Todo esto era lo que pasaba por mi mente mientras regresaba tambaleándome a mi esquina.

Giré mi cara en dirección a Gabriela. Le cerré un ojo. La noté muy serena. Emiliano Villa, sentado al lado de ella, lucía mucho más angustiado. Me senté en el banquillo. Gregorio me agarró a cachetadas y de ahí me echó agua en la cabeza y en el cuello. Poco a poco fui saliendo de mi letargo. No me percaté de lo mal que me habían puesto hasta que me despabilé. Resultó que llevaba rato dándome indicaciones y no le oía nada de lo que me decía.

—¿Cómo éstas, Juan? —dijo el doctor de la comisión.

Dije que estaba bien.

—No estás haciendo lo que te dije —me regañó mi entrenador.

—Se mueve mucho —pretexté.

—¿Quieres que te lo amarre a la esquina? —dijo el muy bromista.

—No estaría mal.

—Juan, por supuesto que se va a mover. Por eso mismo tienes que hacer lo que practicamos en el gimnasio.

Sonó la campana.

—¡Fuera seconds! —ordenó el réferi.

Me levanté del banquillo. Ariel salió de su esquina brincando como chapulín, preparando su ataque. Se movía tanto que por momentos se perdía detrás de mis guantes, por lo que opté por hacer algo un poco arriesgado: bajé los puños. Esto lo invitó a acercarse un poco más. En zigzag. Por un segundo lo tenía a mi derecha y, al siguiente, a mi izquierda. Cuando por fin lo tuve a mi alcance lo clavé al suelo pisándole el pie y le propiné la desconocida en la mera sien.

—Ve por él, Juan —rugió Montalvo, luego de ver al panameño trastabillar en reversa.

Así lo hice. Los dos nos enfrascamos en un furioso toma y daca de lo más rupestre, divorciado de toda técnica. Este intercambio duró más de dos minutos y extrajo una orgásmica ovación del público. Les quedó claro que recibirían, en forma de espectáculo, mucho más de lo que habían pagado por sus asientos.

Una expresión de incredulidad se posó sobre la cara de Ariel al percatarse de que se me calentó la quijada. Ahora sería mucho más difícil tumbarme. Me encontraba vacunado en contra de su poder.

—Muy bien, Juan —dijo Gregorio—. El round fue tuyo. Ahora tienes que convertir esto en una pelea de boxeo. No dejes que siga siendo un pleito callejero.

El cutman me dio agua. Tragué un poco, nomás para hidratarme. El resto la escupí.

—Otra cosa: te estás confiando demasiado. Mete más tu barbilla. Pégala contra tu pecho y ten bien cerradita tu boca. Ya no le sonrías.

Le di la razón a Montalvo. Debía ser más cauteloso. Sonó el campanazo. Para el siguiente asalto acaté las instrucciones de mi entrenador: metí a la Bestia en mi pelea. Cuando era un servidor el que tomaba la iniciativa, abría mi ataque con el recto de derecha, del cual se volvió cliente asiduo el panameño. No se lo podía quitar de encima. Esto lo mantenía alejado de mí. Ariel esperaba algo más común y corriente, como un jab, el cual nunca llegó. Claro, debido a la guardia encontrada, debía estirar todo mi cuerpo para alcanzarlo, pero en cuanto lo hacía me desplazaba hacia mi izquierda. Para el público en casa lo que estaba haciendo lucía de lo más sencillo, pero le aseguro a usted que no lo era. Se trataba de una rutina que practiqué hasta la locura durante mi entrenamiento.

Nuestra pelea se estaba convirtiendo cada vez más en una partida de ajedrez, por lo cerebral del pleito. Seré muy bruto para relacionarme con los seres humanos pero, en lo que respecta al boxeo, siempre he sido un estudiante voraz de su ciencia, capaz de resolver cada uno de mis combates como si fueran problemas matemáticos y siempre atento a los consejos que me dan. Por ejemplo, cuando mi rival tomaba la iniciativa con su temido gancho, yo colocaba el mío por encima del suyo, a modo de contragolpe, tal y como me lo sugirió Celeste. Ésta tenía razón, la Bestia lanzaba su gancho muy abierto y por debajo de su hombro y, como se me calentó la quijada, era capaz de aguantar su poder. No digo que no lo resentía, había veces en que sí. En esas ocasiones lo abrazaba, como lo practiqué con Montalvo, y no lo dejaba ir hasta quedar cien por ciento recuperado. En caso de que a mi rival le diera por moverse demasiado, entonces le pisaba el pie derecho y le propinaba un estatequieto en forma de recto. Si se le ocurría protestar por mi extenso repertorio de marrullerías, lo callaba con un rápido uno-dos, para que se dedicara a lanzar golpes, en lugar de andarse quejando con el réferi. De esta manera le gané tres asaltos consecutivos. Fue justo antes de iniciar el séptimo, mientras Gregorio me felicitaba por la cátedra de boxeo que estaba impartiendo, que oímos el alarido de Gabriela, quien estaba hecha una fiera.

—¿Qué estás haciendo, pedazo de imbécil? —gritó, desde abajo del cuadrilátero.

Montalvo, el cutman y Rafa se espantaron al oír a Gabriela hablarme de esa manera.

—Ya fuiste advertido —agregó, con su dedo apuntándome, antes de dar media vuelta e irse.

—Juan, hazle caso: échate un clavado en el siguiente round —me imploró Sandkühlcaán, volteando intermitentemente hacia la esquina del panameño, como con miedo.

Fue justo en ese momento cuando se me metió la idea en la cabeza de que Camila jamás estuvo en peligro, sino que más bien era una vulgar prostituta contratada por el Gitanito para formar parte de un sofisticado plan diseñado para robarme todo mi dinero, y en el cual participaban tanto usted como Gabriela y Sandkühlcaán. ¿Puede creerlo? Supongo que, después de todo, sí me afectaron los golpes recibidos a lo largo de esos seis asaltos, al punto de traer de vuelta esa paranoia que usted me ha quitado por medio de su tratamiento.

—Me quieren chingar —le grité a Sandkühlcaán.

—¿Con quién hablas? —dijo Rafa, espantado.

—Hijo, si sigues actuando como loco nos van a parar la pelea —me susurró Montalvo al oído—. ¿No ves que nos están filmando?

Sonó la campana. Para el round cabalístico (que no sé ni por qué le llaman de esa manera) la única bestia arriba del cuadrilátero era yo. El panameño me veía para ese entonces con cara de espanto, como siempre le pasa a mis oponentes. Por lo visto, notó mi mirada de loco, porque ni siquiera se me acercaba. Sin embargo, era tal mi coraje —contra Gabriela, contra usted, contra el mundo—, que debía desquitarme con alguien, y quién mejor que él.

Me cansé de perseguirlo y me quedé parado en medio del cuadrilátero. El público, acostumbrado a la emoción de los asaltos previos, comenzó a abuchear de lo lindo, demandando acción. Ariel entraba y salía. Sus golpes no contenían la misma fuerza que los del primer asalto. Por lo visto, se cansaba pronto. Por eso le gustaba apretar desde el inicio. Ahora era él quien se veía a sí mismo metido en un serio aprieto.

Lo atraje hacia mí de la manera más artera: luego de que me lanzó una derecha cortita, en forma de recto, y de lo más inofensiva, me fingí tocado. Doblé una de mis piernas como lo hice en el primer asalto. Replegué mi ataque, continuando con mi pantomima.

—¡Oh! —hicieron todos mis paisanos.

—¡Es tuyo! —gritó el entrenador del panameño.

Caminé en reversa hacia la esquina de mi rival, quien por un momento titubeó pero se vio animado por las palabras del hombre encargado de su entrenamiento. Lo esperé enconchado. Por fin me iba a desquitar de todas las injusticias y abusos que padecí hasta ese entonces. Una vez que lo tuve cerca lo arrojé hacia su esquina. Supo que cometió un error. Intentó huir. No lo dejé escapar. Me lanzó un pequeño combo de golpes. No traía nada. Él lo sabía mejor que nadie. Subió su guardia. Le cobré todas las traiciones sufridas. Comencé con ganchos al cuerpo que lo hicieron bajar un poco sus codos para poder cubrir sus costillas. Encontré un resquicio por medio del cual pude atizarle la cara sin piedad. Temía que le pararan la pelea, por lo que esperé a que contestara aunque fuera con un sólo golpe. El panameño así lo hizo. Los espectadores del coliseo romano querían sangre. Pedían más.

—No te detengas, Juan —dijo el entrenador colombiano, con un tono macabro.

Lo que le ocasionó el coágulo en el cerebro al panameño fueron los golpes ilegales que recibió en la nuca luego de que se encorvó. ¿Que si fue asesinato? Por supuesto que lo fue. El réferi no tuvo la culpa. Un servidor sabía lo que estaba haciendo. Por eso combinaba los golpes ilegales con golpes permitidos, para que no me llamaran la atención. Porque solía ser una mala persona. Porque quería matarlo. Y lo conseguí. Porque, según yo, alguien tenía que pagar. Porque esa fue la voluntad de nuestro Señor. ¿Que si Ariel tuvo alguna culpa por mis problemas mentales? ¿Eso qué tiene que ver? Después de todo, fue verdad: alguien debía morir esa noche. ¿Por qué tengo que ser yo?, fue lo que pensé, mientras le pegaba sin misericordia en la nuca. Con soberbia. Sin saber que era un siervo más acatando las órdenes del Ser Supremo.

Tiene razón Gabriela cuando dice que subestimo demasiado mis habilidades boxísticas. Pero es normal. Son los nervios antes del combate. Ariel se desplomó al llegar a su banquillo. La bola de rémoras festejando mi victoria sobre el cuadrilátero impidió que los camilleros se llevaran rápido el cuerpo de la Bestia. Por eso digo que debe haber menos personas sobre el cuadrilátero, pero el problema es que todos quieren salir en la fotografía. Eran segundos críticos y a nadie le importaba la vida de ese hombre.

—Ve a ver cómo está —dijo Gregorio.

Lo obedecí.

—No lo hagas —gritó Sandkühlcaán.

Lo ignoré.

El colombiano me detuvo antes de llegar a la camilla, la cual apenas alzaban para llevarse a Ariel al hospital.

—Lo siento —dije, cada vez más consciente de lo que hice.

De que me convertí en un homicida.

—Cumpliste con la voluntad de nuestro Señor —expresó el entrenador de la Bestia.

Todo desapareció alrededor de nosotros. Tan sólo estábamos él y yo en ese estadio.

—Pero soy un pecador —hablé su lenguaje.

—Claro que lo eres, pero eso no importa. Tú eres un mensaje evangelizador.

—¿El que me habla fue enviado por Lucifer? —le pregunté, refiriéndome al Amo De La Lujuria Y El Miedo.

—Dios te prestó al diablo. Él lo usó. Permitió que inflara tu vanidad y gracias a ello te diste a conocer. Ya no necesitas a ese demonio.

—¿Por qué te tiene miedo?

—Porque Jesucristo ha purificado mi corazón.

—¿Cómo le hago para tenerlo lejos de mí?

—Conoces la respuesta a esa pregunta —contestó, enigmáticamente.

No sólo lo comprendía a él sino que lo comprendí todo. Me quedé sin habla y paralizado por unos segundos, sintiendo el paso de la sabiduría a través de mi alma y por todo mi cuerpo, hasta que Gregorio le dio la mano al entrenador de Ariel y me llevó al centro del cuadrilátero, donde se anunciaría mi triunfo.

—*Ladies and gentlemen, from the Mandalay Bay, the official time: two minutes, twenty five seconds into the seventh round, the winner by knockout victory, and new* WBC *lightweight champion of the world, Juan Treees Dieciiiséis!* —rugió Michael Buffer.

Tony Weeks alzó mi mano, la cual estaba con los nudillos molidos por haber machacado con ellos el cerebro de Ariel Cárdenas hasta

401

matarlo. Rafa colocó el cinturón de los pesos ligeros sobre mi hombro. Max Kellerman se acercó con el micrófono, acompañado por su intérprete Jerry Olaya, a quien le costaba inmenso trabajo hacerse oír debido al griterío del público, extasiado por mi victoria.

—Juan, felicidades por otra asombrosa demostración de corazón, entrega y coraje —tradujo Jerry—. A pesar de que el réferi no te llamó la atención, vimos que muchos de los golpes que le tiraste en el séptimo eran ilegales, ¿esto fue producto de tu desesperación o porque Ariel se agachaba demasiado?

Había vuelto a nacer. Decidí que no iba a iniciar esa nueva etapa de mi vida mintiendo:

—Ariel se ha convertido en un cordero de Dios. Lo sacrifiqué para que el mundo se entere del mensaje que carga mi nombre.

—¿Cuál es ese mensaje? —dijo Jerry.

—Porque de tal manera amó Dios al mundo, que dio a su Hijo unigénito, para que todo aquél que cree en Él no se pierda, sino que tenga vida eterna.

Tan pronto dije esto experimenté una paz infinita. Perdoné a mi mamá, a mi papá, al Gitanito, a Gabriela y a todos los que alguna vez me habían hecho mal. Se hizo un silencio absoluto y enseguida vi que se abrió un boquete enorme en el domo del Mandalay Bay. Por ese boquete entró la luz más blanca y pura que he visto en mi vida. Más potente que la de cualquier reflector en Las Vegas. La luz caía directamente sobre el cuerpo de Ariel, cuya alma ascendió al cielo por conducto de esa luz.

El colombiano me sonreía, en señal de aprobación por lo que acababa de hacer.

—Campeón, sabemos que estás muy preocupado por la salud de Ariel. Por lo visto, te sientes culpable, pero él no ha muerto.

—Él acaba de reunirse al rebaño del Todopoderoso —anuncié, con satisfacción.

—Juan, contrólate —me pidió entre dientes Gregorio.

Intimidado por la franqueza de mis contestaciones, Max Kellerman decidió terminar la entrevista y se dirigió a la cámara para comentar que acababa de ver otro despliegue más de crueldad y belleza como los que sólo el deporte del boxeo puede ofrecer.

—Podremos no estar de acuerdo con sus creencias o maneras de pensar, sin embargo, lo que sí es un hecho, es que ambos peleadores dejaron un pedazo de sus vidas en este cuadrilátero. Todo para que nosotros pudiéramos disfrutar de su ballet sangriento —esto último lo dijo Max Kellerman verdaderamente conmovido.

Se llevaron el cuerpo sin vida de Ariel y el Iron Man se acercó para abrazarme. Le manché su esmoquin con la sangre del mártir.

—Arrepiéntete de tus pecados que el final está cerca, hermano —dije.

—¿Va en serio? —dijo.

—Absolutamente.

El Iron Man me dejó en paz, en lugar de molestarme o burlarse de mí, como lo hicieron muchas personas. Lo que sucede es que el Iron Man es una persona que conoce el miedo a Dios. Es por ello que no le teme a nada ni a nadie más. La chica de la televisión mexicana se colocó junto a nosotros y me hizo la misma pregunta que Max Kellerman.

—Ariel tenía que morir para que el mensaje del Ser Supremo fuera oído esta noche —repetí.

—¡El campeón necesita descansar! —irrumpió Montalvo, llevándome con él.

Antes de salir del cuadrilátero nos topamos con el charrito Emiliano Villa, quien me besó en la boca.

—Debes abandonar tus actividades sodomitas, ya que no son del agrado de Dios, quien te proveyó un recto y un ano para que por medio de ellos te deshagas de tus desperdicios, no para usarlos de manera lasciva y contra natura —le advertí de manera un tanto tosca porque el predicar la palabra del Altísimo era algo nuevo para mí.

Gregorio hizo a un lado al charrito y continuó arrastrándome.

—¿Qué le pasa a Juan? —dijo Edmundo, muy preocupado.

—Necesita descansar, nada más.

Gabriela también se interpuso en nuestro camino. Lucía pálida y demacrada.

—Estamos muertos —me informó, temblando.

—Te equivocas. Yo estoy más vivo que nunca.

Sujeto finge leer periódico
afuera del despacho

Terminé de leer. Consulté la hora: las once y media de la noche. Me habían enganchado las memorias del campeón. Salí de mi oficina. Conduje hacia mi hogar en la primera sección de Colina Frondosa, donde me mudé en busca de un ambiente más tranquilo, sin embargo terminé alquilando un dúplex atrapado entre el fuego cruzado de un cristiano y su rock de alabanza, y un roquero ateo y su respectivo escándalo aún más fuerte.

Un obrero llamado Mauricio Bueno era de las pocas personas decentes en la privada Magnolias. Conocí a otros vecinos, pero lo menciono a él por el importante papel que tuvo en esta historia. Estaba casado con una lagartona que no paraba de echárseme encima: Susana. Confieso que cometí el error de dejarla entrar a mi casa, cuando llegó preguntándome si tenía café que le regalara. Dije que sí tenía y le permití pasar. Inspeccionó la sala. Le pareció que mi casa era más grande que la suya. Le expliqué que eso era porque casi no tenía muebles.

Dejó escapar un suspiro. Se pasó el antebrazo por su frente.

—Qué calor, vecino. ¿No tiene una cerveza?

—Creí que quería café.

No recibí respuesta. Fui por una cerveza al refrigerador. Se la abrí y se la entregué.

—Mauricio va a terminar de pagar la casa dentro de treinta años, ¿usted cuándo?

Dije que rentaba.

—¿No le preocupa estarle pagándole la casa a otro, en vez de invertir en algo suyo?

Dije que no. Al parecer esta respuesta la puso a tono. Se me echó encima. Me abrazó, arrepegándome sus pechos.

—Eso es lo que me gusta de ti. Que no te importa nada. Que te vales por ti mismo. Que no necesitas de nadie. ¿No tienes amigos?

—Mauricio es mi amigo —dije, con tal de hacerla entrar en razón.

Funcionó. Me liberó. Me dio la espalda. Se cruzó de brazos.

—Ese pendejo —gruñó.

—El pobre hombre se parte el lomo por ustedes seis días a la semana en una fábrica, ¿cómo puedes hablar de esa manera de él?

—Es que no lo amo. Está gordo y feo. No tiene músculo. Está blandito. Me casé con él porque prometió cuidarnos a Jocelyn y a mí. Mi primer esposo era alguien como tú, lo hubieras visto.

—¿Qué fue de él?

—Me lo mataron en un retén. No se quiso detener.

Me volvió a abrazar, la vieja loca. Me pidió que nos fuéramos juntos. La niña se quedaría con él.

—¿Cómo puedes decir eso?

—Tú y yo somos iguales. No creas que no he visto cómo te quedas mirando mis piernas y mis pompis.

Para ese entonces nos encontrábamos junto al sillón. Me dejé caer en él con Susana entre mis brazos. Luego de que terminamos, Susana comenzó a limpiar, como loca, toda mi casa. Sacudió, recogió, lavó, barrió y trapeó. Ni siquiera le importó que el resto de los vecinos la vieran sacando mi basura a la calle. Le pregunté por qué limpiaba mi casa mientras la suya estaba hecha un chiquero.

—Sólo puedo limpiar la casa del hombre que amo —dijo.

Susana limpiaba mi casa los seis días a la semana en que trabajaba Mauricio en su fábrica. Sin importarle el qué dirán. Por las noches llegaba su marido a tomarse unas cervezas conmigo.

—¿Cómo le fue hoy, vecino? ¿Mucho trabajo? —dijo Mauricio, en tono irónico y con una sonrisa en la cara.

Le di un trago a mi cerveza.

—El suficiente.

Mi vecino sacó un teléfono celular del bolsillo de su pantalón. Me mostró una fotografía que le tomó a un platillo volador.

—Lo vi en la presa. Como a la una de la mañana.

—¿Qué hacías en la presa a la una de la mañana?

Me cambió de tema:

—¿De verdad no quiere que le consiga trabajo en mi fábrica? Digo, para que se pueda casar con una muchacha. No hay nada más bello que tener una familia esperándote todos los días a que regreses del trabajo.

El hombre sin cabeza me escoltó hasta el último piso de la Torre. Éste se encontraba exento de ventanas. Había cuerpos desnudos tirados en el piso, enlazados y haciendo inmundicias unos con otros. Hacía un calor muy húmedo y el hedor a culo y a sobaco era insoportable. Apenas podía ver a Sandy y al doctor Elías Pacheco, quienes estaban parados al lado de Sandkühlcaán. Le dije a Sandy que a nuestro hijo le estaba yendo bien de narcotraficante y que me perdonó por asesinar a su mamá en defensa propia. Sandy dejó escapar una carcajada y sentí una irreprimible necesidad de acostarme junto a una mujer obesa. Me desnudé, me tiré en el suelo y penetré a la gorda. Desperté con una erección gigante.

Me lavé la boca, quitándome el sabor a guante de herrero que tenía por culpa de los cigarros y la botella de tequila de la noche anterior. Por mezquino que esto suene, me tranquilicé pensando en el caso del Dieciséis, quien, al parecer, también ultimó a su mujer. Todos cargamos con nuestros demonios, pensé. El chiste es tenerlos muy dentro y no dejarlos salir. Me metí a la regadera con una de las sonatas de Beethoven sonando en el fondo. Luego de rasurarme, vertí flor de naranja sobre mi cuerpo. Me invadió la melancolía mientras planchaba mi pantalón. Esto lo debería de estar haciendo mi esposa, pensé.

Quizás en eso consiste la maldición de Sandy, agregué en mi mente. Desde el más allá está ocupada en prevenir que conozca a mi media naranja y viva feliz de una vez por todas. De ahí la lista interminable de mujerzuelas con las que me he topado.

¿Iré a conseguir mi casa junto a la playa gracias a Marlene Zambrano? Podría estudiar un cursillo de contabilidad y trabajar con su padre, pensé. ¿Por qué no? Y encajaría en este mundo raro de la mano de Marlene.

No necesito una mujer, rectifiqué. Así estoy bien. Pensé esto al salir a la calle, donde Susana barría mi acera. Se acercó al Crown Victoria. Los vecinos nos vigilaban desde sus respectivas ventanas. Le pedí que no fuese tan descarada. Dijo que no le importaba lo que la gente pensara de ella, quería fugarse conmigo.

—Otra vez dejaste tu tanga en mi baño —le informé—. Antier vino Mauricio a la casa. ¿Qué hubiera pasado si hubiese visto tu pantaleta?

Susana se volvió a cruzar de brazos.

—Ojalá lo hubiera hecho —gruñó.

Conseguí librarme de ella y eché el carro a andar. Compré el periódico en el semáforo del crucero, mientras esperaba la luz verde. El asesinato del arquitecto Zambrano, ocurrido la noche del martes, acaparaba la primera plana. Su cuerpo fue hallado a las cuatro de la madrugada junto al embalse de la presa. La munición calibre .25 perforó su frente e hizo carambola dentro del cráneo hasta quedar alojada en el hueso occipital. El Volvo del arquitecto Zambrano fue encontrado frente a la glorieta de la segunda sección del fraccionamiento Colina Frondosa. Más abajo se informaba que la procuraduría seguía tras la pista del fugitivo Juan Tres Dieciséis.

Decidí dar vuelta en U y regresar a Colina Frondosa. Antes paré en un supermercado, donde adquirí una botella de tequila y un par de vasos. El camino que te llevaba a la Tercera Sección del fraccionamiento Colina Frondosa era angosto y atropellado. Atravesaba un arroyo que en época de lluvias dejaba incomunicados a los habitantes de esa colonia.

Un servidor vivía en la Primera Sección de Colina Frondosa, la cual tenía un acceso más civilizado. En la entrada a la Tercera Sección estaba una caseta exenta de guardia y con las ventanas rotas. Conduje alrededor de una pequeña glorieta antes de tomar la calle principal del fraccionamiento, donde las casas habían sido pintadas de color durazno y azul cielo. Sus antiguos ocupantes las habían abandonado por culpa del arroyo que cruzaba sobre el único acceso y solía dejar incomunicado el fraccionamiento cada temporada de lluvias.

Estacioné el Crown frente al número 642 de la calle Frankfurt. Crucé hacia el pequeño dúplex. Dentro había dos adolescentes pendientes a un partido de futbol transmitido por el televisor. Olía a pollo rostizado. A unos pasos más al fondo se hallaba una señora de edad cercana al medio siglo. Dos mujeres más jóvenes pasaban cerca de ella, cargando platos, vasos y cacerolas. Una de ellas quería saber quién quería la pechuga del pollo rostizado.

Di los buenos días. La mujer mayor preguntó qué se me ofrecía. Dije que venía de parte del arquitecto Zambrano. La mujer se encogió de hombros, dejó escapar un suspiro y miró al techo.

—No creo que lo pueda convencer —dijo.

Me invitó a pasar. Pasé por en medio de los muchachos pendientes al partido de futbol en el televisor. La casa era tan pequeña como la mía, por lo que sólo requerí de dos zancadas para llegar al cuarto ubicado al fondo. Dentro de la habitación había tres preparatorianas jugando con sus celulares. Acostado en la cama matrimonial estaba Vicente Aguilar, un hombre de nariz aguileña, mentón prominente y de brazos largos, en otro tiempo fuertes. Me preguntó qué se me ofrecía. Le dije que venía de parte del arquitecto Zambrano y saqué la botella de tequila del bolsillo interior de mi saco de piel color café. Al anciano le brillaron los ojos. Me invitó a pasar, relamiéndose los labios. Se dirigió a sus nietas:

—Sáquense a la verga, trío de putas.

Antes de salir, las tres chicas hicieron fila para despedirse cada una de besito en la mejilla de su abuelito.

—Sí, sí, sí. A la verga, a la verga. Váyanse a andar de putas a otro lado.

Luego de que se deshizo de sus nietas, el anciano se dirigió a mí.

—Sírveme un traguito nada más —me pidió, colocando su espalda contra la cabecera de la cama.

Puse ambos vasos sobre el diminuto buró a su izquierda y los llené hasta el tope. Me preguntó si su mujer me vio la botella. Negué con la cabeza. Liquidó el contenido de su vaso y me preguntó qué se me ofrecía. Le informé que fui enviado por el arquitecto Zambrano. Saqué la nota amenazadora. Se la entregué.

—Dice que usted escribió esto.

Don Vicente leyó la nota. Sonrió.

—¿Usted cree que voy tener paciencia para hacer estas niñerías? Respondí de manera negativa. Preguntó cuál era mi nombre.

—Tomás Peralta. Soy detective privado. Me interesa saber quién asesinó al arquitecto Zambrano.

La cara de don Vicente encarnó un semblante de genuina consternación.

—¿Quiere decir que lo mataron? —inquirió.

Le dije que ayer. Le acerqué la botella. Le pregunté si quería más. Dijo que sí. Le serví uno doble. Esta vez lo acompañé. Le informé que la policía no tardaría en ir por él. Su coartada era sólida. Llevaba más de dos semanas sin salir de la cama. Tenía testigos. Le creí.

—¿Por qué sospechaba el arquitecto que usted era el autor de esta carta? —dije.

Le serví más tequila, para animarlo a hablar. El viejo suspiró. Se puso melancólico.

—Mi rancho estaba en esta misma colonia —dijo—. Un día llegó el arquitecto en una pick-up Dodge, ya muy vieja. Disfrazado de campesino. Enhuarachado. Ofreciéndome una tercera parte de lo que realmente valía este terreno. Yo sospechaba que Tijuana iba a llegar hasta acá y que mis tierras subirían mucho de precio pero, por andar de enamorado y en la borrachera, le vendí todo este rancho.

—¿Por andar de enamorado? —dije, aprovechando el ánimo parlanchín del viejo.

—En la cantina el Tenampa conocí a la chaparrita que me llevó a la ruina. Llegó sola, calzando unos tacones como de quince centímetros. Te juro que iluminó toda la cantina con su presencia, ¡y se sentó conmigo! Jamás entró una vieja así al Tenampa. Le pregunté si estaba fichando y me dijo que no. Traía un ojo de cotorra que se lo hizo su marido policía. Eso me dio mucho coraje, porque no me gusta que le peguen a una vieja, y le pregunté que dónde estaba ese cabrón. De no haber andado borracho no le hubiera creído su sarta de mentiras pero, qué te puedo decir, así fue como me enredó. Al poco tiempo me pidió que vendiera todo y que nos casáramos.

Extraje mi libreta de notas y una pluma de mi saco de piel.

—¿Cómo se llamaba esta mujer? —dije.

—Se llama Lorena Guerra.

Al pronunciar el nombre de la alcaldesa sus pequeños ojos almendrados adquirieron un fulgor inédito.

—¿Por qué no denunció la estafa? —dije.

—¿Cuál estafa?

—¿Lorena no le quitó su dinero?

—A ella no le interesaba mi dinero. Gracias a lo que hizo consiguió su candidatura. Además, aquí entre nos, si me lo volviera a pedir, lo vuelvo a hacer.

—Es como una mantis religiosa —dije.

—Esa muchacha me hizo sentirme joven de nuevo. No tengo nada en contra de ella. Se portó bien conmigo. Porque en el fondo es de buenos sentimientos. Me di cuenta de eso cuando me contó toda la verdad. Llorando. Me pidió perdón, me dijo que era muy mala y de ahí me rogó que regresara con mi mujer. También me consiguió esta casita, como premio de consolación. Con decirte que voté por ella.

—¿Qué enfermedad lo aqueja?

—Cirrosis hepática. Me quedan dos meses más, a lo mucho. ¡Por eso están aquí esos güevones! Hay un terreno grande por el que se puede llegar a esta colonia sin cruzar el arroyo. Ese terreno todavía es mío. No lo vendí y no lo pienso hacer. Es por donde el arquitecto quería hacer su carretera. Por eso se escribió esa cartita ridícula y lo mandó a usted para acá.

—¿Lorena no le pidió que vendiera ese terreno?

—Por precaución no le dije que también era mío. Estaba a nombre de mi mamá. Ella todavía vivía en ese entonces. Además, el arquitecto no lo consideró tan importante en su momento. Cuando las personas que vivían aquí dejaron de pagar sus casas por culpa del arroyo crecido, al arquitecto se le ocurrió hacer él mismo su carretera. Fue cuando descubrió quién era el verdadero propietario de las tierras que necesita para hacer su carretera.

Le di las gracias a don Vicente y me despedí.

—Si vas a hacer la maldad, hazla completa —dijo—. Déjame la botella.

Así lo hice.

El Dieciséis fue linchado públicamente en los Estados Unidos a raíz de las declaraciones hechas luego de su pelea con el panameño Ariel Cárdenas. *Vergüenza para el boxeo*, lo llamó el *New York Times*. *Con licencia para matar*, el *Washington Post*. Los diarios nacionales fueron más benévolos con él. *Uno muerto y otro con daño cerebral: el saldo de pelea en Las Vegas*, colocó *El Universal* en su encabezado. Las comisiones de Nevada, California y Nueva York le prohibieron a Juan volver a pelear en esos estados. Era obvio que el resto de la Unión Americana secundaría esta decisión.

¿Habrá sido real la repentina devoción cristiana del Dieciséis segundos después de la contienda con la Bestia Cárdenas, o sólo una excusa para justificar el crimen que perpetró frente a las cámaras de televisión? Ésa era una de las primeras interrogantes que pretendía resolver en mi indagatoria dado que, para mí, Juan seguía siendo el primer sospechoso del asesinato de su mujer. No me habían contratado para encontrar las pruebas que lo exculparan sino para dar con el culpable. Montalvo fue claro al respecto.

Algo más llamaba mi atención: lo relacionados que estaban los dos casos en los que estaba trabajando con Lorena Guerra. Luego de que a Juan le impidieron pelear en los Estados Unidos a nuestra alcaldesa se le ocurrió organizar una función gratuita estelarizada por Juan en el nuevo auditorio de Rosarito.

—Primero el concierto de Pitbull y ahora esto —dijo el arquitecto Zambrano en una entrevista realizada antes de su muerte—. No puede ser. Populismo, populismo y más populismo. En lugar de promover las bellas artes, esta mujer le paga a un asesino confeso para que traiga de vuelta el cruento espectáculo del coliseo romano a una ciudad pacífica como la nuestra. Es el problema con los que no son de aquí, que tratan por todos los medios de que Tijuana mantenga su fama de salvaje, violenta y poco civilizada, en lugar de apostarle a sus aspectos positivos, como la invención de la ensalada César.

El arquitecto Zambrano salió mal con la alcaldesa luego de que ésta frenó el programa de repavimentación con concreto iniciado por la constructora Neo. Lorena Guerra tomó esta postura a partir de un informe realizado por el Colegio de Ingenieros Civiles, donde se determinaba que la eliminación del asfalto en favor del cemento no era la solución adecuada para el problema de los baches. Según el estudio, el Ayuntamiento debía invertir, primero que nada, en su deficiente sistema de drenaje pluvial. Esto era lo que ocasionaba que sus calles se convirtieran en arroyos cada temporada de lluvia y que el agua terminara filtrándose a través del pavimento, generando los hoyos en el terreno.

Dicho análisis probó ser cierto luego de que se formaron boquetes por debajo de la recién estrenada capa de concreto. Esto fue lo que ocasionó la ruptura entre ambos políticos.

Un sujeto de pelo negro, con un mechón de canas arriba de su frente, fingía leer el periódico deportivo en el callejón del Travieso. Pasé a su lado. Marlene me esperaba afuera de mi despacho. Enlutada y con sus ojos irritados de tanto llorar. Saqué mi llave y abrí la puerta de mi oficina. Seguía molesto con ella por haber traicionado mi confianza al contarle a su padre lo de las fotografías que le tomé a la alcaldesa.

—Asesinaron a papá —dijo.

—No le debiste haber dicho lo de las fotografías.

—Se lo dije porque estaba desesperado. Me dijo que alguien lo quería asesinar y le conté de ti. De lo bueno que eras en tu trabajo. Por eso salió a colación el tema de las fotografías. Necesito que encuentres al asesino.

—Lo siento, ahora estoy muy ocupado con otro caso.

—Él vino contigo antes de que lo mataran.

—Me dio el nombre de un viejo alcohólico y su dirección. Vengo de con él.

—¿Confesó?

—Es un desahuciado. Ni siquiera puede levantarse de su cama.

Marlene se puso muy seria. Como preparándose para decirme algo aparentemente importante.

—Alguien más le deseaba la muerte a mi papi.

—Sí —dije—, los millones de obreros viviendo en condiciones paupérrimas y con créditos hipotecarios imposibles de pagar.

—Ya vas a empezar tú también. Mi papá diseñó esas casas de principio a fin. No fue fácil.

—Debe tener su chiste conseguir los peores materiales en el mercado.

—Están bien hechas y bonitas.

—Me gustaría verte viviendo en una ellas. Oyendo al vecino pedorrearse; luchando contra las fugas en la plomería; haciendo tres horas para llegar a tu empleo porque tu fraccionamiento cuenta con una sola vía de acceso. Cuando llueve: ninguna.

—De no ser por Colina Frondosa esos indios nunca hubieran tenido derecho a sacar casa propia.

—Marlene —dije, asqueado por este último comentario—, tengo mucho trabajo.

La mujer se acercó a mí. Me echó su lechoso y cálido aliento. De pronto me vi tomando el sol en nuestro búngalo playero. Concluí que ella no tuvo la culpa de ser criada de esa manera. En el fondo es buena. Le podría enseñar un par de cosas acerca de la vida.

—Me he quedado sola —rumió, como una gatita fina perdida en la gran ciudad—. Primero mi mamá, luego Gustavo y ahora mi padre. Me he quedado sola con mi hijo. Necesito un hombre a mi lado —dijo, aferrándose aún más a mí—. Tengo miedo. Sé quién lo hizo.

Colocó su cabeza en mi pecho y me abrazó con todas sus fuerzas. Temblaba. El aroma a piña colada emanado por su pelo refrescó mis pulmones. Pobrecita, pensé. Ha perdido a su papá y me burlo de su condición de niña rica. Soy un barbaján. Acaricié su pelo.

—¿Quién? —dije.

—Esa meretriz que tenemos por alcaldesa —dijo.

Me liberé de la heredera. Dejé en claro mis simpatías:

—Yo voté por ella.

—No eres de aquí, ¿verdad? —dijo, enchuecando la nariz.

Como con asco.

—Esta conversación la tuve con tu padre.

—Él decidió renunciar a su cargo en el Ayuntamiento y denunciar los actos de corrupción que cometía esa mujerzuela. Por eso lo asesinaron. Lo que no entiendo es por qué te envió con el alcohólico. Él no fue.

Le hice ver la clase de triquiñuelas que hacía su progenitor:

—La alcaldesa convenció a don Vicente de venderle su rancho

413

a tu padre para que él construyera ahí la Tercera Sección de Colina Frondosa. Don Vicente no tuvo nada qué ver en la muerte de tu padre.

—Pero esa puta sí.

Defendí a mi presidenta municipal, por quien sentía una simpatía genuina:

—No es necesario que le llames de esa manera.

Marlene me volvió a abrazar:

—Hay algo que no te he dicho: tú también corres peligro. Mi papá le llamó a la alcaldesa para advertirle que tenía en su poder fotografías comprometedoras de ella.

El arquitecto no necesitó haber mencionado mi nombre. Lorena Guerra sabía quién le tomó esas fotografías. Años antes decidió perdonarme la vida porque, insisto, nuestra alcaldesa no es ninguna asesina. A menos que la provoquen.

Recordé al sujeto de pelo negro con el mechón de canas. A la luz de esta nueva información, era obvio que me estaba siguiendo. Me asomé por las persianas de mi oficina. Ahí seguía él. Hablando por celular. Mirando hacia mi despacho.

Era mi culpa lo que me estaba pasando. Por andar de bocón. Pésima costumbre para un detective privado. Marlene vio al sujeto de pelo negro con el mechón de canas. Volvió a abrazarme.

—¡Tienes que ayudarme! Necesito las fotografías que te pidió mi papá, como seguro de vida, para protegerme de esa mujer asesina.

—No puedo —dije.

Marlene se percató de que no lograría ponerme en contra de Lorena Guerra. Cambió de táctica. Se acercó un poco más a mí.

—Al menos acompáñame al velorio de mi padre.

—Necesito trabajar.

—¿Para qué?

—Para poder comer —dije.

—Te equivocas —dijo.

Marlene se puso de rodillas y bajó la cremallera de mi bragueta. Cerré los ojos. Pensé, después de todo, esas casas de Colina Frondosa no están tan chiquitas. Fueron diseñadas pensando en el tamaño del mexicano promedio, agregué en mi mente. Y están muy bien para el que va empezando. Gracias al proyecto del arquitecto Zambrano —que en paz descanse— muchos mexicanos pudieron sacar sus casas, en lugar de estar pagando renta. Además, yo podría hacerles unas cuantas mejoras cuando estuviera a cargo del proyecto.

Luego de intercambiar mi dignidad por un revolcón sobre el escritorio de mi oficina, Marlene y un servidor nos vestimos y salimos de mi despacho agarrados de la mano. Pasamos al lado del sujeto de pelo negro con el mechón de canas. Éste evadió mi mirada.

Subimos al Jaguar de Marlene. Tan pronto lo eché a andar apareció en el espejo retrovisor el Town Car color negro, conducido por el sujeto de pelo negro con el mechón de canas. Lo perdí de vista al llegar al lugar donde se celebraba el sepelio del arquitecto Zambrano. Le abrí la puerta a Marlene y la llevé de la mano hasta la puerta de la funeraria, donde saludó de beso a Lorena Guerra.

—Llegas una hora tarde al velorio de tu papá —dijo la presidenta municipal.

—Le presento a Tomás Peralta —dijo Marlene—, el hombre que le tomó esas fotografías cuando andaba de puta.

La alcaldesa me extendió su mano.

—Malasuerte, qué gusto —dijo—. Mi marido me habla maravillas de ti.

—El gusto es mío —expresé—. Voté por usted.

—¿Así que ahora trabajas de guarura? Creí que eras detective privado.

Señalé a Marlene:

—Nos vamos a casar.

La alcaldesa dejó escapar una carcajada. Se dirigió a Marlene:

—Realmente te interesan esas fotografías.

—No para matar por ellas —dijo la heredera y viuda—, como lo ha hecho usted.

La nariz ganchuda de Marlene, que antes me pareció exótica, ahora me resultaba grotesca. De pronto la veía como la hipotética novia de Alf el extraterrestre, y esto tan sólo por estar al lado de un monumento de mujer como Lorena Guerra, cuya belleza no era una visita pasajera, propia de la edad, sino que estaba ahí, para permanecer con ella para siempre.

—Te voy a decir lo mismo que le dije a tu papá: me tiene sin cuidado lo que quieras hacer con esas fotografías —dijo la alcaldesa.

—Estoy seguro de que al cornudo de tu marido le van a encantar —contratacó Marlene.

—Mi esposo sabe la clase de lacra que hay en la política.

Para ese entonces algo más llamó mi atención: Rosa Henderson y su hijo entraron a la funeraria. Humberto trabajaba de *community manager* para el gobierno del estado, o, lo que es lo mismo, cobraba por los memes ofensivos que hacía en contra de sus enemigos políticos, como la alcaldesa de Tijuana. Lorena señaló con su dedo a Humberto.

—¿Ese muchacho es el que diseña los memes donde se burla de mí?

—¿Por qué? —dijo Marlene—. ¿Lo vas a mandar a matar también?

—Alcaldesa —intervine—, me han contratado para trabajar en el caso de Juan Tres Dieciséis. ¿Podría hacerle algunas preguntas al respecto?

—Tú no necesitas trabajar —dijo Marlene.

La ignoré. Marlene se molestó y se alejó. La alcaldesa dijo que no podía tratar asuntos que no estuvieran directamente relacionados con los intereses del municipio en horas hábiles, por lo que propuso quedarnos de ver en el Sanborns de la calle octava, a las seis de la tarde del día siguiente. Está por demás decir que acepté.

—Dígale al Gitanito que se cuide mucho —dijo—. Van sobre él. No debió haberse echado al Guajiro y al Güero Fernández.

—Le daré su mensaje.

—Y usted cuídese de la gente para la que trabaja.

—Sé cuidarme solo.

—Me tengo que ir —se despidió, plantándome un beso en el cachete.

Le hice una llamada a mi hijo el Gitanito. Tenía ganas de hablar con él.

—Qué onda, papá —dijo—. ¿Ya encontraste al asesino de Gabriela?

—Espero no estar hablando con él —dije.

416

—Yo envié a Montalvo contigo. Te recomendé.

—Intentaste estafar a Juan.

—Puedo explicártelo. Ven a mi rancho.

—No puedo. Me han estado siguiendo.

—Necesito hablar contigo, papá.

—Hoy se presenta Lalo Mora en el Palenque de Tijuana. ¿Qué te parece vernos ahí?

—Ahí te veo.

—Brandon. ¿Recuerdas las fotografías que te di a guardar el año pasado? ¿Puedes llevármelas?

—Seguro.

Tan pronto colgué, regresó Marlene acompañada del procurador César Mayorga. Nos saludamos.

—Malasuerte, ¿qué fue de la carta que te entregó el arquitecto Zambrano antes de ser asesinado?

Saqué la carta de mi saco de piel. La entregué al procurador. La leyó.

—¿Por qué no me la habías dado?

—Porque no me la habías pedido.

—No hiciste un muy buen trabajo protegiendo al arquitecto.

—No me contrató para protegerlo.

—¿Entonces para qué te contrató?

—No me contrató en lo absoluto.

—¿Por qué?

Volteé a ver a Marlene.

—Cariño, ¿podrías dejarnos solos?

La viuda, huérfana y heredera se alejó. Continué hablando con el procurador:

—No lo quise como cliente.

—¿Y por qué te quedaste con esta nota?

Encendí un tabaco.

—Porque es falsa.

—¿Cómo lo sabes?

Eché el humo en la cara del procurador.

—La he investigado —dije.

—¿Por qué?

—Supongo que porque tengo una conciencia.

—No te entiendo.

—Cuando leí la noticia de su muerte me sentí un poco mal.

—Y en lugar de llevarnos la nota a nosotros decidiste investigar por tu cuenta.

—El arquitecto me habló de un sospechoso. Un sujeto que vive en una de las casas de Colina Frondosa y que, con justa razón, deseaba verlo muerto.

—¿Cuál es el nombre de esta persona?

—Vicente Aguilar, pero yo lo eliminaría de la lista de sospechosos.

—¿Por qué lo dices?

—Se trata de un desahuciado con cirrosis hepática que lleva semanas en cama.

—¿Por qué sospechaba el arquitecto de él?

—Vicente Aguilar solía ser el propietario del terreno donde se encuentra la Tercera Sección de Colina Frondosa —dije—. El arquitecto Zambrano lo estafó.

—No fue el primero ni el último.

—Es lo mismo que pensé.

—¿Y a qué conclusión llegaste?

—A que el arquitecto realmente no temía por su vida —dije.

—No te entiendo.

—El terreno por el que pasaría el camino más directo a la tercera sección de Colina Frondosa sigue siendo propiedad de Vicente Aguilar. Ése no lo vendió. El arquitecto Zambrano llevaba años intentando construir un libramiento en ese sitio.

—¿Por qué no lo adquirió junto a todo lo demás?

—Supongo que en un principio desestimó la importancia de contar con un acceso sin rodeos a la colonia que iba a construir. A él solo le importaba vender sus casitas. Lo demás era lo de menos.

Marlene regresó a mi lado, acompañada por Rosa y Humbertito. Saludé de beso a la señora Henderson. El procurador Mayorga le volvió a dar el pésame a Marlene y se despidió de nosotros.

—Voy a decirle adiós a mi padre —dijo Marlene, sollozando.

Ambas mujeres caminaron hacia el féretro. Me quedé a solas con Humberto, quien tenía una gasa pegada a su nuca.

—Todos saben quién asesinó al arquitecto —dijo—. Esa vieja naca que ganó la alcaldía regalando sodas y tortas.

—Por lo visto, estás muy agradecido con el arquitecto por haberte conseguido ese empleo. Tengo entendido que el arquitecto también le consiguió trabajo a tu novia. ¿Dónde trabaja ella?

—En la cineteca del Instituto de Cultura.

Señalé la herida en la cabeza de Humberto. Le pregunté qué le pasó.

—Un grupo de adictos enviados por Lorena Guerra reprimió una protesta en la que participé. Protestábamos contra el populismo del narcoayuntamiento, que utiliza dinero del erario para traer a Pitbull y para financiar espectáculos sangrientos como la pelea de ese asesino de mujeres.

—Dices que fue un grupo de adictos el que los reprimió.

—Llegaron con bats de beisbol y manoplas. Pertenecen a un centro de rehabilitación llamado Morir para Vivir.

Mientras preparaba mi huida apareció el gobernador. Emprendí la fuga y sentí un jalón en mi camisa. César Mayorga era quien me sujetaba de mi preciada Tommy Bahama hawaiana.

—Procurador, le doy veinticuatro horas para resolver este asesinato —dijo el gobernador.

—Le presento a mi colaborador especial: Tomás Peralta —dijo César Mayorga.

Estreché la suave y regordeta mano del gobernador. El gobernador se alejó. Fue a darle el pésame a Marlene. Me le quedé viendo al procurador.

—¿Colaborador? —dije.

—Tenía que decirle algo —dijo César Mayorga, con una sonrisa de nervios.

—Necesito leer el expediente de Gabriela Pacheco.

—Pasa mañana a mi oficina —dijo el procurador, antes de partir.

También deseaba irme de ese lugar. El problema era que aún llevaba las llaves del Jaguar conmigo.

—En honor a este gran empresario —dijo el gobernador—, cobardemente asesinado por denunciar las injusticias sufridas por miles de tijuanenses, víctimas del mal manejo de su impuesto predial, mi gobierno construirá lo que es deber del ayuntamiento: un acceso moderno a la tercera sección de Colina Frondosa. ¡Así tengamos que levantar un puente para llegar hasta allá!

Aprovechando la emoción experimentada por Marlene ante la buena noticia del gobernador, me apresuré a entregarle las llaves de su vehículo e irme de ahí. Tenía ganas de ver a Brandon, mi hijo.

Había caído la noche. El palenque estaba muy concurrido. Le sería fácil a mi hijo perderse entre la multitud, en caso de un operativo en su contra. Lalo Mora apareció en el escenario. Comenzó su concierto con "El corrido de Laurita Garza". Brandon y yo nos reunimos muy cerca de la salida.

A orillas del Río Bravo, / en una hacienda escondida,

—Qué gusto verte —dije.

Laurita mató a su novio / porque él ya no la quería…

Brandon me entregó el sobre con las fotografías, el cual metí a mi saco de piel. Lo noté nervioso. Volteaba para todos lados.

—¿Estás en problemas?

…y con otra iba a casarse, / nomás porque las podía.

—Me tienen cercado.

Hallaron dos cuerpos muertos / al fondo de una parcela,

—¿Te siguieron?

uno era el de Emilio Guerra, / el prometido de Estela,

—No.

el otro de Laura Garza, / la maestra de la escuela.

—¿A ti?

La última vez que se vieron, / ella lo mandó llamar.

—Tampoco.

Cariño del alma mía, / tú no te puedes casar.

—No debiste haber matado a esos dos —dije, refiriéndome al Vaquero del Caribe y al Güero Fernández—. Colmaste la paciencia de Sandkühlcaán.

¿No decías que me amabas? / Que era cuestión de esperar.

—¿Ya vas a empezar?

Tú no puedes hacerme esto, / qué pensará mi familia.

—¿Por qué protegías a Juan?

No puedes abandonarme, / después de que te di mi vida.

—Me pidió asilo.

No digas que no me quieres. / ¿Cómo antes sí me querías?

—¿Luego de que lo estafaste?

Sólo vine a despedirme, / Emilio le contestó.

—¿Cómo lo sabes?

Tengo a mi novia pedida, / por ti mi amor se acabó.

—Soy detective —dije.

Que te sirva de experiencia / lo que esta vez te pasó.

—Me perdonó. Llegó a mi rancho pidiéndome ayuda. Ahora es bróder. Se pasa todo el día leyendo la Biblia.

No sabía que estaba armada / y su muerte muy cerquita.

—¿Cómo supiste que no se dejaría vencer esa noche en Las Vegas?

De la bolsa de su abrigo...

—¿Con quién has estado hablando? —dijo Brandon, asombrado.

...sacó una escuadra cortita.

—Contéstame —le exigí.

Con ella le dio seis tiros.

Se oyeron los seis tarolazos ejecutados por el baterista de la agrupación musical, tal y como la hacía cada que llegaba el final de "Laurita Garza". Luego se escuchó un séptimo y un octavo tarolazo. Sólo que éstos no fueron los tarolazos propios de la canción. Brandon cayó sobre mí, con los dos agujeros en su espalda, lo cual hizo que se revelara la imagen del sujeto de pelo negro con el mechón de canas, parado detrás de mi hijo, con su escuadra ahora apuntándome a mí. El guarura de Brandon me salvó la vida tacleando al asesino justo a tiempo.

Sonó el traqueteo de armas automáticas accionadas desde las gradas ubicadas justo arriba de nosotros. Giré mi vista en esa dirección: más asesinos. Lalo Mora paró de cantar. Luego de que dejó caer su micrófono, el ruido de la retroalimentación en las bocinas activó la estampida de paisanos. Todos ellos corrían hacia nosotros. Protegí el cuerpo de mi hijo, mientras le rogaba a los sujetos pasando a mi lado que llamaran una ambulancia. Ninguno me hizo caso.

—Tercer Seven Eleven —dijo—, pasando el semáforo en la esquina de la tienda de Sólo un Precio, está uno de esos clubes nutricionales con cortinas color verde y salmón donde venden polvitos y licuados proteínicos. Ahí está Juan.

—¿Cuál tienda de Sólo un Precio? Hay muchas.

—Enfrente hay un Working Name Fish Tacos.

—Me dejas igual —dije, porque también hay muchos Working Name Fish Tacos en Tijuana.

—Gabriela quería el dinero para ir con el doctor —fueron las últimas palabras de Brandon.

Se oyó un disparo más. Éste más cerca. Volteé en dirección a donde estaba el sujeto con el mechón de canas y encontré al guarura de Brandon encima de él. Inmóvil. Exento de vida. Con un plomazo en la boca de su estómago. El sujeto con el mechón de canas luchaba por quitárselo de encima. No podía dejarlo escapar, así que fui por él. Sujeté al asesino de su camisa, justo cuando se preparaba para darse a la fuga. Lo desarmé y atasqué mi puño contra su cara. Le sumí el pómulo. El segundo recto le desencajó la mandíbula. Su cuerpo pendía como un hilacho de mi mano izquierda mientras la gente pasaba a mi lado, corriendo. Pretendía llevarme conmigo al sujeto con el mechón de canas cuando un impacto en mi nuca desconectó mi cuerpo de su fuente de energía.

Malasuerte habla de su relación con su hijo

Viajé a Sonoloa para disculparme con Brandon por haberle matado a su mamá. Me recibió con un plomazo en el pecho. Luego pagó por mi recuperación en un hospital de Bahía de Venados, lo cual habla del tipo de persona que era Brandon.

Tiempo después se vino a vivir a un rancho secreto cerca de Ensenada e hicimos las paces, pero aun así no nos frecuentábamos mucho. Más que nada por nuestras profesiones. Muchos amigos suyos se la pasaban buscando la manera de quedar bien conmigo, mientras que sus enemigos hacían todo lo contrario. Me las arreglé repeliendo ambos bandos. Un atentado por aquí, un regalo por allá. No quería nada de eso. La única vez que le pedí un favor fue cuando le di a guardar las fotografías de la alcaldesa. No aprobaba su modo de vida. Se lo dije varias veces.

—Es el negocio de la familia —dijo.

—Será por el lado de tu madre —dije—, que los míos siempre fueron muy honrados.

—¿Sabes qué es lo que más me gusta de mi trabajo? Que no le doy de comer a los güevones del gobierno porque no pago impuestos.

—La mitad de tu dinero se te va en sobornar policías —le recordé.

—No tengo nada contra los policías. Es la única clase de zánganos que tolero. Dan esa sensación de seguridad que todos desean.

Insisto, mi hijo era una buena persona. Asesinó a mucha gente y traficó con sustancias ilícitas, pero tampoco me lo imagino de cajero en un supermercado. No me puedo poner a filosofar acerca de la clase de sistema que genera a un muchacho como Brandon. Primero, porque no me gusta filosofar, y, segundo, porque no creo que exista un *sistema*. La sola mención de la palabra me molesta. Lo que hay es un montón de vivales generando ganancias y haciendo girar al mundo con sus telenovelas, para los supuestamente tontos, y sus series de televisión, para los supuestamente listos.

A veces creo que es al revés.

La sal de la tierra

La madre del Gitanito me arrastraba al pozo de fuego que es su morada.

—Ahora sí, imbécil —dijo—, lo has hecho: aniquilaste a toda mi familia.

—Él insistió en vernos —dije.

—Pudres todo lo que tocas. Estás maldito de por vida, Malasuerte.

—Quiero vengar a Brandon.

—¿Cómo lo harás?

—Usando mi cerebro —dije.

La carcajada de Sandy hizo que ésta me liberara. Surgí de las profundidades del averno para despertar en una patrulla de la policía municipal. Me hallaba esposado. Palpé mi nuca. La encontré blanda y húmeda. El dolor acalambró todo mi cuerpo. Como era de esperarse, el sobre con las fotografías ya no estaba en mi saco de piel color café. El asesino del Gitanito viajaba a mi lado. Lo reconocí por su mechón blanco. Pregunté a dónde me llevaban. Recibí un cachazo por respuesta. Cuando abrí los ojos no pude ver nada. El concierto de lamentos, pedos y ronquidos que oía me hizo saber que no estaba solo. El repugnante olor a mierda y a sudor me lo confirmó. Estaba seguro de que el charco de orines sobre el que me encontraba recostado no era mío, sino del sujeto a mi derecha. No estoy en la comandancia, pensé, luego de aguzar la mirada. Además, conservaba mi cinturón. En su momento calculé que había más de veinte personas en aquel cuarto. La fetidez era tan intensa que irritaba mis fosas nasales. Los pedos y ronquidos continuaban con su melodía infernal. El pantano de Sandy era el Ritz, al lado de esta otra sucursal del infierno. El techo rezaba, con letras grandes:

PORQUE DE TAL MANERA AMÓ DIOS AL MUNDO, QUE DIO A SU HIJO UNIGÉNITO, PARA QUE TODO AQUÉL QUE CREE EN ÉL NO SE PIERDA, SINO QUE TENGA VIDA ETERNA.

El meón se quejó aún más fuerte. Sus propios lamentos lo despertaron. Se puso de pie e intentó dirigirse a la puerta ubicada a mi izquierda. Pasó por encima de mí. Tocó con fuerza. Un custodio apareció tan sólo para propinarle un batazo en la cabeza al quejumbroso.

—Necesito salir de aquí —dijo el recluso.

—Cállate, Chupacabras.

—Estoy sufriendo.

—¿Más de lo que has hecho sufrir a tu familia con tus vicios? —dijo el celador, antes de volver a cerrar la puerta.

El Chupacabras regresó a su lugar junto a mí, acostándose en posición fetal.

—¿Dónde estoy? —dije.

—En el centro de rehabilitación Morir para Vivir. Tu familia te metió mientras estabas dormido. ¿Eres guaino, crico o tecato?

—Soy detective privado —dije—. Demostraré que tu hijo es inocente.

—¿Conoces a Juan?

—Trabajo para él. ¿Recaíste?

—Luego de que me corrieron de la fábrica.

—¿Qué pasó con este centro de rehabilitación?

—Esos policías traicionaron a la alcaldesa. Dicen que ahora debemos apoyar al gobernador.

—El nuevo ya está despierto —dijo el custodio, luego de abrir la puerta.

Dos hombres entraron a la pequeña habitación. Llegaron hasta mí pasando por encima de los internos, a los cuales pisaban y pateaban adrede. El pistolero me sujetó de mi camisa Tommy Bahama y me levantó en vilo. Intenté oponer resistencia, pero pronto descubrí que poseía la fuerza de un intelectual mexicano y no pude hacer nada. Conscientes de mi inconmensurable poder, debieron haberme suministrado un tipo de droga para mantenerme en ese estado.

Llegamos a un cuarto aledaño cuyo único mueble era una silla ubicada en el mero centro. Me ataron a ella por medio de *duct tape* y dio inicio la primera ronda de caricias.

—¿Dónde está Juan? —dijo el asesino de Brandon, presumiendo unas pinzas.

—Mataste a mi hijo y por ello vas a morir.

El sujeto con el mechón plateado palideció. Le asustaron mis palabras.

—Lorena me ordenó hacerlo —dijo, casi disculpándose.

—Eso no es verdad —dije.

Recibí un cruzado de derecha.

—¿Dónde está Juan?

—No lo sé.

—Brandon te lo dijo.

—Lo asesinaron antes de que me dijera.

—Entonces ya te chingaste.

La extracción de la primera uña me dolió mucho menos que la muerte de Brandon.

—¿Por qué no quieres darnos la dirección?

—Porque no me la sé.

Mechón Plateado procedió a la extracción de mi segunda uña. El alarido que dejé escapar fue tan fuerte que activó un tumulto en el cuarto de al lado. Enseguida se oyó un impacto que cimbró toda la casa.

—Ve a ver qué está pasando —dijo Mechón Plateado a su secuaz, quien dio media vuelta cuando ya era demasiado tarde.

Una horda de adictos arrollaron a los autores de mi suplicio. Terminé el trabajo que inicié sobre la cara de Mechón Plateado. Su compañero, parado en el extremo opuesto del cuarto, vio aterrado cómo dejé irreconocible al asesino de Brandon. No fue difícil convencerlo de que cantara. Mis puños ensangrentados lo convencieron.

—¿A quién le dieron las fotografías? —dije.

—El jefe me pidió que se las llevara a un muchacho que vive cerca de la Torre del Sindicato.

Humberto, pensé. Le pedí las llaves de su patrulla y que se quitara el uniforme. Me obedeció en todo. Me disfracé de policía. El municipal pidió quedarse con mi ropa. Me negué a ello.

—No quiero que me la ensucies —dije, antes de enviarlo a El Gran Quién Sabe con un plomazo como boleto de abordaje.

Cruzaba la ciudad con la sirena y las torretas encendidas. Desde el último piso de la Torre Sandkühlcaán veía mis acciones con aprobación. Me estacioné frente al hogar de los Henderson. Lucía vacío. Abrí la puerta con mi ganzúa. Entré a la casa, la cual estaba a oscuras, excepto por una franja de luz saliendo del cuarto de Humbertito. Hacia allá me dirigí. Abrí la puerta de una patada. Sorprendí a Humberto ahorcando al ganso. Gritó y subió su pantalón. El chaquetas quiso saber qué hacía ahí.

—¿Dónde están las fotografías que te dieron los municipales? —dije.

El puñetas señaló una peluca de mujer sobre su escritorio. Hacia allá me dirigí. Quité la cabellera falsa y aparecieron las fotografías que le tomé a la alcaldesa hacía casi veinte años. Hice lo que debí hacer en su momento: las destruí.

—¡No! —gritó.

—¿Qué pasa? —dije.

—Aún no las subo al internet.

—Te están usando. Te encuentras entre las patas de los caballos y puedes salir lastimado.

—No me importa morir por una causa justa. Pertenezco a una organización revolucionaria.

—¿Cómo se llama tu organización revolucionaria?

—La Nueva Liga Internacional de los Justos.

—Con ese nombre no necesitas jalártela. Te vienes nomás de oírlo.

—Eres un esclavo.

—¿Y qué hacen? —dije, ignorando el insulto.

—Buscamos dinamitar el orden establecido acelerando el proceso de descomposición.

428

En la pantalla de la computadora había un meme hecho por Humbertito. El meme tenía por cabeza una fotografía de la alcaldesa. El texto al pie rezaba:

—¿CON CUÁNTOS HOMBRES HA FORNICADO NUESTRA ALCALDESA?
—NO LO SÉ. NADIE HA PODIDO CONTAR TAN ALTO.

—Ingenioso —dije—. ¿No es delito que un funcionario público escriba esta clase de estupideces?
—Lo hago en mi tiempo libre y bajo seudónimo.
—¿Cuál es tu seudónimo?
—Psycho Rabbit.
Puse la vista en el techo.
—Ahora sí me vine —dije.
—Ese individualismo que presumes es un engaño —dijo—. El ser humano no tiene razón de ser fuera de la colectividad.
Oí un motor estacionarse justo del otro lado de la ventana. Enseguida se escuchó el sonido característico de las AR-15 cortando cartucho. Me tiré al suelo, jalando al puñetas hacia mí. Las detonaciones despedazaron los cristales. El chaquetas preguntó qué estaba pasando. Lo ignoré. Me asomé por la ventana. Los agresores habían bajado de otra patrulla municipal. La 4673. Vacié mi cartucho sobre su carrocería. No contaban con eso. Los cobardes huyeron en busca de apoyo. Sujeté al puñetas del cuello y lo arrastré.
—¿Qué haces? —dijo el chaquetas.
—Te salvo la vida.
La persecución corrió a lo largo del boulevard Agua Caliente, donde se encuentra la Torre. Nos perseguía un enjambre de patrullas. Pasamos por tres Seven Eleven y una tienda Sólo un Precio ¡ubicada junto a un club nutricional con cortinas verdes! ¡Justo enfrente de un Working Name Fish Tacos!

Al día siguiente, usuarios de las redes sociales denunciaban, indignados, el secuestro del hacker Psycho Rabbit, quien ocultaba su verdadera identidad por medio de una máscara de conejo. Culpaban de ello a Lorena Guerra. Lo daban por hecho y exigían su rescate. Lo catalogaban como un atentado contra la libertad de expresión. Los periódicos locales revelaron que Humberto era funcionario del gobierno de Baja California. Los ciberguerrilleros se molestaron ante la difusión de este dato, el cual rápido definieron como irrelevante y parte de la cortina de humo levantada por los agentes represores. Sin embargo, la noticia que acaparaba las primeras planas era el asesinato de mi hijo, ocurrido durante el concierto que Lalo Mora ofreció en el palenque de Tijuana.

Cuando por fin logré perder al enjambre de patrullas que me perseguía, toqué a la puerta del club nutricional color rojo, ubicado enseguida de la tienda Sólo un Precio y frente a un Working Name Fish Tacos. Me acompañaba Humbertito, alias el Psycho Rabbit. No recibimos respuesta, sin embargo, sabía que había alguien dentro. Decidí hablarle a la cortina verde que cubría una ventana con vidrios esmerilados y protecciones de hierro fundido.

—Juan, soy el detective Malasuerte.

Juan abrió la puerta del club nutricional. La cara del boxeador daba fe de su combate en contra del Vaquero de Caborca, el sábado pasado. Especialmente por un morete en la barbilla. Entramos a la casa. Me volví a asegurar de que nadie me siguió. Cerré la puerta y encendí la luz por medio del interruptor a mi derecha. La estancia estaba pintada de verde y decorada con posters motivacionales. *Me siento estupendamente, pregúntame por qué*, rezaba un afiche encabezado por una modelo con un licuado en su mano. El linóleo en el suelo se sentía pegajoso y pedía a gritos una buena encerada. Excepto por seis sillas plegables y una mesita con una licuadora de plástico, no había muebles en esa parte de la casa. Una cortina verde colgaba de un dintel ubicado al fondo de la estancia. Crucé este umbral y de pronto me vi en el interior de un templo oscuro y clandestino, con todo y su púlpito, su atril, sus bancas de madera y varias representaciones del demonio Sandkühlcaán: en un bajorrelieve de arcilla pegado a la pared, en dos pinturas al óleo y en un retablo que narraba tanto su ascenso del infierno cósmico como sus épicas luchas con otros dioses del inframundo.

Ay, hijo, en qué estabas metido, pensé.

—Sáqueme de aquí —me pidió Juan.

—Me contrataste para encontrar al asesino de Gabriela —dije.

—Sólo quiero que el asesino de Gabriela obtenga su castigo.

Le presenté al Psycho Rabbit. El boxeador y el hacker se dieron la mano. Le dije a Juan que estaba interesado en su versión de los eventos ocurridos el sábado en el hotel Rosarito.

—No recuerdo nada de lo que ocurrió a partir de la medianoche —dijo—. Mi cerebro no anda bien. Olvido cosas. Sólo sé que desperté junto al cuerpo de Gabriela. No bebí alcohol.

—¿Qué medicina te recetaba el doctor Pacheco?

—Té de toloache. Ayuda a controlar mi mal. Esa noche sentí los síntomas de mi enfermedad y me tomé una taza.

—¿Qué te dijo Sandkühlcaán?

Juan pensó su respuesta por un momento. Bajó su mirada.

—Nada —mintió.

—Juan, sé que hay algo que no me estás diciendo. No importa lo que sea, lo voy a descubrir. ¿Por qué no me haces más fáciles las cosas?

Dijo que no ocultaba nada. Le pregunté si tenía un sobre del té que le recetó el doctor Pacheco. Dijo que tenía una caja en la alacena de su casa. Le pedí las llaves de su hogar y su dirección. Me explicó dónde encontrar el té mágico. Le pedí a Juan que no dejara salir a Humberto. Le dije que la seguridad del Psycho Rabbit dependía de él. Le pedí su playera a Humberto. Me la puse. Él se puso el uniforme del municipal muerto.

A las seis de la mañana subí a un autobús que me llevó a Colina Frondosa. El trayecto resultó un calvario. La inevitable evocación de los últimos segundos en la vida del Gitanito me generaba taquicardia y me paralizaba. Mis pulmones se negaban a hacer su trabajo. No podía respirar. Sentía mi mente dividida por lagunas de fango por donde nadaba el espíritu de Sandy, quien me recordaba una y otra vez que mi alma estaba condenada al infierno. Sudaba frío. Debía expulsar de mi mente los pensamientos negativos. Tenía una misión que cumplir. Debía moverme. No te vuelvas loco, dije. Espera un poco más, Malasuerte.

Llevaba puesta la playera de Humbertito. La chica preparatoriana sentada frente a mí me sorprendió llorando. Limpié mis lágrimas y le pedí la parada al chofer —sin albur—. Mauricio Bueno me esperaba afuera de mi casa. Quiso saber si vi a Susana en la parada del camión. Le dije que no.

—Cuando desperté ya no estaba —dijo—. A lo mejor fue al supermercado. El problema es que no me atrevo a irme a la fábrica y dejar sola a la niña. Ni modo, perderé el bono de puntualidad y asistencia.

Me despedí de Mauricio Bueno y abrí la puerta del dúplex. Caminé dos pasos y llegué a mi cuarto. Removí el edredón de la cama y apareció el cuerpo desnudo de la señora Bueno. Me abrazó.

—¿Qué te pasó? —dijo, luego de que vio las heridas en mi cuerpo.

Dejé caer mis hombros. Lloré a moco tendido.

—Asesinaron a mi hijo —chillé.

Susana me abrazó.

—Pobrecito. Déjame curarte, mi vida.

Me limpié los mocos y las lágrimas.

—Mauricio está como loco, buscándote.

—Ya no lo soporto —gritó Susana.

—Te va a oír. Está afuera.

—No me importa. Ayer tuve que oírlo por dos horas seguidas hablar de cómo es el mejor trabajador de su fábrica.

—Mi conversación no es mucho más interesante.

—¿Y quién te dijo que quería platicar contigo? —dijo Susana, antes de abrir la llave de la regadera.

Luego de ducharme, Susana me curó. Opté por mi camisa Tommy Bahama con marlines estampados.

—No vayas a dejar otra vez tu tanga en mi baño —le pedí a Susana antes de regresar a la jungla de asfalto.

El Buick de Johnny Milano estaba estacionado a dos calles de la casa que Juan compartía con Gabriela Pacheco. Johnny Milano era mi única competencia en la ciudad. Si a eso se le podía llamar competencia. Su verdadero nombre era Héctor Petroni, o al menos era lo que ponía en su tarjeta de presentación. Los policías que lo conocíamos le llamábamos Johnny Milano. Esto en alusión a los almacenes de ropa donde adquiría sus trajes brillosos, sin bastilla y demasiado holgados de los hombros. Su fedora y su gabardina caqui las adquirió en un mercado sobre ruedas.

Al igual que sucedía conmigo, los casos de divorcio eran la especialidad de Johnny Milano. La diferencia era que él los disfrutaba como un cerdo disfruta su propia suciedad. Se abalanzaba sobre ellos como mosca sobre la mierda. Incluso proveía al amante, en caso de ser necesario. Tenía personal de ambos sexos que lo asistía en ese tipo de tareas.

La casa de Juan se ubicaba en la Segunda Sección de Colina Frondosa. Se trataba del modelo residencial, ya que era centímetros más grande que una cabina telefónica. Entré a la casa de Juan y me dirigí a la alacena. Encontré los sobres de té donde me dijo que estarían. Justo detrás de mí, la silla donde se sentaba Johnny Milano estaba reclinada contra la pared. Pensó que me espantaría cuando dejó caer sus patas delanteras sobre el suelo. No fue así.

—¿Qué se te ofrece, Milano? —dije, sin voltear a verlo.

—Ya te he dicho que no me digas así, Malasuerte —refunfuñó.

—Te llevas, te aguantas.

—Sabía que te encontraría en este lugar.

—Eso es porque eres muy listo —dije.

—¿Qué te acabas de echar a la bolsa?

—Nada que sea de tu incumbencia.

—Siento lo del Gitanito.

—Escupe de una vez lo que has venido a decirme.

—¿Quieres saber quién asesinó al arquitecto? Tengo la respuesta aquí —dijo Petroni, tocándose el interior de su gabardina—. Pero primero muéstrame las fotografías que le tomaste a la alcaldesa.

—Las destruí.

—No te creo.

—Qué lástima —dije, franqueándolo.

Johnny Milano me cortó el paso.

—¿Qué quieres, Petroni?

—¿No tendrás aunque sea un tostón?

Saqué el tostón de mi billetera. Se lo entregué. Me lo agradeció. Dio media vuelta.

—No tan rápido —dije, sujetándolo de su gabardina.

—Ah, sí. Casi lo olvidaba —dijo, y me entregó un sobre con fotografías.

Eran fotografías del arquitecto Zambrano en una cama de motel con jovencitos varones.

—¿Quién te pagó por este trabajo? —dije.

—Lorena Guerra. Ella asesinó al arquitecto.

—¿Cómo lo sabes?

—Los dos tenían información comprometedora de cada uno. La alcaldesa tenía las fotografías que le tomé al arquitecto, y el arquitecto las que tú le tomaste a ella. Se quedaron de ver en la presa para pactar una tregua. Algo debió salir mal.

Me marché de ahí. Al entrar a la procuraduría agentes y burócratas se me quedaron viendo. Ingresé a la oficina del procurador César Mayorga. Me entregó el expediente requerido por mí.

—Siento lo del Gitanito —dijo.

—Él sabía a lo que se atenía —fingí frialdad.

Encendí un tabaco.

—¿A qué fue al concierto de Lalo Mora? —dijo.

—Supongo que a oír su música. ¿Qué has sabido del asesinato del arquitecto Zambrano?

—Tenemos el testimonio de varios testigos protegidos. Son obreros de fábrica que llevan a sus amantes a la presa, para ahorrarse el dinero del motel. Todos ellos afirman haber visto primero un ovni volando encima del agua y el asesinato del arquitecto después.

Recordé el platillo volador que me mostró Mauricio Bueno. Dijo que tomó la fotografía en la presa.

—Por pura curiosidad, ¿uno de los obreros no se llama Mauricio Bueno?

El procurador revisó la lista de nombres.

—¿Cómo supiste? —dijo, asombrado.

—Lo conozco —le informé—. Es mi vecino. Hace unos días me mostró la fotografía de un platillo volador. ¿Les crees a todos esos empleados de maquiladora que ven platillos voladores mientras llevan a sus respectivas amantes a la presa?

—No necesito hacerlo. Varios de ellos capturaron con su celular no sólo el platillo volador sino al asesino del arquitecto también. En todas las fotografías aparece una mujer de pelo negro y no muy alta. Sin embargo, hay algo que me incomoda de todo esto.

—¿Qué te incomoda?

—¿Dices que conociste al arquitecto? —dijo.

—Tuve oportunidad de hablar con él —admití.

—¿Qué pensaste?

—No me parece lo más correcto discutir la vida privada de un difunto.

—Era ambidiestro —dijo.

En efecto, al arquitecto se le llenaba de agua la canoa; corría para tercera base; le gustaba el arroz con popote; le iba al América; le tronaba la reversa. Esto ya lo sabía. Las fotografías tomadas por Johnny Milano eran prueba de ello. Le pregunté a dónde quería llegar. César Mayorga abrió un cajón de su escritorio y sacó un sobre. Dentro estaban las fotografías tomadas por Johnny Milano. Le pregunté cuánto pagó por ellas.

—Petroni contrata a menores de edad en el callejón Coahuila. Cayó en un operativo. Me propuso detener el proceso en su contra a cambio de estas fotografías que Lorena Guerra le encargó.

—¿Sugieres que la alcaldesa se encontró con el arquitecto para hacer tratos con él?

—Marlene me habló de unas fotografías que le tomaste a Lorena Guerra hace algunos años.

—Esas fotografías nunca llegaron a manos del arquitecto.

—¿Dónde están ahora?

—Las destruí.

El procurador se paró de su escritorio y cerró la puerta con seguro.

—Escucha, Malasuerte: Lorena es mi amiga. Ella me puso en este puesto. Pero, desde arriba, prácticamente tengo la orden de culparla por la muerte del arquitecto. Con decirte que mañana debo entregar estas fotografías a los diarios. O lo hago o presento mi renuncia, así me lo pusieron. Sé que tú también sientes simpatía por Lorena. Ayúdame encontrando evidencias que la eximan de toda culpa.

—Voy a llevarme los reportes de autopsia de Gabriela Pacheco y del arquitecto Zambrano —dije, extrayendo de sus respectivas carpetas los documentos que necesitaba—. ¿Qué sabes acerca del doctor Elías Pacheco?

—Sé que tiene su consultorio en la Torre.

—¿Lo contemplan como sospechoso?

—¿Del asesinato de su hija? Para nada. Esa noche Elías Pacheco estaba en Ensenada visitando a su exesposa y al novio de su exesposa. Son muy liberales esos jipis. Probablemente hicieron un trío.

Esto ya era demasiada información. Mi mente no era capaz de acumular tantos datos. Jamás fui un intelectual. Más bien soy un sujeto de acción. Pensar poco me ayuda en mi trabajo, pero reconozco que tiene sus desventajas. La migraña comenzó a hacer de las suyas. Me sentía cansado. Echaba de menos unas doce horas de sueño, tres litros de café, dos uñas en mi mano izquierda y ocho puntadas en mi nuca. El intenso mareo tambaleó mi cuerpo. Tuve que sujetarme del escritorio de César Mayorga.

—¿Qué saben de Camila Pritzker? —dije—. La esposa de mi hijo.

—No sabíamos que tu hijo estuviera casado.

—Tengo entendido que fue por esa mujer que Brandon se enemistó con el Vaquero del Caribe.

—Brandon no lo mató por un lío de faldas. Arrestamos al Vaquero del Caribe el primero de enero conduciendo en zigzag, con la cara blanca como un polvorón, llena de coca. Cargaba una AR-15 con lanzagranadas en la cajuela de su Mercedes y una .357 con cacha de oro. Aceptó ingresar a nuestro programa de testigos protegidos. Nos proporcionó la ubicación de dos almacenes y tres plantíos del Gitanito y le dejamos que continuara su gira artística por Sonoloa. Hasta allá fue a buscarlo tu hijo.

Hice acopio de todos estos datos y me aferré de nueva cuenta al escritorio del funcionario, quien me invitó a tomar asiento. Le tomé la palabra. La intensa actividad cerebral bombeaba aún más sangre fuera de mi herida. El procurador me preguntó si me encontraba bien.

—Juan tenía una especie de amante —dije—. Pensaba divorciarse de Gabriela para casarse con ella.

—Ésa sería la señorita Celeste Betancourt. Ciudadana americana. Por lo pronto la tenemos en el hotel Camino Real, pero mañana regresa a su país. Ahí encontrarás su declaración.

Extraje los sobres de té de la bolsa de mi saco de piel.

—Necesito que me analices esto. Se supone que es toloache pero no estoy seguro. Se lo recetaba Elías Pacheco a Juan. Era parte de su tratamiento. También voy a necesitar un salvoconducto.

—¿Adónde vas?

—Al hotel en Rosarito.

—¿Por qué he de ayudarte?

—Porque tu gobierno asesinó a mi hijo.

César Mayorga bajó la mirada, tecleó mi nombre, mandó a imprimir una hoja, la selló y la firmó antes de entregármela.

—¿Qué has averiguado acerca de Gaby Pacheco? —dijo.

Respondí que nada debido a que no le podía confesar que pasé la noche interrogando a Juan en su escondite, donde tenía también oculto al hacker conocido como Psycho Rabbit.

—Esta oficina no ha querido revelar demasiados detalles acerca del asesinato de Gabriela. No necesito pedirte que seas muy discreto al respecto. Tenme al tanto de cualquier dato nuevo que encuentres. Ah, y hay algo más. En las notas de la autopsia realizada al arquitecto Zambrano encontrarás un dato muy interesante: dos tipos distintos de sangre en el pene del arquitecto: AB y A. El arquitecto Zambrano era tipo O.

Subí al Crown y analicé las fotografías de Gabriela Pacheco. Las cuatro, tomadas desde distintos ángulos, a las 8:30 a.m. del domingo, mostraban su cuerpo salvajemente mutilado sobre la cama tamaño queen de la suite, dañada ésta por efecto de los hachazos que traspasaron carne y huesos, todos ellos ocurridos una hora después de la causa real del fallecimiento, ocasionado por tres golpes a la cabeza con la base de una estatuilla de bronce obsequiada esa noche a Juan por el Consejo Mundial de Boxeo.

El ataque post mortem se concentró en la pelvis de Gabriela. Por qué Juan asesinaría a su mujer de manera limpia, luego iría a buscar un hacha para mutilarla, y después se quedaría dormido a su lado, eran tan sólo algunas de las muchas preguntas que había que hacerse. La grotesca cavidad dejada por el asesino bajo el abdomen de la víctima fue interpretada por el psiquiatra forense como producto de los celos de Juan, quien lo más probable era que desconfiara de la gente que manipularía el cuerpo de Gabriela después de muerta. El miedo a una posible necrofilia del forense era común entre esquizofrénicos como Juan.

La hipótesis de la procuraduría era que Juan seguía sintiendo algo por la hija de Elías Pacheco. Debido a las características tan marcadamente sexuales del ataque se consideraba que el móvil del crimen fue la pasión, no la ira activada por el fraude perpetrado un día antes, cuando la víctima extrajo todo el dinero de la cuenta que le confió Juan.

En el otro expediente, la mujer capturada por los celulares de los obreros compartía la estatura y el tipo de pelo con la alcaldesa, la enemiga del arquitecto Zambrano. En algunas aparecían el Volvo del arquitecto Zambrano y el platillo volador. Regresé las fotografías a su carpeta y enfilé mi Crown Victoria hacia la costa.

La brisa en Rosarito no podía ser penetrada por el ojo humano, por lo que decidí encender las altas. De esta manera, en caso de estrellarme con algo, al menos podría verlo un segundo después. A mi derecha, donde se suponía debía estar el mar, sólo encontré una sospechosa nube gris. Lamenté haberle dicho que no al Guapo cuando me propuso pulir mis focos.

Dejé el carro en el estacionamiento y caminé rumbo a la recepción del hotel Rosarito. Solicité hablar con el gerente en turno.

—Me encuentro investigando la muerte de Gabriela Pacheco —dije, luego de extenderle al gerente el salvoconducto firmado por el procurador.

—Vamos —dijo el gerente, levantándose de su asiento.

Fui tras él. La suite seguía impregnada con el olor a sangre. Pregunté si alguno de los botones vio algo raro la noche del asesinato.

—Todos ellos vieron muchas cosas raras, pero nada directamente relacionado con lo que ocurrió en este cuarto.

Señalé la alfombra.

—¿Le dijeron cuándo podía limpiarla? —dije.

—Ayer seguían buscando huellas.

Me detuve al llegar a la cama deshecha y manchada de sangre. El olor era insoportable. Me disponía a regresar a Tijuana cuando decidí obedecer a mi instinto de sabueso. Abrí el cajón del buró ubicado junto a la cama. Dentro había un Nuevo Testamento, un lápiz y un bloc de notas con la primera hoja en blanco. Con ayuda del lápiz, hice una copia al carbón de lo último que se escribió en esa libreta. Poco a poco aparecieron caracteres, luego palabras y después un par de oraciones, aunque no del todo completas.

Tú no quisiste que fuera al doctor, pero el dinero era para eso. Pero ahora sé que te amo y que no puedo vivir sin ti.

El resto del mensaje fue escrito con menos presión en la mano, por lo que las palabras de Gabriela no quedaron grabadas en la siguiente hoja. Me dediqué a buscar la nota por todo el cuarto pero no di con ella. Busqué alguna mención a su existencia en el expediente. Otra vez nada. Arranqué la copia, me la guardé en mi saco de piel y me dirigí a mi Crown.

Al llegar al Sanborns de la Ocho pedí la mesa más próxima a la entrada y una taza de café. Me propuse no tocar el apetitoso pan dulce que me miraba fijamente desde su canasta, como diciéndome: cómeme. Carlos Slim te lo cobra. Media hora más tarde me paré para recibir a Lorena Guerra, quien llegó acompañada de dos guaruras que se quedaron esperándola en la entrada.

Revisé rápido que mi camisa Tommy Bahama se encontrara limpia y libre de arrugas. La alisé un poco más con mi mano justo antes de que la alcaldesa me propinara un cariñoso abrazo. Me dio el pésame por mi hijo.

—No creí que fuera a venir —dije—. Con tantos problemas que tiene encima.

—Son parte de mi trabajo. Además, hice un compromiso con usted.

—¿No desea saber dónde está el famoso hacker Psycho Rabbit?

—Eso es trabajo de la procuraduría del estado.

—La culpan a usted por su desaparición.

—Me culpan de muchas otras cosas.

—Yo lo tengo. Está en el mismo lugar donde se esconde Juan.

—Creí que venía a preguntarme por él.

—Me interesa informarle que está rodeada de traidores.

—Eso es algo común de todo gobierno —dijo, manteniendo la calma.

Chingado, qué hermosa era.

—Ayer dos municipales a cargo de la patrulla 4663 asesinaron a mi hijo —dije.

—¿Cómo sabe que yo no los mandé a hacerlo?

—Porque lo hicieron para quitarle unas fotografías donde aparece usted en una situación bastante comprometedora.

—Con mayor razón.

—Esas fotografías fueron a dar a manos del Psycho Rabbit. Su misión era subirlas a la red para desprestigiarla.

—¿Dónde están esas fotografías ahora?

—Las destruí.

—¿Cómo hizo eso?

—Para empezar tuve que fugarme de un centro de rehabilitación en el que me tenían drogado. Ya que se me pasó el efecto de la droga logré organizar un motín con el resto de los pacientes. Enseguida me hice pasar por municipal quitándole su uniforme a un policía.

—¿Hizo todo eso por mí? ¿Por qué?

—Usted intercedió por mí ante Sandkühlcaán, ¿lo recuerda? Me salvó la vida. Cambiando de tema, le convendría también interrogar a los agentes que tripulaban la patrulla 4673 ayer por la noche. Fueron los que tirotearon la casa donde vive el Psycho Rabbit.

—Ya he tomado cartas en el asunto. ¿Qué desea saber de Juan?

—Esa noche, en la fiesta que organizó luego de la pelea, ¿a qué horas lo vio por última vez?

—A las doce con quince.

—¿Cómo lo recuerda tan bien?

—Porque un cuarto de hora antes, su entrenador se puso pesado conmigo. Diciéndome que era muy guapa y manoseándome frente a mi esposo. Juan lo sacó del bar. Mientras caminaban rumbo a la playa los vi discutir y luego forcejear. Los dos cayeron en la alberca. Nicolás los sacó porque ninguno de los dos sabía nadar.

—¿Qué pasó después?

—Había una muchacha amiga de Juan en la fiesta, no recuerdo su nombre…

—¿Celeste Betancourt?

—Sí. Fue quien le llevó la toalla para que se secara. Esto puso de muy mal humor a Gabriela. Se le fue encima a golpes y las dos terminaron en la alberca.

—¿Quién las sacó?

—Las dos sabían nadar. El problema fue que se siguieron desgreñando en el agua. Nadie se quiso meter. Gabriela fue la primera en salirse. Un mesero le llevó una toalla, se secó y luego le pidió a Juan la llave del cuarto que reservaron.

—¿Juan no fue con ella?

—Gabriela le pidió que se quedara con su amiga, aunque no la llamó de esa manera. Después Juan caminó con Celeste por el muelle de madera. Fue lo último que vi de Juan esa noche. Eran las doce y cuarto, aproximadamente.

El testimonio de Lorena Guerra concordaba con lo que me contó Juan la noche anterior, en el club nutricional ubicado enseguida de la tienda Solo un Precio y frente a un Working Name Fish Tacos.

Extraje del bolsillo de mi camisa la fotografía tomada por el obrero. Se la mostré a la alcaldesa. Aguzó la vista.

—¿Qué es esto?

—Se supone que es usted escapando en el Volvo del arquitecto Zambrano, luego de abandonarlo muerto y con la cara en el barro. Lo que se ve al fondo es un platillo volador.

La alcaldesa dejó de sonreír. Le puso mucho más atención al platillo volador que al Volvo del arquitecto Zambrano.

—¿Estas son las pruebas de la procuraduría? —dijo.

—Si se fija bien, se alcanza a distinguir a una dama de cabellera negra. Además, lo liquidaron con un arma de mujer: una .25 disparada contra la cabeza, indicando la confianza que tenía el asesino para habérsele acercado tanto a su víctima.

—Para empezar yo hubiera usado un calibre más grande.

—¿Dónde estaba la noche del martes?

La alcaldesa dejó escapar una carcajada que reprimió con su hermosa mano.

—¿Habla en serio? En la cama, al lado de mi marido.

—Johnny Milano me mostró las fotografías que usted le mandó tomar. La hipótesis que usará la procuraduría para armar el caso en su contra es que la cita que tuvo con el arquitecto fue para pactar una tregua, sin embargo usted lo traicionó disparándole a la cabeza.

—Mi marido dice que usted era un buen policía, ¿por qué lo dejó? —me cambió de tema.

—Creí que era lo suficientemente ojete para ser policía. Descubrí que tengo corazón.

—Brandon también era una buena persona, al igual que usted.

—¿Qué le prometió a él?

—Su hijo y mi esposo se hicieron muy buenos amigos. Llegamos a ir a su fiesta de año nuevo, en Ensenada. Allá le dejé claro que, en caso de convertirme en gobernadora, mi procuraduría cumpliría con su deber de ponerlo tras las rejas por sus actividades ilícitas. Fue ahí que Brandon me confesó que él deseaba convertirse en un empresario legítimo. Nicolás le propuso entrar al negocio de la construcción junto con él, como una manera de regresarle el favor por el apoyo que nos brindó durante mi campaña.

—Por eso Brandon apostó todo ese dinero en la pelea de Juan —dije—. Porque necesitaba el capital para asociarse con su esposo. Esa empresa firmaría todos los contratos de construcción emitidos por su gobierno.

La alcaldesa sonrió. Me cambió de tema:

—Nicolás y yo vamos a ir a la puesta en escena de *Don Giovanni*.

—No sabía que les gustara la ópera.

—La verdad no sé si me vaya a gustar, pero necesito que me tomen fotografías asistiendo al evento. Recibí muchas críticas por haber traído a Pitbull al aniversario de la ciudad.

—Debo agradecerle su franqueza.

—No me lo agradezcas. Mejor encuentra al verdadero asesino del arquitecto Zambrano.

—¿Tiene un peso?

—¿Un qué?

—Una moneda de a peso.

La alcaldesa sacó de su bolso un billete de quinientos. Lo cogí.

—Ahora vuelvo —dije.

Fui a procurar cambio con la chica de la caja registradora. Le regresé 499 pesos a Lorena Guerra. Preparé un recibo por un peso. Lo firmé. Se lo entregué a la alcaldesa.

—Listo —dije—. Ahora usted es oficialmente mi cliente.

—¿Y Marlene Zambrano?

—Ella me contrató para que encontrara al asesino de su esposo, lo cual logré exitosamente. Ahora usted y Juan son mis únicos dos clientes.

Nos despedimos de beso. Admiré el contoneo de sus caderas mientras la alcaldesa se alejaba. Cuando bajé mi vista hacia la mesa me percaté de que ésta se hallaba cubierta de moronas de pan dulce. A la canasta le faltaban dos piezas: una trenza y una oreja de hojaldre. Me las comí inconscientemente.

Carlos Slim me venció de nuevo.

Encendí otro Suertudo y me disponía a sacar mi Crown del estacionamiento del Sanborns cuando recibí la llamada del procurador César Mayorga.

—Malas noticias: Elías Pacheco, su exesposa y el novio de ésta acaban de sufrir un accidente.

—¿Pueden hablar?

—No en esta vida.

—¿Quién fue?

—No lo sabemos aún. Cortaron la manguera del freno.

—¿Qué me dice del té?

—No es toloache. Se trata de una sustancia mucho más tóxica y alucinógena. Aquí tengo el nombre apuntado: *Datura stramonium*, mejor conocida como *la hierba del diablo*. Los chamanes tarahumaras la usaban para hablar con los espíritus. Produce delirios, amnesia y no sé qué pendejada más.

—Lo estaban volviendo loco.

—Me dice el siquiatra que en una persona con problemas de paranoia, depresión y esquizofrenia podría ser fatal.

—¿Qué me dices de Camila Pritzker?

—Es una prostituta de las más caras. Ha actuado en narcopelículas y videos de música grupera. Jamás estuvo casada con tu hijo.

—Fue parte de la estafa —murmuré.

—¿Qué?

—Nada.

—Tomás, yo estoy siendo franco contigo y tú me ocultas muchas cosas.

—En unos minutos te entregaré al asesino del arquitecto Zambrano en charola de plata, sólo necesito que me dejes entrar a la casa del Psycho Rabbit.

—Tú sabes dónde está ese muchacho, ¿verdad?

—Dile a tus hombres que me dejen entrar.

Terminé la llamada. Tan pronto lo hice sonó mi celular. Contesté. Se trataba de Marlene. Exigía saber dónde me encontraba.

—Quedamos que me ibas a proteger —gritó—. ¡Tuve que irme sola al velorio de mi papá!

—Estoy a punto de capturar a su asesino.

—Me dicen por ahí que le acabas de invitar un café en el Sanborns. Te vieron con ella.

—Lorena Guerra no tuvo nada que ver.

—No te pedí que jugaras al detective —dijo la prepotente—. Te pedí que me cuidaras.

Terminé la comunicación.

Rosa Henderson me encajó sus uñas en la cara. La hice a un lado para ir al cuarto del Psycho Rabbit. Exigía saber dónde estaba su querubín.

—Su hijo está en un lugar seguro —dije.

—¡En qué problema lo metiste, desgraciado!

—Al contrario: está en un lío del cual lo voy a sacar. Pero no me lo agradezca, por favor.

Cogí la peluca y di media vuelta.

—¿A dónde llevas eso? —dijo, pero no le hice caso.

Entré a la casa con el foco rojo ubicada enseguida de la tienda Solo un Precio y frente al Working Name Fish Tacos. Le arrojé la peluca al Psycho Rabbit.

—Apuesto a que la sangre encontrada en el cuerpo del arquitecto concordará con la tuya.

—Cállate —gritó el Psycho Rabbit.

—Te estoy dando una oportunidad de que me digas la verdad antes de llevarte con el procurador. Estoy seguro de que encontrará evidencia de que esa peluca estuvo en el Volvo la noche en que asesinaron al arquitecto Zambrano.

El Psycho Rabbit sostenía una lata en su mano. No podía ver bien de qué se trataba. El muchacho se armó de valor, paró de temblar y entró en acción.

—Yo no lo maté —gritó, antes de rociar gas pimienta sobre mi cara y la de Juan.

Era el gas pimienta en el uniforme del municipal que le di. Fue mi culpa. No pensé en eso. El ardor en los ojos hizo que Juan y un servidor cayéramos al suelo. El Psycho Rabbit me quitó las llaves y escapó en mi Crown.

Esperé a que se me bajaran los síntomas. Sabía a donde se dirigía el Psycho Rabbit.

—No me dejes solo en este lugar —me imploró Juan justo cuando me disponía a ir tras el Psycho Rabbit.

—Te prometo que no tardaré.

—¡Aquí se practica el Culto a Bugalú! —dijo, aterrado.

—Lo sé pero estoy cerca de encontrar al asesino de Gabriela. Debes de tener paciencia.

Juan se tranquilizó. Supongo que lo convencí. Con mi vista borrosa y mis ojos ardiendo fui tras el Psycho Rabbit.

La marquesina anunciaba una película llamada *Heroína*. Le pregunté al joven encargado de la taquilla por la directora de la cineteca. Me dijo que Xóchitl había entrado a ver la película que se estaba proyectando. Pagué mi boleto y entré a la sala. El *close-up* de un brazo apareció en la pantalla. El público aplaudió luego de que la jeringa hizo su entrada a ritmo de música punk.

Agucé la mirada. Distinguí a una joven de melena color verde. Junto a esta chica estaba el Psycho Rabbit. Discutían sin prestar atención a la película. Encontré un lugar libre justo detrás de ellos. Hacia allá me dirigí. Agucé el oído. Alcancé a oír lo que decían:

—Tienes que decir la verdad, Xóchitl —dijo el Psycho Rabbit.

—Cállate, miedoso —dijo Xóchitl.

—Encontraron mi sangre en el cuerpo del arquitecto.

—No te va a pasar nada.

—Te equivocas —dije.

Xóchitl se paró y dio media vuelta. Percibí el destello plateado de un metal cromado en la oscuridad. Xóchitl esgrimió la pequeña Browning con la que dio muerte al arquitecto Zambrano. Me abalancé sobre ella. El arma se accionó al arrebatársela.

—Un fascista —dijo un jovencito, señalándome con su dedo.

—Represor —denunció otro.

Por un momento creí que se me echarían todos encima pero en lugar de eso me tomaron fotografías con sus iPhones. Los flashes empeoraron mi maltrecha visión. Me llevé ambas manos a los ojos. Xóchitl aprovechó la oportunidad para escapar. Le tiré el agarrón. Logré quedarme con el morral que la chica usaba de bolso. Me disponía a ir tras ella cuando oí un lamento agónico muy cerca de mí. Se trataba de Roberto. Fue herido en el brazo por el disparo accionado por Xóchitl.

—Me dieron —chilló.

Le pedí que no se moviera y le llamé al procurador César Mayorga. Lo puse al tanto de la situación. Esperé a que pidiera una ambulancia y le di la descripción de la chica de la melena verde.

Xóchitl fue arrestada por los agentes enviados por César Mayorga.

Nos encontrábamos en el hospital, en la habitación donde se recuperaba el Psycho Rabbit de su herida de bala. Rosa Henderson no paraba de recriminarme el haber puesto la vida de su hijo en peligro.

—Todo por tu culpa —me gritó—. De haberme hecho caso cuando te pedí que investigaras a esa bruja nada de esto hubiera pasado.

—Señora Henderson —dijo el procurador—, necesitamos hablar con su hijo a solas.

—Dejen le llamo a nuestro abogado primero.

—Señora Henderson, estoy haciendo esto para que Roberto no necesite un abogado.

—Está bien, mamá —dijo el Psycho Rabbit—. No tengo nada que temer. Déjame solo con estos señores.

La mujer acató las palabras de su hijo. César Mayorga fue al grano:

—Roberto, tu sangre concuerda con uno de los dos tipos de sangre encontrados en el cuerpo del arquitecto Zambrano. Cuéntanos cómo planearon el asesinato.

—Todo empezó cuando el arquitecto nos pidió escribir una carta amenazándolo de muerte. Nos dijo lo que debía ir escrito y que no debía llevar nuestras huellas digitales ni nuestra letra. La quería para presionar al propietario de unos terrenos que a él le interesaba comprar. La hicimos Xóchitl y yo armando recortes de revistas. Fue cuando se nos ocurrió la idea de asesinarlo. Nos fuimos al motel porque al arquitecto le gustaban los tríos. Era su manera de cobrarnos, a Xóchitl y a mí, cada semana, por habernos conseguido empleo en el gobierno. Decía que el día que nos negáramos a ello, el gobernador nos despediría, porque era su mejor amigo. Yo, como siempre, me escondí en el asiento trasero del Volvo, ya que al arquitecto le daba pena que lo vieran entrar al motel con un hombre.

—¿Y la peluca negra?

—Eso también fue idea del arquitecto. No quería que reconocieran a Xóchitl por su melena verde.

—¿Qué pasó después?

—Lo mismo de siempre: don Antonio me dejó primero a mí e iba dejar a Xóchitl en su casa, sólo que esta vez Xóchitl lo convenció de ir a la presa.

César Mayorga chasqueó los labios. Lucía apesadumbrado.

—Esto no le va a gustar al gobernador —dijo.

—¿Acaso no tienes a la asesina del arquitecto?

César Mayorga me tomó del brazo y me alejó de la cama de Roberto.

—Todavía podemos cargarle el muerto a la alcaldesa —susurró—. Nadie más sabe lo de la peluca, la sangre y la Browning. Esto puede quedar entre nosotros. Así tú consigues tu casa en la playa y yo conservo mi puesto, ¿qué dices?

—No puedo hacerlo.

—¿Por qué defiendes a esa vieja corrupta?

—Porque es mi cliente. Ayer me contrató.

—¿Cuánto?

—Un peso.

—¿Por un peso vas a renunciar a tu residencia en Malibú al lado de Marlene?

—¿De qué le sirve al hombre ganar el mundo si al final pierde su alma?

—No seas ridículo —dijo.

—No seas cínico —dije.

Estaba preparado para la muerte de mi hijo a una edad prematura. Para lo que no estaba preparado era para ver su funeral convertido en un circo. Le quité su guitarra a un jipi que se puso a cantar "El corrido del Gitanito". Me dijo que era fan de mi hijo y que planeaba escribir un libro acerca de él, ya que además era periodista, crítico de cine y novelista.

—Es mi segundo narcotraficante favorito —agregó—, después de Pablo Escobar. Sé que usted acribilló a su mamá y a toda su familia luego de que asesinaron a la suya. Años más tarde, cuando lo fue a visitar a Sonoloa, el Gitanito lo recibió con un plomazo en el pecho. También voy a escribir acerca de su escaramuza en Rosarito, cuando fue emboscado por los contras, y de su amistad con el Vaquero del Caribe, quien lo traicionó por una mujer… Pero tampoco crea que voy a hacer algo morboso, ni voy a poner a su hijo como un monstruo. Claro, sé que mató a muchas personas y que torturó también, pero me interesa más mostrar su lado humano... Porque, al final, ¿qué es un narcotraficante? Un hombre que suple una necesidad existente. Mientras los gringos la compren alguien se la debe vender, ¿o no? Se quejan de la violencia que hay en México, pero ¿quién fabrica las armas con las que nos matamos?

Le quebré su instrumento en la cabeza. No encontré otra forma de hacerlo callar. Lorena Guerra me hizo el favor de prestarme a sus guaruras para que lo sacaran de la funeraria. El muchacho se fue gritando consignas en favor de la libertad de expresión.

—¡No nos harán callar! —gritó, mientras se lo llevaban—. ¡El pueblo tiene derecho a saber la verdad!

Luego de que finalizó el servicio fúnebre, Lorena Guerra y su marido me dieron las gracias por haber descubierto al asesino del arquitecto Zambrano.

El mismo sacerdote que ofició el funeral de mi hijo se encargó del de Juan en la sala contigua. Éramos prácticamente los mismos invitados. Las cámaras del HBO capturaron algunas imágenes del velorio para el documental que preparaban sobre Juan.

—Descubrí al asesino de tu papá —le dije a Marlene.

La viuda me mentó la madre, me propinó una bofetada y se fue. Ni hablar, uno no le puede dar gusto a todos. Miembros del gimnasio Cheto's también estaban dentro del crematorio, al igual que admiradores de Juan, quienes le perdonaban todo, incluso el haberse cortado las venas con los cristales rotos del templo donde se refugiaba, justo antes de confesar el asesinato de su mujer por medio de un letrero en la pared escrito con la sangre que manaba de sus muñecas:

¡LÁVAME DE MI MALDAD! ¡LÍMPIAME DE MI PECADO!

Conocí a Celeste.

—Nos íbamos a casar —dijo la joven.

—¿Ya no quería a Gabriela?

—Esa noche me dijo que no podía estar más con ella.

Montalvo se acercó a nosotros. Le dije que le fallé y que pasara a mi despacho para regresarle su anticipo.

—No se preocupe por eso. Al final Juan descubrió lo que quería saber, aunque no fue de la mejor manera.

—No lo debí dejar solo por tanto tiempo —referí.

—No fue culpa suya.

Celeste opinaba lo mismo. Me tomó de la mano. Le pregunté cuántos días más estaría en Tijuana.

—Hoy regreso a Las Vegas, pero vendré el lunes a recoger la urna. Le pedí autorización a su papá para arrojar las cenizas al mar. Es lo que Juan hubiera querido. Me lo dijo cuando platicamos sobre el muelle. Estaba convencido de que el mar tenía la capacidad de limpiar nuestras almas de toda culpa.

Me ofrecí a llevarla a la línea fronteriza. Montalvo nos acompañó. Durante el trayecto se me ocurrió preguntarle al entrenador por la pelea del sábado. Se mostró igual de entusiasmado que yo. Le pregunté dónde la vería.

—Me cortaron el cable —dijo—. Lo más seguro es que iré a un bar.

Lo invité a mi casa. Montalvo aceptó la invitación. Dejé el Crown en un estacionamiento y acompañamos a Celeste hasta la línea peatonal. Al cruzar por el puente fue que vi el espectacular pagado por Juan. Elías Pacheco, doctor en iridología, rezaba por debajo de un gran Ojo de Sandkühlcaán. Luego me fijé en algo más: el anuncio del cirujano plástico Segismundo Palacios. Recordé que Juan mencionó en sus memorias que Gabriela se mostró interesada en ir con él.

Extraje la copia de la nota escrita por Gabriela antes de su muerte.

Tú no quisiste que fuera al doctor, pero el dinero era para eso. Pero ahora sé que te amo y que no puedo vivir sin ti.

450

Recordé también que, justo antes de fallecer, Brandon me habló de un cirujano al que iba a ver Gabriela. Le pregunté a Montalvo si Gabriela fue con el cirujano Palacios. Dijo que no sabía. Nos acercábamos a la línea de San Isidro. Se trataba de otro de esos días frescos y soleados, propios del invierno californiano. Con mi saco de piel y la camisa Tommy Bahama tenía para estar a gusto.

Paré con un vendedor ambulante, donde adquirí unos cigarros Suertudos, una antología de Amalia Mendoza y una caja de chicles. Guardé la cajetilla y ambos discos en mi saco de piel.

—Vendré por ti el lunes —le dije a Celeste.

—No se moleste. Puedo llevar sola la urna de Juan hasta Rosarito.

—Ninguna molestia. Planeo hacer lo mismo con los restos del Gitanito.

Nos despedimos. Mientras caminábamos de regreso al carro le informé a Montalvo que pasaría a la Torre antes de dejarlo en el gimnasio de Demetrio.

Montalvo me esperó en el estacionamiento de la Torre. En el mismo lugar donde le arranqué la cabeza al Desnarigado, hacía más de dos décadas. Los tres policías apostados en el lobby me reconocieron pero me dejaron pasar, ya que, años antes, había firmado un pacto de no agresión con Sandkühlcaán. El interior del edificio continuaba tapizado de mármol negro y decorado con esculturas timburtonianas. La recepción estaba repleta de políticos, empresarios y celebridades, todos solicitando una audiencia con Sandkühlcaán. Reconocí al futbolista brasileño Neymar y al actor apodado La Roca. Todos ellos le pedirían fama y fortuna a Sandkühlcaán a cambio de no quiero saber qué. Del elevador salió el candidato a la presidencia de Ucrania, acompañado por dos guaruras que lo seguían de cerca. Era claro que venía de visitar a Sandkühlcaán, actividad que se había convertido en el máximo atractivo turístico de la ciudad desde el viejo y obsoleto *donkey show*.

Estuve a punto de subir al elevador, pero primero le cedí el paso a Ariana Grande, quien me pareció mucho más bonita en persona. Bajé en el séptimo y le dije "que tenga un buen día" a la cantante de pop, quien se siguió hasta el último piso con el entusiasmo de una niña a punto de entregarle su cartita a Santa Claus. La clínica del cirujano Palacios se encontraba justo debajo del consultorio del doctor Elías Pacheco. La recepcionista me pidió que tomara asiento. Una mujer con la cara vendada esperaba su turno de pasar. Lucía como alguien que acababa de recibir un palazo en la cara y dio las gracias por ello.

—No te preocupes —dijo—, vas a ver que el doctor te va a dejar muy guapo. Es muy bueno. Yo antes tenía una quijadota así como la tuya. Ni siquiera podía cerrar la boca. Ve como me dejó.

Hojeé un *TV y Novelas* que saqué del revistero. Una antigua vedette de 58 años vivía con más de treinta caniches en su departamento de la colonia Narvarte. Le exigía al sindicato de actores que pagara por la operación de su hernia. Pasé al siguiente artículo. Se trataba de una entrevista a una cantante. Su marido le puso el cuerno con su propia hija. Me entraron ganas de pegarme un baño tan pronto cerré la publicación. Del consultorio salió una jovencita con los pechos operados.

Tocó el turno de pasar a la mujer con la cara vendada. La chica interrumpió la música de aeropuerto y sintonizó la amplitud modulada. A pesar de que los narcocorridos estaban prohibidos una estación emitió "El corrido del Gitanito".

—Dígame el nombre de la paciente —dijo la recepcionista.

—Gabriela Pacheco.

La chica tecleó el nombre.

—No hemos tenido ningún paciente con ese nombre —dijo.

—Intente con Gabriela Ramírez —pedí.

Tampoco. Estuve a punto de dar media vuelta e irme, sin embargo volví a obedecer a mi instinto. Señalé al radio. Le dije que era el padre del Gitanito. Sí, sé que fue algo muy sucio, pero tuve que echar mano de ello. La recepcionista vio mi físico y mi pelo y comprendió quién era yo.

—¡Usted es el Malasuerte y está investigando un caso! —gritó.

—Así es —susurré—, pero baja la voz. Necesito tu número de celular. Es probable que quiera llamarte más tarde.

—No se preocupe —dijo la recepcionista, mientras anotaba su

452

nombre (Linda) y su número de teléfono en una hoja color rosa, la cual me entregó—. Llámeme a cualquier hora, al cabo que el doctor me deja llevarme la laptop a mi casa.

Mauricio Bueno me vio con las bolsas llenas de licor, cervezas y mariscos. Se trataba de todo lo necesario para disfrutar la pelea de esa noche. Se ofreció a ayudarme.

—Hay más cervezas en la cajuela —dije.

Mauricio Bueno fue por las cervezas.

—Va a venir el entrenador de Juan Tres Dieciséis a ver la pelea —dije—. ¿Por qué no vienes?

—¿En serio? —dijo, asombrado.

Su asombro se debía a que no podía entender que yo estuviera pensando en funciones de boxeo a pocos días de la muerte de mi único hijo. Me puse muy serio y le expliqué lo siguiente:

—Ningún pretexto justifica el perderse una función. Es el espectáculo más elegante, bello y cruel del mundo. Estaré a favor de su prohibición el día en que el tema sea puesto a debate. En lo que eso sucede, me he propuesto no perderme ninguna pelea.

Lo único que logré fue confundirlo aún más.

—La transmisión comienza a las ocho y media —dije.

Dieron las seis y me puse a preparar los calamares, el pulpo, los caracoles y los champiñones. Quería impresionar a mis invitados demostrándoles que podía preparar algo más sofisticado que un simple ceviche de camarón. Susana me ayudó a picar los calamares y a preparar la salsa luego de culear en la cocina. Cubrimos el chivito en el precipicio, el patitas al hombro y el columpio.

—No te preocupes —dijo—, Mauricio fue a comprarse una camisa nueva. Siempre se tarda mucho escogiendo.

Oí a alguien tocar a la puerta. Los dos nos espantamos. Susana corrió al baño. Primero fui desnudo a apagar la lumbre de la estufa (la salsa quedó lista) y luego me vestí. Consulté la hora en mi reloj. Las ocho. Susana salió del baño. Coloqué una lata de leche condensada en su mano.

—Viniste por esto —le indiqué.

Volvieron a tocar. Abrí. Se trataba de Montalvo. Emití un suspiro de alivio. Lo invité a pasar y le presenté a Susana como mi vecina.

—Gracias por la leche, Tomás. Mucho gusto, Gregorio —dijo Susana antes de regresar a su hogar.

—Nunca he visto que le agradecieran a alguien por eso —dijo Montalvo, con una risita.

Encendí el televisor justo a tiempo para ver la preliminar. Coloqué servilletas, la botana y cubiertos sobre la mesa. Me serví un tequila con hielos y le preparé un Martini a Montalvo. Treinta minutos después apareció Mauricio Bueno con su camisa nueva. Muy bañado y perfumado también. Lucía feliz. Le abrí una cerveza y le indiqué como usar las pinzas y cómo extraer la carne de los caracoles con el trinche.

—Susana no me quería dejar venir. Me le tuve que escapar —dijo, muy orgulloso.

Montalvo me volteó a ver con una mirada de complicidad.

—La dejé preparando unas quesadillas con huitlacoche que ahorita nos va a traer. Es lo bueno de estar casado: tienes quien te ayude con la comida. Vecino —dijo Mauricio, sobándose la panza—, ¿me presta su baño? Tal parece que no me cayeron bien sus caracoles.

—Adelante —dije.

Mauricio fue al baño. Montalvo y un servidor seguimos viendo la pelea.

—No he visto a nadie capaz de aguantar tanto golpe —dije.

—Yo sí: a Juan —dijo Gregorio—. Sólo era alérgico al upper.

Volteé a ver los nudillos de Montalvo. Los tenía rojos e inflamados. Luego recordé algo más: la pelea de Juan contra el Vaquero de Caborca, llevada a cabo la noche en que murió Gabriela. El Vaquero le propinó ganchos de izquierda y de derecha, pero ningún upper a la barbilla. Y sin embargo Juan tenía esa inflamación en la mandíbula la primera vez que lo vi, lo más seguro que producto de un upper. El mismo golpe que lo desconectó de este mundo cuando fue propinado en un entrenamiento por... Gregorio.

—¿Te preparo otro Martini? —dije.

Cogí su copa y me dirigí a la cocina. Saqué la .38 que guardaba en la alacena. Le pregunté a qué se dedicaba antes de ser entrenador.

—Trabajé en un taller mecánico —dijo.

—Apuesto a que ahí aprendiste a cortar la manguera del freno.

Para ese entonces ya le apuntaba a Gregorio con mi revólver.

—No te muevas —dije—. Así que sorprendiste a Juan con un upper, justo cuando entraba a su habitación en el hotel. Eres fuerte.

—¿Me estás acusando del asesinato de Gabriela? ¡No seas ridículo! ¿Por qué habría de matarla? Quería un chingo a esa niña.

—He ahí la respuesta —dije.

Todo cobró lógica. Recordé aquella línea que me causó desconcierto cuando la leí: *Gabriela penetrando a Camila*.

—Somos unos pendejos —dije, luego de que descifré el mensaje que la evidencia reunida gritaba en mis oídos.

Tomé el teléfono. Le marqué a la recepcionista del doctor Palacios sin dejar de apuntarle con mi revólver al entrenador.

—Aquí el Malasuerte. ¿No te desperté?… Qué bueno. Linda, necesito que me hagas otro favor, ¿tienes tu computadora a la mano? ¿Podrías consultar otro nombre? Aquí te va: Gabriel Pacheco… Linda, muchas gracias. Que pases una buena noche.

Terminé la llamada. Montalvo y yo nos veíamos fijamente a los ojos.

—Esa acta de nacimiento era muy fácil de modificar. Sólo había que agregar una *a* al final de *Gabriel* y tienes *Gabriela*. Las hormonas inyectadas harían el resto. El dinero que extrajo Gabriela era para su cambio de sexo. Esa operación que tú le requeriste y nunca Juan. Pero ahora que se convirtió al cristianismo no podía seguir al lado de un travesti. Un travesti al que tú mismo enviaste con tu peleador como un modo de conseguir el dinero suficiente para convertirlo en mujer. Porque no te hacías a la idea de tener a un transexual como pareja. Tu orgullo no te lo permitía, a pesar de que la querías. Por eso cuando te anunció que lucharía contra Celeste por el amor de Juan te volviste loco y la asesinaste. Encontré el mensaje que Gabriela estaba escribiendo antes de que llegaras. En ella expresa su amor a Juan y confiesa su participación en el fraude orquestado por ti y por Brandon. Por eso la golpeaste con la base de la estatuilla. Gracias a la densa brisa que había esa noche nadie te vio entrar a su habitación. Luego esperaste a Juan y lo noqueaste con el mismo upper que le propinaste en el gimnasio. Un golpe que sabías que Juan no podía aguantar y que te permitió desnudarlo para llevar a cabo la mutilación con su ropa.

—No te puedes volver contra mí —dijo—. Yo soy tu cliente.

—El recibo lo hice a nombre de Juan.

Se puso en pie.

—Pero el caso ya está cerrado.

—Juan me contrató para asegurarse de que el asesino de Gabriela recibiera su castigo. Él mismo me lo dijo de esa manera cuando hablé con él. También me pidió que me quedara a su lado la noche en que murió. Tenía miedo de refugiarse en un templo donde se practicaba el Culto a Bugalú. Por eso te habló por teléfono y te reveló el lugar donde se escondía. Aprovechaste que Juan fue rociado con gas pimienta en la cara para orquestar su asesinato como un suicidio.

—Debes dejar las cosas como están —dijo Montalvo—. Por respeto a la memoria de Juan y de Gabriela. No puedes permitir que la verdad salga a la luz. Gabriela siempre quiso ser recordada como una mujer. No puedes revelar su secreto. ¿Por qué crees que no lo hizo el doctor Elías ni la mamá de Gabriela?

—Porque tú los asesinaste —dije—. Iban a confesar la verdad. La mamá de Gabriela convenció a Elías. Tú los dejaste ir... después de cortar la manguera del freno. Ellos no sabían que asesinaste a Gabriela, pero sí sabían que el revelar su verdadero sexo le ayudaría a la policía a encontrar al asesino.

Mauricio salió del baño. Sujetaba un pedazo de encaje color rojo en su mano. Tenía los ojos llorosos. Me miraba con odio.

—Esta tanga se la obsequié a Susana el día de San Valentín —dijo—. ¿Qué hace en tu baño?

—Mauricio —dije, sin apartar la vista de Montalvo—, quédate donde estás. Esa tanga es otra. Este es el asesino de Juan, de Gabriela y de sus papás.

—Eso es mentira —dijo Gregorio—. Cuando llegué a casa de Tomás tu mujer estaba con él. Acababan de culear.

Mauricio rugió y pegó un salto hacia mí, convertido en una fiera indomable. Para nada le importó que me encontrara sujetando un revólver. Montalvo dio un paso al frente. Tuve que tomar una decisión rápida. Gregorio se quedaría sin su juicio. Accioné el arma justo antes de que Mauricio cayera encima de mí. Oí el cuerpo de Montalvo desplomarse sobre el suelo. Mauricio presionó mi muñeca de tal forma que me hizo soltar el revólver. Parecía poseído. Me propinaba izquierdas y derechas. No lo podía controlar. En eso entró Susana. Cargaba el sartén con las quesadillas que preparó. Lo estrelló contra la cabeza de su marido. El impacto lo atolondró tan sólo un poco, lo cual aproveché para quitármelo de encima. No lograba mantenerlo quieto. Seguía lanzándome golpes mientras lloraba de desilusión. Lo comencé a estrangular. No podía someterlo. Era demasiado fuerte para mí. No me quedó de otra más que echar mano del chisme que me contó César Mayorga.

—Cálmate —dije—. No seas hipócrita. El que esté libre de pecado que lance la primera piedra. Sé muy bien lo que haces en la presa con tu amante luego de que sales de la fábrica.

La cara de Juan fue lo último que vi antes de que se apagaran las luces. Me despertó el ardor en mi pierna que provenía del sartén caliente que tenía encima. La doblemente traicionera Susana me pegó con él en la nuca. Para ese entonces ella y Mauricio estaban a los besos. Jamás los vi tan acaramelados. Un dolor punzante taladraba mi cabeza.

—No quiero que vuelvas a irte con esa perra —dijo Susana.

—Es que me tenías muy descuidado, mamita.

—No tienes que disculparte por nada.

Lo acarició.

—¡Au! —chilló Mauricio.

—¿Te duele, chiquito?

No cabe duda de que el mundo está más enfermo que nunca, pensé. Eso o el matrimonio es una cosa muy rara.

—Ya no quiero vivir aquí, Mau —dijo Susana, mirándome con rencor.

Como si hubiese sido yo el que corrompió a esa furcia.

—Sí, mi amor, nos vamos a ir a otra colonia —dijo Mauricio—. Libre de indeseables.

Los dos abandonaron mi casa sin decirme más. Volteé a ver a Montalvo convertido en fiambre. Le marqué a César Mayorga.

—Mayorga —dije—, necesitas despedir a tu médico forense. Primero le dices que es un pendejo y luego lo despides.

Los judiciales encontraron el miembro perdido de Gabriela en el congelador de Montalvo. Dejé que se adjudicaran el descubrimiento. ¿Que qué hacía eso ahí? No quiero ni averiguarlo.

Llegamos al hotel Rosarito en la mañana.

—¿Crees que algún día Dios lo perdone por haber asesinado a su hermano? —dijo Celeste.

—Ni siquiera sé si me perdonará a mí. Luego de que maté a Brandon me siento desligado de este mundo.

—Tú no mataste a Brandon.

—Claro que lo hice. Pude haber sido un verdadero padre para él. En lugar de eso me aferré a un estilo de vida solitario y egoísta. Sus actividades fuera de la ley me dieron el pretexto perfecto para ignorarlo. Dejé que lo asesinaran. Quizás era lo que deseé todo este tiempo. Su existencia me estorbaba. Los misántropos como yo no tenemos hijos ni amores. Nos hacen vulnerables.

—Opino que estás siendo demasiado duro contigo mismo.

—Cada uno sabe lo que ha hecho.

—¿Como Juan?

—Lo que atormentaba a Juan era el creer que sus triunfos eran gracias a la furia que sentía al recordar el asesinato de su hermano. No quería calmar con medicamentos esa furia porque entonces se convertiría en una persona como cualquier otra. Por ello tomaba el té recetado por Elías Pacheco, porque lo volvía aún más agresivo y nervioso.

Celeste y un servidor nos metimos a la playa sosteniendo nuestras respectivas urnas. Era temprano para los turistas. Sólo había un gringo en la playa. Éste le pidió una margarita al cantinero apostado dentro del chiringuito. El agua espumosa estaba helada y el cielo nublado. Las olas acariciaban la arena. En el muelle de madera un pescador le enseñaba a su hijo a colocar el cebo en el anzuelo de su caña. La mucama limpió las tumbonas con un paño de franela. El cantinero preparó la bebida bajo la palapa. A falta de pescado, una gaviota se conformó con el sándwich abandonado por una anciana. Un vendedor de gafas pidió diez pesos para un café. Dos mártires se diluyeron entre la sal.

Índice de personajes

ACOSTA: agente investigador de la policía judicial.

AGUACHILE MEDRANO: boxeador jornalero. Calador. Compañero de gimnasio de Juan Tres Dieciséis.

ALEJANDRA: amor platónico de Humberto alias el Psycho Rabbit.

ARIEL *LA BESTIA* CÁRDENAS: boxeador profesional y campeón mundial de los pesos ligeros por el CMB.

ALFREDO MEDINA: fotógrafo de la sección Sociedad. Asesinado por el Duende.

AMPARO: representante del conjunto musical Los Vaqueros del Caribe.

ANTONIO: propietario del antro gay Rainbow, ubicado en la Zona Norte de Tijuana.

BENITO ESPARZA: sociópata mejor conocido como el Duende, practicante del Culto a Bugalú. *Némesis #1* del detective Malasuerte.

BOTICARIO NAZI JAROCHO: veracruzano moreno, esotérico, amante de la salsa, admirador de Hitler, lector de Lovecraft y del *Mein Kampf* y vecino del detective Malasuerte. Solía trabajar en una farmacia ubicada en la avenida Revolución, antes de ingresar a las filas del Sindicato.

BRUJO: narcotraficante de frente pequeña, bigote erizado, ojos de sapo violado y cuerpo gelatinoso. Enemigo del Sindicato.

CAMILA PRITZKER: modelo guatemalteca —morena y de ojos azules— y esposa del narcotraficante conocido como el Gitanito.

CELESTE BETANCOURT: amiga del boxeador Juan Tres Dieciséis, quien la conoció en un casino de Las Vegas, Nevada.

DEMETRIO: uno de los entrenadores del boxeador Juan Tres Dieciséis.

DESNARIGADO: sacerdote del Culto a Bugalú y artífice del regreso de Sandkühlcaán al planeta Tierra. Su prótesis nasal hace gangosa su voz. *Némesis #2* del detective Malasuerte.

DICAPRIO ZAMUDIO: hijo de Evelina Zamudio y Roberto Reyna.

DIEGO LIZÁRRAGA: mejor conocido como el Zar del Marisco, solía usar sus barcos camaroneros para traficar droga por el Océano Pacífico. Abandonó esta actividad para convertirse en el mayor exportador de crustáceos en Bahía de Venados.

EDMUNDO YÁÑEZ: *matchmaker* de la empresa promotora Fernández Boxing.

ELÍAS PACHECO: chamán personal de Juan Tres Dieciséis y practicante del Culto a Bugalú.

ESTEBAN GARCÍA: hijo de Carmelo García que de niño funge como asistente del Desnarigado.

EVELINA ZAMUDIO: madre de Leonard Zamudio. Huyó de su pueblo natal luego de que su padre la intentó casar con el Desnarigado. En la actualidad administra un hotel propiedad del Sindicato ubicado en la calle Coahuila.

FEDERICA: hermosa socialité de Bahía de Venados. Casada con el empresario Tote Heinrich.

GABRIELA PACHECO: novia de Juan Tres Dieciséis e hija del chamán Elías Pacheco.

GLADYS MUÑOZ: vecina de Malasuerte y profesora de manualidades en una escuela para alumnos con habilidades especiales

GONZALO: boxeador profesional, hijo de Demetrio y compañero de gimnasio de Juan Tres Dieciséis.

GUADALUPE GRIAL: amor platónico del Chico Malaestrella, Rubén Cervantes.

GÜERO FERNÁNDEZ: boxeador profesional y campeón mundial.

HUGO MORÁN: colombiano que solía pertenecer a la organización del Brujo, antes de pasarse al bando del Sindicato.

HUMBERTO: conocido en el ciberespacio bajo el seudónimo de Psycho Rabbit, Humberto es un adulto obeso, metalero, politólogo y cinéfilo que vive con su mamá y su padrastro.

IRON MAN: boxeador profesional procedente del estado de Chiapas.

JESÚS ROMÁN: boxeador profesional y campeón nacional mejor conocido como el Chupacabras, fue el primer rival importante en la carrera de Juan Tres Dieciséis.

JUAN TRES DIECISÉIS: boxeador profesional y campeón mundial acusado de asesinar a su pareja. Cliente del detective Malasuerte.

JULIETA BUSTAMANTE: hermana del Panda. Diagnosticada de asperger.

KAREN NÚÑEZ: recepcionista en Pacific Clean.

LICENCIADO MAYORGA: agente del ministerio público en Sonoloa y, posteriormente, procurador en Baja California.

LORENA GUERRA: mejor conocida como la Morena, solía trabajar como edecán del equipo de beisbol los Camaroneros de Bahía de Venados. En Monte Río contrajo nupcias con el comisario Nicolás Reyna y en Tijuana ocupó el cargo de presidente municipal.

MALASUERTE: detective dueño de una voz aguardentosa y una quijada con forma de caja registradora. Suele presumir a los cuatro vientos que es "feo pero de buen cuerpo".

MARLENE ZAMBRANO: hija del arquitecto Zambrano.

MATÍAS ESCALANTE: mejor conocido como el Catrín, fue el comandante del Malasuerte, Miguel y Nicolás en la Secretaría de Seguridad Pública de Tijuana.

MAURICIO BUENO: supervisor en una fábrica de celulares, marido cornudo de la frondosa Susana y vecino del detective Malasuerte en el fraccionamiento Colina Frondosa. Un pan de dios en todos los sentidos.

MIGUEL: otro buenazo. Compañero de patrulla de Nicolás Reyna en la Secretaría de Seguridad Pública de Tijuana.

MONTALVO: entrenador y amigo del boxeador Juan Tres Dieciséis.

NICOLÁS REYNA: mejor conocido como el Sheriff, Nicolás es el marido de la alcaldesa Lorena Guerra. Fungió por un tiempo como secretario de Seguridad Pública en Tijuana. Antes de esto ocupó el cargo de comisario en Monte Río, Sonoloa.

OCTAVIO MAYORGA: hijo del licenciado Mayorga.

OLIVIA VALDEZ: una de las fundadoras del Sindicato. Se divorció de Diego Lizárraga y contrajo nupcias con Roberto Reyna.

PANDA: amante del Duende, hermano de Julieta e hijo de Wilfrido Bustamante.

RAMÓN HIGUERA: mejor conocido como el Blanca Nieves, Ramón es propietario del salón de belleza Óscar y amigo del Duende y del Panda, con quienes lleva a cabo juergas apoteósicas.

RAY VEGA: mejor conocido como el Mantecas, es marido de Vanesa Lizárraga y yerno de Olivia Valdez y Diego Lizárraga.

RIGOBERTO ZAMUDIO: padre de Evelina. Se convirtió al Culto a Bugalú ante la promesa de hacer suya a Lorena Guerra.

ROBERTO REYNA: hermano mayor de Nicolás Reyna y uno de los fundadores del Sindicato.

ROSA HENDERSON: madre de Humberto y cliente del detective Malasuerte.

RUBÉN CERVANTES: mejor conocido como el Chico Malaestrella, le pide al detective Malasuerte que rescate a su amiga Guadalupe Grial de las garras del Duende.

SANDKÜHLCAÁN: extraterrestre de más de dos metros de alto, con cabeza de marabú y cuerpo antropomorfo. Su trono está hecho de cráneos y acostumbra vestir una túnica escarlata. Visitó la tierra en el 3114 a. C., año en que entró en contacto con los sacerdotes druidas y con los fundadores de los pueblos maya y sumerio, antes de regresar a su planeta. Volvió miles de años después, aterrizando en Sonoloa. Se alimenta de la lujuria y el sufrimiento humano. Es un profeta de la religión conocida como el Culto a Bugalú. *Némesis #3* del detective Malasuerte.

SUSANA: frondosa vecina del detective Malasuerte en el fraccionamiento Colina Frondosa.

TOTE HEINRICH: marido de Federica, amante de Vanesa y propietario de Pacific Clean.

VANESA LIZÁRRAGA: hija de Olivia Valdez y Diego Lizárraga.

VICENTE AGUILAR: antiguo dueño del rancho donde se asienta la tercera sección del fraccionamiento Colina Frondosa, en Tijuana. Principal sospechoso de asesinar al arquitecto Zambrano.

VÍCTOR VALDEZ: bohemio de izquierdas, amigo de Vladimir Camacho y hermano menor de Olivia Valdez.

VLADIMIR CAMACHO: bohemio de izquierdas y empleado de Pacific Clean, empresa dedicada a la limpieza, instalación y mantenimiento de piscinas, albercas y jacuzzis. Uno de los sospechosos de asesinar al júnior Tote Heinrich.

WILFRIDO BUSTAMANTE: propietario de una carnicería en el Mercado Hidalgo y padre de Julieta y del Panda.

YUCATECO ÁLVAREZ: boxeador retirado y tortero en Tortas y Jugos El Yucateco, propiedad de su esposa Zulema.

ZAMBRANO: arquitecto que despojó de sus tierras al ranchero Vicente Aguilar para construir en ellas la tercera sección del fraccionamiento Colina Frondosa. Rival político de Lorena Guerra.

ZULEMA: propietaria de Tortas y Jugos El Yucateco.

Índice

Nota del autor, 7

LIBRO UNO
Malasuerte en Tijuana, 11

LIBRO DOS
La mujer de los hermanos Reyna, 139

LIBRO TRES
Juan Tres Dieciséis, 293

Índice de personajes, 461

Esta obra se imprimió y encuadernó
en el mes de mayo de 2019,
en los talleres de Impregráfica Digital, S.A. de C.V.,
Av. Coyoacán 100–D, Col. Del Valle Norte,
C.P. 03103, Benito Juárez, Ciudad de México.